W0202447

BELLE CATHERINE

Juliette Benzoni est née avenue de La Bourdonnais mais a passé toute son enfance à Saint-Germain-des-Prés.
Juliette Benzoni fréquenta d'abord le « cours » élégant des demoiselles Désir puis l'aristocratique collège d'Hulst, rue de Varenne, où elle resta jusqu'à son baccalauréat ; elle y prit l'horreur des mathématiques, la passion de l'histoire et des lettres. De là, Juliette Benzoni passa à l'Institut catholique où elle entama une licence.
Après un passage météorique comme auxiliaire à la Préfecture de la Seine, elle se retrouva mariée à un médecin de Dijon, le docteur Maurice Gallois, enfouie jusqu'au cou dans la bonne société bourguignonne et bientôt mère de deux enfants.
Pendant cette période de sa vie, Juliette Benzoni passa des heures dans les bibliothèques, étudiant l'histoire de la Bourgogne au Moyen Age.
C'est au cours de ces études qu'elle découvrit la légende de l'ordre de la Toison d'Or qui devait, plus tard, donner naissance à la série des Catherine.
Quelques années après la Libération, Juliette Benzoni perdit son mari et se rendit au Maroc où son mari avait de la famille. Elle entra à la rédaction publicitaire d'un poste de radio : Radio-Internationale.
Elle fit la connaissance d'un officier, le capitaine Benzoni, et l'épousa.
Elle rentra à Paris et se lança dans le journalisme. Elle travailla simultanément pour L'Histoire pour tous, Journal du Dimanche, *et pour* Confidences *où elle écrivit de nombreux articles historiques.*
Une grande émission télévisée la fit mieux connaître et décida un éditeur à lui demander un roman historique. Ce fut Il suffit d'un amour... *le premier de la série* Catherine. *Depuis, Juliette Benzoni n'a pas cessé d'écrire. Le succès a été grandissant et les lecteurs se comptent par millions.*

Hier — c'était le 31 mai 1431 — hier, les cendres de Jehanne d'Arc ont été jetées à la Seine, en même temps qu'Arnaud de Montsalvy et Catherine de Brazey cousus dans un sac de cuir. Hier, les deux amants miraculeusement sauvés de la noyade se sont embarqués au fil du fleuve pour une vie de bonheur. Mais la nuit d'espoir a pris fin et le jour levant éclaire brutalement la réalité. Le pain quotidien de ce temps sans merci, c'est la guerre, les campagnes ravagées, les villes assiégées, les bandes de routiers pillant, brûlant et torturant à plaisir. Arrachés l'un à l'autre, Arnaud et Catherine vont lutter pour se retrouver et pour vivre enfin côte à côte. Mais, armés seulement de leur courage et de leur amour, surmonteront-ils les obstacles qui se dressent devant eux ? La lumière fulgurante qu'apportait la Pucelle s'est éteinte, semble-t-il. Le roi est retombé à ses démons et le royaume est aux mains du grand chambellan, l'insatiable La Trémoille qui se soucie uniquement de sa fortune personnelle. Contre lui, contre son inquiétant cousin Gilles de Rais, le seigneur à la Barbe-Bleue, Catherine dresse les seules forces de son amour invincible. Mais l'amitié d'un Jacques Cœur, le dévouement de sa fidèle Sara et d'un étrange et rude personnage, le forestier Gauthier Malencontre, lui apporteront l'appui sans lequel il lui faudrait sans doute s'avouer vaincue.

A travers la France exsangue, martyrisée et mal connue des jours noirs qui suivent l'épopée fantastique de Jehanne, c'est l'histoire déchirante et passionnée d'une femme qui veut vivre, qui veut aimer à tout prix, dût-elle laisser aux ronces du chemin des lambeaux de sa chair.

Paru dans Le Livre de Poche :

CATHERINE : IL SUFFIT D'UN AMOUR..., Tome I.
CATHERINE : IL SUFFIT D'UN AMOUR..., Tome II.
BELLE CATHERINE.
CATHERINE DES GRANDS CHEMINS.
CATHERINE ET LE TEMPS D'AIMER.
PIÈGE POUR CATHERINE.

JULIETTE BENZONI

Belle Catherine

ROMAN

Le vent se lève !... Il faut tenter de vivre !

PAUL VALÉRY
(*Le Cimetière marin*).

ÉDITIONS DE TRÉVISE

© *Opera Mundi, Paris 1966.*
Toute reproduction même partielle strictement interdite sans accord préalable d'Opera Mundi.

PREMIÈRE PARTIE

LE SEIGNEUR A LA BARBE BLEUE

CHAPITRE PREMIER

LA HIRE

CATHERINE entrouvrit les yeux. A travers ses paupières mi-closes, un rayon de soleil filtra. Elle se hâta de les refermer, se pelotonna plus étroitement dans sa couverture avec un gémissement de satisfaction. Elle avait chaud, elle était bien, et il lui restait encore un peu de sommeil. Mais, avant de se rendormir, instinctivement, elle tendit une main pour toucher le corps d'Arnaud qui devait dormir auprès d'elle. Sa main ne rencontra que le vide et retomba sur le bois. Alors, elle ouvrit les yeux, se dressa sur son séant.

La barque était toujours amarrée là où Arnaud l'avait cachée, quand l'aube s'était annoncée par une traînée plus claire du côté de l'orient. Elle était embossée au milieu des roseaux, dans une sorte de crique étroite au-dessus de laquelle des aulnes et des saules faisaient un berceau vert. Sa corde s'enroulait au tronc grisâtre d'un vieil arbre penché. C'était une étonnante cachette où l'on n'était aperçu ni du fleuve ni de la campagne. A travers les longues flèches vert pâle des roseaux, Catherine pouvait voir l'eau scintiller sous le soleil. Mais Arnaud n'était pas dans la barque...

Catherine ne s'en émut pas autrement. Après l'effort de la nuit et le court repos qui avait suivi, Montsalvy avait dû éprouver le besoin de se dégourdir un peu les jambes. Peu à peu, l'esprit de la jeune femme émergeait des brumes du sommeil et lui restituait les derniers événements dans toute leur réalité. Avec ce soleil, avec ce ciel, il était difficile de croire à la guerre, au danger, à la mort. Pourtant, c'était hier... hier 31 mai 1431 que, sur le bûcher de la place du Vieux-Marché, à Rouen, Jehanne d'Arc avait payé de sa vie son dévouement à son roi et à sa patrie. Hier encore que, du haut du Grand-Pont, le bourreau de Rouen les avait jetés, Arnaud et elle, cousus dans un sac de cuir ; qu'ils avaient vu la mort de si près avant que le brave Jean Son, le maître maçon, les sauvât et leur donnât cette barque pour regagner Louviers et y retrouver les troupes françaises.

En fait, se retrouver au fond d'un bateau, en pleine campagne envahie par les Anglais, était le digne aboutissement d'une existence particulièrement chaotique. Aussi loin qu'elle pût remonter dans son souvenir, Catherine cherchait en vain une période paisible depuis qu'à treize ans, au cœur de la révolte cabochienne, elle avait dû fuir Paris insurgé pour se réfugier à Dijon, chez son oncle Mathieu. Mais, dans le royaume en guerre, et même pour les sujets du fastueux duc de Bourgogne, il n'y avait pas de tranquillité possible. Etait venu ensuite ce déplorable mariage avec le grand argentier de Philippe le Bon, mariage imposé par le duc pour en arriver plus aisément à faire d'elle sa maîtresse. En songeant à son époux, à ce Garin de Brazey dont Philippe avait exploité la terrible infirmité, Catherine, souvent, éprouvait un regret. Elle avait été pour lui une souffrance, une torture de tous les instants et, si la folie, finalement, avait emporté Garin jusqu'au crime et jusqu'à la peine capitale, qui donc pouvait l'en blâmer ? Le seul fautif, en cette triste histoire, c'était le destin. Et c'était aussi l'amour éperdu, l'amour invincible qui, dès le premier regard échangé, l'avait liée à Arnaud de Montsalvy, capitaine de Charles VII et ennemi du duc de Bourgogne. Tant de choses les avaient séparés : la guerre, l'honneur, la naissance et jusqu'aux liens du sang... Mais maintenant, tout était bien : le chemin était aplani, la route du bonheur était grande ouverte...

En se redressant, la jeune femme aperçut sa robe et sa chemise sur le bord du bateau. Elle réalisa alors que, seule, la couverture l'habillait et elle se mit à rire toute seule. Le souvenir de leur arrivée nocturne la fit rougir. Elle n'aurait jamais supposé qu'après les épreuves de la journée précédente, après le violent effort fourni en ramant toute la nuit, Arnaud pût désirer autre chose que le repos. Pourtant, c'était ainsi. A peine la barque amarrée, il s'était glissé près de Catherine et, l'enveloppant de ses bras, l'avait entraînée avec lui au fond du bateau.

« Depuis qu'on nous a jetés dans cet ignoble trou, je rêve d'un moment comme celui-là ! avait-il murmuré mi-sérieux mi-moqueur, ... et même avant !

— A qui la faute ? Ce n'est pas moi qui aurais dit non si tu avais daigné me traiter réellement comme ta femme, dans le grenier de Nicole Son. D'ailleurs... »

Elle n'avait pas pu finir sa phrase parce qu'Arnaud s'était mis à l'embrasser. Ensuite, ils n'avaient plus rien dit, attentifs seulement à retrouver la plénitude des moments d'amour déjà vécus. Cette fois, il n'y avait plus de haine, plus de méfiance. Rien d'autre qu'un grand amour qui osait enfin s'avouer... Lorsque Catherine s'était endormie la tête nichée au creux de l'épaule d'Arnaud, elle était envahie d'une profonde et délicieuse lassitude. Jamais elle n'avait rêvé instant plus merveilleux et la réalité avait dépassé ses plus chères espérances.

Le soleil chauffait doucement à travers les branches des aulnes et, avant de se rhabiller, Catherine ne résista pas à l'envie de se laisser glisser dans l'eau. Elle était fraîche et, tout d'abord, la jeune femme frissonna, mais la réaction vint très vite. Elle s'abandonna alors sans restriction au plaisir de barboter dans les vaguelettes brillantes. Une couleuvre d'eau, dérangée, fila dans les roseaux.

Soudain, le profond silence qui l'environnait frappa Catherine. On n'entendait rien, à part le friselis léger de l'eau. Toute la campagne alentour semblait inerte. Pas un chant d'oiseau, pas un aboiement de chien, pas un son de cloches. Vaguement inquiète, Catherine se hâta de sortir de l'eau. Elle enfila sa chemise, sa robe dont elle noua les lacets d'une main devenue nerveuse. Puis elle appela :

« Arnaud !... Arnaud, où es-tu ? »

Rien ne répondit. Catherine s'était figée sur place, écoutant de toute son âme, guettant un bruit de pas derrière le rideau d'arbres... Mais rien ne vint. Seulement l'envol d'un oiseau qui, agitant les branches, la fit sursauter. Un désagréable frisson glacé lui glissa le long de l'échine tandis que, d'un geste machinal, elle tordait ses cheveux mouillés et les relevait en couronne sur le sommet de sa tête. Où donc était Arnaud ?

Quittant l'abri des arbres, Catherine écarta quelques buissons et déboucha dans un champ, ou ce qui avait été un champ, car l'herbe, foulée, écrasée et rabougrie, évoquait le passage des charrois de guerre. Pourtant, à l'est, le toit d'une maisonnette fumait paisiblement auprès d'un bosquet... Au loin, le clocher et les piles massives du Pont-de-l'Arche qu'ils avaient dépassé pendant la nuit. Hormis ces points où s'accrochait le regard, le paysage s'étendait, morne, malgré le printemps, étrangement vide et solitaire... Nulle part ne se voyait une silhouette d'homme.

L'imagination de Catherine, travaillant à toute vitesse, lui suggéra l'idée qu'Arnaud s'était peut-être rendu à cette petite ferme isolée, soit pour chercher quelque chose, encore qu'ils eussent à peu près tout ce qu'il leur fallait, grâce aux vivres de Jean Son, soit pour demander un renseignement, peut-être sur la sûreté actuelle de la campagne. Elle décida de s'y rendre à son tour, puisqu'elle ne voyait rien venir.

Retournant au bateau, elle y prit, par prudence, le petit sac d'or que Jean Son leur avait remis en s'excusant de ne pas rapporter à Catherine ses bijoux.

« J'ai pensé qu'il valait mieux, pour votre sûreté, ne pas vous charger de choses pareilles. Frère Etienne Charlot vous les portera chez la reine Yolande à la première occasion. »

C'était la sagesse même et Catherine avait remercié le brave maçon de sa prévoyance. Elle savait que, tant qu'ils demeureraient chez les Son, ses joyaux seraient en sûreté.

Avant de s'éloigner, Catherine songea qu'elle avait faim. Elle prit un morceau de pain et de fromage, glissa l'or dans sa robe et se mit en route. La maisonnette n'était pas loin et si Arnaud revenait entretemps il ferait comme elle-même : il attendrait un peu. Tout en marchant, la jeune femme dévora à belles dents son petit repas, songeant qu'il n'y avait une bonne chance pour qu'elle retrouvât Arnaud dans la petite ferme. Peut-être, voyant fumer la cheminée, avait-il eu envie d'un peu de soupe chaude pour lui et sa compagne ? Il devait attendre, auprès de l'âtre, que le repas fût prêt...

Mais, quand elle arriva en vue de l'entrée du bâtiment, Catherine vit avec surprise que la porte pendait, attachée seulement à l'un de ses gonds. On n'entendait, là non plus, aucun bruit. Prise d'un brusque pressentiment, Catherine ralentit le pas. Ce fut presque précautionneusement qu'elle s'approcha de l'ouverture béante, entra dans la maison. Ce qu'elle vit, du seuil, lui arracha un cri d'horreur et la plaqua contre le mur, le cœur fou. Dans la maison, il y avait deux cadavres : un homme et une femme.

Les jambes de l'homme, lié à un banc de bois, plongeaient encore dans le feu de la cheminée et achevaient de se consumer. C'était cela, le joli panache de fumée. Le visage était abominablement convulsé. Une large tache de sang, à la hauteur de la poitrine, indiquait qu'il avait été poignardé à la fin de son supplice. Quant à la femme, c'était pire. Elle gisait sur la table de bois grossier, entièrement nue et écartelée, bras et jambes attachés aux quatre pieds qui baignaient dans une énorme mare de sang où se coagulaient de longs cheveux noirs. Elle avait dû être violée, sans doute plusieurs fois, puis éventrée. Les entrailles pendaient de l'ouverture béante...

Révulsée, Catherine se rejeta au-dehors, s'appuya au mur de la maisonnette et là vomit tout ce qu'elle venait d'avaler... puis la panique l'emporta. Butant sur les mottes inégales du champ, elle se mit à courir vers le fleuve appelant Arnaud de toute la force de sa voix décuplée par la peur... Elle se jeta dans la barque comme dans un refuge, s'y pelotonna tout au fond en un réflexe enfantin, tremblant de voir surgir les brutes qui avaient martyrisé les malheureux paysans. Au bout d'un moment, elle se calma. Le silence environnant permit aux battements désordonnés de son cœur de s'apaiser. Bientôt, elle put réfléchir à l'énigme qui se posait à elle : où était passé Arnaud ?

L'idée qu'il ait pu l'abandonner ne lui vint pas. Même s'il avait voulu se débarrasser de Catherine, il ne l'eût pas fait ainsi, en rase campagne et exposée à tous les dangers. Il eût attendu pour cela qu'elle fût en sûreté. D'ailleurs, la nuit qui venait de s'écouler rendait impossible une telle éventualité. Arnaud l'aimait. De cela, Catherine ne doutait pas... Elle pensa que, peut-être, il était tombé sur les brigands de la ferme, qu'il avait été attaqué comme le malheureux couple. Elle se rassura en se souvenant qu'il n'y avait que deux cadavres dans la maisonnette... Peut-être avait-il dû fuir devant l'ennemi et, dans ce cas, il avait évité de revenir vers le fleuve pour que Catherine ne fût pas découverte... Mais toutes ces questions demeuraient sans réponse...

Désemparée, Catherine resta un long moment prostrée au fond de sa barque, espérant toujours qu'il allait revenir, ne sachant plus à quel parti se résoudre. Mais des heures passèrent sans ramener Arnaud, sans que le silence fût troublé par autre chose que par le cri d'un oiseau ou le clapotis d'un poisson qui mouchait. La peur de la jeune femme était telle qu'elle osait à peine bouger...

Pourtant, quand le jour commença à décliner, que la lumière se fit plus rouge et le soleil moins ardent, elle secoua sa torpeur. Il n'était pas possible d'attendre plus longtemps. Déjà, toutes ces heures perdues étaient de la folie, mais Catherine ne pouvait se résigner à s'éloigner de ce lieu, le seul où Arnaud pût la retrouver immédiatement. Pourtant, elle réfléchit : sa seule chance, maintenant, de le rejoindre était de gagner Louviers. La Hire, s'il y était encore, et rien, ces temps derniers, n'avait indiqué qu'il n'y fût plus, pourrait sans doute lui dire où était Arnaud. La Hire n'était-il pas, avec Xaintrailles, le plus sûr, le meilleur ami d'Arnaud, son frère d'armes ? Depuis si longtemps, les trois capitaines avaient combattu côte à côte, contre l'Anglais et son allié le Bourguignon, qu'il s'était tissé entre eux un de ces liens puissants, indestructibles, nés des heures difficiles, des équipées glorieuses, du danger allégrement partagé. Des trois, c'était La Hire le plus âgé, de beaucoup, mais ils eussent été de même âge que leur intimité n'eût pas été plus complète. Et, puisque La Hire tenait Louviers, Louviers était le lieu où, en cas de danger, Arnaud devait chercher secours.

Galvanisée par cette pensée, Catherine se redressa, dévora un gros morceau de pain et le reste du fromage. Elle se sentit mieux tout de suite, but un peu d'eau prise à la rivière. Toute sa combativité revenue, elle décida de se mettre en marche. La nuit la protégerait mieux que la lumière du jour contre les mauvaises rencontres et elle était assez claire pour permettre de se diriger aisément. Arnaud lui avait montré, au petit matin, la direction de Louviers et lui avait dit qu'il n'y avait guère que deux lieues et demie. Emportant le sac d'or et ce qu'elle put prendre des provisions pour n'être pas trop lourdement chargée, elle s'enveloppa dans le manteau que Jean Son lui avait apporté et quitta le bateau. Elle suivit un moment la courbe du fleuve, à l'ombre de la ligne des aulnes, puis, comme il semblait s'enfoncer vers le levant, prit résolument au sud. Elle se mit à marcher d'un bon pas à travers champs, faisant un crochet pour éviter la sinistre maisonnette où la cheminée avait cessé de fumer, et s'efforçant de ne plus penser à Arnaud. Elle avait trop besoin de son courage pour se laisser aller à l'angoisse que lui infligeait sa disparition.

Quelques heures plus tard, recrue de fatigue mais pleine d'espoir, elle arrivait en vue de Louviers. Il était trop tôt pour qu'elle pût espérer entrer et, en attendant l'ouverture des portes, elle se coucha sur un talus et s'endormit, enroulée dans son manteau, jusqu'à ce que le chant d'une alouette vînt l'éveiller.

Au moment d'aborder la porte fortifiée de la ville, le regard de Catherine chercha instinctivement la bannière, sur la plus haute tour, et elle poussa un soupir de soulagement. Voltigeant mollement sur le chapeau pointu d'une grosse tour à bec, il y avait une oriflamme noire marquée d'une vigne d'argent et les soldats de garde ne portaient point le hoqueton vert anglais. La Hire n'avait pas encore été délogé !... Joyeuse, Catherine retroussa sa jupe à deux mains, s'engouffra sous la voûte noire, bouscula un archer qui grogna, mais renonça à la poursuivre avec un sourire et un haussement d'épaules.

Elle se mit à courir comme une folle le long de la rue étroite qui se tordait comme une couleuvre entre les maisons biscornues. En haut, à gauche, il y avait la vieille et sévère maison des Templiers où logeait l'actuel maître de la ville. L'élan de Catherine était tel qu'elle passa comme une bombe devant les soldats de garde, si surpris qu'ils n'eurent même pas le réflexe de croiser leurs guisarmes.

« Hé !... la femme !... Arrête !... Tu entends ? Viens ici !... »

Mais Catherine n'écoutait pas. Elle déboucha dans la cour juste comme La Hire, d'un pas pesant, se dirigeait vers son cheval auquel un palefrenier donnait à boire. Le capitaine semblait de mauvaise humeur. Tout en marchant il faisait des pliés pour s'assurer que les jointures de ses cuissards et de ses genouillères jouaient bien. Catherine se rua sur lui avec un cri de joie et tant de violence qu'elle faillit le jeter à terre. Il s'emporta aussitôt et, ne la reconnaissant pas, l'envoya rouler dans la poussière d'un revers de main.

« La peste soit de la ribaude ! Tu es folle, la fille ? Holà, vous autres, chassez-moi cette drôlesse !... »

Assise par terre, Catherine riait sans retenue, soulagée de retrouver l'irascible capitaine.

« Vous recevez bien mal vos amis, messire de Vignolles. Ou bien ne me reconnaissez-vous pas ? »

Au son de sa voix, il se retourna, un pied en l'air parce qu'il s'apprêtait à enfourcher son cheval, la regarda. Une expression de stupeur incrédule se peignit sur son visage couturé.

« Vous ?... Vous ici ? Vous êtes vivante ? Et Jehanne... et Montsalvy ? »

Il courait à elle, l'empoignait pour la remettre de force sur ses pieds, la secouait comme prunier en août, saisi d'une frénésie faite à la fois de joie et de colère. La colère, c'était son état normal. Vingt-quatre heures sur vingt-quatre, La Hire étouffait de rage, fulminait d'exaspération, trépignait de fureur. Sa voix dominait les grondements des bombardes, son courroux faisait trembler les murailles. Il était la tempête, l'ouragan, la force brutale la plus pure, mais, pour ceux qu'il aimait, La Hire, le redoutable, avait une âme d'enfant. Il écumait déjà toute bile dehors, parce que Catherine ne répondait pas assez vite à ses questions. Mais, entre ses mains, la jeune femme s'abandonnait, vidée de force comme une poupée de son. Deux mots du capitaine l'avaient foudroyée : « Et Montsalvy ?... » Ainsi, lui non plus ne savait pas où était Arnaud... Une vague de douleur monta des entrailles de Catherine, s'enfla dans sa gorge, l'étrangla à demi. La Hire hurlait, hors de lui :

« Bon Dieu !... Allez-vous répondre ? Vous voyez bien que j'en crève... »

Ce fut son cœur, à elle, qui creva. Avec un cri de douleur, elle s'abattit sur la cotte d'acier du capitaine et se mit à sangloter si violemment qu'il demeura tout bête. La Hire, désemparé, ne savait plus que faire de cette femme en larmes. Tout autour de lui, ses hommes regardaient, certains en dissimulant mal un sourire. La Hire consolant une femme, voilà qui était nouveau !

Renonçant à poursuivre le dialogue au grand jour, le capitaine entoura Catherine d'un bras et l'entraîna vers son logis, mais, avant d'en franchir le seuil, il lança, par-dessus son épaule :

« Hé, Ferrant ! Va-t'en jusqu'au couvent des bernardines et dis à la tourière qu'elle m'envoie la femme nommée Sara... »

Un sergent se détacha de la compagnie déjà rangée en ordre et disparut sous l'ogive de la voûte. Pendant ce temps, La Hire refermait sur lui et sa compagne l'épaisse porte hérissée de clous, conduisait Catherine à un banc garni de coussins et la faisait asseoir.

« Je vais vous faire donner à manger, dit-il avec une douceur parfaitement inusitée chez lui. Il me semble que vous en avez besoin. Mais, pour l'amour de Dieu, parlez ! Qu'est-il arrivé ? Que s'est-il passé ? On a dit, ici, que Jehanne avait été condamnée à la prison perpétuelle, que... »

Catherine fit un violent effort sur elle-même, essuya ses yeux à sa manche et, sans regarder La Hire, murmura :

« Jehanne est morte ! Avant-hier, les Anglais l'ont brûlée et ses cendres ont été jetées à la Seine... Juste avant que l'on nous y jetât nous-mêmes, Arnaud et moi, cousus dans le même sac de cuir ! »

La peau tannée de La Hire verdit brusquement sous le chaume gris et ras de ses cheveux.

« Brûlée !... comme une sorcière ! Les misérables ! Et Arnaud est au fond de l'eau...

— Non, puisque j'en suis sortie, comme vous voyez. »

En quelques mots, Catherine raconta les derniers jours de leur séjour à Rouen, la tentative d'enlèvement de Jehanne, leur arrestation et leur emprisonnement au château de Rouen, enfin leur exécution et comment le courage de Jean Son les avait arrachés à la mort. Elle dit aussi la fuite dans la nuit, à bord de la barque, son réveil et l'inexplicable disparition d'Arnaud.

« Nulle part, je n'ai trouvé trace de lui, pas même

dans cette maison ravagée. C'est comme s'il s'était, soudainement, évanoui dans l'air.

— Un Montsalvy ne s'évanouit pas dans l'air comme une simple fumée, grogna La Hire. S'il était mort, vous auriez trouvé son cadavre... et d'ailleurs, il n'est pas mort. Je le sens, acheva-t-il en frappant sa poitrine d'un énorme poing ganté de fer.

— Pourquoi ? fit Catherine avec un peu d'aigreur. Je ne vous aurais pas cru aussi sensitif, messire.

— Arnaud est mon frère d'armes, répliqua le capitaine non sans grandeur. S'il ne respirait plus sous notre ciel, il y a quelque chose en moi qui me l'aurait dit. De même pour Xaintrailles. Montsalvy est vivant, j'en jurerais.

— Vous voulez dire, en ce cas, qu'il m'a abandonnée froidement ? Que c'est de son plein gré qu'il est parti ? »

La patience de La Hire avait été, jusque-là, beaucoup trop longue. Sa figure s'empourpra en même temps que son caractère emporté reprenait le dessus.

« Vous êtes idiote ou quoi ? Qui a dit qu'il vous avait abandonnée ? C'est un chevalier, espèce de dinde bornée ! Il n'abandonnerait pas une femme seule au milieu d'une campagne ravagée et sillonnée par l'ennemi. Il lui est arrivé quelque chose, c'est sûr ! S'agit de trouver quoi. C'est ce que je vais faire, et tout de suite. Quant à vous, au lieu de rester là comme une souche... »

Une voix nonchalante et froide, venue du fond de la salle, interrompit la furieuse diatribe du capitaine.

« Est-ce que vous n'oubliez pas un peu que vous parlez à une dame, messire de Vignolles ? Quel langage, en vérité ! »

Le nouveau venu avait un aspect étrange qui résidait moins dans la somptuosité de son costume, insolite pourtant dans ce décor guerrier, que dans son visage. Une courte barbe, bleue à force d'être noire, cernait étroitement une face aux traits nobles mais au teint pâle, presque cireux, et qui eût été belle sans le pli cruel de la bouche sensuelle et sans l'éclat froid d'un regard charbonneux. Les yeux du personnage ne cillaient jamais, ce qui leur conférait une fixité inquiétante, et Catherine frissonna sous leur poids. Elle avait immédiatement reconnu l'arrivant ; c'était Gilles de Rais, maréchal de France depuis le sacre royal. C'était l'homme qui, une nuit, avait tenté d'escalader sa fenêtre, à Orléans, et avec qui Arnaud s'était battu. Elle répondit d'un signe de tête au profond salut qu'il lui adressait et qui fit traîner dans la poussière les longues manches de ses huques de soie violette brodées d'or.

« Messire de Vignolles a toutes les excuses du monde, dit-elle doucement. J'ai si peu l'air d'une dame, faite comme me voilà ! Bien plutôt d'une paysanne, ou d'une fugitive. »

L'arrivée de Gilles de Rais avait fait tomber la colère de La Hire.

« Je me suis laissé emporter, bougonna-t-il. Pardonnez-moi, dame Catherine. Je n'ai pas voulu vous offenser. Voyez-vous, j'aime Montsalvy comme s'il était mon fils.

— Alors, s'écria Catherine passionnément, aidez-moi à le retrouver. Envoyez à sa recherche, à son secours peut-être...

— Qu'est-il arrivé au valeureux Montsalvy ? » demanda négligemment Gilles de Rais sans quitter des yeux Catherine que ce regard insistant commençait à mettre mal à l'aise.

Il fallut bien que La Hire s'exécutât et mît le haut seigneur au courant du drame de Rouen ainsi que de la disparition d'Arnaud. Comme Catherine, tout à l'heure, il raconta le procès de Jehanne d'Arc, sa condamnation, pour sorcellerie, par le tribunal ecclésiastique de l'évêque Cauchon vendu au comte de Warwick et au cardinal de Winchester, sa mort enfin dans les flammes du bûcher. Il le fit de mauvaise grâce car aucune amitié n'existait entre les deux hommes. La Hire était beaucoup plus âgé que Gilles de Rais, mais, surtout, une insurmontable aversion l'éloignait du fastueux Angevin. Il se méfiait, instinctivement, de ce cousin du tortueux La Trémoille auquel il ne pardonnait pas l'inertie, apparemment inexplicable, avec laquelle Charles VII avait laissé mourir la Pucelle. Le capitaine en attribuait tout le mérite aux mauvais conseils et à la jalousie de Georges de La Trémoille et, en cela, il ne se trompait pas.

« Ainsi, Jehanne est morte ! fit sombrement Gilles de Rais. Celle que nous avions cru un ange n'était tout compte fait qu'une fille comme les autres ! On l'a brûlée comme sorcière et sorcière, sans doute, elle était ! Dieu ne nous maudira-t-il pas d'avoir suivi cette mauvaise bergère ?... »

A mesure qu'il parlait, son visage se transformait et Catherine, stupéfaite, put voir la peur s'y inscrire peu à peu, une peur superstitieuse et amollissante, sœur jumelle de celle qu'elle avait lue sur le visage de Philippe de Bourgogne, devant Compiègne, lorsqu'elle lui avait demandé de libérer Jehanne. La terreur de la damnation, l'antique effroi de Satan et du sorcier, son serviteur ! Le grand seigneur, le guerrier sans peur disparaissaient, d'un seul coup, laissant seulement, à nu, l'homme aux prises avec la vieille peur ancestrale venue du fond des âges, l'angoisse de l'incompréhensible, née de l'humus des noires forêts druidiques sous l'éternelle menace des barbares dieux du sang.

Cependant, La Hire, les yeux rétrécis, avait écouté Gilles de Rais avec une fureur grandissante. Avant que Catherine ait eu le temps d'intervenir, il éclatait :

« Une sorcière ? Jehanne ? A qui d'autre que ce damné truand de La Trémoille comptez-vous faire croire ça, messire Gilles ? Etes-vous donc si peu chrétien qu'il vous suffise d'un jugement ennemi, d'un évêque pourri pour changer votre manière de voir ?

— Les gens d'Eglise ne se peuvent tromper, répliqua Rais d'une voix blanche.

— C'est vous qui le dites ! En tout cas, retenez ceci, seigneur maréchal : ne répétez jamais, vous entendez, jamais ce que vous venez de dire. Sinon, j'en jure Dieu, moi, La Hire, je vous ferai rentrer vos paroles dans la gorge au moyen de ceci. »

Et La Hire, fou de colère, tirait déjà son épée. Catherine vit les yeux du sire de Rais s'injecter de sang.

Elle avait toujours éprouvé, devant lui, un malaise instinctif, mais, cette fois, sa répugnance s'affirmait. Ce qu'il avait osé dire de Jehanne la révoltait autant que la facilité avec laquelle il s'était rangé du côté du tribunal ecclésiastique. Comment Gilles de Rais pouvait-il oublier la fraternité des armes et les fulgurants combats dans le sillage de la Pucelle ? Il porta, vers sa propre ceinture où pendait la dague, une main qui tremblait et les ailes de son nez, pincées par la colère, se teintaient de bleu. On entendit grincer ses dents.

« C'est un défi ? Je n'en accepte de personne !... sans en demander raison. »

Lentement, sans le quitter des yeux, La Hire repoussa son épée au fourreau, haussa ses lourdes épaules.

« Non ! Un simple avertissement que vous pourrez transmettre, selon votre gré, à votre cousin La Trémoille qui a toujours voulu la perte de la Pucelle. Pour moi, comme pour beaucoup d'autres, Messire, Jehanne est venue de Dieu ! Il lui a plu de la rappeler comme jadis, sur un autre gibet, il a rappelé son Fils. Le Seigneur Jésus était venu sauver les hommes et les hommes ne l'ont point reconnu... comme ceux d'ici ne reconnaissent point la Pucelle. Mais moi, j'y crois... oui, je crois en elle ! »

Une ferveur s'était étendue sur le visage buriné du chef de guerre et son regard s'en allait chercher, dans la poussière de soleil qui tombait d'une fenêtre, le reflet éblouissant d'une armure blanche. Mais ce ne fut qu'un bref instant. La seconde suivante, La Hire abattait son poing sur la table et achevait sa phrase :

« ... et je défends à qui que ce soit de dire le contraire ! »

Peut-être Gilles de Rais allait-il répliquer quelque chose, mais la porte de la salle venait de cogner contre le mur avec un claquement sec, poussée par une main vigoureuse. Sara, la coiffe en désordre, venait d'entrer comme une bombe, un soldat essoufflé sur les talons et, moitié riant, moitié pleurant, tombait dans les bras de Catherine.

« Ma petite... ma petite ! C'est donc toi... C'est bien vrai que c'est toi... que tu es revenue ? »

Les yeux de la bohémienne, qui avait pratiquement élevé Catherine, brillaient comme des étoiles, mais de grosses larmes inondaient ses joues tandis qu'elle serrait la jeune femme, à l'étouffer, contre sa poitrine plantureuse, couvrant son visage de baisers et ne s'arrêtant que pour la regarder et s'assurer que c'était bien elle. Gagnée par l'émotion, Catherine pleurait avec elle et il était impossible de démêler quoi que ce soit de cohérent dans les paroles des deux femmes. La Hire, en tout cas, en eut vite assez. Sa voix de stentor tonna et les fit sursauter.

« Assez de mignardises ! Vous avez tout le temps pour ça !... Rentrez au couvent avec votre servante, dame Catherine ! Moi, j'ai mieux à faire. »

Aussitôt, Catherine s'arracha des bras de Sara, les yeux luisant d'espoir.

« Vous allez chercher Arnaud ?

— Bien entendu. Expliquez-moi où se trouve au juste cette ferme auprès de laquelle vous étiez arrêtés... et priez Dieu pour que je trouve quelque chose. Si je ne trouve rien... alors c'est pour ceux qui me tomberont sous la main qu'il faudra prier ! »

Catherine s'expliqua du mieux qu'elle put, fouillant sa mémoire pour y trouver le plus de détails possibles, susceptibles d'aider le capitaine. Quand elle eut fini, il se contenta d'un bref « Merci », prit son casque et se l'enfonça sur la tête d'un coup de poing, enfila ses gantelets et, aussi allégrement que si sa pesante carapace de fer eût été un vêtement de soie, dégringola dans la cour en faisant autant de bruit qu'un bourdon de cathédrale. Catherine l'entendit hurler :

« A cheval, vous autres !... »

Une trompette sonna. Quelques instants plus tard, la voûte de la maison renvoyait l'écho, en forme de tonnerre, du lourd escadron de gens d'armes qui, au grand trot, se dirigeait vers la porte de la ville.

Quand le silence fut revenu, Gilles de Rais, qui avait jusque-là conservé une complète immobilité, s'approcha de Catherine, s'inclina.

« Vous reconduirai-je, belle dame, jusqu'au couvent ? »

Elle secoua la tête, sans le regarder, alla prendre le bras de Sara.

« Grand merci, Seigneur, mais je préfère rentrer seulement avec Sara. Nous avons à parler. »

LE soir vint sans ramener La Hire, et Catherine, ravagée d'angoisse, demeura des heures au plus haut du clocher du couvent des bernardines, se tirant les yeux tant qu'il resta au ciel un peu de lumière pour guetter la poussière d'une troupe à cheval.

« Ils ne rentreront pas cette nuit, lui dit Sara quand le grincement des massives portes de la ville, que l'on fermait à l'appel des guetteurs, parvint jusqu'à elles. Tu ferais mieux d'aller te coucher. Tu es si lasse... »

La jeune femme tourna vers elle un regard de somnambule qui traversait le corps vigoureux de la fidèle servante.

« Je suis lasse mais je ne pourrais dormir. Alors, à quoi bon ?

— A quoi bon ? s'insurgea Sara, mais à te reposer ! Va au moins t'étendre. Tu sais bien que, si monseigneur La Hire rentre cette nuit, tu entendras l'appel des cors pour obtenir l'ouverture des portes. Et puis, il te fera prévenir immédiatement. Enfin, moi je veillerai. Fais-moi plaisir. Va dormir un peu... »

Pour lui faire plaisir, effectivement, après un dernier regard à la campagne brûlée dont la nuit cachait les blessures sous son épais manteau noir, Catherine se laissa guider jusqu'à la cellule qui avait été la sienne avant la folle équipée de Rouen.

Sara la dévêtit, la coucha, la borda comme un bébé, puis, tout en pliant soigneusement les vêtements que Catherine venait de quitter, en posant la coiffe de lin blanc sur une tête de bois à cet effet, annonça d'un ton bourru :

« Le seigneur de Rais est venu, un peu avant le salut, pour prendre de tes nouvelles. La mère Marie-Béatrice m'a fait prévenir et j'ai dit que tu dormais. La sainte abbesse ne pouvait pas mentir, mais moi je peux très bien... et je n'aime pas du tout la tête de cet homme-là !

— Tu as bien fait... »

Sara posa un baiser dévotieux sur le front de Catherine et se retira sur la pointe des pieds, fermant la porte derrière elle. Catherine demeura seule dans l'étroite pièce aux murs de laquelle la flamme hésitante de la chandelle mettait des ombres fugitives. Tout son être était concentré dans ses oreilles qui cherchaient à démêler, dans le silence extérieur, le bruit lointain d'une troupe en marche. Mais, peu à peu, les besoins de son organisme exténué prirent le dessus, dominant son inquiétude et sa peine et, après de longues heures de veille, au moment même où les religieuses quittaient leur dure couche pour chanter matines à la chapelle, Catherine s'endormit.

Mais le sommeil ne lui apporta pas la paix. Au fond de son inconscience, elle retrouva, intactes, les heures de terreur et de joie des derniers jours. En un effrayant kaléidoscope elle revit l'infect trou de sa prison où s'allumaient, d'un seul coup, les flammes immenses du bûcher. Puis c'était le sac de cuir, ouvert devant elle et dans lequel des hommes noirs voulaient la jeter. Mais, cette fois, elle était seule. La silhouette d'Arnaud, entrevue un instant, se dissolvait dans l'ombre, malgré ses cris, malgré les efforts qu'elle faisait pour l'atteindre, pour l'étreindre... Les mains des bourreaux s'abattaient sur elle et, dans son rêve, elle tentait de crier, d'appeler celui qui, inexorablement, s'éloignait d'elle. Mais ses mains étaient liées et une force irrésistible la courbait vers la terre, vers le sac ouvert qui grandissait, grandissait au point d'atteindre les dimensions d'un tunnel gluant où elle s'engloutissait. Elle voulait appeler, sa voix n'était qu'un souffle impuissant, vaguement ridicule, et la terreur paralysait ses membres. Elle se sentit lancée dans un vide énorme et soudain, avec un grand cri, se réveilla, trempée de sueur. Sara, en chemise, une chandelle à la main, se penchait vers elle et la secouait, d'une main posée sur son épaule.

« Tu rêvais... Un mauvais rêve... Je t'ai entendue crier...

— Oui... Oh ! Sara, c'était horrible, je...

— Non, ne dis rien ! Il est inutile que les paroles recréent des images qui t'ont fait peur. Tu vas te rendormir et, moi, je vais rester auprès de toi. Les mauvais rêves ne reviendront plus.

— Il faudrait pour cela que je retrouve Arnaud, fit Catherine prête à pleurer. Sinon... sinon ils ne me quitteront plus. »

La nuit se termina sans autre incident. Le jour revint sans que La Hire et ses hommes eussent regagné Louviers. L'impatience rongeait Catherine dont, en même temps, l'espoir s'amenuisait à mesure que les heures coulaient.

« S'il avait rejoint Arnaud, il serait déjà rentré.
— Pas sûr ! disait Sara pour la calmer. L'expédition a pu l'entraîner plus loin qu'il ne voulait. »

Mais, malgré les paroles apaisantes et les encouragements de Sara, il fut impossible d'arracher Catherine du clocher. Peut-être y fût-elle demeurée toute la nuit cette fois si, à l'heure où le soleil plonge derrière le moutonnement verdâtre des champs, un nuage de poussière ne s'était levé sur le chemin de l'ouest. Bientôt, les reflets fauves arrachés par les dernières flèches de lumière à l'acier des armes furent visibles parmi les vagues poudreuses. Quand elle put distinguer le pennon noir à la vigne d'argent, Catherine dégringola le raide escalier en colimaçon.

« Les voilà ! Ils reviennent ! » cria-t-elle, insoucieuse de la sainteté du lieu.

Elle passa comme un boulet sous le nez de la mère Marie-Béatrice éberluée, bouscula la tourière et se retrouva dehors, Sara sur ses talons, dévalant la ruelle vers la porte de la ville, ses jupes retroussées à deux mains pour courir plus vite.

Elle arriva en vue des tours de garde juste comme le destrier de La Hire franchissait la herse relevée et se jeta presque dans les jambes du cheval.

« Alors ? Vous l'avez retrouvé ? »

A grand-peine, le capitaine maintint la bête pour l'empêcher de heurter Catherine, mais jura effroyablement. Sous la ventaille relevée du casque, son visage soucieux était gris de poussière, chaque pli de la peau marqué en noir.

« Non, jeta-t-il durement, il n'est pas avec nous. »

Mais, voyant Catherine, devenue blanche jusqu'aux lèvres, chanceler, il eut honte de sa brutalité, sauta à bas de sa monture et bondit vers elle juste à temps pour la retenir, défaillante, dans ses bras et l'empêcher de glisser à terre.

« Allons, vous n'allez pas encore me choir dans les bras ! Je ne l'ai pas retrouvé, mais je sais qu'il est vivant. C'est déjà ça, non ? Allez, venez, on ne va pas s'expliquer ici, devant ces croquants. »

Vivant ! Le mot ranima Catherine mieux qu'une paire de gifles. Elle regarda La Hire avec des yeux brillants d'espoir, se laissa entraîner jusqu'à la maison du Temple. Derrière eux s'étira la file lasse et sale des soldats. Le tout s'engouffra sous le porche noirci, emplit la cour. C'est seulement quand les hommes mirent pied à terre que Catherine s'aperçut qu'ils ramenaient un prisonnier.

La troupe serrée des chevaux avait empêché qu'elle le vît jusque-là. Pourtant, c'était un homme gigantesque, un de ces Normands blonds presque roux, charpentés comme une machine de siège et en qui se retrouvait, presque intact, l'héritage des vieux Vikings. Ses mains, liées de grosses cordes qui le reliaient à l'arçon du sergent Ferrant, étaient épaisses et rudes avec des poils frisés qui les poudraient d'or, mais on devinait que c'étaient là des mains habiles et intelligentes. Une mauvaise souquenille de toile déchirée couvrait mal un torse digne d'un ours, des épaules de bouvier sur lesquelles s'érigeait un visage couleur de brique aux traits incertains, mais sur le ton accentué duquel éclatait un regard gris clair, abrité d'épais sourcils broussailleux qui faisait irrésistiblement penser à une source vive cachée dans les herbes folles.

Le captif ne semblait pas autrement ému de sa situation critique. Il laissait reposer sur les choses et les gens un œil paisible et débonnaire, plus curieux qu'inquiet, mais qui s'alluma d'une flamme chaude en se posant sur Catherine.

« Qui est-ce ? demanda la jeune femme tandis que les gens d'armes poussaient l'homme entravé dans la grande salle.

— Est-ce que je sais ? fit La Hire avec un haussement d'épaules. Nous l'avons trouvé assommé dans le cellier de votre fameuse maisonnette. Il avait un tonnelet d'eau-de-vie sous un bras. Quelque pillard anglais sans doute ! Depuis que nous sommes revenus en Normandie, les Godons ont de plus en plus de mal à se faire payer les redevances par les paysans, et ils se paient comme ils peuvent. »

La voix de l'homme retentit, si puissante que la paix de la grande salle vola en éclats et résonna comme une voûte de cathédrale.

« Je ne suis pas Anglais mais bon Normand et fidèle sujet du roi Charles.

— Hum ! grogna La Hire. Tu parles notre langue, c'est déjà ça. Comment t'appelles-tu ?

— Gauthier ! Gauthier le Bûcheron, mais on m'appelle Gauthier Malencontre.

— Pourquoi donc ? »

L'homme des forêts eut un rire brusque.

« Parce que, quand j'ai en main la bonne cognée que vous ne m'avez pas laissé loisir de reprendre, il ne fait pas bon me rencontrer au coin d'un bois. J'en vaux dix, Sire capitaine, sans me faire honneur excessif !

— Explique-toi. Que faisais-tu dans cette maison ? Qui t'avait assommé ?

— Moi tout seul ! Jusqu'ici vous ne m'avez pas laissé parler. Maintenant, je veux bien vous dire ce que je sais... puisque vous êtes capitaine du roi. Je vous avais pris pour un routier. C'est pour ça que je me méfiais. »

La Hire haussa les épaules, mais ne put réprimer une grimace. Routier, il l'était bien un peu, quand la guerre chômait. Il faut bien faire son métier quand on est taillé pour ça ! Mais les états d'âme de La Hire n'intéressaient pas Catherine qui bouillait d'impatience. Elle attaqua elle-même le prisonnier.

« Que faisiez-vous dans cette maison ? Savez-vous ce qui s'est passé ?

— Oui », fit l'homme sombrement.

Il jeta sur Catherine un vif coup d'œil, puis continua :

« Magloire et Guillemette, les malheureux qui habitaient la chaumière, étaient mes cousins. Je venais quelquefois chez eux, quand la faim se faisait trop dure, dans les bois. Ils étaient bons et secourables et jamais un pauvre ne s'adressait à eux en vain. J'étais chez eux, où j'avais dormi, quand un homme est venu, l'autre matin. Il était mal vêtu, mais il avait l'air d'un chevalier. Un de ces airs... qui ne trompent pas. Il a tendu une pièce d'or à Guillemette en demandant si elle avait un peu de lait. Cet or anglais, ça lui a paru bizarre à Guillemette, elle a posé des questions. Mais il ne voulait rien dire, le voyageur. Il a seulement dit qu'il n'était pas d'ici, qu'il avait travaillé à Rouen et qu'il repartait dans son pays. Il y avait quelque chose dans sa voix qui disait qu'il ne mentait pas. Pourtant, cette hauteur instinctive qu'il avait en lui, c'était bizarre. Guillemette s'est laissé convaincre. L'or, c'est si rare ! Elle allait sortir pour aller à l'étable chercher le lait quand ils sont entrés... les autres... les puants, les loups écorcheurs ! En causant, on ne les avait pas entendus approcher. »

La Hire empoigna l'homme par sa souquenille et se mit à le secouer avec rage.

« Qui étaient-ils ? Est-ce que tu les connais ? »

Mais, malgré sa force et les mains attachées du prisonnier, La Hire n'était pas de taille contre le géant. D'un brusque mouvement d'épaules Gauthier Malencontre se débarrassa de lui.

« Sûr que je les connais ! J'ai vu la bannière. Celle de Richard Venables, l'écorcheur anglais, un charognard pire que Satan son maître. Il tient son repaire aux caves crayeuses d'Orival et dans les vieilles ruines de Robert le Diable. Ah ! ça n'a pas été beau à voir... Pauvre Guillemette !... pauvre Magloire !

— Parce que tu les as regardés égorger sans broncher ?

— Non mais, gronda l'autre, une lueur mauvaise au fond des yeux. Faudrait voir à ne pas m'insulter ! Il a quatre hommes en moins, le Venables, à l'heure qu'il est, grâce à moi tout seul. Seulement, ils se sont mis à dix pour m'avoir. Ils m'ont à demi assommé, ligoté... et j'ai fait le mort, ça valait mieux puisque je ne pouvais servir à rien. Je fais ça très bien... Seulement, ce que j'ai enduré, vous n'avez pas idée. Ficelé comme un saucisson et les yeux presque fermés par les coups, j'ai quand même tout vu... et tout entendu. Ce qui était pire ! Oh ! il a aussi fait du bon travail, l'homme à la pièce d'or. Il avait empoigné un banc et il tapait sur les routiers à tour de bras. Ça n'a pas empêché qu'ils l'ont eu, lui aussi. Il s'est retrouvé ficelé à côté de moi, mais bien évanoui, lui, avec au front une bosse qui enflait à vue d'œil et tournait au noir. C'était une bonne chose au fond... Il ne les a pas entendus hurler, lui, la petite Guillemette et le pauvre Magloire... Moi, j'ai cru devenir fou et j'ai remercié Dieu quand ils se sont tus et que j'ai compris qu'ils étaient morts. »

Il s'arrêta un instant, eut un mouvement d'épaules comme s'il cherchait à essuyer la sueur qui ruisselait sur son visage. Sans un mot Catherine s'approcha et, d'un pan de son voile, épongea le malheureux qui la regarda avec une expression de gratitude infinie.

« Merci, belle dame !...

— Je vous en prie, coupa Catherine en reculant, continuez ! Qu'est-il advenu de messire de Montsalvy... Je veux dire : celui que vous appelez l'homme à la pièce d'or ?

— Ah ! je savais bien que c'était un seigneur ! s'écria Gauthier d'un air de triomphe. Venables aussi, d'ailleurs, l'a su tout de suite. Quand... tout a été fini, je l'ai entendu ordonner à deux de ses hommes de l'emmener pour tâcher d'en tirer rançon.

— Comment se fait-il qu'ils t'aient laissé, toi ? fit La Hire goguenard ; un gaillard comme toi, ça vaut de l'or.

— Je vous l'ai dit, ils m'ont cru mort. En partant, ils ont enflammé une botte de paille sous la table, pensant que tout allait griller, moi avec, mais dès qu'ils ont eu le dos tourné j'ai brûlé les cordes qui me liaient, j'ai éteint le feu... et puis je me suis sauvé.

— Sauvé ? s'étonna Catherine, mais pourquoi ? »

De nouveau, il se tourna vers elle, avec des yeux où brillaient des larmes.

« Faut comprendre, dame ! Je les aimais bien, tous

les deux... et de les voir comme ça... c'était plus que je n'en pouvais endurer. J'ai couru droit devant moi, jusqu'à mon bois, les deux mains sur mes oreilles parce que je croyais entendre leurs cris d'agonie. Toute la journée, je suis resté sous les branches, à pleurer, à trembler... Mais, après, j'ai eu honte... J'y suis retourné parce que j'avais encore quelque chose à faire. Pauvres ! Ils avaient bien droit à un coin de terre bénie après leur martyre. Alors je les ai emballés de mon mieux dans deux couvertures, je les ai chargés sur mes épaules quand la nuit a été là et je suis allé les enterrer dans l'enclos des morts, au chevet de l'église du village.

— ... et tu es revenu pour voir si les routiers de Venables n'avaient pas laissé quelque chose », fit La Hire sarcastique.

Malencontre tourna vers lui un visage si congestionné par la fureur qu'il était presque violet.

« Un capitaine du roi, ça devrait comprendre certaines choses ! Oui, je suis revenu parce que je savais où Magloire cachait son tonnelet d'eau-de-vie et que je voulais me soûler, vous entendez ? me soûler à en crever pour ne plus entendre les cris de Guillemette... c'est même comme ça que je me suis assommé à une poutre ! »

Un silence suivit. La Hire, les mains nouées au dos, arpentait la salle basse dont les dalles claquaient sous ses semelles de fer. Pendant ce temps, Catherine continuait d'examiner l'étrange bûcheron. Une instinctive sympathie l'entraînait vers cet homme qui lui avait parlé d'Arnaud. Mais, brusquement, La Hire s'arrêtait devant Gauthier.

« Tu es sûr que tu as tout dit... et que tu as dit la vérité ? Ton histoire me paraît louche. J'ai bonne envie de te faire mettre à la torture. »

Le bûcheron haussa ses massives épaules et lui éclata de rire au nez.

« Si ça vous amuse, faut pas vous gêner, messire. Mais j'aime autant vous dire que le bourreau qui fera dire à Gauthier Malencontre autre chose que la vérité vraie, il n'est pas encore né ! »

On ne narguait pas La Hire sans inconvénient. Le capitaine devint pourpre et hurla :

« Maudit maraud, nous verrons bien si tu te moqueras de moi au bout d'une corde. Qu'on le pende !

— Non ! »

Instinctivement, Catherine s'était jetée devant l'homme ligoté et, les bras écartés, lui faisait de son corps un rempart. Elle avait crié, mais plus doucement, elle répéta :

« Non, messire... Ce serait une cruauté inutile. Moi, je crois ce qu'il dit. On ne ment pas avec le regard de cet homme. Pourquoi d'ailleurs mentirait-il ? Il n'a rien fait qui mérite la potence et il peut nous être tellement utile ! Ne disiez-vous pas tout à l'heure qu'il valait son pesant d'or ?

— Je n'aime pas que l'on se moque de moi.

— Il ne s'est pas moqué de vous. Je vous en supplie, seigneur La Hire, au nom de l'amitié que vous avez pour Arnaud, ne tuez pas cet homme. Laissez-le-moi... je vous le demande. »

Pas plus que les autres, La Hire n'avait la force d'âme nécessaire pour résister à Catherine quand elle demandait quelque chose d'une certaine manière. Il lui jeta un regard vif, puis un autre regard, plein de rancune celui-là, à son prisonnier et, finalement, haussant les épaules, sortit de la salle à grands pas en criant :

« Faites-en ce que vous voulez et grand bien vous fasse ! Il est à vous. »

Quelques instants plus tard, délivré de ses liens, le gigantesque bûcheron mettait humblement genou à terre devant Catherine.

« Dame... je vous dois la vie. Faites-en ce que vous voudrez, mais laissez-moi vous servir. Même une belle dame a toujours besoin d'un chien fidèle. »

CETTE nuit-là, Catherine dormit d'un sommeil assez calme. Elle était plus tranquille pour Arnaud, savait que, même si son sort actuel n'était guère enviable, sa vie ne risquerait rien tant que le bandit qui le retenait captif espérerait en tirer quelque chose. Et puis, dès l'aube sonnée, La Hire partirait avec une partie des troupes de Louviers pour aller enfumer le renard dans sa tanière et lui arracher son prisonnier. En qui mieux qu'en l'irascible capitaine pouvait-elle placer sa confiance et remettre la vie d'Arnaud ?

Avant de se retirer pour la nuit, Catherine avait confié Gauthier au jardinier du couvent, non sans s'attirer quelques remarques acerbes de Sara.

« Qu'est-ce que nous allons faire de ce grand sauvage ? avait ronchonné la digne femme. Il est un peu grand pour un page, un peu malodorant pour un valet, un peu rustre pour servir une dame de qualité et, de toute façon, beaucoup trop encombrant !

— Mais il constitue une sérieuse protection et j'ai le pressentiment que nous en aurons besoin. Quant à être sauvage... c'est bien la première fois, depuis que je te connais, que je t'entends prononcer ce mot-là avec réprobation. Nous renions nos origines, ma bonne Sara ?

— Je ne renie pas mes origines, mais j'ai le droit

de ne pas danser de joie à l'idée d'avoir désormais ce grand escogriffe à nos trousses.

— Par les temps où nous vivons, un homme comme lui peut être utile, fit Catherine d'un ton si tranchant que Sara n'insista pas et se contenta de marmonner :

— Après tout, ça te regarde !... »

La nuit, donc, avait été paisible, mais dès les premières lueurs de l'aube une agitation insolite s'empara de la petite cité. Une rumeur, des bruits de course, des cris vinrent bientôt éveiller les calmes échos du couvent au moment où la longue théorie blanche des nonnes sortait de la chapelle et se rendait au réfectoire.

Catherine et Sara, portant toutes deux un voile sur la tête, un missel dans les mains, venaient derrière avec la mère supérieure. Jamais Catherine n'avait suivi plus distraitement la messe. Depuis l'Evangile, depuis que les premiers bruits avaient éclaté, son esprit avait été tendu vers l'extérieur et elle avait dû faire appel à tout son sang-froid pour ne pas quitter sa place et courir au-dehors. Un monde de pensées s'agitait dans sa tête et elle se demandait si, d'aventure, La Hire n'avait pas tenté une expédition nocturne contre Venables... Si c'était lui qui revenait et causait ce tintamarre !... S'il ramenait Arnaud ?... L'*Ite missa est* avait fait à la jeune femme l'effet d'une libération et c'était avec soulagement qu'elle avait franchi les portes de la chapelle, tout en déplorant la solennité hors de saison de cette marche processionnelle vers le réfectoire. Les nonnes étaient-elles à ce point détachées du monde que ce qui se passait hors de leurs murailles ne les intéressait pas ? Pourtant, tout en suivant la galeries aux minces colonnettes de pierre du cloître, la mère Marie-Béatrice tendait l'oreille. Le vacarme enflait autour de l'îlot silencieux de l'abbaye. On pouvait distinguer maintenant des clameurs : « Aux remparts !... Aux armes ! »

L'abbesse se tourna vers la prieure.

« Allez jusqu'à la porterie, mère Agnès des Anges, et voyez d'où vient ce tintamarre. Je gage que nous allons être attaqués... »

La religieuse s'inclina et courut vers l'autre extrémité du jardin. Mais elle n'eut pas le temps d'atteindre la porterie. La tourière, de son côté, accourait par les allées tracées entre les massifs de petit buis et de plantes médicinales. Elle était rouge d'émotion et sa cornette était de travers.

« Messire de Vignolles est là, ma mère, dit-elle précipitamment après une courte révérence. Il dit que l'Anglais approche et qu'il désire parler d'urgence à Mme de Brazey. »

Mère Marie-Béatrice fronça les sourcils. Elle n'aimait guère ces perpétuelles incursions des soldats dans son couvent où elles entretenaient une atmosphère de fièvre très peu compatible avec le recueillement.

Catherine allait intervenir, se jeter vers le visiteur, mais la supérieure, d'un geste ferme, la retint par le bras et la rejeta derrière elle.

« Messire de Vignolles ne peut-il nous laisser prier en paix, au moins le dimanche ? fit-elle avec humeur. C'est un couvent ici, et non pas la grande salle de quelque château féodal. Il semblerait que... »

Elle n'eut pas le loisir d'en dire davantage. Un pas rapide et ferré faisait sonner les dalles du cloître et la voix forte de La Hire éclatait tandis que les nonnes fuyaient de tous côtés en poussant des cris effarouchés. Le capitaine marcha droit à la supérieure dont le visage devenait écarlate dans l'étroite ouverture de sa guimpe de toile.

« Ma mère, je n'ai pas beaucoup de temps pour discuter, encore moins pour les délicatesses. L'ennemi approche. Si vous n'entendez pas le vacarme que fait le peuple de cette ville en courant aux remparts, c'est que vos murs sont solides ou bien que vous êtes dure d'oreille. Il faut que je parle sur l'heure à la dame de Brazey. Veuillez la faire prévenir et dire en même temps à sa servante de préparer ses bagages. Il faut qu'avant un quart d'heure elle ait quitté cette ville ! J'attends ! »

Mère Marie-Béatrice allait sans doute discuter, mais, juste à cet instant, Catherine, incapable de se contenir plus longtemps, se glissa entre elle et le capitaine.

« Me voici, messire ! Ne criez pas si fort et d'abord sachez ceci : je ne partirai pas d'ici avant d'avoir retrouvé Arnaud.

— Alors, madame, s'emporta immédiatement La Hire, vous avez une bonne chance de ne jamais le retrouver et de terminer votre vie ici. Ecoutez-moi car je n'ai pas de temps à perdre ! J'ai cette ville à défendre et je ne peux pas ergoter pendant des heures pour vous convaincre. J'ai reconnu la bannière du chef qui approche de cette cité. C'est celle de John Fitz-Allan Maltravers, comte d'Arundel, un rude homme de guerre, croyez-m'en, et je ne suis aucunement sûr d'en avoir raison. J'ai peu de troupes, lui semble en avoir et, si vous montez sur le rempart, vous pourrez voir à l'horizon une fumée noire. C'est Pont-de-l'Arche qui brûle. Peut-être nous faudra-t-il évacuer Louviers en la laissant à la merci du vainqueur...

— Comment osez-vous dire cela ? s'écria Catherine en saisissant le bras de l'abbesse. Vous abandonneriez la ville ? Mais les habitants, les religieuses ?

— C'est la fortune de la guerre, ma fille, dit doucement mère Marie-Béatrice. Nous autres, épouses du Seigneur, avons peu à craindre des Anglais qui, comme nous, sont chrétiens. La soumission opportune de la ville pourra peut-être lui éviter le pire. L'Anglais manque d'argent et de vivres. Il ne peut s'offrir le luxe de nous réduire en cendres !

— Il s'est gêné pour Pont-de-l'Arche, peut-être ?

— Assez discuté ! coupa La Hire avec impatience. Vous allez partir, dame Catherine, parce que je ne peux plus assurer votre sécurité et que vous seriez une charge pour moi... je suis soldat, pas dame de compagnie. »

La colère et l'angoisse conjugées emportèrent Catherine.

« Vraiment ? Vous êtes soldat et vous voulez m'envoyer sur les routes ? Et pour aller où, je vous prie ? Et Arnaud, Arnaud aux mains de Venables ? Vous l'oubliez ?

— Je n'oublie rien. Pour lui, je me sépare de vingt hommes, ce qui est énorme quand l'ennemi avance. Le maréchal de Rais va profiter de ce que Maltravers immobilisera devant nos murs un fort contingent d'Anglais pour l'arracher à ce brigand. Quant à vous, votre place est auprès de la reine Yolande dont vous êtes dame de parage. La reine est au château de Champtocé, chez messire de Rais, où elle a de fort importants entretiens avec le duc de Bretagne. Vous allez la rejoindre en Anjou. C'est là que Rais conduira Montsalvy, dès qu'il l'aura repris, par l'or ou par les armes, à Richard Venables. »

Cette fois, Catherine avait écouté La Hire sans

l'interrompre, s'assombrissant à mesure qu'il parlait. Finalement, elle secoua la tête.

« Je regrette. Je reste ! Je n'ai pas confiance en messire de Rais. »

La patience de La Hire était à bout. L'appel d'une trompette au-dehors avait achevé d'user le peu qui lui en restait. Sans souci du saint lieu, il se mit à hurler :

« Moi non plus ! Mais il est de notre bord, il n'a aucun intérêt à nous trahir ; d'ailleurs il ne l'oserait pas ! De plus, ni vous ni moi n'avons le choix. C'est la guerre, madame, et Montsalvy, s'il était là, serait le premier à vous le dire et à vous vouloir en sûreté.

— En sûreté ? Sur les routes ? fit Catherine avec amertume.

— Vous avez un bon défenseur. Ce grand escogriffe mal peigné que vous avez sauvé de la corde. On va lui rendre une bonne cognée, puisque c'est l'arme qu'il préfère. Allez attendre Arnaud à Champtocé. Je le veux !

— C'est un ordre ? »

La Hire hésita, puis, fermement :

« Oui. C'est un ordre. Soyez partie avant un quart d'heure, par la rivière, avant que la ville soit investie. Sinon...

— Sinon ?

— Sinon vous partirez demain, avec les bouches inutiles. Nous n'avons de vivres que pour vingt-quatre heures. »

Il s'inclinait, reculait, se perdant déjà dans l'ombre des ogives grises. Une panique saisit Catherine comme si le chevalier en s'éloignant l'abandonnait, nue et sans forces, au milieu des loups. Mais ce ne fut qu'une passagère impression. Elle était trop accoutumée à la vie dure, au danger, à la peur pour discuter. Déjà, elle songeait à ce chemin qu'il allait falloir exécuter. Champtocé ? Comment tracer une route sûre vers ce château où, enfin, elle trouverait la reine ? Auprès de Yolande, elle ne craindrait rien. Elle pourrait attendre dans une relative tranquillité que revienne l'homme qu'elle aimait. Encore quelques jours, quelques jours seulement de séparation ! Ensuite, tout serait facile. Certes, elle pouvait bien accepter encore ce supplément de paiement pour son bonheur. Il lui avait déjà coûté si cher ! Un peu plus un peu moins ! Monseigneur Jésus et Madame la Vierge sauraient bien veiller sur sa route et la mener au port du salut que représentait la reine des Quatre Royaumes [1].

Elle se redressa. Sa voix alla atteindre La Hire qui, sans se retourner, se dirigeait vers le portail. Une voix claire et décidée.

« Je vous obéirai, messire de Vignolles. Dans un moment, j'aurai quitté cette ville. Dieu veuille que vous n'ayez jamais à regretter de m'en avoir chassée !

— Je ne vous chasse pas, grommela La Hire sur le seuil avec une sorte de lassitude, je vous mets à l'abri ! Ce que je ne saurais faire si l'Anglais s'emparait de vous. Et je n'aurai rien à regretter. Dieu vous garde, dame Catherine ! »

1. Yolande d'Aragon, duchesse d'Anjou, reine de Naples, Sicile et Jérusalem, belle-mère de Charles VII.

CHAPITRE II

LE VIKING

UNE heure plus tard, une petite barque glissait à l'ombre des remparts sud de Louviers, emportant Catherine, Sara et leur gigantesque compagnon, ce Gauthier « Malencontre » dont la rencontre, cependant, s'avérait providentielle. Entre les mains du vigoureux Normand, la longue perche de chêne qui faisait mouvoir le bateau semblait aussi légère qu'une baguette de coudrier. Debout à l'arrière, il enfonçait le bois dans l'eau puis, d'une puissante poussée, faisait glisser rapidement l'esquif. Bientôt, les murailles furent invisibles, cachées par l'épaisse végétation. Les aulnes aux feuilles gaufrées, aux chatons rougeâtres, et les saules argentés formaient comme un berceau par-dessus l'eau moirée d'or. La chaleur du jour s'annonçait lourde quand on avait franchi la petite poterne sur la rivière, mais au fil de l'eau il faisait presque frais.

« Comme j'aimerais me baigner, murmura Catherine en laissant sa main pendre le long du bordage.

— Quelle bonne idée ! maugréa Sara qui, depuis le départ, n'avait pas sonné mot. Les Anglais n'auraient qu'à te cueillir toute ruisselante quand ils arriveront par ici.

— Ils ne viendront pas, affirma Gauthier. A cause des marécages ! C'est dangereux. On peut s'enliser. »

Sara dédaigna de répondre au géant, mais Catherine lui sourit. Elle se félicitait de plus en plus du sauvetage qu'elle avait accompli. Gauthier était de ceux qui ne s'étonnent de rien, qui s'accommodent de tout et agissent en tout avec une grande économie de gestes et de paroles. Tout à l'heure, quand on était venu le chercher chez le jardinier du couvent, quand on lui avait annoncé qu'il fallait partir, il n'avait rien dit. Il avait seulement tendu la main pour saisir la hache qu'un homme d'armes lui apportait, en avait essayé le fil sur son pouce et l'avait glissée sous son épaisse ceinture de cuir.

— Je suis prêt », avait-il dit seulement.

Sur l'ordre de Catherine, le jardinier lui avait découvert des vêtements à peu près convenables pour remplacer ceux, déchirés et hors d'usage, qu'il portait en arrivant. Une courte tunique de futaine noire, des chausses brunes collantes, prises dans d'épais souliers de cuir l'habillaient en paysan aisé. Ces chaussures avaient été le plus difficile à trouver. Un savetier les avait fabriquées hâtivement en partant d'une paire de sandales appartenant au supérieur des frères prêcheurs de Saint-François dont le couvent était proche de celui des bernardines. Encore Gauthier avait-il fait la grimace en les passant et s'était-il hâté de les ôter sitôt arrivé dans la barque.

Une chose avait frappé Catherine. Avant de quitter le couvent, elle avait voulu entrer un instant à la chapelle pour une courte prière. Sara était entrée, bien entendu, avec elle, mais Gauthier s'y était refusé. Et, comme elle s'étonnait :

« Je ne suis pas chrétien ! avait-il dit sèchement sans paraître prendre garde à la mine scandalisée de ceux qui l'entouraient.

— Mais, reprit Catherine, tu nous avais dit que, l'autre nuit, tu avais été enterrer tes amis dans l'enclos de l'église ?...

— Bien sûr. Ils y avaient droit. Eux croyaient, ils avaient reçu le baptême. Pas moi !

— Je verrai plus tard à te faire instruire », avait alors répondu Catherine sans insister davantage.

Mais, maintenant, tandis que la barque glissait sans bruit sur l'eau calme, elle songeait à tout cela tout en regardant le grand Normand à travers ses cils baissés. Gauthier lui inspirait de curieux sentiments. Elle le trouvait sympathique, mais il lui faisait un peu peur, moins à cause de sa force qu'à cause de son clair et indéchiffrable regard. Il semblait ne penser à rien, en ce moment ; pourtant la jeune femme avait la sensation presque physique qu'il écoutait de toutes ses forces les bruits décroissants de la ville. Les cris, le tohu-bohu des bourgeois et des petites gens claquant leurs volets, courant aux remparts pour colmater hâtivement quelques brèches anciennes, entassant des fagots et des bûches, apportant des pierres et de la poix pour la défense de leur cité ou sortant leurs armes de leurs greniers, le chant liturgique des moines de Saint-François sortis en procession pour une dernière bénédiction avant le combat et, dominant le tout, la voix tonnante de La Hire, tout cela s'estompait peu à peu. Le tintamarre de la guerre reculait pour faire place au bruissement de l'eau contre la coque, à la fuite d'un lapin dans les herbes folles, au sifflement d'un merle sur une branche et Catherine se laissait insensiblement gagner par ce calme qui grandissait autour d'elle, par la beauté de ce jour d'un printemps à son déclin. La rivière, d'une belle largeur à cet endroit, fuyait entre deux berges couvertes d'un fouillis de ronces, de pommiers sauvages, de merisiers et de petits chênes encore enfantins. Tout cela, sous le soleil, dégageait une bonne odeur saine de jeune végétation et d'humus plein de sève. Si chaque poussée de la perche n'eût accentué la distance qui la séparait d'Arnaud, si son âme n'eût été tellement ravagée d'angoisse et si désespérément attachée à l'homme qu'elle aimait, Catherine eût trouvé plaisir et repos dans cette silencieuse glissade sous les verts rameaux à travers lesquels se montraient de grands lambeaux de ciel indigo.

La Hire avait tracé, pour Catherine et son escorte, la route à suivre. Elle était facile, bien que jalonnée de dangers, car le pays que l'on allait traverser était encore en grande partie anglais. On devait remonter la rivière d'Eure jusqu'à Chartres. La grande cité de Notre-Dame, la haute cité de foi où affluaient toujours les pèlerins, malgré la guerre, ou à cause d'elle, était une sûre étape avant la traversée des terres, ravagées, incendiées, affamées et sans merci qui séparaient Chartres d'Orléans-la-Délivrée. Ce serait là le plus dur, le plus dangereux. Ensuite, il n'y aurait plus qu'à prendre la grande route liquide de la Loire et laisser filer le grand fleuve jusqu'aux tours de Champtocé. La Loire !... Que de souvenirs d'espoirs et de souffrances son seul nom rappelait à Catherine ! Une fois déjà, à grand-peine et grande misère, le large ruban d'eau l'avait amenée auprès d'Arnaud et c'était à lui qu'une fois encore elle allait demander de les réunir. Bien sûr, Catherine n'aimait guère l'idée d'être l'hôte de l'inquiétant seigneur de Rais. Mais là où était la reine Yolande, danger ou félonie se pouvaient-ils craindre, ou seulement concevoir ? Non. Il fallait aller droit son chemin, le faire aussi bref que possible. C'était la dernière épreuve, la dernière ! Ensuite rien ne la séparerait plus d'Arnaud. Elle serait bientôt sa femme... Sa femme ! Le seul mot la faisait défaillir de bonheur...

Cette pensée lui fit chaud au cœur et lui montra soudain la vie sous d'autres couleurs. Elle sourit aux rives fraîches, à Sara qui la regarda avec étonnement, puis envoya à Gauthier la fin de son sourire.

« Quelle belle journée ! » dit-elle presque joyeusement.

Mais le grand Normand ne sourit pas. Sourcils froncés, il regardait quelque chose au loin vers l'amont de la rivière.

« Ne louez la journée que lorsqu'elle est finie, marmotta-t-il entre ses dents, l'épée que lorsqu'elle a frappé, la f...

— Pourquoi t'arrêtes-tu ? fit Catherine. Qu'allais-tu dire : la femme ?

— En effet, dame. Mais la fin de ce vieil adage danois ne vous plairait sans doute pas. Au surplus, l'heure n'est pas à la discussion. »

Catherine se retourna, suivant la direction de sa main tendue, et retint une exclamation. Au même instant, des cris s'élevèrent sur la rivière. Des femmes surgirent des fourrés et se mirent à courir de toutes leurs forces. C'étaient des lavandières que les hautes herbes avaient cachées jusque-là et qui, maintenant, fuyaient devant un ennemi invisible. Leurs robes de toile bleue, relevées dans la ceinture, montraient leurs jambes nues, roses encore au sortir de l'eau fraîche dans laquelle, sur des pierres, elles avaient foulé le linge, et déjà, dans l'ardeur de la course, les chevelures croulaient sur les épaules, échappées des béguins de toile.

« Mais pourquoi courent-elles ? » demanda Catherine.

Personne ne lui répondit. Trois soldats en hoquetons verts venaient d'apparaître, lancés à leur poursuite, au détour d'un chemin forestier. Gauthier, d'un mouvement brusque, fit virer le bateau qui s'enfonça profondément dans la vase et les roseaux de la berge.

« Des Anglais ! souffla-t-il tandis que, déjà, sa main pesait sur le dos de Catherine l'obligeant à s'aplatir au fond de la barque. Cachez-vous... Et vous aussi, jeta-t-il hargneusement à Sara qui avait feint de ne pas l'entendre, vous n'êtes pas assez vieille pour ne pas risquer... »

Il n'en dit pas plus. Sara grogna mais se coucha auprès de Catherine. Cependant, le Normand, au lieu de les rejoindre, enjambait le bordage, se coulait dans l'eau sans le moindre clapotis, aussi souplement qu'une loutre qui plonge. Sara releva la tête, le vit dans l'eau jusqu'à la taille, la main sur sa hache.

« Ah çà !... mais où allez-vous ?

— Voir si je peux faire quelque chose pour ces femmes. Elles sont Normandes comme moi.

— Ouais ! répliqua la tsigane. Et vous croyez qu'on va rester là, nous deux, dans ce trou de musaraigne ? Nagez, je vous suis de loin ! »

Et aussitôt redressée, la grande femme avait saisi

la perche, l'enfonçait dans l'eau et d'une vigoureuse poussée au fond arrachait le bateau à la vase. Gauthier n'avait pas insisté. Il s'était mis à la nage, le fond ne permettant pas de marcher, et se dirigeait rapidement vers une petite crique d'où venaient maintenant des cris aigus et des jurons. Le géant nageait comme un poisson. Son corps puissant fendait l'eau avec la sûreté, la rapidité d'une couleuvre d'eau et Sara avait du mal à le suivre. Agenouillée à l'avant, le cou tendu, Catherine regardait passionnément. Son séjour à Rouen l'avait familiarisée avec les uniformes anglais et elle n'avait même pas peur. Simplement, elle était curieuse de voir ce que son étrange garde du corps allait faire.

Bientôt, la crique fut en vue, une anse d'eau vert sombre sous l'ombrage de grands pins dont les branches s'étendaient, raides et noires, au-dessus de la rivière. Sara abrita la barque dans un buisson de lys d'eau d'où il était possible de voir sans être vu. Les Anglais étaient là, tournant le dos au courant. Quatre hommes qui tentaient de maîtriser deux filles dont les cris d'angoisse emplissaient l'air. L'une d'elles, déjà immobilisée, hurlait sous un gigantesque archer roux qui, d'une main appliquée brutalement sur son visage, lui plaquait la tête au sol et de l'autre arrachait sa robe. Les trois autres étaient occupés à ficeler les mains de sa compagne à deux troncs de pin et riaient si fort que leurs éclats couvraient presque les cris de leur victime.

Catherine vit Gauthier prendre pied à la berge, se dresser dans l'eau, lentement, pour ne pas révéler sa présence. Sa main descendit jusqu'à sa ceinture, empoigna la hache, fit un geste rapide tandis qu'un véritable hurlement s'arrachait de sa gorge. La hache fila avec un sifflement sinistre et alla se planter juste entre les deux épaules de l'archer roux. Le rugissement de douleur de l'homme et le cri de Gauthier firent retourner les trois autres, mais déjà le géant avait pris pied sur l'herbe courte de la berge et, tirant vivement une dague dissimulée sous sa tunique, faisait face, attendant le choc. D'où elles étaient, les deux femmes pouvaient voir les faces rouges et sauvages des trois soldats. Ils avaient tiré leur glaive et marchaient à petits pas sur l'homme seul, comptant visiblement en avoir raison sans peine. Lui, acculé à la rivière, semblait un sanglier en face des chasseurs. Brusquement, le choc eut lieu. Les soldats, d'un même mouvement, bondirent sur Gauthier l'épée haute, et Sara reprit sa perche.

« S'il a le dessous, nous fuirons aussi vite que nous pourrons, souffla-t-elle.

— Il n'aura pas le dessous, répondit Catherine avec un geste d'impatience. Tiens-toi tranquille ! Regarde ! »

En effet, le grand Normand, comme un bœuf secoue des mouches, se débarrassait de ses agresseurs avec une rapidité qui tenait du miracle. Il en avait déséquilibré un en l'attirant brusquement à lui, et, profitant de la surprise des deux autres, l'avait vivement poignardé avant de le jeter comme un projectile dans les jambes des autres qui, atteints, roulèrent à terre. Gauthier ne perdit pas une seconde. Rapide comme l'éclair, il sauta sur l'un d'eux. De nouveau, la dague disparut dans une gorge. Tout de suite redressé, il voulut s'attaquer au dernier, mais celui-ci n'avait pas demandé son reste. A peine sur pied, il avait pris la fuite et courait maintenant à travers champs, sautant les talus comme un cabri.

Autour du Normand, il y avait trois cadavres. Le grand archer roux agonisait. Une large tache rouge s'étendait sur sa tunique verte. Mais la fille qu'il tenait ne criait plus. Les mains convulsives de l'Anglais, nouées à sa gorge, achevaient de l'étrangler. En revanche, l'autre était vivante. Toujours attachée, elle attendait calmement qu'on vînt la délivrer. Catherine entendit qu'elle disait quelque chose, mais ne comprit pas le sens des paroles. Sa robe avait été tellement malmenée qu'elle pendait, en longues bandes déchirées, autour de ses hanches. Seuls, ses longs cheveux couleur de blé mûr couvraient ses épaules et sa gorge pleine, mais elle semblait n'avoir cure de sa nudité. Stupéfaite, Catherine la vit s'avancer vers le Normand, se glisser contre lui et se hausser sur la pointe des pieds jusqu'à ce que leurs lèvres se touchassent.

« Oh ! fit Sara suffoquée. C'est trop fort !

— Pourquoi ? répondit Catherine. Chacun remercie comme il peut !

— C'est entendu, mais regarde-les... regarde cette fille : elle s'offre, ma parole ! »

C'était vrai, et Catherine, malgré elle, fronça les sourcils. La fille blonde était belle ; son corps rose avait la pureté, la plénitude d'un marbre et, en voyant les mains de l'homme se poser sur ses hanches, la jeune femme sentit une boule se nouer dans sa gorge. Mais elle s'était méprise sur le geste. Le géant, simplement, écartait de lui celle qu'il avait sauvée, posait un baiser rapide sur le bout de son nez et, sans se retourner, revenait à la rivière dans laquelle, sans une hésitation, il se jeta. Catherine entendit l'appel de celle qu'il avait quittée, vit le geste dérisoire de ses bras pour retenir l'homme. Mais les bras retombèrent, la paysanne haussa les épaules et disparut bientôt sous le couvert des arbres.

« Allons-y ! » fit Sara en lançant le bateau dans le courant.

Quelques secondes plus tard, Gauthier se hissait sur le plat-bord, ruisselant, haletant. Il adressa à Catherine un sourire qui découvrit ses fortes dents blanches.

« Voilà ! c'est fini. Nous pouvons repartir. »

Mais la langue de Sara la démangeait. Elle ne pouvait plus retenir ce qu'elle avait envie de dire.

« Bravo ! dit-elle ironiquement. Mais pourquoi donc n'avoir pas accepté le beau cadeau qu'on vous offrait ? »

L'homme regardait toujours Catherine et ce fut à elle, qui ne demandait rien, qu'il répondit :

« Pour ne pas vous faire attendre.

— Sinon ? demanda la jeune femme.

— Sinon... pourquoi pas ? Il faut prendre de la vie ce qu'elle offre, quand elle l'offre.

— A merveille ! s'écria Sara outrée. Et les quatre cadavres ne vous auraient pas gênés, j'imagine. »

Cette fois, Gauthier Malencontre daigna s'adresser à elle. Il laissa peser sur la bohémienne un regard lourd et grave.

« L'amour est frère de la mort. Dans les temps cruels qui sont les nôtres, ils sont les seules choses qui comptent. »

Il avait repris la conduite de l'embarcation et, de nouveau, le bateau glissait sous le treillage vert des arbres. Pendant un long moment, on voyagea en silence. Serrées l'une contre l'autre, à l'avant du bateau, les deux femmes semblaient plongées dans leurs pensées profondes. Mais Catherine voulait encore savoir quelque chose. Elle se retourna.

« Tout à l'heure, dit-elle, quand les Anglais ont sauté sur toi, tu as poussé un cri... on aurait dit un appel, un nom !...

— C'en était un. Les vieux guerriers venus du Nord par la route des cygnes et dont je porte le sang dans mes veines poussaient ce cri au moment du combat.

— Tu n'es pas chevalier pourtant, pas même soldat !... remarqua la jeune femme avec un inconscient dédain qui n'échappa pas à l'ancien bûcheron.

— Mon sang en est-il moins pur ? Les fils des anciens rois de la mer ne sont pas tous dans des châteaux et je sais plus d'un noble dont les ancêtres peinaient sous le fouet des Vikings. Moi je descends d'un grand chef qui se nommait Bjorn-Côtes-de-Fer, ajouta-t-il en frappant du poing sa poitrine qui résonna comme un tambour, et j'ai le droit d'invoquer Odin à l'heure de la bataille !

— Odin ?

— Le dieu des combats ! Je vous ai dit que je n'étais pas chrétien. »

Et, pour bien marquer qu'il n'avait pas envie d'en dire davantage, le grand Normand se mit à fredonner. Catherine se détourna. Son regard rencontra celui de Sara. Elles n'échangèrent pas une parole, mais, dans les yeux sombres de son amie, la jeune femme n'avait pas lu, cette fois, la colère ou l'indignation. Rien que de l'étonnement et une sorte d'admiration.

Un martin-pêcheur fila en criant au-dessus d'eux et piqua dans une flaque de soleil. Le bateau continua de glisser en paix.

Quand le jour baissa, Gauthier se mit à la recherche d'un coin pour passer la nuit. Les émotions de la journée avaient rompu les deux femmes et lui-même sentait la lassitude venir. Il finit par découvrir une petite grève non loin d'un moulin en ruine, qu'une véritable vague de végétation couvrait presque complètement.

« Là, dit-il, nous serons à l'abri. »

Personne ne répondit tant il semblait normal qu'il prît la direction des opérations. Pourtant, depuis que la lumière s'était mise à décliner, l'humeur de Sara semblait, elle aussi, s'assombrir. Durant toute la dernière heure de navigation, elle avait tenu son regard fixé sur la pointe avant de la barque et n'avait sonné mot. Une fois que l'on eut pris pied sur le sable et que Gauthier les eut quittées pour une rapide reconnaissance autour du moulin ruiné, Catherine en fit l'observation à la gitane.

« Qu'est-ce que tu as ? Pourquoi fais-tu cette mine ?

— Je ne suis pas tranquille, répliqua Sara, et, maintenant que la nuit vient, mon absence de tranquillité n'est pas loin de la peur toute simple.

— Et pourquoi donc ? Que crains-tu ? Avec un homme comme Gauthier, je crois bien que nous ne risquons rien. »

Sara haussa nerveusement les épaules et vint s'asseoir sur le sable auprès de Catherine, ses bras retenant ses jupes autour de ses genoux.

« C'est justement de lui que j'ai peur. »

Catherine sursauta et regarda son amie avec stupeur.

« Pour le coup, tu es folle.

— Crois-tu ? riposta Sara avec une violence contenue. Que sais-tu de cet homme, de son passé ? Exactement ce qu'il t'a dit et que tu as cru comme article de foi. Mais s'il était autre ? On dirait bien des choses pour sauver sa peau. Après tout, c'est peut-être lui qui avait massacré, pour les voler, ces malheureux paysans.

— Je ne crois pas ça ! s'écria Catherine violemment.

— Moins haut, veux-tu, il peut revenir et il est inutile de l'exciter. Nous ne sommes pas riches, mais le peu d'or que tu possèdes et nos quelques hardes représentent une fortune pour un homme de cette sorte. Nous sommes livrées à lui comme des agneaux à l'écorcherie. Il peut profiter de la nuit pour nous voler, nous tuer... ou pire encore !

— Pire ? fit Catherine les yeux ronds. Je ne vois pas ce qui pourrait nous arriver de pire que la mort.

— A moi non, mais à toi, si... Tu ne sais pas comme ce sauvage te regarde quand tu ne le vois pas. Moi je l'ai vu, et l'expression de son visage ne m'a pas rassurée. Je n'ai jamais vu le désir aussi clairement exprimé. »

Malgré son empire sur elle-même, Catherine se sentit rougir. Peut-être, parce qu'elle se sentait vaguement coupable. En effet, elle n'avait pas été sans surprendre certains regards, mais elle avait refusé d'y ajouter d'importance. Son orgueil se rebellait à l'idée qu'un rustre comme Gauthier pût voir en elle une simple femme. Et si sa voix vibra d'une colère contenue en répondant, c'était moins contre Sara que contre elle-même.

« Et quand cela serait ? Je sais me défendre, Sara, je ne suis plus une enfant.

— Il y a des moments où je me le demande. »

Sara eut le dernier mot. Le bruit d'un pas lourd écrasant des broussailles fit taire les deux femmes. Gauthier revenait. Il ne parut pas s'apercevoir de leur air gêné et alla s'étendre un peu plus loin.

« Tout est tranquille ! dit-il. Mais je vais quand même veiller une partie de la nuit. Vous, la femme noire, je vous réveillerai pour me relayer deux ou trois heures avant le jour... »

La « femme noire » faillit se rebiffer, mais une envie de rire fronçait le nez de Catherine, et elle ravala les paroles acerbes. Après tout, le temps n'était pas si éloigné où, pour le cercle pouilleux du roi de Thune, le sinistre chef des cours des miracles parisiennes, elle était Sara-la-Noire. Gauthier avait vu juste.

En silence, on mangea un peu de pain et de fromage, don des religieuses de Louviers, puis les deux femmes s'étendirent sur le sable, enroulées dans leurs manteaux, tandis que Gauthier allait s'asseoir un peu plus loin sur une grosse pierre. De sa place, Catherine pouvait voir sa silhouette accroupie se détachant sur le bleu sombre du ciel, semblable à quelque lion méditatif. Il ne bougeait pas plus qu'une souche ; pourtant la jeune femme sentit un frisson parcourir sa peau. En se rappelant le bref combat de l'après-midi, elle se dit que Sara avait peut-être raison, que l'homme, avec sa force terrible et sa science du combat, pouvait être dangereux. Mais, peu à peu, sa peur s'apaisa. Là-bas, à mi-voix, le Normand chantait. La langue qu'il employait était inconnue de Catherine et elle ne comprenait rien de ce qu'il disait, mais il y avait une sorte de grandeur sauvage et rude dans ce chant dont les couplets s'achevaient comme une plainte.

Elle était si bien envoûtée par la bizarre mélodie que le cri désagréable d'un oiseau nocturne éclatant près d'elle ne rompit pas l'enchantement. D'ailleurs, peu à peu, le sommeil appesantissait ses paupières. Bercée par la chanson monotone du géant, elle rejoignit dans le sommeil Sara, que ses inquiétudes n'empêchaient pas de ronfler avec ardeur. Et la nuit s'écoula sans incident...

Au matin, pourtant, comme ils allaient se remettre en route et que Sara, un peu plus loin, baignait sa figure dans la rivière, Catherine s'approcha de Gauthier.

« Je t'ai entendu chanter, hier soir, mais je n'ai pas compris une parole.

— C'était la langue des vieux Normands, vous ne pouviez pas comprendre. On appelait ce chant la Saga d'Harald le Vaillant.

— Et que disaient ces paroles ? »

Gauthier se détourna pour détacher la corde du bateau du tronc où il l'avait nouée, puis, sans regarder Catherine, répondit :

« Elles disent : « Je suis né dans le haut pays où « retentissent les arcs ; mes vaisseaux sont l'effroi « des peuples, j'ai fait craquer leurs quilles sur la « cime cachée des écueils, loin de la dernière habi- « tation des hommes ; j'ai creusé de larges sillons « dans les mers... et cependant une fille de Russie « me dédaigne. »

Quand la voix lente du Normand s'éteignit, Catherine ne répliqua rien. Elle s'enveloppa de son manteau et, les joues en feu, alla s'asseoir au fond du bateau. Décidément, il lui faudrait surveiller plus étroitement les gestes de Gauthier !

APRÈS quatre jours de voyage, un soir, à l'heure où le soleil se couchait dans son lit moiré d'or, les tours de Chartres crevèrent l'horizon de leurs flèches noires. L'Eure, sous le bateau, courait plus gonflée, plus bleue et plus blanche, plus resserrée aussi entre des talus jaillissant de folle végétation qui tranchaient comme une fourrure sur le velours ocre de la grande plaine brûlée. Le grand chemin liquide s'était fait sentier et le voyage au fil de l'eau s'achevait. Sans grand-peine, il faut le dire. La fatigue avait été minime pour les deux femmes et l'on avait mangé à sa faim. La terrible hache de Malencontre savait aussi atteindre le gibier à la course et le forestier connaissait la vie des bois et des champs comme personne.

Sous les murailles brunes de la vieille cité des Carnutes, l'Eure se divisait en plusieurs bras dont l'un se glissait sous les courtines par une voûte fortement grillée pour alimenter les tanneries et les moulins, et l'autre emplissait le large fossé ceinturant la ville. Gauthier tira la barque au sec sur une petite grève de terre brune, à l'à-pic d'une des grosses tours qui défendaient la porte Drouaise.

« Je vais tâcher de la vendre ou de la troquer contre une mule », dit-il tandis que les deux femmes mettaient pied à terre. Catherine leva la tête, abritant ses yeux de sa main contre la lumière violente, pour regarder, brillantes et pointues sur le bleu dur du ciel, les poivrières d'ardoise et aussi, accrochée à la muraille au-dessus de la herse de vieux chêne noirci, la statue dorée de la Vierge, son enfant dans les bras. Mais, plus haut encore, sur le mur, claquait l'étendard rouge où rampaient les léopards d'Angleterre. D'un geste de la tête, elle désigna la grande étoffe pourpre et or à son compagnon.

« Que faisons-nous ? La ville est anglaise, mais nous avons besoin de manger... de nous reposer un peu, de trouver des montures. Je sais bien que nous n'avons guère d'apparence, mais nous n'avons pas non plus de sauf-conduit. »

Mais le grand Normand ne l'écoutait pas. Un gros pli creusé entre ses sourcils couleur de paille, les prunelles rétrécies, il examinait attentivement la muraille et, d'instant en instant, son expression se faisait plus grave. Tellement que la jeune femme prit peur. Depuis le début de leur voyage, elle avait appris à respecter les avis autant que la force, l'adresse et la rapidité de décision de cet étrange garçon qu'elle s'était attaché, mais sans cesser de le surveiller.

« Qu'y a-t-il ? demanda-t-elle, baissant instinctivement la voix.

— Rien, apparemment. Mais ce silence étrange, ces murailles vides, cette porte sans gardes. On dirait que la ville est abandonnée. Et, regardez ! »

Sa main se tendait vers le sommet de la colline, vers le jet de pierre, formidable et pur de la cathédrale aux tours jumelles auprès duquel se tassait, comme un gros chien, le donjon carré du vieux château comtal. Plantée entre les merlons usés du couronnement, une étamine noire s'agitait, sinistre, au bout de sa hampe.

« Quelqu'un est mort, dit Sara qui les avait rejoints. Quelqu'un d'important. »

Gauthier ne répondit pas. Il marchait déjà, à grands pas, vers le pont-levis. Les deux femmes le suivirent. Ils atteignirent le pont, le franchirent et, devant eux, grimpant vers le palais épiscopal, la vieille rue Porte-Drouaise s'étendit, avec ses gros pavés inégaux, ses enseignes de fer découpé peintes de couleurs vives, ses maisons de bois penchées et comme agenouillées sous le poids des grands toits bruns, mais vide... d'un vide tragique et inquiétant.

Les trois voyageurs s'avancèrent, plus lentement. Cette rue privée de vie les impressionnait malgré eux et ils marchaient presque sur la pointe des pieds. Toutes les portes étaient fermées, tous les volets clos, aucune forme humaine ne se montrait, même les deux auberges semblaient abandonnées. A mi-chemin de la pente, près d'un puits qui arrondissait sa margelle moussue sous trois volutes de fer forgé, on voyait mieux encore : deux portes enclouées, barrées de fortes planches que de gros clous maintenaient de chaque côté. Ces deux portes firent pâlir en même temps Sara et Gauthier tandis que Catherine les contemplait sans comprendre.

Soudain, le silence se peupla. De quelque part sur la colline, sanctifiée par les pèlerinages de dix siècles, jaillit un chant religieux psalmodié par des voix rudes et profondes, des moines sans doute, qui marchaient en procession car le chant voyageait. Ce fut Catherine la première qui l'identifia.

« Le *Dies Irae*... fit-elle d'une voix qui s'étranglait.

— Continuons, fit Gauthier entre ses dents, il faut savoir ! »

Un peu plus haut, la rue faisait un coude marqué par l'enseigne, ornée de trois étriers et d'une molette, d'un maître éperonnier. De ce coin, la vue portait jusqu'au palais épiscopal devant lequel il se passait quelque chose d'insolite. Quelques soldats en cuirasse et chapeau de fer, armés de longues piques, étaient occupés à attiser un bûcher qui dégageait une fumée épaisse et noire. Ces soldats avaient le bas du visage masqué d'un linge. Auprès d'eux, surveillant leur travail, se tenait un personnage bizarre, tout vêtu de cuir et dont la tête ornée d'un masque à long bec pointu semblait celle d'un oiseau.

L'homme au bec d'oiseau, qui n'était rien d'autre qu'un médecin, tenait d'une main une baguette de coudrier et de l'autre un sac de toile. Il en tirait de grosses poignées d'une poudre verdâtre qu'il jetait dans les flammes. La fumée de cette poudre avait une odeur piquante, aromatique, qui luttait contre l'odeur atroce du bûcher dans lequel plusieurs cadavres entassés se consumaient. D'autres corps gisaient sur la place, attendant leur tour. Des prisonniers enchaînés et masqués comme les soldats, des ribauds en guenilles les apportaient et, de temps en temps, en jetaient un dans les flammes. Le bûcher venait d'être allumé, sans doute, et crachait d'épaisses volutes noires, écœurantes.

Mais le spectacle fit dresser les cheveux sur la tête des trois arrivants. Ils avaient compris pourquoi la ville était déserte, pourquoi les murailles étaient vides, pourquoi les portes n'étaient pas gardées et pourquoi un drapeau noir flottait sur le palais des anciens comtes de Chartres : la pire des calamités s'était abattue sur la cité de Dieu. La mort noire régnait dans les rues. Chartres avait la peste !

D'une maison-Dieu toute proche, transformée en lazaret, une nouvelle troupe de ribauds sortait, traînant au bout de crochets des corps gonflés et noircis par le terrible mal. Cette vue emporta ce qui restait du courage de Catherine. La panique lui serra le ventre, mais galvanisa ses jambes. Tournant les talons, avec un cri de terreur, elle se mit à courir vers la porte Drouaise, retroussant sa robe à deux mains, aiguillonnée par une peur qui la dépassait, la jetait en avant, sourde, aveugle à tout, en proie à l'idée fixe d'échapper à cette enceinte, à ces murs qui retenaient prisonnier le mal mortel. Sortir, sortir vite, retrouver l'herbe verte, l'eau claire, un soleil que la fumée ne fît pas noir ! Derrière elle, Sara et Gauthier faisaient de leur mieux pour la rejoindre, butant comme elle aux pavés que la rivière, seule, avait arrondis.

Mais la lumière dorée qui, tout à l'heure, passait sous l'arc de pierre bruni et ciré par le temps, avait été chassée. A la place, bouchant le chemin de l'espace libre, apparaissait le bois rugueux du pont relevé. Et la course éperdue de Catherine vint se briser sur la herse baissée aux barreaux de laquelle elle accrocha ses mains tremblantes, appuya son visage en pleurs.

« La porte ! hoqueta-t-elle, ils ont fermé la porte ! »

A ses cris, un soldat au visage invisible sortit du corps de garde bien clos, vint à elle et tenta de l'arracher à la grille.

« Défendu de sortir ! Ordre du gouverneur ! Plus personne ! Ordre aussi de l'évêque, sire Jean de Fétigny. »

Il s'exprimait lentement, cherchant ses mots, gêné par son accent d'outre-Manche. Mais Catherine exaspérée tenta de secouer la herse, écorchant ses mains aux ais de bois qui la formaient.

« Mais je veux sortir ! Je vous dis que je veux sortir ! Je ne veux pas rester là... Je ne veux pas !

— Il faut pourtant, fit le soldat patiemment. Le gouverneur l'a dit : plus personne, sous peine de la corde ! »

Gauthier et Sara avaient rejoint Catherine et la tsigane détacha doucement Catherine et l'enveloppa de ses bras. Le géant réfléchissait en caressant son menton orné d'un épais chaume rougeoyant car, bien entendu, ce menton n'avait pas vu le rasoir depuis la maison du jardinier.

« Qu'allons-nous faire ? demanda Sara.

— Chercher un moyen d'en sortir, répondit-il en haussant les épaules. Je n'ai pas envie d'attendre que la mort noire fasse de moi un cadavre pourrissant qu'on jettera au feu avec un croc de boucher. Et vous ?

— Cette question ! fit Sara avec un regard meurtrier. Mais comment sortir ?

— Il faut y réfléchir », répliqua Gauthier en assurant sur son épaule le ballot dans lequel se trouvait la plus grande partie des possessions des deux femmes.

Sara, elle, portait un autre paquet, plus petit, qui contenait un peu de linge. L'or que l'on possédait était dans une poche cousue à l'envers de la chemise de Catherine. De sa main libre, le géant saisit le bras de Catherine pour l'aider à marcher.

« Venez ! Et ne pleurez plus, dame Catherine. Je trouverai bien un trou dans ces murailles pour vous faire quitter la ville. Pour l'instant, il faut manger, car vous ne tiendrez pas longtemps sans nourriture, vous reposer quelque part puis attendre la nuit. Pendant ce temps, je ferai le tour des remparts. »

La jeune femme se laissa emmener sans résistance. On remonta la rue en pente où la fumée âcre se faisait de plus en plus dense et, bientôt, on retrouva le médecin masqué qui poursuivait sa funèbre besogne. En les voyant approcher, celui-ci eut un geste de protestation.

« Allez-vous-en ! Que faites-vous dans la rue ? Rentrez !

— Où ? fit Gauthier. Nous ne sommes pas d'ici. Nous venions juste d'entrer dans la ville pour trouver de quoi manger, et, maintenant, les portes sont fermées, personne ne peut plus sortir. »

De sous le masque aux gros yeux de verre, la voix du moine-médecin leur parvint, assourdie mais irritée :

« Vous ne pouvez rester là. Je vais vous indiquer un refuge... Ici, nous sommes à la limite du cloître Notre-Dame. Cette porte mène aux maisons des chanoines, fit-il, désignant l'ogive de pierre qui enjambait la ruelle. Au-delà, à main droite, vous verrez une longue maison avec des pilastres de pierre sous un haut toit d'ardoises. C'est le Loens.

— La Grange-aux-Dîmes, coupa Gauthier.

— Tu es Normand, l'ami. Ce mot-là est venu de la mer avec les bateaux-serpents.

— Je suis Normand, affirma l'autre avec orgueil. Je parle encore le vieux langage.

— C'est bien. Allez au Loens !... Les pauvres de la ville, qui n'ont plus le loisir d'aller chercher leur pitance dans la campagne interdite ou dans les riches maisons barricadées sur leur terreur, s'y réunissent et les moines de Saint-Pierre leur portent à manger. Peu de chose, hélas ! car les réserves sont épuisées et la Grange est vide. Mais dites au frère Jérôme qui dirige la distribution que frère Thomas vous envoie. Quand vous aurez mangé, allez vous joindre à ceux qui, dans la cathédrale, prient nuit et jour Notre Sauveur de détourner de nous le terrible fléau. »

Silencieusement, les trois compagnons suivirent le chemin qu'on leur avait indiqué. Catherine se sentait la tête vide, le corps mou, la volonté absente. Cette ville lui faisait l'effet d'un énorme piège étroitement refermé sur elle. Appuyée au bras de Sara, elle avançait en traînant les pieds, incroyablement lasse tout à coup.

« Quand vous aurez mangé, ça ira mieux ! grommela Gauthier. J'ai remarqué que, dans les grandes contrariétés, il faut manger. Ça remonte ! »

Ils trouvèrent sans peine la Grange-aux-Dîmes.

Elle était pleine de monde. Une humanité misérable et grise s'y pressait autour de la robe blanche d'un grand moine maigre qui distribuait du pain. La lumière incertaine d'une torche jouait sur son crâne tonsuré, sur les méplats parcheminés de son visage austère. Gauthier se fraya un chemin jusqu'à lui, laissant les deux femmes près de la porte.

« Frère Thomas nous envoie, dit-il. Nous sommes trois, nous passions et la ville s'est refermée sur nous. Et nous avons faim ! »

Dans une corbeille, le moine prit trois morceaux de pain noir, les tendit au Normand.

« Mangez ! » dit-il.

Puis, soulevant une lourde cruche d'eau, il en emplit un pichet qu'il offrit : « Buvez ! » Ensuite, il se détourna vers d'autres qui imploraient. Les trois réfugiés s'assirent pour manger, à même le sol de terre battue. Catherine dévora son pain à belles dents, but une grande rasade d'eau claire et se sentit mieux. Il n'y avait plus ce creux ni ces tiraillements dans son estomac. Les forces revenaient, animant chaque fibre de son corps sain et vigoureux. Sara, assise près d'elle, somnolait déjà. Elle avait mangé trop vite, en affamée, et, envahie d'une torpeur, laissait dodeliner sa tête. Quant à Gauthier, installé un peu plus loin auprès d'un maigre personnage dont la silhouette se drapait d'oripeaux d'un rouge passé, il mangeait méthodiquement, lentement, en homme pour lequel chaque bouchée compte. De temps en temps, il échangeait quelques mots avec son voisin.

De sa place, Catherine pouvait entendre chacune de leurs paroles. Le gigantesque Normand semblait fasciner l'homme en rouge qui le regardait avec une admiration non déguisée. Au début, Gauthier n'avait répondu à ses questions que mollement, mais, tout à coup, l'homme avait dit :

« Je ne t'ai jamais vu dans la ville. D'où viens-tu ? Moi, je suis de Chazay, un village près d'ici. »

Gauthier, alors, avait paru secouer sa nonchalance. Il avait regardé son compagnon avec un intérêt subit.

« De Chazay ? Près de Saint-Aubin-des-Bois ?

— Tu connais ?

— Moi, non ! Mais là-bas, en Normandie, j'ai connu une fillette. Elle venait de ton pays. Les Anglais l'avaient prise au moment du sac du village parce qu'elle était jolie. Depuis, elle les suivait avec les autres ribaudes, mais elle avait peur, tellement peur qu'elle avait fini par devenir un peu folle. Elle voulait retourner chez elle, c'était une idée fixe... Une nuit, elle a tenté de s'échapper. Elle voulait fuir dans les bois, mais un archer a tiré sur elle. Je l'ai trouvée à l'aube, au pied d'un gros chêne, une flèche dans l'épaule. Bien sûr, je l'ai emportée dans ma cabane et j'ai essayé de la soigner, mais c'était trop tard. Elle est morte dans mes bras, la nuit suivante. Elle s'appelait Colombe... Pauvrette ! Durant tout ce jour d'agonie, tant qu'il est demeuré au ciel un rayon de lumière, elle m'a parlé de Chazay... « Quelques maisons sous un grand ciel vide, disait-« elle, et rien autour, rien qu'une grande plaine qui « n'en finit pas. »

— Il n'y a plus, à cette heure, que la plaine et le ciel vide, murmura l'homme rouge avec amertume ; et aussi quelques murs noircis. Les Anglais ont brûlé ce minuscule village qui osait demeurer fidèle au roi Charles et qui disait que Jehanne la Pucelle était sainte. Mes parents sont morts dans l'incendie, mais je sais que le village renaîtra et qu'un jour j'y retournerai. »

Catherine avait écouté avec une attention croissante. Depuis leur départ de Louviers, elle s'était posé une foule de questions sur la vie passée de Gauthier. Le mince épisode qu'il venait de conter levait un petit coin du voile dont s'enveloppait son étrange personnalité et renforçait la sympathie instinctive qu'il lui inspirait. Elle devinait en lui une noblesse naturelle, une vraie générosité. Il en avait donné la preuve en volant au secours des lavandières et, maintenant, elle l'imaginait assez bien soignant de son mieux la fillette moribonde, adoucissant ses derniers instants. Sara pouvait dire ce qu'elle voulait ; l'homme était bizarre, bien sûr. Cela ne l'empêchait pas, cependant, d'être attachant.

Mais la chaleur du jour se faisait sentir lourdement maintenant que le soleil approchait du zénith. Malgré l'épaisseur des voûtes, il faisait étouffant sous les vieilles arches du Loens. Tous ces corps en mouvement soulevaient une poussière, dorée dans les rais du soleil, mais qui montait à la gorge. Ils dégageaient aussi une insupportable odeur de crasse, de sueur et d'immondices, mais la peur les tenait plus fort encore que le dégoût et l'étouffement. Sans doute pensaient-ils que hors de cet asile où évoluaient les hommes de Dieu la mort les guettait, embusquée dans chacune des ruelles incendiées de soleil.

Catherine, si elle craignait aussi la peste, trouva bientôt intolérable cette senteur d'humanité surchauffée. Elle étouffait et, comme les moines, la distribution terminée, se retiraient, qu'un peu partout des ronflements se faisaient entendre, elle se leva. Le regard attentif de Gauthier la rattrapa comme elle allait franchir le seuil. Elle lui sourit.

« J'étouffe, chuchota-t-elle. Je vais respirer un peu au-dehors. »

Rassuré, il reprit sa conversation avec le grand homme maigre. Sara dormait profondément, chassant parfois, d'un geste instinctif, une mouche qui s'obstinait à se poser sur son nez.

Au-dehors, la chaleur enveloppa Catherine comme un manteau, plus pesante encore que dans le Loens. Elle tombait d'aplomb du ciel incandescent, mais, du moins, il y avait un peu d'air et cela ne sentait pas mauvais.

Dans la rue, Catherine fit quelques pas, prenant bien soin de demeurer à l'ombre des auvents et des toits. Elle s'assit sur un montoir à chevaux à la porte close d'un drapier et respira profondément plusieurs fois de suite. L'avancée du grand toit s'interposait entre sa tête et le ciel presque blanc à force de lumière. Peut-être se fût-elle endormie, le dos à la pierre chaude du mur, si quelque chose n'avait attiré son attention. Là-bas, au coin de la rue, à quelques pas, un homme faisait des signes d'appel dans sa direction.

Elle se redressa, tendit le cou, regarda autour d'elle. Mais l'homme continuait à gesticuler. C'était bien à elle, apparemment, qu'il s'adressait. Il était posté au coin de la ruelle, sous une statue de la Vierge. D'un doigt posé sur sa poitrine, Catherine l'interrogea. L'homme secoua la tête de haut en bas, énergiquement. Intriguée, la jeune femme se leva et marcha jusqu'à l'inconnu, un petit bonhomme grimaçant et loqueteux, sale à faire peur de surcroît. Ses bras et ses jambes, noirs de poussière collée, sortaient de vêtements informes qui montraient la peau par de nombreux trous. Il grimaça un sourire quand la jeune femme s'approcha.

« C'est à moi que vous en avez ? demanda celle-ci. Que me voulez-vous ? »

Le sourire de l'homme s'accentua.

« J'ai entendu, tout à l'heure, quand vous parliez à frère Thomas. Je sais que vous cherchez à quitter la ville. Je crois que je peux vous y aider.

— C'est dangereux. Pourquoi feriez-vous cela ?

— Peut-être bien que vous auriez un peu d'argent pour un malheureux ? Voilà au moins deux ans que je n'ai pas vu un denier d'argent.

— Dans ce cas, attendez un moment, je vais prévenir mes compagnons... »

Mais l'homme la retint par le bras.

« Non. Je risque gros en vous montrant ça, je vous indiquerai comment faire et ensuite vous viendrez chercher vos compagnons. D'ailleurs, vaudrait mieux attendre la nuit ! »

Catherine hésita. Il lui répugnait de s'éloigner de Gauthier et de Sara, mais, d'autre part, l'homme avait raison. Trop de monde pourrait attirer l'attention. Enfin, s'il y avait une chance de s'évader, c'était folie de la négliger. Avec un regard en arrière, elle dit :

« C'est loin ?

— Non... Tout près. La muraille est proche. Venez ! »

Il avait saisi la main de Catherine dans sa griffe noire en l'entraînant, irrésistiblement. Elle avait trop hâte de poursuivre son voyage ; elle le suivit. Il tourna dans une ruelle tout juste assez large pour le passage d'une personne. C'était une impasse aboutissant à un amas informe de masures derrière lesquelles s'élevait le haut mur gris de la courtine nord. Le guide de Catherine se dirigeait droit vers les masures, mais, comme il se courbait déjà pour passer sous une porte basse, elle résista, d'instinct. Il la regarda, les yeux plissés, eut de nouveau son bizarre sourire.

« Si l'issue se trouvait au milieu de la rue, grommela-t-il, il y a longtemps que les soldats l'auraient bouchée ! Venez. Il faut entrer là... »

Catherine songea que, sans doute, il s'agissait de quelque cave passant sous la muraille et communiquant avec les champs.

Elle se décida, baissa la tête et s'engagea dans un étroit boyau gluant et noir qui ne méritait que très peu le nom de couloir. Cela semblait s'enfoncer dans la terre, mais, au bout, la jeune femme distingua une porte de planches mal jointes. L'homme poussa cette porte, tirant Catherine après lui avec une soudaine violence. La porte claqua derrière eux en même temps que l'homme s'écriait, triomphalement :

« J'ai tenu ma promesse, les gars ! Regardez ce que je vous amène. »

A peine Catherine eut-elle jeté un coup d'œil sur l'endroit où elle se trouvait que la peur s'empara d'elle. Son guide l'avait menée dans une cave parcimonieusement éclairée par un soupirail et là, couchés ou assis, il y avait une vingtaine d'hommes en guenilles. La jeune femme, terrifiée, entendit des rires horribles, des grondements de joie, vit se lever vers elle des faces de loups humains où brasillaient des yeux luisants. Un instant, la colère de s'être laissé entraîner dans un guet-apens surmonta sa peur. Elle se retourna vers l'homme qui l'avait amenée.

« Qu'est-ce que cela ? Où m'avez-vous conduite ? »

L'autre ricana. Il n'avait pas lâché sa main, qu'il

tenait avec une force étonnante chez un être aussi chétif.

« Chez de braves garçons qui n'ont pas touché une femme depuis bien longtemps. On nous a sortis des prisons pour brûler les cadavres et on nous a donné cette cave pour nous y reposer pendant la grosse chaleur. On a eu du vin et du pain, mais on n'a pas eu de filles ! Celles qu'on pouvait avoir sont mortes ou malades, à moins qu'elles ne soient cachées. »

Une sorte de monstre à la face couturée, cahotant sur des jambes inégales, s'était approché d'eux tandis que les autres se levaient et faisaient cercle.

« Elle est belle, croassa-t-il d'une horrible voix grinçante, mais où l'as-tu trouvée, la Fouine ? Tu sais ce qu'on risque à prendre une femme de la ville ?

— Justement. Elle n'est pas de la ville. Elle venait d'arriver quand le gouverneur a fait fermer les portes. On ne risque rien. C'est pour ça que je l'avais repérée, tout à l'heure, près du bûcher. Je l'ai guettée au Loens. Et regarde ça, si c'est une belle fille !

— Un morceau de roi ! apprécia le bancal. Tu as bien mérité ton quartier de viande, la Fouine... »

Catherine voulut reculer quand la main noire du bancal la prit au menton, mais elle se heurta à deux autres bandits qui se tenaient derrière elle. Dans un éclair, elle avait compris, elle était tombée aux mains des ribauds, ces hommes terrifiants qu'elle avait vus tout à l'heure, sur la place, traînant les cadavres au bout de leurs crocs de fer. Une terreur animale la submergea soudain, la vidant momentanément de ses forces. Ses jambes tremblaient sous elle. Il lui semblait que le cercle infernal se resserrait. Ses oreilles étaient pleines des souffles courts de ces hommes sur les faces crasseuses desquels elle pouvait lire une révoltante concupiscence.

La main du bancal s'attardait sur sa joue tandis que des mains invisibles immobilisaient ses bras. L'homme s'approcha, si près qu'elle reçut en plein visage son odeur de pourriture. La jeune femme tremblait de rage, de honte et de dégoût tandis que, posément, il ouvrait sa gorgerette, défaisait les lacets de sa robe. Les ribauds, les yeux écarquillés, regardaient, retenant leur souffle, comme des fidèles devant l'officiant de quelque étrange rite. Mais quand, dans la lumière pauvre de la cave, jaillirent les épaules rondes, la gorge ferme de la jeune femme, quand sa peau satinée se mit à luire doucement, ce fut comme un signal. Tous en même temps, ils se déchaînèrent. Catherine, révulsée de dégoût, sentit que des mains innombrables la dépouillaient du reste de ses vêtements, parcouraient son corps. Ils s'écrasaient les uns les autres, à qui la toucherait. Mais la voix du bancal grinça :

« Chacun son tour ! Il y en aura pour tout le monde. Mais c'est moi le chef, c'est à moi de passer le premier. Maintenez-la ! »

En un clin d'œil, Catherine fut étendue à terre sur une litière de paille pourrie, maintenue par les poignets et par les chevilles. La terreur l'avait un instant rendue muette, mais, tout à coup, elle eut un sursaut d'énergie et retrouva la voix. Se tordant entre les mains qui la tenaient, elle cria :

« Vous n'avez pas le droit... Laissez-moi ! Au sec... »

Une main brutale s'abattit sur sa bouche. Elle la mordit. L'homme jura, la gifla si fort qu'elle faillit perdre connaissance, mais, avant qu'il ait pu de nouveau lui fermer la bouche, elle avait hurlé, de toutes ses forces. La main, cependant, l'écrasait de nouveau. Elle étouffait sous la paume sale, souhaitant éperdument perdre conscience. Révulsée d'horreur, elle dut se laisser palper par le bancal et subir les commentaires de ses compagnons. Des larmes brûlantes roulèrent sur ses joues. L'idée d'être violée par ces monstres la submergeait d'horreur. Mais, tout à coup, elle eut la sensation de se trouver brusquement en pleine tempête. Le cercle infernal avait éclaté comme par enchantement et des formes confuses s'agitaient. Il y avait des cris de douleur, des gémissements et quelque chose qui grondait, comme le tonnerre. Une voix explosa au-dessus de la tête de Catherine.

« Tas d'ordures ! Je vais vous faire passer l'envie de recommencer. »

Catherine avait subi un tel choc qu'elle fut à peine surprise en reconnaissant Gauthier. Il était tombé comme un quartier de roc sur les truands et, maintenant, il faisait de la bonne besogne. Les poings énormes du géant frappaient sans relâche, écrasant un visage, faisant sauter des dents, envoyant un corps s'aplatir contre les pierres du mur. Etendue à terre, et sans plus de forces qu'un enfant nouveau-né, Catherine pensait qu'il avait assez l'air d'un moissonneur dans un champ de blé. Elle avait aussi conscience d'une longue silhouette rougeâtre qui, près de la porte, empoignait méthodiquement, l'une après l'autre, les victimes du Normand et les jetait dehors. Bientôt, Gauthier n'eut plus comme adversaire que le bancal. L'homme était peut-être moins fort, mais il était certainement hargneux. Il tentait de sauter à la figure du Normand pour lui crever les yeux. Mais le géant leva une jambe. Son pied partit comme une catapulte, atteignit le bancal en pleine figure avec tant de violence que Catherine entendit craquer les os. Le ribaud, la figure en bouillie, s'écroula dans un coin et ne bougea plus. Il était mort.

Jetant les yeux autour d'elle, Catherine vit que la cave était vide, qu'il n'y avait plus que Gauthier. Elle prit alors conscience de sa nudité, chercha ses vêtements autour d'elle, les aperçut dans un coin et voulut se lever, mais déjà le Normand s'était agenouillé auprès d'elle. Sa poitrine faisait le bruit d'un soufflet de forge, mais ce n'était pas uniquement à cause de l'effort qu'il avait fourni. Les yeux pâles dévoraient le corps de la jeune femme avec une expression tellement affamée que la peur lui revint. Son défenseur la regardait presque de la même façon que, tout à l'heure, les bêtes humaines qu'il venait de mettre en fuite. Elle tendit vers lui une main tremblante qui repoussait, mais il ne bougeait pas plus qu'une pierre. Il n'avait plus l'air vivant tout à coup et, ainsi agenouillé, il semblait si formidable que le désespoir envahit Catherine. Les mises en garde de Sara lui revinrent et, intérieurement, elle se traita de sotte. Elle ne connaissait pas cet homme, après tout, et, maintenant, elle était en son pouvoir. Dans un instant, il assouvirait sur elle ce désir qu'elle voyait si clairement sur son visage contracté. Et sa défense ne servirait à rien contre une telle force.

Et puis, elle était trop fatiguée pour lutter. Avec un petit gémissement, elle se laissa retomber à terre, attendant ce qui allait suivre. Le contact d'une main sur sa hanche lui restitua l'instinct combatif. C'était une main timide, hésitante, étrangement douce malgré ses callosités, et Catherine sentit qu'elle faisait naître en elle un trouble bizarre. Pourtant, elle gémit d'une voix qu'elle ne reconnut pas pour sienne :

« Non !... Je t'en prie, Gauthier ! Non... »

Instantanément, la main se retira. Le Normand eut un frisson qui secoua ses larges épaules. Il tourna la tête, regarda Catherine avec des yeux qui, peu à peu, revenaient à la conscience. Elle y vit passer un regret, mais, déjà, il s'était courbé jusqu'à terre, avait pris dans ses mains les pieds nus de la jeune femme et y posait ses lèvres, dévotement.

« Pardon ! » murmura-t-il.

L'instant suivant, il était debout, redevenu complètement lui-même.

« Je vais vous donner vos vêtements, dame Catherine, dit-il de sa voix la plus naturelle. Et puis, j'attendrai dehors que vous soyez prête. »

Il lui jeta ses affaires, sans douceur, et sortit sans se retourner, rejoignant à la porte la silhouette rouge qui y reparaissait.

« Viens ! dit-il. Laissons-la. »

En un tournemain, Catherine fut prête. Elle retrouva, dehors, les deux hommes et reconnut dans le compagnon de Gauthier l'homme aux guenilles rouges du Loens. Sous leur regard, elle se sentit gênée.

« Je voudrais de l'eau, murmura-t-elle. Je me sens si sale, si souillée. »

Ce fut l'homme rouge qui lui répondit. Il se mit à rire, d'un rire un peu niais mais qui n'était pas désagréable.

« De l'eau, ma belle dame, vous en aurez tout à l'heure plus que votre content. Et puis, ce qui vous est arrivé peut arriver à n'importe quelle jolie femme, dans notre aimable siècle. L'important était que nous soyons arrivés à temps.

— Comment m'avez-vous retrouvée ?

— C'est grâce à lui, intervint Gauthier. Quand on ne vous a plus vue, il a eu des soupçons. Il paraît qu'une histoire de ce genre est arrivée, il y a huit jours, à une bergère réfugiée...

— Il m'avait bien semblé reconnaître la Fouine, coupa l'homme rouge. Il n'en est pas à son coup d'essai. Les ribauds font un peu ce qu'ils veulent par ces temps de misère. Et puis, on vous a entendue crier. »

Le nouvel ami de Gauthier n'avait pas l'air d'attacher d'importance ni à ce qu'il disait, ni à ce qui venait de se passer. Il avait arraché, à l'anfractuosité d'un mur, une fleur de giroflée et la mâchonnait distraitement tout en marchant.

« Qu'allons-nous faire ? demanda Catherine.

— Réveiller Sara, répondit Gauthier. Et puis vous irez attendre la nuit dans la cathédrale avec elle.

— Et toi ?

— Moi ? D'abord, je n'ai rien à faire dans une église, ensuite, je vais aller voir avec Anselme l'Argotier s'il est possible de sortir de cette maudite cité.

— Ah ? fit Catherine avec rancune. Lui aussi, il connaît une issue, ou du moins il le dit... »

Anselme ne parut pas se formaliser du ton agressif de la jeune femme. Il lui sourit avec beaucoup d'urbanité et inclina, avec la grâce d'un page, sa silhouette dégingandée.

« Oui, dit-il aimablement. Seulement, moi, c'est vrai ! »

De cet après-midi passé sous les nobles voûtes de la cathédrale, Catherine devait conserver un souvenir vivace et cependant voilé de brume comme en laissent les rêves du petit matin. Le choc émotionnel que lui avait donné la récente épreuve subie l'avait rendue plus vulnérable, plus sensible au contraste saisissant entre le moutonnement grisâtre et misérable de la foule entassée au pied du grand jubé et la gloire triomphante des hautes verrières dont les rayons du soleil faisaient chanter si haut les bleus et les pourpres. Ils étaient nombreux ceux qui, en une incessante imploration, suppliaient le Ciel de les épargner et d'accorder merci à leur cité menacée. Certains, pour être mieux protégés du fléau, campaient dans l'église, comme cela se faisait au temps du grand pèlerinage. La chose était possible car la cathédrale, contrairement aux autres églises, ne comportait aucun tombeau. Vouée à Notre-Dame en sa glorieuse assomption, protégée de la mort, elle ne devait être souillée d'aucun cadavre.

Après les horreurs de la cave aux ribauds, Catherine trouva douceur et réconfort à contempler tant de beauté. Elle pria longtemps avant de s'asseoir dans un coin, pour attendre la nuit, implorant Dieu de lui rendre bien vite Arnaud. De la crypte, où les malades s'entassaient autour du puits miraculeux et dont la porte était barricadée, montaient des gémissements, des plaintes. Et, cependant, la jeune femme, vaincue par ses émotions, finit par trouver le sommeil. Elle rêva qu'elle se trouvait seule, sur une route nue et inondée de soleil. La route était rouge comme un fer passé au feu, mais elle s'y jetait à corps perdu parce que, loin devant elle, cheminait la silhouette d'Arnaud. Il portait son armure noire et marchait d'un pas qui semblait lent et régulier. Pour le rattraper Catherine courait, courait, mais, inexorablement, le chemin s'allongeait toujours, la silhouette diminuait, diminuait. Catherine essayait de crier, mais sa voix ne pouvait franchir ses lèvres...

Elle s'éveilla en sursaut, vit qu'il faisait nuit maintenant, mais que des centaines de cierges brûlaient devant l'autel qu'ils enveloppaient d'une gloire dorée. Là-haut, dans la tribune, des voix profondes chantaient le *Miserere*. La foule reprenait en chœur. Sara, qui priait auprès de Catherine, tourna les yeux vers elle. Mais son regard franchit la tête de la jeune femme et brilla soudain. Elle se leva.

« Viens, dit-elle. On nous attend... »

Sur le parvis, Catherine et Sara retrouvèrent Gauthier et Anselme l'Argotier qui les attendaient. Le ciel bleu de la journée s'était chargé avec le crépuscule de lourds nuages d'orage. Hors des murs de la cathédrale, la chaleur était accablante. S'y mêlait l'odeur lourde des fumées. Un peu partout, on brûlait des herbes aromatiques et même des parfums en même temps que les cadavres. Toute la ville sentait l'encens et la mort, mais un silence de tombeau l'enveloppait comme un suaire, si profond que Catherine, impressionnée, n'osa parler. Elle souffla :

« Où allons-nous ?

— Au quartier des tanneries, répondit Gauthier de la même façon. Notre seule chance est de franchir la grille qui ferme la rivière. Anselme et moi, nous sommes assurés qu'elle n'est pas gardée. »

La petite troupe quitta l'ombre blanche de la cathédrale pour s'enfoncer dans le dédale des vieilles rues. Parfois, en passant devant une porte, on surprenait au vol des bribes de prière ou bien l'écho d'un sanglot.

Bientôt, on fut en bas de la colline, près de la rivière le long de laquelle s'alignaient les tanneries et les fouleries. Anselme, qui marchait en tête, l'oreille au guet, s'arrêta auprès d'un petit pont en dos d'âne et désigna, un peu plus loin, la porte étroite creusée dans la muraille de la ville, et, bien entendu, soigneusement fermée.

« La poterne Tire-Veau ! chuchota-t-il. La grille est en dessous ! »

En effet, sous la poterne, un bras de la rivière traversait une grille épaisse pour gagner le fossé.

« Il faut descendre dans l'eau, dit Gauthier. Je vais desceller un barreau pour que nous puissions passer. Heureusement, la poterne n'est pas gardée. La muraille est trop haute à cet endroit. »

Anselme sortit quelque chose de long de ses vêtements et le lui tendit.

« Voilà la lime. Maintenant, bonne chance et que Dieu vous protège !

— Vous ne venez pas avec nous ? » s'étonna Catherine.

Elle devina plus qu'elle ne vit le sourire et la pirouette de l'étrange bonhomme.

« Non, belle dame, encore que j'en aie eu envie. Mais j'ai mes habitudes ici.

— Mais... La peste ?

— Bah ! La peste passera ! Et j'espère bien être au nombre des survivants. »

Un salut profond et déjà il s'éloignait, remontant la ruelle à grands pas silencieux. Gauthier était descendu dans l'eau et Catherine pouvait entendre le bruit léger de la lime attaquant le barreau.

Heureusement, une petite chute d'eau, tout après, en couvrait la majeure partie, mais elle ne put s'empêcher de frissonner. Ces barreaux semblaient énormes et Gauthier, accroché à la grille à cause de la profondeur d'eau, travaillait dans des conditions difficiles. Mais il y mettait une sorte de rage froide.

Catherine n'avait rien dit à Sara de son aventure de l'après-midi. Elle en éprouvait une gêne, comme d'une action honteuse, et puis, pour rien au monde, elle n'aurait voulu lui raconter ce qui s'était passé entre elle et le Normand. Sara aurait poussé les hauts cris, juré qu'elle s'y attendait et que Catherine avait eu une fière chance d'être respectée par lui. Pourtant, de cette expérience, la jeune femme sortait réconfortée, rassurée même. Elle avait acquis la certitude que Gauthier l'aimait. Mais elle avait également mesuré l'étendue de son pouvoir sur lui et la scène de tout à l'heure demeurait entre eux comme un secret commun. Jamais elle n'en parlerait à quiconque ! Peut-être, parce qu'un instant elle avait éprouvé la fugitive tentation de s'abandonner à cette passion qu'elle devinait.

Au bout d'une heure, Gauthier, haletant et trempé, remonta sur la berge. Un barreau, coupé et tordu, laissait un passage suffisant. Son regard fit le tour du petit quai, toujours aussi désert, revint aux deux femmes.

« Vous savez nager ? »

Toutes deux hochèrent affirmativement la tête, encore qu'il y eût bien des années qu'elles ne se fussent livrées à cet exercice. Il faisait par ailleurs trop chaud pour que l'idée d'un bain fût désagréable. Prenant une brusque décision, Catherine ôta sa robe.

« Que fais-tu ? chuchota Sara scandalisée. Tu ne penses pas...

— Me déshabiller ? Si. Je vais faire un paquet de mes vêtements et les porter sur ma tête. C'est la seule façon de ne pas les mouiller.

— Mais... Cet homme ? ajouta la gitane avec un regard inquiet en direction de Gauthier qui était déjà redescendu dans l'eau.

Catherine haussa les épaules.

« Il a mieux à faire qu'à me regarder ! répliqua-t-elle. Tu devrais bien en faire autant.

— Moi ? Plutôt mourir... »

Et Sara, dignement, se laissa glisser à l'eau tout habillée. L'instant suivant, Catherine s'y coulait à son tour. Son corps n'avait brillé que le temps d'un éclair sur la berge et elle avait fait de ses vêtements un gros paquet retenu sur sa tête grâce aux lacets de la robe. La fraîcheur de l'eau lui parut délicieuse. Elle s'y étendit avec bonheur et se laissa porter vers la grille où attendait Gauthier. La forme mince de la jeune femme s'insinua sans peine dans la brèche ouverte. Dans l'eau, elle faisait une grande tache claire, confuse mais pleine de grâce que l'onde un peu trouble habillait à peine. C'était peut-être pour éviter de subir son charme que Gauthier, quand Catherine passa près de lui, avait fermé les yeux. Il ne les rouvrit que lorsqu'un léger bruit de roseaux froissés lui apprit que la jeune femme avait trouvé un abri contre les regards indiscrets.

CHAPITRE III

LE CHATEAU DE BARBE-BLEUE

UNE semaine plus tard, peu avant le coucher du soleil, Catherine, Sara et Gauthier Malencontre arrivaient en vue du château de Champtocé et s'arrêtaient un moment pour contempler le spectacle. C'est qu'aussi la plus puissante forteresse de l'Anjou valait la peine d'être regardée. Onze tours formidables sur lesquelles flottait une longue bannière dorée timbrée d'une croix noire et de fleurs de lis, des courtines de granit reflétées par les eaux verdâtres d'un étang calme, puis, jusqu'à l'horizon, le moutonnement vert sombre d'une forêt. Un peu en retrait, tassé au pied de la motte seigneuriale, l'habituel rassemblement de toits bleus ou roux du village. Mais Catherine trouva qu'il y avait, dans le ramassis peureux du petit bourg, moins de confiance que de crainte. C'était autour du mince clocher de son église que se serrait Champtocé, comme pour se garer de l'ombre écrasante du fort château. De ces tours, muettes et noires, érigées sur le bleu foncé du ciel, Catherine sentait suinter la tristesse, ainsi qu'une imprécise menace. Une brusque envie de fuir s'empara d'elle et sans doute Sara, avec ses sens aiguisés de fille des grands chemins, ressentit-elle la même impression désagréable.

« Allons-nous-en ! souffla-t-elle comme si même le son de sa propre voix l'effrayait.

— Non, dit Catherine doucement mais fermement. C'est ici que je dois retrouver Arnaud, c'est ici que je dois aller.

— Tu vois bien que la reine Yolande n'est pas là. Son étendard serait sur le château et je n'y vois pas la moindre bannière royale, insista Sara.

— Pourtant, intervint Gauthier, j'y vois des fleurs de lis. »

Mais Catherine, qui fixait le château d'un air préoccupé, hocha la tête.

« Quand il l'a nommé maréchal de France, le roi Charles a accordé permission à messire de Rais de porter à ses armes une bordure fleurdelisée. Les autres bannières doivent être celles du sire de Craon, son grand-père. De toute façon, que la reine soit ou non à Champtocé, il nous faut y entrer. »

Et, résolument, la jeune femme poussa sa mule en direction de la grosse barbacane qui défendait le grand pont de la forteresse. Les autres durent suivre, bon gré mal gré. Ces mules étaient, comme une bonne partie des bagages qui chargeaient la mule de bât, un don de maître Jacques Boucher, le riche bourgeois d'Orléans chez qui Jehanne d'Arc avait pris logis et où Catherine avait été recueillie. Lui et les siens avaient voué à la jeune femme une vraie et franche amitié.

Lorsque, après une épuisante course à travers la plaine de Beauce, ravagée et brûlée par le passage des armées, Catherine et ses deux compagnons avaient atteint Orléans, ils étaient exténués, parvenus à ce point de fatigue et d'accablement, de misère aussi, où les bêtes se couchent au bord du chemin pour mourir. Encore, Gauthier avait-il trouvé dans sa force herculéenne celle de porter Catherine qui n'en pouvait plus. Sara, elle, se traînait de son mieux accrochée d'une main à la ceinture du géant. Les Boucher les avaient accueillis à bras ouverts, avec cette belle et grande hospitalité qui, jadis, était l'honneur des gens de bien. Dame Mathilde, la mère de l'échevin, et Marguerite, sa femme, avaient été heureuses de revoir la jeune femme, mais Mathilde n'avait pu s'empêcher de remarquer :

« Ma chère comtesse, je n'ai encore jamais vu une grande dame mener une vie telle que la vôtre. Aimez-vous à ce point les grands chemins ?

— J'aime, tout simplement, un homme », avait souri la jeune femme sans paraître s'apercevoir de l'expression soudain figée de Gauthier.

Les trois errants s'étaient arrêtés deux jours à ce foyer amical. Les veillées, on les avait employées à parler interminablement de Jehanne. Catherine avait dit son procès, son martyre et la gloire aussi qui en rayonnait, sanglante et rouge au niveau du bûcher, mais s'irradiant de soleil en montant vers le ciel. Et tous, maîtres et serviteurs, massés autour de la haute cheminée, avaient pleuré de bon cœur au récit de tant de douleur. A leur tour, pour le grand Normand inconnu, les gens d'Orléans avaient raconté les merveilles de la Délivrance, les jours de bataille, la grande peur des Anglais et la splendeur de la Pucelle dans ses armes d'argent. L'homme des forêts écoutait avec attention, ouvrant de grands yeux qui, malgré lui, s'étonnaient et s'émerveillaient à cette histoire de sang, de gloire et d'amour où son esprit sauvage retrouvait le reflet des vieilles sagas nordiques, l'écho des chevauchées des vierges guerrières galopant vers les nuages, avec, à leur selle couleur de mer, la moisson d'âmes des guerriers morts au combat.

Mais, quand Catherine avait dit son désir de se rendre à Champtocé, un silence avait suivi. Et, quand les serviteurs, après la prière, s'étaient retirés dans leurs soupentes, dame Mathilde s'était retournée vers son invitée.

« Il ne faut point y aller, ma mie. L'endroit a mauvais renom et le baron de Rais n'est pas un homme à fréquenter pour une femme belle et riche. Encore moins peut-être son vieux brigand d'aïeul. Savez-vous qu'après avoir contraint la petite Catherine de Thouars à fuir avec lui et à l'épouser, pour s'emparer de ses grands biens, Gilles de Rais, ensuite, a fait enlever sa belle-mère, la dame Béatrice de Montjean, et, sous menace d'être cousue en un sac et jetée en Loire, l'a contrainte à lui abandonner ses deux châteaux forts de Tiffauges et de Pouzauges. Ce sont des choses que l'on sait, dans nos pays.

— La reine, pourtant, s'y est rendue.

— Quelque peu contrainte et forcée ! Ces gens n'ont point craint d'arrêter son cortège, de malmener ses gens. Croyez-moi, mon amie, ils ne craignent ni Dieu ni Diable. L'intérêt seul les mène, et leur bon plaisir... »

Catherine, alors, avait souri gentiment à sa vieille amie. Elle lui avait jeté les bras autour du cou et l'avait embrassée chaleureusement.

« Je ne suis plus une jouvencelle, dame Mathilde, et riche ne le suis plus guère. Toute ma fortune tient, pour le moment, dans ce petit sac d'écus cousu à mon jupon, car mes joyaux sont demeurés à Rouen, à la garde de Jean Son, jusqu'à ce que son frère Etienne ait le moyen de me les rapporter. Je ne serai pas d'une bien intéressante prise pour des seigneurs pirates... et je crois en la parole de Mgr de Rais. Il a juré d'arracher Arnaud de Montsalvy à Richard Venables. Je gage qu'il le fera. »

Jacques Boucher, alors, avait soupiré, le front soucieux.

« Il est cousin de La Trémoille, qui gouverne entièrement notre sire le roi, et tout dévoué à sa cause, si ce que l'on dit est vrai.

— Mais il est avant tout capitaine du roi, s'entêta Catherine. Et je n'ai pas le choix si je veux rejoindre messire de Montsalvy. »

Rien, les Boucher l'avaient compris, n'empêcherait Catherine de se rendre chez l'inquiétant Angevin. Ils n'avaient pas insisté, mais, en embrassant Catherine au moment des adieux, dame Mathilde avait glissé à son cou une belle médaille d'or représentant sa sainte patronne et, dans sa main, un petit reliquaire d'émail où reposait un infime fragment d'os de saint Jacques.

En recevant ce présent, Catherine avait failli sourire car il avait ramené à sa mémoire tout un monde de souvenirs. Elle revoyait la masure de Barnabé, dans la grande Cour des Miracles de Paris, et aussi le Coquillard avec son grand nez, ses longues jambes et ses doigts souples, éclairés par un feu de branches mortes. Combien de fois l'avait-elle regardé, avec de grands yeux ronds, enfermer de semblables fragments dans des boîtes toutes pareilles ? Elle entendait encore la voix goguenarde de Mâchefer, le roi des Truands, qui disait :

« Depuis le temps que tu le mets en boîte, il devrait être aussi gros que l'éléphant du grand Charlemagne, ton saint Jacques... »

Peut-être ce reliquaire-là était-il sorti, lui aussi, des mains industrieuses de Barnabé et, dans ce cas, la sainteté de la relique était plus que douteuse, mais il n'en fut que plus cher à Catherine. Ces quelques onces de cuivre doré formaient un pont avec les jours d'autrefois. C'était comme une main amie, tendue hors du tombeau et par-delà les années évanouies... Serrant la boîte au creux de sa main, elle avait embrassé Mathilde avec des larmes dans les yeux.

C'était à tout cela que pensait Catherine en avançant vers le rébarbatif et superbe château. Instinctivement, sa main gantée de daim fauve chercha sur son corsage l'infime renflement qui marquait la place du petit reliquaire, s'y crispa un instant, comme pour demander à l'ombre de Barnabé le courage nécessaire. Mais, au moment où elle allait engager sa monture sous la voûte de la barbacane, une petite troupe de soldats en sortit, traînant dans la poussière leurs longues piques et leurs pieds chaussés de gros cuir. Traînant aussi un homme en loques, aux mains liées derrière le dos et dont les yeux clignaient dans le soleil couchant. Un autre homme en robe de drap noir à gros plis serrés dans une ceinture qui supportait un encrier, transpirant sous un lourd chaperon de même étoffe, suivait, un rouleau de parchemin scellé de rouge à la main.

La troupe prit le chemin qui suivait le bord de l'étang et se perdit sous les branches pendantes. Comprenant que le prisonnier allait à la mort, les deux femmes, d'un même mouvement, se signèrent et Catherine frissonna car, au passage, le regard du condamné s'était posé sur le sien et elle y avait lu une angoisse affreuse, une souffrance à peine humaine.

« Pas le moindre moine pour assister un homme à son heure dernière, marmotta Sara. Chez quelle sorte de mécréants allons-nous tomber ? »

La main de Catherine se serra plus fort sur sa poitrine et la tentation lui vint, irrésistible, de rebrousser chemin. Ne pourrait-elle plutôt prendre logis en quelque auberge de ce village ou même chez l'un des habitants et guetter le retour de Gilles de Rais ? Mais elle songea aussitôt que, si des nouvelles arrivaient au château, elle n'en saurait rien. Elle songea aussi que Gilles de Rais n'était sans doute point encore arrivé, qu'il était indigne d'elle d'avoir peur d'un vieillard et que, peut-être, Arnaud ne viendrait point jusque-là, mais lui ferait savoir où le rejoindre.

D'ailleurs, à cet instant précis, la corne d'un guetteur mugit au-dessus de sa tête, haut dans le ciel, tandis qu'une voix rude demandait :

« Que voulez-vous, étrangers, et pourquoi vous approchez-vous de ce château ? »

Sans laisser à Catherine le temps de répondre, Gauthier poussa sa mule et se dressa sur ses étriers, les mains en porte-voix.

« La très noble et très puissante dame — la formule rituelle fit intérieurement sourire Catherine dont la puissance n'était plus que souvenir — Catherine de Brazey, priée par Mgr de Rais, demande l'entrée, l'ami. Préviens ton maître et fais vite. Nous n'avons point coutume d'attendre. »

Sara, saisie par la hauteur du ton, dédia au géant

un regard stupéfait. Il était écrit que ce garçon la surprendrait toujours. Où avait-il pris, soudain, ces manières que n'eût point désavouées un authentique héraut ? Mais cette hauteur avait été efficace. Le chapeau de fer du soldat disparut du créneau couvert par le haut toit pointu de la tour. Tandis qu'il s'en allait aux ordres, courant sans doute de toute la vitesse de ses jambes, la petite troupe franchit la barbacane et s'avança sur le pont dormant, coupé net au-dessus des eaux de l'étang qui emplissaient les douves verdies de roseaux et de cresson. Devant eux, plaqué contre les hauts murs noircis, le grand-levis relevé montrait son formidable tissu d'énormes madriers en cœur de chêne et de gigantesques ferrures. Les murailles s'élevaient, vertigineuses, au-dessus de leur tête, à peine crevées de place en place par de minces meurtrières, si hautes que les rugosités des pierres disparaissaient pour se perdre dans l'ombre des hourds en surplomb. Sous les mâchicoulis, de longues dégoulinures épaisses et noires, presque vernies, parlaient d'anciens assauts et de vigoureuses défenses. Champtocé était semblable à ces vieux guerriers raidis dans leur carapace de fer que rien ne peut abattre ni courber et qui savent mourir debout, soutenus par leur orgueil et le sentiment de leur invulnérabilité.

Sur la tour de guette, une trompe sonna longuement. Le soleil disparu, le ciel verdissait rayé par le vol croassant des corbeaux. Avec une solennelle lenteur et un grondement apocalyptique, le grand pont-levis s'abaissa...

L'INCROYABLE somptuosité de la grande salle de

Champtocé impressionna Catherine, cependant habituée aux splendeurs de Bruges et de Dijon, aux accumulations de richesses et d'élégance du palais de Bourges ou du château de Mehun-sur-Yèvre, où le roi Charles aimait à tenir sa cour. Sur des dressoirs et des crédences s'étalait une fortune de plats massifs, constellés de gemmes, de coupes scintillantes, de statuettes aux émaux précieux et, posé sur une table, entre deux tabourets couverts de velours bleu, un merveilleux échiquier de cristal vert et d'or attendait les joueurs. Quant au banc seigneurial, il était tout drapé d'or frisé et brillait autant qu'une chape d'évêque sous la lumière d'une forêt de longues chandelles de cire rouge.

En y pénétrant, Catherine pensa que cette pièce fulgurante, bleue, rouge et or, était un peu trop ostentatoire. Elle lui rappelait les costumes délirants du gros Georges de la Trémoille qui ne se croyait habillé que s'il ruisselait d'or. Aussi, ses yeux, d'abord aveuglés, eurent-ils quelque peine à distinguer, dans cet amas de splendeur, deux silhouettes infiniment plus simples : celle d'un vieux seigneur tout en noir, celle d'une jeune femme vêtue de gris clair. Mais, déjà, le premier des deux personnages quittait son fauteuil et s'avançait vers elle.

« La bienvenue à vous dans notre maison, noble dame ! Je suis Jean de Craon et je commande ici, en l'absence de mon petit-fils, Gilles de Rais. Voici plusieurs jours déjà qu'un émissaire nous a fait part de votre arrivée. Nous étions en peine de vous.

— Le voyage a été pénible et j'ai perdu beaucoup de temps. Mais je vous rends grâce, messire, pour votre sollicitude. »

Tout en parlant, son regard s'attardait sur la

jeune femme vers laquelle, maintenant, le sire de Craon se tournait.

« Voici ma petite-fille qui, comme vous, se prénomme Catherine. Elle est de la noble maison de Thouars et l'épouse de Gilles. »

Les deux jeunes femmes échangèrent une cérémonieuse révérence, s'observant mutuellement, se détaillant sous leurs paupières modestement baissées. La dame de Rais pouvait avoir vingt-six ou vingt-sept ans et elle eût été jolie si une perpétuelle inquiétude n'eût donné à ses doux yeux bruns l'expression que l'on voit aux biches traquées lorsque la meute les accule en quelque impasse. Elle était grande et souple mais presque maigre et son visage offrait les couleurs pâlies d'un pastel ancien dont les teintes s'estompent. Sa tête, petite et casquée de nattes roulées sur les oreilles, d'un blond léger, était portée par un cou long et souple dont les mouvements avaient beaucoup de grâce. L'allure aristocratique en plus, elle rappelait vaguement à Catherine sa sœur Loyse, la bénédictine du couvent de Tart, en Bourgogne. Mais Loyse n'avait jamais eu cette expression résignée, cette douceur triste et que l'on devinait craintive. Devant elle, Catherine se sentait étrangement forte et vigoureuse bien que l'autre Catherine fût plus grande qu'elle, et une envie de défendre cette mélancolique jeune femme la prenait.

La voix douce de la jeune châtelaine la tira de son examen silencieux. Elle s'aperçut que Catherine de Rais lui souriait et elle lui rendit, franchement, son sourire. Tout compte fait, cette jeune femme lui était très sympathique, infiniment plus que le vieil homme qui les observait. Celui-là avait assez la mine de sa réputation : un vieux rapace. Grand, droit, sec comme un vieil arbre en son hiver, ce qu'il avait de plus caractéristique, outre ses autoritaires yeux noirs, c'était le nez busqué, trop grand pour son visage maigre et qui semblait en absorber tout l'espace. Ses lèvres minces, rasées, avaient un pli sarcastique et son regard s'abritait sous les profondes cavernes de ses orbites au bord desquelles croissait un poil sec et gris. Et Catherine n'avait nul besoin de se rappeler les objurgations de frère Thomas ou de Mathilde Boucher pour sentir instinctivement qu'en face de Jean de Craon la méfiance devait être de règle.

Cependant, la voix douce de la dame de Rais s'élevait, proposant de mener Catherine à sa chambre.

« Faites, ma fille, faites, répondit Craon qui ajouta, en se tournant vers Catherine. Ma femme chasse. C'est un exercice que je peux seulement lui envier et que m'interdit cette jambe raide. »

Avant de quitter la salle, Catherine posa enfin la question qui lui brûlait les lèvres.

« Monseigneur Gilles m'avait laissé entendre que je trouverais ici la reine Yolande dont je suis dame de parage. N'y est-elle plus ? »

Il parut à la jeune femme que Catherine de Rais avait rougi et détournait les yeux, mais, déjà, le vieux seigneur répondait.

« La reine nous a quittés voici quelques jours. Les négociations qu'elle menait ici avec le duc de Bretagne se sont heureusement terminées puisque, à cette heure, Madame Yolande se trouve à Amboise où elle prépare les fêtes du mariage de sa plus jeune fille avec l'héritier de Bretagne.

— Dans ce cas, fit Catherine, il est inutile que je vous impose ma présence plus longtemps qu'une nuit, Seigneur. Dès demain, je repartirai pour rejoindre ma reine. »

Un bref éclair traversa le regard de Craon, mais ses lèvres sèches s'entrouvrirent en un sourire presque aimable.

« Quelle hâte ! Votre présence réjouirait ma petite-fille qui se sent bien seule ici, en l'absence de son époux ! Ne nous ferez-vous pas la faveur d'un séjour de quelques jours ? »

Indécise, Catherine hésita. Il était difficile de refuser sans grossièreté. Or, pour rien au monde, elle n'eût voulu offenser le maréchal de Rais dont la sauvegarde d'Arnaud dépendait. Elle esquissa une révérence.

« Grand merci de votre accueil et de votre invitation, Seigneur. Je m'attarderai donc, et très volontiers, quelques jours en votre compagnie. »

Au sortir de l'éblouissante pièce, Catherine eut l'impression de plonger dans un tunnel obscur. Pourtant, le bel escalier à vis, pris dans l'épaisseur du mur, qui montait à l'étage supérieur, était peint à fresques représentant des scènes de l'Exode et éclairé de loin en loin par des bouquets de trois torches prises dans des griffes de bronze armorié. Mais ses yeux étaient las de tant de dorures. Devant elle, sur les marches de pierre, usées en leur milieu par des centaines de pas, la traîne de velours gris pâle de la dame de Rais ondulait doucement en se cassant aux angles vifs de la pierre. Intimidée sans doute, la jeune femme ne soufflait mot. Elle montait lentement, son long cou blanc incliné, relevant à deux mains sa lourde jupe, et Catherine, prise d'une subite gêne, n'osait pas lui adresser la parole. L'une derrière l'autre, elles montèrent à l'étage supérieur où s'ouvrait une galerie. La châtelaine s'y engagea, poussa une porte basse profondément enfoncée sous l'arc d'une porte, s'effaça contre le chambranle.

« Voici votre chambre, dit-elle. Votre servante vous y attend déjà. »

La lumière douce d'un bouquet de chandelles rouges posées dans un haut candélabre de fer coula jusqu'au milieu de la galerie. Mais, avant de franchir cette porte qu'on lui ouvrait, Catherine s'arrêta devant son hôtesse.

« Pardonnez ma curiosité, dame Catherine, dit-elle doucement, mais pourquoi êtes-vous si triste ? Vous êtes jeune, belle, riche, noble, votre époux est séduisant et glorieux et... »

La femme de Gilles releva brusquement ses paupières transparentes, regardant bien en face la nouvelle venue.

« Mon époux ? fit-elle sourdement ; êtes-vous bien sûre que j'aie un époux, madame de Brazey ? Reposez-vous bien jusqu'à l'heure du souper. On corne l'eau dans un peu plus d'une heure. »

Catherine entra dans la chambre sans plus insister, tandis que son hôtesse refermait silencieusement la porte et disparaissait. Elle s'avança de quelques pas, regardant autour d'elle. C'était une belle chambre toute vêtue de tapisseries à personnages et percée de deux fenêtres à meneaux. Dans une encoignure, une cheminée à colonnettes et à hotte conique ornée d'écus peints et de trophées de chasse. Un immense lit à courtines de velours vert sombre, une chaire à haut dossier, une grande armoire de chêne à décor de fenestrages, deux tabourets portant des coussins de velours vert et un coffre de cuivre sur lequel s'alignaient des bassins et des aiguières d'argent en formaient tout le mobilier. Une petite porte s'ouvrait au chevet du lit et Catherine vit soudain s'y encadrer la silhouette vigoureuse de Sara. Celle-ci portait encore sa cape de voyage et son visage, sous le hâle dont aucun lait de beauté n'avait jamais pu la débarrasser, était presque aussi pâle que sa guimpe de toile blanche.

« Est-ce que nous restons ici ? demanda-t-elle avant que Catherine ait pu ouvrir la bouche. J'ai appris que la reine est à Amboise.

— Je le sais aussi, répondit Catherine en dénouant les cordons de son ample manteau, et je voulais repartir demain. Mais nos hôtes ont insisté pour que nous demeurions quelques jours. Il eût été grossier de refuser.

— Quelques jours ? fit Sara d'un ton soupçonneux. Combien ?

— Je ne sais pas au juste, quatre ou cinq, peut-êtrc unc scmaine au plus. »

Mais, loin de s'éclairer, le visage de Sara parut se rembrunir. Elle hocha la tête.

« Mieux vaudrait partir immédiatement ! Cette maison ne me dit rien qui vaille. Il s'y passe des choses bizarres.

— Tu as vraiment trop d'imagination, soupira Catherine, qui, assise sur l'un des tabourets, dénouait ses nattes, et tu ferais bien mieux de m'aider à enlever toute cette poussière. »

Elle finissait à peine de parler que la porte de sa chambre s'ouvrait brusquement. Gauthier fit irruption. Il était pâle et ses vêtements en désordre dénonçaient une bagarre récente. Il ne laissa pas le temps aux deux femmes d'ouvrir la bouche.

« Il faut fuir, dame Catherine ! Il faut fuir immédiatement si vous en avez le pouvoir ! Ce château n'est pas pour vous un asile, mais une prison. »

Catherine se sentit blêmir. Elle se leva, repoussant doucement Sara qui, de saisissement, laissait tomber le peigne qu'elle avait pris.

« Que veux-tu dire ? As-tu perdu la raison ?

— Je le voudrais bien, fit le géant avec amertume. Malheureusement, le doute n'est pas possible. Je ne sais si l'on vous a accueillie avec honneur, mais, devant moi, les hommes d'armes ne se sont guère gênés. Quand j'ai demandé le chemin des écuries pour y conduire nos montures, un sergent tout armé m'a pris les brides des mains et m'a dit que cela ne me concernait plus parce que ces mules appartenaient désormais au seigneur de ce lieu. Bien entendu, j'ai protesté. Alors, le sergent a haussé les épaules et m'a dit : « Tu es bien naïf, l'homme, si tu « t'imagines que ta maîtresse pourra sortir de « Champtocé avant que Mgr Gilles l'y autorise. On « a des ordres en ce qui la concerne et je te conseille « de te faire aussi petit que tu pourras si tu ne « veux pas avoir d'ennuis. » Là, je vous l'avoue, dame Catherine, la colère m'a emporté. J'ai empoigné l'homme à la gorge ! Des soldats sont arrivés et l'ont dégagé. J'ai pu leur fausser compagnie, mais... »

Mais une véritable compagnie d'hommes d'armes envahissait à ce moment précis la chambre de Catherine. En un clin d'œil, Gauthier, malgré sa force, fut maîtrisé, d'autant plus aisément que trois arcs étaient bandés dans sa direction et qu'une plus longue résistance lui eût seulement valu quelques flèches dans le corps. Ce spectacle eut le don de déchaîner la colère de Catherine. Elle marcha droit à l'officier qui commandait le détachement et, les dents serrées, les narines pincées, les yeux fulgurants, ordonna :

« Lâchez cet homme et sortez d'ici ! Comment osez-vous...

— Désolé, noble dame, fit l'officier en portant gauchement la main à son casque, mais votre serviteur a frappé un sergent. Il dépend maintenant de la justice de ce château et je dois le conduire à la prison.

— S'il l'a frappé, il a bien fait ! Sang du Christ ! Il semble que vous entendiez l'hospitalité d'étrange façon, ici ! Comment ? Vous vous emparez de mes mules, vous rudoyez mon serviteur et vous eussiez voulu qu'il se laissât faire ? Relâchez-le, vous dis-je !

— Je regrette, madame, j'ai des ordres. Cet homme doit être incarcéré... Moi, j'obéis seulement à la consigne.

— Et vous aviez, déjà, pour consigne d'arrêter mes gens ? fit Catherine avec amertume. Pourquoi pas moi, dans ce cas ? Pourquoi ne me jette-t-on pas en prison puisqu'il paraît que je n'aurai pas loisir de sortir de si tôt ?

— Demandez-le à messire de Craon, noble dame... »

Très raide, l'officier salua, fit signe à ses hommes d'emmener le prisonnier et sortit. Au seuil, Gauthier se retourna.

« Ne vous tourmentez pas pour moi, dame Catherine. Oubliez-moi et suivez mon conseil : fuyez si vous le pouvez ! »

Figées sur place, Catherine et Sara le regardèrent disparaître. La porte se referma. Les yeux de Catherine, que la colère faisait presque noirs, tournèrent et rencontrèrent ceux de Sara.

« Voici donc l'homme dont tu me conseillais de me méfier ! dit-elle amèrement. Puis-je encore douter de sa loyauté ?

— Je reconnais qu'il vient d'agir en fidèle serviteur... pour quelque raison sentimentale que ce soit, fit Sara qui tenait à ses opinions. Mais que vas-tu faire maintenant ?

— Savoir tout ce que cela veut dire ! s'écria-t-elle. Et je te jure que je n'attendrai pas une minute de plus pour essayer d'apprendre ce que l'on me réserve dans cette maison. »

Fébrilement, avec des doigts qui s'énervaient, elle essayait de refaire les nattes qu'elle avait dénouées, mais elle n'y arrivait pas. La colère la faisait trembler.

« Laisse-moi faire ! coupa Sara en s'emparant des cheveux de la jeune femme. Je vais te coiffer puis tu changeras de robe. Autant te présenter avec le maximum de dignité... et non pas faite comme une zingara ! »

Catherine n'avait pas envie de sourire. Elle s'assit, très raide, pour permettre à Sara de refaire l'édifice de sa coiffure et de lui ôter la poussière du voyage. Mais tout le temps que dura l'opération Sara put voir les doigts minces de Catherine se croiser et se décroiser nerveusement sur ses genoux.

« Il faut que j'en aie le cœur net ! répétait-elle. Il faut que j'en aie le cœur net ! »

Quand les trompes du château cornèrent l'eau, Catherine était prête. Sara l'avait vêtue d'une robe de velours, coiffée de deux cornes de dentelle. Elle était, ainsi, très belle et un peu imposante. Elle s'échappa des mains habiles de Sara comme on se sauve et marcha vers la porte avec tant de décision que Sara ne put retenir un sourire.

« Tu as l'air d'un petit coq de combat, lui lança-t-elle.

— Et toi, gronda la jeune femme, tu as bien de

la chance de pouvoir plaisanter en ce moment. »

L'ENTRÉE de Catherine dans la grande salle où l'on avait dressé la table du souper interrompit le récit, à la fois cynégétique et passionné, qu'avec force gestes effectuait, pour Jean de Craon et Catherine de Rais, une grande femme maigre et grisonnante, au nez impérieux et qui offrait avec le vieux seigneur une incontestable ressemblance. Vêtue d'une robe de satin feuille morte doublée d'or dont les manches traînaient à terre, elle mimait le vol d'un faucon de chasse et, en apercevant Catherine, demeura un instant les bras écartés.

« Bonjour, ma chère ! lança-t-elle aimablement. Heureuse de vous voir arrivée ! »

Après quoi elle reprit de plus belle le récit de sa chasse qui s'était soldée par deux hérons et six lièvres. Elle conclut enfin :

« Tout ceci pour vous dire qu'après une pareille journée je meurs de faim. Passons à table !

— Un moment ! coupa sèchement Catherine. Avant de passer à table, je désire savoir à quelle table je vais m'asseoir ; celle de mes hôtes ou celle de mes geôliers ? »

L'intrépide chasseresse qui n'était autre qu'Anne de Sillé, la grand-mère de Catherine de Rais que le vieux Craon avait épousée un an après le mariage de Gilles, considéra la jeune femme avec une véritable stupeur teintée d'une vague admiration.

« Par le ventre de ma mère ! » commença-t-elle.

Mais le vieux Craon avait froncé les sourcils tandis que sa lèvre inférieure s'allongeait en une lippe de mauvais augure.

« Des geôliers ? fit-il. Où diable avez-vous pris cela ? »

Le ton était sec et la mine peu rassurante, mais Catherine était trop en colère pour se laisser intimider. Froidement, elle considéra le vieux seigneur.

« J'ai pris cela dans le simple fait qu'une heure à peine après mon arrivée, j'ai vu arrêter sous mes yeux mon écuyer, au mépris de toutes les lois de l'hospitalité.

— Cet homme a frappé un sergent de la garnison. C'est, il me semble, un geste suffisamment discourtois pour mériter une sanction.

— Je l'eusse prise moi-même si son geste n'eût été motivé par de bien étranges paroles. On l'a empêché de s'occuper de nos montures sous prétexte qu'elles étaient désormais votre propriété et que, d'ailleurs, je ne risquais pas d'en avoir besoin, étant ici pour beaucoup plus longtemps que je ne l'imaginais. N'importe quel serviteur un peu dévoué se fût rebellé devant pareille prétention, messire, et, si vous voulez mon sentiment, votre sergent n'a eu que ce qu'il méritait... »

Jean de Craon haussa les épaules.

« Les hommes d'armes ne sont pas toujours très intelligents, fit-il maussade. Il ne faut pas attacher d'importance à ce qu'ils disent.

— Dans ce cas, il y a pour vous un moyen bien simple, messire, de me prouver votre bonne volonté. Faites relâcher mon écuyer, faites préparer mes mules ; je vous ferai ensuite toutes les excuses que vous voudrez... et je partirai dès ce soir avec mes serviteurs.

— Non ! »

Le mot claqua dans le silence tendu qui avait suivi les derniers mots de Catherine. La jeune femme était consciente des respirations retenues des deux femmes, de leurs yeux inquiets allant d'elle-même au vieux sire. Sa gorge se contracta sous le choc. Elle avala péniblement sa salive mais ne broncha pas. Elle parvint même à sourire dédaigneusement.

« Comment dites-vous cela, messire ? Vous avez, en vérité, une bien curieuse façon de concevoir l'hospitalité ! C'est donc que je suis prisonnière ? »

Claudiquant légèrement, Jean de Craon s'avança vers la jeune femme, demeurée toute droite, dans sa robe noire, au seuil de la porte. Quand il parla, sa voix s'était adoucie considérablement.

« Comprenez-moi bien, dame Catherine, puisque aussi bien il faut parler net et mettre les choses au point. Ce château appartient à mon petit-fils. Il en est le maître et pour tous ceux qui vivent entre ses murs... même pour moi, c'est sa volonté, et sa volonté seule, qui fait ici la loi. J'ai reçu, vous concernant, des ordres précis : sous aucun prétexte, vous ne devez quitter Champtocé avant son retour. Non, ne me demandez pas pourquoi, je l'ignore ! Tout ce que je sais, c'est que Gilles compte vous trouver ici lorsqu'il reviendra de la guerre et je ne le décevrai pas. Au surplus, rassurez-vous, votre attente, sans doute, sera courte. Les combats qui se déroulent actuellement au nord de Paris sont trop violents pour qu'une trêve n'intervienne pas avant l'hiver. L'Anglais, plus que nous-mêmes encore, a besoin de souffler. Gilles reviendra bientôt. Et... ne doit-il pas ramener quelqu'un de particulièrement cher à votre cœur ? »

Une soudaine bouffée de chaleur monta au visage de Catherine. Sa colère devant l'injuste emprisonnement de Gauthier lui avait, un court instant, fait oublier Arnaud et elle s'en voulait comme d'une profanation. Mais la pensée de l'homme qu'elle aimait la détendit un peu. Il était bien vrai qu'Arnaud devait venir ici tout droit et son cœur s'affolait de joie à la seule idée de le revoir, d'entendre sa voix. Si elle partait, ce revoir serait éloigné du temps qu'il faudrait au jeune homme pour la rejoindre.

Sans qu'elle s'en doutât, Jean de Craon suivait sur son visage le cheminement de la pensée. Quand elle releva les yeux vers lui, il offrit son poing fermé avec une galanterie surannée.

« Vous voyez bien qu'il vous faut être raisonnable. Venez-vous à table ? »

Mais elle ne posa pas sa main sur celle qu'on lui offrait.

« C'est bien, dit-elle enfin avec peine. Je resterai. Mais, au moins, faites-moi rendre Gauthier... »

Pour être atténué, le refus de Craon n'en fut pas moins catégorique.

« Je ne puis, dame Catherine ! Les lois de ce château sont sévères et formelles. Quiconque frappe un homme de sa garde doit passer en jugement... en jugement équitable, rassurez-vous ! Quand Gilles est ici, il tient chaque semaine son banc seigneurial et lui seul peut juger d'un fait qui concerne ses hommes d'armes. Tout ce que je peux vous promettre, c'est que ce Gauthier ne sera pas maltraité, qu'il sera nourri convenablement et détenu en prison honnête. Pour lui aussi, l'attente sera brève. »

Il n'y avait rien à ajouter à cela. Catherine le comprit. Elle était momentanément vaincue et décida d'en accepter l'apparence. Mais la révolte grondait en elle et, ramassant gracieusement, à deux mains, les longs plis de velours de sa robe, elle se dirigea vers la table servie, passant, hautaine et fière, devant Craon qui, lentement, laissa retomber sa main.

Des écuyers s'avançaient, portant des bassins

pleins d'eau et des serviettes de lin blanc. Les convives prirent place en silence sur un seul côté de la longue table et se livrèrent aux ablutions rituelles. Puis le chapelain qui venait d'entrer marmotta un rapide bénédicité ; après quoi les premiers plats firent leur apparition. Anne de Craon dévorait littéralement, en femme que le grand air a creusée, mais, de temps en temps, elle coulait vers Catherine un regard intrigué, non dépourvu de sympathie. Elle devait aimer les caractères bien trempés. La jeune femme, cependant, touchait à peine aux mets qui lui étaient servis. Bien droite sur son siège, les yeux au loin, elle roulait machinalement entre ses doigts une boulette de pain, essayant, de toute sa volonté, de lutter contre l'angoisse insidieuse qui se glissait en elle. C'était au souvenir d'Arnaud qu'elle se raccrochait éperdument. Arnaud et sa force, Arnaud et son invincible courage. Arnaud, la meilleure lame de France avec le connétable de Richemont, Arnaud.... et son caractère impossible, son rire éclatant, son orgueil intraitable, mais aussi ses baisers fous, ses mains tendres et les mots passionnés qu'il savait si bien lui dire. Lui saurait la défendre, la protéger lorsqu'il serait là. Les murs, si forts soient-ils, ne sauraient la retenir quand Arnaud serait auprès d'elle. Qui oserait s'opposer à la volonté d'un Montsalvy ?

Cependant, Anne de Craon s'étirait et bâillait sans retenue.

« Eh bien, moi, je vais dormir. Je veux, à l'aube, courir le sanglier. Barthélemy a relevé des traces de solitaire de l'autre côté de la Rosne. »

La vieille dame trempa ses mains dans le bassin d'or que lui tendait un page, les essuya à une serviette rouge puis, sans plus s'occuper de son invitée forcée, prit le bras de son époux et se dirigea vers la porte. Sa petite-fille la suivit et Catherine leur emboîta le pas. Mais, comme elles quittaient la zone très éclairée de la longue table et marchaient côte à côte, Catherine sentit qu'un main effleurait la sienne dans les plis épais de sa robe et glissait entre ses doigts un petit billet étroitement plié. Elle eut un coup au cœur, une soudaine bouffée de joie et se hâta de refermer la main sur le message. Au seuil de la salle, on échangea gravement des révérences, des souhaits de bonne nuit. Puis, précédé de porteurs de flambeaux, chacun des convives de cet étrange dîner rentra chez soi.

A peine la porte de sa chambre refermée sur elle, Catherine se précipita vers le candélabre où brûlaient des bougies neuves, déplia le billet et se pencha pour le lire. Le billet était court, sans signature, mais Catherine n'en avait pas besoin.

« *Demain, venez à la chapelle vers l'heure de tierce*[1]. *Vous êtes en danger. Brûlez ce billet.* »

Une sueur froide glissa brusquement le long du dos de la jeune femme. Elle eut la sensation aiguë d'une menace et tout, autour d'elle, lui parut subitement hostile. Son regard effrayé se porta tout naturellement sur le mur de sa chambre et s'agrandit tandis qu'elle sursautait. Dans la lumière mouvante des chandelles, les personnages de la tapisserie avaient l'air de prendre vie. Le mur grouillait d'hommes en armes, de glaives brandis sous lesquels tombaient des enfants au maillot. Dans les pas des tueurs, des femmes agenouillées tendaient des bras désespérés. L'une d'elles, la gorge ouverte d'un coup de glaive, basculait en arrière, les yeux révulsés.

1. Neuf heures du matin.

Partout du sang, des bouches ouvertes sur des cris silencieux, mais que Catherine crut entendre. Toute la tapisserie s'était mise à vivre !

Sara, qui dormait sur un escabeau dans l'ombre du lit, s'éveilla tout à coup et s'effraya de la pâleur de Catherine, de ses lèvres tremblantes, de son maintien rigide et de son regard halluciné. Elle poussa une exclamation.

« Seigneur ! Qu'est-ce que tu as ? »

Catherine frissonna. Son regard s'arracha de la scène de meurtre pour revenir à Sara. Elle lui tendit le billet qu'elle avait gardé dans sa main.

« Tiens, lis ! dit-elle d'un ton morne. C'est toi qui avais raison, nous n'aurions jamais dû venir ici. J'ai bien peur que nous soyons tombées dans un affreux guêpier. »

La bohémienne lut avec application, épelant chaque mot à mi-voix, puis elle rendit le morceau de parchemin.

« Nous en sortirons peut-être plus aisément que tu ne crois. Si je ne me trompe, il y a là quelqu'un qui songe à nous aider. Qui est-ce ?

— La dame de Rais. Elle est timide, silencieuse, et paraît terrorisée. Mais il est difficile de savoir ce qu'elle pense. Si seulement je pouvais savoir de quoi elle a peur... »

Une voix craintive qui semblait venir des profondeurs de la cheminée fit retourner les deux femmes.

« Elle a peur de son mari, comme nous tous ici. Elle a peur de Mgr Gilles. »

Une très jeune fille, mince et rougissante, vêtue comme une servante, surgit de l'ombre créée par le large manteau de pierre. Son bonnet retenait difficilement une épaisse chevelure blond foncé et elle tordait entre ses doigts son tablier bleu. Catherine vit que ses yeux étaient pleins de larmes... Soudain, avant qu'elle ait pu prévenir son geste, la petite servante s'était jetée à ses pieds et avait noué les bras autour de ses jambes.

« Pardonnez-moi, madame... mais j'ai trop peur, voilà des jours que j'ai peur ! Je me suis cachée ici pour vous supplier de m'emmener avec vous. Car vous allez partir, n'est-ce pas, vous n'allez pas rester dans ce château de malheur ?

— Je voudrais bien partir, fit Catherine en essayant de détacher les mains crispées de la petite, mais je crains d'être prisonnière. Allons, relève-toi, calme-toi ! De quoi as-tu si peur puisque Mgr Gilles n'est pas ici ?

— Il n'est pas ici mais il va revenir ! Vous ne savez pas quel homme c'est que le seigneur à la Barbe Bleue ! C'est un monstre !

— Le seigneur à la Barbe Bleue ? coupa Sara. Quel drôle de nom !...

— Il lui va si bien ! fit la jeune fille toujours agenouillée. Sur ses terres, nous sommes nombreux à l'appeler ainsi quand les hommes d'armes ne peuvent pas nous entendre. Il est dur, cruel et faux... Il prend ce qui lui plaît, sans souci des souffrances qu'il cause. »

Doucement mais fermement, Catherine avait relevé la petite servante et l'avait fait asseoir sur un coffre. Elle s'assit auprès d'elle.

« Comment t'appelles-tu ? Comment es-tu venue ici ?

— Je m'appelle Guillemette, madame, et je suis de Villemoisan, un gros village au nord de ce château. Les hommes de Mgr Gilles m'ont enlevée l'an passé pour me conduire ici, avec deux autres fillettes du village. Nous devions servir la dame de Rais, mais j'ai vite compris que c'était son époux que nous devions servir. Il était revenu au château pour quelques jours. Jeannette et Denise, mes deux compagnes, sont mortes toutes les deux peu après notre arrivée...

— Mais... de quoi ? demanda Catherine en baissant le ton instinctivement.

— Monseigneur Gilles et ses hommes se sont amusés d'elles. On a retrouvé Jeannette dans la paille de l'écurie... étranglée. Quant à Denise, c'est au pied du donjon que les lavandières l'ont découverte un matin, les reins brisés.

— Et toi ? Comment as-tu échappé ?

Guillemette eut un sourire tremblant et se mit à pleurer.

« Moi, on m'a trouvée trop maigre... et puis le maître est parti avant d'avoir eu le temps. Mais il a promis de s'occuper de moi quand il reviendrait. Vous voyez bien qu'il faut m'emmener... Si je reste ici, moi aussi, je mourrai. Et je voudrais tant rentrer chez nous !... Je vous en conjure, madame, si vous fuyez, laissez-moi vous suivre. Vous êtes ma seule chance....

— Mais, pauvrette, je ne sais même pas si je pourrai fuir moi-même. Je suis prisonnière autant que toi...

— Je sais bien. Pourtant, vous avez une chance, vous... dans ce billet que vous venez de lire ! »

Catherine se leva et fit quelques pas dans la chambre, tournant et retournant entre ses doigts le morceau de parchemin. Son visage était sombre, mais, au fond d'elle-même, la voix tenace de l'espoir s'était levée. La dame de Rais devait connaître à fond ce château, savoir comment il était possible d'y entrer ou d'en sortir. Il y avait certainement des souterrains, des passages cachés... Elle revint à Guillemette et posa la main sur son épaule.

« Ecoute, dit-elle gentiment, je te promets de t'emmener si je trouve un moyen de fuir. Viens demain vers le milieu du jour. Je te dirai si quelque chose a été décidé... mais il ne faut pas nourrir trop grand espoir, tu sais ? »

Le visage de la petite servante s'illumina. Les yeux avaient séché comme par enchantement. Elle adressa à Catherine un rayonnant sourire puis, se baissant vivement, posa ses lèvres sur la main de la jeune femme.

« Merci ! Oh ! merci, gracieuse dame ! Toute ma vie je vous bénirai et je prierai pour vous ! Je vous servirai, si vous voulez de moi, je vous suivrai partout comme un chien si c'est votre bon plaisir.

— Mon bon plaisir, pour le moment, coupa Catherine avec le sourire, c'est que tu te calmes et que tu t'en ailles bien vite d'ici ! On pourrait te chercher... »

Mais déjà, avec une rapide révérence, Guillemette, légère comme un oiseau délivré, s'était glissée hors de la chambre. Sara et Catherine, demeurées seules, se regardèrent. Lentement, Catherine alla tendre à la flamme d'une chandelle le billet de la dame de Rais. Sara haussa les épaules.

« Que vas-tu faire de cette gamine épouvantée ?

— Comment veux-tu que je le sache ? Je lui ai donné un peu d'espoir, elle est plus calme. Demain, peut-être, je répondrai à ta question. Viens m'aider à me déshabiller. Autant essayer de dormir. »

Catherine procéda en silence à sa toilette de nuit, s'enfermant dans ses pensées comme le faisait Sara elle-même. Manié par les mains expertes de la bohémienne, le peigne d'argent passait et repassait dans les longues mèches dorées. Sara adorait s'occuper des cheveux de Catherine. Elle avait pour les soigner des gestes doux et presque dévotieux. Elle était fière de cette royale parure, infiniment plus que sa propriétaire qui, parfois, trouvait un peu longues les séances de coiffure.

« La dame à la Toison d'Or... murmura Sara. Tes cheveux sont chaque jour plus beaux ! Mgr Philippe, sans doute, penserait comme moi.

— Voilà un nom que je ne veux plus entendre, coupa Catherine sèchement. Le duc de Bourgogne n'est plus pour moi que le duc de Bourgogne : un ennemi ! Et je ne veux pas porter le nom de cette Toison d'Or dont il est si fier... »

Elle s'interrompit. Au-dehors, un cri horrible venait d'éclater, un véritable hurlement d'agonie. Pétrifiées, les deux femmes se regardèrent, pâlissantes.

« Qu'est-ce que cela ? chuchota Catherine d'une voix enrouée. Va voir... »

Sara prit une chandelle, courut vers la porte et s'engouffra dans le couloir. Des bruits de voix se faisaient entendre au-dehors, des appels, des ordres brefs et les échos de pieds lourdement chaussés qui couraient. Catherine, le cœur battant encore au souvenir de l'horrible cri, était demeurée clouée sur son tabouret, écoutan intensément. Au bout de quelques minutes, Sara revint. Elle était blanche jusqu'aux lèvres et semblait sur le point de défaillir. Catherine la vit s'appuyer au chambranle de la porte et vaciller comme si elle allait s'évanouir. Ses lèvres s'agitaient sans qu'un son en sortît.

La jeune femme bondit, prit Sara par la taille et l'amena doucement jusqu'au tabouret qu'elle venait de quitter. Puis elle alla remplir un gobelet à une aiguière d'étain posée près d'une cuvette. Les dents de la bohémienne claquaient et ses yeux semblaient avoir doublé de volume. De grands plis verdâtres s'étaient creusés le long de ses lèvres. Elle but quelques gorgées d'eau, eut un long frisson...

« Mon Dieu ! souffla Catherine, tu me fais peur ! Qu'as-tu vu ? Que s'est-il passé ? Ce cri...

— Guillemette ! balbutia Sara. On vient de trouver son corps disloqué dans la cour. Elle... elle est tombée du chemin de ronde ! »

Le gobelet d'étain échappa des mains de Catherine et roula jusqu'à la cheminée.

Un certain remue-ménage dans le château tira Catherine du sommeil fiévreux dans lequel elle avait fini par sombrer aux dernières heures de la nuit. Durant des heures, elle était restée blottie auprès de Sara, dans le grand lit, osant à peine respirer, l'oreille tendue vers les moindres bruits du dehors, les nerfs tellement crispés que le simple cri des grenouilles dans les roseaux de l'étang proche les écorchait comme une râpe. Jamais, de toute sa vie, elle n'avait eu si peur !... Mais, finalement, la fatigue avait eu raison de sa frayeur.

Le bruit augmentant dans la cour, Catherine sauta à bas du lit en escaladant Sara qui dormait, effondrée plutôt que couchée en plein travers. Pieds nus, elle courut à la fenêtre. Comme toutes celles du logis, elle donnait sur la grande cour d'honneur. Catherine tira le volet de bois plein, cligna des yeux dans le jour levant, poussa l'un des quatre petits vitraux armoriés et se pencha. Des cavaliers, des mules de bât et une nuée de serviteurs entouraient une grande litière dans laquelle une imposante nourrice en robe écarlate, bonnet et tablier blancs, portant dans ses bras une petite fille d'environ dix-huit mois, était en train de s'installer. Quelques instants plus tard, Catherine de Rais apparut sur le perron. Elle portait la même robe grise que la veille sous une longue cape assortie. Un double bourrelet de velours bleu d'où pendait un voile léger la coiffait. Elle avait les yeux rouges et les traits tirés.

Sans jeter un regard aux fenêtres du château, elle prit place dans la litière dont un valet releva le marchepied et referma la portière. Aussitôt, le cortège s'ébranla. De son observatoire, Catherine, le cœur serré, vit la troupe franchir la voûte basse qui faisait communiquer la cour d'honneur avec la basse-cour. En quelques instants, tout disparut. Il n'y eut plus que trois valets qui balayaient les dalles...

Lentement, Catherine referma la fenêtre. En revenant vers son lit, elle vit que Sara était éveillée et la regardait, appuyée sur un coude.

« Qu'est-ce que c'était ? » demanda-t-elle en étouffant un bâillement.

La jeune femme se laissa tomber lourdement sur le lit.

« C'était, dit-elle, notre dernier espoir qui s'en allait ! Je viens de voir la dame de Rais quitter le château avec armes et bagages. Mais certainement pas de son plein gré ! »

CHAPITRE IV

LE CIEL S'OBSCURCIT

QUAND vint le temps de la moisson, Catherine cherchait toujours un moyen de quitter Champtocé avant le retour de Gilles de Rais. Mais à mesure que les jours passaient, son espoir s'amincissait et, peu à peu, elle se résignait à l'affrontement inévitable.

Aucun messager n'avait franchi le pont-levis depuis qu'elle était arrivée et elle demeurait dans une ignorance complète des événements extérieurs. Gilles avait-il pu enlever Arnaud de Montsalvy à Richard Venables ou bien le capitaine était-il toujours prisonnier de l'Anglais ? Sara prétendait que, si les combats continuaient, il était impossible qu'Arnaud rejoignît Catherine avant la trêve que l'on espérait. Si grand que fût son amour pour elle, il avait trop la guerre dans le sang et aussi le souci de son devoir pour n'avoir pas demandé à reprendre aussitôt sa place parmi les capitaines de Charles VII.

« De toute façon, par messire de Rais, quand il reviendra, tu sauras à quoi t'en tenir », disait la bohémienne pour calmer les angoisses de Catherine, angoisses qui grandissaient avec le temps et avec un fait nouveau qui était advenu dans les derniers jours de juillet, le dimanche qui marquait la fête de la Gerbe.

Ce jour-là, on célébrait la fin des moissons et, traditionnellement, les paysans en cortège étaient venus au château, portant le Javelo, la dernière gerbe, enrubannée et fleurie afin de l'offrir à la châtelaine. Catherine de Rais étant dans sa terre de Pouzauges, c'était l'intrépide Anne de Sillé qui avait reçu la javelle fleurie et offert, dans la basse-cour, le repas traditionnel. Pour la circonstance, elle avait invité Catherine à présider avec elle la fête champêtre.

« Il faut vous distraire un peu, lui avait-elle dit, et puisque mon noble époux ne vous accorde pas le plaisir de la chasse, prenez au moins celui-là qui vous vient trouver dans l'enceinte même du château. »

Sous ses airs très peu féminins, Anne de Craon n'avait pas une âme méchante. Pour rien au monde elle ne se fût opposée à son redoutable époux. L'idée ne lui en serait même pas venue, mais les joues pâlies de Catherine, ses yeux que marquait, depuis quelques jours, un large cerne violet, l'inquiétaient. Elle aimait trop, pour son compte personnel, les folles chevauchées au grand air et par tous les temps pour ne pas plaindre une jeune femme contrainte à la claustration entre les murs d'une forteresse. Aussi, quand elle ne rentrait pas de ses perpétuelles chasses trop épuisée pour avoir même le courage de lever le petit doigt, faisait-elle de son mieux pour distraire son invitée forcée.

« Je ne me sens guère le cœur à me réjouir, madame », avait répondu Catherine.

Mais la châtelaine n'avait rien voulu entendre.

« Corbleu, ma chère, secouez-vous un peu ! Vous ne passerez pas votre vie dans ce vieux castel. J'ignore ce que vous veut Gilles, mais il est trop préoccupé de lui-même pour se soucier longtemps d'une femme... si belle soit-elle. Venez voir s'empiffrer, chanter et danser nos paysans. Ces gaillards braillent comme des gorets ce qu'ils prennent pour des mélodies, mais ils dansent les caroles avec beaucoup de conviction et boivent comme des trous. »

Par certains côtés, la chasseresse rappelait à Catherine sa vieille amie Ermengarde de Châteauvillain ; même énergie épuisante, même autoritarisme intransigeant, même outrecuidante santé physique et même appétit de vivre. C'était peut-être pour cela qu'elle avait accepté de l'accompagner au banquet, flanquée de Sara. Peut-être aussi parce que, depuis la mort étrange de Guillemette, la petite servante, aucun fait aussi inquiétant n'était intervenu dans la vie quotidienne du château. Mais, au moment où elle pénétrait dans l'immense basse-cour délimitée par la première enceinte de murailles, là où de longues tables avaient été dressées sur des tréteaux couverts de nappes blanches et de fleurs des champs, où des cochons et des moutons entiers cuisaient sur des feux de branchages, elle avait dû s'agripper soudainement au bras de Sara. Etait-ce l'odeur des viandes fortement épicées ou celle des tonneaux de vin et de cidre que les sommeliers mettaient en perce, ou encore les relents, toujours présents, des porcheries, étables et écuries proches ? Elle vit soudain le décor tournoyer autour d'elle, le sol se dérober sous ses pieds, tandis qu'une nausée la secouait tout entière. Son visage blanchit, vira au vert... Sara poussa un cri.

« Qu'est-ce que tu as, Catherine ? Mais elle se trouve mal... à l'aide ! »

Déjà Anne de Craon qui les précédait avec plusieurs de ses dames d'atours revenait pour aider Sara à soutenir la jeune femme et s'écriait, en passant un bras autour de sa taille :

« Il faut l'étendre... tenez, sur cette banquette d'herbe. Dame Aliénor, allez me querir de l'eau fraîche et vous, Marie, courez au château. Dites que l'on apporte une civière. Mais courez donc ! empotées que vous êtes ! »

Les deux dames d'atours partirent comme des flèches pour exécuter les ordres de la châtelaine. Celle-ci, cependant, se penchait sur Catherine, étendue dans l'herbe, et scrutait son visage immobile et cireux. Elle braqua soudain sur Sara son regard impérieux.

« Pourquoi ne m'avez-vous pas dit qu'elle était enceinte ?

— Enceinte ? fit Sara ahurie. Mais je ne vois pas... »

Sara, en effet, ne savait pas ce qui s'était passé dans la barque après la nuit de la fuite.

« De qui ? fit Anne en riant. C'est ça que vous voulez dire ? Sur ce sujet, ma fille, votre maîtresse doit en savoir plus long. Et ne me regardez pas avec ces yeux ronds. Voici Aliénor qui revient, inutile de lui mettre la puce à l'oreille. C'est la pire bavarde de toute la province ! C'est même pour cela que je la garde, ajouta la vieille dame en riant. Elle me distrait ! »

Peu à peu, Catherine reprenait ses esprits sous les compresses d'eau fraîche qu'Anne de Craon lui appliquait sur le front. Elle respirait plus librement et la vague nauséeuse se retirait, la laissant étrangement faible.

Et soudain, elle comprit ce qui lui arrivait. Elle rougit et, tout d'abord, éprouva une sorte de crainte. Se trouver amoindrie physiquement quand elle avait tellement besoin de toutes ses forces l'inquiétait, mais ce ne fut qu'un instant. Une subite bouffée de joie l'envahit quand elle réalisa que l'enfant qu'elle portait était aussi celui d'Arnaud. Le FILS D'ARNAUD ! Car ce ne pouvait être qu'un fils, aussi beau, aussi vaillant que son père !... et peut-être d'aussi mauvais caractère, mais cette idée la fit sourire. Ainsi, l'élan d'amour qui les avait jetés l'un vers l'autre, au fond de la petite barque où ils avaient trouvé refuge après avoir faussé compagnie à la mort, ce premier instant de liberté vraie et de bonheur sans alliage allait avoir un prolongement de chair et de sang ? Rien de plus merveilleux pouvait-il arriver pour l'unir plus étroitement à celui qu'elle aimait si passionnément : un petit enfant ? Un instant, sa pensée retourna vers l'enfant qu'elle avait perdu, le petit Philippe, qui était mort loin d'elle, dans les bras d'Ermengarde de Châteauvillain. Le remords, longtemps, l'avait poursuivie. Elle s'était reproché durement de n'avoir pas suffisamment veillé sur lui, de l'avoir délaissé pour une existence fastueuse, encore qu'il eût trouvé auprès d'Ermengarde tout l'amour dont il avait pu avoir besoin. Et elle s'était demandé pourquoi elle put demeurer si longtemps loin de lui. Peut-être parce qu'elle n'éprouvait pas d'amour vrai pour le père... Le petit Philippe, par droit de naissance, portait dans ses veines enfantines le sang royal de France. C'était trop haut pour elle, trop imposant, et elle comprenait maintenant que, pour elle, l'enfant était surtout, avant tout, le fils du duc de Bourgogne.

Mais celui qui allait venir, celui qui déjà bouleversait son corps, réclamait sa part de sa propre vie, celui-là serait vraiment la chair de sa chair, son amour incarné. Quelque chose que lui avait dit, jadis, au temps où elle attendait le petit Philippe, son ami Abou-al-Khayr, le médecin maure, lui revint.

« Maintenant que tu suis la lumière que l'enfant trace, toute autre voie serait le chemin de la nuit... »

« Comme Arnaud sera content quand il saura... murmura pour elle-même Catherine transfigurée de joie.

— A condition que nous arrivions à le lui dire », bougonna Sara qui avait entendu.

Mais Catherine refusait de laisser ternir si peu que ce fût son bonheur présent. Toute la journée et toute la nuit, au son des violes et des tambourins qui enfilaient rondes et caroles pour faire danser les bonnes gens de Champtocé, elle berça son rêve sous la garde d'une Sara à la fois réticente et attendrie.

Pendant le mois d'août, Catherine fut si malade qu'elle crut mourir cent fois. Des nausées la secouaient continuellement. Son estomac révolté ne tolérait aucune nourriture et des vomissements incoercibles la vidaient régulièrement du peu de force qu'elle pouvait tenter de récupérer. Une chaleur accablante, qui traversait même les murs énormes de Champtocé, incendiait dans la campagne les meules de paille trop sèche, abattait les bêtes dans les champs et asséchait les fontaines, acheva de l'éprouver. Tout le jour, un implacable soleil brillait dans un ciel blanc. Les puits tarissaient et l'eau potable devenait aussi précieuse que l'or. Il n'était pas jusqu'à la Loire qui ne s'asséchât en grande partie, montrant ses fonds sableux comme un tissu usagé montre sa trame. Pourtant Catherine ne se plaignait pas. Si accablée qu'elle fût par ses malaises, elle les supportait stoïquement parce que c'était l'enfant d'Arnaud qui les lui infligeait. Seulement, quand elle se sentait trop épuisée, elle craignait que les choses ne tournassent mal et qu'elle en vînt à perdre son fruit.

Tout le jour, elle demeurait étendue dans son lit, couverte seulement d'un drap mince, derrière l'abri des volets clos que l'on n'ouvrait pas avant que le soleil baissât. Sara lui tenait compagnie et, souvent aussi, la dame de Craon dont la canicule avait interrompu les galopades. L'intrépide chasseresse s'en consolait en passant auprès de Catherine d'interminables heures à lui conter ses exploits des années précédentes. Seul, Jean de Craon ne franchissait jamais le seuil de la chambre. Chaque matin, il faisait prendre, correctement, des nouvelles de sa prisonnière par un page, mais n'en relâchait pas pour autant sa surveillance. A travers ce que lui racontait la châtelaine, Catherine arrivait à comprendre assez clairement la mentalité du vieux seigneur. Elle tenait en peu de mots : l'amour exclusif, passionné et aveugle qu'il portait à son petit-fils Gilles ; pour Jean de Craon, c'était sa race incarnée, son dieu, l'être pour la puissance et la gloire duquel il était prêt à tous les crimes.

« Gilles n'était encore qu'un enfant, disait Anne, que mon époux, afin de lui donner une idée exacte de sa puissance, l'encourageait à tuer, piller, brûler ses propres villages. Il faisait traîner devant lui les coffres pleins d'or en lui disant que c'était son bien, qu'il pouvait en faire ce qu'il voulait, que l'or était le souverain pouvoir, la clef de toute jouissance.

— Il n'est pas difficile de deviner quelle peut être la mentalité profonde du maréchal, répondait Catherine. Il n'aime que lui-même, je pense ?

— C'est exact et, souvent, je l'ai déploré, mais jamais autant que lorsqu'il a enlevé Catherine, ma petite-fille. J'ai pressenti qu'elle ne pourrait qu'être malheureuse. C'est pourquoi j'ai accepté d'épouser mon seigneur... Tant que je serai vivante, je pourrai protéger Catherine.

— Pourtant, il ne vous viendrait pas à l'idée de vous élever contre les décisions de votre époux ?

— Non. Il est mon époux, justement. C'est lui le maître et, moi, je dois obéir. »

Le mot était curieux dans la bouche de cette femme orgueilleuse, mais Catherine était trop faible pour s'en étonner longtemps. Ce qui lui manquait le plus, c'était de n'avoir pas revu Gauthier. Elle savait qu'il était détenu dans la tour de l'est, et qu'il prenait son mal en patience, voire avec une certaine philosophie. Sa prison était propre, relativement saine, et il y faisait somme toute plus frais que dans le reste du château. On le nourrissait convenablement et il n'ignorait pas que son sort faisait partie d'un mystérieux marché qui devait se débattre entre Catherine et Gilles de Rais. Il se réservait seulement le droit de vendre chèrement sa vie si jamais on la lui demandait. Pour le moment, seule l'inaction lui pesait et ses geôliers visitaient chaque matin, soigneusement, sa cellule, afin de s'assurer qu'il n'avait pas commencé à démolir le château pierre par pierre. Cette visite était d'ailleurs faite régulièrement par une escouade de dix hommes tant la force du géant imposait le respect à ses gardiens.

Cérémonie qui avait le don de déchaîner l'hilarité du prisonnier et qu'il suivait toujours en riant aux éclats. Certes, Gauthier ne se tourmentait aucunement pour son propre sort. Seul, l'état de Catherine parvenait à l'assombrir. C'était, bien entendu, Anne de Craon qui avait raconté tout cela à la jeune femme.

Pourtant, quand vinrent les premiers jours de septembre et que la chaleur, enfin, cessa, les malaises, aussi subitement qu'ils étaient venus, quittèrent Catherine. Elle put manger sans réclamer aussitôt une cuvette et, peu à peu, les forces revinrent. Le matin où le château se réveilla sous la première pluie, elle réussit à se lever, s'habiller et aller jusqu'à son miroir. Il lui offrit le reflet d'un visage amenuisé, presque tragique dans sa minceur, mais où les yeux, énormes, prenaient plus de valeur que jamais.

« Tu n'as plus que ça, des yeux !... grogna Sara qui laçait la robe de Catherine. Il faut reprendre des joues... et du reste, sinon ce bébé sera maigre comme un clou. On ne dirait pas que tu attends un enfant. Ta taille est demeurée celle d'une jeune fille.

— Sois tranquille, ça ne durera pas. Je me sens seulement encore un peu faible. Mais que cette pluie est donc agréable ! »

La pluie bienfaisante qui succédait à l'accablante chaleur allait se montrer aussi obstinée. Durant des jours et des jours, un rideau liquide enveloppa tout le pays, gonflant les ruisseaux ressuscités, reverdissant les champs roussis, transformant en fleuve de boue toutes les poussières de tous les chemins. Mais c'était de véritables trombes d'eau que déversait le ciel le soir où, sur la tour, le guetteur hurlant, soufflant dans sa corne à s'arracher les poumons, annonça à tous les échos que Gilles de Rais approchait de son château ancestral.

Aux appels de la trompe, le cœur de Catherine avait bondi dans sa poitrine. Malgré le jour tombant et les rafales de pluie, elle s'enveloppa dans une épaisse cape et grimpa sur le chemin de ronde. Nul ne prêtait attention à elle. Dans le château, brusquement réveillé de sa torpeur monotone, tout était en ébullition. Les soldats traînant leurs armes, les servantes portant des vêtements de gala et les valets se ruant dans toutes les pièces avec des brassées de chandelles neuves, encombraient les couloirs, courant en tous sens. On ne s'occupait pas de Catherine qui, d'ailleurs, dans l'enceinte du château, pouvait aller où bon lui semblait.

Sur la tour de guet, le vent faisait claquer les bannières. Il s'engouffra dans la cape de Catherine quand elle sortit de l'étroit escalier. Hormis le guetteur penché au créneau, il n'y avait personne.

« Sont-ils encore loin ? » demanda Catherine.

L'homme d'armes sursauta parce qu'il ne l'avait pas entendue venir. La pluie dégoulinait de son chapeau de fer à l'ombre duquel disparaissaient ses yeux et son épaisse moustache. De son gantelet mouillé, il ébaucha un salut puis tendit le bras vers le fleuve.

« Voyez vous-même, dame ! Les premières bannières arrivent le long de l'eau. »

A son tour, Catherine se pencha entre les énormes merlons. L'avant-garde d'une puissante troupe serpentait, en effet, sur le chemin. Elle ne vit d'abord que des ombres confuses qui se confondaient avec celles de la nuit tombante et avec les brouillards du fleuve. Avec aussi les hachures noires des arbres.

Elle distingua ensuite les bannières alourdies par l'eau qui les mettait en berne, l'éclat sourd des armes et, plus loin, par-dessus les têtes de la piétaille, le moutonnement des chevaux et des cavaliers. Un appel de trompettes domina un instant le crépitement de la pluie dans les flaques d'eau et sur les ardoises des poivrières. Tendue de tout son être vers ces hommes qui approchaient, Catherine essayait désespérément de distinguer parmi eux une armure noire, la forme d'un épervier sur un casque, l'armure et l'emblème d'Arnaud... Mais la nuit tombait vite et, comme pour répondre à son angoisse, un corbeau survola la tour en jetant son cri désagréable.

« Dame, murmura le soldat, ne vous penchez pas tant ! Vous risquez de tomber. »

Elle le rassura d'un sourire mais ne se redressa pas. Autour d'elle, sa cape claquait dans le vent comme une voile mouillée. Bientôt, le pas des chevaux résonna, les appels de trompettes se firent plus clairs, les hommes plus nets. Catherine eut la sensation que, pour faire leur entrée, les soldats épuisés fournissaient un dernier effort, se redressaient. Les torses se bombaient, les échines courbées sous leur charge de fer reprenaient fière allure.

« Voilà Mgr Gilles ! s'écria derrière elle le guetteur. Voyez, dame, on reconnaît bien ses huques violettes. Il monte Casse-Noix, son grand destrier noir. »

Une fierté vibrait dans la voix de l'homme. Au même instant, le pont-levis s'abattit à grand fracas, libérant à la fois une énorme ovation et une troupe de soldats et de serviteurs qui, avec des torches et des cris de joie, couraient à la rencontre des arrivants. La cour intérieure du château était comme un immense puits de feu dont le rayonnement repoussait la nuit, rejetait la pluie. Le guetteur avait fini par s'accouder auprès de Catherine, les yeux brillant d'enthousiasme.

« Ah ! Il va y avoir du bon temps, maintenant que Mgr Gilles est rentré ! Il est dur mais il est généreux, lui, et il aime la vie joyeuse ! »

Dans ce « lui », il y avait un monde de rancune envers le vieux Craon. Catherine, pourtant, n'y prêta pas attention. Elle continuait à scruter les ombres. Mais les gouttes d'eau entraient dans ses yeux, les brouillant comme des larmes.

« Vous qui voyez si clair, dit-elle, pouvez-vous distinguer ceux qui entourent votre maître ? Pouvez-vous les reconnaître ?

— Certes, répondit le guetteur tout fier. Je vois messire Gilles de Sillé, le cousin de monseigneur, et le sire de Martigné. Voici le frère de notre maître, René de la Suze, et voici messire de Briqueville...

— Ne voyez-vous point un seigneur en armure noire, avec un épervier au cimier de son casque ? »

L'homme scruta la troupe qui approchait pendant de longues minutes puis secoua la tête.

« Non, dame... je ne vois rien de semblable ! D'ailleurs, ils sont assez près maintenant pour que vous les distinguiez... »

En effet, elle pouvait voir, nettement, Gilles de Rais. Malgré la pluie, il chevauchait avec arrogance sous le panache violet trempé d'eau de son casque, en tête de sa cavalerie. Derrière lui, un groupe de seigneurs, qu'éclairait maintenant la lueur dansante des torches aux mains des paysans et des valets. Les cris de joie montaient avec l'odeur de la terre mouillée, mais sans trouver d'écho dans le cœur de Catherine. Elle se laissa aller contre la pierre rugueuse, vidée de ses forces mais envahie d'une douleur amère. Arnaud n'était pas avec ces hommes...

Elle comprenait maintenant que, jusqu'à l'instant ultime et malgré la crainte vague qu'elle avait ressentie de le voir aux mains de Rais, elle avait espéré de tout son cœur le retrouver, retrouver son sourire un peu moqueur, cette façon qu'il avait de plisser les yeux quand il la regardait, retrouver surtout le sûr refuge de ses bras... Le guetteur, inquiet de sa pâleur, la regardait.

« Dame, murmura-t-il, la pluie redouble et vous êtes transie. Voilà que vous tremblez. Il faut rentrer. »

Il lui tendait une main hésitante, tout en décrochant de l'autre une torche pour la guider jusqu'à l'escalier. Elle lui jeta un regard incertain accompagné d'un pâle sourire, se redressa.

« Merci... vous avez raison, je vais rentrer. Aussi bien... je n'ai plus rien à faire ici ! »

Sous le vent qui soufflait en rafales plus dures, elle chancela. Il fallut que le guetteur la soutînt jusqu'à l'abri de l'escalier. Les cris de joie semblaient gonfler tout le château, jaillir des murs, éveillant en Catherine la colère en même temps que le chagrin. Elle ne resterait pas une minute de plus chez cet homme qui avait trompé sa bonne foi. Elle allait le sommer de lui rendre Gauthier, d'ouvrir devant elle les portes de son château maudit, de la laisser partir enfin. Et, dût-elle retourner en Normandie, dût-elle affronter Richard Venables avec ses seules mains nues, dût-elle enfin traverser la mer et chercher Arnaud jusque chez l'Anglais, elle était prête à le faire... A mesure qu'enflait sa fureur, son pas se raffermissait, elle retrouvait le courage, la combativité. Ce fut presque en courant qu'elle dévala les dernières marches de la tour.

En rentrant dans sa chambre, Catherine trouva Sara aux prises avec un page inconnu dont les vêtements humides proclamaient qu'il venait d'arriver. A la vue de Catherine, il se tourna vers elle, esquissant un salut un peu trop raide pour être respectueux.

« Je suis Poitou, page de Mgr Gilles. Il m'envoie vous dire, dame, qu'il désire vous voir dans l'instant. »

Catherine fronça les sourcils. Le garçon, qui pouvait avoir quatorze ans, était d'une grande beauté : brun, les traits fins, un corps vigoureux et délié tout à la fois, mais, apparemment, il le savait trop et son attitude insolente déplut à la jeune femme. Elle passa devant lui, tendit sa cape mouillée à Sara et, sans le regarder, remarqua dédaigneusement :

« J'ignore où tu as été éduqué, mon garçon, mais étant donné le rang du maréchal de Rais, je supposais que ses gens auraient d'autres manières. Aussi bien à la cour du roi Charles qu'à celle du duc Philippe de Bourgogne, les pages étaient gens courtois. »

Les joues mates du garçon s'empourprèrent. Un éclair de colère brilla dans ses yeux noirs. Il n'était pas habitué, sans doute, à être traité avec ce dédain. Mais Catherine, maintenant, braquait son regard violet sur lui et il baissa la tête. Elle put voir qu'il serrait les poings, mais, lentement, il plia le genou.

« Mgr Gilles, reprit-il d'une voix assourdie, m'envoie prier dame Catherine de Brazey de vouloir bien se rendre auprès de lui avant le festin qui doit avoir lieu dans la grande salle. »

Un instant, Catherine considéra le garçon à ses pieds. Elle eut un bref sourire puis déclara sèchement :

« Voilà qui est mieux ! Je te remercie de ta docilité. Quant à me rendre auprès de ton maître, il ne saurait en être question. Pas plus que d'assister au festin. Va dire à Gilles de Rais que la dame de Brazey attend ici les explications qu'il lui doit. »

Cette fois, Poitou releva la tête et la considéra avec une stupéfaction non dissimulée.

« Que j'aille... commença-t-il.

— Oui, coupa Catherine, et dans l'instant ! J'attends ton maître ici. Il est temps, je pense, que lui aussi apprenne à me connaître. »

Le page se releva, maté, et sortit sans rien ajouter. En se détournant, le regard de Catherine croisa celui de Sara.

« Tu t'es fait un ennemi, remarqua la gitane. Ce garçon est pétri d'orgueil. Il doit être le favori du maître.

— Que m'importe ? Je n'ai plus l'intention de ménager qui que ce soit ici. Gilles de Rais a manqué à sa parole. Arnaud n'est pas avec lui.

— Alors, tu as raison. Il te doit des explications... Mais crois-tu qu'il viendra ?

— Oui, fit Catherine, je le crois. »

Un quart d'heure plus tard, en effet, Sara ouvrait la porte à Gilles de Rais.

En si peu de temps, il avait pris celui de se changer. Il portait maintenant une longue houppelande de velours bleu sombre dont le bas et les larges manches déchiquetées traînaient à terre. Les signes du zodiaque, brodés en or, en argent et en soie rouge, décoraient cette robe et donnaient au sombre seigneur l'air d'un nécromant. Un énorme rubis jetait des feux sanglants à l'index de sa main gauche. Il était tout à la fois splendide et majestueux, mais Catherine était bien décidée à ne pas se laisser impressionner. Assise très droite dans l'unique chaise à haut dossier de sa chambre — ce qui ne laissait au visiteur qu'un tabouret comme siège possible — elle s'était vêtue de velours noir, avec une austérité voulue. Un voile de mousseline noire, posé sur ses cheveux tressés en couronne, accentuait le côté endeuillé de sa toilette sans parvenir à éteindre l'éclat lumineux de ses tresses dorées. Sara, les mains croisées sur son ventre et les yeux baissés, se tenait debout auprès d'elle, légèrement en retrait, dans l'attitude discrète d'une suivante de bonne maison.

Un peu surpris, peut-être, par l'attitude hautaine de la jeune femme, Gilles de Rais salua, profondément, tandis qu'un sourire faisait luire l'éclat de ses dents blanches dans sa barbe bleue.

« Vous m'avez demandé, belle Catherine ? Me voici à vos ordres. »

Dédaignant à la fois le salut et les paroles aimables, elle attaqua aussitôt.

« Où est Arnaud de Montsalvy ?

— Que voilà une étrange bienvenue ! Quoi, ma chère, pas un sourire ? Pas un mot aimable ? Pourquoi ces yeux durs, cette bouche serrée pour accueillir le plus dévoué de vos serviteurs ?

— Répondez d'abord à ma question, Seigneur, la bienvenue viendra ensuite ! D'où vient que je ne vois pas auprès de vous celui que vous deviez délivrer et me ramener comme vous en aviez fait la promesse ?

— J'ai délivré Arnaud de Montsalvy. Il n'est plus aux mains de Richard Venables. »

Un brusque soulagement envahit Catherine. Dieu soit loué, il n'était plus au pouvoir de l'Anglais ! Mais l'inquiétude suivit immédiatement.

« Où est-il alors ?

— En lieu sûr... Puis-je m'asseoir ? Cette longue chevauchée sous la pluie m'a rompu. »

Tout en parlant, il tirait l'un des tabourets auprès du fauteuil de Catherine et s'y installait en prenant grand soin des plis lourds de sa robe. Il semblait parfaitement à son aise et le sourire s'attardait sur son visage comme un masque. Les yeux noirs, profondément enfoncés sous leur orbite, demeuraient cependant froids et scrutateurs.

« Qu'appelez-vous en lieu sûr ? Auprès du roi notre sire ? »

Gilles de Rais secoua la tête et son sourire s'accentua avec, en outre, une nuance d'ironie qui n'échappa pas à la jeune femme.

« J'appelle lieu sûr le château de Sully-sur-Loire où j'ai eu le privilège de le conduire et où il se trouve à cette heure. »

Malgré son empire sur elle-même, Catherine ne parvint pas à masquer sa surprise.

« Chez La Trémoille ? Mais pourquoi ? Qu'y fait-il ? »

Gilles de Rais étendit ses longues jambes et offrit vers le feu ses mains, des mains très blanches et dont, malgré elle, Catherine remarqua la finesse presque féminine. Il devait en prendre un soin extrême...

Avec un soupir, il déclara, sans regarder son interlocutrice, mais très doucement :

« Ce qu'il y fait ? Je ne saurais vous le dire... Ce que font d'ordinaire, j'imagine, les prisonniers d'Etat ! »

Le mot atteignit la jeune femme comme une balle. Elle bondit sur ses pieds, serrant de ses mains crispées les accoudoirs de son siège. Elle était devenue rouge jusqu'à la racine de ses cheveux et, sous l'effet de la colère, ses yeux lançaient des éclairs. Une envie la prenait de tuer cet homme nonchalant qui, elle s'en rendait compte maintenant, jouait avec elle depuis dix minutes, comme un chat avec une souris.

« Prisonnier d'Etat ? Le plus fidèle des capitaines du roi ? Quel est ce conte et quelle espèce de sotte croyez-vous que je sois ? Assez de faux-fuyants, messire, et parlons clair, je vous prie, car en vérité, je crois bien que vous vous moquez de moi. J'avais votre parole et j'y croyais, malgré la violence qui m'a été faite en cette maison. Ce n'est pas à Sully que vous deviez conduire Arnaud, vous le savez bien ! C'est ici ! »

Avec un nouveau soupir qui trahissait un profond ennui, Gilles se leva, lui aussi, ce qui lui permit de dominer la jeune femme de toute la tête.

« Les temps ont changé depuis Louviers, ma chère. Et il me semble que vous ignorez tout de la politique actuelle... Comme je l'ignorais moi-même à Louviers. Le temps des songes creux, des illusions et des fariboles est terminé, celui des gens sensés est venu ! Mon cousin La Trémoille est désormais le seul habilité à porter la parole du roi. Et il a décidé... d'écarter de sa route tous ceux qui auraient par trop tendance à gêner sa politique et à revenir aux vues fumeuses de cette malheureuse fille, brûlée par ordre de la Sainte Eglise. Il est temps que le pouvoir revienne à ceux qui, par droit de naissance, doivent l'exercer, et non pas à quelque bergère en folie ! »

Hors d'elle, Catherine cria :

« Ce qui veut dire que votre cousin La Trémoille fait place nette afin de s'engraisser tout à son aise, que notre lamentable roi est retombé plus que jamais sous sa coupe et que ce gras ruffian s'attaque maintenant à tous les fidèles de Jehanne... cette malheureuse fille que vous serviez à genoux, il n'y a pas un an, monsieur le maréchal ! »

Malgré la colère qui s'était emparée d'elle, Catherine réfléchissait à toute vitesse et observait son adversaire. Elle l'avait vu pâlir quand elle avait prononcé le nom de La Trémoille. Elle en conclut qu'elle avait touché juste. Toute à son amour, elle s'était peu souciée de la politique et des répercussions que pouvait avoir, sur la cour et sur le roi, la mort de Jehanne. Il y avait trop longtemps que Georges de La Trémoille et sa clique luttaient contre l'envoyée de Dieu. Jehanne gênait ces grands seigneurs rapaces, avides de s'engraisser à n'importe quel prix et aux dépens de n'importe quelle bourse. Ils avaient combattu sournoisement la jeune fille, n'avaient rien fait pour la délivrer et, maintenant qu'elle n'était plus, ces gens sans scrupules reprenaient tout leur pouvoir sur le faible Charles VII qui, dans les mains habiles de La Trémoille, n'était qu'un jouet. Le gros chambellan savait trop les points faibles de son maître ; avec des plaisirs et des femmes, on en faisait ce que l'on voulait...

Mais Gilles n'avait rien répondu. Et, comme ses yeux noirs guettaient la jeune femme, elle ajouta sèchement :

« En tout cas, j'aimerais savoir quel chef d'accusation La Trémoille a pu trouver contre Arnaud, la droiture, la loyauté faites homme !

— Ah ! que l'amour est donc une belle chose et

que j'envie Montsalvy de vous en avoir inspiré un semblable ! Cela aveugle ! Ma chère, votre bel ami s'est mis hors la loi en s'introduisant dans Rouen sans permission de notre roi qui, dans sa sagesse, avait jugé bon d'abandonner la fameuse Pucelle à son sort. Tenter de la délivrer, c'était s'élever contre la volonté du roi.

— J'ai, moi aussi, tenté de la délivrer.

— Aussi êtes-vous également hors la loi, chère Catherine, et confiée à mes soins comme Arnaud de Montsalvy est confié à La Trémoille. Vous n'avez pas le droit de quitter ce domaine... sous peine de vous retrouver très vite au fond de quelque forteresse bien noire », fit le maréchal avec un aimable sourire.

Sous le coup, Catherine chancela, mais son orgueil la maintint debout presque malgré elle, repoussant la main de Sara qui se tendait pour la soutenir. Elle parvint même à sourire avec une intraduisible expression de mépris.

« A merveille ! Et moi, sotte, qui vous prenais pour un gentilhomme, qui ai cru en la parole d'un maréchal de France ! Alors que vous n'êtes rien, rien que le plat valet de La Trémoille, prêt à vendre ses amis au plus offrant. Vous oubliez seulement que d'autres savent la vérité sur Arnaud et sur moi. La Hire...

— La Hire est prisonnier dans Louviers que l'Anglais a repris. Et votre ami Xaintrailles a, lui aussi, été pris sur l'Oise. Ne me parlez pas davantage du connétable de Richemont que le roi a éloigné de sa personne et qui risque sa tête s'il ose reparaître à la cour. Quant à la reine Yolande, l'envahissante belle-mère de Sa Majesté, qui se mêlait de régenter le royaume, le roi lui a fait comprendre, après les fêtes du mariage de sa fille, que ses terres de Provence la réclamaient. Elle doit être, à cette heure, à Tarascon... C'est loin, Tarascon ! »

Cette fois, Catherine demeura muette. Un vertige s'empara d'elle devant l'abîme que Gilles, avec une cruauté calculée, ouvrait sous ses pieds. Elle comprenait maintenant toute l'étendue de la machination ourdie par La Trémoille. Il avait savamment mené sa barque, circonvenu le roi jusqu'à lui faire éloigner, exiler ses plus fidèles serviteurs, les plus sûrs soutiens du royaume contre l'Anglais : le connétable de Richemont et la reine Yolande, mère de sa femme. Et le triste Charles VII, oublieux des services rendus, de ses villes reconquises, du sacre de Reims, était retombé, avec joie sans doute, dans le piège de la vie facile et des plaisirs douteux.

« Ainsi donc, fit-elle douloureusement, le sang versé ne sert à rien ! Le vrai roi de France, c'est La Trémoille, et il ne vous répugne pas de le servir, vous qui avez le rang de prince ?

— La Trémoille est mon cousin, belle dame, et un pacte, dûment signé, me lie à lui pour le meilleur et pour le pire. Mais le pire n'est pas à craindre.

— Alors, remettez-moi entre ses mains, comme vous avez fait d'Arnaud. Nous étions unis à Rouen, vous devez nous unir également dans le châtiment puisque vous estimez que nous en méritons un. Conduisez-moi à Sully... »

Brusquement, Gilles de Rais se mit à rire, avec tant de violence et de férocité que la jeune femme, tremblante, pensa que les loups, s'il leur arrivait de rire, devaient ainsi faire.

« Je sers mon cousin, mais je protège également mon avantage, ma chère. Peut-être vous ferai-je...

plus tard, conduire à Sully, mais seulement lorsque j'aurai obtenu de vous ce que je veux.

— Que voulez-vous ?

— Deux choses inestimables pour un homme de ma sorte qui a la passion des objets de pure beauté : vous d'abord... et ensuite certain diamant noir dont la possession vous a rendue presque aussi célèbre que vos admirables cheveux... »

Voilà donc la raison de ces menées tortueuses ? Voilà ce que voulait Gilles de Rais ? La fureur, la haine et le dégoût envahirent d'un seul coup l'âme de Catherine, la sauvant du chagrin et des larmes. Elle lui éclata de rire au nez.

« Vous êtes fou ! Je ne saurais, monsieur le maréchal, vous remettre l'un ni l'autre de ces deux objets. Le diamant n'est plus entre mes mains et ma personne ne m'appartient plus : j'attends un enfant... »

Le désappointement se peignit sur le visage de Rais. Il fit trois pas vers Catherine, la prit par le poignet et l'écarta légèrement pour considérer sa silhouette, sa taille déjà légèrement épaissie.

« C'est ma foi vrai ! » dit-il d'une voix qui tremblait.

Mais, au prix d'un effort sur lui-même, il parvint à se ressaisir et, de nouveau, il sourit.

« Eh bien... mais je saurai attendre, aussi bien la femme que le diamant ! Je sais que vous n'avez plus ce bijou sans pareil, mais je sais aussi qu'il est toujours vôtre. Et dès qu'il vous sera possible de toucher certain messager... ce moine qui a le pouvoir d'entrer si aisément chez nos ennemis, et notamment dans la bonne ville de Rouen, n'est-ce pas ? »

Allons, il savait tout ! Catherine était dans sa main, sans plus de force qu'un oiseau sorti de l'œuf. Mais sa propre situation l'angoissait moins que celle d'Arnaud, livré sans défense à son pire ennemi. Qu'allait faire de lui La Trémoille, au fond de son château cerné par la Loire ? Vidée de son courage, elle se laissa tomber sur son siège, luttant contre l'évanouissement qui venait. Elle avait envie de mourir, tout de suite, de cesser une bonne fois de se battre contre des montagnes. Quand elle atteignait un sommet, pensant que, sur l'autre versant, la route serait plus facile, elle s'apercevait qu'une autre montagne, plus haute et plus rude, était derrière la première. Il y en aurait sans doute, comme cela, jusqu'à la fin des temps, jusqu'au bout de ses forces...

« A quoi bon ? fit-elle pour elle-même sans se rendre compte qu'elle parlait tout haut. Tout est inutile ! A cette heure, sans doute, Arnaud a cessé de vivre...

— S'il n'y avait eu que ce cher La Trémoille, répondit Gilles avec désinvolture, ce serait, en effet, chose faite. Mais notre Arnaud a tant de séduction !... et ma belle cousine Catherine a toujours montré pour lui la plus grande faiblesse. Soyez sans inquiétude, ma chère, la dame La Trémoille veille sur lui avec autant... et peut-être plus de sollicitude que vous ne sauriez le faire vous-même ! Vous savez bien qu'elle a toujours eu un faible pour Montsalvy ! »

Cette dernière cruauté et tout ce qu'elle sous-entendait vinrent enfin à bout de la résistance de Catherine. Avec un cri de douleur, elle s'effondra dans les bras de Sara et se mit à sangloter, blessée au plus profond. Et le spectacle de sa souffrance eut raison de la réserve de Sara.

« Allez-vous-en, monseigneur ! fit-elle rudement. Vous avez fait assez de mal comme cela ! »

Il haussa les épaules et se dirigea vers la porte, puis, se retournant, il lança à Sara :

« Du mal ? Allons donc ! Il suffit de voir les choses sous leur vrai jour. Après tout, rien n'oblige dame Catherine à quitter cette maison où elle sera toujours traitée selon ses mérites... C'est-à-dire en reine ! Je ne vois pas qu'il y ait là rien de si tragique. Vous devriez lui dire, ma fille, qu'il y a, pour une femme intelligente, tout intérêt à hurler avec les loups. La partie est jouée... et gagnée. Rien ne peut plus atteindre la puissance de mon cousin... ni la mienne !

— Rien ? »

Sara, brusquement, venait de lâcher Catherine qui faillit s'effondrer à terre. La zingara était devenue blême tandis que ses yeux se dilataient, devenaient énormes et fixes. Elle étendit un bras et marcha vers le maréchal d'un pas saccadé d'automate, si semblable à une somnambule qu'il fronça les sourcils et recula... Comprenant que Sara était prise d'une de ces étranges crises de clairvoyance au cours desquelles le voile de l'avenir se déchirait devant elle, Catherine avait cessé de pleurer et retenait sa respiration. La voix de la bohémienne s'éleva, monocorde :

« Ta puissance a des pieds d'argile et de cendre, Gilles de Rais... Il y a du sang, des flots de sang autour de toi, tellement de sang qu'il t'engloutit et te submerge... Il y a des hurlements de douleur, des bouches qui crient vengeance, des mains qui appellent la justice. Et la justice viendra... en son temps... Je vois une grande ville près de la mer... une foule énorme... un triple gibet ! J'entends le son des cloches et des prières... Tu seras pendu, Gilles de Rais... et le feu dévorera ton corps ! »

La voix prophétique s'éteignit. Alors, avec un cri de terreur, le seigneur de Rais s'enfuit en courant...

TOUTE la nuit, les échos du château retentirent du bruit du banquet et de la fête. Dans la grande salle, Gilles, sa famille et ses capitaines festoyaient, mais, dans les cuisines, les salles de gardes et les dépendances, les hommes d'armes menaient joyeuse vie avec les servantes. Les cris, les rires et les chansons à boire parvenaient à percer même l'épaisseur des murs de Champtocé, montaient des cours, des escaliers jusqu'à la chambre où, les yeux secs mais le cœur serré, Catherine cherchait en vain un moyen d'échapper à sa prison.

« Pourquoi ne t'ai-je pas écoutée, répétait-elle inlassablement à Sara, pourquoi suis-je venue dans ce guêpier ? J'aurais dû courir à Bourges, voir la reine à tout prix...

— Tu ignorais le traquenard tendu. Tout était bien combiné. Le premier corps de garde t'aurait arrêtée, jetée dans quelque basse-fosse.

— En suis-je plus avancée entre les murs de ce château ? Je suis prise et bien prise. Jusqu'à mon corps, déjà alourdi, qui me tient captive. Comment faire, comment sortir ?

— Calme-toi, murmura Sara en caressant doucement les cheveux dénoués de la jeune femme, calme-toi, je t'en supplie. Dieu t'enverra un secours, j'en suis certaine. Il faut espérer, prier... et guetter l'occasion favorable. La première chose à faire, vois-tu, est de sortir d'ici. Ensuite...

— Ensuite courir au secours d'Arnaud et...

— Tu veux dire courir à Sully ? Risquer de tomber entre les mains de La Trémoille pour le seul plaisir d'être dans les mêmes prisons que lui ? Que non pas ! Chercher un refuge, oui ; et ensuite celui qui saura vous défendre et faire entendre raison au roi... même s'il faut courir jusqu'en Provence pour demander justice à Madame Yolande. Essaie de te reposer, ma mignonne, l'esprit est plus clair quand il est plus dispos. Je suis là, près de toi. Je veillerai sur toi. A nous deux, nous en sortirons... »

Bercée par la voix de sa vieille amie, Catherine, peu à peu, s'apaisa, reprit courage. Mais, au lever du jour, un poing ferré ébranla la porte. Comme dans un cauchemar, Catherine vit des hommes d'armes envahir sa chambre. Le cri qu'elle poussa fut sans écho. Avant qu'elle ait pu seulement protester, Sara avait été arrachée de ses bras, malgré les efforts qu'elle faisait pour la retenir, entraînée dans le couloir...

« Monseigneur Gilles m'a donné l'ordre d'arrêter la sorcière ! » cria le sergent en laissant retomber derrière lui la lourde porte de chêne.

Catherine, alors, comprit qu'elle était seule, définitivement abandonnée de tous et du Ciel même. Secouée de sanglots, désespérée, elle s'écroula parmi ses oreillers.

CHAPITRE V

LES VOIES DU SEIGNEUR

La crise de désespoir ne fut que passagère. Catherine ne s'y était abandonnée que parce que cette nuit d'angoisse lui avait fait toucher le fond de son courage. Mais l'instinct combatif était trop solidement ancré en elle pour qu'elle ne relevât pas la tête et ne se jetât pas à corps perdu dans la bataille. Une colère folle bouillonnait dans sa tête, réchauffant ses muscles épuisés, renvoyant au cœur le sang qui se glaçait dans ses veines, jouant le rôle salutaire d'un révulsif. Elle sauta de son lit comme on s'évade, fit une toilette rapide et assez sommaire, se contentant de baigner d'eau son visage gonflé par les larmes et de savonner ses mains. Mais elle prit son temps pour se coiffer, lustrant et relustrant ses cheveux, surtout pour laisser à ses traits le temps de redevenir normaux. Catherine savait depuis longtemps que sa beauté était sa meilleure arme et que, si elle voulait gagner cette nouvelle bataille, il ne s'agissait pas de l'affronter avec le visage ravagé d'une victime. Son instinct lui disait qu'avec un homme tel que Gilles de Rais, la faiblesse était le plus lourd désavantage !

Rafraîchie, coiffée, elle mit un peu de parfum, une robe de velours brun doublée de satin blanc et ourlée d'une mince bande d'hermine et, renonçant aux trop solennelles coiffures à cornes, à bourrelets ou au hennin, se contenta d'entourer sa tête d'un voile blanc. Elle prit des gants, un missel et, pour commencer, s'en alla à la chapelle où, à cette heure, l'aumônier du château avait coutume de dire, pour les serviteurs, une messe du lever du jour. Le secours de Dieu lui paraissait indispensable dans sa solitude et sa faiblesse.

Les suites de la fête se faisaient sentir, là aussi. Hormis le chapelain et un enfant de chœur, la petite chapelle était vide et Catherine eut l'impression d'avoir Dieu pour elle toute seule. C'était, en vérité, une toute petite chapelle, mais ravissante. La passion de Gilles de Rais pour la perfection en avait fait une chose de beauté, un écrin bleu pour un autel de précieuse orfèvrerie et pour un immense crucifix d'or massif sur croix d'ébène comme Catherine n'en avait jamais vu. Bleues étaient les voûtes angevines dont les caissons s'étoilaient d'or, bleus les vitraux teintés de grisailles qui faisaient chanter plus haut leur profondeur, bleus les coussins qui parsemaient les bancs seigneuriaux, bleus enfin les tapis dont l'épaisseur donnait à cette chapelle quelque chose de trop luxueux et de trop sensuel. C'était un hymne à la puissance de Gilles plus qu'à la gloire de Dieu. Il devait venir là pour y rêver d'un ciel fastueux où, comme ici, il aurait la première place et règnerait en maître sur les foules à genoux.

Mais, pour le moment, l'esprit de Catherine était fermé à la splendeur de l'oratoire. Les yeux clos, les mains jointes, elle pria de toute son âme pour obtenir la force nécessaire et pour que s'éloignât d'elle cette peur qui l'affaiblissait. Elle reçut la communion avec ferveur puis, durant de longues minutes encore, elle implora la Sainte Mère de Dieu pour tous ceux qu'elle aimait et qui, comme elle-même, étaient en grand péril. Enfin, un peu réconfortée, elle quitta la chapelle au moment où le guetteur, mal réveillé, se décidait à corner l'ouverture des portes. Le temps était clair, ce matin, et l'aurore rosissait les flaques d'eau dans la cour. Les rustauds de cuisine, bâillant éperdument, transportaient avec nonchalance les bassines de détritus que des marmitons expulsaient des cuisines. Le château s'apprêtait à balayer les dernières vapeurs de l'énorme ripaille et à commencer une nouvelle journée.

Catherine songea un instant qu'à cette heure Gilles devait dormir, mais elle se dirigea tout de même d'un pas ferme vers ses appartements. Elle s'aperçut bientôt que c'était une entreprise ardue. Sur chaque marche de l'escalier, il y avait au moins un homme endormi. Roulés en boule ou étendus de tout leur long, les soldats sommeillaient là où l'alcool les avait abattus, certains serrant encore contre leur poitrine un tonnelet ou un hanap. Partout il y avait des flaques de vin d'où émanait une odeur si écœurante que Catherine dut chercher dans son corsage un sachet de parfum pour le tenir contre ses narines. Tout cela ronflait effroyablement, évoquant irrésistiblement les grandes orgues déréglées d'un organiste fou. Quelques femmes se mêlaient aux hommes, ronflant elles aussi, la bouche grande ouverte, les cheveux collés par le vin. La lumière, encore incertaine dans la haute vis de pierre, violaçait les trognes enluminées tandis que la fraîcheur de l'aube bleuissait la peau des filles. Certaines cherchaient instinctivement, du fond de leur sommeil, leurs vêtements épars pour s'en protéger. Avec une grimace de dégoût, Catherine escalada tous ces corps affalés, sans trop se soucier de l'endroit où elle posait le pied.

Dans la grande salle, le même désordre régnait, encore aggravé par les reliefs du festin qui avaient roulé un peu partout. Quelques seigneurs dormaient là, dans les hauts fauteuils où ils avaient festoyé. Catherine passa outre, gagnant l'autre aile. Enfin, elle parvint à la porte de la chambre de Gilles. Elle la connaissait parce que la vieille dame de Craon la lui avait montrée en lui faisant visiter le château. De chaque côté du vantail, une torche achevait de se consumer et brasillait faiblement. Mais, en travers du seuil, un corps était étendu. La lumière d'un vitrail tombait d'aplomb sur le visage du dormeur et la jeune femme reconnut Poitou, le page. Du pied, elle secoua le corps du garçon jusqu'à ce qu'avec un juron il s'éveillât.

« Qui va là ? »

Il reconnut pourtant Catherine et fut debout en un clin d'œil. Lui aussi avait dû abuser des vins. Sa figure aux traits amollis était grise, ses yeux ternes et des plis de lassitude marquaient les coins de sa bouche.

« Dame, que voulez-vous ? demanda-t-il d'une voix enrouée.

— Voir ton maître. Et sur l'heure ! »

Poitou haussa les épaules et entreprit maladroitement de refermer son pourpoint que, seule, la ceinture retenait.

« Il dort et je crains qu'il ne puisse vous entendre.

— Si tu veux dire par là qu'il est trop ivre pour comprendre ce que j'ai à lui dire, je n'en crois rien. Il ne l'était pas trop, voici une heure, quand il fit arrêter ma servante. J'entends qu'il s'explique. Va me le chercher ! »

Le garçon secoua la tête tandis que son visage s'assombrissait.

« Dame, je ne désire pas vous offenser et je vous supplie de me croire. Il y va de la vie pour quiconque oserait entrer dans la chambre de monseigneur Gilles.

— Que m'importe ta vie ? Je veux le voir, te dis-je ! cria Catherine exaspérée.

— Il ne s'agit pas de ma vie, dame, mais de la vôtre. Il me tuera, certes, si j'entre... mais le deuxième coup de dague sera pour vous. »

Malgré sa détermination, Catherine hésita. Poitou était sincère, visiblement, et il devait bien connaître son maître. D'un ton suppliant, le jeune page ajoutait, baissant la voix :

« Croyez-moi, dame Catherine, je ne plaisante pas. Mieux vaut pour vous remettre à plus tard. Je dirai que vous êtes venue, que vous voulez lui parler, mais partez, par pitié, partez ! A cette heure, Monseigneur n'est plus qu'un fauve déchaîné. Il n'a... »

Il n'en dit pas plus. La porte venait de s'ouvrir, livrant passage à Gilles de Rais en personne.

Impressionnée peut-être par la peur qui habitait la voix du page, Catherine, à sa vue, eut un mouvement de recul. Il était seulement vêtu de chausses rouges, lacées étroitement à la taille. Son torse épais, couvert de poils noirs et frisés, était nu. Sous la peau brune roulaient des muscles lourds. Son aspect et l'odeur forte qui émanait de lui évoquaient vraiment ce fauve dont Poitou avait parlé, tandis que le reflet rouge d'un vitrail, où passait le soleil levant, accentuait l'expression démoniaque du visage. Les yeux injectés de sang eurent un éclair en reconnaissant Catherine. D'une bourrade, il repoussa le page qui allait dire quelque chose, puis sa main s'abattit sur le bras de la jeune femme qui eut l'impression d'être prise dans un étau.

« Viens ! » dit-il seulement.

En franchissant, traînée par lui, le seuil de la chambre, Catherine sentit la peur l'envahir. Les volets étaient clos, les rideaux tirés et il régnait dans cette chambre une obscurité presque totale. Seule une vacillante lampe à huile posée sur un coffre répandait une lumière incertaine. La chaleur était étouffante et l'odeur du vin, de relents humains, révulsa de nouveau la jeune femme. Elle tenta de dégager son bras, mais Gilles la tenait bien.

« Lâchez-moi ! » cria-t-elle d'une voix étranglée par la peur.

Il ne parut pas entendre. Il l'entraîna ainsi jusque vers le grand lit défait dont les draps traînaient à terre. Dans la lueur rougeâtre de la lampe, la jeune femme vit une forme humaine bouger parmi les coussins et les couvertures. Le bras de Gilles plongea dans cette direction et ramena une fille gémissante, vêtue seulement de ses longs cheveux noirs.

« Va-t'en ! » fit-il, toujours du même ton monocorde et comme absent.

La fille balbutia quelque chose. Catherine, éberluée,

vit que son corps adolescent était marqué de curieuses raies sombres... et aussi qu'elle semblait au comble de la terreur. Elle devait être très jeune, à peine quinze ans, et, pour se protéger, elle tenta de chercher refuge derrière l'une des colonnes du lit. Mal lui en prit. Gilles saisit un fouet à chiens qui traînait sur les marches du lit et l'en cingla par trois fois.

« J'ai dit, va-t'en ! » aboya-t-il.

La fillette hurla, mais courut en trébuchant vers la porte. Un instant, Catherine vit luire l'éclair blanc de son corps dans la clarté du dehors. La stupeur qui l'avait saisie devant l'étrange tournure que prenait sa démarche fit place à une terreur folle. Elle comprit que Poitou n'avait rien exagéré et qu'à cette heure le maître de Champtocé n'avait plus rien d'humain. Elle voulut, elle aussi, courir vers la porte et vers le jour, mais, de nouveau, la terrible main s'abattit sur elle.

« Pas toi, grogna-t-il. Toi, tu restes ! »

Il jeta le fouet et, sans plus d'explications, la prit dans ses bras. Du coup, le souffle coupé, Catherine crut étouffer. Elle était écrasée contre une poitrine dure et velue. Elle eut la sensation d'être prise entre les pattes d'un de ces ours qu'elle avait vus à Hesdin, dans la ménagerie de Philippe de Bourgogne. Celui-là sentait la sueur et le vin. Ecœurée, Catherine se débattit, frappant de ses poings, le repoussant de toutes ses forces. Ce n'était pas facile. L'ivresse qui le tenait décuplait ses forces qui, en temps normal, étaient respectables. La jeune femme sentit la chaleur humide de sa bouche sur son cou et perdit l'équilibre. Il la soulevait de terre pour la jeter sur le lit. Il geignait contre elle, prononçant des paroles qu'elle ne pouvait comprendre. Il était au-delà de tout entendement. Pour lui échapper, il fallait ruser...

Cessant brusquement de lutter, elle se laissa porter sur le lit, mais, à peine son dos eut-il touché le matelas que, profitant du déséquilibre momentané que le geste de la poser avait occasionné à Gilles, elle roula sur elle-même et glissa dans la ruelle avec la rapidité d'un éclair. Aussitôt, le lit cria sous le poids de Gilles qui, pensant se jeter sur Catherine, s'abattit de toute sa hauteur. Il ne rencontra que le vide et poussa un hurlement de rage. Mais déjà la jeune femme avait couru à une fenêtre, tiré les rideaux, claqué le volet. Un flot de soleil inonda la chambre et aveugla un instant l'homme encore étendu sur le lit.

Il bondit sur ses pieds et Catherine, terrifiée, le vit tirer une dague. Son visage convulsé était celui d'un fou. Elle avait cru que le jour le dégriserait, qu'en chassant l'obscurité elle chasserait aussi les démons, mais elle comprit qu'elle avait fait un mauvais calcul, qu'elle avait seulement déchaîné les pires instincts de Gilles. Les dents grinçantes, les yeux flambants, il marcha vers elle. Affolée, car elle pouvait lire sa mort dans le regard de cet homme, elle chercha désespérément une arme, quelque chose pour se défendre... Sur un coffre, elle aperçut une cuvette pleine d'eau sale posée auprès d'une aiguière. C'était sa seule chance...

Glissant vivement derrière un haut fauteuil, elle saisit la cuvette et, de toutes ses forces, la jeta à la tête de Gilles. La cuvette d'argent était lourde. Elle résonna en roulant à terre tandis que l'homme, suffoqué par cette douche imprévue, se laissait tomber sur le sol, à demi aveuglé. Catherine, alors, ne perdit pas son temps à attendre ses réactions. Elle courut à la porte, tira le verrou et se jeta au-dehors. Dans la galerie, elle se trouva nez à nez avec Poitou.

« Tu avais raison. Il est fou ! souffla-t-elle encore à demi étranglée par la peur qu'elle avait eue.

— Fou non ! Mais bizarre ! Rentrez chez vous, dame Catherine, je vais le calmer. Je sais ce qu'il faut faire. Mais, par Notre-Dame, vous avez de la chance. Je n'aurais pas cru que vous en sortiriez vivante ! »

CE fut au tour de Catherine de frôler la folie dans les mornes heures qui suivirent. Les mâchoires du piège refermées sur elle lui semblaient monstrueusement terrifiantes : que pouvaient son courage et sa logique saine contre un être de la sorte de Gilles ? Elle se heurtait au pire obstacle jamais rencontré, l'anomalie mentale, et elle s'effrayait de cet inconnu sinistre qu'elle venait de découvrir en Gilles.

Aussi quand, vers le milieu du jour, Anne de Craon franchit le seuil de sa chambre, fut-elle presque soulagée. Tous les habitants de ce château maudit lui paraissaient tellement inquiétants, vus à travers le prisme de sa peur, que la vieille dame lui sembla extraordinairement normale et sympathique. Pourtant, elle était, elle aussi, très inquiète.

« Pourquoi avez-vous fait cela ? Pourquoi êtes-vous allée chez Gilles, malheureuse enfant ? Ignoriez-vous donc que nul, pas même son grand-père, n'a le droit de franchir, quand il s'y est retiré, le seuil de ses appartements ?

— Comment l'aurais-je su ? s'insurgea Catherine. Et comment aurais-je pu deviner que cet homme n'était qu'à moitié normal ?

— Il n'est pas anormal, ou du moins je ne le crois pas. Seulement, il semble que les heures noires de la nuit déchaînent en lui certaines forces mauvaises, incontrôlables. Les filles qu'il entraîne avec lui ou ses pages ont trop peur pour se plaindre. Il n'est pas bon, voyez-vous, de chercher à connaître la nature profonde des êtres, même ceux de sa propre famille.

— Mais... sa femme ? »

La vieille châtelaine haussa les épaules.

« Depuis la naissance de la petite Marie, Gilles n'a plus jamais franchi le seuil de sa chambre. Il passe ses nuits, quand il est au château, avec ses habituels compagnons Sillé, Briqueville et ce page maudit qu'il couvre de faveurs et de présents. Ma petite-fille et l'enfant sont aussi bien à Pouzauges où nous les avons envoyées. Mais laissons cela ! Je suis venue vous supplier de paraître au souper, Gilles l'exige !

— Je n'ai pas à lui obéir ! Je n'irai pas ! Je veux seulement qu'il me rende mes serviteurs. C'était cela que j'étais allée lui demander ce matin.

— Et vous n'avez réussi qu'à déclencher une fureur terrible. Sans mentir, Catherine, vous devez la vie à mon époux. Aussi, je vous en conjure, venez au souper. Ne le poussez pas à bout... surtout si vous tenez à la vie de vos serviteurs ! »

La jeune femme, accablée soudain sous le poids du chagrin, se laissa tomber sur le lit et leva sur la dame de Craon un regard noyé de larmes.

« Ne pouvez-vous comprendre la répugnance que j'éprouve, vous qui semblez bonne et clairvoyante ? Je suis retenue ici, contre mon gré, prisonnière pour des crimes illusoires, on me sépare de ceux qui me sont fidèles et, par-dessus le marché, il me faut faire bon visage à leur bourreau ? N'est-ce pas trop demander ? »

Une extraordinaire expression de douceur se répandit sur le visage aigu de la vieille dame. Elle se pencha et, brusquement, embrassa Catherine.

« Ma mie, au cours de mon existence déjà longue, j'ai appris que les femmes de ce siècle, et cela quel que soit leur rang, doivent se battre tout au long de leur vie. Et aussi que, plus encore que la guerre, la peste, la mort ou la ruine, c'est l'homme qui est leur pire ennemi ! On se bat avec les armes que l'on possède. Et parfois mieux vaut plier la rage au cœur que s'opposer à la tempête, au risque d'être brisée. Croyez-moi. Paraissez au dîner de ce soir. Et soyez aussi belle que vous pourrez !

— Je n'ai aucune envie que messire Gilles s'imagine que je cherche à lui plaire, s'insurgea Catherine.

— Il ne s'agit pas de cela. La beauté a un étrange pouvoir sur Gilles. Il a pour elle un tel culte que l'on peut dire, sans crainte d'exagérer, qu'elle l'impressionne. Tout au moins quand il est à jeun ! Je le connais bien. Suivez mon conseil. Je vais vous envoyer des chambrières. »

QUAND les trompes du château cornèrent l'eau et que les valets apportèrent dans la grande salle les bassins parfumés où les convives allaient tremper leurs doigts avant de passer à table, Catherine fit son apparition sur le seuil de la haute porte. Apparition était bien le terme qui lui convenait car jamais elle n'avait été aussi pâle... ni peut-être aussi belle ! D'une beauté à la fois tragique et saisissante ! Le velours pourpre de sa robe cernait ses épaules et sa gorge dont aucun bijou ne venait trancher l'éclat. Le hennin, assorti, laissait traîner jusqu'à terre, derrière elle, le nuage rouge d'un long voile de mousseline. Elle avait l'air d'une flamme, mais, dans son étroit visage immobile, seuls les yeux immenses et la bouche tendre semblaient vivre. Un silence l'accueillit tandis qu'elle s'avançait lentement entre la double haie de valets en livrée, comme si un charme avait soudain figé tous les assistants. Gilles de Rais, le premier, secoua le sortilège. Quittant son dais seigneurial, il vint au-devant d'elle à longues enjambées rapides et, sans un mot, lui tendit son poing fermé pour qu'elle y posât sa main. Côte à côte, ils traversèrent la salle jusqu'à la table où avaient déjà pris place Jean de Craon, sa femme et les capitaines de la maison. Gilles conduisit Catherine à la place voisine de la sienne propre et, en la saluant, déclara brièvement :

« Vous êtes très belle, ce soir ! Je vous remercie d'être venue... et vous prie d'excuser l'incident de ce matin.

— Je n'y songeais déjà plus, Monseigneur », murmura Catherine.

Pendant tout le repas, ils n'échangèrent pas d'autres paroles. De temps en temps, Catherine sentait, sur elle, le regard de Gilles, mais elle ne levait les yeux de son assiette que pour répondre au vieux Craon qui faisait de visibles efforts pour soutenir une conversation plus que languissante. Elle touchait à peine aux poissons et aux venaisons qui lui étaient servis, mais le seigneur de Rais, lui, ne perdait pas un coup de dents et dévorait avec un appétit de loup, engloutissant tranches de pâté, poulets entiers et cuissot de chevreuil. Il faisait glisser le tout avec de larges rasades d'un vin d'Anjou dont l'échanson, debout derrière lui, emplissait continuellement sa coupe. Peu à peu, le vin faisait son effet et son visage s'empourprait. Comme on apportait les bassins de confitures, il se tourna brusquement vers Catherine.

« Poitou m'a dit que vous désiriez me parler ce matin. Que vouliez-vous ? »

A son tour, la jeune femme se détourna légèrement pour lui faire face. Le moment était venu et elle toussota afin de s'éclaicir la gorge. Mais elle planta son regard bien droit dans les yeux sombres de Gilles.

« Ce matin, à l'aube, au mépris de tout droit, vous avez fait arracher de ma chambre Sara, ma servante. Que dis-je ? Bien plus qu'une servante ! Elle m'a élevée et je la considère comme ma plus fidèle amie. Après ma mère, elle est l'être qui m'est le plus cher au monde. »

A l'évocation de sa tendresse pour Sara, sa voix trembla légèrement, mais elle s'obligea à continuer, serrant ses doigts entrelacés pour maîtriser cette émotion.

« De plus, mon écuyer, Gauthier Malencontre, a été jeté en prison le soir même de mon arrivée. On a toujours refusé de me le rendre en alléguant que c'était à vous d'en décider. C'est donc à vous, Monseigneur... — le mot eut du mal à passer — que je m'adresse pour que me soient rendus mes serviteurs. »

La main brune de Gilles s'abattit sur la table faisant sauter la vaisselle.

« Votre écuyer s'est mêlé d'affaires qui ne le concernaient pas. Il a blessé l'un de mes hommes et, normalement, il devrait être pendu depuis longtemps. Pourtant, afin de vous être agréable, j'ai décidé de lui donner une chance de conserver sa misérable vie et d'aller se faire pendre ailleurs.

— Une chance ? Laquelle ?

— Demain, il sera mené hors de ce château. On le laissera prendre de la distance. Mais ensuite, je me lancerai à sa poursuite avec mes hommes et mes chiens. Si nous le reprenons, il sera pendu. S'il nous échappe, il pourra, bien entendu, aller où bon lui semblera. »

Catherine s'était levée d'un mouvement si brusque que la chaise à haut dossier où elle était assise bascula et tomba à terre avec fracas. Pâle jusqu'aux lèvres, elle darda sur Gilles des yeux fulgurants.

« Une chasse à l'homme, hein ? Divertissement raffiné pour un seigneur qui s'ennuie ! Voilà donc comment vous faites droit à ma requête ? Voilà comment vous respectez la justice seigneuriale qui fait dépendre mes gens de moi seule ?

— Vous êtes en mon pouvoir. Je suis encore très bon de vous accorder cette chance. Je vous rappelle que je pourrais brancher haut et court votre ribaud... et vous livrer vous-même aux gens du roi.

— Ne confondez pas ; aux gens de messire de La Trémoille ! Je ne crains rien des gens du roi Charles. »

A son tour, Gilles s'était levé. Son visage était convulsé de fureur et sa main, sur la table, cherchait un couteau.

« Vous changerez sans doute d'avis avant longtemps, belle dame ! Quant à moi, ma décision est formelle. Ce Gauthier jouera sa vie demain devant mes limiers. Si vous refusez, je le ferai pendre dès ce soir. Quant à votre sorcière, elle peut remercier Satan, son maître, que j'aie à savoir d'elle certaines choses car, sans cela, elle serait déjà liée à quelque bon poteau avec des fagots autour d'elle. J'ai besoin d'elle, je la garde ! Plus tard, je verrai à décider de son sort. »

Les dents serrées, pâle de colère, Catherine toisa le sire de Rais. Sa voix sonna avec une incroyable dureté tandis qu'elle lui lançait :

« Et vous osez porter les éperons d'or de chevalier ? Et vous osez vous dire maréchal de France, porter les fleurs de lys dans vos armes ? Mais le dernier de vos valets a plus de loyauté et d'honneur que vous ! Pendez, brûlez mes gens, faites-moi tuer, moi aussi, après avoir livré à votre cousin votre compagnon d'armes, Arnaud de Montsalvy. Ma dernière parole sera pour prendre le Ciel à témoin que Gilles de Rais est un traître et un félon ! »

Au milieu de l'énorme silence qui s'était abattu sur la grande salle où les valets mêmes retenaient leur souffle, elle saisit sur la table la grande coupe d'or de Gilles, pleine de vin, et la lui jeta au visage.

« Buvez, monsieur le maréchal, ceci est le sang des faibles ! »

Dédaignant la rumeur scandalisée que son geste avait soulevée, Catherine tourna le dos et, tête haute, le voile rouge de son hennin voltigeant derrière elle comme une oriflamme au combat, elle sortit de la salle. Lentement, Gilles de Rais essuya du revers de la main les gouttes rouges qui coulaient sur son visage et jusque dans sa barbe aux reflets bleus.

A peine hors de la salle, Catherine s'arrêta un instant pour respirer profondément deux ou trois fois. De si violentes émotions étaient mauvaises pour son état et elle étouffait dans sa robe. Un peu calmée, elle se dirigea lentement vers l'escalier pour regagner sa chambre. Elle avait déjà monté quelques marches quand un bruit de course retentit derrière elle. L'instant suivant, elle se plaquait contre le mur de pierre avec un cri de frayeur. Le visage convulsé de fureur, Gilles de Rais venait de bondir sur elle et l'empoignait à la gorge si brutalement qu'elle ne put retenir un gémissement. Ses doigts durs lui faisaient mal... Il s'en aperçut sans doute car il serra plus fort.

« Ecoutez-moi bien, Catherine ! Ne recommencez jamais ce que vous venez de faire ; ni rien de semblable si vous tenez à la vie. Quand on me bafoue, surtout publiquement, je ne me possède plus. Encore un geste comme celui-là et je pourrais vous étrangler. »

Chose étrange, elle sentit qu'elle n'avait plus peur du tout. Il était affreux pourtant, dans ce paroxysme de colère qui déformait chaque trait de son visage, et elle était sûre qu'il allait la tuer, mais ce fut d'une voix très calme qu'elle répondit :

« Si vous saviez à quel point cela me serait égal...

— Comment ?

— Mais oui, cela me serait tout à fait égal, messire Gille. Réfléchissez. Arnaud, à cette heure, a peut-être cessé de vivre ; demain vous ferez sans doute déchirer Gauthier par vos chiens, ensuite, j'imagine que ce sera le tour de ma bonne Sara. Comment voulez-vous, dans ce cas, que la vie m'intéresse encore ? Tuez-moi, messire, tuez-moi tout de suite si le cœur vous en dit. Vous me rendrez grand service... »

Ce n'était pas là vaine bravade, mais absolue sincérité, vérité si claire qu'elle traversa la fureur de Gilles. Peu à peu, sous le regard résigné de Catherine, sa figure se détendit. Il ouvrit la bouche pour dire quelque chose, mais aucun son n'en sortit. Alors, il laissa retomber ses mains, se détourna et, secouant la tête, redescendit lourdement les quelques marches.

Toujours collée au mur, Catherine n'avait pas bougé. Quand les pas de Gilles se furent éteints dans les profondeurs des salles, elle poussa un profond soupir et, massant d'une main sa gorge douloureuse, continua de monter l'escalier.

QUAND l'aube revint, Catherine, qui n'avait pas fermé l'œil de la nuit, n'eut aucune peine à quitter son lit. Elle savait que la chasse partirait aux premières lueurs du jour et elle voulait monter sur la tour de guette pour essayer de suivre, du mieux qu'elle pourrait, la curée tragique. Le feu était éteint dans la cheminée et, sous la morsure du froid de l'aube, elle frissonna. Mais, dans la cour, on s'agitait et, dans sa hâte, elle prit seulement le temps de s'envelopper, par-dessus sa chemise, d'une grande cape à capuchon qu'une agrafe d'argent en forme de feuille de lierre fermait au cou.

Elle allait sortir quand, glissé sous la porte, quelque chose de blanc attira son attention. C'était un morceau de parchemin fin, plié, sur lequel on avait tracé quelques mots. La lumière était si grise et si pauvre que Catherine dut revenir vers la fenêtre pour déchiffrer le texte. Sept mots en tout, et une initiale : « Je ferai ce que je pourrai. Priez ! A. » L'angoisse de Catherine s'allégea un peu, le poids se fit moins lourd dans sa poitrine. Si la vieille châtelaine était pour elle, peut-être Gauthier avait-il une chance de sortir vivant de cette effroyable aventure. Alors, brusquement, son parti fut pris : cette chasse, elle la suivrait, dût-elle y laisser la vie !

Arrachant la cape, elle se hâta d'enfiler une robe d'épais lainage, des bas, des souliers de cuir solide. Elle tressa ses cheveux serré sur ses oreilles, passa par-dessus un camail à capuchon qui encadrait juste l'ovale du visage et, sur le tout, remit sa grande cape. Elle n'oublia pas le petit reliquaire de saint Jacques et le fourra dans son corsage après lui avoir adressé une bien étrange prière.

« Si vous êtes vraiment saint Jacques, aidez-moi, car vous êtes tout-puissant, mais si c'est toi, Barnabé, qui as fait ce reliquaire, alors c'est à toi que je demande secours pour un frère que tu aurais aimé. C'est mon ami, lui aussi ! Sauve-le ! »

Elle déboucha dans la cour du château au moment précis où les soldats faisaient sortir le prisonnier. Gauthier était sale, couvert d'une boue brune et une épaisse barbe roussâtre mangeait son visage. Il frissonnait sous le froid du petit matin parce qu'il était seulement vêtu de ses chausses et d'une chemise lacée sur la poitrine, mais il ne semblait pas en mauvais état. Des chaînes aux mains et aux pieds, il s'arrêta au seuil des prisons pour gonfler sa poitrine d'air pur.

« Par Odin ! Ça fait du bien ! »

Un coup de bois de lance dans les reins l'empêcha d'en dire plus, mais, malgré la douleur, il sourit parce qu'il venait d'apercevoir Catherine. Elle voulut aller vers lui. Un sergent lui barra le passage.

« Monseigneur Gilles interdit que l'on parle au prisonnier.

— Je me moque des ordres de Mgr Gilles...

— Vous peut-être, dame, mais pas moi ! Allons, au large...

— N'ayez pas peur, cria Gauthier au prix d'un

nouveau coup de bois de lance, je ne suis pas encore transformé en pâtée pour les chiens ! »

Des chenils et des écuries on amenait des chevaux et aussi, attachés par couples à de fortes laisses et retenus à pleins poings par les valets, une véritable meute de molosses énormes, hurlant comme des démons en tentant d'échapper à leurs entraves. C'étaient de lourds mâtins aux muscles épais, de véritables fauves dont les babines noires montraient, en se retroussant, des crocs étincelants.

« Ils n'ont pas mangé depuis hier matin, déclara derrière Catherine la voix froide de Gilles de Rais. Ils n'en seront que plus ardents à la poursuite ! »

Souriant, vêtu de daim noir, il se tenait debout au seuil de la tourelle d'escalier, enfilant tranquillement ses gants, les yeux sur les chiens. Derrière lui venait la dame de Craon, habillée de vert à son habitude, et aussi, appuyé sur sa canne, le vieux sire qui assistait au départ. Il vieillissait beaucoup depuis quelque temps et semblait se courber de plus en plus.

« Lâchez l'homme ! » cria Gilles.

Aussitôt, les sergents firent tomber les chaînes de Gauthier qui étira ses longs membres avec une visible satisfaction. Les hommes d'armes, du bout de leurs piques, le poussèrent sur le pont-levis. Avec un geste d'adieu pour Catherine, il détala vers l'air libre tandis que Gilles criait :

« Nous te donnons une demi-heure d'avance, manant ! Tâche de t'en arranger ! »

Puis, se tournant vers Catherine, sur le ton de la conversation de salon :

« Voyez comme les chiens tirent sur leurs laisses dans leur impatience. J'ai pris soin de faire frotter votre ami, ce matin, avec le sang d'un sanglier abattu depuis quelque temps déjà. Il pue comme charogne et les chiens auront moins de peine à trouver sa trace.

— S'il sait la chasse, bougonna la vieille Anne en haussant les épaules, il vous échappera, beau-fils ! Vos chiens sont bons et ardents à l'attaque, mais ils ne sont pas infaillibles.

— Et que dites-vous de celui-là ? C'est le plus récent cadeau de mon beau cousin La Trémoille. »

Les yeux de Catherine s'agrandirent de terreur. Un gigantesque valet de chiens, tout carapaçonné de cuir épais, débouchait d'une basse fosse. Au bout d'une chaîne, il tirait après lui une longue forme souple, dont le pelage jaune et noir semblait onduler à ras de terre : un superbe léopard dont l'inquiétant regard oblique dardait des feux verts. A sa vue, les servantes se tassèrent dans un coin avec des glapissements de poules effarées. Mais la bête les dédaigna, de même que les chiens qui, devant le beau félin, grondèrent de colère. Le léopard les regarda, plissant les paupières, cracha en montrant ses crocs aigus, puis, tranquillement, se coucha sur le sol.

« Qu'en dites-vous ? fit Gilles, qui observait Catherine. Pensez-vous qu'un homme, si habile soit-il, puisse échapper à un chasseur comme celui-là ? »

Elle s'obligea à lever la tête et le brava du regard.

« Faites-moi donner un cheval ! Je veux suivre cette chasse ! »

Il eut un haut-le-corps. Visiblement, il ne s'attendait pas à cette requête.

« Que veut dire cela ? Cherchez-vous à vous enfuir à la faveur de la poursuite ?

— En laissant Sara entre vos mains ? Vous me connaissez mal, fit-elle en haussant dédaigneusement les épaules.

— Alors, dois-je vous rappeler que vous êtes enceinte... de près de cinq mois ?

— Les femmes de ma race montent à cheval jusqu'au moment de se mettre au lit !

— Et..., les yeux de Gilles se rétrécirent jusqu'à n'être plus que de minces fentes luisantes et noires, et si vous perdez votre enfant ? Le précieux enfant de ce cher Montsalvy ?

— Il m'en fera d'autres ! » lança Catherine.

Elle avait mis tant d'orgueil dans la brutale impudeur de sa réplique que Gilles de Rais détourna la tête, appela Sillé d'un signe.

« Un cheval pour dame Catherine. Une haquenée plutôt. Donne-lui Morgane. Ainsi, je serai sûr qu'elle ne me quittera pas. Morgane a l'habitude de suivre Casse-Noix comme son ombre ! »

Une petite jument blanche, aux pattes fines et dont la longue queue neigeuse tombait jusqu'à terre, fut amenée et vint se ranger d'elle-même près du grand destrier noir de Gilles. Celui-ci offrit la main à Catherine pour l'aider à se mettre en selle, puis enfourcha sa propre monture. Les autres étaient déjà à cheval et Catherine remarqua l'attitude étrange d'Anne de Craon. Elle semblait indifférente à tous ces détails et se tenait assez à l'écart. De la main, elle flattait distraitement l'encolure de son cheval qui dansait sur place, impatient de galoper. Elle n'avait même pas effleuré Catherine du regard et n'avait pas paru remarquer qu'elle se joignait à la chasse. Le cou tendu, le regard fixe, elle regardait seulement l'ogive claire de la porterie, ouverte sur la campagne. Catherine chercha en vain à rencontrer son regard. Elle éprouvait un besoin impérieux de se sentir moins seule, de trouver un appui. Faute de mieux, elle caressa l'encolure de Morgane. Mais il fallait attendre encore. Les yeux sur le cadran solaire de la tour nord, Gilles surveillait la progressoin du temps. Derrière lui, rangés sur une seule ligne et tous vêtus de cuir sous les tabards armoriés à leurs couleurs, ses capitaines attendaient avec la discipline des troupes d'élite.

Soudain, Gilles leva sa main gantée.

« La demi-heure est passée. En chasse ! »

Chevaux et cavaliers s'ébranlèrent. Les chiens, traînant presque leurs gardiens qui n'avaient pas trop de tous leurs muscles pour les retenir, partirent en tête. L'air s'emplit de leurs aboiements. Derrière eux, la dame de Craon lança son cheval.

« Qu'importe le gibier à ma noble grand-mère, ironisa Gilles à l'usage de Catherine, pourvu qu'elle chasse ! Soyez certaine qu'elle traquera votre Normand aussi ardemment qu'un vieux solitaire ! »

Côte à côte, le grand cheval noir et la petite jument blanche franchirent le pont-levis.

En sortant du château, Catherine vit que le chemin vers le village et vers la Loire avait été barré par un cordon de soldats. On craignait sans doute que le gibier, poussé par le désespoir, n'eût l'idée de se jeter au fleuve pour tenter de le franchir et mettre ainsi entre ses poursuivants et lui un infranchissable rempart. Les hommes, choisis pour leur taille, tranchaient vigoureusement, jambes écartées, visages immobiles sous les chapeaux de fer, sur le paysage d'îles sableuses et d'eau au-delà duquel s'érigeaient, fantomatiques, les tours de Montjean et les mâts des navires qui, de Nantes, remontaient jusque-là.

« Vous ne laissez vraiment rien au hasard, fit Catherine, les lèvres serrées.

— Je ne tiens pas à ce que la chasse tourne

court », répondit Gilles avec un sourire aimable.

Les chiens, déjà, se lançaient vers le bord de l'étang. Les traces de pas, profondément enfoncées dans la boue, montraient que l'homme avait dû courir pour gagner la forêt. La forêt ! Son royaume à lui, le bûcheron des grandes futaies normandes ! Malgré les pluies récentes, l'herbe jaunissait, ne gardant sa verdure que dans les profondeurs. Au-delà de l'étang, la forêt rousse brillait comme une énorme fourrure fauve et dorée, rouge aussi par endroits, commençant déjà à répandre sur la terre sa parure bruissante. Haut dans le ciel passait le vol rapide des oiseaux migrateurs, en route vers le sud. Catherine envia leur liberté et ce don merveilleux qu'ils avaient de pouvoir rompre avec la terre et partir ainsi, dans la lumière bleue, à la poursuite du soleil, de la chaleur... Elle avait, plus cruellement que jamais, conscience de son impuissance et du danger que courait Gauthier.

Le nez à terre, reniflant la boue, les chiens suivaient la trace, en bons limiers. Infiniment plus indolent était le léopard. Le grand fauve semblait effectuer là une ennuyeuse promenade et son regard, lourd d'indifférence, tournait autour de lui, ignorant la troupe hurlante et frétillante des molosses qui paraissaient l'avant-garde désordonnée de quelque prince flegmatique. Sous le couvert du bois, les arbres avaient allégé leur feuillage, éclairci leur ombre. Parfois, la meute s'arrêtait, flairant le vent. Un valet embouchait alors une corne, lançant au ciel un appel rauque, puis le train repartait.

« Découplez les chiens ! » cria Gilles.

Les bêtes libérées partirent comme des boulets. Les chevaux prirent le galop. Devant elle, Catherine voyait sauter la croupe noire de Casse-Noix et danser la longue queue de l'animal. La petite jument le suivait comme son ombre. Un peu en avant, elle pouvait voir voltiger le voile vert d'Anne de Craon, entre les branches rousses. Il y avait lontemps qu'elle n'avait suivi de chasse, mais elle retrouvait, instinctivement, au galop de sa bête, toutes ses qualités d'excellente cavalière. Philippe de Bourgogne était un maître exigeant en matière d'équitation et il adorait la chasse comme tous les Valois. A son école, Catherine avait appris à la fois les finesses de la vénerie et ce qu'il était possible de tirer d'un cheval. Aucune femme et fort peu d'hommes montaient aussi habilement, aussi élégamment qu'elle. Le duc Philippe, au temps de leurs amours, en était extrêmement fier. Mais, ces particularités, elle s'était bien gardée d'en faire part à son geôlier, se bornant à une attitude sans relief ni éclat. Elle s'était contentée d'étudier sa monture. Certes, Morgane semblait éprouver un vif attrait pour le grand étalon noir, mais elle était d'encolure trop fine pour n'être pas délicate et sa bouche était sensible. Elle ne résisterait pas aux impulsions d'une main vigoureuse.

Si la vie de Gauthier n'eût été suspendue à cette chasse inhumaine, Catherine eût pris plaisir à galoper ainsi dans l'air vif du matin. Les aboiements des chiens et les appels de trompe emplissaient la forêt d'un tintamarre joyeux.

Dans une petite clairière où, solitaire, s'élevait un chêne vénérable, la meute parut hésiter. Sous les énormes branches tordues, un des mâtins leva le nez, renifla, puis fila sur la droite de l'arbre dont le vent faisait frissonner le dôme énorme. Tous les autres s'engouffrèrent sur sa trace dans un épais fourré. Gilles ricana.

« Il ne leur échappera pas ! Avant peu, nous trouverons ce croquant, tremblant de peur en quelque coin, tête aux chiens. J'espère seulement qu'ils en laisseront quelques bribes... »

A cet instant, un terrifiant rugissement emplit le bois, effrayant les oiseaux qui s'envolèrent et faisant courir un frisson le long de l'échine de Catherine. Elle sentit couler sa sueur. Le léopard avait grondé et d'un puissant coup de reins s'était arraché à la main de son gardien. Catherine vit un éclair jaune et noir filer dans le fourré, dans une direction opposée à celle suivie par les chiens. Anne de Craon, surprise d'abord, s'était arrêtée tandis que Gilles, avec un affreux juron, s'arrêtait aussi. Le regard de Catherine croisa celui de la vieille femme. Celle-ci fit un geste impérieux qui, dans un éclair, fut saisi. Prestement, Catherine, arrachant une épingle de son corsage, l'enfonça férocement dans la croupe de Casse-Noix. Le cheval hennit de douleur, puis partit à un train d'enfer sur la trace des chiens. Catherine, de toutes ses forces, tira sur ses rênes, obligeant, bon gré mal gré, la petite jument furieuse à demeurer sur place. Déjà Anne de Craon était près d'elle.

« Vite ! Il faut suivre le léopard... J'avais compté sans cette maudite bête ! »

Tout en piquant des deux sur la trace du fauve, Catherine demanda, la figure fouettée d'une branche morte :

« Qu'aviez-vous dont fait ?

— Un de mes serviteurs attendait la meute ici avec un jeune sanglier, un ragot de deux ans capturé il y a deux jours. J'avais fait dire à votre paysan de foncer par ici, puis de grimper dans le chêne dont les branches l'auraient caché et lui auraient permis de s'éloigner sans laisser de traces à terre tandis que le ragot serait lâché. Mais ce damné félin a éventé la ruse et ne s'est pas laissé prendre. Il a suivi la bonne piste. Il faut le rattraper avant qu'il ne trouve l'homme. »

Le vent de la course folle, à travers fourrés et taillis, coupait la voix de Catherine. Pourtant, elle parvint à crier :

« Mais Gilles et les autres ?

— Vont galoper un bon moment sur les traces de mon sanglier, répondit Anne, avant de s'apercevoir de leur erreur. Cela nous laisse un peu de temps.

— Et comment... empêcherez-vous le léopard d'attaquer ?

— Avec ceci ! »

Et, de l'arçon de sa selle, Anne de Craon détacha un épieu de frêne à pointe d'acier. Les arbres, dans un craquement de branches, défilaient comme un mur roux. Les deux chevaux fuyaient, l'écume aux dents, à travers un tunnel chatoyant, tout crissant de feuilles froissées. Devant elles, Anne et Catherine pouvaient entendre les feulements du fauve en chasse. Soudain, chevaux et cavalières débouchèrent dans une petite clairière tapissée de mousse, encerclée par les arbres aussi étroitement que par une muraille et qui se fermait par un cul-de-sac rocheux. Des flèches de soleil pâle perçaient la voûte de feuillage, irisant les brins d'herbe où la rosée n'avait pas encore séché. L'endroit était paisible et charmant, mais Catherine n'y trouva qu'horreur et angoisse. Tout au fond, Gauthier et le léopard étaient face à face...

Le grand Normand, adossé aux roches verdies, se tenait ramassé, jambes écartées, mains demi-ouvertes, prêtes à crocher. Penché en avant, sa poitrine épaisse soulevée à un rythme rapide par la course qu'il venait de fournir, il haletait, les yeux rivés à ceux du fauve, surveillant le moindre de ses mouvements. La bête était tapie dans les feuilles, gueule béante, montrant des crocs terribles et blancs, ses griffes puissantes plantées dans la terre, grondant doucement et dardant sur l'homme sans armes son vert regard étincelant de fureur.

L'épieu à la main, Anne allait éperonner son cheval tremblant de frayeur. Déjà, elle appuyait son talon quand Gauthier hurla :

« Ne bougez pas ! »

La détente du fauve suivit immédiatement le cri. Le long corps souple du léopard s'étira dans l'air pour retomber sur Gauthier. La bête et l'homme roulèrent dans la mousse. Le Normand avait réussi à empoigner, à deux mains, la gorge de l'animal et, les bras tendus, tous ses muscles tremblant sous l'effort, il maintenait la gueule béante à l'écart de son visage. Il grimaçait de douleur car les griffes du léopard avaient labouré ses épaules et tentaient de l'atteindre encore. Les grondements du fauve furieux se mêlaient à la respiration en soufflet de forge de l'homme. Un peu plus loin, les deux femmes, hypnotisées par la peur, maintenaient du mieux qu'elles pouvaient leurs montures épouvantées.

« Mon Dieu !... priait Catherine, machinalement, à mi-voix... mon Dieu ! »

Elle ne savait rien dire de plus. Dans un pareil danger, seule la toute-puissance divine pouvait quelque chose... Les bras de Gauthier semblaient deux colonnes de chair massive, saillantes de muscles et de veines bleues tordues comme des cordes, qui retenaient la bête au-dessus de lui. D'un irrésistible coup de reins, il parvint à retourner la situation, coucha le léopard sous lui, non sans essuyer encore quelques coups de griffes. L'animal s'essoufflait, tentait furieusement de libérer sa gorge de l'étau meurtrier. L'odeur du sang le rendait fou, mais Gauthier tenait bon. Ses mains énormes serraient, serraient, prenant bien garde de ne pas glisser sur la fourrure...

Le visage du grand Normand était écarlate, crispé et grimaçant comme un masque démoniaque. Le sang coulait de son torse lacéré, mais aucune plainte ne lui échappait. Soudain, il y eut un craquement suivi d'un feulement plaintif. Et Gauthier se releva, titubant. A ses pieds, le félin noir et jaune demeura immobile, l'échine rompue. Le grand corps ocelé s'étendit, les pattes retombèrent. Un soupir de soulagement s'échappa de la poitrine des deux femmes. Anne de Craon eut un petit rire nerveux.

« Sang du Christ ! Mon garçon, vous eussiez fait un veneur redoutable ! Comment vous sentez-vous ? »

Elle sauta à bas de son cheval, lançant les rênes à Catherine, et courut vers Gauthier. A son tour, Catherine mit pied à terre et vint les rejoindre. Tandis que la vieille châtelaine palpait les épaules blessées du forestier, il regarda Catherine et murmura avec une immense surprise :

« Vous pleurez, dame Catherine, vous pleurez... pour moi ?

— J'ai eu si peur, mon ami ! fit la jeune femme en essayant bravement de sourire. Jamais je n'aurais cru que tu viendrais à bout de ce fauve !

— Bah ! Si l'on oublie les griffes, il n'est guère plus fort qu'un gros solitaire. Il m'est arrivé bien souvent de lutter à mains nues avec les sangliers de la forêt d'Ecouves. »

Tirant son mouchoir, Catherine entreprit d'étancher le sang et de laver les blessures à l'eau d'une petite source qui coulait entre les rochers.

« Qu'allons-nous faire de lui ? demanda-t-elle à Anne qui sacrifiait bravement son voile et son mouchoir pour faire un pansement. Il est loin d'être sauvé. Ecoutez ! »

En effet, dans les profondeurs de la forêt, les échos de la chasse semblaient plus proches. Les piqueurs sonnaient de la trompe à s'arracher la gorge.

« On dirait qu'ils se rapprochent ! dit Anne, l'oreille au guet. Nous n'avons plus une seconde à perdre. Sautez en croupe derrière moi, mon ami. La haquenée de dame Catherine est trop fragile pour votre poids... En selle, et vite ! Vos épreuves ne sont pas terminées, mais, du moins, nous allons essayer de vous arracher aux chiens. Vous ne pourriez pas soutenir, dans cet état, la lutte contre une meute féroce. »

Catherine remonta en selle sans aide tandis qu'Anne enfourchait de nouveau son grand alezan sur la croupe duquel Gauthier sauta à son tour.

« Allons ! fit joyeusement la vieille dame. Suivez-moi de près, Catherine... »

Malgré sa double charge, l'alezan doré s'enleva comme une plume. La petite jument blanche le suivit docilement. Il y avait beau temps que Morgane avait cessé de résister à Catherine. La race, en elle, avait senti une main souveraine et ne se rebellait plus. La course folle reprit. On franchit un ruisseau, à l'eau claire comme du cristal qui avait des reflets ambrés au soleil, brun rouge à l'ombre. Derrière, on trouva des rochers peu élevés que les chevaux escaladèrent aisément.

« Pas de trace possible sur la pierre, cria Anne. Ne me serrez pas tant, mon ami, vous m'étouffez. Je ne suis pas le léopard, moi ! »

En effet, Gauthier avait ceinturé l'intrépide chasseresse et ne mesurait pas suffisamment ses forces. Sous sa coiffure verte, elle était très rouge. Catherine l'entendit marmonner :

« Il y a bougrement longtemps qu'on ne m'a pas pincé la taille ! »

Mais les cavaliers ne ralentissaient pas pour autant. Le bruit de la chasse s'estompait dans le lointain et, bientôt, une étendue d'eau aux éclats de mercure brilla entre les arbres clairsemés. Naseaux fumants, les deux bêtes jaillirent de la forêt.

« C'est seulement un petit bras de la Loire, dit Anne. Il faut traverser. Ce n'est pas profond... »

Elle lança son cheval dans l'eau, la franchit aisément et reprit pied sur une grande prairie où paissaient des moutons. La silhouette noire d'un vieux berger en houppelande se dessinait sur les nuages d'un ciel qui s'obscurcissait. On parvint bientôt au fleuve proprement dit. Il s'étalait, large, jaune et tumultueux, grossi des dernières pluies. De l'autre côté se dressaient des maisonnettes, un château et un petit port avec des navires ronds, tassés dedans comme des œufs dans une couveuse. Anne de Craon arrêta son cheval au bord de l'eau, désigna le village de sa houssine.

« Là-bas, c'est Montjean, le fief de ma fille Béatrice, la mère de la dame de Rais. Elle n'a jamais eu à se louer de son gendre. Les hommes de Gilles ne s'aventurent jamais sur ses terres depuis qu'il a tenté de les arracher à Béatrice en menaçant de la noyer en Loire. Savez-vous nager, mon garçon ?

— Comme un saumon, noble dame ! Il ferait beau voir qu'un Normand ne sût pas nager.

— Peut-être, mais vous avez perdu beaucoup de sang. Aurez-vous la force de traverser ? La Loire est rude à cet endroit. Malheureusement, votre salut est à ce prix.

— J'aurai la force, répondit le Normand, les yeux sur Catherine qui lui souriait. Et, une fois à Montjean, que ferai-je ?

— Allez au castel. Dites au sénéchal Martin Berlot que je vous envoie et attendez.

— Quoi ? Ne puis-je demander du secours pour dame Catherine ? »

Anne de Craon haussa les épaules.

« Il n'y a pas dix soldats à Montjean et le seul nom de Gilles les fait rentrer sous terre. Ce sera déjà beaucoup que Berlot vous reçoive sans histoire. S'il se fait tirer l'oreille, dites-lui que je le ferai pendre à la première occasion ; cela le décidera. Quant au reste, mieux vaudra voir venir et attendre que votre maîtresse parvienne à sortir du guêpier où elle est tombée. A moins, ajouta-t-elle avec hauteur, que vous ne préfériez rentrer chez vous...

— Là où est dame Catherine, là est mon chez-moi ! affirma Gauthier avec un orgueil qui contrebalançait celui d'Anne. Celle-ci eut un mince sourire.

— Tête dure, hein ? Tu n'es pas Normand pour rien, l'ami ! Fais vite maintenant, il faut que nous rentrions. »

Pour toute réponse, Gauthier glissa à terre, se tourna vers Catherine qui, les larmes aux yeux, le regardait du haut de sa selle.

« Dame, fit-il ardemment, je suis toujours votre serviteur et je vous attendrai autant qu'il vous plaira. Prenez soin de vous.

— Prends soin de toi ! répondit la jeune femme, enrouée par l'émotion. J'aurais peine à te perdre, Gauthier. »

Spontanément, elle lui tendit sa main sur laquelle, avec une brusquerie maladroite, il appuya ses lèvres. Puis, sans se retourner, il courut au bord de la petite grève, plongea dans le fleuve. Les deux femmes le virent fendre l'eau d'une nage puissante. Ses immenses bras frappaient le flot jaunâtre comme un forgeron son enclume et, traçant un sillon écumeux, Gauthier se dirigea vers le milieu du fleuve. Catherine, lentement, se signa.

« Dieu le protège... murmura-t-elle, bien qu'il ne croie pas en lui. »

Anne de Craon eut un bref éclat de rire. Ses yeux vifs se posèrent sur la jeune femme avec amusement.

« J'aimerais bien savoir, ma chère, où diable vous recrutez vos serviteurs. Vous n'en avez que deux, mais ils sont pittoresques ; une fille de Bohême et un païen nordique. Peste !

— Oh ! fit Catherine avec un sourire mélancolique, j'avais mieux encore, un médecin maure... un homme merveilleux ! »

Une écharpe de brume qui traînait à ras de l'eau engloutit bientôt la grosse tête rousse du Normand. Anne de Craon fit volter son cheval.

« Il est temps de rentrer, dit-elle. Songez que nous avons encore à galoper. Il nous faut retrouver la chasse avant qu'elle ait quitté la forêt. »

Durement éperonnés, les chevaux filèrent à travers la prairie où le vent couchait les herbes folles. Le vieux berger, aussi immobile qu'une statue brune, les regarda passer. Au-delà du petit bras, le soleil, perçant un nuage, lança une flèche lumineuse qui incendia le sommet rouge d'un grand hêtre. Anne se retourna pour sourire à Catherine.

« J'ai faim ! dit-elle... et aussi, j'ai hâte de retrouver Gilles pour voir quelle figure il fait ! »

Sans répondre, Catherine lui rendit son sourire. Elle se sentait soulagée d'un poids immense. Sur sa gauche, le cri d'un canard sauvage éclata comme la trompette de la victoire. Gauthier était hors de portée de Gilles de Rais. Restaient Sara et elle-même. Mais ce premier succès n'était-il pas profondément encourageant ? Cherchant sur sa poitrine l'emplacement du petit reliquaire, elle le serra doucement.

« Merci, chuchota-t-elle. Merci, Barnabé... »

CHAPITRE VI

UNE NUIT DE NOVEMBRE...

APRÈS un grand détour destiné à donner le change sur l'endroit d'où elles venaient, les deux femmes rejoignirent la chasse dans la clairière où Gauthier avait livré au léopard son courageux combat. Elles tombèrent comme la foudre au plein milieu d'une scène de violence. Gilles de Rais, debout auprès du cadavre du fauve, faisait pleuvoir sur ses chiens une grêle de coups de fouet. Une colère folle le possédait et les bêtes, terrifiées, se couchaient à ses pieds, gémissant faiblement sous les coups cinglants de la lanière. Autour, immobiles comme des statues équestres, les compagnons de Rais regardaient, impassibles. En voyant surgir les deux femmes, Gilles fit volte-face et les apostropha violemment.

« D'où sortez-vous, toutes deux ? Où étiez-vous ? Etes-vous aussi incapables que ces corniauds ? »

Anne de Craon leva un sourcil dédaigneux et haussa les épaules, tout en flattant, pour le calmer, l'encolure mouillée de sueur de son cheval.

« En fait d'incapacité, je crois, Gilles, que vous n'avez rien à nous envier. J'ai vu votre cheval prendre le mors aux dents et filer sur la trace des chiens. Le mien a préféré pister le léopard et celui de dame Catherine a suivi. »

Les prunelles de Gilles se rétrécirent tandis qu'il s'approchait de Catherine et posait la main sur l'encolure de Morgane.

« Il est étrange, ne trouvez-vous pas, que Morgane ait suivi Korrigan plutôt que Casse-Noix ? Ou bien ai-je méconnu vos qualités de cavalière ?

— Je ne suis pas maîtresse des fantaisies d'une haquenée, répondit Catherine du bout des lèvres. Morgane a suivi qui lui a plu et moi j'ai suivi Morgane... par force. Je ne vous ai même pas vu partir. Et je pensais que vous nous suiviez. Mais les bêtes semblaient folles et filaient sur la piste du félin...

— Dont, en général, elles ont une peur bleue ? Vous m'étonnez. Puis-je vous demander si vous avez trouvé le fugitif ? »

La voix de Gilles était devenue un miracle de douceur et contrastait fortement avec le fouet taché de sang que sa main crispée tenait encore. Ce fut sa grand-mère qui se chargea de répondre.

« Nous en sommes venues là où vous en êtes vous-même, beau-fils, dit-elle avec quelque hauteur. Quand nous avons débouché dans cette clairière, nous avons trouvé le fauve mort, mais encore tout chaud. Du prisonnier il n'y avait pas trace, sinon celles de son combat avec la bête qu'il avait tuée. Mais pour le reste, on jurerait qu'il s'est évanoui dans les airs. Nous avons battu la région tout autour et suivi le ruisseau pendant un bon moment, mais nous n'avons rien trouvé.

— Vous, non, mais elle ? » grinça Gilles, un doigt tremblant tendu vers Catherine.

Anne de Craon ne broncha pas.

« Dame Catherine ne m'a pas quittée d'une semelle, dit-elle calmement. Il fallait bien que je la surveille puisque vous aviez disparu. Que s'est-il passé, au juste ? »

Gilles haussa les épaules avec emportement et jeta son fouet à un valet.

« Ces idiots de chiens, Satan seul sait pourquoi, ont pris le change sur un ragot qui nous a fait voir du pays jusqu'au-delà de l'abbaye ! Maintenant, ils sont fourbus et mon léopard est mort ! Il vous faudra payer aussi pour cette mort, belle Catherine. Un fauve de chasse est une bête sans prix.

— Quand vous m'aurez dépouillée de tout ce que je possède, riposta Catherine sèchement, je ne vois pas ce que vous pourriez encore m'enlever de surcroît... hormis la peau ! »

Elle s'efforçait de ne pas regarder les yeux dangereux qui la dévisageaient cruellement et de faire bonne contenance. Elle s'efforçait surtout de cacher la joie de savoir son ami hors de danger, car il ne pouvait pas avoir succombé dans le fleuve. Il l'avait vaincu comme il avait vaincu le fauve, elle en était certaine.

« Qui sait ? murmura Gilles doucement. J'y songerai peut-être. Vous avez gagné cette *partie,* mais tout n'ira pas toujours à votre plaisir. J'ai encore votre sorcière et si elle ne marche pas au mien, elle paiera pour deux. Holà, Poitou, mon cheval ! »

Le page aux yeux baissés amena Casse-Noix qu'un valet avait bouchonné de son mieux. Le grand étalon noir était encore luisant de sueur et encensait, les yeux fous. Gilles s'enleva en selle lourdement, brocha des éperons et fonça au plein de la forêt sans plus s'occuper du reste des chasseurs. Anne de Craon rapprocha Korrigan de Morgane que Catherine caressait doucement.

« Il faudra vous tenir sur vos gardes, murmura-t-elle sans bouger les lèvres parce que Roger de Briqueville la suivait de près. Cette nuit, Catherine, fermez votre porte au verrou et n'ouvrez à personne.

— Pourquoi ?

— Parce que, cette nuit, le Diable sera le maître à Champtocé. Gilles a essuyé une défaite, il faudra qu'il l'efface... »

PENDANT trois jours, Catherine demeura enfermée dans sa chambre sans en sortir. Gilles de Rais lui avait fait savoir qu'il ne souhaitait pas sa présence. Elle ne vit même pas Anne de Craon qu'une mauvaise fièvre tenait au fond de son lit. Chose étrange, durant tout ce temps, le château sembla plongé dans le sommeil. Un profond silence l'enveloppait. On ne baissait même pas le pont-levis et, si les serviteurs faisaient leur service, ils le faisaient sans plus de bruit que des ombres. A la petite servante qui lui apportait ses repas, Catherine demanda ce qui se passait.

« Je ne pourrais vous le dire, gracieuse dame. Mgr Gilles est enfermé dans ses appartements avec ses familiers et il est interdit, sous peine de mort, de les déranger de quelque manière que ce soit... »

La fille, une petite Bretonne ronde et rose, osait à peine ouvrir la bouche. Elle avait l'air de craindre que l'écho de ses paroles ne perçât les murs et n'allât frapper les oreilles susceptibles du maître.

« Et dame Anne ? demanda Catherine, comment va-t-elle ?

— Je ne sais pas. Elle aussi est enfermée chez elle et seule dame Aliénor, sa dame de parage, est autorisée à pénétrer dans sa chambre. Excusez-moi, gracieuse dame, je ne dois pas m'attarder... »

La petite servante avait hâte de s'esquiver et Catherine n'osa pas lui poser d'autres questions. Le sort de Sara la tourmentait et elle se désespérait de n'en rien savoir. Mais comment faire quand sa porte était barricadée et que, parfois, le pas ferré d'un soldat lui faisait comprendre qu'elle était gardée ?

Au soir du quatrième jour, cependant, les verrous jouèrent pour quelqu'un d'autre que la caméariste. La porte s'ouvrit, livrant passage à Gilles de Sillé, le cousin du sire de Rais et son âme damnée. Il avait le même âge que Gilles mais aucunement son allure. Courtaud, trapu, les épaules massives et le ventre plat, sa figure rouge brique s'ornait d'un nez camard et d'une paire d'yeux bleu pâle, étonnamment froids et dépourvus d'expression. Des chausses violettes, un pourpoint sang-de-bœuf brodé d'un lion d'or l'habillaient sans élégance, mais une dague de taille impressionnante était accrochée à sa ceinture. Les pouces passés dans ladite ceinture, les jambes écartées, il resta un moment au seuil de la porte de Catherine, sa tête brune relevée avec arrogance. Puis, comme la jeune femme lui tournait le dos avec un haussement d'épaules, il se mit à rire.

« J'ai quelque chose à vous montrer, dit-il au bout d'un moment. Jetez donc un coup d'œil dans la cour... »

Comme la nuit, depuis longtemps, était venue, Catherine avait fermé les volets intérieurs de sa chambre. La journée, celle de la Toussaint, avait été si triste ! Pleine de brume qui pénétrait en longues écharpes jaunes dès qu'une fenêtre s'ouvrait, un brouillard dense portant des relents d'eaux mortes et d'herbe pourrie ! Catherine, qui n'avait même pas eu le droit d'entendre la messe à la chapelle, s'était recroquevillée chez elle, s'y calfeutrant comme un animal frileux. Lentement, elle alla vers la fenêtre, rabattit le volet. Les lueurs de torches qui s'agitaient en bas dansèrent sur son visage à travers les petits carreaux en losange sertis de plomb. Elle ouvrit la fenêtre, se pencha. Eclairés par les torches que portaient des soldats, des ribauds allaient et venaient, maniant des bûches et des fagots qu'ils entassaient autour d'un poteau de bois noir d'où pendaient des chaînes. Avec une exclamation d'horreur, Catherine se rejeta en arrière, pâle jusqu'aux lèvres. Son regard affolé croisa celui, narquois, de Sillé.

« Eh oui ! Gilles a décidé que, demain, jour des Trépassés, il y aurait un mort de plus et que votre démon familier s'en irait en fumée...

— Ce n'est pas possible ! chuchota Catherine plus pour elle-même que pour son déplaisant visiteur. Ce n'est pas possible ! Il ne peut pas faire ça !

— Il va se gêner ! rétorqua l'autre avec un gros rire. Elle s'est conduite comme une sotte, votre sorcière, ma belle. Si elle avait été plus maligne, elle n'en serait pas là. Mais vous aurez au moins la consolation d'assister à la chose... »

Sur la table où refroidissait le souper auquel Catherine n'avait qu'à peine touché, il prit une perdrix et mordit dedans aussi simplement que s'il se fût agi d'une pomme. Il se versa un gobelet de vin, l'avala d'un trait et s'essuya la bouche au revers de sa manche de velours, puis se dirigea vers la porte.

« Faites de beaux rêves, belle dame ! Dommage que vous soyez en cet état que mon beau cousin ait défendu qu'on vous touche ! J'aurais aimé vous tenir compagnie plus longtemps. »

La tête tournée vers la fenêtre d'où venaient les bruits sinistres de la cour, Catherine demeura immobile jusqu'à ce qu'elle eût entendu la porte se refermer sur Sillé. Alors seulement, elle fléchit les genoux jusqu'à ce qu'ils touchassent terre, enfouit son visage dans ses mains.

« Sara ! sanglotait-elle tout bas. Ma pauvre Sara ! »

LES bruits de la cour s'éteignirent, le reflet des torches disparut et même la chandelle se consuma presque entièrement dans son bougeoir de fer noir sans que Catherine eût quitté sa position prostrée. Ecrasée de chagrin, elle priait et pleurait alternativement, ne sachant plus vers qui se tourner, qui implorer pour obtenir secours. Il lui semblait être au fond d'un puits profond, aux murailles lisses qui ne permettaient pas de s'agripper. Le puits, lentement, s'emplissait d'eau et elle savait que cette eau, à certain moment, finirait par l'étouffer, mais elle n'avait aucun moyen d'y échapper...

Ce fut la froide humidité venue de la fenêtre ouverte qui la tira de son désespoir. Cela l'enveloppait comme une chape glacée et, dans la chambre, on n'y voyait presque plus. Péniblement, elle se releva, prit une chandelle neuve sur un dressoir, l'alluma à la flamme mourante de sa devancière. Puis elle ferma la fenêtre. Dans la cheminée, le feu, lui aussi, agonisait. Elle prit quelques bûches dans le renfoncement de l'âtre, les plaça sur les braises et actionna le soufflet de cuir pour ranimer la flamme. C'étaient des gestes tout simples, humbles et familiers, mais ils la ramenaient aux jours heureux de jadis, à la maison du Pont-au-Change ou bien chez l'oncle Mathieu, dans le magasin de draperie de la rue du Griffon à Dijon, quand le caprice d'un prince ne l'avait pas encore arrachée à sa condition modeste pour en faire une grande dame. Assise sur la pierre de l'âtre, les mains nouées autour des genoux, elle regarda les flammes renaître, s'élever et l'envelopper d'une douce chaleur.

Brusquement, elle ferma les yeux. Ce feu joyeux ravivait le cauchemar ! Le feu terrible... dévorant, qui, demain, envelopperait Sara pour la jeter, hurlante et torturée, dans l'éternité. Et elle était là, elle, Catherine, impuissante et prisonnière, obligée de subir son destin implacable. Mais, aussi subitement qu'elle les avait fermés, elle rouvrit les yeux, un immense étonnement au fond de leur profondeur nocturne. Vivement, elle porta les mains à son ventre où quelque chose avait remué. L'enfant ! Le fils d'Arnaud venait, pour la première fois, de manifester sa vitalité ! Une onde de bonheur attendri la parcourut et, par contrecoup, lui rendit un peu de courage. Son petit, était-il vraiment possible qu'il vît le jour dans ce château maudit ? Qu'il reçût la vie d'une malheureuse captive ? Que son premier cri ne fût pas celui d'un homme libre ? De l'autre côté du fleuve, Gauthier le Normand devait scruter la brume, interroger la rive de Champtocé. Il fallait qu'elle tentât quelque chose, qu'elle allât vers Gilles une fois encore implorer, s'humilier s'il le fallait, mais arracher, à quelque prix que ce fût, la grâce de Sara.

Mue par une impulsion irrésistible, elle courut à la porte. Elle devait d'abord attirer l'attention du soldat de garde, obtenir de lui qu'il la laissât sortir ou bien qu'il acceptât d'aller chercher Gilles de Rais... ou tout au moins Sillé. Elle agrippa la poignée de la porte pour la secouer. A sa grande surprise, le battant, sans grincement, s'ouvrit de lui-même. Au-dehors, le couloir était plongé dans les ténèbres, le silence était complet. Tout le monde devait dormir au château.

Catherine n'avait aucun moyen de savoir l'heure qu'il était. Le sablier s'était écoulé depuis longtemps sans qu'elle songeât à le retourner et la seule horloge était dans la grande salle. La chapelle avait peut-être sonné quelque chose, mais, du fond de son chagrin, elle n'avait rien entendu. Pourtant, elle était décidée à tenter sa chance coûte que coûte ! Remerciant mentalement le Ciel de ce que Sillé eût oublié de refermer sa prison, Catherine rentra dans sa chambre, s'enveloppant de sa grande mante, et prit sa chandelle. Son ombre se découpa, immense, sur le mur du couloir quand elle franchit la porte. Dans le silence, le bruit de ses pas, qu'elle ne cherchait pas à étouffer, éveilla des échos vides. Calmement, forte d'une inébranlable décision, elle se dirigea vers l'escalier. Il lui fallait traverser une bonne moitié du château pour atteindre les appartements de Gilles, mais quelque chose lui disait qu'aucun obstacle ne se dresserait devant elle. Tout autour, la nuit était profonde. Dans cette aile, il ne devait y avoir personne, mais, en atteignant la galerie, elle put embrasser du regard une grande partie du pourtour de la grande cour. Aucune lumière, nulle part, n'apparaissait. Seule, sous la voûte que quadrillait la herse baissée, une torche diffusait une lumière rougeâtre et pauvre, faible comme un feu follet.

Elle parcourut la galerie, la grande salle, s'engagea dans l'escalier à vis qui menait chez Gilles sans rencontrer âme qui vive. Parfois, tout de même, derrière une porte, s'élevait un ronflement qui ôtait au décor nocturne son côté ensorcelé. Mais, à mesure qu'elle montait, des bruits étranges peuplaient la nuit, étouffés cependant par l'épaisseur des murs, des résonances humaines difficiles à déceler : des rires peut-être... ou bien des râles ?

Dans la tourelle, quelques pots à feu brûlaient encore, invisibles du dehors. Catherine posa sa chandelle sur une marche et poursuivit son ascension. Mais, comme elle allait prendre pied dans le corridor qui menait chez Gilles, une silhouette noire et courbée jaillit de l'obscurité. Elle se rejeta en arrière avec un cri étouffé, mais elle n'avait plus le moyen de se cacher. Le vieux Jean de Craon était devant elle.

A le voir cligner des yeux dans la lumière diffuse de l'escalier, elle songea qu'il ressemblait plus que jamais à un hibou déniché. Mais elle ne s'expliqua pas l'effroi qui semblait le posséder... Il la regarda sans surprise, comme si sa présence en ce lieu, à cette heure, était toute naturelle. Il s'appuya à la muraille, respirant difficilement. Elle le vit porter une main tremblante à son col, tirer dessus pour en desserrer l'étreinte. Il avait l'air d'étouffer et fermait les yeux.

« Seigneur, chuchota-t-elle, vous êtes souffrant ? »

Les épaisses paupières plissées battirent. Au comble de la stupeur, Catherine vit une larme rouler le long du grand nez courbe. Dans le regard toujours si dur de Jean de Craon, il y avait du désespoir et aussi une sorte de désarroi presque enfantin. Elle se pencha vers lui, le toucha à l'épaule.

« Puis-je quelque chose pour vous ? »

La voix de Catherine parut enfin percer l'état de semi-somnambulisme dans lequel le vieux sire se mouvait. Il la regarda et un peu de vie revint dans ses yeux.

« Venez !... chuchota-t-il, ne restez pas ici !

— Mais il faut que je reste. Je veux voir votre petit-fils et...

— Voir Gilles ! Voir ce... Non, venez, venez vite, vous êtes en danger... »

Sa main sèche et noueuse agrippa le bras de Catherine, l'entraînant irrésistiblement. Cette main tremblait, mais soudain il la lâcha, appuya sa tête au mur et se mit à vomir. Le visage ridé avait pris une teinte verdâtre dont Catherine s'épouvanta.

« Vous êtes malade, très malade, Seigneur ! Laissez-moi appeler.

— Surtout... n'en faites rien ! Merci de votre pitié, mais venez... venez ! »

La voix n'était qu'un souffle et se brisait, mais déjà Jean de Craon s'était ressaisi et continuait à descendre. Parvenu à l'étage inférieur, il s'arrêta, regarda en haut comme s'il craignait de voir paraître quelque silhouette inquiétante, puis reporta sur la jeune femme tremblante ses yeux vacillants.

« Dame Catherine, murmura-t-il, je vous demande de ne pas me poser de questions. Le hasard... et aussi la curiosité m'ont poussé à surprendre le secret des nuits de mon... de Gilles. C'est un secret d'horreur. En un instant, j'ai vu crouler à mes pieds tout ce qui avait été ma vie, tout ce à quoi je croyais. Il ne me reste plus qu'à prier Dieu de me vouloir bien accueillir en son sein avant qu'il soit longtemps. Je suis... »

Il s'arrêta, cherchant le souffle qui lui manquait. Il acheva enfin, avec une infinie tristesse :

« Je suis un vieil homme maintenant et ma vie n'a pas toujours été exemplaire, loin de là. Pourtant... je ne croyais pas avoir mérité cela. Cette... »

Sa figure anguleuse s'empourpra soudain sous la poussée d'une colère qui ne voulait pas sortir. Catherine hocha la tête et dit, tout doucement :

« Seigneur... je ne veux pas percer les secrets des vôtres. Mais j'ai une vie humaine à défendre. Demain à l'aube...

— Quoi donc ? fit Craon d'un air égaré. Ah !... votre servante ?

— Oui, je vous en prie... »

Elle s'appuya à la muraille, vidée soudain de ses forces, les yeux remplis de larmes.

« Pour la sauver, j'entrerais chez Satan lui-même, balbutia-t-elle.

— Gilles est pire que Satan !... »

Du visage pâlissant de Catherine, le regard du vieux sire glissa à sa taille déformée, s'y attacha comme s'il découvrait subitement l'état de la jeune femme. Et, dans ses yeux, elle revit l'effroi de tout à l'heure.

« C'est vrai, dit-il, vous allez être mère... Vous portez un enfant en vous ! Un enfant... Mon Dieu ! »

Brusquement, il l'agrippa aux épaules, approcha du sien son visage crispé d'angoisse et souffla :

« Dame Catherine... Il ne faut pas que vous restiez dans ce château. C'est un lieu maudit. Il faut que vous partiez... vite... cette nuit même ! »

Ranimée soudain, elle le regarda avec stupeur.

« Comment le pourrai-je ? Je suis prisonnière...

— Non, moi je vais vous faire sortir... tout de suite ! Qu'au moins je vous sauve, vous... qu'au moins il y ait dans ma vie cette bonne action.

— Je ne partirai pas sans Sara...

— Allez vous préparer. Je vais la chercher. Faites vite, puis descendez et attendez-moi près de la porterie. »

Il avait déjà un pied sur la marche inférieure pour descendre au rez-de-chaussée quand Catherine le retint.

« Mais, dit-elle, Mgr Gilles ? Que dira-t-il ? N'aurez-vous pas à craindre... »

Soudain, le vieux Craon redevint en une seconde le seigneur hautain et dur qu'elle avait connu.

« Rien ! coupa-t-il. Si bas que soit tombé le sire de Rais, je suis toujours son grand-père ! Il n'osera pas ! Allons, pressez-vous ! Il faut qu'à l'aube vous soyez hors d'atteinte. »

Catherine ne se le fit pas dire deux fois. Oubliant à la fois sa fatigue et sa peur, elle retroussa à deux mains sa robe et se mit à courir vers sa chambre, priant tout bas pour que cet espoir ne fût pas vain et que rien ne vînt faire revenir le vieux sire sur sa décision généreuse. Elle fit hâtivement un ballot des choses les plus précieuses qu'elle possédait et des quelques vêtements de Sara, glissa l'or qui lui restait dans la poche cousue sur sa chemise, s'enveloppa étroitement de sa mante, prit celle de Sara sur son bras, puis, jetant le ballot sur son épaule, elle sortit sans se retourner de cette chambre où elle avait passé des heures pénibles. Il y avait longtemps qu'elle ne s'était sentie aussi légère !

Quand elle atteignit la porterie, elle vit Craon qui sortait du quartier des prisons suivi d'une forme chancelante. A la lumière de la torche qu'il tenait à la main, Catherine reconnut Sara, bien qu'elle fût amaigrie et horriblement pâle. Elle courut à elle, les bras ouverts.

« Sara... ma bonne Sara ! Enfin je te retrouve ! »

Sans répondre, la bohémienne se serra contre elle en sanglotant. C'était la première fois que Catherine voyait pleurer Sara et elle en conclut que les nerfs de la pauvre femme avaient dû être soumis à rude épreuve.

« C'est fini, murmura-t-elle tendrement, on ne te fera plus de mal... »

Mais Jean de Craon tournait vers le fond obscur de la cour un regard inquiet.

« Ce n'est pas le moment de parler. Venez. Il faut encore passer dans la basse-cour et prendre des chevaux aux écuries. Pressez-vous. Je vais ouvrir la petite porte. »

D'un énorme trousseau de clefs qu'il portait à sa ceinture, il tira une clef, l'introduisit dans la serrure de la poterne qui donnait dans la première enceinte.

« Mais... les hommes de garde ? chuchota Catherine.

— Si vous me suivez pas à pas, ils ne vous verront pas. Je vais éteindre la torche. Nous devons prendre certaines précautions pour ne pas donner l'éveil. Rien ne vous sauverait si Gilles était alerté ! »

Ce fut l'obscurité totale. S'y engloutirent le décor imposant de la cour d'honneur et le sinistre bûcher, dérisoire maintenant, mais qui stimulait la hâte de sortir des deux femmes. La porte pourtant ne s'ouvrait pas. Catherine entendait Jean de Craon respirer vite et fort et s'en inquiétait.

« Pourquoi n'ouvrez-vous pas ? demanda-t-elle.

— Parce que je réfléchis. Je dois changer mon plan initial. Les gardes de l'écurie vous verraient.

Ecoutez-moi bien. Je vais ouvrir et vous sortirez seules. La basse-cour n'est éclairée que vers les écuries et vers le poste de garde. Encore est-ce très peu. Vous longerez le mur jusqu'au renfoncement près de la poterne et là vous m'attendrez. Je vais me rendre ouvertement à l'écurie, prendre deux chevaux et je sortirai avec eux en disant que je vais à l'abbaye. Je vais parfois chercher l'abbé pour chasser le héron au petit jour, c'est la seule chasse que je puisse encore suivre. De plus, il n'est pas rare que je sorte la nuit. Mes insomnies sont connues et j'aime errer sur les bords de Loire. Vous vous glisserez dehors en même temps que les chevaux. Les hommes ne vous verront pas. Là, vous sauterez en selle et vous franchirez le pont. De l'autre côté de la langue de terre vous trouverez un passeur. A Montjean, vous serez en sûreté, à condition de ne pas vous attarder.

— Mais les gardes du pont ne nous laisseront pas passer.

— Si, ils vous laisseront passage si vous leur montrez ceci. »

Tout en parlant, il tirait de son doigt une bague. Catherine avait remarqué qu'il portait, comme tout seigneur, son sceau gravé sur un chaton de bague, mais que ce n'était pas toujours la même bague. Il en avait plusieurs, cornaline, sardoine, agate, onyx ou or gravé, et c'était sa coquetterie d'en changer. Elle sentit qu'il lui glissait la bague dans la main.

« Je ne pourrai vous la rendre, dit-elle.

— Gardez-la. C'est un bien faible dédommagement pour tout ce que vous avez enduré sous mon toit. J'ai de l'estime pour vous, dame Catherine. Vous êtes non seulement belle, mais encore courageuse, noble et droite. Je l'ai compris trop tard, sinon jamais je n'aurais obéi à Gilles. Voulez-vous me pardonner ? Cette nuit marque pour moi le début du temps des regrets et des pénitences. Dieu me punit cruellement, sachez-le. Il ne me reste, je le crains, que bien peu de temps pour tenter de détourner de moi sa colère.

— Mais, murmura Sara, comment rentrerez-vous, Seigneur ? Les hommes s'étonneront de vous voir revenir aussitôt et à pied.

— Il y a, près d'ici, un souterrain qui fait communiquer les caves du château avec la campagne. Je reviendrai par ce moyen.

— Pourquoi, dans ce cas, reprit Catherine, ne pas l'employer pour nous faire sortir ? Ce serait plus simple...

— Peut-être, mais, si je ne l'emploie pas, c'est pour deux raisons : la première est qu'il vous faut des montures et qu'aucun cheval ne peut prendre les souterrains. La seconde, ne vous offensez pas, est que je n'ai pas le droit de livrer à des étrangères les secrets de défense qui constituent la sécurité interne du château. Plus un mot maintenant, je vais ouvrir... Quand vous serez assez éloignées dans la cour, je rallumerai la torche. »

La petite porte s'ouvrit avec un très léger grincement, découpant, sur le ciel plus clair, une ogive basse.

« Allez !... souffla Craon. Suivez le mur à gauche. »

Les deux femmes, l'une soutenant l'autre, se coulèrent dans l'ouverture. Catherine tenait Sara par la taille et, de sa main libre, tâtait le mur. Ce n'était pas facile car elle était, de plus, encombrée de son balluchon. Sous sa main, la pierre était froide et humide. Elle trébucha sur le sol inégal, mais, peu à peu, ses yeux s'habituaient à l'obscurité.

Au bout de quelques minutes, une torche rougeoya sous l'arche de pierre qu'elles venaient de quitter. Jean de Craon la portait assez haut pour que son visage fût aisément reconnaissable. D'un pas ferme, il marchait vers l'autre bout de la cour.

« Voici l'encoignure », chuchota Catherine, sentant une dépression sous sa main.

Au-dessus d'elle, d'ailleurs, le surplomb du chemin de ronde mettait une ombre plus dense. Le pas lent d'un soldat se fit entendre et son cœur se remit à battre sur un rythme inquiet. Elle retint sa respiration, s'affolant de sentir Sara se faire plus lourde sur son bras. La malheureuse devait être au bord de l'épuisement. Le raclement des semelles ferrées avait cessé. L'homme devait être arrêté. Catherine l'entendit tousser. Puis il repartit et elle osa demander :

« Est-ce que tu es malade ? Tu sembles si faible.

— Voilà des nuits que je n'ai pas dormi, à cause des rats, et, depuis deux jours, je n'ai rien eu à manger. Et puis...

— Et puis quoi ? »

Catherine sentit que Sara frissonnait. Sa voix chuchotante, dans l'ombre, se fit sourde :

« Rien. Plus tard je te dirai... quand j'aurai la force. Moi aussi, je connais le secret du sire de Rais. Tu ne peux pas savoir comme j'ai hâte d'être loin d'ici, même si je dois pour cela me traîner sur les genoux. »

Sans répondre, Catherine appliqua brusquement sa main sur la bouche de Sara. Tout en parlant, elle avait suivi le parcours du vieux Craon. Elle l'avait vu se faire ouvrir l'écurie, en sortir à cheval, tenant une autre bête par la bride. Maintenant, il s'avançait vers elles, le pas des chevaux résonnant sur la terre durcie. Bientôt, il fut entre elles et le corps de garde d'où un homme sortait en courant.

« Ouvre ! cria Craon. J'ai affaire à l'abbaye.

— Bien, monseigneur ! »

La poterne s'ouvrit en grinçant, mais le petit pont s'abaissa sans bruit. Sans hésiter, Catherine entraîna Sara sous la tête même des chevaux, de façon que l'homme d'armes ne pût les voir de derrière quand il refermerait. Mais la nuit était si sombre qu'il ne pouvait les distinguer. Bientôt, elles eurent franchi les douves, prirent pied sur le pont-dormant. La voix du soldat leur parvint encore :

« Vous ne voulez point d'escorte, monseigneur ? La nuit est bien noire, il me semble.

— J'aime les nuits noires, tu devrais le savoir, Martin », répondit le vieux sire.

Le vent, venu de la Loire, se levait et Catherine l'aspira à longs traits. Il faisait plus froid que dans l'enceinte du château, mais cela sentait bon la campagne mouillée et surtout la liberté. Entraînant Sara qu'elle sentait trembler à son bras, elle dévala le chemin du village jusqu'à ce qu'elles ne fussent plus visibles du château. Le bruit paisible des sabots des chevaux résonnait d'une façon rassurante derrière elles, se rapprochant. Les deux femmes s'arrêtèrent à l'ombre du chevet de l'église, derrière un arc-boutant où, peu après, le vieux seigneur les rejoignit. Il sauta à terre.

« Il faut faire vite maintenant. Quelqu'un pourrait nous voir. Tenez, dame Catherine, je vous ai amené Morgane. J'ai cru remarquer que vous vous entendiez bien avec elle... et puis ce sera comme un présent d'adieu. C'est une bonne bête, solide et sûre. Maintenant, allez votre chemin et que Dieu vous garde ! »

A la lumière incertaine de la nuit, Catherine pouvait deviner les traits figés de Craon. Sa haute silhouette penchée la dominait et le vent faisait voltiger le pan de son chaperon. Elle murmura :

« J'ai peur pour vous, Seigneur. Quand « il » saura...

— Je vous ai déjà dit que je n'avais rien à craindre de lui. Et puis... quand bien même il s'en prendrait à moi. Je ne désire plus qu'une seule chose : le repos éternel... en souhaitant qu'il apporte l'oubli. »

Il y avait tant de désespoir dans sa voix que Catherine, oubliant ses rancunes passées, ne put s'empêcher de murmurer :

« Je ne sais pas ce qui est advenu cette nuit, messire, mais je voudrais pouvoir quelque chose...

— Rien ! Personne ne peut rien ! Ce que j'ai vu dans la chambre de Gilles dépasse en horreur tout ce qui se peut imaginer. Je suis un vieux guerrier, dame Catherine, et n'ai jamais été sensible, mais cette scène diabolique... ces hommes ivres et déchaînés, cette orgie dont le centre... »

Il retint encore un instant les mots qui se pressaient sur ses lèvres comme si leur son même l'épouvantait, puis :

« ... dont le centre était un enfant... un jeune garçon éventré dans le sang duquel Gilles se vautrait, assouvissant un monstrueux désir ! Voilà ce qu'est celui dont j'ai cru faire un homme, un guerrier ! Voilà ce qu'est Gilles de Rais qui eut droit d'entrer à cheval dans la cathédrale de Reims pour escorter la Sainte Ampoule ! Voilà ce qu'est mon petit-fils... un monstre vomi par l'enfer et promis à la damnation ! Mon petit-fils... le dernier de ma race ! »

Le sanglot qui brisa la voix du vieux seigneur

bouleversa Catherine. Pétrifiée d'horreur, elle écoutait mourir en elle l'écho de la révélation. Cet homme dont le seul crime réel avait été son amour insensé pour son petit-fils ne se relèverait jamais, elle le sentait, de cet écrasement. Elle le vit porter ses poings à ses yeux, les essuyer, mais avant qu'elle ait pu proférer une parole, il continuait, la voix rauque :

« Vous comprenez maintenant pourquoi je ne veux pas qu'un enfant voie le jour dans cette demeure maudite et déshonorée. Un Montsalvy ne doit pas naître sur un fumier !... Allez-vous-en, maintenant, madame, partez vite... Mais jurez-moi de ne jamais révéler à quiconque ce que je vous ai confié pour ma honte ! »

Catherine saisit la main ridée du vieil homme et la porta à ses lèvres. Elle était moite de larmes, mais, entre les siennes, elle la sentit frémir.

« Je le jure ! dit-elle. Nul ne saura jamais ! Merci pour moi, pour Sara et aussi pour mon enfant qui, grâce à vous, naîtra libre. Je n'oublierai pas ! »

Il l'interrompit d'un geste brusque.

« Si ! justement ! Il faut oublier... nous oublier au plus vite ! Notre maison est désormais maudite et s'en va vers son déclin. Vous, dame Catherine, il vous faut suivre votre chemin qui s'écarte du nôtre à tout jamais. Tâchez d'être heureuse ! »

Avant qu'elle ait pu répondre, Jean de Craon s'était fondu dans la nuit. Les deux femmes frissonnantes perçurent le bruit léger de ses pas qui s'éloignaient vers la forêt. Auprès d'elles, les chevaux grattaient la terre d'un sabot impatient. Catherine crispa sa main sur la bague qu'elle avait passée à son index droit comme pour y chercher le courage de franchir le pont gardé. Elle leva la tête vers le ciel où couraient les nuages. Le cri lugubre d'un engoulevent éveilla les échos endormis. Elle fixa son ballot à la selle de Morgane dont elle flatta doucement l'encolure et qui hennit sous sa caresse.

« Là... là... ma belle ! Nous allons partir tout de suite... Reste tranquille ! »

Pour Sara, le vieux sire avait choisi un cheval paisible et vigoureux, capable de porter aisément le poids déjà respectable de la Bohémienne. C'était une brave bête sans malice et douée d'une grande placidité qui répondait au nom sans éclat de Rustaud. La mauvaise jambe du vieux Craon expliquait largement, aux yeux du gardien d'écurie, le choix de cet animal, robuste mais dépourvu du prestige des fougueux destriers.

Non sans peine, Catherine, qui commençait à sentir sa fatigue, parvint à hisser Sara sur Rustaud puis escalada Morgane qui faisait décidément preuve, cette nuit-là, d'une exceptionnelle bonne humeur.

« Ça va ? demanda-t-elle tout bas à Sara.

— Ça va, répondit l'autre, mais j'ai hâte d'être de l'autre côté de l'eau... »

Lentement, au pas de leur monture, elles quittèrent l'abri de l'église, descendant vers le fleuve. La nuit tirait à sa fin et, bien que le jour fût encore assez éloigné, bientôt, la cloche de l'église s'ébranlerait pour appeler les fidèles à l'office nocturne qui marque le début du jour des Trépassés. Mais déjà la tourelle de garde du pont était là. Hardiment, Catherine poussa Morgane jusqu'à la chaîne, tendue pour la nuit, et appela :

« Holà ! L'homme de garde ! »

A l'intérieur, il y eut un grognement de mauvaise humeur. Puis la porte s'ouvrit, libérant la lueur d'une grosse chandelle au poing d'un soldat mal réveillé qui considéra Catherine avec des yeux clignotants.

« Ouvre ! ordonna-t-elle. Je dois passer ! Ordre de Mgr Jean de Craon ! »

L'air froid, sans doute, avait suffisamment réveillé l'homme pour qu'il examinât Catherine avec plus d'attention.

« Qu'est-ce que Mgr Jean peut bien envoyer faire à une femme de l'autre côté de ce pont ? Qui êtes-vous ? Et l'autre, là, qui c'est ? Votre suivante ?

— Cela ne te regarde pas, maraud ! Je t'ai dit d'ouvrir, ouvre ! Regarde ceci, puisque tu ne me crois pas, et souviens-toi que chaque minute de retard apportée à mon voyage se traduira sur ton dos en coups d'étrivière. »

D'un geste hautain, elle mit sa main droite sous le nez de l'homme, afin qu'il pût bien voir le cachet de sardoine. Confus, il recula, enfonça son casque sur sa tête et se hâta d'aller soulever la chaîne.

« Excusez, noble dame, mais vous comprendrez que je suis obligé à quelque méfiance. Mon poste est un poste de confiance et...

— Je sais. Bonne nuit à toi ! »

Elle passa, Sara sur ses talons. Les planches du pont résonnèrent sous les petits sabots de Morgane, mais le bras de Loire n'était pas large et, bientôt, ce fut la terre dure d'un chemin qu'ils foulèrent allégrement. La poitrine de Catherine se dégonfla d'un énorme soupir.

« Plus vite !... Il nous faut aller plus vite », dit-elle en mettant sa jument au trot.

La langue de terre qui s'allongeait entre les deux bras du fleuve fut rapidement franchie et, bientôt, on fut au bac du passeur qui, seul, assurait la liaison avec le port de Montjean, à travers la plus large partie de la Loire. Une cabane en rondins servait d'abri au nautonier, édifiée sur la prairie en haut de la grève. Catherine constata avec plaisir que la grande barque plate était tout justement amarrée de ce côté-là. Entrer dans la cabane, éveiller le bonhomme, fut l'affaire d'un instant.

« Vite ! dit-elle. Il nous faut passer, ma servante, mes chevaux et moi. Je dois voir le sénéchal de Montjean, Martin Berlot, le plus vite possible.

— Mais, dame... à cette heure, le château est fermé. Vous n'entrerez pas dans Montjean. »

Comme il finissait de parler, la cloche de l'église de Champtocé commença de sonner en glas. Les sons lugubres s'égrenèrent sinistrement dans la nuit humide. Un instant plus tard, celle de Montjean, au timbre plus aigre, lui répondit au-delà de l'eau noire. Sur les nerfs trop tendus de Catherine, le tintement funèbre passa comme une râpe. Elle faillit crier. Cela voulait dire qu'il était près de cinq heures, que, dans le château de Gilles de Rais, on allait bientôt s'éveiller, s'apercevoir de leur fuite. Et tant qu'elles n'auraient pas franchi la Loire, il était encore possible de les reprendre. De ce côté-ci, sur la langue de terre, elles étaient toujours sur le domaine de leur bourreau. L'ombre menaçante du bûcher repassa devant les yeux de Catherine.

« Il est cinq heures, dit-elle. Les gens de Champtocé vont se rendre à l'église comme ceux de Montjean. Tu peux nous passer, bonhomme. Les villes ouvrent plus tôt ce matin. C'est le jour des Morts. Et puis... »

Elle fouilla dans sa bourse, en tira une pièce d'or qu'elle fit luire à la lueur fumeuse du quinquet brûlant à l'intérieur de la cabane.

« Tiens, acheva-t-elle en mettant la pièce dans la

main calleuse. C'est pour toi. Mais, pour Dieu, fais vite ! »

Des pièces d'or, le passeur savait bien qu'il en existait, mais il n'en avait jamais vu de près. Pareille aubaine était trop inespérée pour qu'il résistât. Endossant une veste sans manches en peau de mouton, il descendit vers le bac.

« Ils se tiendront tranquilles, vos chevaux ?

— J'en réponds... Va toujours ! » répondit Catherine, les yeux sur la tour de guette du château.

Quelques instants plus tard, la grande barque plate quittait le bord, et Catherine, les brides des deux chevaux réunies dans sa main, regardait s'élargir le ruban d'eau sombre entre le bordage et la rive. Le fleuve était gros, mais relativement paisible, et l'homme maniait vigoureusement sa longue perche. Sara, à bout de forces, s'était laissé tomber à terre, les genoux repliés, entre les jambes des chevaux.

Comme on en arrivait à l'heure qui précède le lever du jour, la nuit se chargeait de brouillard et semblait se faire plus opaque encore. Un instant, la jeune femme craignit que le passeur ne dérivât de sa route, mais il avait pour lui la longue habitude et connaissait le fleuve comme sa barque elle-même. Au bout d'un moment qui parut interminable aux deux fugitives, des silhouettes de navires se dégagèrent de l'ombre, des mâts dépouillés aux voiles ferlées, les flèches des huniers noirs et la tour trapue d'une église, les angles durs des toits de Montjean. Un petit château aux tours crénelées gardait le port fluvial. Quelque part, un coq chanta. Puis il y eut le clapotis de l'eau contre un quai de pierre. Un escalier sortit de la nuit auprès d'un gros anneau rouillé.

« Voilà, fit le passeur. Vous êtes arrivées. »

UNE heure plus tard, dans le logis du sénéchal de Montjean, Catherine et Gauthier tenaient conseil autour d'une table garnie. Sara, épuisée par les privations et l'angoisse des dernières heures, s'était endormie sur un banc devant le feu, d'un sommeil lourd. Parfois, un léger ronflement rappelait sa présence. Par-dessus la table chargée de viande froide, de pain et de fromage, Gauthier, une lueur de joie mêlée d'inquiétude dans ses yeux clairs, regardait Catherine. La fatigue s'imprimait durement sur le visage de la jeune femme. De larges cernes bleuâtres marquaient ses yeux, deux plis de lassitude se dessinaient aux coins de sa bouche et son teint pâle avait des reflets de cire sous la lumière des chandelles. Au-dehors, le jour commençait à poindre. Le ciel, du côté de l'Orient, était d'un gris sale. Debout près de l'unique fenêtre, un pied sur un tabouret, Martin Berlot, le sénéchal, regardait ses hôtes. C'était un homme petit et rond dont l'aspect était celui d'un paysan aisé. On ne pouvait pas lire grand-chose sur sa face placide dont le principal ornement était un nez si bourgeonnant qu'il semblait multiplié par trois. Mais les yeux bruns avaient de la vivacité.

Le sénéchal ne parlait guère. Il préférait écouter et, depuis que Catherine était arrivée, il ne s'était pas mêlé à la conversation. Mais, comme la jeune femme, poussée sans doute par sa fatigue, semblait hésiter sur le parti à prendre, souhaitant visiblement s'accorder un peu de repos, il murmura avec un regard au ciel moins noir :

« Si j'étais vous, noble dame, je partirais d'ici... et sur l'heure. Quand on saura que vous avez passé le pont, et on le saura avant qu'il soit longtemps, on enverra à votre poursuite. Ici... il ne sera guère possible de résister si Mgr Gilles décide de vous reprendre de force.

— Pourtant, fit Catherine, il n'est pas venu reprendre Gauthier.

— Parce qu'il le croit mort et a toujours ignoré qu'il était ici. Personne ne l'a vu arriver. Mais vous, c'est différent. Le garde du pont parlera. Et, cette fois, messire Jean ne pourra rien pour vous. Il faut fuir, dame, pendant qu'il en est encore temps ! Ce n'est pas que je vous refuse asile, mais j'ai charge de ce village, de ce château et n'ai point les forces nécessaires pour résister. Il faut que vous soyez loin quand les gens de Rais viendront me demander des comptes. Bien sûr, vous êtes lasses, vous et cette femme. C'est trop visible, mais c'est l'affaire d'un peu plus de deux lieues. En remontant la Loire, vous trouverez Chalonne, qui est terre de Mme la duchesse d'Anjou.

— La duchesse est en Provence et ne peut rien pour moi. En son absence, personne ne m'accueillera en Anjou. »

Avec accablement, elle laissa tomber sa tête dans ses mains. Tout à l'heure, dans sa joie de fuir, elle avait oublié les menaçantes paroles de Gilles, mais maintenant elles revenaient, ces paroles, dans toute leur dangereuse signification. Sur les terres du roi, comme sur celles de Yolande sans doute, elle était maintenant un gibier traqué. Arnaud pourrissait dans les geôles de La Trémoille et le bras du tout-puissant seigneur pouvait l'atteindre, elle, chétive, à chaque pas qu'elle ferait dans ces régions.

« De toute façon, reprit Berlot dont le souffle s'écourtait et qui regardait de plus en plus souvent vers la Loire, à Chalonne, vous vous rendrez auprès du prieur de Saint-Maurille. Il vous accueillera et vous trouverez chez lui le repos d'un moment. Vous devez bien savoir que terre d'Eglise est terre d'asile.

— L'Eglise, marmonna Gauthier entre ses dents... toujours l'Eglise ! »

Mais Catherine, s'appuyant des deux mains à la table, se levait péniblement. Elle avait bien saisi le début d'affolement dans la voix de Berlot. Le sénéchal avait peur. Il ne pensait qu'à une chose : il fallait que les hôtes indésirables eussent disparu de son horizon quand paraîtraient les hommes de Gilles, afin qu'il pût les laisser se livrer à une visite domiciliaire convaincante.

« C'est bon, fit-elle avec un soupir, nous partons. Réveille Sara, ami Gauthier, si toutefois tu y parviens. »

Elle fit quelques pas dans la pièce nue, alla elle aussi regarder le ciel qui s'éclairait maintenant avec une rapidité inquiétante, puis s'étira pour chasser la lourdeur de ses membres. Cependant, Gauthier, qui ne parvenait pas à éveiller Sara, avait pris le parti de l'enlever purement et simplement et de la jeter sur son épaule. Il tourna vers Berlot son regard froid.

« As-tu un cheval pour moi ? »

L'autre fit la grimace.

« Je n'en ai qu'un : le mien. Et je dois le garder... Mgr Gilles trouverait étrange...

— Il y a des moment où je me demande, repartit le Normand avec un pli méprisant au coin des lèvres, pourquoi tu ne passes pas la Loire. Dis-moi un peu de qui tu as le plus peur : de Gilles de Raís ou de la dame de Montjean qui déteste son gendre... à moins que ce ne soit de la dame de Craon ?

— Du diable ! fit Berlot de mauvaise humeur.

Mais je lui saurai gré le jour où il t'emportera.

— Amen ! dit Gauthier qui commençait à se trouver des connaissances ecclésiastiques. En route, dame Catherine ! Le cheval de Sara semble assez solide pour nous porter tous les deux. D'ailleurs, dans l'état où elle est, la malheureuse serait bien incapable de se tenir en selle. Il faudrait lui taper la tête contre les murs pour l'éveiller. »

Devant la porte du châtel, ils retrouvèrent Morgane et Rustaud que l'on avait nourris et abreuvés. La petite jument hennit de plaisir à revoir sa maîtresse et piaffa, impatiente de galoper. Avec d'infinies précautions, après avoir installé Sara toujours endormie sur Rustaud, Gauthier aida Catherine à se mettre en selle, puis enfourcha à son tour sa monture. Rustaud se comporta vaillamment et ne broncha pas sous le poids du géant.

« Je crois que ça ira », dit le Normand avec satisfaction.

Il emplit sa vaste poitrine d'une grande goulée d'air puis s'écria joyeusement :

« Par les runes ! Je suis content de quitter ce maudit pays. Où que nous allions, dame Catherine, nous n'y serons pas en plus mauvaise compagnie. En avant ! »

Un cri d'angoisse poussé par Berlot lui répondit :

« Les hommes de Rais ! Les voilà ! Partez... mais partez donc ! »

En effet, le bac du passeur, chargé de soldats, dérivait au plein du courant. Une dizaine de cavaliers, qui avaient choisi de franchir le fleuve à la nage, les entouraient et Catherine, mordue par une terreur folle, reconnut les huques violettes du sire de Rais à leur tête... S'ils les avaient vus, ils étaient perdus, mais le sénéchal, vert de peur, hoquetait :

« Faites le tour par cette ruelle. Ils ne vous verront pas et vous gagnerez la campagne sans être aperçus. J'essaierai de les retenir autant que je pourrai.

— Si tu n'avais pas tellement peur pour ta peau, goguenarda Gauthier, je dirais que tu es un brave homme ! Adieu, Martin. On se reverra peut-être un jour. »

Mais déjà Catherine avait talonné Morgane et s'engouffrait dans la ruelle en pente. Au risque de se rompre le cou, elle prit le galop aussitôt. Les sabots de Morgane claquaient joyeusement sur la terre battue du chemin et, derrière elle, la jeune femme pouvait entendre le galop pesant de Rustaud. Bientôt, ils furent dans un petit bois, hors de vue de Montjean. Le chemin s'écartait du bord de Loire et plongeait à travers les branches dépouillées pour devenir une invraisemblable fondrière boueuse. Gauthier rejoignit Catherine et se mit à sa hauteur.

« Je pensais, fit-il sans cesser de galoper. Si nous retournions à Orléans ? Maître Jacques Boucher, bien certainement, vous accueillerait. Vous avez là des amis solides.

— En effet, dit Catherine, mais le trésorier Jacques Boucher est, avant tout, un solide, un fidèle sujet du roi Charles. C'est un homme rigide et droit comme une lame d'épée. Il ne résisterait pas, quelque amitié qu'il ait pour moi, à un ordre de son souverain. Or, si j'ai bien compris, et même si Jacques Boucher l'ignore, le roi, c'est La Trémoille.

— Où aller alors ? J'espère que vous ne songez pas à vous précipiter tête première, et dans l'état où vous êtes, à Sully-sur-Loire ? Vous devez vivre, madame, si vous voulez venir à bout de vos ennemis.

— Il m'importe peu de les vaincre ou non, répondit Catherine, les lèvres serrées. Mais il y a Arnaud... il y a mon enfant. Je pourrais retourner en Bourgogne où j'ai des amis, où je trouverais une sûreté relative, mais ce serait me séparer d'Arnaud. Il faut que je reste sur les terres du roi Charles au risque de tomber aux mains de son favori. Il faut que quelqu'un nous accueille, nous cache et me permette d'atteindre d'une façon ou d'une autre ceux qui pourront efficacement nous aider : les compagnons d'armes de messire de Montsalvy, les capitaines du roi qui, tous, haïssent La Trémoille.

— Et ce refuge, vous savez où le trouver ? »

Catherine ferma les yeux un instant comme pour rappeler un visage du fond de sa mémoire.

« Si je sais juger un homme à son poids réel, je crois que oui. Si je me suis trompée, alors il n'y aura plus ni recours ni salut pour moi. Mais je ne me trompe certainement pas.

— Ainsi nous allons ?

— A Bourges. Chez maître Jacques Cœur. »

Les cavaliers sortaient du bois. Une étendue plate et herbeuse, à la gauche lointaine de laquelle luisait le fleuve, s'allongeait devant eux sous le gris monotone du ciel. Catherine et Gauthier s'y lancèrent éperdument.

DANS le fond de sa pensée, Catherine s'était parfois demandé si sa situation personnelle était si mauvaise que Gilles de Rais avait bien voulu le lui dire et si l'étrange seigneur n'avait pas intentionnellement noirci le tableau afin de mieux la tenir à sa merci. Mais ce n'était là qu'un faible espoir. Les paroles de Gilles rendaient ce son inimitable que possède la seule vérité. Elle en eut d'ailleurs assez promptement l'inquiétante confirmation.

Pour se mettre à l'abri des surprises, elle avait décidé, de concert avec Gauthier, que l'on voyagerait la nuit, malgré les dangers de mauvaises rencontres que cela pouvait comporter, et que l'on se tiendrait cachés le jour. Il y avait à cette décision plusieurs raisons, dont la première était une plus grande sécurité vis-à-vis des gens du roi, la seconde le fait que les nuits en ce triste mois de novembre étaient infiniment plus longues que les jours, et la troisième que le chemin vers Bourges ne présentait aucune difficulté à suivre, même la nuit. Il suffisait de remonter la Loire, puis le cours du Cher qui amènerait les voyageurs non loin de leur destination dernière. On passa donc le jour des Morts à Chalonne, où le Prieur accueillit chrétiennement ces étrangers qui demandaient asile, mais on quitta l'abri de Saint-Maurille à la nuit close. Jusqu'au lever du jour, on fit près de vingt lieues, ce qui représentait pour Rustaud, doublement chargé, une sorte de record. Mais, quand le paysage se dégagea des brumes matinales, il révéla les clochers, les tours, les lanternes ajourées, les rudes murailles et les immenses toits d'une énorme abbaye plantée au confluent de la Loire et de la Vienne. L'ensemble était si imposant que Catherine hésita à s'avancer et, comme un paysan, sa houe sur l'épaule, débouchait d'un layon, elle le héla :

« Brave homme, cette abbaye est grande et belle, il me semble. Quel est son nom ?

— Dame, fit le bonhomme en tirant son bonnet, c'est la royale abbaye de Fontevrault dont madame l'abbesse est cousine du roi Charles que Dieu nous veuille garder.

— Merci, murmura la jeune femme, tandis que le paysan remettait son couvre-chef et s'éloignait.

Le coup d'œil qu'elle échangea avec Gauthier en disait long et traduisait leur pensée commune. Certes, une abbaye est lieu d'asile, maison de Dieu, mais pouvait-elle s'aventurer sans crainte dans cette pieuse forteresse renommée pour servir de refuge... obligatoire souvent, aux reines répudiées, aux filles de grandes familles indésirables, aux princesses montées en graine et dont l'abbesse était toujours choisie dans les maisons, sinon royales, du moins princières ? Cinq communautés dépendaient de la crosse hautaine de l'abbesse de Fontevrault, plus un hôpital et une léproserie et, chose étrange, sur ces communautés, trois étaient masculines. Les luttes intestines de Fontevrault étaient célèbres et Catherine songea qu'il eût été téméraire de mettre le pied dans cet admirable et noble guêpier.

« Je pense, conclut-elle enfin, qu'il nous faut chercher quelque hutte de charbonnier pour y passer le jour. »

La chose se trouva sans peine. On passa là une journée paisible grâce à Gauthier qui réussit à capturer un lièvre et le fit rôtir sur un feu de branches mortes pour la plus grande satisfaction de ses compagnes. Dans la forêt, le Normand était chez lui et n'était jamais en peine pour se sortir d'affaire. La nourriture des bêtes était assurée par un sac de fourrage que l'on devait à la munificence de Martin Berlot et que Morgane, non sans dédain, acceptait, bon gré mal gré, de porter en surplus de Catherine. Quand l'ombre s'étendit sur la profonde forêt, on regagna le bord du fleuve en contournant à distance respectueuse les bâtiments de l'abbaye. Mais, cette fois, la nuit ne se passa pas sans incident. D'abord, les voyageurs se trompèrent de rivière et suivirent le cours de l'Indre au lieu de celui du Cher. Mais on parvenait juste à retrouver le bon chemin quand Rustaud, qui arrivait à bout de souffle, se mit à boiter.

« Il faudra nous arrêter à la première maison pieuse rencontrée, fit Catherine inquiète. Cette bête a besoin de soins. »

Mais c'était plus facile à dire qu'à faire. Ils n'avaient rien trouvé quand, le jour levé depuis un bon moment, ils arrivèrent en vue d'un gros village. La faim commençait à se faire sentir et il fallait trouver à manger pour les humains comme pour les bêtes.

« Nous sommes loin de Champtocé, dit Gauthier. Peut-être pouvons-nous courir le risque d'entrer dans ce bourg et de chercher quelque nourriture ?

— Essayons », répondit Catherine qui souffrait de crampes douloureuses et de pénibles brûlures d'estomac. Son état la sensibilisait de façon inquiétante et elle éprouvait un besoin impérieux de repos et de calme. En elle, l'enfant s'agitait d'une façon désordonnée qui l'effrayait.

Mais, comme les chevaux allaient franchir les premières maisons du village, un appel de trompe vint crisper les ners tendus de la jeune femme. Gauthier, qui allait en tête, s'arrêta, se tourna sur sa selle, écartant légèrement Sara qui voyageait les bras passés autour de lui.

« Dame Catherine, dit-il, tout le village est sur la place que l'on voit au bout de ce chemin. Ils écoutent un héraut en cotte bleu et or qui déroule un parchemin. »

En effet, la voix forte d'un homme parvenait à

Catherine, claire dans le silence glacial du matin, nette et menaçante à la fois.

« Bonnes gens ! criait le héraut. Par ordre de notre sire le roi Charles, Septième du nom, que Dieu aide, on vous fait savoir que deux criminelles en fuite parcourent actuellement votre région. L'une, Catherine de Brazey, est accusée d'intelligence avec l'ennemi ainsi que du crime affreux d'avoir détourné de ses devoirs pour le conduire chez l'Anglais l'un des capitaines du roi, l'autre est une sorcière de Bohême nommée Sara, condamnée au bûcher pour ses charmes et maléfices. Toutes deux sont échappées des geôles de Mgr Gilles de Rais, maréchal de France. L'une des femmes est blonde et grosse de plusieurs mois. L'autre très brune. Elles ont, en outre, volé les chevaux sur lesquels elles ont pris la fuite : un percheron de poil roux et une haquenée blanche. Vingt pièces d'or seront comptées à quiconque donnera une piste sérieuse. Une récompense de cent pièces d'or sera comptée soit par Mgr de Rais à Champtocé, soit par Mgr de La Trémoille à Loches à quiconque livrera vivantes ces deux femmes. Il y va de la corde pour quiconque les aidera ou leur donnera asile. »

Rigide sur sa selle, comme frappée par la foudre, Catherine entendait encore la voix rude de l'homme alors même qu'elle s'était tue. Elle pouvait l'apercevoir au bout de l'enfilade basse des chaumières, roulant d'un geste las son parchemin et le remettant sous son tabard fleurdelysé. Il fit tourner son cheval et se dirigea vers l'autre extrémité du village. Les paysans allaient se débander quand Gauthier, prompt comme l'éclair, arracha la bride des mains de Catherine et l'entraîna à vive allure vers le bois de chênes aux épais fourrés d'où ils venaient de sortir. Inerte, les yeux pleins de larmes, envahie d'un affreux découragement, elle se laissa emmener. Criminelle ! Elle était maintenant une criminelle recherchée, un gibier à la portée du premier braconnier venu. Qui donc résisterait, pour l'amour d'elle et de l'humanité, à cet appât de l'or si rare dans ces années de misère ?

Quand on fut sous le couvert des arbres, avec une bonne épaisseur de bois entre lui et le village, Gauthier s'arrêta, sauta à terre et tendit les bras à Catherine pour qu'elle s'y laissât glisser. Il dut presque l'arracher à sa selle car elle sanglotait comme une petite fille, à bout de nerfs, à bout de courage, à bout de fatigue.

« Tue-moi, Gauthier, hoquetait-elle nerveusement, tue-moi ! Ce sera tellement plus simple, tellement plus rapide... Tu as entendu ? Par tout le royaume, on va me chercher, comme une criminelle...

— Et alors ? Qu'est-ce que cela prouve ? grogna le Normand en la berçant comme une enfant contre sa large poitrine. Que votre Gilles de Rais a réussi à prévenir son « beau cousin » La Trémoille et qu'ils vous donnent la chasse ? Mais vous le saviez déjà ! Allons, dame Catherine, vous n'en pouvez plus et le discours de ce bavard a été la goutte d'eau qui fait déborder le vase. Il faut vous reposer un moment d'abord, réfléchir ensuite. Pensez-vous que cette proclamation puisse empêcher celui chez qui nous allions de vous venir en aide ? »

Elle leva sur le menton mal rasé du géant un regard noyé de pleurs.

« Je... je ne sais pas ! Je ne crois pas, mais...

— Pas de mais ! Donc, nous allons toujours à Bourges. Le tout est d'y arriver. Il y a une chose à laquelle vous ne pensez pas.

— Laquelle ?

— C'est que ce maudit parchemin signale deux femmes. Et non pas trois personnes. De moi, il n'est pas question. J'ai donc mes coudées franches et c'est déjà beaucoup. D'autre part, il y a certaines modifications que l'on peut apporter. »

Remettant Catherine à Sara qui avait déjà disposé les manteaux sous le tronc penché d'un gros chêne, le Normand tira son poignard et s'approcha de Morgane avec un soupir énorme.

« Pour Dieu, que vas-tu faire ? cria Catherine brusquement ranimée.

— La tuer, bien sûr, répliqua Gauthier sombrement. Ça me fait peine, mais cette jolie petite jument proclame qui vous êtes mieux qu'une bannière... »

Avec une vivacité dont elle se serait crue incapable l'instant précédent, Catherine bondit et se pendit au bras noueux du Normand.

« Je ne veux pas ! Je te l'interdis... Tuer cette bête nous apporterait le malheur, j'en suis certaine. J'aime mieux être prise par elle que sauvée par sa mort. »

Morgane, de son côté, avait regardé Gauthier d'un air mi-inquiet mi-furieux. Elle opta finalement pour la colère et se mit à encenser dangereusement, mais déjà Catherine avait saisi sa bride et lui parlait doucement.

« Calme-toi, ce n'est rien... Tu n'as rien à craindre de nous, ma belle ! Allons, sois sage... »

Peu à peu, la petite jument se calmait. Elle finit par se tenir tranquille, appliquant en manière de pardon un large coup de langue sur le front de Catherine. Gauthier regardait la scène d'un air mécontent.

« Vous n'êtes pas raisonnable, dame Catherine.

— Peut-être, mais elle m'aime. Je ne veux pas qu'on tue une bête qui m'aime. Il faut comprendre... cria-t-elle prête à pleurer encore.

— C'est bon. Dans ce cas, restez ici. Nous sommes assez loin du village. Personne, je pense, ne viendra vous y chercher. Moi, pendant ce temps, je vais voir ce que je peux faire.

— Tu nous laisses ? s'écria la jeune femme tout de suite alarmée.

— Vous avez faim, non ? Et puis il faut que je trouve moyen de changer votre aspect suffisamment pour que vous ne risquiez rien jusqu'à Bourges. Vous allez dormir en m'attendant. Quant à vous, dame Sara, comment vous sentez-vous ?

— Comment voulez-vous que je me sente ? bougonna la bohémienne. Très bien, naturellement, tant qu'on ne parle pas de me faire rôtir.

— Alors prenez ça ! Et n'hésitez pas à vous en servir au cas où un curieux s'approcherait de trop près. »

« Ça », c'était le large couteau qui ne quittait pas la ceinture du géant. Sara prit l'arme sans montrer le moindre émoi et la glissa à sa propre ceinture, aussi calmement que s'il se fût agi d'une fleur fraîchement coupée.

« Comptez sur moi ! affirma-t-elle. Personne n'approchera. »

CATHERINE s'endormit d'un sommeil de bête harassée. Quand elle s'éveilla, la lumière avait baissé considérablement et Gauthier, penché sur elle, la secouait doucement.

« Hé... dame Catherine... Eveillez-vous ! Il est temps ! »

Un peu plus loin, Sara, assise sur un tas de feuilles, tournait gravement une broche improvisée sur laquelle rôtissait une volaille. Cette vue, jointe au bon repos que lui avait procuré son sommeil, rendit à Catherine son courage. Sara auprès d'un feu, faisant cuire quelque chose, c'était l'un de ses plus vieux souvenirs d'enfance et cela évoquait les temps paisibles en même temps que les mystérieuses racines d'une immuable affection. Elle se releva prestement, sourit à Gauthier.

« Cela va mieux ! dit-elle.

— J'en suis heureux. Mettez cela, maintenant. Ensuite, nous mangerons. »

Il offrait quelque chose de sombre et de lourd. En tendant la main, Catherine toucha une étoffe grossière qu'elle déploya sans comprendre.

« Qu'est-ce que c'est ? »

Gauthier eut un sourire féroce qui fit étinceler ses dents blanches et briller ses yeux.

« Un froc de moine. J'en ai un autre pour Sara. Une chance que j'aie rencontré ces deux frères mendiants avant qu'ils entrent au village ! »

Catherine se sentit pâlir. Elle se souvint avec terreur de l'étrange religion de son compagnon. Gauthier était païen. Pour lui, ni Dieu ni ses serviteurs ne représentaient quoi que ce soit. Une pensée terrible la traversa et elle laissa tomber la robe. Le Normand se mit à rire, ramassa l'objet et de nouveau le lui tendit.

« Non, je ne les ai pas tués, rassurez-vous ! Seulement un tout petit peu assommés et abandonnés dans un coin tranquille. Ils n'auront sûrement qu'une hâte, celle de rentrer à leur couvent, et ne se présenteront en aucun cas au village.

— Et pourquoi donc ?

— Parce que je ne leur ai rien laissé sur le dos. Ils sont aussi nus qu'un poisson au sortir de la rivière », acheva Gauthier avec tant de sérieux que Catherine ne put s'empêcher de rire. Sans plus discuter, elle enfila la longue et épaisse robe brune, serra la corde autour de sa taille. Le Normand la regardait faire d'un air approbateur.

« Vous avez l'air ainsi d'un moinillon rondouillard ! » commenta-t-il avant de s'éloigner vers les chevaux.

Tandis que Sara et Catherine se restauraient en dévorant la poule qu'il avait dû voler dans quelque ferme, il se livra sur Morgane indignée à une opération qui était tout juste le contraire d'une toilette. Il enduisit soigneusement de la boue grasse d'un ruisseau qui coulait tout auprès une bonne partie du corps de l'animal qui, d'ailleurs, avait quelque peu perdu de sa blancheur initiale grâce à la poussière et aux éclaboussures fangeuses des chemins. Figée d'horreur devant une telle injure, la petite jument se laissait faire. Elle se trouva bientôt transformée en un curieux animal sans couleur définie, tirant à la fois sur le jaune et sur le gris sale.

« Espérons qu'il ne pleuvra pas trop et que ça tiendra jusqu'au bout », dit le Normand en se reculant pour mieux juger de l'effet produit à la manière d'un peintre qui contemple son œuvre. Catherine, amusée, pensa que son prestigieux ami Van Eyck faisait exactement cette figure quand il regardait, tête penchée, yeux clignés et tous les traits contractés, l'une de ces merveilleuses Vierges pour lesquelles, si souvent, elle avait servi de modèle.

Ceci fait, Gauthier dévora le reste du poulet, but un coup d'eau claire et empoigna Catherine pour la remettre en selle.

« Allons, mon révérend père, reprenons notre chemin ! dit-il gaiement. Le Diable lui-même ne pourrait pas vous reconnaître ainsi attifée ! Et quand je dis le Diable, je pense messire Gilles de Rais, le seigneur à la barbe bleue ! »

Le soir tombait. Les notes grêles de l'angélus leur parvinrent, portées sur la cime des arbres. Le poids de terreur qui avait écrasé le cœur et le souffle de Catherine s'envolait progressivement. La robe du moine sentait terriblement la sueur et la crasse, mais elle était chaude et tellement épaisse qu'il fallait sans doute une pluie torrentielle pour parvenir à la transpercer. Catherine put d'ailleurs s'en convaincre car, au moment où les trois voyageurs sortaient des fourrés, quelques gouttes se mirent à tomber du ciel noir. Elle baissa le capuchon. Il engloutissait facilement sa tête et son visage jusqu'au menton, puis elle retroussa les manches trop longues qui la gênaient. Elle se sentait là-dedans comme l'escargot dans sa coquille, protégée sinon invisible.

« Seigneur ! marmotta-t-elle tout bas, pardonnez à Gauthier l'affreux sacrilège qu'il a commis en s'emparant des robes de vos saints moines. Considérez seulement qu'il a voulu sauver nos vies menacées et... et faites que vos serviteurs ne prennent pas froid dans la campagne avec cette pluie qui vient. »

Après quoi, l'âme en paix, elle mit Morgane au trot et rattrapa Gauthier qui avait déjà pris de l'avance.

DEUXIÈME PARTIE

LE SCEAU MAUDIT

CHAPITRE PREMIER

LE PELLETIER DE BOURGES

Le dernier coup de vêpres sonnait à la tour romane de l'église Saint-Pierre-le-Guillard et le jour était presque complètement éteint quand Catherine, Sara et Gauthier parvinrent enfin au bout de leur voyage. Devant eux, à l'angle de la rue d'Auron et de la rue des Armuriers, se dressait la maison de Jacques Cœur. Une grande maison faite de trois corps de bâtiments sous trois toits pointus. Le magasin tenait tout le rez-de-chaussée de l'angle, mais les volets de chêne, noircis par le temps, étaient déjà mis. La rue était obscure car, depuis la porte d'Auron, un seul pot à feu brûlait devant une statue de saint Ursin.

Le cœur de Catherine cognait encore de l'angoisse qui l'avait serré en passant le corps de garde à la porte de la ville. Sur les murailles claquait l'étendard royal, preuve que le roi Charles VII et par conséquent la Trémoille étaient dans la cité. De plus, elle avait assez longtemps séjourné à Bourges pour risquer d'être reconnue. Mais, pour franchir le lacis de ruisseaux et de marais qui précédait immédiatement les anciens avant-postes gallo-romains, pour avoir le courage d'avancer jusqu'aux tours de la porte Ornoise, elle avait tiré son capuchon de moine sur son visage jusqu'à ne plus avoir dans son champ de vision que les oreilles de Morgane. Elle mourait de peur d'échouer en arrivant au but et sa main serrait convulsivement, sous la bure de la robe, le reliquaire de saint Jacques... Crainte vaine, d'ailleurs : soit fatigue, soit indifférence, soit désir de regagner au plus vite le corps de garde bien chauffé et d'oublier ce crépuscule chargé de brume, les soldats n'avaient pas prêté attention à ces deux moines escortés d'un paysan qui leur avaient déclaré se rendre au couvent des Jacobins. Mais il était temps ! A peine eurent-ils franchi la porte que Catherine et ses compagnons entendirent le tintamarre du pont-levis que l'on relevait. La ville fermait ses portes pour la nuit...

Dans la rue qui remontait vers la masse orgueilleuse du palais royal, il n'y avait que peu de monde. Les trois voyageurs étaient passés inaperçus des quelques ménagères attardées et des deux ou trois bourgeois qui achevaient de traiter quelque affaire au seuil d'une boutique. Par prudence, cependant, Catherine fit arrêter les chevaux à distance du magasin tout en le désignant du menton à Gauthier.

« C'est là ! dit-elle.

— Mais la maison est fermée !

— Le magasin, sans doute, car il est tard, mais

il y a de la lumière aux étages. Le couvre-feu n'est pas encore sonné. D'ailleurs, il me semble voir filtrer sous la porte un rayon lumineux. »

Comme pour lui donner raison, la porte s'ouvrit à cet instant précis, libérant la lumière jaune qui coula jusqu'au milieu de la rue. Deux hommes portant de longues houppelandes fourrées parurent sur le seuil. L'un était grand et mince, l'autre petit et replet, mais Catherine reconnut aussitôt le premier dont le profil net se détachait vigoureusement sur l'intérieur éclairé.

« Maître Cœur ! souffla-t-elle à Gauthier. Le plus grand ! »

Tout en parlant, elle se laissait glisser à bas de sa monture et s'approchait doucement, en prenant bien soin de rester dans l'ombre épaisse des maisons. Sur le seuil, le pelletier prenait congé de son visiteur.

« C'est donc entendu. Je vous ferai porter dès demain ces dix peaux de vair de Mongolie, maître Lallemand. Ce seront les dernières que je pourrai vous fournir avant longtemps. Dieu sait dans combien de temps les Vénitiens pourront nous en faire passer ! »

Le petit gros répondit quelque chose que Catherine ne comprit pas, toucha son chaperon de drap noir et s'éloigna par la rue des Armuriers. Catherine, alors, prit son courage à deux mains et, sans réfléchir davantage, presque sans respirer, se jeta en avant. Elle arrêta le pelletier comme il allait rentrer.

« Maître Jacques, dit-elle d'un voix enrouée d'émotion, voulez-vous tendre à une proscrite une main secourable ? »

Tout en parlant, elle tirait en arrière son capuchon, relevant son visage pâle, ses yeux sombres tirés par la fatigue. Les chandelles qui brûlaient dans la boutique accrochèrent un reflet à ses cheveux blonds, cependant impitoyablement tirés en arrière. Les yeux de Jacques Cœur s'agrandirent. Il eut un haut-le-corps.

« Sang du Christ ! La dame de... »

Il se mordit la lèvre puis, sans perdre une minute, saisit Catherine par le bras et, avec un coup d'œil circulaire au-dehors, la tira dans la maison.

« Entrez vite ! Mais je vois à quelque distance deux cavaliers et deux chevaux...

— Mes serviteurs ! dit Catherine. Ils m'attendent !

— Je vais les faire entrer dans la cour. Restez là un instant. »

Il fermait soigneusement la porte, tirait les gros verrous, puis débarrassait un tabouret d'un paquet de peaux à l'intention de Catherine avant de disparaître par une petite porte de côté.

« Attendez-moi ! Je reviens ! »

Catherine, exténuée, se laissa tomber sur le tabouret. Il régnait, dans ce magasin, une bonne chaleur grâce à un gros brasero de bronze empli de braises qui rougeoyait au beau milieu. Un long comptoir de bois ciré tenait la plus grande place et courait le long d'un mur composé exclusivement d'armoires armées de fer où s'empilaient des peaux. Dans un renfoncement, un haut pupitre en bois noir supportait une écritoire, plusieurs plumes d'oie et un gros livre relié en parchemin. L'odeur bizarrement musquée des pelleteries se mêlait à celle de cire chaude que dégageaient les chandelles. Un calme profond enveloppait la maison. Catherine en eut une conscience aiguë. Sa gorge contractée se desserra. Pour la première fois depuis fort longtemps, elle respira presque librement.

Jacques Cœur revenait et, tout de suite, courait à elle, prenait ses deux mains et l'obligeait à se lever.

« Ma pauvre amie ! Comment avez-vous pu venir jusqu'ici ? La ville est pleine d'espions et la trahison y rôde à chaque coin de rue. Mais venez plutôt. Nous serons mieux dans mon réduit pour parler. Mes garçons de magasin sont à la réserve. Ils vont revenir pour tout ranger. »

Doucement, il passait un bras sous celui de la jeune femme pour l'aider à se relever et l'entraînait vers le fond du magasin où un escalier s'enfonçait dans l'ombre des solives. Elle était si lasse qu'elle chancela et fût tombée sans le bras solide qui la soutenait.

« Vous êtes bon, maître Jacques, de ne m'avoir point chassée. »

Elle levait les yeux vers lui, heureuse de revoir ce visage aux traits nets, un peu austères, ce nez long, cette bouche mince, mais d'un dessin ferme. Le front, large et haut, dénotait l'intelligence ainsi que les yeux bruns, bien fendus et francs, mais autoritaires. Le pli dur des lèvres n'excluait pas une certaine sensualité qui se révélait encore dans les narines mobiles et aussi dans la chaleur un peu rauque de la voix.

Il sourit, posa une main rassurante sur celle qui s'appuyait à son bras.

« J'espère, dit-il, que vous ne doutiez pas de mon accueil. »

Le « réduit » où Jacques Cœur conduisit Catherine ouvrait en haut de l'escalier en face de la salle commune. C'était, malgré son nom, une pièce de bonnes dimensions qui s'avançait en encorbellement au-dessus du carrefour. Avec ses étroites fenêtres donnant, l'une sur la rue des Armuriers et par laquelle on apercevait les arbres dépouillés et les toits luisants du couvent des Jacobins, l'autre sur la rue d'Auron, cette chambre ressemblait plus à la cabine d'un capitaine de navire qu'au cabinet d'un marchand. Bien sûr, il y avait, empilées dans un coin, des peaux de taupe dorée et de menu vair et aussi, sur la grande table, des échantillons de toile et de draperies, mais surtout, un peu partout, dans des armoires ouvertes ou sur des sièges, il y avait des livres, de gros livres aux couvertures usées, aux pages de parchemin jauni et piqué de rouille. L'un était ouvert sur un lutrin auprès d'un grand coffre clouté de cuivre qui semblait plein de parchemins roulés et liés de rubans. Mais ce qui était le plus extraordinaire, c'était, d'abord, étalé sur la table, un grand portulan magnifiquement enluminé et ensuite, posée à même le sol, une grosse mappemonde tournant à l'aise dans son armature de bronze.

L'étonnement de Catherine qui n'avait jamais rien vu de semblable fit sourire Jacques Cœur. Il caressa de la main la nef rouge et dorée qui naviguait sur les quelques vagues bleues du portulan.

« Je songe à voyager, dit-il. Les fourrures et même les tissus de mon associé Pierre Godart ne me suffisent plus. Mais parlons de vous. Tenez, asseyez-vous là, sur ces coussins, et dites-moi par quel miracle vous êtes ici, d'où venez-vous... et pourquoi vous êtes si pâle ! Depuis tant de mois je vous croyais morte, dame Catherine ! »

Ses mains, doucement, rejetaient en arrière le capuchon grossier, dégageant la tête de la jeune femme qui apparut dans la pleine lumière des bougies avec ses nattes serrées et ses yeux las.

« N'avez-vous donc point lu les édits du roi... ou entendu corner aux carrefours que je suis une criminelle recherchée et que...

— Si, coupa Jacques, je sais tout cela, mais je n'arrivais pas à comprendre ce qui avait pu se passer. On vous accuse d'avoir entraîné à votre suite le capitaine de Montsalvy et de l'avoir fait passer à l'ennemi. Mais, par ailleurs, des bruits couraient sous le manteau que vous étiez morte, à Rouen... en même temps que Jehanne la Pucelle dont Dieu ait l'âme de lumière. »

Le rire nerveux de Catherine donna la pleine mesure de ce qu'elle avait enduré. Elle n'en pouvait plus d'avoir peur, de trembler au moindre hoqueton, au moindre casque entrevu. Le chemin défoncé, le trot incessant du cheval l'avaient brisée et il n'était plus une fibre de son corps qui ne lui fît mal.

« Vous ne dites donc pas comme les autres, maître Jacques ? Vous ne dites donc pas que c'était une sorcière et qu'on a bien fait de la brûler ?

— Il faut avoir l'esprit bien troublé ou l'âme bien basse pour oser dire pareille chose ! Il faut... et le pelletier baissa la voix jusqu'au murmure, il faut être messire de La Trémoille ou bien messire Régnault de Chartres, l'archevêque de Reims, et le malheur veut qu'ils soient, l'un et l'autre, les maîtres de l'esprit comme de la conscience du roi. C'est La Trémoille qui règne pour la plus grande infortune de la France, non Charles VII. Mais que voulez-vous exactement de moi, dame Catherine ? »

Elle leva vers lui un regard humide dont l'expression de douleur alla éveiller au fond du cœur de Jacques des fibres qui, depuis longtemps, n'avaient pas vibré. La souffrance avait affiné encore le visage de Catherine, l'avait modelé d'ombres touchantes et lui avait donné une expression d'animal aux abois devant laquelle n'importe quel homme de cœur ne pouvait que souhaiter offrir sa protection.

« Voulez-vous nous cacher, moi et mes deux serviteurs ? Je suis traquée, recherchée, dépouillée en grande partie... et j'attends un enfant. Pouvez-vous m'aider aussi à trouver l'un des capitaines du roi, La Hire ou Xaintrailles... à moins qu'ils ne soient, eux aussi, retenus en prison.

— Pourquoi donc y seraient-ils, sinon de l'Anglais ?

— Arnaud de Montsalvy y est bien, lui !

— Arnaud de Montsalvy est passé aux Anglais, rétorqua Cœur sèchement.

— C'est un mensonge infâme ! s'écria Catherine en frappant le sol du pied. Arnaud a tout tenté pour sauver Jehanne, comme je l'ai fait moi-même. Nous sommes entrés dans Rouen, oui, et nous y avons vécu.... mais nous en sommes sortis cousus dans un sac et par le moyen de la Seine. Si c'est là ce que vous appelez passer aux Anglais ! »

Dans son indignation et sa peine, elle s'était mise à trembler de tout son corps. Le marchand saisit les deux mains glacées dans les siennes qui étaient chaudes et compréhensives.

« Calmez-vous, mon amie, je vous en conjure, calmez-vous ! Il y a mille choses qu'il vous faut m'expliquer. D'abord, je vais vous faire donner une boisson chaude. Vous êtes transie. Macée, ma femme, est à vêpres. Quand elle reviendra, elle vous installera car, bien entendu, nous vous gardons. Vous avez bien fait de venir ici et je suis heureux que vous ayez songé à nous. Attendez-moi un moment. »

Il disparut et Catherine demeura seule de nouveau. Elle appuya sa tête lasse au dossier de son siège. Quelque chose se détendait en elle, s'apaisait. Enfin elle avait touché au port. C'en était fini pour un temps des chemins grands ou petits, du froid, de la peur, de la pluie et du vent, des nuits sans fin au bout desquelles il fallait voyager sans trop savoir si un abri surgirait du jour levant. Sa gorge se contracta en songeant à Arnaud, au fond de sa geôle, mais elle savait son courage indomptable, son orgueil. Et puis, elle mettait maintenant une confiance illimitée dans cet homme qui, si simplement, l'avait accueillie, lui offrait un refuge.

Maître Jacques Cœur revint au bout d'un moment portant précautionneusement un bol fumant qu'il tendit à la jeune femme. Catherine referma avec bonheur ses doigts frileux autour de la faïence chaude. Une odeur à la fois poivrée et réconfortante montait du récipient.

« Du vin avec de la cannelle, dit le pelletier. Buvez bien chaud. Ensuite vous me raconterez... Rassurez-vous pour vos serviteurs, ils sont à la cuisine où ma vieille Mahaut s'occupe d'eux. »

Catherine trempa ses lèvres dans le breuvage brûlant et, tout de suite, se sentit mieux. Une jambe posée sur le coin de la table, Jacques Cœur la regardait avec attention, le menton dans la main. Quand elle eut fini, elle reposa l'écuelle. Un peu de rose était monté à ses joues et elle esquissa un sourire.

« Je vais tout vous dire maintenant. C'est un peu long, mais je me sens bien mieux. »

Elle noua ses mains autour de ses genoux et commença son récit. Elle parlait d'une voix calme dont le ton un peu bas était étrangement émouvant. Cœur l'écoutait, immobile. Sa silhouette un peu penchée se découpait vigoureusement sur le rayonnement doux des chandelles, sans plus bouger qu'une statue de bois, mais le regard attentif ne quittait pas le visage de la narratrice.

Catherine achevait son histoire quand un bruit de voix retentit en bas, aussitôt suivi d'une sorte de roulement de tonnerre. Quelqu'un montait l'escalier quatre à quatre. Le pelletier se leva et se tourna vers la porte, souriant à Catherine qui, déjà, mettait la main à son capuchon.

« N'ayez pas peur ! Je crois que cette visite, que j'ai demandée tout à l'heure, est pour vous. »

Dans l'encadrement sombre de la porte, une haute forme masculine apparaissait : larges épaules sous un manteau de cheval noir négligemment rejeté en arrière pour montrer un court pourpoint de daim et des chausses collantes de même couleur et, dessus, un visage à la fois dur et joyeux, de vifs yeux bruns et le flamboiement d'une courte tignasse indisciplinée d'un roux agressif. Avec un cri de joie, Catherine bondit sur ses pieds et courut vers l'arrivant. C'était Xaintrailles ! Xaintrailles aux cheveux rouges ! L'ancien et fidèle compagnon de Jehanne, le meilleur ami d'Arnaud !

EN la reconnaissant, il avait poussé un véritable rugissement. Puis, l'enlevant de terre sans trop de douceur, il l'avait embrassée à plusieurs reprises avant de la reposer à terre, mais sans la lâcher. La tenant devant lui au bout de ses longs bras, il avait crié :

« Par les tripes du Pape ! D'où sortez-vous, Catherine ? Vous avez autant d'apparence qu'un chat mouillé, mais, bon Dieu ! ça fait du bien de vous revoir. Qu'avez-vous fait de Montsalvy ?

— Arnaud ?... Est-ce que vous ne savez pas ? »

Les mains du capitaine se crispèrent sur les épaules de la jeune femme et son visage se convulsa sous la poussée d'une énorme colère.

« Savoir quoi ? Ce que ces édits imbéciles colportent par le royaume ? Que Montsalvy est passé à l'Anglais ? Lui ? L'honneur et la loyauté faits homme ? Un héros d'Azincourt ? Un des hommes de Jehanne ? Mon ami ?.... »

C'était, visiblement, ce titre-là qui, selon Xaintrailles, conférait le plus de renom à Montsalvy. Mais Catherine n'avait pas envie de sourire. Elle détourna la tête.

« D'autres le croient. Messire de Rais...

— Que la peste les étouffe, lui et son damné cousin La Trémoille ! Je passe mon temps l'épée à la main à arracher ces maudits placards infamants des murs de nos villes et j'étripe tous ceux qui tentent de m'en empêcher. Quant à ceux qui essaient de lire sans ma permission, je leur tape dessus à coups de fourreau. Quelle incroyable stupidité ! Qu'un homme comme lui ait pu trahir, entraîné par une femme qu'il détestait...

— Ce n'est pas vrai ! Il m'aime, se révolta Catherine. Il n'existe plus aucune barrière, aucun nuage entre nous. Rien qu'un grand amour et, si vous en voulez la preuve, messire, regardez mon ventre ! »

La violence de l'attaque laissa Xaintrailles pantois et bouche bée. Mais il récupéra très vite, éclata de rire.

« Sang du Christ ! Voilà une bonne nouvelle ! Un petit Montsalvy ! Nous allons avoir un gros poupon et moi je vais être parrain. Vous me devez bien ça, Catherine, et... »

Il s'arrêta net, regarda Jacques Cœur qui, la mine grave, n'avait pas sonné mot depuis qu'il était entré, toussa pour s'éclaircir la gorge et reprit :

« Oui... vous pensez, maître Cœur, que ce n'est guère le temps de se réjouir quand cette pauvre enfant est traquée comme gibier de chasse et qu'Arnaud... au fait où est-il, celui-là ? Le savez-vous, Catherine ? Depuis que le roi a payé rançon pour moi et que j'ai quitté la geôle, fort courtoise ma foi, où me tenait le comte d'Arundel, je le réclame à tous les échos, je le cherche dans tous les coins.

— Il n'est cependant pas loin, mon ami, mais vous ne risquez pas de le trouver. Il est captif de La Trémoille au château de Sully-sur-Loire.

— Nom d'un... »

Xaintrailles devenait pourpre de colère. Ses poings se serrèrent. Catherine vit saillir ses maxillaires, devina les dents qui se serraient. Les yeux bruns flambèrent sous la poussée de fureur qui brutalement explosa, emplissant la pièce paisible et studieuse de son tonnerre.

« Ce failli chien a osé emprisonner un Montsalvy ?... Il a osé faire croire à sa désertion. Il a osé...

— Il a osé au nom du roi ! coupa froidement Jacques Cœur. Calmez-vous, messire de Xaintrailles... et souvenez-vous que si vous attaquez La Trémoille, vous attaquez le roi !

— Le roi ignore tout de pareilles menées.

— Le roi ne veut pas les connaître, rectifia le pelletier. Croyez-moi, messire, je le connais bien. Notre roi hait les complications et les soucis. De plus... il est très embarrassé ; son favori lui fait sentir tout l'ennui qu'il y a à devoir sa couronne à une sorcière !

— Vous ne pensez pas ça ? cria Catherine.

— Certes non ! Mais La Trémoille exploite habilement le jugement de Rouen.

— Jugement anglais...

— Non... jugement d'Eglise ! C'est infiniment plus gênant. »

Le poing de Xaintrailles s'abattit sur la table faisant sauter tout ce qu'elle supportait.

« Que m'importe tout cela ? Arnaud ne demeurera pas plus longtemps en prison, je vous en donne ma parole. Sinon, je ne m'appelle plus Xaintrailles. Je cours... »

La main de Cœur s'abattit sur le bras du bouillant Gascon, l'arrêtant dans son élan.

« Vous courez où donc, messire ? Aux genoux du roi ? Vous perdrez à la fois votre temps et la vie de votre ami. Sa Majesté s'étonnera, appellera son favori qui jurera ses grands dieux que c'est là un abominable mensonge... et avant qu'il soit demain, le corps du capitaine de Montsalvy s'écrasera dans quelque oubliette ou bien s'en ira, une pierre au cou, visiter les profondeurs de la Loire. »

Le gémissement de Catherine rappela les deux hommes à plus de douceur. Xaintrailles lui jeta un regard incertain que Jacques Cœur comprit.

« Soyez sans crainte. Je la garde. Ici elle est en sûreté. »

Le capitaine poussa un grand soupir qui pouvait être aussi bien de soulagement que d'agacement. Puis, lentement, il tira du fourreau de daim la lourde épée qui pendait à sa hanche et fit luire sa lame d'acier à la flamme des chandelles. Puis il l'étendit sous le nez du pelletier.

« Soit ! Il me reste donc ceci ! Regardez-la bien, maître Jacques, fit-il en retroussant les lèvres pour un sourire menaçant, et rappelez-vous mes paroles : si je ne sors pas Montsalvy entier, et vivant, de son maudit château, je donnerai à cette lame pour fourreau la panse pourrie de La Trémoille. J'en jure Dieu ! »

Il remit l'épée au fourreau, se tourna vers Catherine et, la prenant aux épaules, l'embrassa sur les deux joues.

« Priez pour moi, belle dame ! Je vais faire en sorte que votre enfant ait un père. »

Elle s'accrocha à lui, se haussa sur la pointe des pieds pour effleurer la joue rasée et respira une odeur de verveine et de cheval.

« Prenez garde à vous, Jean... J'ai peur pour vous !

— Bah ! fit le capitaine, toute sa bonne humeur revenue à l'idée d'une bataille prochaine, j'ai quelques bons compagnons qui m'aideront volontiers à jouer un mauvais tour à ce gras pourceau. Et puis La Hire a coutume de dire que si l'on veut se garder de la peur il faut frapper les premiers coups. C'est ce que je vais faire et c'est ce que je vous recommande pour l'avenir. Si la reine Yolande était là, je vous aurais déjà traînée à ses pieds, mais il n'y a au palais que sa fille, cette pauvre reine Marie qui ne sait que prier et fabriquer des moutards royaux. »

Et, chantonnant une romance, Jean Poton de Xaintrailles dégringola l'escalier aussi vite qu'il l'avait monté. Jacques Cœur se tourna vers Catherine. Près de la fenêtre, elle regardait, dans la rue, le capitaine sauter à cheval. Ses yeux brillaient d'une joie qu'ils n'avaient pas connue depuis longtemps.

« Comme c'est bon, murmura-t-elle, d'avoir des

amis comme vous... et comme lui ! Comme c'est bon d'avoir confiance !

— Il est temps pour vous de songer au repos, mon amie, dit doucement le pelletier en prenant sa main. Allons voir ensemble si Macée est revenue de l'église. »

La femme de Jacques Cœur semblait avoir été créée et mise au monde tout exprès pour être la compagne d'un homme de haute qualité et d'esprit aventureux. Depuis tantôt douze ans qu'ils étaient mariés, elle ne s'était jamais permis de lui adresser le moindre reproche ou de lui faire la plus petite remarque. Elle se contentait de l'admirer de tout son cœur et de l'aimer en proportion. Catherine avait toujours eu pour Macée une grande amitié. Elle l'avait connue pendant l'année où elle avait rempli auprès de la reine Marie les fonctions de dame de parage et c'était chez Macée qu'elle se rendait lorsque Xaintrailles était venu la chercher pour la conduire auprès d'Arnaud blessé sous Compiègne. Bien souvent, avec son amie Marguerite de Culant, elle avait passé l'après-midi sous le grand tilleul du jardin, auprès de cette aimable et douce jeune femme.

Macée était blonde, timide, petite et fine de traits. Elle avait de jolis yeux noisette, un sourire charmant et un petit nez un peu pointu qui n'enlevait rien à son charme. Fille du prévôt de Bourges, Lambert de Léodepart, qui habitait juste la maison d'en face, de l'autre côté de la rue d'Auron, elle avait été parfaitement élevée et savait s'habiller. C'était en la voyant se rendre à un office, vêtue d'une robe de velours incarnat bordé de menu vair, un béguin assorti posé sur ses cheveux d'un blond pâle que Jacques Cœur s'était épris de sa jolie voisine. Il avait incontinent fait demander sa main par son père. Pierre Cœur, gros pelletier natif de Saint-Pourçain, était bien un peu inquiet en demandant la fille d'un personnage aussi en vue. Mais Léodepart était un homme simple et intelligent. Il avait flairé dans le jeune Jacques un homme peu commun et lui avait accordé sa fille sans autre forme de procès.

Depuis, le ménage vivait heureux, malgré quelques vicissitudes financières. Cinq enfants, Perrette, Jean, Henri, Ravand et Geoffroy, étaient venus gonfler la famille du jeune pelletier qui, à la mort de son père, avait repris la succession avec bonheur. Et aucun nuage jamais n'avait obscurci l'entente de la famille Cœur.

Comme Jacques s'y attendait, sa femme accueillit Catherine avec une grande gentillesse et beaucoup de sollicitude. Jadis, au temps de leurs premières relations, la beauté et l'éclat de la dame de Brazey l'avaient impressionnée et vaguement troublée parce qu'elle savait combien son époux était sensible à la grâce féminine et parce que, parfois, elle avait surpris le regard de Jacques posé avec insistance sur le visage de Catherine. Mais en la retrouvant pâle et amaigrie, à bout de forces et enceinte de surcroît, elle étouffa toutes ses préventions et laissa seulement parler son cœur. Catherine aimait Arnaud comme elle-même aimait son époux, il n'en fallait pas plus pour que Macée se comportât immédiatement comme une sœur.

Elle installa dans une chambre du second étage, dont la fenêtre ouvrait juste sous le pignon du haut toit pointu de la maison, la jeune femme et Sara. Cette chambre donnait sur le jardin et faisait face à une autre de mêmes dimensions, occupée par les enfants de la maison. C'était une pièce plus longue que large et dans laquelle un grand lit, assez vaste pour trois ou quatre personnes et drapé de serge bleue, tenait une bonne partie de l'espace habitable. Cette chambre plut à Catherine parce qu'elle était assez semblable à celle qu'elle occupait à Dijon avec sa sœur Loyse dans la maison de son oncle Mathieu. Elle y trouva, en tout cas, un repos dont elle avait le plus urgent besoin et, pendant deux jours, ne quitta pas son lit, dormant avec application et n'ouvrant les yeux que pour absorber la nourriture qu'on lui montait. Elle était si lasse qu'elle avait l'impression de ne jamais devoir venir à bout de son sommeil. Elle ne bronchait même pas quand Sara venait la rejoindre et se glissait à son côté. Jamais encore, même quand elle avait dû gagner Orléans à pied, Catherine n'avait connu pareille fatigue. Le poids de l'enfant se faisait sentir.

Au matin du troisième jour, elle fut réveillée enfin par des voix enfantines qui chantaient si près d'elle que les paroles s'inscrivaient sans peine sur son esprit encore engourdi.

Ainsi mon cœur se lamentait
De la grand'douleur qu'il portait
En ce plaisant lieu solitaire
Où un doux ventelet ventait...

En passant par le frêle organe des petits, les paroles de cette chanson d'amour, que Catherine connaissait bien, prenaient une fraîcheur et une naïveté nouvelles. Sans ouvrir les yeux, elle fredonna la suite :

Si doux qu'on ne le sentait.
Là fut le gracieux repaire...

« Depuis combien de temps n'as-tu pas chanté ? » demanda près d'elle la voix de Sara.

Catherine, relevant ses paupières, vit la bohémienne assise au pied du lit, attendant son réveil comme elle l'avait fait des centaines de fois. Elle souriait et Catherine constata qu'elle avait perdu cet air de bête mal nourrie qu'elle lui avait vu depuis sa sortie de Champtocé. La nourriture, chez maître Jacques, devait être bonne car les joues mates de Sara s'étaient un peu remplies.

« Je ne sais pas, répondit la jeune femme en se dressant sur son séant. Il y a longtemps, je crois. Nous chantions cette chanson, Marguerite de Culant et moi, pendant ces interminables séances de broderie auprès de la reine Marie. C'est messire Alain Chartier le poète du roi, qui l'a écrite, je crois. Aide-moi à ma toilette, veux-tu, je me sens extraordinairement bien. »

En effet, sa cure de repos semblait avoir fait à Catherine un bien énorme. Elle rejeta ses couvertures et sauta à bas du lit avec autant d'agilité que si elle avait eu encore seize ans. Tout en procédant à ses ablutions, elle demanda :

« A-t-on des nouvelles de messire de Xaintrailles ?

— Aucune ! Tout ce que maître Cœur a pu apprendre, c'est qu'il a quitté la ville avant-hier avec plusieurs hommes de sa compagnie en clamant bien haut qu'il s'en allait chasser. On ne sait rien de plus.

— Fasse le Ciel qu'il arrive à temps... et qu'il ne soit rien advenu de vraiment mauvais à mon seigneur... »

Elle fixa un instant, dans le miroir d'étain poli accroché au mur de la chambre, son image avec des yeux gros de larmes, puis se retourna vers Sara.

« Finissons-en très vite avec cette toilette. Je voudrais aller à l'église, prier.

— En plein jour ? Tu n'y songes pas. Maître Cœur recommande bien que tu ne sortes pas à la lumière. Trop de gens pourraient te reconnaître.

— C'est vrai, fit Catherine tristement. J'oubliais que, dans une certaine mesure, je suis encore prisonnière. »

Dans la chambre à côté, les voix d'enfants entamaient une nouvelle chanson, mais, cette fois, une profonde voix masculine s'y joignait. Une autre s'en mêla bientôt, si grave qu'elle faisait penser à un gros bourdon de cathédrale. Mais un gros bourdon qui chanterait faux.

« Seigneur ! fit Catherine. Qu'est-ce que cela ?

— Gauthier, répondit Sara en riant. Il a fait la conquête des enfants de la maison et il va souvent les rejoindre quand ils sont avec leur précepteur.

— Peste ! Un précepteur ? Je n'aurais jamais supposé nos amis avec un train semblable.

— A vrai dire, fit Sara en s'emparant d'un peigne et en commençant à démêler les cheveux de Catherine, c'est un assez curieux précepteur. Un homme des plus casaniers qui ne sort jamais de sa chambre et ne va respirer au jardin qu'à la nuit close.

— Veux-tu dire par là que je ne suis pas la seule à avoir cherché refuge ici ?

— Oh ! que non ! On dirait que maître Cœur s'est donné pour tâche de recueillir ceux que poursuit la vindicte du sire de La Trémoille. Sa maison est la plus étrange qui soit. Ainsi, ce fameux précepteur n'est autre que maître Alain Chartier en personne.

La Trémoille n'apprécie pas son « Chant de la Délivrance » écrit en l'honneur de Jehanne et l'a fait proscrire.

— Ainsi, pour déplaire, il faut seulement chanter les louanges de la Pucelle ?

— Ou avoir été de ses fidèles. Tant que le gros favori sera en vie, ou en puissance, il n'y aura de sûreté pour aucun de ceux qui la regrettent et proclament hautement qu'elle était sainte et noble fille. Les capitaines seuls échappent, à cause de leurs troupes. Et encore ! En face, chez messire de Léodepart, tu verras frère Jean Pasquerel, l'aumônier de Jehanne, et aussi Imerguet, son page, qui se cachent en attendant des jours meilleurs. D'autres sont dans les fermes qui leur appartiennent. »

Catherine était abasourdie. Que Jacques Cœur ait fait de sa demeure et de celle de son beau-père un foyer de résistance au favori n'avait rien, cependant, qui parût la surprendre. L'homme avait assez de hauteur d'esprit et assez d'audace pour cela, mais ce qui la stupéfiait, c'était l'aplomb qu'il déployait. Garder tout ce monde à Bourges même, sous les yeux de La Trémoille, à deux pas du palais royal, c'était faire preuve d'un courage peu ordinaire. Mais, apparemment, Jacques Cœur n'en manquait pas...

AU temps où elle servait Marie d'Anjou, Catherine n'avait rencontré maître Alain Chartier que deux ou trois fois. A cette époque il suivait partout Charles VII dont il était le secrétaire et le poète. C'était un homme aimable et bien élevé, mais auquel la vie de cour et son poste auprès du roi avaient valu quelques succès féminins et qui, de ce fait, se croyait irrésistible. En retrouvant Catherine autour de la table familiale des Cœur, il lui jeta un regard lourd de signification.

« Je savais bien, dit-il, que le Ciel ne m'abandonnerait pas tout à fait et qu'il enverrait une douce présence féminine pour m'aider à supporter l'exil ! Dans une pareille situation, mon cœur était vide et vous attendait ! L'un auprès de l'autre, nous saurons nous créer un doux jardin secret, un plaisant lieu solitaire.

— Y aura-t-il aussi un doux ventelet, dans votre lieu solitaire, messire ? » demanda la voix naïve du petit Geoffroy, cinq ans, le dernier des enfants Cœur. Le poète lui dédia un regard sévère sous ses épais sourcils grisonnants.

« Il est bon de se souvenir des beaux vers, maître Geoffroy, gronda-t-il, mais il n'est pas bon qu'un enfant parle devant de grandes personnes. »

Geoffroy devint très rouge et baissa le nez vers son écuelle, tandis que le reste de la famille retenait mal une envie de rire. Catherine reçut en plein visage le regard du maître de maison, pétillant de gaieté, tandis que Macée, constatant l'air offensé avec lequel le poète examinait chaque visage l'un après l'autre, s'emparait d'un plat de carpes à l'étouffée et se hâtait de le lui présenter. Chartier était susceptible, mais il était encore plus gourmand et les carpes sentaient bon. Il s'en servit une large portion et sembla récupérer sa bonne humeur. Attendrie, Catherine se dit qu'il lui rappelait son oncle Mathieu.

« Vous ne mangez rien, Catherine ? reprocha Macée avec un sourire. Etes-vous encore souffrante ?

— Dame Catherine s'étonne de sa chance ! intervint le poète en abandonnant momentanément sa carpe. Elle ne peut détacher son regard de l'homme inspiré que Dieu a mis sur son chemin... »

Il s'apprêtait à discourir et, peut-être, Catherine se fût-elle laissée aller au plaisir de ce moment de détente si, à ce moment précis, des cris n'avaient éclaté dans la rue, mêlés au cliquetis des armes et au claquement des sabots de chevaux. Tout de suite, Jacques Cœur fut debout et courut vers son réduit. Cet homme avait des nerfs d'acier et paraissait toujours sur la défensive. Catherine se lança derrière lui, tandis que Macée, compatissante, tapait dans le dos du poète qui, dans son émoi, avait avalé une arête et s'étranglait.

Des fenêtres en surplomb du cabinet, le regard prenait la rue d'Auron en enfilade. Elle était pleine d'archers commandés par un officier à cheval. Plusieurs d'entre eux, au coude à coude, lances en travers, barraient la rue, sur deux rangs, tandis que d'autres enfonçaient la porte d'une maison située à trois portes de celle des Cœur. Jacques fronça les sourcils.

« C'est chez l'éperonnier Naudin. Je me demande si... »

Il n'acheva pas. Par ailleurs le drame fut bref. Au bout de quelques minutes, les archers qui étaient entrés dans la maison en ressortirent, poussant devant eux, à coups de bois de lance, trois hommes, l'un âgé et deux plus jeunes. Celui qui venait en dernier se débattait comme un démon, jouant des pieds, de la tête et des coudes, essayant de rejeter les deux hommes qui le maintenaient. Catherine, hypnotisée, regardait.

« Qu'est-ce que cela veut dire ? balbutia-t-elle.

— Que Naudin cachait dans sa maison un cousin de sa femme qui a eu le tort de refuser au Grand

Chambellan une terre dont il avait envie... et que quelqu'un les a dénoncés. Quelle misère ! La Trémoille pille, vole, tue et le roi laisse faire. »

Avec une violence dont il ne fut pas maître, le pelletier saisit sur la table un fragile vase de terre bleu qu'il jeta à terre où il éclata en mille parcelles azurées.

« Mais moi, je vous fais courir un danger semblable ! fit Catherine d'une voix blanche. Qui dit que, demain, vous ne serez pas dénoncé ?

— C'est possible ! riposta Cœur fermement, mais je refuse de me laisser intimider. Ce que le chambellan reproche le plus à Naudin, c'est d'avoir soutenu, aimé et admiré la Pucelle. C'est d'avoir osé dire hautement que c'était grand malheur et grand péché de l'avoir si lâchement abandonnée. Tous ceux qui parlent ainsi sont en danger. Même une femme de bien comme Marguerite La Thouroulde, chez qui Jehanne logeait, n'est plus en sûreté. Le favori veut extirper du royaume tout ce qui, de près ou de loin, peut rappeler la Pucelle. Il l'a toujours combattue, et il faut qu'il obtienne raison contre elle par-delà la mort ! Et cela, à un moment où plus que jamais le royaume aurait besoin de paix. L'argent est rare, les cultures inexistantes, le commerce mort. Les grandes foires n'existent plus, les marchandises évitent la France et vont de Venise à Bruges en passant par la Bavière et les Etats allemands. Et le peu qui reste se dirige inexorablement vers les coffres de La Trémoille.

— Qu'allez-vous faire alors ?

— Rien pour le moment. Le favori est un sanglier qu'il faut chasser aux armes de guerre. Je laisse le soin d'en venir à bout au connétable de Richemont et à la reine Yolande lorsqu'elle reviendra. Mais, une fois La Trémoille abattu, il faudra reconstruire, relancer le commerce, faire de l'argent. Et c'est pour cela qu'au printemps je partirai.

— Partir ? Mais pour quelle destination ?

— Les ports de l'Orient, répondit le pelletier, l'œil sur le grand portulan qu'il avait plaqué au mur. Passé les tempêtes d'équinoxe, la galée de Narbonne partira pour son périple habituel autour de la Méditerranée. Je partirai avec elle et j'emporterai des marchandises que je garde en réserve : des émaux, des toiles fines, des vins, du corail de Marseille, pour rapporter des soies, des épices, des fourrures, tout ce qui devient introuvable, et aussi pour nouer de nouvelles relations commerciales dont le roi bénéficiera. Ensuite, quand tout sera lancé, je rouvrirai les vieilles mines d'argent, de fer, de plomb et de cuivre jadis creusées par les Romains et abandonnées depuis. Le royaume renaîtra, plus riche... infiniment plus riche ! »

Stupéfaite, Catherine regardait le marchand. Il l'avait oubliée et, les yeux au loin, vivait son rêve grandiose. Elle découvrait qu'il y avait du prophète dans cet homme. Un instant, elle se trouva reportée plusieurs années en arrière, auprès de Garin de Brazey, son époux. Lui aussi, comme le pelletier berrichon, croyait à la puissance du commerce avec l'Orient. L'argentier borgne eût compris, apprécié, aimé peut-être ce bourgeois audacieux qui lui ressemblait par bien des côtés. Un silence tomba sur la petite pièce calme. Dans la rue, le bruit avait cessé. Seuls, quelques rares passants se hâtaient de traverser la dangereuse rue, jetant des regards apeurés vers la porte éventrée de la maison Naudin. Quelques gouttes d'eau commencèrent à frapper les vitres.

« Vous voyez bien, dit Catherine tout doucement, que vous n'avez pas le droit de courir un risque, même minime, même méprisé, en me gardant ici. Votre destinée a trop d'importance, maître Jacques. Si l'on commence à dénoncer, vous n'êtes plus en sûreté. Ne pouvez-vous me faire conduire dans quelque maison des champs, quelque ferme où j'attendrai que revienne Xaintrailles ? »

Mais la colère avait fait sortir le pelletier de son habituelle réserve. Se penchant vers la jeune femme qui s'était assise sur un tabouret, les mains au creux des genoux, il prit le doux visage entre ses deux mains.

« Dans ce pauvre pays, dit-il passionnément, il demeure bien peu de choses belles et précieuses, Catherine. Vous êtes de ces choses rares et j'envie, de toutes mes forces, l'homme que vous aimez. Je n'ai droit qu'à votre amitié, laissez-moi la mériter et, s'il y a danger, tant mieux, puisqu'il donnera plus de prix à mon dévouement. Vous resterez ici. »

Il se pencha davantage et, incapable de s'en empêcher, posa ses lèvres sur celles de la jeune femme. Mais ce fut un baiser léger, doux et tendre qui venait de l'âme plus que de la chair. Pourtant Catherine frissonna au contact de la bouche de Jacques et, inconsciemment peut-être, y trouva plaisir. Sur ses épaules, les mains du pelletier s'étaient mises à trembler et s'étaient faites lourdes, trahissant son trouble profond. Il se détacha cependant d'elle, mais sans la lâcher.

« Je vous défends de bouger d'ici, Catherine. Il faut avoir confiance en moi.

— Mais j'ai confiance, mon ami ! Toutes mes craintes viennent du danger que je fais peser sur vous.

— Oubliez-le ! Je saurai en défendre les miens tout en vous protégeant. »

Les doigts de Jacques s'imprimaient dans la chair de Catherine avec une force dont il n'avait pas conscience tant était ardente sa volonté de lui faire partager sa foi en lui-même. Il avait complètement oublié ce qui venait de se passer dans la rue et sursauta quand une voix tranquille dit, au fond de la pièce :

« Il vous faut descendre au magasin, Jacques. La dame de La Trémoille vous demande et vous savez qu'elle n'est pas patiente. »

Tous deux se retournèrent vers la porte où Macée se tenait, toute droite et paisible en apparence. Malgré elle, Catherine se sentit rougir. Depuis combien de temps la jeune femme était-elle là ? Avait-elle vu son mari embrasser la réfugiée ? Rien dans son comportement ne le laissait supposer et, sans doute, Macée arrivait-elle tout juste. Pourtant Catherine se sentit coupable et, presque à son corps défendant, baissa les yeux.

« Je disais à maître Jacques combien j'avais le regret de vous mettre en péril, Macée. Je le priais de me laisser partir. »

La jeune femme fit un pas dans la pièce et sourit.

« Je suis certaine qu'il a tout fait pour vous rassurer. Chez nous, l'hôte est l'envoyé de Dieu et, comme tel, il est sacré. Et puis, où iriez-vous, dame Catherine ? Allons, Jacques, descendez. Elle s'impatiente. »

L'arrivée soudaine de Macée avait atténué la gravité de ce qu'elle venait annoncer. Catherine frissonna en songeant à celle qui se trouvait en ce moment sous ses pieds. La dame de La Trémoille ! La belle Catherine de La Trémoille ! Celle qui tenait

Arnaud en son pouvoir, celle qu'il avait toujours repoussée et que Catherine avait gravement offensée jadis. Pâlissant soudain, elle se tourna vers le pelletier.

« Vite, maître Cœur, je vous en supplie... Il ne faut pas lui donner le moindre soupçon. Si elle se doutait que je suis ici, nous serions tous perdus. Elle saurait me reconnaître même sous un froc de moine et elle me hait...

— Je sais, répondit Jacques Cœur. J'y vais. »

Macée et Catherine demeurèrent seules, face à face et silencieuses. Elles ne se regardaient pas, mais, d'un commun accord, elles tendaient l'oreille pour saisir les bruits venant du rez-de-chaussée. Elles n'attendirent pas longtemps. Il y eut le pas ferme, un peu lourd, de Jacques descendant l'escalier, puis, aussitôt, une voix de femme haut perchée qui l'interpellait. Catherine de la Trémoille n'avait jamais pris la peine, tout au long de sa vie chaotique et malsaine, de baisser le ton. Où qu'elle allât, on l'entendait sans peine sur plusieurs toises. Macée et Catherine n'eurent aucun mal à suivre la conversation.

« Maître Cœur, disait la femme du Grand Chambellan, d'où vient que je n'aie point encore reçu ces zibelines que je vous ai demandées ? Le froid arrive et vous savez que je ne peux supporter les fourrures grossières.

— Il me semblait vous avoir prouvé, madame, que je ne les supportais pas plus que vous-même. Quant aux zibelines, si je ne les ai point encore livrées, cela vient non de ma volonté, mais des malheurs de ce temps. Les caravanes de marchands qui, de Novgorod-Veliki, venaient jusqu'à la foire de Châlons n'atteignent plus notre

pays. Elles gagnent Londres ou s'arrêtent à Venise.
— Alors, allez les chercher à Venise...
— Nous n'en avons plus les moyens, madame. Le pays est exsangue, il n'y a plus de navires et les nefs qui relient Venise à Bruges évitent nos ports. Quant à aller à Bruges, vous savez mieux que personne que le duc de Bourgogne en interdit l'accès aux gens du roi Charles. »

Le soupir que poussa la dame fut si puissant qu'il parvint aux deux femmes. Les nerfs de Catherine se tendaient jusqu'à lui faire mal. Entendre ainsi, à deux pas d'elle, la voix de cette femme que, de toutes ses forces, elle haïssait, était une rude épreuve. Instinctivement, elle fit trois pas vers la fenêtre, laissant son regard errer au-dehors. Cependant, en bas, la dame de la Trémoille disait d'un ton excédé :

« Eh bien, il me faudra me contenter de ce que vous aurez. Venez donc au palais me montrer vos plus belles peaux. Ou plutôt, puisque me voici chez vous, montrez-les-moi maintenant. Vous ferez porter chez moi ce que j'aurai choisi.
— Comment se fait-il que nous ne l'ayons pas entendue arriver ? chuchota Catherine, les yeux sur la troupe de cavaliers et de dames d'honneur qui encombraient la rue et faisaient presque autant de bruit que les soldats de tout à l'heure.
— Vous étiez trop absorbée, fit la voix douce de Macée sans que Catherine pût démêler si une intention s'y cachait. Vous ne pouviez pas entendre. Mais je n'aime pas que cette femme s'attarde ici. Elle a des yeux aigus et des oreilles qui entendent tout...
— Et ma présence ici n'arrange rien, fit Catherine amèrement. Si elle pouvait se douter.

— Nous ne risquons guère plus à vous cacher qu'à offrir asile à maître Alain Chartier, repartit calmement la femme de Jacques. Et, de nos jours, peut-on jamais savoir si l'on est à l'abri d'une dénonciation... vraie ou fausse. Vous devriez remonter chez vous, Catherine. »

La jeune femme secoua la tête. Il fallait qu'elle fût là, à deux pas de son ennemie. La proximité du danger, elle l'avait souvent remarqué, était moins angoissante qu'une menace imprécise. Et puis elle éprouvait une sorte d'amère jouissance à narguer, par son invisible présence, la dangereuse créature qui ne reculait devant rien pour lui prendre Arnaud. En bas, la femme du Grand Chambellan faisait, apparemment, sortir tout ce que Jacques Cœur avait en magasin. On entendait le choc sourd des paquets de peau sur le comptoir où l'on devait les étaler, et aussi la voix égale du négociant qui commentait. Le front collé à la vitre, Catherine attendait sans trop savoir quoi. Que ce fût fini ? Que la dangereuse cliente s'en allât ? Que Jacques revînt lui rendre le réconfort de sa présence ? Tout cela ensemble, peut-être.

Tout à coup, son regard distrait se fixa, se fit attentif. Venant de la porte d'Auron, un chariot attelé d'un gros cheval paresseux remontait la rue et s'arrêtait devant la maison des Cœur. C'était une de ces charrettes paysannes faites de planches mal équarries et maintenues entre elles par de sommaires chevilles de bois. Les grosses roues armées de fer cahotaient dans les ornières profondes que les dernières pluies avaient creusées dans la ruelle. Quant au chargement, il se composait d'un amoncellement assez instable de fagots qui menaçaient de s'écrouler à chaque instant.

En vérité, c'était un charroi bien ordinaire et qui n'avait rien qui pût attirer l'attention... sinon peut-être son conducteur. A le considérer, assis sur une traverse de l'avant, genoux écartés et jambes pendantes, le dos rond et les épaules larges sous une misérable souquenille de futaine rapiécée, Catherine eut la sensation aiguë de le connaître, une impression intense de déjà vu... L'homme portait un camail à capuchon en grosse laine noire et le bord de la capuche cachait en partie son visage terminé par une courte barbe. Etait-ce sa façon de se tenir ou bien quelque chose dans sa silhouette qui retenait le regard de Catherine ? Elle n'eut pas le temps de se le demander. L'homme leva la tête et la tourna vers la porte du magasin. Catherine étouffa un cri de surprise derrière sa main vivement portée à sa bouche. Le paysan à la charrette n'était autre que Xaintrailles. Catherine courut à Macée, la prit par le bras et l'attira vers la fenêtre.

« Regardez, dit-elle. Est-ce que vous le reconnaissez ? »

A son tour, la jeune femme pâlit.

« Seigneur ! fit-elle en joignant les mains, il n'est que trop reconnaissable ! »

Puis, comme le faux paysan descendait de son siège improvisé dans l'intention visible de pénétrer dans le magasin, Macée, galvanisée par le danger, partit comme une flèche. Catherine l'entendit dégringoler quatre à quatre le petit escalier. Elle dut traverser le magasin à toute allure, car, presque aussitôt, Catherine la vit surgir dans la rue. Il était temps, Xaintrailles, ignorant du danger qui l'attendait dans la boutique, allait y entrer. Catherine vit l'épouse de Jacques se planter devant lui, levant bien haut sa petite tête sommée d'une haute coiffe cornue pour que l'on ne vît pas, de l'intérieur, la figure de l'arrivant. Elle l'entendit s'écrier :

« A quoi pensez-vous, brave homme ? Ce n'est point au magasin que l'on rentre les fagots, mais bien dans la resserre. Faites reculer votre cheval, je vais dire qu'on ouvre la porte de la cour.

— Faites excuses, m'dame, bredouilla l'arrivant avec un accent berrichon réjouissant. Je n'savions point. C'est Robin, vot'métayer de Bois Patuyau, qui m'envoie à sa place, vu qu'il s'a entamé un genou et moi j'suis...

— C'est bon, c'est bon, fit Macée d'un ton mécontent. Faites reculer votre animal. Vous voyez bien qu'il incommode la compagnie. »

En effet, l'escorte de la dame de La Trémoille, les gardes en velours bleu et rouge s'étaient écartés avec dédain du pseudo-rustre et c'était sans doute ce qui avait sauvé l'imprudent capitaine d'être reconnu. Derrière ses carreaux, Catherine sentit la sueur glisser le long de son dos. Ses mains s'étaient glacées en même temps qu'une impatience inexplicable la faisait trembler de la tête aux pieds. Pourquoi Xaintrailles, qui pouvait aller et venir librement dans la ville, avait-il choisi d'y entrer déguisé et en si piteux équipage ? Qu'y avait-il dans cette charrette de bois ?

La question, à peine formulée, fit monter aux pommettes de la jeune femme une vague de sang. Là, dans la rue, une servante ouvrait la porte de la cour et Xaintrailles, traînant les pieds comme un vrai paysan, faisait tourner son attelage. Incapable de se retenir, Catherine empoigna sa robe à deux mains et quitta le réduit en courant, sans plus s'occuper de ce qui se passait au-dessous. Elle traversa la grande salle, sortit sur la galerie de bois qui dominait la cour intérieure dont à cette minute précise, Xaintrailles et son chariot franchissaient le portail. Il aperçut la jeune femme et lui sourit. Cc sourire entra dans le cœur de Catherine comme un rayon de soleil dans une pièce froide et close. Le capitaine n'eût pas eu ce sourire s'il était arrivé malheur à Montsalvy.

Au fond de la cour, la vieille Mahaut, la servante des Cœur, chassait la volaille vers le courtil à coups de torchon tandis que Sara aidait Macée à ouvrir la porte d'une grange devant la charrette. Au portail, Gauthier et un valet refermaient le vantail. Quand Catherine arriva dans la cour, Xaintrailles venait de faire entrer son attelage dans la grange. Catherine s'engouffra derrière lui et rejoignit Macée et Sara. Le capitaine ne la regarda même pas.

« Vite ! lança-t-il. Aidez-moi ! »

Il empoignait déjà les fagots, les jetait au hasard avec une hâte insolite.

« Qu'y a-t-il dans cette charrette ? demanda Catherine.

— Ne posez pas de questions stupides ! Que voulez-vous qu'il y ait ? »

Avec un cri, elle se jeta à son tour sur les fagots. Ils recouvraient une sorte de caisse à claire-voie qui tenait tout le fond du véhicule, mais, comme Catherine tendait les mains vers les lattes de bois, Xaintrailles l'écarta rudement, la jetant presque dans les bras de Sara.

« J'aurais préféré qu'elle ne le voie pas tout de suite, grommela-t-il. Il n'est pas beau à voir ! Il n'était que temps... »

A pleins poings, sans prendre garde aux menues échardes qui écorchaient ses mains, il arrachait maintenant le dessus de la caisse. Une forme humaine d'une effroyable saleté, un visage blême et maigre mangé d'une barbe noire, aux yeux clos, aux traits ravagés, apparut. Si semblable dans sa tragique immobilité à un cadavre que Catherine, avec un hurlement sauvage, s'arracha des bras de Macée et alla s'abattre sur le corps inerte en sanglotant.

« Arnaud !... Mon Dieu ! Arnaud... Qu'ont-ils fait de toi ? ... »

CHAPITRE II

LE REVENANT

ELLE était tellement persuadée d'étreindre un corps privé d'âme qu'il fallut que Xaintrailles détachât Catherine de force.

« Il a besoin de soins immédiats, Catherine. Pas de larmes. Avez-vous une chambre où le mettre, dame Macée ?

— Il y a la mienne, s'écria Catherine en essuyant ses yeux.

— C'est bon ! Voyez si la route est libre. »

Xaintrailles venait de prendre dans ses bras le corps de son ami et l'enlevait sans effort apparent. Arnaud laissa aller sa tête contre l'épaule du capitaine. Il semblait ne rien voir, ne rien entendre. On eût dit un grand pantin disloqué dont les ficelles cassées ne commandaient plus les mouvements. Les yeux gros de larmes retenues à grand-peine, Catherine noua ses mains devant sa bouche et y planta ses dents.

« Il va mourir !... murmura-t-elle. Il va mourir !

— J'espère que non ! gronda Xaintrailles. J'ai fait aussi vite que j'ai pu. Ouvrez cette porte.

— Peut-être, hasarda Sara, vaudrait-il mieux attendre que la dame de La Trémoille ait quitté cette maison... »

Mais elle s'interrompit parce que le capitaine tournait vers elle un visage soudain convulsé de rage.

« Il n'y a pas une minute à perdre, vous m'entendez ? Quant à cette putain rouquine, si je la trouve devant moi, je l'étrangle. J'en jure l'épée de mon père et l'honneur de ma mère ! Ouvrez, ai-je dit. Il faut un lit, un médecin. »

Au même instant, la porte s'ouvrit, poussée par Gauthier dont l'imposante silhouette emplit tout l'espace. Ses yeux pâles allèrent de Xaintrailles avec son fardeau à Catherine en larmes, revinrent au capitaine.

« Donnez-le-moi, messire ! Je le porterai plus aisément que vous ! Maître Cœur m'envoie dire que la dame est partie. »

Dans les bras du géant qui l'enlevèrent sans peine, Arnaud, inconscient, avait l'air d'un enfant. Gauthier l'emporta à grands pas à travers la cour. Une pluie fine s'était mise à tomber et le ciel déjà sombre annonçait la nuit. La vieille Mahaut et Sara avaient filé devant Gauthier pour le conduire jusqu'à la chambre et ouvrir le lit. Malgré les efforts de Xaintrailles pour la retenir, Catherine se lança sur les traces du Normand. Derrière son dos, elle entendit Xaintrailles crier :

« Restez là, Catherine, n'y allez pas maintenant ! »

Mais elle n'entendait rien, rien que ce sourd grondement intérieur, cette voix désespérée qui répétait inlassablement « il va mourir... il va mourir ». Cela emplissait ses oreilles d'un bruit d'orage et son cœur semblait battre au rythme de ce refrain désespéré. Elle arriva en haut hors d'haleine, aperçut le large dos de Gauthier qui posait Arnaud sur le lit et voulut entrer dans la chambre. Mais elle se heurta à Sara qui, les yeux pleins de larmes, tenta de lui barrer le passage.

« Laisse-nous d'abord nous occuper de lui, ma petite, dit la zingara doucement. Il est bien mal en point et, dans ton état...

— Qu'importe mon état, riposta Catherine les dents serrées. Qu'importe l'enfant si Arnaud agonise ! C'est à moi qu'il appartient, tu entends ? A moi seule ! Personne n'a le droit de m'écarter de lui quand il a besoin de moi... »

A regret, Sara écarta sa haute silhouette, livrant passage à Catherine. Elle hocha la tête, murmura :

« Je ne sais trop s'il souffre. Il est inconscient, bien qu'il ouvre les yeux. Il ne reconnaît rien... et on dirait qu'il ne voit pas clair. »

Rassemblant son courage, Catherine se raidit contre la vague de chagrin qui s'enflait en elle. Il ne fallait pas qu'elle se laissât aller... pas maintenant ! Il fallait qu'elle fût brave, qu'elle osât regarder en face la vérité quelle qu'elle fût ! Une voix secrète lui soufflait qu'à ce prix-là seulement elle pourrait sauver Arnaud ! Comme elle avait coutume de le faire quand elle avait besoin de tout son sang-froid, elle serra ses mains l'une contre l'autre et s'avança vers le lit devant lequel s'affairait la vieille Mahaut.

Sur son chemin, elle trouva Gauthier. Le Normand se tenait au milieu de la pièce et la regardait approcher avec, dans ses yeux clairs, une étrange expression où se mêlaient la colère et la douleur. Il ouvrit la bouche pour dire quelque chose, mais se ravisa, secoua ses épaules massives et se dirigea vers la porte sans se retourner. Catherine n'avait pas prêté attention à lui. Elle ne voyait qu'Arnaud et la silhouette voûtée de la vieille Mahaut qui se penchait sur lui.

« Dans quel état, doux Jésus ! Dans quel état il est, le pauvre seigneur ! » se lamentait la nourrice.

Tant bien que mal, aidée de Sara, elle débarrassait le prisonnier des haillons boueux et puants qui adhéraient à son corps amaigri. On aurait dit que le malheureux avait séjourné dans une fosse à purin, mais, en arrachant du dos et de la poitrine de Montsalvy les derniers lambeaux d'étoffe, Mahaut rencontra de la difficulté et, comme elle insistait, du sang perla sur la peau grise de crasse.

« Il est blessé ! » souffla Catherine le cœur révulsé.

Sa main tremblante se posa sur le front d'Arnaud, repoussant les cheveux trop longs.

« On n'en viendra jamais à bout de la sorte, marmotta Mahaut. Sara, descendez aux cuisines et dites qu'on nous monte un baquet à lessive, un grand ! et plusieurs seaux d'eau chaude. Il faut lui donner un bain. »

Sara disparut, mais aussitôt Xaintrailles, suivi de Jacques Cœur, s'encadra dans la porte. Soucieux, il marcha jusqu'au lit et se planta derrière Catherine qui s'était mise à détacher, elle aussi, avec d'infinies précautions, les lambeaux d'étoffe collés. Elle lui jeta un coup d'œil rapide.

« Où l'avez-vous trouvé pour qu'il soit dans cet état ? Dans une oubliette ?

— Presque ! Au fond d'une ignoble fosse où l'eau

de la Loire suintait. Le sol de boue ne devait jamais sécher. Il était enchaîné à même le sol, les ceps aux pieds et aux mains, dans une obscurité complète. On lui passait sa nourriture... enfin ce qu'on appelait sa nourriture, par un trou. La porte était scellée. Il a fallu l'enfoncer. Le geôlier qui le gardait était une épouvantable brute, un bossu à la peau noire, fort comme un Turc, qu'il a fallu trois hommes solides pour maîtriser.

— Qu'en avez-vous fait ?

— Que fait-on d'un rat ? On l'écrase. Je l'ai égorgé sur place et je l'ai laissé dans l'in-pace, avant d'emporter Montsalvy. Je vous avoue que tout d'abord j'ai cru qu'Arnaud était mort. Il ne bougeait pas. Mais j'ai vu qu'il respirait encore faiblement. J'aurais tout donné pour avoir un médecin sous la main. Un de mes hommes avait un peu étudié chez les moines. Il lui a fait prendre un peu de lait, un bouillon chaud, mais nous n'avions pas le temps de nous attarder plus longtemps. Il fallait faire vite. On l'a emballé du mieux qu'on a pu avec un manteau et je l'ai ramené sur mon cheval en le tenant comme un enfant, jusqu'aux abords de Bourges où j'ai trouvé, chez un métayer de maître Jacques, cette charrette, ce bois et cet accoutrement. Et Dieu m'est témoin, Catherine, que tout au long de la route, j'ai tremblé de ne vous ramener qu'un cadavre. Il faudra que La Trémoille et sa clique paient pour avoir osé faire ça.

— Pour le moment, fit Catherine durement, il s'en tire avec un geôlier égorgé...

— ... vingt hommes d'armes abattus et un château en flammes ! acheva Xaintrailles tranquillement. Pour qui me prenez-vous ? On fait ce qu'on peut, que voulez-vous ? Mais j'avais beau être pressé, j'ai pris tout de même le temps de mettre le feu.

— Pardonnez-moi ! » fit Catherine sans lever les yeux.

Deux valets apportaient à grand-peine le baquet à lessive dans lequel on plaça un drap et que l'on emplit d'eau chaude. Pendant ce temps, maître Jacques, immobile, avait contemplé le rescapé sans mot dire. Ses yeux allaient du grand corps inerte au profil pur de Catherine qui se détachait sur la flamme des bougies, à ses longs cils qui mettaient sur sa joue des ombres si douces. Mahaut, de l'autre côté du lit, rencontra son regard et secoua les épaules.

« Il faudrait un médecin, dit-elle d'un ton de reproche. Et le plus vite sera le mieux. »

Jacques Cœur tressaillit comme un homme que l'on éveille brutalement. Il se dirigea lentement vers la porte.

« J'y vais moi-même », dit-il seulement.

Il sortit, étouffant un soupir.

Pas une seule fois depuis qu'il était entré dans la chambre, Catherine n'avait paru s'apercevoir de sa présence. Elle avait rejoint, dans son univers de souffrances, cet homme à moitié mort qui n'était plus que l'ombre de lui-même...

Avec d'infinies précautions, Catherine, Xaintrailles et Sara enlevèrent Arnaud du lit et le plongèrent dans le baquet où Mahaut venait de jeter un plein flacon d'huile aromatique et un petit fagot de racines de guimauve. Le corps émacié dont la peau grise adhérait fortement à des muscles diminués disparut sous l'eau fumante. A ce moment, Arnaud ouvrit ses yeux qui apparurent rouges avec d'étranges taches. Ses lèvres remuèrent. Des sons indistincts en sortirent, tellement bizarres que Xaintrailles verdit.

« Sang du Christ ! » gronda-t-il.

A deux mains il saisit la tête de son ami, l'obligea à ouvrir la bouche, regarda à l'intérieur, puis la lâcha avec un soupir de soulagement : « J'ai eu peur, balbutia-t-il. J'ai cru qu'on lui avait coupé la langue. »

Une exclamation d'horreur de Catherine lui répondit, mais la jeune femme ne le regardait pas. Lentement, elle passait sa main devant les yeux grands ouverts de son ami, puis releva sur Xaintrailles un regard qui s'affolait.

« On dirait... qu'il ne voit rien ! Ses yeux ne bougent même pas quand ma main s'approche.

— Je sais, répondit le capitaine sombrement. J'avais déjà eu cette impression plusieurs fois durant le trajet. Mais..., se hâta-t-il d'ajouter en voyant les larmes jaillir des prunelles violettes de la jeune femme, il ne faut pas vous affoler, ma mie. Cela peut venir de l'état d'inconscience où il est. Il faut attendre un médecin. »

Le bain dura un long moment. Peu à peu, l'eau moirée d'huile se polluait. La boue grasse, les fragments de tissu effiloché, la vermine abandonnaient le corps dont la peau, enfin, retrouvait une couleur plus humaine. Sur la poitrine et sur le dos apparaissaient clairement de longues raies tuméfiées où le sang perlait de nouveau.

« Que lui a-t-on fait ? » demanda la vieille Mahaut en jetant à Xaintrailles un coup d'œil accusateur.

Celui-ci détourna la tête, moucha d'une main mal assurée une chandelle qui fumait.

« Le fouet ! Plusieurs fois... répondit-il d'une voix rauque. La belle de La Trémoille sait se venger quand on la dédaigne. On l'a traité pire qu'une bête... et vous voyez le résultat de sa fidélité à son amour ! »

Catherine grinça des dents. D'un geste furieux, elle rejeta en arrière une mèche de cheveux qui lui tombait sur la joue et regarda Xaintrailles avec des yeux flambants.

« Elle me le paiera ! gronda-t-elle. Elle me paiera tout cela tôt ou tard, toutes ses souffrances à lui, toutes mes douleurs à moi ! Elle me les paiera au poids du sang et des larmes. »

Elle tremblait comme une feuille, agenouillée auprès du baquet, les genoux dans une flaque d'eau et les mains agrippées au drap dont on l'avait garni pour que le bois rugueux ne blessât pas Arnaud. Doucement, Xaintrailles la releva et, un instant, la tint serrée contre lui, l'enveloppant de sa chaleur rassurante, comme s'il cherchait à lui communiquer sa propre force vitale.

« Laissez Montsalvy reprendre des forces, dit-il gravement. Il a toujours su régler ses comptes, vous devriez en savoir quelque chose. Il est des femmes qu'il faut combattre en homme ! »

Le nez dans la futaine déchirée du capitaine, Catherine renifla puis hoqueta, d'une toute petite voix qui donnait la mesure de son découragement :

« Mais vous voyez bien qu'il n'est plus que l'ombre de lui-même...

— Vous n'en croyez rien... et moi non plus ! J'ai vu si souvent Arnaud à moitié mort, comme mes autres camarades d'ailleurs, que je ne le croirai à jamais détruit que lorsque je le verrai froid et roide. Et encore ! »

ON venait de remettre Arnaud dûment séché dans son lit quand Jacques Cœur revint et annonça que le médecin arrivait. Gauthier et deux valets emportaient le baquet plein d'eau sale et, maintenant qu'on l'avait couché dans les draps de lin blanc, la tragique maigreur du jeune homme ressortait plus que jamais. Dans le bain, Xaintrailles avait lui-même rasé son ami, restituant un visage hâve aux méplats creusés dont la chair réduite à fort peu de chose révélait l'ossature parfaite et accusait les minces cicatrices, traces d'anciens coups d'épée.

Il semblait ainsi plus jeune et, dans cette immobilité qui le faisait si semblable à quelque gisant de pierre, plus émouvant et plus désarmé. Sur la toile de fond de sa mémoire, Catherine, les yeux brouillés de larmes, revoyait le chevalier blessé de la route de Flandres. Ce soir-là, aussi, il était inerte et abattu, mais en pleine force, mais en pleine puissance. On sentait que, dans cette chair blessée, la vie bouillonnait et qu'au sortir de l'inconscience le guerrier reprendrait ses droits. L'Arnaud de ce soir semblait dormir d'un sommeil qui n'aurait pas de fin... et Catherine, désespérée, eût donné toutes les années qui pouvaient lui rester à vivre pour qu'il ouvrît les yeux et qu'il lui sourît.

L'entrée d'un nouveau personnage la tira de sa douloureuse contemplation. Non sans peine, car elle s'était si bien enfermée dans son navrant tête-à-tête que tous les autres assistants avaient disparu pour elle. A peine était-elle consciente de la silhouette rigide de Sara, assise au pied du lit, le dos contre une colonne, et du souffle rapide de Xaintrailles derrière son dos. Mais le nouveau venu avait de quoi éveiller l'attention la plus flottante. Long, maigre et un peu voûté, il avait un visage étroit et jaune sur lequel tranchaient d'épaisses lèvres rouges, un long nez en bec d'aigle et de petits yeux profondément enfoncés sous des sourcils charbonneux. De longs cheveux bizarrement tressés en cadenettes tombaient sur les épaules maigres du personnage et rejoignaient une barbe noire qui semblait faite de copeaux d'ébène. Une robe noire élimée flottait autour de son corps et, sur cette robe, se détachait sinistre une rouelle jaune, à laquelle s'attacha, stupéfait, le regard de Catherine. Ce regard, le nouveau venu l'intercepta et eut un rire sec.

« Les enfants d'Israël vous font-ils peur, madame ? Je jure n'avoir jamais fait mourir, ni réduire en poudre aucun petit enfant, si c'est là votre crainte... »

La voix grave de Jacques Cœur s'éleva derrière lui avant que Catherine ait pu répondre :

« Rabbi Moshe ben Yehuda est le plus savant médecin de la ville. Il a étudié à l'université de Montpellier, dit le pelletier, nul ne saurait mieux que lui soigner mon hôte. Bien des fois, en ce qui me concerne, j'ai fait appel à lui car il est habile et sage.

— N'y a-t-il donc, en cette ville, aucun médecin chrétien ? intervint Xaintrailles avec une légère grimace. J'avais entendu que maître Aubert...

— Maître Aubert est un âne qui tuera votre ami plus sûrement que les bourreaux de La Trémoille. Après la médecine arabe, la science hébraïque est la plus puissante de notre temps. Elle a pris ses racines à Salerne où exerçait la fameuse Trotula. »

Tandis que Jacques parlait, Moshe ben Yehuda, avec un haussement d'épaules, s'était approché du lit et considérait le malade avec des prunelles rétrécies.

« Il n'a pas sa connaissance, murmura Catherine. Parfois, il ouvre les yeux, mais il ne voit rien. Il balbutie des mots incompréhensibles et...

— Je sais ! coupa le médecin. Maître Cœur m'a

tout expliqué. Laissez-moi l'examiner... Veuillez vous reculer. »

A regret, Catherine s'écarta. Ce grand homme noir, penché sur Arnaud, lui semblait de mauvais augure et lui faisait peur. Il avait tellement l'air d'un esprit funèbre ! Pourtant, elle fut bien obligée de lui reconnaître une extraordinaire habileté. Ses longs doigts souples avaient parcouru rapidement tout le corps du blessé, s'attardant sur les écorchures tuméfiées laissées par le fouet et dont certaines suppuraient. D'une voix sourde, il réclama de l'eau pure dans un bassin, puis du vin. Il fut servi dans l'instant. Sara et Mahaut étaient suspendues à ses lèvres presque autant que Catherine.

Dans l'eau, il lava ses doigts avant de les poser sur le visage d'Arnaud. Catherine le vit relever les paupières, examiner longuement les yeux abîmés. Il émit un léger sifflement.

« Est-ce que... c'est grave ? demanda-t-elle timidement.

— Je ne saurais vous dire. Plusieurs fois déjà, j'ai vu de ces cas de cécité chez des prisonniers. C'est une affection due, je crois, à la nourriture infecte des prisons. Hippocrate lui donnait le nom de Keratis.

— Cela veut-il dire... qu'il est aveugle pour toujours ? fit à son tour Xaintrailles d'une voix si chargée d'angoisse que Catherine, instinctivement, tendit une main vers lui. Mais Rabbi Moshe hochait ses cadenettes noires.

— Qui peut savoir ? Certains sont restés aveugles, d'autres ont retrouvé la vue, parfois dans un délai assez bref. Grâce au Très-Haut, je sais comment soigner avec les meilleures chances de réussite. »

Tout en parlant, il s'était déjà mis à l'ouvrage.

Toutes les blessures furent lavées soigneusement avec du vin, puis enduites d'un onguent fait de graisse de mouton, de poudre d'encens et de térébenthine lavée, enfin bandées de toile fine. Sur les yeux du malade, Rabbi Moshe ben Yehuda appliqua un cataplasme de feuilles de belladone et d'huile de palme, en recommandant de le changer tous les jours.

« Nourrissez-le de lait de chèvre et de miel, dit-il enfin quand il eut fini. Veillez à le tenir dans une parfaite propreté. S'il souffre, donnez-lui quelques grains de pavot, je vous laisserai tout ce qu'il faut. Enfin, priez Yahweh qu'Il vous prenne en pitié, car Lui seul peut tout, car Lui seul est le maître de la vie et de la mort.

— Mais, dit Catherine qui s'était glissée au chevet d'Arnaud dès que le médecin l'avait abandonné et avait pris l'une de ses mains dans les siennes, vous reviendrez le voir chaque jour, n'est-ce pas ? »

Rabbi Moshe eut un sourire amer et ne répondit pas. Ce fut Jacques Cœur qui, d'une voix gênée, répliqua :

« Malheureusement, cette visite n'aura pas de seconde. Rabbi Moshe doit quitter notre ville cette nuit... avec tous ses coreligionnaires ! L'ordre du roi est formel : au lever du soleil tous les juifs doivent avoir franchi les murailles sous peine de mort. Déjà, j'ai retardé Rabbi Moshe qui était prêt à partir ! »

Un silence de mort accueillit ces paroles. Lentement, Catherine s'était relevée et regardait tour à tour Jacques Cœur et le médecin.

« Mais... pourquoi cet ordre ? »

La voix mordante de Xaintrailles lui répondit :

« Parce que La Trémoille n'a jamais assez d'or ! Il

a réussi à obtenir enfin, à ce que je vois, cet édit frappant les juifs. On les chasse, mais, bien entendu, on ne chasse pas leur or. Ils doivent partir sans rien emporter de leurs biens. Demain, les coffres de La Trémoille seront pleins ! Et je suppose que, lorsqu'il les aura vidés, il s'attaquera à d'autres : les Lombards par exemple. »

Cette nouvelle, qui ne la touchait qu'indirectement, fut cependant pour Catherine la goutte d'eau du vase trop plein. Ses nerfs lâchèrent d'un seul coup. Secouée de sanglots convulsifs, elle s'abattit au pied du lit en poussant des cris inarticulés. Tout son corps tremblait et se tordait, raidi par instants en une sorte de crampe douloureuse. Sara s'était précipitée sur elle et tentait de la relever, mais en vain. Elle avait agrippé l'une des colonnes du lit et s'y cramponnait de toutes ses forces. On l'entendit gémir :

« La Trémoille !... La Trémoille !... Je ne veux plus... entendre ce nom-là !... Je ne veux plus... Jamais... Plus jamais ! Plus jamais La Trémoille ! Il va nous dévorer tous... Arrêtez-le ! Mais arrêtez-le donc ! Vous ne voyez pas comme il ricane dans l'ombre... Arrêtez ! »

Posant vivement la besace qu'il avait reprise, le médecin était venu s'agenouiller auprès de la jeune femme. Il avait pris sa tête entre ses mains et la massait doucement en murmurant, en langue hébraïque, des paroles d'apaisement ou d'exorcisme. A cet instant, Catherine paraissait se débattre avec un démon intérieur, mais, peu à peu, sous les mains souples de Rabbi Moshe, elle se calmait. Son corps se détendit, des flots de larmes jaillirent de ses yeux et, insensiblement, sa respiration s'apaisa.

« Ceci est trop pour elle ! fit la voix calme de maître Jacques, elle a déjà tant souffert du fait de cet homme.

— Elle n'est pas la seule, malheureusement, dit Xaintrailles sombrement. Dans tout le royaume on souffre et on pleure parce que La Trémoille existe... »

Un sourire amer se figea sur le visage du pelletier tandis que sa voix se chargeait d'un peu de dédain.

« Et les capitaines, les hommes d'armes tolèrent cela ? Combien de temps encore, messire, vous et vos pareils laisserez-vous le champ libre à ce misérable ?

— Pas plus qu'il ne faudra, maître Jacques, soyez-en bien certain ! répondit rudement le capitaine. Le temps de réunir assez de chasseurs pour forcer le sanglier dans sa bauge. Pour l'heure, les chasseurs sont dispersés, il leur faut revenir des quatre horizons. »

Le malaise de Catherine avait pris fin. Appuyée au bras de Sara, elle se relevait, un peu honteuse de s'être ainsi laissée aller. Mahaut voulut l'envoyer au lit, mais elle refusa.

« Je vais mieux, maintenant. Je vais demeurer auprès de lui. Cette nuit, je ne pourrai pas dormir, je le sens. S'il allait... »

Elle n'osa pas formuler complètement sa crainte de ne pas être là si Arnaud s'éteignait dans la nuit, mais Xaintrailles, lui, avait compris.

« Je veillerai avec vous, Catherine. La mort n'osera pas l'arracher d'entre nous deux. »

TOUTE la nuit, Catherine, Sara et Xaintrailles se relayèrent au chevet d'Arnaud, écoutant son souffle, épiant le moindre signe d'affaiblissement. Deux ou trois fois, la respiration du blessé s'arrêta et, aussitôt, le cœur de Catherine manqua un battement. Malgré sa fatigue, elle passa des heures à genoux, priant éperdument quand Sara ou Xaintrailles veillaient à leur tour. Cette nuit avait pris pour elle une valeur de symbole. Dans son désespoir et son angoisse, elle avait fini par se persuader de l'importance primordiale de ces heures qui s'écoulaient si lentement. « S'il vit encore au lever du jour, pensait-elle, il sera sauvé... » Mais vivrait-il encore lorsque le soleil reviendrait éclairer la terre ? Avant de partir, Rabbi Moshe n'avait pas caché que l'extrême faiblesse d'Arnaud constituait le plus grand danger. Il lui avait fait absorber quelques cuillerées de lait mélangé d'un peu de miel, puis, pour lui assurer un repos à peu près calme, une infusion de pavot, mais c'était l'inertie absolue du blessé qui affolait le plus Catherine. Il suffisait de si peu de chose, semblait-il, pour éteindre la petite flamme de vie qui brûlait encore dans cet homme épuisé.

Xaintrailles non plus n'avait guère dormi. Assis sur un escabeau, les coudes aux genoux et les mains nouées, il était resté des heures immobile, les yeux fixés sur son ami. De temps en temps, il parlait, comme s'il avait besoin de paroles pour s'encourager et s'obliger à l'espoir.

« Il s'en tirera, disait-il avec une conviction qu'il puisait en lui-même. Il ne peut pas ne pas s'en tirer. Rappelez-vous Compiègne, Catherine. Là aussi, nous l'avions cru mort ! »

Mais, parfois aussi, il fermait les yeux et les frottait de ses deux poings. Pour empêcher les larmes de paraître ou bien parce qu'il ne pouvait plus endurer la vision de ce corps inerte, de ce visage aux yeux bandés. Au-dehors, en contrepoint sinistre, il y avait le piétinement de ceux que l'on chassait et qui, alourdis du peu qu'ils avaient eu permission d'emporter, se dirigeaient vers la porte Ornoise. Combien atteindraient Beaucaire ou Carpentras, les villes du Sud où la colonie hébraïque était puissante et tolérée ?

Les coqs chantèrent bien avant que le jour parût. Les cloches du couvent des jacobins sonnèrent prime, puis, insensiblement, le ciel se fit moins noir. Enfin, du côté de l'orient, une bande claire apparut sur l'horizon et grandit de plus en plus jusqu'à effacer complètement la nuit. Sur le rempart, une trompette sonna, annonçant l'ouverture des portes et la relève de la garde... Au même instant, Arnaud bougea.

Ses mains tâtèrent le drap qui le couvrait, puis s'élevèrent, grandes ouvertes, tendues en avant avec le geste instinctif des aveugles. Debout de chaque côté du lit, n'osant respirer, Catherine et Xaintrailles regardaient. Le cœur de la jeune femme lui faisait mal tant il battait fort contre ses côtes. Le charme n'allait-il pas se rompre si elle faisait un geste ? Mais les lèvres d'Arnaud bougeaient. Il balbutia, comme du fond d'un rêve :

« La nuit... toujours la nuit ! »

La poitrine oppressée de Catherine se dégonfla d'un seul coup. Elle saisit l'une de ces mains errantes, la serra contre son cœur et, se penchant, demanda doucement :

« Peux-tu m'entendre, Arnaud ? C'est moi... C'est Catherine.

— Catherine ? »

Brusquement les mâchoires du blessé se crispèrent et il arracha sa main de celles qui le tenaient.

« Que me voulez-vous encore ? souffla-t-il. Quel nouveau piège me tendez-vous ?... Ne savez-vous pas... que c'est du temps perdu ?... Ce n'est pas vous que j'aime !... Vous, je vous méprise. Vous... me répugnez ! »

Vidée d'un seul coup de tout son sang, Catherine chancela. Mais, par-dessus le lit, son regard croisa celui de Xaintrailles et y lut l'ombre d'un sourire.

« Il vous prend pour une autre ! dit-il. L'aimable épouse de La Trémoille s'appelle aussi Catherine, vous le savez bien, et elle a dû lui rendre quelques visites dans sa prison. Laissez-moi faire. »

A son tour, il se penchait sur son ami, posant ses grandes mains sur les épaules osseuses.

« Entends-moi, Montsalvy !... Tu es en sûreté ! Ta prison est loin. Tu me reconnais bien, moi ?... Je suis Xaintrailles, ton frère d'armes, ton ami... Tu m'entends ?... »

Mais la tête d'Arnaud glissait sur le côté tandis que ses lèvres ne laissaient plus échapper que des paroles sans suite. L'instant de lucidité avait été bref. Déjà, les ténèbres avaient repris possession de l'esprit du blessé. Xaintrailles se redressa et, prévenant la plainte de Catherine, braqua sur elle un regard farouche.

« Il ne nous entend plus, mais ce n'est qu'un passage. Il retrouvera bientôt ses sens. »

Il contourna le lit, saisit Catherine par les épaules, refusant de voir les larmes qui roulaient sur ses joues.

« Je vous défends de désespérer, vous m'entendez, Catherine ! A nous deux, nous le sauverons ou bien je me fais moine ! Séchez vos larmes, allez dormir, vous ne tenez plus debout ! D'autres vous relaieront. Moi, je vais rentrer chez moi, mais je reviendrai ce soir... Eh, vous, là ! »

L'apostrophe finale s'adressait à Sara qui était allée jusqu'à la cuisine et apparaissait sur le seuil avec un pot de lait. Le ton cavalier du gentilhomme lui fit froncer les sourcils.

« Je m'appelle Sara, messire !

— Sara, si vous voulez ! Tâchez de vous occuper de votre maîtresse ! Couchez-la, de force s'il le faut ! Et puis allez me chercher ce grand diable qui a l'air d'une tour de siège et mettez-le de faction auprès du capitaine de Montsalvy. »

Sur ces énergiques paroles, Xaintrailles embrassa Catherine et disparut en faisant de son mieux pour réprimer ses habituelles façons tempétueuses. Mais il ne put s'empêcher de faire claquer la porte. Sara haussa les épaules, tendit à Catherine la tasse de lait et bougonna :

« Qu'est-ce qu'il s'imagine, celui-là ? Je n'ai jamais eu besoin de lui pour savoir comment je devais te soigner ! Mais, pour le reste, il a raison. Messire de Montsalvy ne peut avoir de meilleur gardien que Gauthier. Je le crois capable d'arrêter un escadron à lui tout seul.

— Tu crois que nous pourrions craindre quelque chose, ici ?

— On peut toujours craindre ! Tu penses bien que La Trémoille cherchera à retrouver son prisonnier et à tirer vengeance des dégâts faits à son château. Le seigneur Xaintrailles manque un peu de discrétion et n'y entend pas grand-chose en matière de déguisement. Malgré ses haillons et sa barbe, il sent le chef de guerre à plein nez et je me demande même comment les soldats de l'enceinte s'y sont trompés. Ils devaient être ivres, ou myopes ! »

Sous les pieds de Catherine, la maison s'éveillait. Des pas faisaient grincer les escaliers et, de la cuisine, on entendait remuer les chaudrons. La porte d'entrée s'ouvrit et retomba. Quelqu'un sortait. Macée sans doute qui s'en allait à la messe. Dans sont lit, Arnaud semblait dormir ! Catherine accepta enfin d'aller en faire autant.

PENDANT cinq jours et cinq nuits, Catherine ne quitta pas la chambre d'Arnaud. Elle avait fait jeter un matelas dans un coin et dormait là, deux ou trois heures, quand, vraiment, son corps lui refusait tout service. Sara demeurait près d'elle continuellement et chaque soir, à la nuit tombée, Xaintrailles revenait, aussi discrètement qu'il pouvait, pour que l'on ne s'étonnât pas de ses visites assidues au pelletier. Quant à Gauthier, s'il passait ses nuits couché en travers de la porte, il n'entrait dans la chambre que lorsqu'on le demandait. Encore ne semblait-il y entrer qu'à regret et ne s'attardait-il jamais. Il se précipitait pour exécuter le moindre des ordres de Catherine, mais jamais plus il ne souriait et l'on n'entendait presque jamais sa voix. Ce fut Sara qui établit le diagnostic de cet étrange comportement.

« Il est jaloux ! » dit-elle.

Jaloux ? C'était bien possible ! Catherine, un instant, en éprouva quelque contrariété, mais, durant ces jours chargés d'angoisse, elle ne pouvait s'intéresser longtemps à quelqu'un d'autre qu'à Arnaud et ne releva même pas le propos. Elle et Xaintrailles livraient contre la mort un combat sans merci, avec l'aide de Sara et de la vieille Mahaut. Les Cœur, avec un tact infini, ne se montraient que deux fois le jour pour prendre des nouvelles. Autour du drame qui se jouait dans la chambre du second, la maison poursuivait sa vie habituelle, tout unie et sans reliefs car il s'agissait avant tout de ne pas attirer l'attention. Pour plus de sûreté, Jacques Cœur avait même fait partir le poète Alain Chartier pour l'une de ses fermes. Il s'était mis à courtiser une petite servante et cela pouvait être dangereux.

La fièvre ne lâchait pas prise, secouant le corps émacié d'Arnaud qui passait tour à tour d'un délire presque frénétique à une torpeur totale, d'une épuisante lutte contre d'invisibles ennemis à une tragique immobilité où sa respiration même devenait difficilement perceptible. Il demeurait alors étendu sur son lit, les narines pincées. Dans ces moments-là, Catherine, le cœur serré, croyait la dernière heure venue et regrettait les fureurs du délire. Elle l'entourait de soins incessants, renouvelant chaque jour le cataplasme d'herbes sur les yeux du malade et remerciant Dieu quand, avec une peine infinie, elle avait réussi à faire absorber au blessé un peu de nourriture.

Outre l'état d'Arnaud, elle avait un autre sujet d'angoisse. Le coup de force de Xaintrailles contre le château de Sully avait eu, bien entendu, des répercussions. Heureusement pour le capitaine aux cheveux rouges, La Trémoille ignorait qui avait tué ses hommes et incendié son domaine, Xaintrailles ayant pris bien soin de bannir, pour sa troupe et pour lui-même, tout signe distinctif. Pour tout le monde, un chef de bande avait surpris la défense du château et en avait arraché un prisonnier sur l'identité duquel le chambellan demeurait étrangement discret.

« Mais, confia Xaintrailles à Catherine, si La Trémoille n'a pas la certitude que le coup vient de moi, du moins s'en doute-t-il et je peux m'attendre à n'importe quel traquenard. C'est pourquoi, chaque soir, je ne sors de chez moi que déguisé en valet et ne viens ici qu'après une station chez une dame de mes amies dont la maison possède une heureuse issue habilement dissimulée par laquelle je repasse avant de rentrer. »

Xaintrailles prenait un plaisir évident à berner le gros chambellan et ce plaisir-là inquiétait Catherine. Sa vie et celle d'Arnaud n'étaient-elles pas l'enjeu de cette mortelle partie de cache-cache ? Et où, en cas de besoin, dissimuler le blessé inconscient si la maison des Cœur devenait suspecte ? Dans une cave ? Lorsque le délire s'emparait d'Arnaud, il poussait des cris à percer les plafonds et il fallait calfeutrer la chambre pour ne pas intriguer les passants.

Mais, à l'aube du sixième jour, tandis qu'agenouillée dans un coin de la chambre, devant une image de Notre-Dame, Catherine priait de tout son cœur, la tête dans les mains, et que Xaintrailles, debout au pied du lit, s'étirait comme un grand chat avant de se préparer à repartir, une voix faible mais nette vint couper l'oraison de la jeune femme et fit tressaillir le capitaine.

« Tu portes la barbe, maintenant ? Tu sais que tu es affreux comme ça ? »

Un cri étouffé jaillit de la gorge de Catherine qui bondit de son prie-Dieu. Légèrement soulevé sur ses avant-bras, Arnaud regardait son ami avec un sourire pâle mais résolument moqueur. Il avait arraché le bandage de ses yeux qui étaient encore rouges, mais qui, apparemment, voyaient clair. Xaintrailles, son regard brun étincelant de joie, fit une grimace comique.

« Il paraît que tu as décidé de rejoindre le monde des vivants, tout compte fait, dit-il d'une voix qui s'enrouait d'émotion maîtrisée à grand-peine. On était pourtant bien tranquilles, comme ça, n'est-ce pas, Catherine ?

— Catherine ? »

Le blessé tournait la tête vers l'endroit que regardait Xaintrailles, mais déjà, riant et sanglotant tout à la fois, la jeune femme s'abattait à genoux près du lit. Incapable d'articuler même une syllabe, elle saisit la main d'Arnaud et l'appuya contre sa joue inondée de larmes, couvrant, entre deux sanglots, cette main de baisers.

« Ma mie ! balbutia Montsalvy bouleversé. Ma douce Catherine !... Par quel miracle ? Dieu a donc permis que je te revoie ? Je n'ai donc pas, en vain, crié vers lui du fond de ma prison ? Tu es là ? C'est bien toi ?... Tu n'es pas un rêve, dis ? Tu es bien réelle... »

Dans un terrible effort, il tentait de se redresser encore pour l'attirer à lui tandis que de grosses larmes roulaient sur son visage émacié. Jamais Catherien ne l'avait vu pleurer, l'orgueilleux Montsalvy, et ces humbles larmes, qui donnaient la mesure de son amour pour elle, lui parurent cent fois plus précieuses que les plus riches présents. Il pleurait de joie, pour elle, à cause d'elle ! Bouleversée de tendresse, elle se coula contre lui, entourant de ses bras les épaules à l'ossature saillante, appuyant sa bouche tremblante à la joue d'Arnaud.

« Je suis aussi réelle que toi, mon amour. Le Ciel, une fois encore, a fait pour nous un miracle... Et maintenant, personne, jamais, ne pourra nous séparer...

— C'est à souhaiter ! grogna Xaintrailles un peu vexé de se voir abandonné. Tudieu ! Vit-on jamais amour plus traversé que le vôtre ? »

Mais c'était peine perdue. Arnaud ne l'écoutait

pas. Il avait saisi le visage de Catherine et le couvrait de baisers désordonnés, émaillés de mots absurdes et tendres. Ses mains, tremblant d'une joie démente, s'attachaient à la jeune femme, glissant des joues lisses aux tresses sages, suivant le contour du cou, des épaules comme si elles cherchaient à refaire connaissance avec ce corps trop longtemps désiré, presque oublié. Catherine, à la fois heureuse et confuse à cause du regard amicalement goguenard de Xaintrailles, se défendait doucement.

« Tu es plus belle que jamais », murmura le blessé d'une voix rauque.

Soudain, il l'écarta de lui.

— Laisse-moi te regarder, pria-t-il. J'ai tant supplié le Ciel de te rendre à moi, au moins un instant, avant d'en finir avec la vie. C'était de ça, vois-tu, que j'avais le plus peur dans ma prison, c'était de crever là, comme une bête malade, sans avoir revu tes yeux, sans avoir tenu une dernière fois dans mes mains tes beaux cheveux, ton corps... »

Il l'avait obligée à se relever et la détaillait avidement, comme s'il voulait absorber une bonne fois et pour toujours une image trop longtemps désirée. Mais son regard, brusquement, s'accrocha à la taille épaissie de la jeune femme, s'y ancra tandis que sa figure pâlissait davantage encore. Il dut se racler la gorge pour que sa voix sortît.

« Tu es...

— Mon Dieu, oui, coupa, avec un large sourire, Xaintrailles qui avait saisi instantanément la pensée de son ami. Nous aurons, au printemps et si Dieu le veut, un petit Montsalvy !

— Un petit... Montsalvy ? Mais comment ? »

Cette fois, ce fut Catherine qui, pourpre à la fois de honte et d'orgueil, expliqua :

« La nuit de Rouen, Arnaud... Dans la barque de Jean Son... »

Une lente rougeur s'étendit peu à peu sur le beau visage du jeune homme tandis que ses yeux noirs, brillants de joie, se mettaient à étinceler. D'un geste impulsif qui lui arracha un gémissement, il tendit les bras vers Catherine.

« Un fils ! Tu vas me donner un fils ! Mon tendre amour... mon cœur ! Quelle joie plus grande pouvait me venir de toi !... »

Une joie peut-être un peu trop grande, en effet, pour la faiblesse du blessé, car, en se penchant vers lui, Catherine le sentit mollir entre ses bras tandis que la tête brune roulait contre son épaule. Pour la première fois de sa vie, Arnaud de Montsalvy venait de s'évanouir d'émotion. Catherine, tout de suite, s'affola, mais Xaintrailles, un sourcil relevé, considéra le phénomène avec plus de stupeur que d'inquiétude.

« Vrai, fit-il, je n'aurais jamais cru que cela lui ferait pareil effet ! Il y a, décidément, quelque chose de changé depuis que vous avez fait la paix, tous les deux ! »

Bien qu'elle fût occupée à bassiner d'eau fraîche le front d'Arnaud, Catherine crut percevoir une trace d'amertume dans le ton du capitaine.

« Qu'entendez-vous par là, Jean ? Ce changement vous semblerait-il néfaste ? Craignez-vous que mon amour amoindrisse votre ami ? »

Mais déjà Xaintrailles avait retrouvé le sourire et haussait les épaules.

« Diable non ! Je n'ai jamais rien pensé de semblable ! Peut-être suis-je un peu jaloux de vous ma chère, mais si vous êtes vraiment parvenue à faire de ce sauvage un être humain, ce sera, tout compte fait, une bonne besogne ! »

La nouvelle du retour à la vie d'Arnaud parcourut la maison des Cœur comme une traînée de poudre et chacun vint, à son tour, dans le courant de la journée, voir celui que tous considéraient un peu comme un revenant. Ce fut d'abord Sara qui, en entrant pour relayer Catherine au chevet du blessé, vint, les larmes aux yeux, lui baiser la main. Elle n'avait jamais oublié qu'au péril de sa propre vie le chevalier l'avait arrachée jadis à la maison incendiée de Loches et elle lui gardait une reconnaissance de chien fidèle, légèrement teintée d'ailleurs d'appréhension. L'incompréhension avait trop longtemps régné entre lui et Catherine pour que la fidèle Sara n'eût pas appris à redouter ce caractère hautain et difficile de grand seigneur, bien qu'elle en comprît la fierté ombrageuse et le sens intransigeant de l'honneur. Il lui faisait peur, mais elle l'admirait et, puisque le bonheur de Catherine reposait entre les mains dures d'Arnaud, elle, Sara, servirait et vénérerait ledit Arnaud.

A Jacques Cœur qui vint ensuite, Montsalvy offrit une gratitude profonde mais fière, solide et vibrante à la fois comme une lame d'épée : celle d'un homme qui sait la valeur exacte des risques encourus par le négociant pour ces réfugiés qui, à tout prendre, ne lui étaient rien. Et, pour Macée, il trouva des mots charmants, tout remplis d'une chaleureuse reconnaissance et d'une exquise courtoisie.

« Je vous dois, madame, plus que la vie puisque vous avez offert refuge et protection à celle qui, pour moi, a plus de prix que le monde présent et celui qui nous est promis dans l'au-delà. Merci d'avoir été si bonne et si accueillante à ma douce Catherine ! » lui dit-il en conclusion.

Il n'y eut pas jusqu'à la vieille Mahaut qui ne reçût sa part de gratitude et ne quittât la chambre conquise par le charme de celui qu'elle avait soigné lorsqu'il était en si triste état. Seul, Gauthier manqua dans ce défilé. Nul ne savait ce qu'il était devenu. Mais un pressentiment conduisit Catherine tout droit au galetas où logeait le Normand, au fond de la cour et au-dessus des écuries.

Elle le trouva assis sur sa paillasse, le dos rond et les mains au creux des genoux. Un petit balluchon attendrissant et soigneusement noué était posé auprès de lui. Et ce qui frappa le plus la jeune femme, ce fut l'air désarmé, abandonné du géant. Il était là, immobile et triste comme un grand enfant grondé par sa mère et qui ne sait quelle contenance tenir. Lorsque Catherine entra, il leva sur elle un visage marqué de chagrin et elle aurait volontiers juré qu'il avait pleuré. Etait-elle destinée à voir pleurer le même jour les deux hommes qu'elle pouvait croire les plus invulnérables ? Mais elle refusa de se laisser attendrir.

« Pourquoi ne réponds-tu pas lorsque l'on t'appelle ? demanda-t-elle assez rudement. Depuis ce matin l'on te cherche. Tu te caches ? »

Il secoua lentement sa grosse tête et serra très fort ses mains l'une contre l'autre. Ce geste qui était sien, car, dans les instants de détresse ou de violente émotion, elle serrait ainsi ses mains jusqu'à ce que les jointures blanchissent, éveilla brusquement en Catherine une compréhension bien proche de la tendresse. Elle s'assit auprès du géant au bord de la paillasse, désigna du doigt le balluchon.

« Tu allais partir, n'est-ce pas ? Es-tu donc déjà las de me servir ?

— Non, dame Catherine, mais vous n'avez plus besoin de moi, maintenant que vous avez retrouvé votre protecteur naturel. Il est le père de votre enfant, n'est-ce pas ?

— Naturellement ! Mais je ne vois pas en quoi cela te délivre de ton service auprès de moi. Souviens-toi de tes paroles, à Louviers : « Même une « dame a toujours besoin d'un chien fidèle », disais-tu ? Je ne t'ai jamais, que je sache, traité comme un chien, mais bien plutôt comme un ami. Ton dévouement d'ailleurs méritait ce titre. »

Gauthier baissa la tête. Les jointures de ses mains devinrent blanches.

« Je me souviens de tout cela et j'étais sincère alors. Je le suis toujours et mon plus ardent désir était de continuer à vous servir, de toutes mes forces... Seulement, maintenant j'ai peur... »

Un léger dédain arqua les lèvres pleines de la jeune femme.

« Peur ? Quel étrange mot dans ta bouche !... Je croyais que les descendants des rois de la mer n'avaient peur de rien en ce bas monde ?

— Je le croyais aussi, dame Catherine, et je continue à penser qu'il n'est pas un ennemi que je n'affronterais le cœur léger. Mais... c'est de vous que j'ai peur. Laissez-moi partir, dame Catherine, je vous en supplie... »

Quelque chose trembla dans le cœur de Catherine. Elle eut peur, elle aussi, tout à coup, peur de perdre ce rempart qu'était Gauthier et à l'abri duquel elle s'était accoutumée à vivre. S'il s'éloignait, les choses ne seraient plus comme auparavant. Il fallait qu'il restât et elle tendit sa volonté pour ce combat qu'il lui fallait gagner à tout prix.

« Non, dit-elle doucement mais nettement. Je ne te permettrai jamais de me quitter. Libre à toi de fuir, je n'ai pas la force de te retenir. Mais je ne te donnerai jamais mon consentement. J'ai besoin de toi, quoi que tu en penses et quelque chose me dit que tu me seras toujours indispensable car, au cours de mon existence bousculée, j'ai appris ce que valait un dévouement comme le tien. J'ai retrouvé mon protecteur naturel, dis-tu ? C'est vrai, dans un sens. Mais il s'agit d'un homme amoindri, pour le moment, incapable même de soulever cette épée qu'il maniait si fermement naguère. Nous sommes proscrits, traqués, menacés de toutes parts et il ne nous serait pas possible de faire trois pas dans l'une de ces rues sans être reconnus et emprisonnés. J'attends un enfant, Dieu seul sait dans quelles conditions il pourra voir le jour !... et c'est ce moment-là que tu choisis pour me quitter ? Tu as peur de moi, dis-tu ? Moi, j'ai encore plus peur du chemin que je vais parcourir si tu n'es pas auprès de moi pour en surmonter les obstacles. Maintenant, décide toi-même. »

Le front baissé, têtu, ne se relevait pas et un désagréable filet glacé se glissa dans l'esprit de Catherine. Elle avait la sensation de se heurter à un mur et de n'y trouver aucune aspérité à laquelle s'accrocher.

« J'ai dit que j'avais peur de vous, fit Gauthier sourdement, je dois ajouter que j'ai au moins aussi peur de moi. Une fois déjà... souvenez-vous... j'ai failli oublier ce que vous étiez et ce que j'étais. C'est ce souvenir-là qui m'empoisonne la vie... parce qu'il est trop doux, et parce que j'ai peur, un jour ou l'autre, de succomber. »

Catherine se releva et posa ses deux mains sur les épaules du géant, l'obligeant à la regarder.

« Et je te dis, moi, que tu ne recommenceras pas. Je te dis que tu sauras répondre à la confiance... absolue... que je mets en toi. Je te le demande... et même, je t'en supplie, si c'est cela que tu veux : reste auprès de moi ! Tu ne sais pas comme j'ai besoin de toi. Tu ne sais pas comme j'ai peur de l'avenir ! »

Sa voix s'enroua sur les derniers mots tandis que des larmes montaient à ses yeux. C'était plus que n'en pouvait supporter Gauthier. Comme au jour où elle l'avait sauvé de la potence et où il lui avait juré fidélité, il mit un genou à terre.

« Pardonnez-moi, dame Catherine. Chacun de nous, en ce monde, a ses moments de faiblesse. Je resterai.

— Je te remercie. Maintenant, viens avec moi.

— Où donc ?

— Auprès de cet homme que tu étais prêt à détester sans le connaître. Il est digne, lui aussi, de ton service et... »

Mais, au seuil de la porte, Gauthier résista à la main de Catherine qui l'entraînait.

« Entendons-nous bien, dame Catherine. C'est à vous que j'appartiens et à personne d'autre. C'est vous que je servirai... et personne d'autre. Sans doute, un jour, bientôt peut-être, serez-vous sa femme, mais je ne servirai encore que vous seule... jusqu'au jour où vous me direz de m'en aller. J'étais un homme libre jusqu'à votre venue. J'entends le rester pour quiconque n'est pas vous. Mais... il est encore temps de me laisser partir. »

Quel entêtement ! Une vague de colère gonfla la poitrine de Catherine et elle faillit se fâcher. Elle devinait confusément que le dévouement fanatique de Gauthier ne plairait guère à Arnaud, qu'elle aurait certainement quelques ennuis entre ces deux hommes qui l'aimaient chacun à sa façon. Mais elle ne se sentit pas le courage de rejeter le Normand qui, par tant de côtés, lui ressemblait. Car elle ne s'illusionnait guère sur la valeur du vernis aristocratique étendu sur elle par la volonté de son défunt mari, Garin de Brazey, et par l'amour exigeant de Philippe de Bourgogne. Gauthier était plus proche d'elle avec toute sa sauvagerie, avec ses instincts d'animal de la forêt que les grands seigneurs qui avaient élevé jusqu'à eux la fille de Gaucher Legoix, l'orfèvre du Pont-au-Change, la gamine qui courait jadis pieds nus sur les grèves de la Seine.

Elle accepta sa demi-défaite d'un soupir.

« C'est bon, dit-elle. Il en sera comme tu voudras ! »

Pourtant, la première entrevue des deux hommes fut meilleure qu'elle ne l'avait craint. Arnaud considéra pensivement le géant dressé au pied de son lit. Habitué aux statures vigoureuses des hommes d'armes, le capitaine des gardes du roi avait cependant rarement vu pareil spécimen humain et ne le cacha pas.

« Tu es taillé pour porter la broigne de fer et le casque à nasal, lui dit-il. Les hommes qui, jadis, s'en allèrent délivrer le Saint-Sépulcre à la suite de Bohémond et de Tancrède, devaient te ressembler comme des frères.

— Je suis Normand ! » riposta Gauthier non sans orgueil, comme si ce seul mot résumait tout.

Mais la fierté de la réponse ne déplut pas à

Montsalvy. Vaillant et orgueilleux, il aimait qu'un homme eût cette hauteur, même né d'humble condition.

« Je sais ! » dit-il simplement.

Puis, poussé par une obscure impulsion qu'il eût été bien incapable d'expliquer — peut-être le désir inavoué de s'attacher cet homme exceptionnel — il ajouta :

« Veux-tu me donner la main ? »

Catherine ouvrit de grands yeux. Qu'Arnaud, fier de sa race jusqu'à la hauteur, tendît la main à ce paysan comme à un égal, il y avait là de quoi trouver matière à réflexion. Comment allait réagir le Normand ?

Une profonde rougeur s'étendit sur le visage rude et, un court instant, il hésita devant cette main ouverte, si belle encore dans sa maigreur, qui se tendait vers lui. Il était pris au piège entre son amour pour Catherine et l'attrait qu'exerçait sur tout homme digne de ce nom le capitaine de Montsalvy. Les hommes d'Arnaud l'adoraient, bien qu'il fût brutal et souvent impitoyable, et ce charme, le Normand, malgré lui, le subissait.

Il étendit finalement sa large main, toucha avec précaution celle d'Arnaud comme un objet fragile, mais les doigts nerveux se refermèrent autour de sa lourde paume, l'obligeant à un contact sérieux, viril. Vaincu, alors, Gauthier rendit la pression amicale, mais plia le genou, sans cependant courber la tête.

« Merci, dit Arnaud simplement. Je sais tout ce que je te dois pour... ma femme et pour mon fils. »

Le regard gris et le regard noir se croisèrent, calmement et sans l'éclat de colère que Catherine avait tant craint. Elle joignit instinctivement les mains en un geste de gratiture. Et puis, son âme chantait de joie. Sa femme !... Arnaud l'avait appelée sa femme ! Tout en étant certaine de son amour, elle n'avait encore jamais osé s'attribuer ce titre. Peut-être l'avait-il dit sans y penser ?... Mais cette mince inquiétude fut de courte durée. A Jacques Cœur, qui entrait dans sa chambre, Arnaud lançait joyeusement :

« Maître Cœur, dès qu'il me sera possible de tenir suffisamment sur mes jambes pour aller jusqu'à la maison de Dieu, il vous faudra nous trouver un prêtre. Il est grand temps de nous marier et j'espère que vous nous ferez l'honneur d'être notre témoin. »

Le maître pelletier sourit, mais s'inclina sans répondre.

CHAPITRE III

MOI, ARNAUD

DANS la nuit du 27 au 28 décembre 1431, une petite troupe quitta, bien après le couvre-feu, la maison de la rue d'Auron pour gagner l'église proche de Saint-Pierre-le-Guillard. La nuit était aussi noire que la neige était blanche, mais le froid qui avait cruellement sévi trois semaines durant, gelant les canaux de la ville et raidissant les branches dépouillées des arbres, semblait avoir fait trêve. Depuis la Noël, Bourges s'était ouatée de blancheur, enveloppée de silence comme si elle comptait les pulsations mêmes de son cœur et retenait sa respiration. Le temps béni que ramène chaque année la naissance de l'Enfant-Roi avait fait cesser les exactions de La Trémoille et les visites domiciliaires de ses gens d'armes. Mais tout cela avait mordu trop cruellement au ventre de la cité pour que, momentanément délivrée de son angoisse, elle trouvât autre chose que le silence et la paix pour célébrer la plus belle des fêtes.

C'était la première fois que Catherine franchissait le seuil de Jacques Cœur, depuis bientôt deux mois qu'elle était arrivée, et cela lui parut délicieux d'enfoncer ses pieds chaussés de bottillons fourrés dans l'épaisse couche blanche. Elle serra plus fort contre elle le bras d'Arnaud sur lequel elle s'appuyait.

« C'est la ville qui a l'air d'une mariée, et non moi », lui murmura-t-elle en souriant.

En réponse, il enferma dans son poing fermé les doigts menus qui, pour être plus prêts à se donner, n'avaient point mis de gants.

« Elle s'est parée pour nous, répondit-il tendrement, et jamais je ne l'ai vue si belle. Comme jamais je ne t'ai autant aimée, ma mie... »

Tous deux goûtaient pleinement le bonheur d'être ensemble, serrés l'un contre l'autre dans une rue, comme n'importe quel couple amoureux, et, pour Arnaud, cette joie se doublait de celle d'avoir enfin recouvré la santé.

Depuis le matin où la fièvre qui le dévorait avait cédé, la convalescence avait marché à pas de géant. La robuste constitution du jeune homme, qui, tant de fois déjà, lui avait sauvé la vie, avait accompli un nouveau miracle. Il était encore maigre, mais du moins tenait ferme sur ses jambes et vivait normalement bien que le manque d'exercice et la vie renfermée fussent pour lui une épreuve.

« Je ne suis vraiment pas fait pour vivre entre quatre murs, disait-il à Catherine avec une grimace comique tout en arpentant sa chambre en long puis en large pour réhabituer ses muscles à fonctionner.

— Bientôt, tu retrouveras les grands chemins, tu le sais bien, répondit-elle avec une nuance de regret. Nous partirons dès que maître Cœur jugera que nous pouvons le faire sans risques.

— Sans risques ! Voilà une étrange formule pour un chef de guerre. Le risque, belle dame, a toujours fait partie de ma vie, et...

— ... Et il te manque, je sais ! » acheva Catherine avec rancune.

Elle avait eu toutes les peines du monde, et Jacques Cœur avec elle, à empêcher le bouillant garçon de se précipiter au palais royal, dès que ses forces avaient commencé à revenir. Il ne parlait que d'aller se jeter aux pieds du roi pour se justifier, de lancer un défi à La Trémoille, d'aller le souffleter en plein Conseil royal, d'en appeler au jugement de Dieu et tous autres projets aussi insensés, mais que son sens de l'honneur exigeant lui soufflait, et qui faisaient passer Catherine par des transes inimaginables.

Pour cette raison, elle avait assez peu insisté, en lui racontant son séjour forcé à Champtocé, sur les outrages subis aux mains de Gilles de Rais. D'abord, le serment qu'elle avait fait au vieux Jean de Craon de ne rien révéler à quiconque du secret dégradant de Gilles l'obligeait à taire le principal et, de plus, dans leur situation présente, il était inutile, voire dangereux, d'exciter la colère d'Arnaud. Déjà, il avait juré d'aller demander raison au sire de Rais de son attitude envers Catherine, mais elle avait réussi à lui faire comprendre que l'affaire Gilles de Rais était étroitement liée à l'affaire La Trémoille, que l'une dépendait de l'autre et qu'il serait temps de se consacrer aux alliés du gros chambellan une fois que celui-ci serait abattu. En ce qui le concernait, c'était, une fois de plus, Xaintrailles qui avait ramené enfin son ami à la raison.

« Ton honneur peut attendre, mon fils, et La Trémoille lui non plus ne perdra rien pour attendre. Quand donc comprendras-tu qu'on ne chasse pas le renard de la même façon que le sanglier ou le loup ? Tu ignores ce qu'est le palais en ce moment. Tu n'atteindrais même pas notre grand chambellan sans être arrêté, chargé de chaînes et envoyé dans un lointain cul-de-basse-fosse. La Trémoille te connaît depuis longtemps et sait que, libre, tu n'auras rien de plus pressé que de lui sauter dessus. Sois assuré qu'il a pris des précautions en conséquence. Quant à voir le roi, cela relève de l'aliénation mentale.

— Je suis un Montsalvy et mes titres de noblesse me donnent droit de parler au roi quand je le désire sans demander audience.

— Cela aussi, ton ami La Trémoille le sait. Mais il est encore plus puissant que tu ne l'imagines : sais-tu qu'au mois d'août il a tendu un piège au connétable de Richemont et fait arrêter ses trois émissaires : Antoine de Vivonne, André de Beaumont et Louis d'Amboise ? Les deux premiers ont été décapités et le troisième mis à rançon. Je te rappelle que, si tu es un Montsalvy, Vivonne était un Mortemart ; donc au moins aussi grand seigneur que toi. Et j'ajoute que Richemont lui-même eût subi le même sort si La Trémoille avait pu mettre la main dessus. Quand donc comprendras-tu que La Trémoille détient la totalité du pouvoir et qu'il n'a pas l'intention de le lâcher de si tôt ? Il y trouve fortune, jouissance d'orgueil et peut enfin assouvir son appétit de puissance. Que nous soyons Anglais ou Français lui importe peu, pourvu qu'il règne ! Non, crois-moi, tiens-toi tranquille pour le moment.

Retrouve tes forces, attends le retour de la reine Yolande... et laisse La Trémoille accumuler sottise sur sottise. Il te cherche et serait trop heureux de remettre la main sur toi. »

Arnaud en avait grincé des dents.

« Et Richemont s'est laissé faire ? Et le roi ne dit rien ?

— Le roi est en tutelle et Richemont s'est retiré pour attendre une bonne occasion d'abattre son ennemi. Fais comme lui... et commence par retrouver toutes tes forces. »

Catherine, soulagée, avait voué à Xaintrailles une profonde reconnaissance pour cette homélie. Sans lui, Dieu seul savait à quelle folie le sang ardent de Montsalvy l'eût poussé. Mais il avait enfin compris et n'avait plus parlé de courir au palais...

La silhouette massive de l'église qui se dressa devant elle interrompit le cours des pensées de Catherine. Le manteau de pierres grises de la vieille chapelle se doublait cette nuit d'une épaisse fourrure blanche qui mettait un bonnet léger à la tour carrée coiffée d'ardoises. Les branches noires des arbres et la margelle verdie du vieux puits se tassaient à l'abri des vigoureux murs romans comme pour se réchauffer. Macée Cœur avait conté à Catherine la légende de cette église, vieille déjà de deux cents ans : comment la mule du riche marchand juif Zacharie Guillard s'était agenouillée, un jour d'hiver tout pareil à celui-là, devant le Saint-Sacrement que portait saint Antoine de Padoue. Et ni les coups ni la colère du vieux juif n'avaient pu faire relever la mule tant que le saint moine n'eut pas passé son chemin. Sur le lieu du miracle, on avait édifié l'église avec l'or que Zacharie, repentant et converti, avait généreusement donné.

De son enfance à l'ombre des tours de Notre-Dame, Catherine avait gardé le goût des légendes et des histoires extraordinaires. Son père, Gaucher Legoix, lui en contait si souvent tandis qu'il ciselait les belles couvertures d'or ou d'argent destinées aux évangéliaires, pour le seul plaisir de voir une lumière dorée s'allumer dans les yeux émerveillés de la petite.

Ce soir, en franchissant le seuil humide de Saint-Pierre-le-Guillard, c'était à son père que Catherine pensait, avec une poignante mélancolie. Le doux Gaucher à qui le sang faisait horreur était mort pendu parce que Catherine avait caché dans la cave le frère aîné de cet Arnaud qui, dans un instant, serait son époux. Jamais l'orfèvre du Pont-au-Change n'avait imaginé pour sa petite fille le destin, brillant et tumultueux, qui était le sien. Et Catherine pensait que, sans doute, les choses étaient bien ainsi, car elle n'était pas très sûre que Gaucher Legoix s'en fût réjoui.

L'église était sombre, hormis une faible lumière venue d'une chapelle absidiale. Jacques Cœur et Macée, qui avaient ouvert la marche, se dirigèrent sans hésiter vers cette lueur. Catherine eut un frisson. Sous les voûtes romanes, le froid tombait d'aplomb sur les épaules comme un drap mouillé. Il lui rappela une autre chapelle, un autre jour d'hiver, neuf ans plus tôt. Ce jour-là, elle portait des bijoux de reine, des atours fastueux, mais son cœur était glacé de crainte et de désespoir. Ce jour-là aussi, il avait neigé sur les molles ondulations de la plaine de Saône qui s'étendait à perte de vue. Ce jour-là, par ordre ducal, elle épousait, l'âme aux abois et l'esprit plein d'une autre image, Garin de Brazey, le grand argentier de Bourgogne. Combien aujourd'hui était différent !...

Il n'y avait ni robe de fée, ni toilettes précieuses, ni noble assistance, ni chapelle illuminée. Elle portait une simple robe de laine verte lacée de velours noir où sa taille épaissie se mouvait à l'aise, un ample manteau de drap noir à capuchon, doublé de menu vair, présent de Macée pour ces noces de froidure. Mais, autour d'elle, il n'y avait que des cœurs amis et surtout, surtout, elle épousait l'homme qu'entre tous elle avait choisi, aimé, adoré contre vents et marées, attaché à elle au prix d'efforts surhumains et d'un complet renoncement d'elle-même. C'était son bras qui la soutenait tandis que son pas hésitait sur les dalles inégales de l'église, c'était son profil précis et fier qui se détachait de l'ombre d'un chaperon noir avec, ce soir, une profonde expression de gravité méditative, c'était sa main qui, nouée à la sienne, allait la garder serrée une vie entière... C'était son enfant, enfin, qui tressaillait en elle comme les premiers sursauts d'un avenir à son aurore.

Dans la chapelle, un prêtre en chasuble blanche priait, agenouillé, sa tête tonsurée brillant faiblement dans la lumière des deux cierges allumés de chaque côté de l'autel. Auprès de lui, un enfant de chœur se dandinait sur ses genoux, tripotant l'encensoir posé devant lui. L'émotion de Catherine s'accrut en reconnaissant le nez trop grand et le bon visage aux traits solides de frère Jean Pasquerel qui avait été l'aumônier de Jehanne d'Arc et que sa fidélité au souvenir de celle qu'il avait connue mieux que personne contraignait à se cacher pour fuir la persécution de La Trémoille. La haine du gros chambellan contre la Pucelle était telle que vénérer sa mémoire suffisait pour devenir la cible de ses coups.

Entendant approcher, frère Jean se releva, sourit et tendit les deux mains au jeune couple.

« Béni soit Dieu qui nous réunit ici, mes amis, et me permet d'être l'instrument de Sa Volonté pour bâtir votre bonheur. Les temps difficiles où nous vivons nous obligent à demeurer cachés, mais je suis certain que cela ne durera pas et que le temps de la lumière reviendra.

— S'il dépend de moi, fit Arnaud, il reviendra vite. Qu'un seul homme tienne ainsi en dépendance un royaume ne se peut concevoir, et il suffit d'une épée...

— Mon fils, coupa le moine, vous êtes ici dans la maison du Seigneur qui réprouve la violence. Et puis, ajouta-t-il avec un sourire, je suppose que, cette nuit, vos pensées sont tournées vers tout autre chose que la mort d'un homme, si coupable soit-il ! »

Un pas rapide, ébranlant sans précautions les échos de l'église vide, l'interrompit. Dans la lueur incertaine des cierges parut Xaintrailles, rouge d'avoir couru. Sous le grand manteau de cheval qui l'enveloppait, une cuirasse, sur sa poitrine, jeta un éclair d'acier. Mais, l'ayant à peine effleurée d'un regard, frère Jean se tournait vers l'autel en disant :

« Prions, mes frères... »

D'un même mouvement, Catherine et Arnaud s'agenouillèrent sur les marches. Jacques Cœur se plaça derrière Catherine, Xaintrailles derrière Arnaud tandis que Macée, baissant son voile bleu, allait s'agenouiller un peu plus loin. L'enfant de chœur agita l'encensoir et l'on n'entendit plus que la voix chuchotante du prêtre appelant sur le nouveau couple la bénédiction divine avant de procéder à la cérémonie du mariage.

Elle fut rapide et toute simple. Sous la dictée de frère Jean, Arnaud répéta d'une voix ferme : « Moi, Arnaud, je te prends, toi, Catherine, pour mon épouse et ma compagne bien-aimée, pour t'aimer et te chérir dans la joie et la tristesse, dans la santé et la maladie, maintenant et à jamais jusqu'à ce que la mort nous sépare. » Puis ce fut le tour de la jeune femme : « Moi, Catherine... » Mais, sous la poussée de l'émotion, sa voix s'étrangla et ce fut dans un souffle qu'elle parvint au bout de la phrase sacramentelle. De grosses larmes roulaient sur ses joues, rançon de son cœur débordant.

Frère Jean prit la main droite de Catherine, la plaça dans celle d'Arnaud, dont les longs doigts se nouèrent fermement autour. Sa voix s'enfla, forte comme un défi à l'adversité : « *Ego conjungo vos in matrimonium, in nomine Patris, et Filii, et Spiritus Sancti. Amen.* »

Sur un plateau que lui tendait l'enfant de chœur, il prit un anneau d'or, le bénit : « Bénissez, Seigneur, cet anneau que nous bénissons... » puis le tendit à Arnaud. Le jeune homme prit la bague, la glissa à l'annulaire de Catherine, puis, tendrement, y posa ses lèvres. Les yeux noyés de larmes de la jeune femme étincelaient comme des améthystes au soleil. Dans cette petite église obscure et froide, elle atteignait à l'instant suprême, au couronnement de toute une existence. La bénédiction tomba lentement sur les deux têtes rapprochées, puis frère Jean remonta vers l'autel pour célébrer la messe.

Un bruyant reniflement, aussi incongru que possible, vint troubler la solennité du moment. C'était

Xaintrailles qui manifestait à sa manière une émotion qu'il ne parvenait pas à contrôler. Arnaud et Catherine échangèrent un sourire puis, la main dans la main, suivirent pieusement le service divin.

La messe terminée, mariés et assistants suivirent le prêtre dans une petite sacristie, qui sentait l'encens refroidi et la cire vierge, pour y signer le registre des mariages. Arnaud apposa son paraphe avec une énergie qui fit grincer la plume d'oie, puis la tendit à Catherine avec, dans son sourire, un brin d'ironie.

« A toi ! J'espère que tu sais comment tu t'appelles maintenant ? »

Lentement, avec une application de petite fille, un bout de langue rose pointant entre ses lèvres, elle signa « Catherine de Montsalvy » pour la première fois. Une bouffée d'orgueil lui monta au visage, empourprant ses joues. Ce vieux nom qu'on lui donnait, elle se jura de le porter fièrement, sans défaillance, quel que fût le prix qu'il lui faudrait payer pour cela.

Les témoins, Xaintrailles et Jacques Cœur, signèrent ensuite, tandis que Macée embrassait Catherine chaleureusement. Puis ce fut le tour de Xaintrailles. Cérémonieusement, il courba sa haute taille devant la jeune femme en un salut profond.

« Madame la comtesse de Montsalvy, je suis heureux d'avoir, si peu que ce soit, contribué à un bonheur que je souhaite aussi grand que votre beauté et... »

Mais, apparemment, le cérémonial dépassait, ce soir, les sentiments intimes de Xaintrailles, car, interrompant en leur milieu sa belle phrase et son salut, il empoigna Catherine aux épaules et plaqua sur ses joues deux baisers retentissants.

« Je vous souhaite tout le bonheur du monde, mon amie. Sans doute avez-vous encore des épreuves à subir, mais n'oubliez jamais que je suis votre fidèle ami, à tous les deux ! »

Là-dessus, il quitta Catherine pour tomber dans les bras d'Arnaud qu'il embrassa fraternellement.

« On se retrouvera bientôt, dit-il ; pour le moment, je te dis adieu...

— Adieu ? Tu pars ? »

Xaintrailles fit une affreuse grimace qui s'acheva en sourire narquois.

« Oui, ma santé l'exige. La Trémoille a dû avoir des soupçons précis en ce qui concerne les avatars de son château et si je reste ici, je me retrouverai une belle nuit avec un couteau entre les deux épaules. Je préfère rejoindre mes hommes à Guise. Là personne ne pourra rien contre moi.

— J'ai bien envie de te suivre. Il ferait beau voir qu'on m'empêche de reprendre ma place dans l'armée. Je ne sais aucun de mes anciens frères d'armes qui nous livrerait, moi ou ma femme. »

Le mot fit chaud au cœur de Catherine qui, tendrement, glissa son bras sous celui de son époux. Mais Xaintrailles hochait la tête, son regard s'était assombri.

« Non ! Tes frères d'armes n'ont pas changé, mais l'or de La Trémoille est partout. Viens, une sacristie n'est pas un endroit convenable pour ce genre de confidences, et j'ai à te parler. »

Jacques Cœur, alors, intervint.

« Nous avons préparé un petit souper, à la maison. Ne pouvez-vous, avant de partir, le partager ? Cela ne vous retarderait guère. »

Le capitaine n'eut qu'une brève hésitation avant d'accepter. Frère Jean, qui avait ôté ses ornements sacerdotaux, était revenu auprès des jeunes époux et les félicitait à son tour, en y joignant aussi ses adieux. Le moine aussi partait la nuit même, profitant de cette trêve de Noël pour quitter la ville où le père de Macée l'avait caché. Il allait rejoindre la grande abbaye de Cluny, la plus puissante de la chrétienté, et y attendre que le mauvais génie eût desserré ses griffes.

« Je prierai Dieu chaque jour pour votre bonheur, dit-il à Catherine avec une dernière bénédiction... et aussi celle que nous avons tous aimée car je ne doute pas qu'elle ait pris sa place au séjour des bienheureux. »

Son froc brun se fondit dans l'ombre et l'enfant de chœur fila sur ses talons en annonçant qu'il allait fermer l'église. Un instant plus tard, tout le monde avait regagné la rue enneigée. Le vent s'était levé et chassait des toits d'épais paquets de neige. Le son lointain des violes et des luths vint avec lui par-dessus les maisons muettes. Xaintrailles haussa les épaules.

« Il y a bal au palais !... enfin, bal comme l'entend le grand chambellan, c'est-à-dire ce genre de fête auprès de laquelle une bacchanale est une distraction de couventine. A cette heure, tout le monde doit être superbement ivre. Mais c'est quand il est ivre que La Trémoille est le moins dangereux. »

UNE heure plus tard, Catherine était assise sur une sorte de chaise curule dans le cabinet de Jacques Cœur auprès d'Arnaud installé à ses pieds sur un carreau de velours. Et tous deux écoutaient Xaintrailles leur faire le point de la situation. Le souper de mariage avait été vite expédié : d'abord parce que le capitaine voulait avoir quitté la ville avant le jour, ensuite parce que la raréfaction du ravitaillement ne permettait plus guère de festins somptueux. La famine qui sévissait dans les campagnes, née des incessantes dévastations de la guerre, atteignait même les riches cités où les réserves se tarissaient. Même un homme aussi avisé que Jacques Cœur se trouvait frappé par les restrictions obligatoires et le plus clair du repas de noces avait consisté en une énorme potée aux choux, éminemment nourrissante, mais fort peu raffinée. Catherine, en ce qui la concernait, n'en avait mangé que modérément et s'était rattrapée sur les raisins séchés qui avaient formé le dessert.

Maintenant, la dernière goutte de vin de Sancerre avalée, la dernière santé portée au bonheur des jeunes époux, Xaintrailles tentait, une fois encore, de faire entendre à son ami ce qu'il estimait être la voix de la raison. L'équipement guerrier du capitaine avait, en effet, réveillé dangereusement l'instinct combatif d'Arnaud.

« Le mieux, disait Xaintrailles, c'est que vous demeuriez cachés ici, puisque maître Cœur ne demande qu'à vous garder. La reine Yolande reviendra et elle saura, elle, faire comprendre au roi Charles que La Trémoille le conduit à sa perte, elle saura te faire rendre justice et...

— Je t'arrête tout de suite, coupa Montsalvy. Il ne saurait être question de demeurer ici. Ce n'est pas être ingrat envers nos amis que de leur avouer combien l'inaction me pèse. J'étouffe... Tu me connais trop pour ne pas savoir que j'ai horreur de ce que l'on appelle la tranquillité. On m'a attaqué, j'entends me défendre et me venger.

— C'est ridicule. Je t'ai dit que tu ne pouvais rien faire.

— Je peux, du moins, rentrer chez moi, dans mes monts d'Auvergne. J'ai des terres, des paysans, une forteresse puissante, j'ai mon pays qui m'attend. C'est là et nulle part ailleurs que doit naître mon fils.

— Tu es fou... Traîner une femme enceinte sur les grands chemins... »

Tout de suite, Catherine, sans lui laisser le temps de répondre, noua ses bras autour du cou d'Arnaud.

« S'il part, je pars avec lui ! »

Il l'embrassa doucement, avec les précautions que l'on réserve à un objet fragile.

« Ma douce, il a raison. Et moi, j'ai parlé en égoïste. C'est l'hiver, les chemins sont rudes et notre enfant est à deux mois de voir le jour. Il vaut mieux, pour toi et pour lui, demeurer ici, à l'abri, tandis que j'irai... »

Un regret poignant perçait sous la voix du jeune homme, mais, brusquement, Catherine s'écarta de lui, laissant glisser ses bras. Un pli dur barra son front.

« Voilà donc ton amour ? A peine unis, tu parles déjà de me quitter, de t'en aller loin de moi... Et pourtant, tu as dit tout à l'heure : « Jusqu'à ce « que la mort nous sépare... »

— Mais l'enfant ?

— L'enfant ? Il est ton fils ! Il sera un Montsalvy, un homme comme toi, un vrai ! Et moi qui suis déjà sa mère, j'entends être digne de vous deux. C'est toi qui avais raison, tout à l'heure ; mieux vaut pour lui naître sur une balle de paille sur la terre de ses pères plutôt que dans la douceur d'un lit étranger, loin de toi. Pars si tu veux, mais sache bien que, même si tu me le défends, je te suivrai, comme je t'ai suivi à Rouen, comme je t'ai suivi dans la Seine et comme je te suivrais au tombeau s'il le fallait. »

Elle s'arrêta, rouge d'émotion, un peu haletante. Sa poitrine soulevait spasmodiquement le drap vert de sa robe et ses grands yeux brûlaient d'indignation. Arnaud, brusquement, se mit à rire, se releva sur un genou, l'attrapa aux épaules et la serra contre lui.

« Morbleu ! Madame de Montsalvy, vous avez parlé comme l'aurait fait ma mère ! » Puis plus doucement : « Tu as gagné, mon amour ! Va pour l'aventure, le froid, la nuit, la guerre s'il le faut, et que Dieu pardonne si je fais une sottise. »

Les yeux de Xaintrailles allaient du visage d'Arnaud à celui de Catherine.

« Ainsi, tu as pris ta décision ? »

Arnaud se retourna vers lui. L'orgueil flambait sur son visage.

« Elle est prise. Nous partirons.

— C'est bien. Dans ce cas, autant tout te dire. Les nouvelles sont mauvaises et aussi bien tu les aurais apprises avant peu. Il se prépare, en Auvergne, d'étranges choses. La Trémoille réclame le comté comme son fief... »

Arnaud sursauta. Une lente rougeur s'étendit sur son front. Ses yeux noirs étincelèrent de colère.

« L'Auvergne ? De quel droit ?

— De celui qu'il s'arroge. Tu te souviens qu'en premières noces, il avait épousé la veuve du duc de Berry, Jeanne de Boulogne, héritière d'Auvergne. Celle-ci, en mourant, a légué son fief à son neveu, Bertrand de Latour.

— Tu me la bailles belle, grogna Montsalvy en haussant les épaules, Latour est de ma famille. Sa femme, Anne de Ventadour, est la nièce de ma mère. Nous sommes cousins et du plus proche lignage.

— Parfait ! Mais La Trémoille n'en réclame pas moins le pays en tant qu'héritier de sa première femme. C'est parfaitement illégal, bien sûr, mais depuis quand se soucie-t-il de légalité ?

— Revendiquer est une chose, rétorqua Montsalvy, et prendre en est une autre. Que peut La Trémoille ? Pour s'emparer de l'Auvergne, il faut des troupes, des hommes, de l'artillerie, et La Trémoille n'a guère d'emprise sur l'armée. »

Xaintrailles, qui arpentait la pièce entre la fenêtre du fond et le gros globe terrestre, s'arrêta auprès de celui-ci, la main posée sur la sphère et d'un doigt nerveux la mit en mouvement.

« Tu connais Rodrigue de Villa-Andrado ? demanda-t-il avec une inquiétante douceur.

— Le routier espagnol ? Bien entendu. Nous avons servi ensemble sous les ordres du maréchal de Séverac. Un bon soldat, mais une bête fauve. Il est plus cruel qu'un loup affamé et il aime le sang comme d'autres aiment le vin.

— Il aime aussi l'or, coupa Xaintrailles. La Trémoille a acheté ses services et ceux de ses routiers pour une belle somme. Et l'Espagnol a pris le chemin de l'Auvergne. Déjà, ses lieutenants, Valette et Chapelle, dévastent le Languedoc et le Gévaudan. Ceux-ci remontent tandis que Rodrigue descend. Tu as compris ? »

De rouge, le visage d'Arnaud de Montsalvy était devenu d'une pâleur de cire. Les ailes de son nez se pinçaient tandis qu'un pli dur se creusait aux commissures de ses lèvres. Lentement, abandonnant la main de Catherine alarmée, il se leva, les yeux fixés à ceux de son ami. Comme si elle se fût enflée dans son âme, Catherine perçut, physiquement, l'immense colère qui le gonflait. Un instant, il domina Xaintrailles de toute la tête.

« Le chacal de Castille est lancé sur mon pays et c'est seulement maintenant que tu le dis ? Et tu voulais que je reste ici, à me chauffer les pieds pendant que les miens peut-être...

— Je l'ai appris seulement ce matin. Au surplus, l'eussé-je su plus tôt que cela n'eût servi à rien de te le dire. Depuis combien de temps es-tu assez fort pour seulement monter à cheval ? »

Arnaud recula, baissa la tête, mais son visage demeura contracté. Catherine eut l'impression bizarre qu'une force inconnue et menaçante venait de s'introduire dans la petite pièce paisible. Silhouette noire, aiguë, dont l'ombre, tout à coup, touchait chaque chose, s'étirait vers les angles obscurs, rejoignant les poutres peintes du plafond. C'était comme si, soudain, le routier espagnol était entré tout armé dans la maison, traînant après lui une lueur d'incendie. Elle sentit une main de glace étreindre son cœur quand Arnaud se tourna d'une pièce vers Jacques Cœur.

« Maître Jacques, pouvez-vous me donner le moyen de quitter cette ville dès demain ? Je ne puis plus demeurer.

— Si tu le désires, je peux te donner dix hommes d'armes qui te rejoindront hors de la ville, là où tu me l'indiqueras », coupa Xaintrailles.

Il bouclait de nouveau, sur le buffle de son pourpoint, la cuirasse qu'il avait ôtée un moment pour souper, enfonçait son chaperon sur sa tête, s'enroulait dans son manteau. L'heure de se séparer était venue. Catherine éprouvait de la peine à quitter ce bon compagnon, toujours si rudement fraternel. Elle le lui dit tout simplement, avec cette spontanéité qu'elle avait gardée de son enfance.

« Je vous aime bien, Jean. Revenez-nous vite ! »

Le rude visage tavelé de taches de rousseur grimaça un sourire qui cachait peut-être une larme et grommela :

« On se reverra à Montsalvy ! J'irai vous demander à souper, un soir, quand vous ne m'attendrez pas. Et je m'installerai chez vous assez de temps pour tuer quelques-uns de ces gros solitaires de la Châtaigneraie. Adieu, mes amis ! »

Un baiser à Catherine, une accolade à Arnaud, une révérence à Macée qui lui offrait la coupe de vin épicé de l'adieu et Xaintrailles se tournait vers Jacques Cœur qui avait saisi un flambeau pour éclairer son hôte dans l'escalier.

« Je vous suis, maître Cœur ! Encore merci de votre aide !

— Passez, messire. Je vais vous dire où vous pourrez envoyer, dès demain, les dix hommes d'armes que vous avez promis. Car je savais, avant vous, les nouvelles de ce soir et j'ai tout préparé pour faire quitter la ville à nos amis. J'avais deviné que messire de Montsalvy voudrait partir sur l'heure et que dame Catherine refuserait de le quitter. »

Aucun muscle n'avait bougé dans la figure calme du pelletier. Pourtant, Catherine eut la sensation d'un effort sur lui-même. Il y avait, derrière l'impassibilité de Jacques Cœur, une sorte de désespoir dont peut-être lui-même n'avait pas la conscience très nette, mais qu'il refoulait, d'instinct.

L'horloge du couvent des jacobins sonna trois

coups, puis il y eut le bruit sourd de la porte qui se refermait sur Xaintrailles. Enfin, le claquement d'un pas rapide qui s'éloignait sur les pavés de la rue. Catherine et Arnaud, face à face, n'avaient pas bougé. Tous deux écoutaient partir leur ami comme si le bruit de ses pas résonnait dans leur propre cœur. Macée, alors, mit dans la main de Catherine un bougeoir dont elle venait d'allumer la chandelle.

« Venez, dit-elle, il est temps d'aller dormir. Demain, la journée sera rude ! »

DORMIR ? Catherine et Arnaud n'y songeaient guère. Dans la grande chambre de Jacques et de Macée qui, pour cette nuit nuptiale, leur avait été cédée, ils se retrouvèrent l'un près de l'autre, la main dans la main, comme deux enfants au seuil d'une aventure. La pièce, intime avec les toiles brodées de rouge et de bleu qui couvraient les murs, avec aussi son beau feu ronflant dans la cheminée conique et le lit aux draps bien blancs sous ses courtines de drap rouge vif, s'offrait à eux comme un univers clos et douillet au seuil duquel expirait le monde. Tout autour, c'était le silence attentif de la nuit refermée sur la maison comme sur une coquille. Le danger, pour le moment, faisait trêve et ces premières heures de vie à deux n'appartenaient bien qu'à eux seuls. Demain, tout recommencerait, mais, pour l'instant, le mal ni la haine ne pouvaient les atteindre.

Sans quitter la main de Catherine, Arnaud referma soigneusement la porte, puis entraîna la jeune femme jusqu'au lit sur le bord duquel il la fit asseoir avant de la prendre dans ses bras. Sans qu'ils eussent seulement échangé un mot, il se mit à l'embrasser avidement. Bien qu'ils habitassent la même demeure depuis que Xaintrailles l'avait ramené mourant, c'était la première fois qu'Arnaud échangeait des caresses avec Catherine. Tous deux avaient mis un point d'honneur à respecter la maison des Cœur et à attendre d'être régulièrement unis. Mais, maintenant, Arnaud semblait décidé à rattraper le temps perdu.

Sa bouche courait des tempes de Catherine à ses yeux, à ses lèvres, à son cou. Il l'étreignait avec une passion qui la meurtrissait, mais qu'elle subissait avec une joie sauvage. De temps en temps contre son oreille, il murmurait son bonheur.

« Ma femme... Ma Catherine à moi... Ma femme pour toujours ! »

Elle s'abandonnait à ses mains fiévreuses qui, déjà, dénouaient les minces liens de la gorgerette blanche, délaçaient le corselet de la robe. D'un geste vif, il avait enlevé la coiffe de mousseline empesée et l'avait envoyée promener à l'autre bout du lit.

Soudain, Catherine se raidit sous ses caresses. Au fond d'elle-même, l'enfant s'agitait avec une violence nouvelle. Arnaud perçut son recul, la regarda :

« Qu'as-tu ?

— L'enfant... Il bouge beaucoup ! Peut-être ne devrions-nous pas... »

Il se mit à rire et Catherine songea qu'il riait comme personne avec une force et une gaieté venues de son indomptable vitalité. L'éclair de ses dents blanches étincela dans l'ombre rouge des rideaux.

« Si ce petit bougre se mêle de m'empêcher de t'aimer, il aura affaire à moi. Les enfants n'ont jamais fait la loi chez nous. Et je te veux ! J'ai trop faim de toi... Il y a trop longtemps ! Tant pis pour lui ! »

Exigeant et tendre, il la ramenait contre lui, la

renversait sur la courtepointe de velours, reprenait sa bouche tout en continuant de dénuder son buste et ses épaules. Sous les lèvres chaudes et dures qui la caressaient, Catherine sentit son sang prendre feu. La folie d'amour s'alluma en elle avec la violence de l'ouragan. Elle lui rendit baiser pour baiser, caresse pour caresse et, loin maintenant de le repousser, s'offrit au contraire avec une ardeur nouvelle. C'était la première fois qu'il l'aimait ainsi, avec cette violence contenue, cette science qu'elle ne lui avait jamais connue. Un instant, la pensée la traversa qu'il y avait en lui quelque chose de changé, car, jusque-là, leurs étreintes avaient été brutales, d'une ardeur presque sauvage. C'était un combat passionné, sans vainqueur ni vaincu, dont tous deux sortaient épuisés. Il y avait alors, dans la passion d'Arnaud, quelque chose d'implacable et d'un peu hâtif. Il la soumettait à sa loi. Tandis que, ce soir, elle le sentait attentif à éveiller en elle un plaisir aigu. Et, dans ces caresses lentes, subtiles, sous lesquelles elle gémissait, emportée par le désir, elle retrouvait avec étonnement ces sensations intenses que Philippe de Bourgogne, ce maître d'amour, savait lui dispenser.

Impatiente, elle se plaignit quand il la quitta pour se dévêtir, mais ronronna bientôt de plaisir contre une poitrine dure où le cœur cognait à grands coups. Les flammes de la cheminée, reflétées par les rideaux rouges du lit, habillaient de reflets fauves les épaules brunes d'Arnaud, jouaient dans les boucles noires et drues de ses cheveux en désordre. Elle put encore songer qu'il en serait désormais ainsi chaque nuit que Dieu leur donnerait... et puis elle oublia tout pour se laisser rouler par la vague brûlante qui déferlait sur elle.

Le feu était presque éteint et la chambre chaude baignait dans une obscurité rougeâtre où se mêlaient les senteurs du pin brûlé et celles, plus âpres, de l'amour et des corps en sueur. La tête au creux de l'épaule d'Arnaud endormi, Catherine sommeillait vaguement. Elle flottait délicieusement dans le vague, ayant laissé au lit bouleversé son corps anéanti. Elle avait chaud, elle était bien et elle ne savait plus où finissait la réalité, où commençait le rêve.

Dans l'âtre, les braises crépitaient encore de temps en temps, jetant une brève étincelle, mais tout autour un énorme silence enveloppait le lit comme un cocon protecteur. Il n'y avait plus, au monde, que la respiration calme de l'homme endormi et les paupières battantes de la femme comblée. Avec un profond soupir, Catherine se lova plus étroitement contre Arnaud qui marmotta quelque chose dans son sommeil. Elle ferma les yeux... et les rouvrit presque aussitôt. Au-dehors, un bruit bizarre avait fait éclater le silence, menaçant et lugubre comme le frottement des écailles d'un serpent : celui, caractéristique, du fer claquant contre la pierre.

Ecartant le bras d'Arnaud qui tentait, instinctivement, de la retenir, Catherine se coula hors du lit. La température de la chambre, plus fraîche que celle qui régnait sous les courtines du lit, la fit frissonner, mais elle courut sur ses pieds nus jusqu'à l'étroite fenêtre à meneaux. Celle-ci donnait sur la rue des Armuriers. Catherine entrouvrit le volet de bois plein, jeta un coup d'œil. Avec une exclamation étouffée, elle se rejeta en arrière : des soldats en armes, portant arcs et guisarmes, le chapeau de fer enfoncé sur le camail d'acier, prenaient position autour de la maison de Jacques Cœur, barrant la rue des Armuriers et, sans doute, la rue d'Auron sur toute leur largeur. Le silence avec lequel la manœuvre s'effectuait démontrait clairement que les hommes d'armes et l'officier qui les commandait comptaient bien sur l'effet de surprise.

La peur galvanisa Catherine. Elle courut au lit, secoua Arnaud.

« Vite ! Lève-toi ! Nous sommes cernés ! »

Il bondit avec cette rapidité d'éveil de l'homme habitué à vivre dangereusement, courut à la fenêtre. Un instant, sa haute silhouette brilla contre le fond sombre des boiseries, puis il enfila ses chausses, ses souliers et, sans même prendre la peine de passer une chemise, se rua dans l'escalier, jetant à Catherine qui, maintenant, claquait des dents :

« Habille-toi ! Je vais prévenir Jacques Cœur. »

Rendue maladroite par la peur, Catherine tâtonna à la recherche de ses vêtements, enfila sa chemise. Elle finissait de passer sa robe quand Arnaud revint avec le pelletier qui nouait la cordelière d'une robe d'intérieur. Déjà, le poing ferré de l'officier faisait résonner la porte d'entrée. On entendit sa voix au-dehors.

« Ouvrez ! De par le roi !

— Messire de Xaintrailles a dû être suivi, ou reconnu, quand il nous a quittés, chuchota Jacques. Il n'y a pas une minute à perdre. Venez ! »

Il les entraîna hors de la chambre tandis que Macée, frissonnante dans une longue chemise, une chandelle à la main, y entrait et se coulait dans le lit défait. Elle avait, au passage, échangé avec Catherine un regard chargé d'angoisse. Les coups au-dehors se faisaient plus violents. La voix autoritaire leur parvint, menaçante.

« Enfoncez la porte si ces manants tardent trop à ouvrir !

— Eh ! marmonna Cœur entre ses dents, qu'ils l'enfoncent ! Cela nous donnera du temps. »

Ils parvinrent dans la cuisine comme la vieille Mahaut, flanquée de Sara et de Gauthier, y pénétrait. Le visage de Jacques Cœur s'éclaira.

« Conduis-les tous à la réserve secrète, dit-il à la vieille servante. Moi, je vais parlementer. Grâce au Ciel, tout le monde est là... et le feu est éteint. »

Cette dernière phrase, incompréhensible tout d'abord, le devint pour Catherine quand elle vit son hôte s'engager dans la cheminée. La plaque de bonze, frappée de fleurs de lys, du fond tourna comme par magie, découvrant un trou noir. Déjà Mahaut avait allumé une chandelle et s'engageait dans le trou. Arnaud saisit Catherine par un bras et l'entraîna.

« Viens ! N'aie pas peur ! »

Mais elle claquait des dents, autant de froid que de peur. Arrachée brutalement à sa douce quiétude de tout à l'heure, il lui semblait vivre un mauvais rêve. Rapidement, Arnaud ôta son pourpoint, le posa chaud encore de sa propre chaleur, sur les épaules de sa femme.

« Faites vite ! s'impatienta Jacques. Vous trouverez de quoi vous couvrir en bas. Cette fois, c'est sérieux ! »

En effet, on entendait le fracas de la porte qui craquait sous les coups des soldats. Elle allait s'effondrer. Sara et Gauthier s'engagèrent à leur tour. La plaque se referma et Catherine, agrippée au bras d'Arnaud, se retrouva dans une obscurité que la chandelle de la vieille Mahaut perçait à peine. Les marches taillées dans la pierre étaient hautes et glissantes ; une forte odeur de fumée froide prenait à la gorge, mais, curieusement, le vacarme de la maison ne s'entendait presque plus.

« Où allons-nous ? chuchota Arnaud.

— Le maître l'a dit. Dans la resserre secrète. C'est là qu'il cache les marchandises précieuses qu'il veut dissimuler à la rapacité des hommes du grand chambellan... celles aussi qu'il veut emporter dans son prochain voyage en Orient.

— Mais, murmura Catherine, la cachette du toit ? »

En effet, la maison des Cœur, comme toutes les maisons de Bourges, avait reçu plusieurs visites domiciliaires, mais des cachettes ménagées entre les solives du haut toit pointu avaient permis de dissimuer les hôtes suspects de la maison.

La vieille Mahaut ne répondit pas tout de suite. On arrivait au bas de l'escalier et la chandelle vacillait dans l'air épaissi. Mahaut s'occupa d'allumer un chandelier posé à même le sol contre un pilier de pierre, rond et massif, dont un simple bourrelet formait le chapiteau. Quand elle répondit, ce fut sans regarder Catherine.

« Si les soupçons qui portent sur nous sont graves — et le maître pense qu'ils le sont — les soldats peuvent incendier la maison. Ils l'ont fait, il n'y a pas longtemps, chez l'apothicaire Noblet. Ici, on ne risque rien, même si la maison flambe. »

Catherine se souvenait, en effet, du criminel incendie allumé chez l'apothicaire, suspecté de cacher des épices rares. Toute la ville avait été en émoi la nuit entière et l'on avait eu bien du mal à sauver les maisons voisines. Presque tout le quartier de Notre-Dame-du-Fourchaud avait failli flamber...

La jeune femme éprouva un malaise. Quels dangers n'allaient pas courir, à cause d'elle, les braves gens qui lui avaient donné une si généreuse hospitalité ! Mais elle oublia un instant ses craintes en contemplant l'étrange décor qui l'entourait. Gauthier avait saisi le chandelier et l'élevait, avançant au milieu d'une salle longue et étroite, voûtée bas en petites briques d'un rose passé. Les murs étaient percés, à intervalles réguliers, de niches oblongues dont certaines étaient vides et d'autres scellées de pierres portant des inscriptions et des dessins bizarres. Celui qui revenait le plus souvent affectait la forme stylisée d'un poisson. Une porte basse, étroite, s'ouvrait au fond.

La voix rauque du Normand résonna profondément sous la voûte.

« Quel étrange endroit ! Ces niches ont l'air faites pour y mettre des corps humains...

— C'est bien ça, dit Mahaut en se signant précipitamment. Le maître dit que c'est une espèce de cimetière. Oh ! ça remonte à loin... au temps où le pays était encore tout sauvage.

— En Italie, jadis, j'ai vu des nécropoles romaines, dit Sara... C'était comme ça.

— Ouais ! coupa Mahaut qui visiblement n'aimait guère cet endroit. Allons plus loin. Fait froid ici. »

Il ne faisait pas plus chaud au-delà de la porte, mais les deux salles qui se suivaient en enfilade étaient beaucoup plus larges et voûtées d'ogives. Elles étaient aussi meublées d'une assez belle quantité de sacs gonflés et de rouleaux emballés de toile rude. Ces marchandises entassées leur ôtaient beaucoup de leur aspect mystérieux, vaguement inquiétant. Une odeur bizarre, faite des senteurs mélangées de la toile neuve, des épices et de l'encens, les emplissait, âcre et entêtante. Mais, malgré le pourpoint d'Arnaud, Catherine claquait des dents. Gauthier, alors, avisa des pelleteries entassées dans un coin. Il fourragea dedans, tira une sorte de houppelande de drap entièrement doublée de renard roux et la tendit à la jeune femme.

« Ceci sera plus chaud et messire Arnaud, lui aussi, risque de prendre mal. »

Dans la houppelande, Catherine disparut complètement. Elle était beaucoup trop longue et large pour elle, mais elle s'y sentait au chaud et un peu réconfortée ; elle alla s'asseoir sur un sac au pied d'un pilier.

Elle n'avait pas vu le regard soudain assombri avec lequel Arnaud avait regardé le Normand envelopper sa femme du vêtement fourré. Le jeune homme avait repris son pourpoint et l'avait remis, mais il avait refusé, d'un geste sec, d'y ajouter une pelleterie prise aussi dans le tas. Agenouillé devant Catherine, Gauthier était occupé à envelopper dans les pans de la houppelande les pieds de la jeune femme.

« Là, fit-il avec satisfaction en se relevant, ainsi vous serez mieux !

— Quelle étonnante chambrière tu fais ! fit Arnaud sarcastique. Est-ce une habitude prise durant votre voyage jusqu'ici ? A quoi donc servait Sara ? »

Celle-ci s'était installée auprès de Catherine, repliée sur elle-même pour avoir plus chaud. Elle leva sur Arnaud un regard mécontent.

« Quand je n'étais pas en prison et menacée d'être brûlée vive, répliqua-t-elle, j'essayais seulement d'empêcher que le désespoir la rendît folle. »

Catherine avait suivi avec étonnement la brève escarmouche. Elle ne comprenait pas la soudaine mauvaise humeur d'Arnaud. Pour elle, les soins du géant étaient tout naturels, mais elle voulut atténuer l'impression pénible. Si les deux hommes commençaient à se disputer, l'avenir risquait de se montrer assez noir. Elle tendit le bras, saisit la main d'Arnaud et l'amena près d'elle.

« Viens près de moi... J'ai toujours froid sans toi. »

Il se calma aussitôt, vint s'accroupir à ses pieds.

« Pardonne-moi, mais j'enrage déjà d'être enfermé ici, comme un rat dans une cage tandis que là-haut, peut-être... »

La phrase demeura inachevée. Tous les réfugiés de la cave l'avaient déjà complétée. Que se passait-il au-dessus de leur tête ? Là, dans ce caveau aussi sourd qu'une tombe, ils étaient totalement retranchés du monde. Qui pouvait dire si la maison ne flambait pas et si, quand on ferait jouer la plaque de la cheminée, elle ne demeurerait pas coincée par d'énormes décombres ? Sauvés de la fureur de La Trémoille, étaient-ils sur le point de finir, misérablement, emmurés vivants dans cette cave si bien cachée ? L'idée terrifiante traversa en éclair l'imagination de Catherine et elle sentit le sang refluer vers son cœur. Déjà, sous ces voûtes basses, elle se sentait étouffer... Comme pour lui donner raison, un bruit d'écroulement leur parvint, lointain, assourdi mais net. La vieille Mahaut se signa précipitamment.

« Doux Jésus ! Si c'était... »

Une même crainte s'empara des cinq compagnons d'infortune. Assis en cercle, autour du flambeau posé à terre, leurs yeux, où luisait la flamme jaune, reflétaient aussi l'appréhension informulée. Ils osaient à peine se regarder, comme si chacun d'eux avait honte de sa peur. Le silence devint étouffant et Arnaud ne put le supporter. Serrant les poings, il se releva et se mit à marcher nerveusement comme un fauve en cage et Catherine n'eut pas le courage de l'en empêcher. Mieux valait encore le bruit cadencé, énervant cependant, de ses pas, plutôt que l'affolant silence. C'était encore de la vie, comme appartenait aussi au monde des vivants le regard instable, clignotant, de la vieille Mahaut qui sautillait d'un visage à l'autre comme pour y chercher un réconfort. Elle avait tiré de son tablier un chapelet de buis et en égrenait les boules lissées par des milliers de prières, entre ses doigts crevassés. Les minutes succédaient aux minutes, lourdes, intolérables à mesure qu'elles s'accumulaient. Catherine luttait de toutes ses forces pour ne pas se mettre à hurler.

Et puis, aussi soudainement qu'elle était venue, l'angoisse quitta les cinq emmurés. Dans le cercle de lumière jaune, sans que personne l'eût entendu approcher, Jacques Cœur apparut. Il souriait, mais il fallut qu'il parlât pour que Catherine admît qu'il était un être de chair et non pas un fantôme.

« C'est fini ! dit-il calmement. Vous pouvez remonter.

— Mais, fit Arnaud, ce bruit que nous avons entendu ? Nous avons cru que la maison s'écroulait.

— Non, seulement une crédence pleine de plats d'étain que le sergent a fait tomber parce qu'il était persuadé qu'elle dissimulait un passage secret. J'admets que le bruit a dû être entendu jusqu'au palais royal ! Venez maintenant, le jour n'est pas loin, et le danger est momentanément éloigné. Mais nous avons bien des choses à préparer.

— Vous aviez été dénoncé, n'est-ce pas ? »

Jacques Cœur hocha la tête.

« Oui, la tendre amie de messire de Xaintrailles est sensible à l'or à ce qu'il paraît et il a eu tort de lui rendre une dernière visite avant de venir à l'église.

On l'a suivi. J'ai réussi à persuader le chef des archers de ma bonne foi, mais sait-on jamais pour combien de temps. Au surplus, c'est sans importance, tout est prêt pour votre départ.

— Quand partons-nous ? demanda Catherine.

— Tout à l'heure.

— En plein jour ? »

Le pelletier se mit à rire.

« Le jour ni la nuit ne feront rien à l'affaire. Cette cave où vous êtes a plus de prolongements que vous ne supposez. Ces deux salles communiquent avec l'ancienne chapelle des Chevaliers du Temple qui se trouve au-delà de la porte Ornoise, mais elles ne sont qu'une infime partie, reconstruite et consolidée par les Templiers pour les besoins de leur ordre, d'un important réseau souterrain jadis construit par les Romains et que j'ai pu retrouver. Certains couloirs, reliant d'anciennes carrières ou des chambres sépulcrales comme celle que vous avez vue, sont à moitié éboulés et dangereux, mais il en existe encore de praticables. L'un notamment qui prend sous les anciennes arènes et suit l'antique canalisation d'eau reliée à l'un des quatre aqueducs. C'est par là que vous allez partir car le souterrain passe sous la rue d'Auron et sous ma maison. Il vous mènera hors de la ville, assez loin, à la tour des Bruyères, une vieille ruine sur le chemin de Dun-le-Roi. C'est là que vous trouverez aussi les hommes de messire de Xaintrailles. »

Il tendit la main, courtoisement, pour aider Catherine à se relever, mais la jeune femme, pas plus que les autres, ne bougeait.

« Une ville bâtie sur des souterrains... On croit rêver ! »

Jacques Cœur eut un mince sourire.

« Là où sont passés les Romains, les traces qu'ils ont laissées font, en effet, rêver. On ne conquiert pas un monde sans génie ! Mais un génie qui peut se révéler fort utile à un modeste marchand comme moi. »

CHAPITRE IV

LES FOSSÉS DE VENTADOUR

En regardant Arnaud sauter en selle, à l'aube du lendemain, sous les murs vétustes de la tour des Bruyères, Catherine éprouva une bizarre impression : celle qu'il venait, une fois encore, de lui échapper. D'un seul coup, par le simple fait de serrer de nouveau les flancs d'un cheval entre ses genoux, Arnaud dépouillait l'homme parvenu aux extrêmes limites de ses ressources qu'il avait été dans la maison de Jacques Cœur. Vêtu de daim noir sous une légère armure d'acier bleu que lui avait trouvée le maître pelletier, il portait, sur le tout, un ample manteau de cheval, également noir, dont le capuchon, rejeté en arrière, découvrait sa tête brune aux cheveux coupés court en une ronde calotte retrouvant ainsi la taille obligée par le port du heaume. Droit sur ses étriers, la tête fièrement redressée, il n'avait plus rien du prisonnier misérable du château de Sully, rien du proscrit, de la bête de chasse pour limiers d'un quelconque lieutenant criminel. Il était redevenu semblable à l'image hautaine que Catherine avait toujours gardée de lui. Il était de nouveau le seigneur de Montsalvy, et la jeune femme, le cœur un peu serré, se demandait si elle devait vraiment s'en réjouir. Jamais il ne lui avait été si proche que dans ces jours de faiblesse physique et d'incertitude morale.

Les dix hommes d'armes envoyés par Xaintrailles, qui les avaient rejoints à la nuit tombante, ne s'étaient pas trompés, eux non plus, sur la qualité profonde de cet homme. Ils avaient instantanément reconnu en lui le guerrier et le chef et, d'un accord tacite, s'étaient pliés aussitôt à ses ordres. Pourtant, à voir leur mine arrogante et les nombreuses cicatrices qui décoraient leur figure tannée, on ne pouvait douter qu'ils n'appartinssent à l'élite militaire de l'époque, ou à la pire espèce de soudards, ce qui revenait à peu près au même. Et elle n'avait pas beaucoup aimé les regards, assez équivoques il est vrai, dont elle avait été l'objet.

C'étaient tous des Gascons et tous, à la seule exception de leur chef, le gigantesque sergent Escornebœuf, de petits hommes noirauds, nerveux, avec des moustaches aiguës et des yeux de charbon. Mais c'étaient de terribles soldats, le contact perpétuel avec les terres anglaises de Guyenne ayant fait de la lutte contre l'envahisseur leur occupation quotidienne depuis qu'ils étaient capables de soulever une arme. En arrivant à la tour des Bruyères avec les chevaux destinés aux quatre fugitifs, le sergent Escornebœuf avait remis à Arnaud un pli scellé. Avec une stupeur amusée, celui-ci avait vu qu'il s'agissait d'un laissez-passer en bonne et due forme, signé et scellé par le grand chancelier de France, et enjoignant à tout un chacun de faciliter le voyage du baron de Ladinhac, se rendant avec sa femme, ses serviteurs et une troupe de dix hommes d'armes à Lectoure pour y joindre son souverain naturel le comte Jean V d'Armagnac. Apparemment, Xaintrailles avait fait de la bonne besogne et n'avait rien laissé au hasard. Le Grand Sceau de France pendu à ce faux caractéristique faisait grand honneur à la fois à son sens de l'amitié, à ses relations et à son astuce. Mentalement, Catherine avait adressé un remerciement ému à ce grand garçon roux et moqueur dont la brutalité joyeuse n'avait d'égal que le dévouement. Un regret aussi ! Dieu seul savait quand les Montsalvy reverraient leur ami !

Maintenant, la petite troupe chevauchait paisiblement sur l'antique voie romaine, encore distincte, qui, de l'ancienne Avaricum [1], piquait droit vers les monts d'Auvergne à travers le Berry et le Limousin. Arnaud marchait en tête. Il montait un grand destrier noir et luttait contre l'ardent désir de lancer sa monture au galop. Il y avait si longtemps qu'il n'avait galopé ainsi dans le vent avec, derrière lui, le claquement joyeux des plis de son manteau. Mais l'état de Catherine exigeait une allure plus modérée et il lui fallait bien freiner son impétuosité naturelle. Derrière lui, Catherine venait, encadrée de Sara et de Gauthier. Elle avait retrouvé Morgane avec joie. Une joie que la petite jument semblait partager entièrement. Les oreilles bien droites, elle trottait allégrement, faisant danser sa queue dont le

1. Bourges.

panache blanc luttait d'éclat avec la neige. Sara, elle, avait reconquis son Rustaud avec une entière satisfaction. Le poids, déjà considérable de la bohémienne, s'accommodait parfaitement des habitudes paisibles de l'animal et pour le moment, indifférente au froid, elle sommeillait. Mais Gauthier, lui, ne dormait pas. De temps en temps, il jetait un regard en arrière vers l'énorme Escornebœuf qui fermait la marche avec ses Gascons. Entre les deux hommes, qui devaient être de force sensiblement égale, l'antipathie avait été immédiate. Il avait suffi pour cela d'un coup d'œil échangé, un coup d'œil que Catherine avait surpris et dont elle avait saisi le sens. Habitués à dominer les autres par le seul prestige de leur force, le Normand et le Gascon brûlaient d'envie de se mesurer l'un contre l'autre. Elle avait fait part de ses craintes à son époux.

« Tôt ou tard ils se battront, avait-elle chuchoté en regardant Escornebœuf qui s'essuyait le nez sur sa manche en contemplant d'un air rêveur Gauthier en train de seller Morgane.

— Si c'est une lutte courtoise, ce sera amusant de voir s'empoigner ces deux géants. Mais si c'est une vraie bagarre, je saurai bien les séparer. C'est au fouet que l'on dresse les fauves et j'en ai depuis longtemps l'habitude. »

Cette réponse, bien dans la manière d'Arnaud, n'avait fait qu'augmenter les craintes de Catherine. Elle se promit de veiller au grain, mais elle ne put s'empêcher de penser que la vie serait infiniment plus simple si l'on pouvait débarrasser les hommes de ce goût immodéré qu'ils avaient de s'entretuer. Instinctivement, elle porta une main à son ventre. Celui qui, déjà, vivait là, serait-il, lui aussi, l'une de ces machines de guerre lucides et implacables ? Le sang ardent des Montsalvy étoufferait-il tout à fait celui, infiniment plus paisible, de sa mère et de son grand-père, le bon Gaucher Legoix, pendu parce qu'il aimait avant tout la paix ? Pour la première fois, Catherine eut peur de ce mystère vivant qu'elle portait au creux de sa chair.

A cette inquiétude, une autre s'enchaîna, tout naturellement : celle de l'inconnu qui s'ouvrait devant elle. Qu'allait-elle trouver au bout de cette route ? Qu'est-ce qui l'attendait dans ce pays d'Auvergne dont elle n'avait pas la moindre idée ? Des montagnes, c'est-à-dire un aspect inédit de la nature pour la fille des plaines qu'elle était... des visages étrangers, une demeure nouvelle, une belle-mère... Au fond, c'était cette dernière image qui était la plus angoissante : la mère d'Arnaud ! D'elle, Catherine savait peu de chose, sinon que ses fils l'adoraient. Jadis, dans la cave des Legoix, avant d'être massacré par la populace parisienne, Michel de Montsalvy avait évoqué sa mère pour la fillette attentive qu'elle était ; une grande dame demeurée veuve de bonne heure avec deux garçons à élever, une lourde maisonnée, des terres. Il lui semblait encore entendre la voix de Michel : « Ma mère demeurera seule, avait-il dit, lorsque mon frère entrera, à son tour, dans la carrière des armes. Elle en souffrira sans doute, mais elle n'en dira rien. Elle est trop haute et trop fière pour une plainte. » « Comment, songeait alors Catherine, la haute et fière châtelaine accueillerait-elle cette belle-fille inconnue, roturière de surcroît ? Et, s'il leur fallait vivre côte à côte, comment se déroulerait cette vie ? »

« A quoi penses-tu ? » demanda Arnaud qu'elle n'avait pas vu revenir vers elle, absorbée qu'elle était dans sa songerie.

Elle sourit à son expression anxieuse et, comme il ajoutait :

« Tu n'es pas bien ? Tu es lasse peut-être ?

— Non, répondit-elle, je réfléchissais seulement.

— A quoi ?

— A ce qui nous attend... à ton pays... ta famille. »

Un brusque sourire fit briller les dents d'Arnaud, il se pencha sur sa selle, entoura d'un bras les épaules de Catherine et appuya vivement ses lèvres sur sa tempe.

« A moi tu peux bien l'avouer, chuchota-t-il. Tout cea te fait peur, non ?

— Un peu... oui.

— Tu as tort. Si tu aimes l'Auvergne, elle te le rendra au centuple. Quant à ma mère, puisqu'elle est à elle seule toute la famille directe, je crois que tu lui plairas. Elle aime avant tout le courage... »

Réglant le pas de son cheval sur celui de Morgane qui faisait des grâces au grand étalon noir, Arnaud, longtemps, parla de son pays à sa femme. Peu à peu, elle oublia le paysage mollement vallonné sous sa couche de neige pour imaginer un haut plateau venté, s'écroulant en pentes rocheuses et boisées sur une vallée profonde où coulait une rivière, des monts bleus dans les brumes du matin, violets quand le soleil se couche, des rochers noirs et des eaux blanches. Elle avait hâte, tout à coup, d'atteindre cet étrange pays où, peut-être, le bonheur l'attendait, embusqué derrière les murs adoucis de lierre d'un vieux château qui n'avait plus besoin d'être forteresse. Elle en oubliait même la menace redoutable que faisait peser sur le pays l'ombre maléfique du routier espagnol. Mais Arnaud, lui, ne l'oubliait pas... Après un moment de silence, il dit, la voix assombrie :

« Et tout cela maintenant est menacé, en danger, parce que l'insatiable rapacité d'un La Trémoille a décidé de s'approprier un fief au mépris de tout droit féodal ! Le temps me dure d'arriver là-bas... oui, le temps me dure ! »

TANT que l'on fut en terre berrichonne, relativement protégée encore par le séjour permanent du roi et demeurée à peu près cultivée, le voyage fut sans histoire. La nourriture était rare et chère, mais l'or prêté par Jacques Cœur si généreusement — Arnaud n'avait pu lui faire accepter la moindre reconnaissance de dette — faisait entrouvrir bien des huches et bien des poulaillers dans les auberges où l'on s'arrêtait. Mais le décor changea et tout devint singulièrement difficile quand on aborda le rude et sauvage pays de Limousin. C'était le pays des vastes solitudes, des monts courts, coupés de vals creux que l'hiver faisait sinistres, des marécages figés par le gel dont les glaces troubles étreignaient encore des roseaux morts. Les rares villages s'enfouissaient dans les bas-fonds broussailleux comme s'ils cherchaient à se cacher du ciel lui-même, si pauvres que les petites églises grises, naïves et pures n'y étaient couvertes que de chaume. Jadis, les paysans cultivaient le seigle, les raves, les choux et un peu de blé, la vigne aussi dans le bas-pays, plus sec. Mais tant de troupes avaient passé et repassé, Anglais, Armagnacs, Bourguignons, routiers et brigands, l'allié aussi rapace que l'adversaire, que la terre limousine, découragée, était retournée à la sauvagerie primitive. Les hommes d'armes avaient raflé le bétail que la maladie n'avait pas décimé et, sous la griffe noire de la faim, tout le pays agonisait lentement.

Le bonheur qu'avait procuré à Catherine le départ de Bourges, au début de cette longue route qui allait la conduire vers son nouveau foyer, s'était éteint peu à peu depuis que l'on était entré dans cette terre de misère. Chaque pas de Morgane augmentait le poids qui s'accumulait sur sa poitrine. L'oppressant silence de ces campagnes désertes, de ces pitons hérissés de forteresses noires et muettes agissait lentement sur elle. Quand, d'aventure, on apercevait un être humain, il fuyait aussitôt devant cette troupe armée et quand un regard croisait le sien Catherine n'y voyait jamais rien d'humain. Les hommes étaient devenus autant de loups. Mais, parmi les loups, la jeune femme n'allait pas tarder à s'apercevoir que les Gascons d'Escornebœuf étaient les pires.

Quand furent épuisées les quelques provisions que l'on avait pu garder, la nourriture quotidienne devint une aventure. Il fallait chercher de quoi manger sur le chemin et le voyage s'en trouvait ralenti d'autant. Les jours étaient courts, la nuit venait tôt, obligeant à la halte, car les marais et les fondrières tendaient autant de pièges aux voyageurs nocturnes.

De plus, Catherine était inquiète pour elle-même. Ce voyage, à la fois lent et pénible, la fatiguait au-delà de toute imagination. Des douleurs la traversaient souvent et la nuit, quand elle reposait entre les bras d'Arnaud, dans l'un ou l'autre des abris de fortune qu'ils trouvaient, elle avait de plus en plus de peine à trouver le sommeil. Sa nervosité montait en proportion. Un soir, entre Catherine et Arnaud, le premier drame éclata.

On s'était arrêté pour la nuit dans une chapelle à demi ruinée au cœur de l'épaisse forêt de Chabrières et, comme il avait coutume de le faire chaque soir, Gauthier s'était enfoncé dans la forêt, sa fidèle hache à la main, pour tenter de chasser. Les Gascons avaient allumé un feu auprès duquel Catherine et Sara s'étaient réfugiées, puis, laissant trois hommes d'armes de garde, s'étaient éloignés, eux aussi, à la recherche de quelque chose à manger. On n'avait absorbé, depuis la veille, qu'une bouillie faite de châtaignes trouvées dans une grange isolée dont les soldats avaient enfoncé la porte. Les dents étaient longues et la mauvaise humeur régnait. Dans l'enclos de pierres sèches où l'on avait parqué les chevaux, Arnaud s'occupait à soigner Rustaud qui boitait à cause d'une pierre entrée dans un sabot. Catherine tendait les mains vers le feu que Sara attisait en essayant d'oublier sa faim.

Soudain, le silencc éclata en imprécations et en cris de douleur. Deux des Gascons sortirent d'un fourré, traînant un paysan qui se débattait de toutes ses forces. A l'épaule de leur prisonnier pendaient deux lièvres pris au collet. L'homme hurlait, implorait qu'on lui laissât le produit de sa chasse, jurant que, dans sa cabane, une femme et quatre enfants mouraient de faim, mais les autres ne l'écoutaient pas. Leurs rires féroces couvraient la voix du malheureux. Catherine bondit sur ses pieds, voulut courir vers le groupe, mais, déjà, Escornebœuf l'avait devancée. Ce fut rapide. Le poing énorme du Gascon se leva et s'abattit. Il y eut un craquement sec, semblable à celui d'une noix qu'on casse, et le paysans s'abattit, le crâne fendu, sans une plainte, juste aux pieds de Catherine. Elle vacilla, révulsée d'horreur, mais une brutale colère la maintint debout et la jeta, furieuse, sur l'un des hommes qui, penché sur le cadavre, lui enlevait les lièvres.

D'un geste brusque, elle lui arracha les animaux puis tourna sa rage vers le meurtrier.

« Espèce de brute ! De quel droit avez-vous frappé cet homme ? Qui vous en a donné l'ordre ? Vous l'avez tué... tué un innocent alors qu'il ne vous avait rien fait... »

Folle d'une colère qui avait du moins le mérite de la libérer de son écœurante peur physique, elle allait sauter au visage du Gascon, toutes griffes dehors, quand Arnaud, qui accourait, la saisit par les bras et la retint fermement.

« Catherine ! Es-tu folle ? Qu'est-ce qu'il te prend ? »

Des larmes brûlantes jaillirent des yeux de la jeune femme et elle tourna vers son mari son visage noyé de pleurs.

« Ce qu'il me prend ? Est-ce que tu n'as pas vu ? Est-ce que tu ne vois pas ce cadavre devant toi ? Cet homme a tué un malheureux paysan pour rien, pour ça... »

Du pied, elle repoussait les dépouilles des lièvres comme elle eût fait d'un serpent mort.

« Il criait trop ! Sang de Dious ! coupa le Gascon. Je n'aime pas qu'on crie !

— Et moi, coupa Arnaud doucement, je n'aime pas qu'on tue sans raison, l'ami ! Tu voudras bien te souvenir d'attendre mes ordres, à l'avenir, pour frapper, sinon je saurai t'apprendre l'obéissance. Maintenant, fais emporter le cadavre. Deux de tes hommes creuseront une tombe dans l'enclos. C'est une terre chrétienne. Pendant ce temps, Sara dépouillera et fera rôtir ce gibier. »

Tout en parlant, il avait gardé un bras autour des épaules de Catherine qui pleurait doucement contre sa poitrine, mais elle s'écarta brusquement de lui et le regarda avec des yeux agrandis où, déjà, la colère revenue séchait les larmes.

« Hé quoi ? C'est là toute la punition que tu infliges à cet assassin ? Et c'est toute l'oraison funèbre que tu adresses à ce pauvre homme ? Qu'on l'enterre et qu'on n'en parle plus ?

— Que puis-je faire de plus ? Je regrette que cet homme ait été tué, mais, puisqu'il est mort, il n'y a rien d'autre à faire qu'à l'enterrer. C'est plus que n'en reçoivent bien des hommes qui n'ont pour sépulture que l'estomac des loups ou celui des corbeaux... »

Peut-être parce qu'Escorneboeuf avait eu vers lui, en s'éloignant avec le cadavre, un regard ironique, Arnaud avait répondu avec une certaine raideur qui augmenta la fureur de Catherine.

« Je n'ai jamais confondu un soldat et un meurtrier ! s'écria-t-elle. Cet homme a tué froidement, sans raison. Il doit être puni selon la loi des autres hommes.

— Ne dis pas de sottises, Catherine, répondit Arnaud d'un ton las. Nous n'avons pas trop d'hommes et Dieu sait ce qui nous attend en Auvergne. Après tout, il s'agit seulement d'un manant... »

Le mot souffleta Catherine. Elle sentit une profonde tristesse l'envahir, mais, cabrée, elle se redressa, fit face fièrement.

« Un manant ? fit-elle amèrement. Peu de chose en effet... aux yeux de tes pareils, du moins, car, aux yeux des miens, un manant c'est tout de même un homme !

— Mes pareils ? Tu leur appartiens, il me semble... »

Elle haussa les épaules, prise d'un total découragement. Leur vie commune serait-elle toujours basée sur une incompréhension profonde et l'amour passionné qui les unissait saurait-il combler le fossé originel qui séparait toujours le seigneur héréditaire de Montsalvy de la fille de l'orfèvre du Pont-au-Change ? Mais pouvait-elle lui dire qu'à cet instant elle se sentait infiniment plus proche de ce paysan massacré que de lui-même dont, cependant, elle portait le nom ?

« Je me le demande ! murmura-t-elle en se détournant. Oui, en vérité, je me le demande ! Fais à ta guise... mais je ne mangerai pas de ce gibier. Il coûte trop cher pour moi ! »

Les yeux noirs d'Arnaud lancèrent un éclair. Il ouvrit la bouche pour répliquer, peut-être sur le mode agressif, mais, à cet instant précis, Gauthier Malencontre sortit du bois. En travers de ses épaules, il portait un sanglier que, les yeux fixés sur Arnaud, il vint jeter devant Catherine.

« Vous aurez tout de même un bon repas, dame Catherine... »

Les deux hommes, le chevalier et le Normand, demeurèrent un moment face à face, le regard noir planté dans le regard gris. La main d'Arnaud s'abaissa jusqu'à la garde de son épée puis retomba. Avec un haussement d'épaules, il tourna les talons.

« Agis comme tu voudras !... » jeta-t-il à Catherine avant de disparaître derrière la chapelle.

Elle le regarda s'éloigner en silence, inquiète de cette blessure que Gauthier venait d'infliger à son orgueil, mais elle n'osa pas le suivre. A cet instant, ils ne pouvaient se comprendre. Mais, quand il revint, un long moment après, elle s'était assise à l'écart, enveloppée dans son grand manteau, regardant Sara qui tournait, au-dessus du feu, un cuissot de sanglier sur une broche improvisée. Il vint droit à elle, se laissa glisser à terre et posa sa tête sur les genoux de la jeune femme.

« Pardonne-moi, murmura-t-il... Je crois qu'il te faudra beaucoup de patience, mais j'essaierai de comprendre... de te comprendre ! »

Pour toute réponse, elle se pencha et posa ses lèvres dans les rudes cheveux noirs. Un moment, ils oublièrent le froid, la nuit, la guerre et goûtèrent un peu de paix. Doucement, il l'enleva dans ses bras, l'emporta à l'écart, là où les regards des autres ne pourraient les atteindre. L'ombre de la petite chapelle s'étendit sur eux, les retranchant du monde. Arnaud enveloppa soigneusement Catherine dans plusieurs couvertures puis s'étendit près d'elle, refermant sur eux deux son propre manteau.

« Tu es bien ? demanda-t-il.

— Très bien... mais Arnaud, j'ai peur. Je voudrais tant être arrivée, à cause de l'enfant. Il bouge beaucoup, tu sais...

— Nous essaierons de forcer l'allure. Tâche de dormir, mon amour. Tu as besoin de paix et de calme. »

Il baisa passionnément ses lèvres froides et elle finit par s'endormir. Longtemps, il la contempla, n'osant bouger pour ne pas l'éveiller, remué par une émotion profonde. Chaque jour qui passait la lui rendait plus chère et plus précieuse.

Plus loin, les Gascons s'étaient installés autour d'un autre feu où rôtissaient les lièvres. Eux aussi semblaient en paix, car, pour eux, la vie et la mort s'enchaînaient, logiquement, en une chaîne sans fin...

Mais quand, dans le jour blême et pauvre du matin suivant, on se remit en route à travers les taillis dénudés et le vent aigre venu du nord, Catherine constata que le physique d'Escornebœuf avait subi quelques modifications. Le colosse tentait vainement de cacher entre son chapeau de fer et son manteau de cheval un visage qui, visiblement, en avait vu de cruelles. Un œil magistralement poché, des égratignures encore fraîches et tout un assortiment de bleus, allant de l'azur au violet foncé, lui composaient une bien étrange physionomie. Cherchant le regard d'Arnaud, la jeune femme vit qu'il était également fixé sur le sergent et qu'il étincelait d'une gaieté qui n'atteignait cependant pas les lèvres. Il sourit, pourtant, tendrement à sa femme, puis se tourna vers Gauthier. Le Normand, les yeux mi-clos, chevauchait paisiblement, les mains nouées sur le ventre, avec la mine satisfaite d'un gros chat qui vient de laper un bol de lait. Il avait vraiment l'air trop bonasse pour ne pas être à l'origine du bariolage matinal d'Escornebœuf... Un dernier regard acheva de convaincre Catherine : celui, meurtrier, brûlant de haine que le Gascon adressa au géant. Apparemment, il avait reçu, dans la nuit, une sévère correction qu'il n'était pas près d'oublier, mais, si Catherine s'en réjouissait, elle n'aimait guère traîner ainsi après elle des rancunes en puissance qui menaceraient la sécurité du groupe et risquaient d'engendrer de graves conflits.

Le plateau granitique s'affaissa soudain et le chemin dévala à flanc de coteau vers un étroit village où ne se montrait pas le moindre signe de vie. Aucune cheminée ne fumait, rien ne bougeait... hormis, un peu en dehors, près d'un calvaire, un groupe confus qui s'agitait bizarrement. Plusieurs hommes se penchaient sur quelqu'un qui bougeait frénétiquement.

Catherine vit qu'Arnaud, toujours en avant, s'était arrêté au bord de la descente et, debout sur ses étriers, regardait. Elle poussa Morgane pour le rejoindre, mais déjà, piquant des deux, il fonçait à tombeau ouvert dans le chemin raide. Les derniers rayons d'un soleil pâle allumaient des reflets sur l'acier de l'épée qu'il avait tirée.

« Des malandrins, fit Gauthier auprès de Catherine. Ils attaquent quelqu'un. Je vais l'aider.

— Non, reste !... Il n'aimerait pas que tu lui prennes cela... »

En effet, au bas de la sente, Arnaud, dédaignant l'avantage que lui donnait son cheval, avait sauté à terre et, l'épée haute, tombait comme la foudre sur les malandrins. Ce fut vite et bien fait. Le premier tomba sans un cri, la gorge traversée, le second avait tiré un long couteau et fit face, mais, comme il attaquait, le poing gauche du cavalier, armé d'une dague, se leva et frappa. L'homme poussa un cri affreux. L'épée atteignit le troisième comme il essayait de voler le cheval pour s'enfuir avec. Alors seulement Catherine vit qu'un homme était couché sur les marches du calvaire, blessé sans doute. Arnaud, fichant en terre son épée sanglante, s'agenouillait près de lui.

« Vite ! dit Catherine. Cette fois, il a besoin de nous... »

Ses talons pressèrent le flanc de Morgane et toute la troupe, derrière elle, dévala le coteau au grand trot. Devant le calvaire, Catherine et Sara mirent pied à terre, rejoignirent Arnaud.

« C'est un pèlerin, dit-il... et qui semble bien misérable ! Comment peut-on attaquer quelqu'un de si dépourvu !

— Bah ! fit derrière lui la voix goguenarde d'Escornebœuf. Ces pèlerins cachent souvent sous leurs haillons plus d'or qu'on ne pense. J'en ai connu qui étaient de bonne prise et...

— Assez ! coupa Arnaud brutalement. Les errants de Dieu sont sacrés ou devraient l'être... Va voir s'il est possible de rester dans ce hameau. Il semble vide mais on ne sait jamais. Et souviens-toi de mes ordres : ne moleste personne !

— Oui, seigneur ! grogna le Gascon de mauvaise grâce. Pied à terre, vous autres ! »

Tandis que Sara ouvrait le coffre de cuir qui contenait des remèdes et des pansements, Catherine avait pris sur ses genoux la tête du pèlerin évanoui. C'était un vieillard si maigre que sa peau parcheminée semblait collée à son squelette. Des broussailles grises de sa longue barbe et de ses cheveux jaillissaient un grand nez courbe et les globes proéminents de ses yeux sous les paupières fripées. En vérité, son équipement n'inspirait guère la convoitise. Le long manteau qu'il portait sur un pourpoint et des chausses rapiécées était effiloché par les ronces du chemin, roussi par des soleils innombrables, verdi par les pluies. Des paquets de chiffons où des taches rousses disaient les plaies enveloppaient ses pieds. Un vieux chapeau de feutre dont le bord retroussé était timbré d'une coquille avait roulé un peu plus loin, dans la boue épaisse du carrefour.

Avec émotion, tandis que Sara étanchait le sang qui coulait du front du vieillard, Catherine passait un doigt tremblant sur les coquilles cousues sur la vieille houppelande. L'homme lui rappelait son vieil ami Barnabé. Ce manteau, si semblable à celui dont le Coquillard s'habillait, aussi effiloché, aussi minable, portait cependant sur lui le poids de pénitence et de renoncements qui n'avaient jamais été le fait de Barnabé.

« Il vient de Compostelle, dit-elle d'une voix enrouée en passant d'une coquille à une petite effigie de saint Jacques, en étain, cousue au revers du pèlerin.

— Il vient de plus loin encore, ma mie, fit la voix grave d'Arnaud. Regarde... »

Il désignait, pendues à une ficelle au cou du vieillard, une petite palme de plomb et une croix. Et Catherine, étonnée, le vit s'agenouiller dans la boue et baiser respectueusement les loques sanieuses des pieds de l'homme.

« Que fais-tu ?

— Je lui rends l'hommage dû à ses pareils. Il vient de Jérusalem, Catherine. C'est un pèlerin de Terre sainte, un Grand Pèlerin, et les pieds que je baise ont foulé le sol qui porta le Seigneur. »

Saisies, Catherine et Sara demeurèrent immobiles. Le vieillard semblait, tout à coup, avoir grandi jusqu'à des dimensions surnaturelles et un profond sentiment de vénération s'emparait d'elles. Les pèlerins de Terre sainte étaient rares si les grands sanctuaires chrétiens drainaient toujours des foules ferventes. Il fallait être un bien grand saint... ou avoir commis un bien grand crime pour s'en aller si loin, à travers tant de dangers, demander grâce et pardon !

Mais le pèlerin revenait à lui. Ses paupières se soulevaient, découvrant dans le jour déclinant des prunelles bleues comme un ciel d'été. Il essaya de se relever, y parvint avec l'aide du bras de Sara et regarda le couple agenouillé à ses pieds avec beaucoup de gentillesse.

« Loué soit Jésus-Christ ! dit-il, et grâces vous

soient rendues à vous qui m'avez porté votre aide. Sans vous, je crois bien que... »

Il s'interrompit. Son regard était tombé sur les cadavres des trois bandits et des larmes y montèrent.

« Fallait-il qu'ils mourussent à cause de moi ?... et en état de péché ?

— C'était eux ou vous, dit Arnaud doucement. Ceux qui attaquent les errants de Dieu ne méritent ni pitié ni merci.

— Ils avaient faim, sans doute, dit le pèlerin doucement. Je prierai pour eux quand je serai au terme de mon voyage.

— Le temps du repos n'est donc pas encore venu pour vous ? Pourtant, vous venez de bien loin, il me semble. »

Les yeux clairs du pèlerin se firent si lumineux que Catherine eut l'impression que l'hiver s'effaçait et qu'un rayon de soleil l'enveloppait.

« Oui... de bien loin, dit-il. J'ai vu le tombeau du Maître et, toute la nuit, j'ai prié sous les oliviers de l'Agonie. J'avais voulu cela parce que moi, indigne et misérable, j'avais reçu une insigne faveur. J'étais un simple maçon qui, de tout son cœur, travaillait aux cathédrales quand Dieu permit que je perde la vue. Le désespoir m'entraîna alors bien loin, plus loin encore que vous n'imaginez, car je blasphémai et doutai de Dieu. De honte, je voulus par mortification m'en aller implorer mon pardon au tombeau de saint Jacques qui a reçu pouvoir de guérir les âmes amères. Je rejoignis, au Puy, une caravane et je fis le long chemin qui mène en Galice. Et là... pouvez-vous concevoir la joie qui fut la mienne ?... là, soudainement, la vue me fut rendue. Je vis le ciel violet et l'énorme cathédrale, la ville blanche et le tombeau flamboyant sous les cierges. Pour tant de grâce, il fallait un grand remerciement. Alors, j'ai voulu m'en aller jusqu'en Terre sainte.

— Aveugle ! balbutia Catherine, émerveillée. Vous étiez aveugle et la vue vous a été rendue ? »

Le vieillard sourit au joli visage tendu vers lui. Sa main se leva et alla se poser sur le front de la jeune femme.

« Mais oui. La foi, ma fille, est amour et apaisement. Il n'est rien, si misérable que l'on soit, que l'on n'obtienne du Ciel si la foi est là et si l'on sait demander. Souvenez-vous, aux heures de douleur qui vous viendront encore, dans votre vie, du vieux pèlerin de Saint-Jacques... auquel vous avez porté secours et qui priera pour vous. Souvenez-vous de Barnabé...

— Barnabé !... »

Le sang de Catherine refluait de ses joues à son cœur tandis que ses mains tremblaient. Par quel étrange caprice du destin cet homme qui portait la Coquille s'appelait-il, lui aussi, Barnabé ? Y avait-il là un signe et, dans ce cas, comment l'interpréter ?... Immobile, toujours à genoux, les oreilles bourdonnantes, elle regardait sans la voir Sara qui achevait de panser le vieillard, Arnaud qui, pieusement, démaillottait les pieds blessés pour les laver dans de l'eau que, déjà, les Gascons faisaient chauffer sur un feu hâtivement allumé à l'abri d'un mur bas. Elle entendait à peine les questions que son époux posait au vieillard.

« Où allez-vous, maintenant ?

— Je viens de prier au tombeau de saint Léonard et vais maintenant à la haute maison que Mgr saint Michel possède, au péril de la mer, en Normandie. J'ai su, en revenant au pays, les merveilles qu'il avait faites au royaume de France et comment il avait parlé à Jehanne la Pucelle, quand elle était toute jeunette...

— Jehanne est morte, fit Arnaud sombrement, et certains la tiennent pour sorcière. Et nous qui l'avons servie, aimée, nous sommes proscrits, pourchassés comme criminels.

— Cela ne durera pas, affirma Barnabé vigoureusement. Dieu ne fait jamais rien à demi. Mais qu'il soit béni de vous avoir mis sur mon chemin. Vous l'avez connue, dites-vous, la divine bergère ? Alors vous me parlerez d'elle, ce soir, avant que nos chemins se séparent. »

Catherine devait garder de cette soirée un souvenir ineffaçable. On s'installa, pour la nuit, dans l'une des maisons abandonnées du village. Toute sa vie, elle devait revoir le cercle de visages, autour du feu flambant dominé par la haute silhouette du pèlerin. Durant des heures, lui et Arnaud avaient conversé, échangeant des souvenirs. Barnabé avait dit son long voyage et aussi la beauté des pays de soleil qu'il avait parcourus. Arnaud, lui, avait conté l'histoire de Jehanne et il y avait mis tant de chaleur, tant de passion qu'à l'écouter les respirations se retenaient, les yeux demeuraient fixes. Même les Gascons, railleurs et volontiers impies, avaient gardé une immobilité de pierre et des yeux passionnés. Quand, enfin, on sétait séparés pour dormir un peu, le vieillard avait considéré d'un air songeur Catherine et Arnaud assis auprès de lui, la main dans la main.

« Il vous sera encore beaucoup demandé, dit-il, mais vous avez reçu la grâce de l'amour. Si vous la gardez, vous vaincrez le monde. Mais saurez-vous la garder ? »

Il avait souri brusquement et s'était passé la main sur les yeux, comme au réveil. Puis il avait rapidement tracé sur les deux têtes un signe de bénédiction.

« La paix soit avec vous ! Dormez bien ! »

Mais, malgré ce souhait, Catherine, étendue contre Arnaud endormi, la joue sur son épaule, avait longtemps poursuivi le sommeil. Il y avait dans cette rencontre du vieux pèlerin quelque chose qu'elle ne parvenait pas à analyser, mais qu'elle ne pouvait s'empêcher d'interpréter comme un signe du destin. Un signe chargé de mystère, sans doute, et dont peut-être elle ne comprendrait le sens réel qu'au bout de longues années. Mais une chose était certaine : il fallait, il fallait à tout prix que cette rencontre eût lieu.

Le jour venu, chacun se remit en route, mais, tandis que la haute silhouette du pèlerin disparaissait peu à peu dans la brume d'un chemin creux, Catherine vit que Gauthier, demeuré en arrière, le suivait des yeux. Quand il reprit sa place auprès d'elle, un pli soucieux creusait son front entre les épais sourcils blonds. Catherine respecta son silence qui dura un moment. Puis brusquement, il dit :

« Le Dieu que vous servez est bien puissant pour avoir de tels serviteurs.

— Il t'a impressionné ? demanda Catherine avec un sourire.

— Oui... non... Je ne sais pas ! Ce que je sais, pourtant, c'est que j'ai eu envie de le suivre.

— Parce qu'il allait en Normandie ?

— Non... pour le suivre ! J'avais l'impression qu'avec lui je serais à l'abri de tout malheur, de toute souffrance.

— Et tu as peur de la souffrance et du malheur ? »

Un court instant, il la regarda avec cette expression affamée qu'elle lui avait vue deux ou trois fois.

« Vous savez bien que non, murmura-t-il, si c'est de vous qu'ils me viennent ! »

Et, brusquement, il mit son cheval au trot pour rejoindre Arnaud qui, en avant, discutait avec Escornebœuf.

Si Arnaud avait délibérément choisi la difficile et dangereuse route à travers le Limousin, qui lui permettait de regagner Montsalvy en contournant l'Auvergne sans presque s'y engager, ce n'était pas par amour de la difficulté, ainsi que Catherine l'avait appris de sa propre bouche. Il lui avait expliqué que le comté d'Auvergne, objet de tant de litiges, était, en fait, gouverné par deux évêques : celui de Clermont, tout au roi de France et fidèle soutien de La Trémoille, et celui de Saint-Flour qui, Dieu seul savait pourquoi, était tout entier au duc de Bourgogne.

« Tu ne désires pas, je pense, avait dit Arnaud avec un sourire en biais, retomber aux mains du noble duc ? »

Catherine avait rougi et haussé les épaules. Cette allusion lui déplaisait, mais elle avait appris depuis longtemps à compter avec la jalousie d'Arnaud et savait que, dans ce cas, cette jalousie se justifiait aisément. Elle s'était donc contentée de répondre paisiblement.

« Pourquoi donc poser une question dont tu connais si bien la réponse ? »

Il n'avait pas insisté. D'autre part, le jeune homme désirait faire halte chez un de ses cousins, au château de Ventadour, où sa mère, qui appartenait à cette puissante famille limousine, avait vu le jour. Il dépeignait Ventadour comme une terrible forteresse, un refuge puissant où l'on saurait des nouvelles sûres des événements et d'où l'on pourrait repartir pour Montsalvy avec une aide accrue. Le vicomte Jean était riche, puissant et de bon conseil. De son côté, Catherine s'était mise à désirer cette halte de toutes ses forces déclinantes. Le dur voyage agissait sur elle de plus en plus cruellement. Elle maigrissait à vue d'œil et les longues heures de chevauchée étaient devenues une torture pour son corps épuisé. Des douleurs la traversaient parfois, brutales comme un coup de lance, et d'atroces courbatures nouaient ses membres et son dos quand elle mettait pied à terre. De plus, elle en arrivait à ne plus tolérer la nourriture, parcimonieuse, et surtout composé de gibier, qu'on lui offrait.

A mesure que son visage s'amenuisait, Arnaud s'assombrissait. Il se reprochait de l'avoir emmenée et de lui avoir imposé cet interminable calvaire. Il laissait maintenant Gauthier marcher en tête, se fiant à l'instinct quasi animal du forestier pour flairer les dangers possibles, et chevauchait tout près de Catherine. Souvent, quand il la voyait trembler de froid, il l'enlevait du dos de Morgane et l'installait devant lui, sur son cheval, pour mettre entre la bise et la jeune femme transie le rempart de sa poitrine, de ses bras et du grand manteau noir dont il rejetait un pan sur elle. Malgré sa faiblesse et son état maladif, Catherine aimait aller ainsi, contre lui. Elle aimait la délicieuse impression de sécurité qu'il savait lui donner et la peine du voyage s'en trouvait allégée. Bientôt, elle ne voyagea plus autrement et Morgane prit l'habitude de trotter toute seule, simplement tenue par la bride, derrière le grand destrier noir.

Quand, à la fin d'un jour pluvieux, Catherine découvrit enfin Ventadour, elle soupira de soulagement tandis qu'Arnaud, joyeusement, lui disait :

« Regarde, ma mie, voici le château du vicomte Jean ! Là tu auras repos, réconfort et sécurité. Si tu n'es pas en sûreté ici, tu n'y seras nulle part. »

C'était, en effet impressionnant : sur un éperon rocheux tombant à pic sur une gorge où grondait un torrent s'élevaient des murs vertigineux, des tours de granit aux hourds de bois peints de couleurs violentes et, couronnant le tout, un gigantesque donjon assez vieux pour avoir vu partir les croisés.

« On dit, poursuivit Arnaud en riant, que toute la paille du royaume de France ne suffirait pas à emplir les fossés de Ventadour ! »

« Etranges fossés, en effet », songea Catherine que cette saignée entre deux montagnes d'où la forteresse jaillissait comme des entrailles mêmes de la terre. Le sentier qui, du milieu du minuscule village poussé n'importe comment sur un épaulement rocheux, escaladait la butte formidable, serpentait à flanc de rocher jusqu'à un massif portail, haut comme une entrée de ville, qui commandait l'entrée du château. La petite troupe fatiguée s'y engagea. Envahi d'une joie soudaine, Arnaud, berçant Catherine contre lui, se mit à chanter à pleine voix :

J'ai le cœur si plein d'amour, de joie et de douceur
Que la glace me paraît fleur et la neige verdure...

Elle lui sourit tendrement, appuyant sa tempe contre la joue chaude.

« La chanson est belle... Et je ne savais pas que tu aimais les chansons.

— Je suis aussi civilisé que Xaintrailles, si c'est cela que tu veux dire, répondit-il en riant. C'est ma mère qui m'a appris cette chanson ! Elle a été composée ici même, voici bien longtemps, par un troubadour qui se nommait Bernard. Il était le fils du meunier et s'était épris de la dame du château. Il a bien failli en mourir, mais il a pu fuir à temps. On dit qu'ensuite une reine l'a aimé.

— Chante encore ! pria Catherine. J'aime t'entendre. »

Docilement, le jeune homme reprit, et sa voix joyeuse se répercuta aux quatre horizons.

Quand je vois l'alouette mouvoir de joie
ses ailes contre le rayon de soleil...

Mais la chanson s'arrêta net et Arnaud retint son cheval. Là-haut le portail venait de s'ouvrir, livrant passage à une forte troupe de cavaliers qui s'avança rapidement vers les voyageurs. Sourcils froncés, Arnaud les regardait. Son expression tendue inquiéta Catherine.

« Qu'y a-t-il ? Ce sont les hommes du vicomte, je pense, et... »

Il ne lui répondit pas, appela sèchement :

« Gauthier ! »

Le Normand accourut. Sans un mot, Arnaud enleva Catherine dans ses bras et, avant qu'elle fût revenue de sa surprise, la passa dans ceux du géant.

« Vite ! Retourne et emmène aussi Sara. Va les mettre à l'abri !

— Mais, Seigneur...

— Obéis... Vite, sauve-la et, si je meurs, conduis-la à ma mère...

— Arnaud ! cria Catherine... Non !

— Emmène-la, je te dis ! Je le veux. Ceux qui viennent là ne sont pas les gens de Ventadour. Ce sont les routiers de Villa-Andrado ! »

Sourd aux cris de Catherine, insensible à sa défense désespérée, Gauthier fit volter son cheval, rafla au passage la bride de Sara et emmena les bêtes vers le village. Catherine se tordait le cou pour voir par-dessus l'épaule du géant. Les Gascons s'étaient groupés autour d'Arnaud qui avait mis l'épée à la main et, debout sur ses étriers, regardait venir l'ennemi. Celui-ci dévalait maintenant la sente et les armures, les lances et les épées brillaient sinistrement.

« Laisse-moi, criait Catherine. Va les aider, ils ne tiendront jamais... La troupe est trop puissante ! Ils sont au moins cinq contre un.

— Votre époux est brave et il sait se battre ! Pour une fois, dame Catherine, souffrez que je lui obéisse, à lui... Vous n'avez que faire dans cette rencontre... »

Pour qu'elle ne vît plus rien du combat qui se préparait et aussi pour la mettre hors de vue des routiers, Gauthier plongea soudain à flanc de ravin à travers les arbres et les broussailles, droit vers le lit de la Luzège, le petit torrent qui entourait Ventadour. Mais il ne put empêcher qu'elle n'entendît le choc des armes et les cris sauvages des hommes qui s'encourageaient à la bataille.

« Mon Dieu ! sanglotait Catherine... Ils vont me le tuer... Je t'en supplie, ami, laisse-moi ici... Laisse-moi au moins voir... »

Mais Gauthier, les dents serrées, piquait toujours droit vers le fond de la gorge, traînant par la bride Rustaud qui portait Sara plus morte que vive.

« Voir quoi ? gronda-t-il. Le sang qui coule et les hommes qui meurent ? Je vais vous mettre à l'abri autant que je pourrai, ensuite je remonterai voir ce que je peux faire. Essayez d'être raisonnable... »

Il trouva l'abri plus vite qu'il n'aurait cru, en remontant le lit de la rivière. Il avisa une grotte étroite qui surplombait l'eau écumante. Elle semblait profonde et, après une rapide reconnaissance, le Normand y porta Catherine. Le froid y était moins vif qu'au-dehors et cette grotte devait servir parfois d'abri à des bergers ou à des forestiers car au fond, contre la muraille, il y avait une jonchée de paille. De plus, malgré le voisinage de l'eau, elle n'était pas humide.

Gauthier posa Catherine sur la paille et se tourna vers Sara qui descendait à son tour de cheval.

« Allumez du feu et restez près d'elle, je vais revenir. »

Il tourna les talons en laissant les deux femmes en tête-à-tête. Sara se frottait les reins en grimaçant.

« Encore un peu et il me donnera des ordres, ce sauvage ! » marmotta-t-elle.

Mais la diatribe qu'elle apprêtait tourna court quand elle vit la pâleur de Catherine. La jeune femme s'était tapie dans la paille, tout contre le rocher, et le peu de jour qui passait montrait son visage blême où perlait une sueur légère. Il y avait de la peur au fond de ses prunelles et aussi une souffrance qui alerta Sara.

D'une main rapide, elle retroussa les mèches blondes qui collaient au front de Catherine, scruta le visage aux traits tirés. Une douleur brutale tordit la jeune femme dont le corps, soudain, s'arqua pour retomber à l'instant suivant. Elle haleta.

« J'ai mal, Sara !... Une douleur terrible !... C'est comme si on me perçait le flanc... C'est la deuxième...

Tout à l'heure déjà, quand Arnaud m'a passée à Gauthier... Je... Je ne sais pas ce que c'est !

— Moi, je m'en doute, fit Sara... Depuis si longtemps que nous sommes en route, nous avons perdu la notion des jours.

— Tu ne veux pas dire que... c'est déjà l'enfant ?

— Pourquoi pas ? Avec toutes ces chevauchées, il peut avoir pris de l'avance. Seigneur, il ne nous manquait plus que cela ! »

Mais elle ne perdait pas son temps en vaines paroles. Vivement elle débarrassait Rustaud des bagages qu'il portait : le coffre aux remèdes et un rouleau de vêtements. Gauthier, de son côté, avait laissé en partant ceux dont sa propre monture était chargée : encore des vêtements, un sac de fourrage pour les bêtes et une marmite. En un clin d'œil, Sara eut accumulé sur Catherine les deux couvertures et un manteau. Puis elle entreprit d'allumer du feu grâce à un peu de paille et à des branches qu'elle alla couper au-dehors. Ensuite, elle emplit d'eau sa marmite et la mit à chauffer, accrochée à trois branches entrecroisées. Les yeux agrandis, Catherine la regardait faire. La douleur faisait trêve pour un temps et la jeune femme tendait l'oreille pour essayer de saisir quelque chose de la bataille. Mais le grondement de l'eau si proche dominait tout.

Catherine essaya de retrouver une prière au fond de sa mémoire, mais son esprit lui parut curieusement vide. Elle était incapable de le détacher d'Arnaud. Tout son être se tendait vers lui et elle cherchait à deviner, au fond de son cœur, l'éclair de souffrance qui lui apprendrait sa mort. Si le lien secret qui les unissait depuis si longtemps se rompait brusquement, Catherine savait qu'elle en serait avertie, à cet instant précis, par une souffrance intérieure...

Le feu, allumé par Sara, flambait bien maintenant et mettait un écran de chaleur rassurante entre la jeune femme et le froid du dehors. La nuit venait très vite et Sara, pour diminuer les risques d'être aperçue du dehors, accumulait des branches et des pierres devant l'entrée de la grotte. Des bruits confus parvenaient parfois jusqu'aux deux femmes enfermées dans leur étroit refuge. Un hurlement de rage ou un long gémissement de douleur. Une trompe sonna quelque part, sans doute sur les remparts du château.

« Que fait Gauthier ? gémit Catherine. Pourquoi ne revient-il pas me dire...

— Il a sans doute autre chose à faire, répliqua Sara. Le combat peut durer car tous sont des guerriers entraînés de longue date.

— Et Arnaud ? Crois-tu qu'après sa maladie il soit encore entraîné ?

— Chez lui, fit Sara avec un mince sourire, c'est plus qu'une habitude ou un entraînement : la guerre, c'est sa nature même. Et puis Gauthier veillera sur lui.

— Et s'ils sont pris ?

— Nous le saurons... Pour le moment, il faut penser à toi, et à l'enfant si c'est lui qui vient. »

Comme pour répondre à Sara, une nouvelle douleur plus violente vrilla le corps de Catherine en même temps qu'une désagréable sensation d'humidité...

La tempête de douleurs qui submergea Catherine dura-t-elle une heure ou dix ? Le temps s'effaça et, avec lui, la conscience des événements extérieurs. Même l'angoisse née du combat si proche était abolie. Il ne restait plus que l'intolérable souffrance. Cela ne laissait ni trêve ni repos et Catherine, torturée, écartelée, avait l'impression que l'enfant, tel un géant secouant les murs de sa prison, faisait tout éclater en elle pour en venir plus vite à la lumière. La seule chose réelle, en dehors de son supplice, c'était le visage anxieux de Sara, éclairé en rouge par les flammes du foyer, qui se penchait sur elle, c'était la main chaude de Sara sur laquelle la jeune femme agrippait ses mains convulsives. Elle ne criait pas, mais un gémissement continu s'échappait de ses lèvres. Elle haletait, prise au piège de la souffrance sans rémission, d'une torture que sa propre volonté ne pouvait faire cesser et qui devait se poursuivre inexorablement jusqu'à son terme normal. De temps en temps, Sara essuyait le front en sueur avec un linge imbibé d'eau de la reine de Hongrie et l'odeur fraîche ranimait un instant Catherine, mais l'enfant revenait à la charge et la jeune femme replongeait dans son martyre. Elle souhaitait éperdument un instant de rémission, un seul qui lui eût permis de se laisser aller à son immense fatigue. Elle avait tellement envie de dormir !... dormir, oublier, cesser de souffrir !... Est-ce que vraiment cette douleur ne cesserait jamais ? Est-ce qu'elle ne pourrait plus jamais dormir ? La conscience s'atténuait peu à peu sans qu'elle s'en rendît compte, mais, tout à coup, il y eut une douleur pire que les autres, une souffrance inouïe qui lui arracha un véritable hurlement, si haut, si puissant qu'il franchit la vallée, s'étendit sur la campagne ensevelie dans la nuit et alla frapper de terreur les hommes qui l'entendirent. Mais il n'y eut qu'un seul cri car ensuite Catherine plongea enfin dans la bienheureuse inconscience qu'elle avait tant désirée. Elle n'entendit même pas le piaillement rageur qui fit écho à son grand cri de délivrance, ni le rire heureux de Sara. Cette fois, elle s'était évanouie.

QUAND lui revint la conscience, celle-ci fut cependant assez peu claire. Catherine avait l'impression de flotter à travers une brume légère peuplée de paires d'yeux brillants qui la regardaient. Son corps n'existait plus. Elle avait miraculeusement rompu les amarres qui l'enchaînaient à une terre pleine d'embûches et de douleurs. Elle se sentait tellement légère que l'idée lui vint que, peut-être, elle était morte et avait gagné les nuages. Mais un bruit tout à fait terrestre secoua sa bienheureuse torpeur : le vagissement d'un bébé...

Alors, bien réveillée soudain, elle ouvrit tout grands ses yeux, redressa la tête sur le manteau roulé qu'on lui avait mis comme oreiller. Entre elle et le feu, il y avait une grande ombre noire, agenouillée, une ombre qui disait :

« Regarde, mon amour... regarde ton fils ! »

Une merveilleuse onde de joie noya Catherine. Elle voulut tendre les bras, mais ses membres pesaient comme du plomb.

« Attends, chuchota Sara contre son oreille, je vais te soulever. Tu es épuisée. »

Mais cela lui était bien égal. Elle voulait tenir contre elle ce petit paquet que maintenant elle distinguait nettement dans les grandes mains d'Arnaud.

« Un fils ?... C'est un fils ? Oh ! donne-le-moi... »

Il glissa contre son flanc le petit paquet chaud

qui gigotait. Gauthier apparut, portant une torche de fortune faite d'un branchage enflammé, immense vu du sol où elle gisait, mais avec un large sourire étendu sur son visage. Grâce à cette lumière, Catherine vit enfin son fils : un minuscule visage rouge et fripé dans l'encadrement des lainages dont Sara l'avait entortillé, deux tout petits poings bien serrés et un léger duvet clair, moussant sur le petit crâne rond.

« Il est superbe ! s'écria la voix joyeuse d'Arnaud. Grand, fort, magnifique... un vrai Montsalvy ! »

Malgré sa faiblesse, Catherine se mit à rire.

« Tous les Montsalvy sont donc aussi laids quand ils viennent au monde ? Il est tout fripé.

— Il se défripera, intervint Sara. Rappelle-toi... »

Elle se mordit les lèvres, retenant au dernier instant les mots prêts à sortir. Sara avait failli lui rappeler le petit Philippe, l'enfant qu'elle avait eu de Philippe de Bourgogne et qui était mort à quatre ans, au château de Châteauvillain. C'eût été une sottise et Sara, mentalement, se traita d'idiote. Mais Catherine avait compris. Son visage s'était légèrement crispé et, d'un geste instinctif, elle serra contre elle le nouveau-né. Celui-là, il était le fils de l'homme qu'elle adorait et elle saurait le défendre contre le mal. La mort ne le lui prendrait pas. Mais son geste avait réveillé le bébé qui sommeillait. Tout de suite, il protesta. Sa petite bouche s'ouvrit démesurément. On ne vit plus qu'un trou rond sous un nez minuscule, mais un trou ouvrant sur un gosier particulièrement vigoureux.

« Sang du Christ ! s'écria Arnaud. Il a des poumons, le bougre !

— Il doit avoir faim, fit Sara. Je vais lui donner un peu d'eau tiède avec du sucre, en attendant que le lait vienne. J'en donnerai aussi à Catherine. Puis elle dormira. C'est de cela surtout qu'elle a besoin : dormir. »

Elle ne demandait que ça, dormir. Pourtant, le premier instant de joie passé, la conscience de leur situation lui revenait et, déjà, de sa main libre, elle s'accrochait à Arnaud qui s'était glissé près d'elle pour lui offrir l'appui de sa poitrine.

« Dis-moi, le combat ?

— Nous sommes vainqueurs... d'une certaine manière... J'entends que nous sommes momentanément en sûreté : du moins tant que nous conservons l'otage que tu vois là-bas. »

En effet, de l'autre côté du feu, près de l'entrée de la grotte, Catherine put voir, gardé par l'énorme Escornebœuf et par deux Gascons, un personnage qu'elle n'avait jamais vu. Grand, mince, sec comme une rapière et tout vêtu de rouge, il avait un visage mince dont le principal ornement était un grand nez en bec d'aigle. Le menton arrogant, la bouche rouge et sensuelle, l'inconnu pouvait avoir une quarantaine d'années. Quelques fils blancs striaient ses cheveux noirs et plats qu'il portait assez longs. Assis sur une pierre, ses longues jambes repliées, il regardait le feu d'un air de profond ennui, mais sa situation de prisonnier ne semblait pas l'inquiéter outre mesure.

« Qui est-ce ? demanda la jeune femme.

— Rodrigue de Villa-Andrado, en personne... J'ai pu lui tomber dessus durant le combat et, en menaçant sa gorge de ma dague, j'ai fait cesser la bataille. C'est une bête sauvage, mais ses hommes tiennent à lui. J'ai pu l'emmener jusqu'ici et les gens du château ne tenteront rien contre nous de peur qu'il ne soit mis à mort. »

Au même instant, l'Espagnol bâilla démesurément, tourna les yeux vers le fond de la grotte.

« Je regrette de t'enlever tes illusions, Montsalvy, mais les hommes de ma bande me connaissent et savent que je ne crains pas la mort. Sois certain qu'ils feront tout pour me reprendre et, à moins que tu ne m'égorges de sang-froid, tu ne pourras pas m'emmener avec toi dans la mort qui t'attend. Souviens-toi... tu n'as plus que quatre hommes, même si deux d'entre eux valent le triple.

— C'est vrai, chuchota Sara à Catherine. Les Gascons ont presque tous été tués. Nous n'avons plus que le sergent et deux hommes d'armes... et pour comble nous n'avons plus rien à manger.

— Autrement dit, répliqua la jeune femme avec angoisse, cette grotte nous a peut-être offert un abri, mais elle est, en même temps, un piège qui s'est refermé. »

Brusquement, Catherine avait l'étouffante sensation que la grotte se resserrait sur elle, insensiblement mais inexorablement. Pourquoi avait-il fallu que l'enfant vînt au monde au fond de ce tombeau ?

Le son pourtant étouffé des deux voix féminines était sans doute parvenu aux oreilles de Villa-Andrado car il se leva brusquement et, suivi immédiatement par Escornebœuf, marcha vers le fond de la grotte.

« Reste où tu es ! lança Arnaud rudement.

— Pourquoi donc ? Veux-tu donc m'obliger à crier quand il nous est possible de causer paisiblement ? Tu dois comprendre, avant qu'il ne soit trop tard, que ta situation n'est pas aussi bonne que tu le crois et que... »

Il s'arrêta court. A la lumière incertaine de la

branche flambante que Gauthier, figé à côté de la paillasse dans une immobilité de cariatide, tenait toujours, l'Espagnol venait d'apercevoir Catherine, étendue sous des manteaux, pâle et défaite, mais enveloppée de la masse somptueuse de ses cheveux dénoués qui lui composaient tout à la fois un manteau royal et une auréole de lumière. Le sourire sarcastique s'effaça des lèvres de Villa-Andrado sous le coup de la surprise. Un instant, la jeune femme et le chef mercenaire se regardèrent... Elle lut dans les yeux sombres de l'homme une admiration non déguisée et, dans le secret de sa pensée, le jugea intéressant. Ce visage anguleux et sec, visiblement pétri d'orgueil, formait un contraste étrange avec le regard où se montrait une chaleur inattendue. C'était, à n'en pas douter, une bête de proie, mais une bête de race et, de plus, l'intuition féminine de Catherine le lui soufflait secrètement, il appartenait à cette catégorie d'hommes qu'une femme regarde toujours au moins deux fois, si ce n'est plus ! Mais, pour le moment, Villa-Andrado était en extase.

Rose de mai ! murmura-t-il, *de toute douceur pleine*
Gente et jolie
Vous êtes fleur, de toute fleur...

« Qu'est cela ? aboya Arnaud hargneusement en se plantant entre l'Espagnol et la jeune femme. Te prends-tu pour un ménestrel ou bien penses-tu que ma femme ait quelque plaisir à entendre des fadaises ? »

Rodrigue leva vers Montsalvy un regard de somnambule.

« Ta femme ? murmura-t-il... J'ignorais que tu fusses marié, Montsalvy. Et je vois là un enfant... Je ne comprends pas.

— Je te croyais plus intelligent, ricana Arnaud. Il est aisé cependant de comprendre. Nous regagnions en toute hâte mes terres, mais les rigueurs du chemin ont eu raison de mon épouse. Nous espérions trouver à Ventadour de chers cousins en même temps qu'une halte dont Mme de Montsalvy avait le plus grand besoin... et nous n'avons trouvé qu'une bande de charognards et des armes brandies. Toi et les tiens, noble chevalier, avez contraint ma femme à mettre son fils au monde au fond d'un trou de taupes ! Heureuse encore de l'avoir trouvé ! Tu as compris maintenant ? »

Le ton acerbe d'Arnaud frappa Catherine. Si affaiblie qu'elle fût et si inquiète de l'avenir proche, elle ne craignait pas l'Espagnol. Un homme qui pouvait la regarder avec cette expression éblouie ne pouvait être un danger. Pourquoi donc Arnaud cherchait-il à attiser sa colère ? Seule, sans doute, la jalousie excitait sa hargne et Catherine savait déjà que cette jalousie pouvait être féroce.

Mais Villa-Andrado ne parut pas s'émouvoir. Avec une aisance de grand seigneur, il mit un genou en terre devant Catherine, sa main gauche posée sur son cœur et son regard rivé au pâle visage encadré d'or.

« Jadis, fit-il d'une voix émue, la plus noble et la plus sainte de toutes les femmes mit au monde, elle aussi, son enfant sur un peu de paille. C'est un précédent qui doit être de quelque réconfort, madame. Pourtant, l'éclat de votre grâce efface en moi jusqu'à ce souvenir. Seule l'étoile qui brillait dans cette nuit sacrée devait approcher, gracieuse dame, d'une si merveilleuse beauté ! »

C'était plus que Montsalvy n'en pouvait endurer. Sa main s'abattit sur l'Espagnol qu'il empoigna par le col de son pourpoint et remit de force sur ses pieds.

« En voilà assez ! Tu devrais me connaître suffisamment pour savoir qu'un tel langage adressé à ma femme ne peut que me déplaire. »

Un mince sourire étira la bouche sinueuse du Castillan et mit une flamme dans ses yeux. Catherine eut le sentiment net qu'il se moquait d'Arnaud.

« Il te faut, dans ce cas, l'obliger à ne sortir que voilée, comme les femmes maures, car, partout où elle ira, la beauté de ton épouse illuminera la nuit et courbera l'échine des hommes sous le poids du désir. Mais, ajouta-t-il perfidement, je te félicite et je t'envie, Montsalvy. Il semble que tu connaisses les enchantements qui attirent les femmes les plus éclatantes. Isabelle de Séverac, à laquelle tu fus fiancé jadis, était belle entre toutes et je te l'enviais. Mais auprès de ton épouse, elle n'était qu'un pâle rayon de lune auprès d'une aurore d'été. »

Le rappel aux anciennes fiançailles de Montsalvy était une maladresse délibérée et Catherine ne s'y trompa point. Encore que le nom d'Isabelle lui fût désagréable, elle avait assez de puissance sur elle-même pour ne plus redouter une morte. D'ailleurs, Arnaud l'avait-il jamais aimée, cette Isabelle ? L'insolence voulue de Villa-Andrado lui fit craindre une empoignade entre les deux hommes. Elle devina confusément une ancienne rivalité et le ton de l'Espagnol ne laissait-il pas supposer que cette rivalité venait de trouver un nouveau terrain de lutte ? Arnaud avait rougi et déjà ses poings se serraient, prêts à frapper ce visage moqueur où les yeux brillaient d'un éclat sardonique. Mais il n'eut pas le temps de riposter, ni Catherine celui d'intervenir.

L'un des Gascons demeurés de garde à l'entrée avait bondi vers eux.

« Messire... des hommes approchent à la faveur de la nuit. J'entends des pas aux alentours, des pas que l'on essaie d'étouffer !

— Nombreux ?

— Je ne saurais évaluer, messire... mais certainement plus de vingt hommes. »

Instinctivement, Catherine s'agrippa à la main de son mari. De l'autre elle serra l'enfant contre elle, reprise par la peur. Il sentit son angoisse car il serra doucement les doigts tremblants et sa voix mordante ne trahit aucun trouble.

« Eh bien, mais... qu'ils approchent. Escornebœuf !... Tu vas te poster à l'entrée avec tes hommes ! Toi aussi, Gauthier ! Personne, je pense, ne passera. Quant à moi, je suffirai à venir à bout de monsieur que voilà dont la vie ne vaudra plus un maravédis... C'est bien ainsi que l'on dit en Castille ? ajouta-t-il avec un sourire menaçant à l'égard de son prisonnier... si ses hommes se montrent trop menaçants ! »

Villa-Andrado haussa les épaules d'un air excédé.

« Ils n'approcheront pas ! Chapelle, mon lieutenant, est loin d'être stupide. Il sait la manière de débusquer un sanglier de sa bauge... Quant à me tuer froidement, comme tu m'en fais menace, je n'en crois rien. Tu n'as jamais égorgé un homme désarmé, Montsalvy, je te connais... et Chapelle aussi ! Le plus mauvais caractère de toute l'armée française, mais la plus parfaite expression de la chevalerie. »

Le ton railleur de l'Espagnol ôtait beaucoup de poids à ce compliment qu'Arnaud, d'ailleurs, dédaigna.

« J'ai peut-être changé... d'autant plus que j'ai femme et enfant !

— Non... Les hommes comme toi ne changent pas ! Madame, ajouta-t-il à l'adresse de Catherine, dont les yeux inquiets allaient de l'un à l'autre des deux adversaires, dites à votre époux qu'il va commettre une sottise. Depuis que je sais votre présence ici, je ne suis plus votre ennemi ! Je connais, moi aussi, les règles de la chevalerie et ce qu'un noble Castillan doit à une dame de votre rang... et de votre beauté !

— Messire, répondit Catherine d'une voix tremblante, ce que fait mon époux est, pour moi, bien et sagement fait. C'est à lui qu'il appartient de décider et s'il choisit de mourir ici, je mourrai sans regrets avec lui.

— N'avez-vous mis un fils au monde que pour l'en retirer si tôt ? »

La jeune femme n'eut pas le loisir de répondre. Sara s'était dressée avec un cri de terreur, écho du hurlement de douleur de l'un des Gascons. A l'entrée de la grotte, une grêle de flèches s'abattit. L'une d'elles était entrée dans la poitrine du soldat. Mais ces flèches avaient ceci de particulier qu'elles portaient toutes, en guise d'empennage, un paquet d'étoupe enflammé. Bien que Gauthier et Escornebœuf se fussent précipités pour les éteindre, elles étaient si nombreuses qu'en un instant la grotte s'illumina jusqu'aux arêtes vives de sa voûte et s'emplit d'une épaisse fumée. Catherine serra convulsivement son fils contre son cœur.

« Ils veulent nous enfumer, ou même nous brûler vifs ! » gronda Gauthier.

Mais Arnaud avait bondi, si rapide que Villa-Andrado n'eut pas le loisir de parer l'attaque.

L'Espagnol se retrouva, les deux bras paralysés par la poigne de fer du chevalier tandis que, sur sa gorge, se faisait sentir le désagréable contact d'une lame nue.

« Crie-leur d'arrêter ! gronda Montsalvy, ou, foi d'Auvergnat, je te saigne comme un poulet, chevalerie ou non ! On ne prend pas tant de précautions avec les bêtes puantes. »

Malgré le danger, Villa-Andrado parvint à sourire.

« Je veux bien... mais cela ne servira à rien, je le crains. Tant que je ne l'aurai pas rejoint, Chapelle continuera son attaque. Après tout... il estime depuis longtemps qu'il saurait, aussi bien que moi-même, mener mes hommes. Ma mort lui donnerait de l'avancement. »

La dague s'approcha encore, mordit légèrement la peau où parut un filet de sang. Catherine, les yeux piqués par la fumée, se mit à tousser, portant à son comble l'exaspération d'Arnaud.

« Fais quelque chose, alors, ou tu es mort !

— Je ne crains pas la mort si elle présente une quelconque utilité, mais j'ai horreur des choses vaines ! Allons dehors, toi et moi. En me voyant, Chapelle cessera son tir de peur de m'atteindre. Il accepterait, sans doute, que tu me tues, mais ne prendrait pas le risque de le faire lui-même. »

Sans répondre et sans déplacer sa dague, Montsalvy poussa l'Espagnol au-dehors. Catherine tendit une main pour le retenir, mais ils étaient déjà à la sortie, éclairés par les flammes des dernières torches volantes. Les flèches cessèrent de tomber.

« Porte-moi dehors, cria Catherine à Gauthier, je veux rester avec mon époux ! »

La jeune femme étouffait. Elle était à deux doigts de s'évanouir, mais le Normand hésitait. Les deux hommes étaient hors de vue. Elle entendit cependant la voix de l'Espagnol qui criait :

« Arrête, Chapelle ! C'est un ordre ! Cesse de tirer ! »

Puis une autre voix, grossière et éraillée par trop d'ordres hurlés au cours d'une vie entière.

« Pas plus d'un quart d'heure, messire ! Ensuite, j'attaquerai de nouveau, dussiez-vous y laisser la vie ! Je sais qu'il y a des femmes. Dites à ces gens que, s'ils ne vous lâchent pas, je ne leur ferai ni grâce ni quartier. Les hommes seront écorchés vifs, les femmes éventrées après avoir distrait les soldats. Et puis... je dirai un *De Profundis* pour votre âme. »

Une quinte de toux si violente secoua Catherine que Gauthier n'hésita plus. Il confia l'enfant à Sara, puis, enlevant la jeune femme dans ses bras avec les manteaux, les couvertures et même une bonne partie de la paille, il la transporta à l'air libre, hors de la grotte. Elle aspira avidement l'air froid de la nuit. Le Normand la déposa sur une roche plate où Sara vint la rejoindre avec le bébé. D'où elle était, elle pouvait entrevoir le torrent écumant et, entre les arbres, des silhouettes imprécises qui jetaient parfois un éclair d'acier. La lune se levait derrière les croupes montagneuses, précisant de plus en plus le paysage. Elle vit aussi Arnaud, maîtrisant toujours l'Espagnol, debout tous deux à quelques pas. La voix pressante de Villa-Andrado lui parvint :

« Me tuer serait pour toi une faible satisfaction, Montsalvy, et un mince réconfort au moment où mes hommes violeront ta femme sous tes yeux. Ce sont des Navarrais et des Basques, des montagnards à demi sauvages qui n'aiment que le sang et ignorent la pitié. Tu es dans une impasse dont, seul, je peux te tirer.

— Comment ? »

La voix d'Arnaud était toujours aussi inflexible et, d'où elle était, Catherine pouvait maintenant voir clairement son profil net, découpé par le rayon de lune. Le couple étrange qu'il formait avec Villa-Andrado se détachait sur le fond plus sombre des bois en pente et, brusquement, elle eut peur, pour elle et pour l'enfant, de l'orgueil d'Arnaud. Il ne céderait pas ! même au prix de leurs vies.

« Rends-moi la liberté ! Bientôt il sera trop tard. Ils flairent le sang et rien ne les arrêtera, pas même moi, si Chapelle les lance. »

Comme pour lui donner raison, la voix rugueuse du lieutenant leur parvint et l'angoisse mordit Catherine si violemment qu'elle faillit crier.

« Le temps passe, messire ! Il n'en reste plus beaucoup ! » dit Chapelle.

L'Espagnol reprit, plus pressant.

« Je te l'ai dit, à cause de ta femme, de ton fils, je renonce à faire acte d'ennemi. J'en donne ma parole de Castillan et de chevalier. Je me souviendrai seulement que nous avons, jadis, combattu côte à côte... »

La dague quitta enfin le cou de Villa-Andrado, mais ne s'abaissa que faiblement.

« Tu le jures sur la croix ?

— Je le jure sur la croix et sur le nom sacré de Notre-Seigneur qui est mort pour tous les hommes ! »

Alors seulement le bras de Montsalvy retomba. Sa main gauche libéra les poignets qu'il avait tenus serrés tout ce temps. Un grand soupir allégea la poitrine oppressée de Catherine.

« C'est bien. Tu es libre, mais puisses-tu brûler une éternité en enfer si tu m'as trompé, dit Arnaud.

— Je ne t'ai pas trompé !... »

L'Espagnol fit quelques pas vers les soldats qui, insensiblement, s'étaient rapprochés. Leur cercle de fer enfermait maintenant l'espèce de plate-forme étroite où s'ouvrait la grotte et Catherine, à demi morte d'épuisement et de terreur, pouvait voir luire les fauchards de guerre, les guisarmes et les haches dans les poings d'hommes à l'aspect barbare. Tout ce sauvage appareil guerrier qui menaçait la vie fragile d'un enfant, de son enfant à elle !

La voix de Villa-Andrado s'éleva, vigoureuse, répercutée par l'écho, semblable dans son ampleur à quelque trompette de jugement dernier.

« Je suis libre et la paix est faite ! fit-il. Merci à toi, Chapelle !

— Nous n'attaquerons pas ? » fit un petit homme mince et fluet qui s'était détaché des rangs et que Rodrigue de Villa-Andrado dominait de toute la tête.

C'était très certainement le fameux Chapelle et Catherine sentit l'inquiétude lui revenir en décelant un regret dans sa voix.

« Non. Nous n'attaquerons pas.

— Et si... pourtant, nous préférions attaquer, moi et mes hommes ? Avez-vous oublié que le seigneur de Montsalvy est recherché comme traître et criminel d'Etat ? »

Le coup partit avant que quiconque n'eût pu le prévoir. Le poing de l'Espagnol se leva et Chapelle alla rouler jusqu'au torrent.

« Je pendrai de mes mains quiconque discutera mes ordres ! Et mes ordres sont les suivants. Que l'on aille au château chercher une litière et que l'on fasse préparer une chambre. Toi, Pedrito... »

La suite du discours, en espagnol, fut incompréhensible pour Catherine, mais déjà Arnaud s'interposait.

« Un instant ! Nous ne nous battrons pas, mais je refuse ton hospitalité. Je ne franchirai l'enceinte de Ventadour que lorsque son légitime propriétaire m'y attendra.

— Ta femme a besoin de repos, de nourriture !...

— Cesse de te préoccuper de ma femme ! Nous partirons quand le jour se lèvera. Rentre dans ton repaire et quittons-nous ici... Accepte cependant mes remerciements. »

Le visage sombre de Villa-Andrado se détourna. Son regard accrocha au passage celui de Catherine, puis se détourna, envahi d'une sorte de gêne.

« Non. Tu ne me dois aucun remerciement... Tu comprendras plus tard pourquoi je ne veux pas être remercié. Adieu donc, puisque tu le veux... Nul ne t'inquiétera sur les terres de Ventadour. »

Il fit quelques pas et plia le genou devant Catherine, l'enveloppant d'un regard brûlant sous lequel, à son tour, elle rougit.

« J'avais espéré vous recevoir en reine, belle dame. Pardonnez-moi de vous laisser ici. Un jour, peut-être, aurai-je la joie...

— Cela suffit ! coupa Arnaud durement. Va-t'en ! »

Avec un haussement d'épaules, Villa-Andrado se releva, mit la main sur son cœur pour saluer Catherine et se détourna. La jeune femme vit la grande silhouette rouge s'éloigner entre les arbres, dans la lumière argentée. Cet homme étrange l'intriguait, mais ne lui inspirait aucune aversion. Il avait agi en gentilhomme et elle en voulait un peu à Arnaud d'avoir refusé son hospitalité. Elle eût tant aimé un bon lit, un grand feu flambant, quelque chose de chaud à boire et aussi plus de sécurité pour le bébé qui dormait dans les bras de Sara. Le froid de la nuit la saisit et elle frissonna. Mais le léger soupir qu'elle avait poussé n'avait pas échappé à Sara.

« En vérité, voilà de beaux sentiments ! fit-elle avec humeur en s'adressant à Montsalvy, mais avec quoi pensez-vous nourrir votre épouse, dans l'état de faiblesse où elle se trouve ? C'est fort bien de jouer les difficiles et de trancher en dédaigneux, mais il faut que Catherine mange, sinon l'enfant n'aura pas de lait et...

— La paix, femme ! coupa le jeune homme avec lassitude. J'ai fait ce que mon honneur commandait. Que peux-tu comprendre ?

— Ceci : il faudra donc que Catherine et l'enfant dépérissent à cause de votre honneur ? En vérité, messire, vous avez une étrange façon d'aimer. »

Le reproche le cingla. Il se détourna de Sara, se pencha vers Catherine, à son tour, l'enleva dans ses bras.

« Penses-tu que je ne t'aime pas, mon amour ? Peut-être Sara a-t-elle raison et suis-je trop dur, trop fier !... Mais il m'était si pénible d'accepter l'hospitalité de cet homme. Je n'aime pas sa manière de te regarder...

— Je ne te reproche rien, dit-elle en nouant ses bras autour du cou de son mari et en posant sa tête contre son épaule... Je suis forte, tu le sais... Mais j'ai froid. Ramène-moi dans la grotte. Peut-être la fumée est-elle dissipée. J'ai si peur que le petit ne prenne mal ! »

La fumée était dissipée. Il ne restait plus qu'une vague odeur, insuffisante pour incommoder. Tandis qu'Arnaud réinstallait Catherine, Sara s'occupa de rallumer du feu à l'entrée. Gauthier s'était esquivé pour voir si les cadavres des chevaux, qui avaient été tués durant le combat, étaient demeurés sur place. Il voulait en dépecer un pour en faire rôtir quelques quartiers. Mais à peine était-il parti que trois hommes apparurent. Deux d'entre eux portaient une grande corbeille couverte d'un linge blanc, le troisième une petite aiguière d'argent. Tous étaient vêtus du tabard armorié, timbré des barres et du croissant de l'Espagnol. Ils saluèrent d'un même mouvement, posèrent leur charge à l'entrée de la grotte. Le plus grand vint à Catherine, tira un parchemin roulé de sous sa tunique et, genou en terre, le tendit à la jeune femme. Puis, sans attendre de réponse, il salua, fit demi-tour et disparut avec ses camarades avant qu'Arnaud, Sara ou Catherine médusés eussent fait un geste. Mais la surprise ne dura pas. Sara courut à la corbeille, souleva le linge.

« Des vivres ! s'écria-t-elle joyeusement. Des pâtés, des volailles rôties, du pain blanc ! Doux Jésus ! Voilà combien de temps que nous n'avons goûté de telles merveilles ! Et là, dans l'aiguière d'argent, il y a du lait pour le petit ! Dieu soit béni !

— Un instant ! » coupa Arnaud sèchement.

Il prit le parchemin que Catherine n'avait pas encore songé à dérouler, le lut. Son beau visage devint pourpre.

« Par le diable ! s'écria-t-il, ce damné Castillan se moque de moi... Comment ose-t-il...

— Laisse-moi lire », pria Catherine.

Il lui tendit le parchemin avec une visible mauvaise grâce. Il y avait peu de mots écrits.

« *Trop belle dame,* écrivait Villa-Andrado, *même un homme aussi intransigeant que votre époux ne peut vouloir que vous mouriez de faim... Agréez ces modestes offrandes, non comme un secours mais comme un hommage rendu à une beauté que la faim ne doit pas altérer et que j'espère ardemment avoir l'immense faveur de contempler encore dans les temps à venir...* »

Elle ne put s'empêcher de rougir, laissa le parchemin se rouler de lui-même. Arnaud s'en empara et le jeta dans le feu.

« Croit-il pouvoir courtiser mon épouse à mon nez, à ma barbe, ce chien puant ? Et, quant à ses présents... »

Il marchait d'un air résolu vers la corbeille, mais trouva sur son chemin Sara qui, les bras étendus, un air de défi sur son visage, lui barrait le passage.

« Ah non ! Par exemple ! Vous ne toucherez pas à ces victuailles qui nous tombent du ciel ! Messire, il vous faudra me passer sur le corps avant d'y atteindre ! A-t-on jamais vu pareille folie ! Je vous jure bien que Catherine mangera, que cela vous plaise ou non. »

Elle défiait le jeune homme, les yeux furieux, prête à lui sauter à la figure. Emporté par la colère, il leva la main. Il allait frapper. Un cri de Catherine l'arrêta.

« Arnaud ! Non !... Tu es fou !... »

La main retomba, sans force, le long de la cuisse du jeune homme. Peu à peu, son visage perdit la teinte pourpre qu'il avait prise. Finalement, il haussa les épaules.

« Après tout, c'est toi qui as raison, Sara... Il faut que Catherine et le bébé prennent des forces. Donnes-en aussi aux hommes, ils en ont besoin.

— Et toi ? pria Catherine désolée.

— Moi ? Je partagerai le quartier de cheval que rapportera Gauthier. »

Le Normand, comme Montsalvy, refusa de toucher au contenu de la corbeille, mais Escornebœuf et le seul Gascon qui lui restait, un petit bonhomme dont le visage simiesque était secoué de tics continuels et que l'on nommait Fortunat, dévorèrent en hommes qui n'ont pas mangé à leur faim depuis longtemps. On fit donc bombance dans la grotte des fossés de Ventadour. Puis Arnaud organisa les tours de garde et prit le premier. Il alla s'installer auprès du feu, ses longues jambes repliées, les bras noués autour des genoux. Niché sur le sein opulent de Sara qui somnolait assise contre la paroi rocheuse, le bébé dormait de toutes ses forces. Catherine, la dernière bouchée avalée, avait enfin sombré dans un sommeil sans rêves. Les hommes dormaient aussi, lourdement, couchés à même la terre nue, comme des bêtes harassées. Dans la campagne, tout était silence. L'alerte était passée. Le voyage, maintenant, ne serait plus long. Quand pointerait le jour, Arnaud reprendrait Catherine sur son cheval pour lui épargner le froid et les secousses les plus rudes. Bientôt, les toits et les créneaux de Montsalvy apparaîtraient au bout du grand plateau où les vents avaient leur royaume. La vieille demeure seigneuriale, riche d'un passé glorieux et de chauds souvenirs, refermerait ses murs autour de cette nouvelle famille que le maître lui rapportait comme une offrande...

Oubliant pour un temps sa haine et ses désirs de vengeance, Arnaud de Montsalvy sourit tendrement au feu qui défendait du froid ces deux êtres, maintenant toute sa vie, puis son regard alla chercher le ciel noir dans la déchirure des rochers.

« *Loué sois-tu, mon Seigneur, pour frère feu par qui tu illumines la nuit ! Il est beau et joyeux, indomptable et fort*[1]. Loué sois-tu, mon Seigneur, pour l'épouse et pour le fils que tu m'as donnés... »

1. *Le Cantique du Soleil,* de saint François d'Assise.

CHAPITRE V

RETOUR A MONTSALVY

SIX jours après avoir quitté Ventadour, la petite troupe réduite à six cavaliers parcourait sous d'incessantes rafales de vent le haut plateau de la Châtaigneraie, au sud d'Aurillac. Cette fois, le plein cœur de l'Auvergne était atteint et les yeux de Catherine s'ouvraient sur ces vieilles montagnes noires et rudes, si austères en hiver, mais où l'inaltérable et sombre verdure des sapins mettait une douceur. Elle avait vu des torrents dévalant les côtes, des lacs bleu nuit, inquiétants par leur silence et leur eau sombre, et des forêts qui semblaient ne devoir jamais finir.

Grâce à l'air vif, grâce aussi aux provisions fournies par l'Espagnol et dont on avait pu emporter une certaine quantité, grâce enfin à sa robuste constitution, elle avait repris ses forces avec une étonnante rapidité. Deux jours après avoir mis son fils au monde, elle reprenait place sur Morgane, malgré les objurgations inquiètes d'Arnaud.

« Je me sens forte ! lui disait-elle en riant. Et puis, nous avons assez traîné comme cela à cause de moi. J'ai hâte d'arriver. »

On avait fait halte une journée à l'abbaye bénédictine de Saint-Géraud qui commandait Aurillac et dont le seigneur-abbé était un parent d'Arnaud. Là, le jeune Montsalvy avait reçu le baptême des mains de l'abbé d'Estaing. D'un commun accord, ses parents lui avaient donné le nom de Michel, en souvenir du frère d'Arnaud, jadis massacré par la populace parisienne et que Catherine avait follement tenté de sauver.

« Il lui ressemblera, affirmait Arnaud en examinant son fils, comme il prenait plaisir à le faire bien souvent. D'ailleurs, il est blond, comme lui... et comme toi », ajoutait-il avec un regard à sa femme.

Avoir donné le jour à ce qu'Arnaud jurait devoir être une copie conforme de Michel de Montsalvy, qu'elle avait adoré au premier regard, emplissait la jeune femme d'une joie profonde et grave. L'enfant lui devenait plus cher encore.

Pour un bébé âgé d'une semaine à peine, le petit Michel faisait preuve d'une belle vitalité. Le voyage, malgré le froid et les chutes de neige, ne semblait pas l'incommoder. Continuellement niché dans le vaste giron d'une Sara rayonnante pour qui l'hiver n'existait plus qu'en fonction de ses effets possibles sur le poupon, chaudement enveloppé, un voile léger sur sa minuscule figure, il dormait à poings fermés les trois quarts du temps, ne s'éveillant que pour réclamer son repas d'une voix perçante. Les voyageurs, alors, faisaient halte dans quelque coin abrité et l'enfant passait des bras de Sara à ceux de Catherine. Ces moments-là étaient pour la jeune mère des instants merveilleux. Elle avait le sentiment profond qu'il était bien à elle, fait de sa chair et de son sang. Les doigts minuscules s'agrippaient au sein gonflé qu'on lui offrait et la petite bouche ronde tétait avec une ardeur qui inquiétait Arnaud.

« Jeune drôle ! grommelait-il, une fois au château on te trouvera une vigoureuse nourrice ! Si on te laisse faire, tu dévoreras ta mère.

— Rien ne vaut pour un bébé le lait maternel ! objectait Sara doctorale.

— Ouais ! Chez nous, les garçons ont toujours eu des nourrices. Nous sommes de grands dévoreurs dans la famille et nos mères peuvent rarement suffire. Moi, j'avais deux nourrices ! » concluait-il triomphalement.

Ces petites escarmouches amusaient Catherine qui connaissait bien la raison profonde qu'avait son époux de prôner les nourrices. Arnaud avait bien de la peine à respecter le temps rituel des couches qui oblige un mari à observer l'abstinence charnelle jusqu'aux relevailles. La nuit venue, il laissait, bien à contrecœur, Catherine dormir auprès de Sara et du bébé. Quant à lui, malgré la fatigue de la chevauchée, il s'en allait arpenter les environs, ne rentrant qu'au bout d'une heure ou deux. Catherine, d'ailleurs, connaissait bien l'expression affamée qu'il avait, en la regardant et, lorsqu'elle faisait boire Michel, il demeurait planté devant elle, le regard rivé à sa gorge découverte, cachant ses mains derrière son dos pour qu'elle ne les vît pas trembler.

Le matin même de ce jour qui ne devait pas s'achever sans que l'on fût enfin au but, Arnaud avait à moitié assommé Escornebœuf qu'il avait surpris embusqué derrière une porte, tandis que Catherine allaitait Michel. Le colosse n'avait pas entendu venir Montsalvy. Le visage apoplectique, il se tenait accroupi, l'œil au trou de la serrure au-delà de laquelle la jeune femme, se croyant seule avec Sara, dans sa cellule de l'abbaye, ouvrait largement son corsage en souriant à la Bohémienne qui berçait le bébé. Le sang devait cogner si fort aux oreilles d'Escornebœuf qu'il n'avait pas prêté attention aux pas rapides d'Arnaud sous les arcades du cloître. L'instant suivant, le gros sergent roulait dans la poussière en hurlant. D'un magistral coup de poing, Montsalvy lui avait écrasé le nez. Puis il l'avait relevé d'un coup de pied au bas du dos en grondant.

« File d'ici !... Et souviens-toi que, la prochaine fois, je te tuerai ! »

L'autre avait filé, l'échine basse, comme un dogue fouetté, mâchonnant des injures entre ses dents. Arnaud n'y avait pas prêté attention, mais Catherine s'était inquiétée.

« L'homme est mauvais ! Il faut se méfier de lui...

— Il ne bronchera pas ! Je connais cette engeance. D'ailleurs, une fois à Montsalvy, rien ne sera plus facile que de le mettre au cachot pour le calmer. »

Au moment du départ, pourtant, il avait été impossible de retrouver Escornebœuf. Malgré sa taille gigantesque, il semblait s'être soudain volatilisé. Personne, dans le couvent, ne l'avait vu. Mais, une fois de plus, Arnaud refusa de s'en soucier.

« Bon débarras ! Après tout, nous n'avions plus besoin de lui ! », dit-il.

Mais il avait tout de même recommandé à l'abbé d'Estaing de faire jeter le Gascon aux fers si jamais le prévôt de la ville remettait la main dessus. Il ne lui restait plus, des hommes donnés par Xaintrailles, que le seul et fluet Fortunat, mais, pas plus que les autres, Fortunat ne semblait regretter son chef. Depuis l'incident de la forêt de Chabrières, il s'était pris pour Gauthier d'une ardente admiration qu'il partageait équitablement avec Catherine en laquelle Fortunat voyait une créature surnaturelle. C'était une nature simple, sauvage, cruelle par habitude plus que par vocation et, désormais, Fortunat suivait le Normand comme son ombre.

Le soir allait tomber et les quelque huit lieues séparant Aurillac de Montsalvy s'épuisaient sous les sabots rapides des chevaux. Arnaud ne pouvait plus retenir son impatience et le grand étalon noir, quand son maître avait vu surgir de l'horizon brumeux, imprécise comme un mirage, la tour romane d'une église au-dessus de murs sombres, avait pris le galop. Derrière lui, Morgane volait littéralement, le panache éclatant de sa queue flottant joyeusement, tandis que les pierres du chemin sautaient sous ses sabots. Gauthier et Fortunat étaient demeurés en arrière auprès de Sara. Chargée de Michel, l'excellente femme ne pouvait s'offrir d'autre allure qu'un trot paisible.

Emportée par la griserie de la course, Catherine talonna Morgane. La jument tendit le cou, fonça et remonta le cheval noir à la hauteur duquel elle se maintint. Arnaud adressa à sa femme, rouge de joie et d'excitation, un sourire rayonnant.

« Tu ne me battras pas, ma belle cavalière ! D'ailleurs, tu ne connais pas le chemin, cria-t-il dans le vent.

— C'est le château, là-bas ?

— Non... C'est l'abbaye ! Les maisons du village

sont massées entre elles et le puy de l'Arbre où est notre maison. Il faut prendre un chemin, à gauche, sous les murs du monastère, s'enfoncer dans le bois. Le château est au flanc du puy et, des tours, on domine un immense paysage. Tu verras... tu auras l'impression d'avoir l'univers à tes pieds. »

Il s'interrompit parce que la rapidité de la course lui coupait le souffle. Sans répondre, Catherine sourit, poussa encore sa jument. Morgane donna tout ce qu'elle pouvait, dépassa le cheval. Catherine éclata de rire. Distancé, Arnaud jura comme un templier. Férocement éperonné, l'étalon bondit, passa comme un boulet de canon... Les murs de l'abbaye se rapprochaient. Catherine pouvait distinguer les toits des maisonnettes de lave du petit bourg. Brusquement, Arnaud obliqua vers la gauche, délaissant le grand chemin pour un étroit sentier qui se perdait dans les arbres. Elle se retourna, vit que les autres étaient encore loin.

« Attends-nous ! » cria-t-elle.

Mais il ne l'entendait plus. L'air du pays natal qu'il n'avait pas respiré depuis plus de deux ans l'enivrait comme un vin trop riche... Catherine hésita un instant : allait-elle le suivre ou bien attendre les autres ? Le désir d'être avec lui l'emporta. D'ailleurs, d'où ils étaient, Gauthier, Sara et Fortunat ne pouvaient pas manquer de voir dans quelle direction elle s'engageait. Elle se pencha, flatta la crinière de Morgane.

« Allons, ma belle ! Rattrapons ce fuyard qui nous abandonne ! »

La petite jument hennit, en signe de compréhension, et s'élança sur la trace d'Arnaud. L'ombre noire des sapins les engloutit toutes deux. C'était comme si, tout à coup, elles étaient entrées dans la nuit.

Mais une tache plus claire se montrait au bout du chemin. La forme sombre du cavalier s'y profila un instant puis Arnaud disparut.

Catherine et Morgane parcoururent en trombe le petit chemin forestier, refusant de se laisser retenir par l'odeur, déjà perceptible, de la terre en travail pour enfanter le printemps. Elles débouchèrent dans la lumière mourante qui se teintait de mauve et Catherine crut voir, en effet, le monde s'ouvrir devant elle. Du flanc du volcan usé, on dominait un déferlement de vallées et de montagnes, de rocs et d'eaux, d'arbres et de champs, un fantastique décor dont la grandeur sauvage donnait le vertige... De toutes ses forces, Catherine retint Morgane au bord d'un roc à pic et tourna la tête vers le sommet du puy, cherchant Arnaud.

Elle l'aperçut enfin et retint un cri. Il était là, lui tournant le dos, droit comme une lance sur sa selle et aussi rigide. Devant lui se dressait une énorme ruine, un amas de pierres noircies, crevassées, de poutres à demi calcinées, un champ de pierres cyclopéennes où se devinaient encore, de loin en loin, l'amorce d'une tour, l'alignement d'une courtine, l'arche brisée d'une ogive, un prodigieux monceau de moellons écrasés par le poing de quelque géant. Les longues traînées noires disaient l'incendie ainsi que les quelques solives encore brandies vers le ciel comme un appel au secours. Les pierres croulaient dans ce qui avait dû, naguère encore, être un fossé, et des tronçons de chaînes pendaient, dérisoires, au-dessus de décombres noircis et de ferrailles tordues qui avaient dû être un pont-levis. C'était tout ce qui restait du château de Montsalvy...

Le cri funèbre d'un corbeau, tournoyant dans le ciel pâle, tira Catherine de l'espèce d'hébétude où ce spectacle l'avait jetée. Elle regarda son mari. Arnaud, toujours en selle, semblait frappé par la foudre. Aucun trait ne bougeait dans son visage blême aux prunelles dilatées. Seules les mèches noires de ses cheveux que le vent faisait voltiger lui prêtaient encore quelque chose d'humain. Pour le reste, c'était une statue de pierre, sans regard et sans voix.

Epouvantée, elle s'approcha de lui, toucha son bras.

« Arnaud !... murmura-t-elle... mon doux seigneur ! »

Mais il ne l'entendait ni ne la voyait. Le regard fixe, il descendit de son cheval. Comme dans un cauchemar, Catherine le vit s'approcher des ruines d'un pas saccadé d'automate. Il se dirigeait vers quelque chose que, dans sa stupeur, elle n'avait pas remarqué immédiatement : un grand parchemin d'où un sceau rouge coulait, comme d'une blessure, au bout d'un cordon, et que quatre flèches crucifiaient sur les décombres. Le cœur de la jeune femme manqua un battement et elle retint sa respiration... Elle vit Arnaud escalader quelques pierres, arracher le parchemin, le parcourir des yeux. Puis, comme un chêne déraciné par le vent, il s'abattit, face contre terre, avec une rauque clameur qui retentit jusqu'au fond de l'âme de Catherine.

Le gémissement de la femme fit écho à celui de l'homme. Elle sauta à bas de sa monture, courut à son époux, se laissa tomber à genoux auprès de lui, essayant de détacher les mains crispées qui s'étaient agrippées à deux touffes d'herbe sèche et s'y cramponnaient. Peine perdue ! Tout le corps d'Arnaud était tendu en un spasme nerveux que les forces de la jeune femme ne pouvaient vaincre. Avec des gestes d'aveugle, elle tâtonna machinalement pour arrêter le parchemin que le vent allait déjà éloigner, le saisit, essaya de lire, mais la nuit venait maintenant et elle ne put déchiffrer que la première ligne écrite en gros caractères : « De par le Roy... »

Maintenant, Arnaud sanglotait, la figure enfouie dans l'herbe, et Catherine, bouleversée, tenta encore de le redresser pour lui donner le refuge de ses bras, de son épaule.

« Mon amour !... suppliait-elle au bord des larmes... mon amour... Je t'en prie !

— Laissez-le, dame Catherine, fit tout près d'elle la voix rude de Gauthier. Il ne vous entend pas ! La masse de douleur qui s'est abattue sur lui l'a rendu sourd et aveugle au monde extérieur. Mais les larmes sont bonnes pour lui... »

La main ferme du Normand l'aida à se relever. Serrant toujours entre ses doigts le parchemin, elle se retrouva dans les bras de Sara qui avait confié le bébé à Fortunat. La bohémienne tremblait comme une feuille, mais son étreinte était chaude et sa voix assurée.

« Sois ferme, mon petit, souffla-t-elle à l'oreille de Catherine. Il faut que tu sois forte afin de l'aider, lui. Il va en avoir besoin. »

Elle fit oui de la tête, voulut retourner à Arnaud, mais Gauthier la retint.

« Non... laissez-moi faire ! »

Peu à peu, les sanglots convulsifs qui secouaient Arnaud se calmèrent. Ce fut le moment que choisit le Normand. Il prit le petit Michel des mains précautionneuses de Fortunat et, à son tour, alla s'agenouiller auprès du jeune homme.

« Messire, dit-il d'une voix que l'émotion étouffait, une antique saga de mon peuple dit : « Tout far-« deau qui te sera lourd, rejette-le et sache t'aider

« toi-même. » Il vous reste la vengeance... et ceci ! »

Michel, réveillé, se mit à hurler. Catherine se dégagea des bras de Sara. Son cœur battait à se rompre et ses mains se tendaient instinctivement vers l'homme prostré. D'un seul coup Arnaud se redressa. Il regarda tour à tour Gauthier, puis le bébé. Son visage, décomposé par le chagrin, se crispa. Il prit, entre ses mains, le petit paquet hurlant qui se calma comme par enchantement. Il serra l'enfant contre lui avec emportement, puis son regard revint au Normand. Une farouche résolution y brillait.

« Tu as raison, dit-il d'une voix rauque. Il me reste un fils, une femme... et la haine ! Maudit soit le roi qui me paie ainsi de ma fidélité et du sang versé sans compter ! Maudit soit Charles de Valois qui a livré les miens à son valet, détruit ma maison, tué ma mère ! Je lui dénie, à partir de cet instant, mon serment d'allégeance et je n'aurai ni trêve ni repos tant que...

— Non ! » cria Catherine épouvantée par cette voix qui s'enflait comme un ouragan, par cette colère formidable qu'elle sentait monter dans les veines d'Arnaud comme le flot de lave qui trace son chemin vers le cratère du volcan. Elle s'abattit sur lui, arracha l'enfant de ses mains et enferma le petit dans ses bras.

« Non, répéta-t-elle plus bas. Je ne veux pas de malédiction autour de mon enfant ! Tu ne dois pas, Arnaud, tu ne dois pas dire de telles choses ! »

Pour la première fois, il tourna vers elle son visage noir de fureur.

« Ma mère gît, sans doute, sous les décombres de notre maison, je suis proscrit... » Il saisit le parchemin qu'elle n'avait pas lâché et l'agita au bout de son poing. « Tu sais lire ? Traître et félon ! Moi ? Traître et félon comme Jehanne était hérétique et sorcière ! La honte, le désespoir et le bourreau ! Voilà comment le roi Charles récompense ses serviteurs !

— Ce n'est pas lui, fit Catherine d'un ton las, et tu le sais bien...

— Il est le roi ! Si c'est ainsi qu'il prétend exercer la royauté, mieux vaudrait, pour lui, le couvent, la tonsure, et pour le royaume le duc de Bourgogne sur le trône ! »

Une vague de désespoir envahit Catherine. Fallait-il qu'Arnaud en fût arrivé aux extrêmes limites de la colère et de la douleur pour qu'il en fût venu à souhaiter pour suzerain l'homme que, toute sa vie, il avait haï et combattu ! Allait-il donc, maintenant, se tourner vers l'ennemi, vers l'homme auquel Catherine s'était arrachée à si grande peine pour le rejoindre, lui ? Elle secoua la tête. De grosses larmes roulèrent de ses yeux jusque sur la joue du petit Michel. Elle posa, avec passion, ses lèvres sur le petit visage, ramena sur ses épaules le manteau qui en avait glissé pour mieux en envelopper l'enfant. Le vent des hauteurs soufflait plus fort, venu du trou noir qu'étaient devenues les vallées envahies par la nuit. La torche que Fortunat avait allumée depuis un instant semblait s'effilocher dans les rafales humides. Catherine frissonna, regarda tour à tour les personnages figés de cette scène pénible. Ses yeux s'arrêtèrent sur son époux. Il était toujours debout devant les décombres, droit comme une lance, ses yeux farouches rivés à ces ruines fraîches que la lueur du feu faisait plus sinistres encore... Une vague de découragement saisit la jeune femme. Une fois encore il lui échappait et elle ne savait comment le rejoindre au-delà de ce mur de fureur dans lequel il s'enfermait. Il ne pouvait rien comprendre de ses paroles d'apaisement car, pour l'heure présente, il n'était que révolte.

Pensant qu'en sa faiblesse de femme résidait sans doute sa meilleure arme, elle s'approcha, s'appuya contre lui.

« Arnaud, murmura-t-elle, ne pouvons-nous essayer de trouver un abri ? Le vent se lève et je suis transie. Et puis, j'ai peur pour Michel. »

Quand il baissa les yeux vers elle, Catherine vit que la colère les avait quittés, mais qu'ils étaient pleins d'une poignante tristesse. Le bras du jeune homme entoura ses épaules et la serra contre lui.

« Pauvrette ! Tu es lasse et tu as froid ! L'enfant aussi a besoin qu'on s'occupe de lui. Viens ! Pour le moment, nous n'avons plus rien à faire ici. »

Le contact rassurant des muscles durs rendit courage à Catherine. Elle leva vers son mari son visage confiant.

« Les ruines se relèvent, Arnaud, et le temps efface les larmes !

— Mais il ne ressuscite pas les morts ! Et ma pauvre mère... » Il y eut une brisure dans sa voix et Catherine sentit ses doigts se crisper sur son épaule, mais il se maîtrisa, reprit d'un ton morne : « Je devine qu'elle a dû défendre sa maison jusqu'au bout ! Demain, il faudra bien que les gens du village m'aident à fouiller ces ruines pour retrouver son corps et lui donner la sépulture qui convient. Pour le moment, allons au monastère ! Nous n'avons pas été toujours d'accord, l'abbé et moi, mais il ne pourra nous refuser l'asile. »

On remonta à cheval, puis la troupe morne fit demi-tour et, à la suite de Montsalvy, s'engagea dans le tunnel d'arbres parcouru si joyeusement une heure plus tôt. Les ruines de Montsalvy demeurèrent livrées à leur solitude et au vent gémissant qui semblait venir des grands causses tout exprès pour pleurer sur elles.

Le point de lumière, d'un jaune rougeâtre, que l'on avait vu paraître dans le sentier, avait grandi rapidement. Catherine comprit que c'était une lanterne balancée au bout du bras de quelqu'un marchant à leur rencontre. Bientôt, la torche que portait Fortunat et la lanterne furent sur le même plan et s'arrêtèrent. A demi caché par le dos d'Arnaud, la jeune femme vit un paysan si tanné et si brun, en même temps que si vigoureux, que le sarrau et les chausses de laine dont il était vêtu semblaient habiller un vieil arbre noueux. Des cheveux gris et raides dépassaient de son bonnet brun, enfoncé jusqu'aux oreilles, mais les yeux, enfouis sous une broussaille de sourcils gris, avaient un éclat joyeux dans leurs prunelles noisette. Le visage était rude : des lèvres serrées qui ne devaient pas s'ouvrir aisément, un menton en galoche, un nez en lame de couteau, mais les plis creusés autour de la bouche s'accusaient davantage à droite, donnant à la physionomie une expression de malice et d'astuce.

Pour le moment, le paysan, dédaignant Fortunat et sa torche, avait marché droit sur Arnaud et s'arrêtait, le nez levé, juste sous la tête du cheval. Il éleva sa lanterne pour que sa figure fût bien dans la lumière, puis il tira son bonnet.

« Not'seigneur ! dit-il, m'avait bien semblé vous reconnaître tout à l'heure, sur la lande, quand vous galopiez comme si l'diable vous courait après ! L'bon Dieu soit béni qui vous ramène au pays ! »

La bouche mince s'étirait en un large sourire qui montrait des gencives dénudées par endroits. Tout le vieux visage rayonnait d'une joie si grande qu'elle effaçait la nuit. Catherine vit deux larmes briller au coin des paupières tandis que le bonhomme s'agenouillait dans la boue sans cesser de regarder Arnaud comme il eût regardé un archange. Celui-ci, d'ailleurs, sautait à bas de son cheval, empoignait le paysan aux épaules et l'embrassait sur les deux joues.

« Saturnin ! Mon vieux Saturnin ! Sangdieu ! Quel bien cela me fait de te revoir ! Toi, au moins, tu pourras me dire... »

Cette fois, sous l'étreinte d'Arnaud, le vieil homme pleurait pour de bon et riait tout à la fois.

« Ah ! maintenant qu'vous êtes là, messire Arnaud, tout va aller mieux ! Vous en viendrez à bout, vous, de ces faillis chiens qui sont tombés sur not'pays comme des corbeaux. »

Tout en parlant, les yeux vifs de Saturnin avaient découvert Catherine sur Morgane qui encensait et Sara, tassée sur Rustaud, le bébé dans les bras.

« Oh ! fit-il avec une naïve admiration, la belle dame ! Vrai, not'seigneur, jamais j'n'en ai vu de si belle... C'est-y que...

— C'est ma femme, Saturnin, répondit Arnaud avec une nuance de fierté qui fit sourire Catherine. Et voici mon fils ! Tu peux baiser sa main... Ma chère, Saturnin est le bailli de Montsalvy et notre plus fidèle serviteur. Il a l'air, comme cela, d'un paysan, mais il a pignon sur rue. Il nous a élevés, Michel et moi... presque autant que notre mère... »

De nouveau, la voix d'Arnaud se brisa en évoquant

sa mère, mais déjà, Saturnin, qui venait de baiser la main de Catherine, se retournait vers lui en s'écriant :

« Vieille bête que je suis à vous t'nir là au lieu d'vous emmener bien vite la trouver ! Elle va être si heureuse notre pauvre maîtresse !

— Ma mère ? Tu sais où elle est ? Elle n'est pas... »

Le vieux se mit à rire de bon cœur.

« Morte ? Vous voudriez pas ! Si j'n'avais pas réussi à lui faire quitter le château quand ces sauvages ont mis l'feu, vous n'auriez jamais revu le vieux Saturnin. J'aurais jamais pu vous regarder en face. »

Et, comme Arnaud, de nouveau, le prenait aux épaules en criant :

« Vivante ! Elle est vivante ! Et où est-elle ? Au monastère ? »

Saturnin cracha par terre et haussa les épaules.

« Au monastère, il y a Valette et ses hommes... ceux qui ont brûlé vot'maison. Mme la comtesse, où voulez-vous qu'elle soit ? Chez moi, bien sûr ! Mais à la métairie parce qu'en ville les hommes de Valette tiennent les meilleures maisons. Venez, maintenant, on s'est trop attardés. Même la nuit, voyez-vous, les chemins sont dangereux... »

Tout en parlant, Saturnin avait pris la bride de Morgane et faisait tourner la petite jument. Avant de remettre son bonnet, il s'inclina devant Catherine avec une inconsciente dignité.

« Notre dame, fit-il avec un grand respect, ça va être un honneur pour le vieux Saturnin de vous conduire à sa maison bien qu'elle ne soit pas digne du tout de vous recevoir. Mais vous y serez chez vous et aussi maîtresse que si les murs de Montsalvy étaient encore debout ! »

Elle le remercia d'un sourire. Un monde de sentiments contradictoires agitait la jeune femme. Ce paysan si fier et si simple qu'Arnaud traitait en ami lui ouvrait de nouveaux horizons sur le caractère de son mari. Elle entrevoyait vaguement l'enfant qu'il avait pu être et aussi le côté intensément humain qui se cachait sous son orgueil. Elle était heureuse à l'idée qu'elle et les siens auraient bientôt l'abri d'un toit, mais, sous ce toit, il y avait tout de même cette femme qu'elle redoutait tellement : la mère d'Arnaud ! A mesure que leur rencontre se faisait plus proche, Catherine sentait l'angoisse l'étreindre. La grande dame que devait être Isabelle de Montsalvy saurait-elle accueillir une belle-fille sortie du peuple ou bien les jeunes époux allaient-ils au-devant de reproches et d'une scène amère ? La jeune femme avait honte de s'avouer que, tout à l'heure, devant les décombres de la maison seigneuriale, elle avait eu, l'espace d'un instant, la pensée coupable que ce désastre lui évitait une épreuve. Malgré ses craintes, elle se reprochait cette pensée comme un crime. Elle était trop courageuse, elle avait trop l'habitude de l'adversité pour ne pas savoir regarder les choses en face.

« L'épreuve va venir, ma fille, se dit-elle tandis que Morgane retraçait ses pas vers le puy de l'Arbre, et c'est justice. Une punition bien méritée pour ce que tu as osé penser ! »

Mais, malgré cette mercuriale intérieure, les alarmes de Catherine grandissaient chaque fois que Morgane posait un sabot à terre.

La métairie de Saturnin abritait son grand toit de lauzes sous un boqueteau de sapins, au flanc du puy. L'étroit chemin à peine tracé qui la desservait aboutissait un peu plus bas que les ruines, mais un escarpement rocheux la dissimulait aux regards de qui ne descendait pas assez bas vers la vallée. En l'approchant, Catherine la devina plus qu'elle ne la vit vraiment : une boursouflure plus sombre contre le fond noir du roc. Dans la façade s'ouvraient comme des yeux rouges et ternes, deux étroites fenêtres que la jeune femme regarda avec méfiance. La maison, tapie dans l'ombre, avait l'air de la guetter...

Le pas sonore des chevaux fit apparaître la silhouette courte et noire d'une paysanne en bonnet blanc élevant une torche au-dessus de sa tête.

« Qui va là ? demanda la femme rudement.

— C'est moi, Donatienne, fit Saturnin.

— Mais, tu n'es pas seul... »

La paysanne avait fait quelques pas et, brusquement, elle s'arrêta. La torche trembla dans sa main et, lentement, elle se laissa tomber à genoux, le regard illuminé de joie.

« O doux Jésus ! Messire Arnaud !... »

Il était déjà à terre et, tandis que Saturnin aidait Catherine à descendre, relevait la vieille Donatienne, l'embrassait sur les deux joues.

« C'est bien moi... Ma mère ?

— Elle est là ! Oh ! seigneur, elle va être si heureuse !... »

Arnaud, déjà, ne l'écoutait plus. Il avait saisi Catherine par la main et l'entraînait vers la maisonnette si rapidement que le cœur de la jeune femme n'eut pas le temps de battre plus vite. Elle se retrouva dans une salle basse au sol de terre battue, dont elle ne vit rien si ce n'est une femme en noir assise sur la pierre de l'âtre et qui se levait en poussant un cri.

« Toi ! »

« Mon Dieu ! songea Catherine, comme elle lui ressemble ! »

En effet, la mince et haute femme brune qui, chancelante, s'appuyait au manteau de la cheminée offrait, sous une forme adoucie, une fidèle réplique des traits d'Arnaud : même front haut, même pureté presque agressive des traits, même teint mat et mêmes yeux noirs, mais, dépassant la guimpe de toile où s'encadrait le visage de façon presque monastique, les épais cheveux noirs se striaient de blanc, les paupières violacées se fripaient et la bouche fine avait un pli las que n'avaient pas les lèvres fermes de l'homme.

Déjà, Arnaud, lâchant Catherine, s'était jeté aux pieds de sa mère et couvrait de baisers ses mains tremblantes.

« Mère chérie ! »

Appuyée au chambranle de la porte contre lequel elle s'était reculée, Catherine contemplait le groupe formé par la mère et le fils, sans même oser respirer. De lourdes larmes glissaient sur les joues d'Isabelle de Montsalvy tandis qu'elle enfermait dans ses deux mains le visage de son fils pour l'élever jusqu'à ses lèvres. Un moment, qui parut à Catherine durer un siècle, ils demeurèrent étroitement enlacés. Les larmes de la mère semblaient ne devoir jamais tarir.

Derrière elle, Catherine percevait les souffles retenus de ceux que le respect maintenait dehors. Elle entendit soudain Michel vagir et, se retournant brusquement, elle arracha presque l'enfant des bras de Sara, le tint serré contre sa poitrine comme pour lui demander protection contre cette inconnue dont elle attendait avec tant de crainte le premier mot. La chaleur du petit corps niché dans ses bras lui rendit courage. Elle avala sa salive, redressa la tête. Le moment tant redouté était arrivé.

Par-dessus l'épaule d'Arnaud, Catherine vit s'ouvrir les yeux que Mme de Montsalvy avait clos pour mieux savourer sa joie. Elle les vit se poser sur elle, surpris. La question vint aussitôt tandis que la mère d'Arnaud le repoussait doucement.

« Qui est avec toi ? »

Catherine fit deux pas, mais déjà Arnaud était revenu près d'elle. Son bras entoura les épaules de la jeune femme.

« Mère, dit-il gravement, voici ma femme, Catherine... »

Une de ces impulsions soudaines dont elle n'avait jamais été maîtresse jeta Catherine en avant. Elle se retrouva agenouillée à son tour devant la mère de son époux, élevant comme une offrande l'enfant sur ses deux mains.

« Et voici notre fils, murmura-t-elle d'une voix que l'émotion enrouait. Nous l'avons nommé Michel ! »

Son regard violet s'accrochait à celui de sa belle-mère, implorant qu'on voulût bien l'accepter. Son cœur cognait à grands coups dans sa poitrine et elle luttait désespérément contre une terrible envie de pleurer. Isabelle de Montsalvy regarda la jeune femme à ses pieds avec une sorte d'incrédulité. Elle ouvrit la bouche, mais aucun son n'en sortit. Elle se pencha cependant, scrutant le minuscule visage du bébé.

« Michel... balbutia-t-elle... vous me rendez Michel ? »

Elle prit l'enfant des mains de Catherine, s'approcha du feu pour mieux le regarder. Catherine pouvait voir trembler ses lèvres et ses yeux s'emplir de nouvelles larmes. Elle s'attendait à la voir éclater en sanglots, mais ce fut un sourire qui vint, si clair et si jeune, le sourire même d'Arnaud. La grand-mère caressa d'un doigt précautionneux la petite crête de cheveux dorés qui se dressait sur la tête de Michel.

« Il est blond ! fit-elle d'un ton extasié, il est blond comme l'était mon pauvre enfant. »

Catherine sentit que les mains d'Arnaud glissaient à sa taille et la remettaient debout. Sans la lâcher, il dit :

« Nous sommes heureux de votre joie, mère, mais à celle-ci, mon épouse et la mère de votre petit-fils, ne direz-vous rien ? »

La dame de Montsalvy se retourna vers eux, enveloppa du regard le couple qu'ils formaient. Lentement, elle s'approcha d'eux et sourit de nouveau.

« Pardonnez-moi, ma fille. Ce trop grand bonheur après notre désastre m'a fait un peu perdre la tête. Venez ici, que je vous voie... »

Elle tendait à Catherine sa main gauche, gardant Michel au creux du bras droit. Doucement, la jeune femme s'approcha du feu, rejetant le capuchon qui couvrait sa tête. Les flammes firent étinceler sa chevelure, mirent des paillettes d'or dans ses yeux. Elle resta là, bien droite, sa petite tête fine dressée par un orgueil inconscient, attendant le verdict qui ne tarda guère.

« Comme vous êtes belle ! soupira Isabelle de Montsalvy... Presque trop !

— La plus belle dame du royaume, fit Arnaud tendrement... et la plus aimée ! »

Sa mère sourit de la chaleur qu'il avait mise dans ces quelques mots.

« Tu ne pouvais choisir qu'une femme très belle, dit-elle, tu as toujours été si difficile ! Venez m'embrasser, mon enfant. »

Le cœur serré de Catherine se dilata. Elle se courba un peu pour offrir son front au baiser de sa belle-mère avant d'effleurer de ses lèvres la joue mate qu'on lui offrait. Puis les deux femmes se penchèrent d'un même mouvement sur Michel qui s'agitait.

« Il est beau, lui aussi, exulta la grand-mère. Comme nous allons l'aimer ! »

Un cri venu de la porte lui coupa la parole. Une jeune fille brune venait d'apparaître, bousculant Saturnin, Donatienne, Gauthier, Sara et Fortunat avec une force irrésistible.

« Arnaud ! Arnaud !... Tu es revenu ! Enfin !... »

Comme dans un songe, Catherine vit la jeune fille courir à son époux, l'envelopper de ses bras et, se haussant sur la pointe des pieds, coller ses lèvres à celles du jeune homme avec une passion qui ne laissait aucun doute sur ses sentiments profonds. Arnaud avait été tellement surpris qu'il n'avait pas réagi immédiatement, mais Catherine sentit une brusque colère l'envahir. « D'où sortait-elle, celle-là, et de quel droit embrassait-elle son époux avec cette ardeur ? » Vivement, elle alla rejoindre Arnaud qui, d'ailleurs, avait repris ses esprits et repoussait vivement l'assaillante.

« Marie ! dit-il, tu devrais apprendre à contrôler tes impulsions. Je ne savais pas que tu étais ici.

— Son frère me l'avait confiée, dit sa mère. Elle s'ennuyait tellement à Comborn !

— Tandis qu'ici, c'est infiniment plus gai, fit Arnaud. Tiens-toi tranquille, coupa-t-il avec impatience en rabattant les bras qui allaient se nouer encore à son cou, tu es trop grande pour te comporter comme une gamine ! Ma mie, ajouta-t-il en se tournant vers sa femme, cette jeune chèvre est notre cousine, Marie de Comborn. »

Catherine, mal remise de la désagréable impression éprouvée, s'obligea au sourire. Elle reçut en plein visage le regard de deux yeux vert foncé, chargés de fureur. Marie de Comborn offrait, en effet, une certaine ressemblance avec une chèvre. Petite, nerveuse, on sentait sous sa robe de drap noir en mauvais état un corps musclé, tendu comme une corde d'arc. Le visage triangulaire était étrange, pointu, s'élargissant aux pommettes pour laisser place à de vastes yeux sombres. Les cheveux noirs, frisés comme ceux d'une bohémienne, avaient du mal à rester nattés sur les oreilles et des mèches folles s'échappaient. La bouche était très rouge, bien ourlée, sensuelle même, et s'entrouvrait sur des dents aiguës mais très blanches. « Une chèvre ? songea Catherine. Peut-être... mais peut-être aussi une vipère ! Ce visage en triangle, ces yeux bizarres !... » Elle garda pour elle ses réflexions, sourit de nouveau.

« Bonsoir, Marie, dit-elle gentiment. Je suis heureuse de vous connaître.

— Qui êtes-vous ? » demanda la jeune fille sèchement.

Ce fut Mme de Montsalvy qui se chargea de la renseigner. Sa voix grave et musicale à la fois se fit entendre, empreinte de sévérité.

« Elle se nomme Catherine de Montsalvy, Marie... et elle est la femme d'Arnaud. Embrasse-la ! »

Catherine crut que Marie allait s'évanouir à ses pieds. Son visage brun devint gris tandis que ses narines se pinçaient. Ses prunelles vertes allèrent d'Arnaud à Catherine, de Catherine à Arnaud, s'affolant. Une sorte de rictus déforma sa bouche fraîche, montrant les dents comme un chien prêt à mordre.

« Sa femme ! gronda-t-elle... Vous êtes sa femme et vous osez m'adresser la parole ? Depuis que je suis née, je lui suis destinée... je l'ai aimé dès que j'ai pu éprouver un sentiment et il vous a épousée... vous !

— Marie ! cria Mme de Montsalvy. En voilà assez ! »

Catherine était partagée entre l'envie de pleurer et le désir de laisser la colère l'envahir. Mais, avec un haussement d'épaules, Arnaud se détournait.

« Cette fois, je crois bien qu'elle est tout à fait folle ! »

Marie se tourna vers lui, son visage maigre et ardent se tendit.

« Folle ? Oui, je suis folle, Arnaud, folle de toi ! Je l'ai toujours été ! Et ce n'est pas à cause de cette femme que je renoncerai à toi. Je n'aurai ni trêve ni repos que je ne t'aie arraché à elle ! »

Le bras de Marie, tendu vers Catherine de façon menaçante, retomba. La jeune fille jeta autour d'elle un regard égaré puis, éclatant en sanglots, elle franchit la porte en courant et se fondit dans la nuit. Arnaud fit un mouvement pour la suivre mais Catherine l'arrêta net, d'une main posée sur son bras.

« Si tu la suis, je pars sur l'heure ! dit-elle froidement. En vérité, voilà qui nous promet des jours agréables ! »

Il la regarda, vit que ses grands yeux étincelaient à la fois de colère et de larmes. Un bref sourire détendit ses traits. Il attira la jeune femme dans ses bras et la serra à lui faire mal.

« Tu ne vas pas être jalouse de cette gamine exaltée, toi, mon incomparable ? Je ne suis nullement responsable des rêves qu'elle a nourris et, sur mon honneur, jamais n'y ai participé ni les ai encouragés. »

Il ferma d'un baiser les paupières humides puis, se détournant légèrement, rencontra le regard de Gauthier, étrangement inexpressif.

« Va la chercher ! ordonna-t-il. Cette petite sotte est capable de tomber dans le torrent avec cette obscurité.

— Ça m'étonnerait, bougonna Donatienne qui, les mains jointes devant le bébé, paraissait en extase. Elle a des yeux de chat... elle y voit la nuit ! »

Gauthier disparut sans un mot, suivi de Fortunat. Saturnin, qui avait conduit les chevaux à l'écurie, rentrait dans la salle. Catherine alla s'asseoir sur la pierre de l'âtre. Elle se sentait affreusement lasse et désorientée. Auprès d'elle, la grand-mère berçait toujours Michel en lui chuchotant ces petits mots tendres, un peu bêtes mais touchants, qui constituent la langue mystérieuse usitée entre les gens âgés et les tout-petits. L'air accablé de Catherine, ses épaules soudain voûtées alarmèrent Arnaud. Il vint s'agenouiller près d'elle, prit ses deux mains et les couvrit de baisers.

« Pourquoi si triste, Catherine ? Notre demeure est détruite, mais la famille est intacte, nous sommes à l'abri... et je t'aime ! Souris-moi, mon cœur ! Quand tu es triste, il n'y a plus de lumière dans le monde. »

Le beau visage dur, tendu vers elle, implorait et exigeait à la fois. La conscience lui revint, aiguë et presque douloureuse, de son amour pour lui, balayant le décor rude, les murs de pierre nue, les solives noires, les meubles rudimentaires et l'écœurante odeur de fumée. Saurait-elle jamais lui résister ou même lui refuser quelque chose ? Mais quand il disait « je t'aime », tout s'effaçait de ce qui n'était pas leur trop grand amour. Avec une infinie tendresse, elle lui offrit, un peu tremblant encore, le sourire qu'il réclamait.

« Tu ne sauras sans doute jamais, chuchota-t-elle, à quel point, moi, je t'aime. »

Tout près d'eux, impassible et sourde en apparence, Isabelle de Montsalvy continuait de bercer Michel.

De cette première soirée à Montsalvy, Catherine devait garder une impression d'étrangeté et d'absurdité. Tout avait été tellement différent de ce qu'elle avait espéré, attendu... Non qu'elle regrettât vraiment le château seigneurial où elle eût dû régner, ou bien qu'elle éprouvât une répugnance quelconque à accepter l'hospitalité généreuse de Saturnin et de Donatienne, mais elle avait le sentiment d'avoir atteint un monde bizarre et peuplé de gens qu'elle pourrait difficilement comprendre, ou même atteindre... un monde qui était celui de son époux. Elle s'avouait qu'Isabelle de Montsalvy était à peu près telle qu'elle l'imaginait, fière et grande dame jusqu'au bout des ongles, trop semblable à Arnaud dont Catherine connaissait si bien le caractère ardent mais difficile. La jeune femme sentait que sa belle-mère ne l'avait pas acceptée, pas encore... L'accepterait-elle même un jour ?

Quand Gauthier était revenu, ramenant Marie de Comborn, Mme de Montsalvy, Catherine et Arnaud étaient à dîner, servis par Donatienne. Ni la brave femme ni son époux ne se fussent permis de s'asseoir à table en même temps que les seigneurs auxquels ils offraient un abri. Catherine avait senti toutes ses préventions revenir lorsque la jeune fille, après un regard vers Arnaud, s'était assise en face d'elle. La fureur qui l'avait soulevée semblait l'avoir quittée et, à la grande surprise de Catherine, c'était elle qui lui avait adressé la parole.

« Je connais toutes les familles d'Auvergne et des environs, dit Marie, pourtant je ne vous ai jamais vue... ma cousine. Vous n'êtes pas de nos régions car j'imagine que, si je vous eusse rencontrée, je m'en fusse souvenue.

— Je suis Parisienne, répondit Catherine... mais j'ai passé ma jeunesse en Bourgogne... »

Elle regretta le mot imprudent aussitôt. Mme de Montsalvy avait pâli.

« De Bourgogne... Comment ? »

Arnaud ne laissa pas sa mère finir sa phrase. Avec une hâte qui trahissait un peu de gêne, il lança.

« Le premier époux de Catherine, Garin de Brazey, a été pendu par ordre du duc Philippe pour haute trahison... Cela doit te suffire, Marie, et Catherine n'aime pas qu'on lui rappelle d'aussi mauvais souvenirs.

— Marie ignorait, intervint sa mère qui tenait les yeux fixés sur son écuelle de potage. Au surplus, elle ne pensait pas à mal en s'enquérant de l'origine de sa nouvelle cousine. Sa question était naturelle. Moi-même...

— Ma mère, si vous le voulez bien, nous entamerons plus tard ce sujet, coupa Arnaud sèchement. Pour ce soir, nous sommes las, encore accablés par la surprise qui nous attendait ici. Ma femme est épuisée et je ne souhaite aussi que le repos. »

Catherine avait alors surpris le froncement de sourcils de sa belle-mère et l'éclair moqueur dans les yeux de Marie, mais personne n'avait plus rien dit et le souper frugal s'était terminé en silence. Elle avait la sensation physique d'un épaississement progressif de l'atmosphère. Et elle ne voyait pas comment elle pourrait dissiper le malaise. Comment réagirait la mère d'Arnaud quand elle saurait que sa belle-fille était née sur le Pont-au-Change, dans la modeste maison d'un orfèvre ? Mal sans doute puisque Arnaud n'avait pas osé, dès le premier instant, dire la vérité. La présence de cette Marie, jamais soupçonnée, mais dont il faudrait bien mesurer la haine, n'arrangerait rien. Catherine s'était attendue à combattre une ennemie et elle en trouvait deux !

Elle parvint cependant à faire bonne contenance durant la fin de cette soirée, s'occupa de son fils avec l'aide de Sara dont les yeux inquiets allaient sans cesse de la jeune femme à la vieille châtelaine, alla tendre calmement son front à Isabelle et adressa un bref salut à Marie. Mais, une fois dans le grenier à foin où Donatienne avait arrangé de son mieux un lit pour le jeune couple, elle laissa éclater à la fois sa colère et son désappointement.

« Tu as honte de moi, n'est-ce pas ? dit-elle à son mari qui, assis au bord de la paillasse, rêvait, les mains nouées autour de ses genoux. Comment dirastu à ta mère qui je suis alors que, tout à l'heure, tu as eu peur ? »

Il leva les yeux vers elle et la regarda un instant sans rien dire, à travers ses cils rapprochés. Puis, calmement, déclara :

« Je n'ai pas eu peur. Simplement, je préfère confier cela seul à seul à ma mère et non pas au milieu d'une salle de ferme et devant des étrangers.

— Si tu parles de Sara, de Gauthier, ils me connaissent et n'ont rien à apprendre. Mais si c'est de ta précieuse cousine, je conçois que... »

Il étendit un bras, entoura les jambes de Catherine et la fit tomber près de lui sans la moindre douceur. Là, il l'immobilisa entre ses bras et l'embrassa longuement, puis...

« Tu ne conçois rien du tout ! Marie est une oie prétentieuse qui n'a jamais écouté que ses désirs... et toi tu es presque aussi sotte si tu t'avises d'être jalouse d'elle.

— Pourquoi non ? Elle est jeune, belle... Elle t'aime, fit Catherine avec un petit rire sec.

— Mais moi, c'est toi que j'aime. Tu me dis que Marie est belle ? »

D'une seule main, il immobilisa les deux poignets de Catherine derrière son dos, de l'autre la déshabilla avec une prestesse diabolique, puis déroula les magnifiques cheveux dont il entoura son propre cou avant de ramener la jeune femme contre sa poitrine.

« Il est temps que nous essayions de trouver un miroir, ma mie. As-tu donc oublié ta beauté et combien je suis devenu l'esclave de cette beauté ?

— Non, mais... »

Elle n'eut pas le loisir d'en dire plus parce que la bouche d'Arnaud s'était abattue sur la sienne et lui coupait le souffle. Dans les instants qui suivirent elle n'eut plus du tout envie de parler. La magie profonde des caresses jouait sur elle, effaçant tout le reste, tout ce qui n'était pas le miraculeux accord que tous deux réalisaient dans l'amour.

Quand, longtemps après, elle émergea du bienheureux engourdissement, la tête contre la poitrine d'Arnaud, la conscience lui revint un peu et, d'une voix déjà alourdie de sommeil, elle murmura :

« Qu'allons-nous faire, Arnaud, qu'allons-nous faire demain ?

— Demain ? » Il réfléchit un instant, puis, comme si c'eût été la chose la plus naturelle du monde : « Demain, j'irai au monastère pour y couper la gorge de ce Valette. Il ne vivra pas assez pour se vanter d'avoir rasé Montsalvy... »

Arrachée brutalement à sa quiétude momentanée et reprise d'une peur affreuse, Catherine voulut protester, mais la respiration plus forte et plus régulière du jeune homme lui apprit que, déjà, il s'était endormi.

N'osant plus bouger pour ne pas l'éveiller car ses bras étaient demeurés noués autour d'elle, Catherine demeura longtemps les yeux grands ouverts dans cette obscurité qui sentait le fourrage, apprenant peu à peu les mille bruits imperceptibles qui peuplaient le silence nocturne de ce pays inconnu. Elle aurait voulu, puérilement, que cette nuit, où leurs deux corps demeuraient confondus, n'eût jamais de fin. Pour la première fois depuis bien longtemps, ils avaient été l'un à l'autre pleinement, sans restriction, sans gêne et sans entraves. La conscience de son amour l'étouffait presque et demain, ce demain où la lutte devait inéluctablement reprendre, l'effrayait. Sous sa joue, la peau du jeune homme était lisse et chaude et elle entendait son cœur battre calmement, profondément... Il était à elle comme jamais encore il ne l'avait été. Et Catherine, brusquement, balaya ses terreurs, chassa les questions sans réponse. Une chose, une seule, comptait dont elle venait de prendre conscience avec une implacable acuité : jamais elle ne laisserait qui que ce fût, ni quoi que ce fût lui prendre Arnaud ! Sa propre chair, son propre sang n'étaient que les prolongements de ceux d'Arnaud. Elle ne laisserait ni Marie de Comborn, ni Valette, ni la vie, ni les hommes, ni la mort l'amputer de ce qui était sa seule raison d'être...

CHAPITRE VI

« CADET BERNARD »

LORSQUE Catherine descendit de son grenier, le lendemain matin, Saturnin faisait sortir les moutons d'une bergerie creusée à même le roc. Un peu plus loin, un berger maigre en manteau de laine noire et deux grands chiens roux attendaient. Le vieil homme salua Catherine très bas, un grand sourire sur son visage tanné.

« Le gîte était indigne de vous, gracieuse dame, mais avez-vous bien dormi tout de même ?

— Merveilleusement ! Je n'ai même pas entendu sortir mon époux. L'avez-vous vu ?

— Oui. Il est dans la salle avec notre dame. Elle l'aide à revêtir son armure. »

Le cœur de Catherine se serra. Apparemment, Arnaud n'avait pas renoncé à son idée folle d'aller attaquer, presque seul, le routier retranché dans les murs du monastère. Elle laissa son regard glisser sur l'épaisse vague laineuse et jaune des moutons qui passaient devant elle. Machinalement, elle dit :

« Vous avez un beau troupeau, Saturnin. Vous ne craignez pas, en le laissant sortir, qu'il ne tente la convoitise des routiers de Valette ?

— Tout n'est pas à moi. La plus grande partie appartient au vénérable abbé. Et le bandit qui a brûlé Montsalvy n'oserait pas toucher aux biens personnels de l'abbé. Cela pourrait lui coûter cher. J'en profite seulement pour y mêler les miens qui, ainsi, sont à l'abri. Mais, excusez-moi, les bêtes vont pâturer et moi j'ai affaire au village... »

Lentement, tout en respirant l'air vif du matin, Catherine se dirigea vers la maison. Le temps s'était considérablement adouci dans la nuit, et la campagne, tout autour d'elle, était toute brillante d'eaux courantes. Des croupes montagneuses sourdaient une multitude de ruisselets qui traçaient leur chemin brillant à travers les mottes brunes et l'herbe desséchée. Le ciel était d'un bleu encore timide et voilé de nuages blancs, épais comme des panaches de plume. La terre, débarrassée de la neige, semblait pousser un grand soupir de soulagement. Catherine se dit que ce pays était beau, attachant, et qu'elle pourrait l'aimer si...

La phrase, dans son esprit, demeura informulée. En approchant de la métairie dont la porte était ouverte, la jeune femme avait entendu son nom lancé d'une voix furieuse. Instinctivement, elle se rejeta derrière le vieux sapin déhanché qui poussait auprès des murs boueux de la maison, se glissa entre le tronc et la muraille. Elle était presque contre l'étroite fenêtre et put voir Arnaud, debout devant la cheminée où le feu flambait sous une énorme marmite noire. Ses jambes, ses cuisses et ses hanches étaient déjà prisonnières des pièces d'acier de l'armure et, du haut de son corps, on ne voyait rien car il était occupé à se glisser péniblement dans la cotte de mailles courte sur laquelle on poserait les autres pièces. Quand la tête émergea du tissu de fer, la voix coléreuse reprit :

« Je n'espérais pas, mère, que vous exulteriez de joie en apprenant la souche roturière de ma femme, mais j'avoue que je n'attendais pas tant de dédain ! »

Isabelle de Montsalvy, qui, pour Catherine, n'était qu'une ombre noire à cette minute, répliqua sèchement :

« Et quoi d'autre ? Une fille d'artisan, sans la moindre goutte de sang noble, pour toi qui pouvais espérer une princesse ?

— S'il n'avait tenu qu'au duc Philippe, Catherine serait princesse et plus encore !

— La folie qu'éveillent les femmes chez le duc de Bourgogne est connue de l'univers et je ne nie pas la beauté de cette fille... »

Le mot souffleta Catherine. Elle eut un élan pour se jeter dans la pièce mais se retint. Elle voulait en savoir davantage, savoir surtout comment réagissait Arnaud. Mais elle eut à peine le temps de se poser la question.

« Je vous serais reconnaissant d'employer d'autres termes quand vous parlez de ma femme, lança brutalement Arnaud. Et j'entends que vous n'oubliiez pas ceci : vous êtes ma mère, je vous vénère et je vous chéris, mais elle est mon épouse, la chair de ma chair, le souffle indispensable à ma vie. Et rien ni personne ne me fera renoncer à elle ! »

Les jambes fauchées, Catherine se laissa aller contre l'arbre, baignée d'une ardente reconnaissance ! « Oh !... mon amour ! » soupira-t-elle avec ferveur.

Il y eut un silence. Isabelle bouclait autour du torse de son fils la cuirasse et Arnaud réfléchissait. Catherine l'entendit prendre une profonde respiration comme il avait coutume de le faire quand il voulait maîtriser sa colère. Puis, calmement cette fois, il dit :

« Essayez de m'écouter sans courroux, ma mère, et peut-être comprendrez-vous. Tout a commencé le jour où Michel trouva la mort, à Paris, dans les pires jours de l'émeute cabochienne... »

Tapie derrière son arbre, invisible du dehors comme du dedans, Catherine, retenant son souffle, écouta son époux retracer toute l'histoire de leur amour. Il le fit sans chercher à faire lever une émotion facile, avec des mots simples, directs, qui portaient d'autant plus. Il dit le dévouement aveugle de la petite Catherine de treize ans pour un inconnu qu'au péril de sa vie et au prix de celle de son père elle avait voulu sauver. Puis leur rencontre sur la route de Flandres et tout ce qui, si longtemps, les avait séparés : le mariage lamentable de Catherine, l'amour du duc Philippe et comment, pour mourir avec lui dans Orléans assiégée, la plus belle dame d'Occident avait renoncé à tout : fortune, titres, gloire, amour d'un prince, pour s'en aller, seule et démunie, sur les grands chemins infestés de brigands. Comment enfin, pour arracher Jehanne d'Arc à ses bourreaux, Catherine, comme lui-même, avait tenté cet impossible qui avait fait d'eux des proscrits et amené la ruine de Montsalvy.

« Cela aussi, mère, la perte de notre demeure, vous pouvez la reprocher à Catherine, comme à moi-même, car, s'il fallait encore payer ce prix, et double encore, pour ramener Jehanne à la vie, nous recommencerions sans l'ombre d'une hésitation !

— Qu'elle ait le cœur grand et fier est une chose, répliqua la mère obstinée, qu'elle soit de sang populaire en est une autre. Comment veux-tu que j'oublie qu'elle sort d'une boutique ? »

La patience d'Arnaud devait être à bout car l'éclat de sa voix fit sursauter Catherine.

« Sangdieu, madame ! Je vous ai toujours crue de cœur plus haut et plus magnanime qu'aucune femme au monde et je n'aimerais pas changer d'avis. Dois-je vous rappeler ce qu'était le premier de mes nobles ancêtres ? Un moinillon aventureux qui, au temps de la première Croisade, jeta aux orties un froc qu'on s'apprêtait à lui arracher de force, qui s'attacha aux pas du comte de Toulouse, Raymond de Saint-Gilles, et revint de Terre sainte couvert de gloire, riche comme un sultan et dûment anobli par le roi de Jérusalem ? Les Comborn, si l'ancêtre Archambaud le Boucher n'avait gagné aux dés la sœur du duc de Normandie, ne seraient peut-être à cette heure que de petits nobliaux encrassés, abrutis par les beuveries, à peine plus évolués que les paysans avec lesquels ils partageaient jadis les dépouilles des sangliers. Quant aux Ventadour dont vous êtes, ma mère...

— Vous allez, je pense, me dire qu'ils ont pris racine dans quelque porcherie ? s'écria Isabelle méprisante.

— Rien ne ressemble plus à une porcherie qu'une bauge de sanglier. Et qu'étaient d'autre, je vous prie, ces chefs francs, barbares plus qu'à demi sauvages, venus des forêts de Germanie où ils adoraient les arbres et les ruisseaux, ces petits chefs de hordes hissés sur le pavois à l'occasion d'une chasse heureuse ou d'un ennemi proprement égorgé... et qui sont les nobles ancêtres de nos nobles maisons !

— C'est l'épée qui leur a conquis terres et titres, pas la balance d'un marchand. Jamais sang noble ne s'est abaissé au commerce ! »

Dans l'ombre, Catherine vit étinceler les dents de loup d'Arnaud.

« En êtes-vous si sûre ? Combien de chevaliers du Temple ont fourni les Ventadour, les Montsalvy ? Et qu'était cette banque si riche, si puissante qui faisait leur force quand le roi Philippe les a écrasés... sinon un très lucratif commerce ? Allons, mère, pour une fois, oubliez votre noblesse en faveur de celle que j'aime car elle en est digne. Catherine est de ces femmes à la sève puissante d'où sortent les dynasties les plus grandes, comme ces impératrices romaines, couronnées au hasard d'une conquête et d'où naissaient les Césars. La reine Yolande, qui s'y connaît en qualité humaine, lui avait donné rang auprès d'elle, et amitié. Jehanne la Pucelle l'aimait. Serez-vous plus royaliste, madame, que la reine des Quatre Royaumes, plus orgueilleuse qu'une fille de Dieu ?

— Comme tu l'aimes ! murmura amèrement Isabelle, comme tu la défends ! »

Il y eut un bruit métallique. Arnaud venait de s'agenouiller auprès de sa mère.

« Oui, je l'aime et j'en suis fier. Mère, vous l'aimerez aussi quand vous la connaîtrez mieux. Encore que le brave Gaucher Legoix, mort avec Michel, ne mérite pas ce dédain, oubliez-le, oubliez que Catherine est sa fille... Oubliez aussi le duc Philippe et Garin de Brazey. Ne voyez dans Catherine que la dame d'honneur de la reine Yolande, que celle qui voulut sauver la Pucelle, qui fut pour moi un compagnon d'armes avant d'être ma femme, que Catherine de Montsalvy, mon épouse... est votre fille ! »

Catherine ferma les yeux. Elle ne voyait d'ailleurs plus clair parce que les larmes l'aveuglaient. Dût-elle vivre une éternité elle n'oublierait jamais les paroles d'Arnaud, ce plaidoyer qui n'était qu'un vibrant cri de passion. Bouleversée d'amour et de reconnaissance, la jeune femme luttait contre la faiblesse qui l'envahissait. Il y a des moments sans doute où le bonheur éprouvé est trop fort pour la résistance humaine et où il peut briser aussi bien que la douleur. Catherine était au bord de l'évanouissement. Elle agrippa le tronc rugueux de l'arbre, s'y cramponna comme pour tirer de sa sève les forces qui lui manquaient. Dans la maison, plus aucun bruit ne se faisait entendre. Isabelle de Montsalvy s'était assise sur un banc et, les yeux fermés, adossée au mur, elle réfléchissait, tandis qu'Arnaud, relevé, enfilait calmement ses gantelets sans plus s'occuper d'elle, respectant sa méditation. Mais, dans la petite pièce du fond, Michel, très certainement aux mains de Sara, se mit à hurler et Catherine, à la voix de son fils, ouvrit les yeux, étouffa une exclamation de colère : en face d'elle, de l'autre côté de la porte, appuyée d'une épaule au mur de la maison, Marie de Comborn la regardait en riant méchamment.

« Un beau morceau de rhétorique, n'est-ce pas ? Mais n'en tirez pas vanité, chère Catherine... Il y aura un jour où Arnaud ne s'en souviendra plus, mais, en revanche, se souviendra fort bien de votre naissance basse. Et, ce jour-là, je serai là, moi... »

La joie intérieure de Catherine était si profonde qu'elle ne laissait pas place à la colère. Le dédain arqua ses belles lèvres en un demi-sourire presque amusé.

« Voilà qui va vous obliger à une longue patience... chère Marie ! Et je me demande avec angoisse en quel état vous serez, ce jour-là. Vous n'êtes déjà pas si belle ! Quand Arnaud cessera de m'aimer, je serais fort étonnée qu'il s'en allât porter ses vœux à une vieille fille desséchée par l'envie et la méchanceté !

— Garce ! cracha Marie les poings serrés, les yeux étincelants de rage, je vais te crever les yeux ! »

De sa ceinture, elle arracha un stylet dont la lame mince brilla d'un éclat sinistre. Les pupilles de Marie se rétrécissaient et plus que jamais elle avait l'air d'un chat prêt à bondir. La haine qui déformait son visage, le feu dangereux de ses yeux firent reculer Catherine. Elle mit le sapin entre elle et son ennemie, mais ne put se retenir de persifler.

« Que voilà un outil bien féminin ! Ai-je bien entendu ou bien votre noble ancêtre s'appelait-il Archambaud le Boucher ?

— Tu as bien entendu, et je vais te dire mieux : je tue aussi bien que lui. Tu vas voir ! »

Folle de fureur, Marie leva son arme et allait s'élancer sur Catherine, mais Gauthier venait d'apparaître au coin de la maison et sautait, par-derrière, sur la jeune fille. En un instant, le stylet quitta sa main tordue et vola dans l'herbe tandis que la large paume du Normand, brutalement appliquée sur la bouche de Marie, étouffait son cri de rage. Catherine respira. Tout au fond d'elle-même, elle s'avouait qu'elle avait eu peur. Cette fille à moitié folle était prête à n'importe quel geste pour l'éliminer. Réduite à l'impuissance, elle écumait de fureur sous la poigne solide de Gauthier.

« Allons, demoiselle, fit celui-ci de sa voix traînante, un peu de calme ! Quand on veut tuer les gens, on s'arrange pour qu'il n'y ait pas vingt personnes à vous regarder. »

En effet, dans la prairie, arrivaient des paysans en blouse, les cheveux longs sous le bonnet de laine, couverts de peaux de chèvre ou de mouton et portant, qui une fourche, qui une faux... La résolution se lisait sur tous ces visages roussis, brûlés, tannés par les soleils et les neiges. Sortant du bois ou des sentiers imperceptibles, ils avançaient sur l'herbe, convergeant vers la ferme, silencieux, lents et implacables comme le destin lui-même. En tête venait le vieux Saturnin, une longue faux luisante dans son poing, ses pieds chaussés de sabots écrasant lourdement les mottes de terre spongieuse. Gauthier enveloppa les paysans d'un regard rapide, puis lâcha Marie, mais se baissa pour ramasser le stylet qu'il glissa à sa ceinture.

« L'heure est venue, dit-il seulement, je vais chercher les chevaux. »

Fortunat, tout armé lui aussi, sortit de l'étable, traînant un arc en bois d'if aussi grand que lui. Marie marqua un temps d'hésitation. Elle jeta sur Catherine un coup d'œil incertain puis, prenant un parti, voulut entrer dans la maison, mais se heurta à Arnaud qui en sortait, armé de pied en cap. Il repoussa la jeune fille sans même la regarder, n'ayant vu que Catherine adossée au sapin. Celle-ci, de son côté, contemplait son époux avec surprise. En effet, il ne portait pas l'armure légère que lui avait donnée Jacques Cœur au départ de Bourges, mais l'armure noire qui lui était habituelle et qu'il avait appris à faire respecter aussi bien dans les tournois que sur les champs de bataille. Le heaume timbré de l'épervier était logé sous son bras gauche. Catherine songea que le temps n'avait aucune prise sur lui, qu'il était exactement semblable à l'image qu'elle avait gardée de lui, quand il était apparu aux fiançailles des princesses de Bourgogne pour jeter son gantelet aux pieds du duc Philippe. Comme il se penchait pour l'embrasser, elle demanda :

« Comment as-tu fait pour retrouver ces armes ? Où étaient-elles ?

— Dans l'armurerie du château, où l'on peut encore pénétrer par une issue particulière. C'est une pièce en sous-sol et, par chance, elle est toujours accessible. Je n'aurai pas tout perdu. »

Glissant ses bras au cou d'Arnaud, elle s'accrocha à lui de toutes ses forces dans un geste de tendresse, pour le retenir près d'elle. Un geste dont elle savait d'avance la vanité.

« Où vas-tu ? Que vas-tu faire ? »

Il eut un geste vers les hauteurs invisibles du village, vers le monastère dont les cloches ébranlaient à cet instant l'air limpide du matin. Puis sa main désigna les paysans maintenant groupés devant la maison, l'air résolu sous leurs bonnets de laine, et, plus près, la massive silhouette de Gauthier, armé lui aussi, et celle, plus frêle, de Fortunat.

« Je vais là, et voici mes troupes. Je vais faire payer à Valette la ruine de notre maison.

— Tu vas te battre ?

— C'est mon métier, fit-il avec un mince sourire, et je ne trouverai jamais meilleure occasion de l'exercer.

— Sais-tu qu'en attaquant Valette tu attaques le roi en quelque sorte ? »

Cette fois, la colère enflamma brutalement le visage d'Arnaud. Sa main gantée de fer frappa sa poitrine qui résonna.

« Que m'importe le roi ? Ai-je encore un roi dans celui qui m'a proscrit innocent, qui m'a ruiné pour complaire à son favori ? Non, Catherine, je n'ai plus de roi et, crois-moi, en attaquant ce chien puant, je n'aurai pas l'impression d'agir contre l'honneur ou le droit... bien au contraire ! Si je le tue, j'en sais plus d'un qui m'en sera reconnaissant. »

Une dernière fois, il embrassait sa femme, puis, la quittant, se dirigeait vers son cheval que tenait Fortunat. Une impulsion jeta Catherine sur ses pas : elle voulait le suivre. Mais elle se retint : il ne lui permettrait pas. Il fallait les laisser partir, puis les rejoindre, à distance.

De la maison étaient sorties Sara, portant Michel qui gazouillait, Isabelle de Montsalvy et Donatienne qui s'essuyait les yeux au coin de son tablier. Marie avait disparu comme par enchantement. D'un mouvement instinctif, Catherine avait pris son fils dans ses bras. Il était d'excellente humeur, ce matin, et souriait à sa mère dont le cœur fondit de tendresse. Le contraste était trop cruel entre ce bébé joyeux et ces hommes, mal armés, si peu nombreux, qui s'en allaient affronter une troupe de forbans aguerris, rompus à toutes les ruses, à tous les ravages... Ses yeux se brouillèrent de larmes et elle ne vit pas qu'Isabelle l'observait.

Mais, quand Arnaud et ses hommes eurent disparu sous le couvert des sapins, Catherine, se tournant brusquement vers sa belle-mère, lui tendit l'enfant.

« Prenez Michel, dit-elle calmement. Moi, je vais voir.

— Vous êtes folle ? La place d'une femme n'est pas avec les hommes. Savez-vous ce que vous risquez ? »

La jeune femme eut un triste sourire qui n'atteignit pas ses yeux.

« Je sais surtout ce que risque Arnaud et c'est là tout ce qui importe pour moi.

— Votre fils ne vous retient pas ? fit Isabelle, un pli de dédain au coin des lèvres. Une bonne mère ne doit jamais quitter son enfant.

— Peut-être suis-je meilleure épouse que mère. Au surplus, madame, il vous a pour veiller sur lui en mon absence, vous êtes sa grand-mère. Enfin... s'il m'arrivait malheur, je crois que cela simplifierait bien des choses, n'est-ce pas ? »

Et, sans attendre la réponse d'Isabelle qui, médusée, la regardait avec stupeur, Catherine tourna les talons et s'en alla à l'écurie. Sans l'aide de personne, elle sella et brida Morgane, puis, sautant en selle, elle prit à son tour, sur les traces de la troupe, le chemin de Montsalvy.

A MESURE qu'elle montait vers le village, Catherine percevait plus nettement le son des cloches et se guidait sur elles autant que sur le sol foulé par les hommes d'Arnaud. Comme Jehanne la Pucelle, Catherine avait toujours aimé les cloches dont les voix graves ou aiguës, se répondant à travers le ciel, lui semblaient parler quelque mystérieux langage hors du temps, hors de la terre. Mais, ce matin, leur battement sinistre la frappa. Les cloches du monastère sonnaient en glas et Catherine sentit un frisson courir le long de son dos.

La pensée lui revint que l'on entrait, ce jour-là, en Carême. Le morne égrènement mélodieux appelait les paysans aux Cendres de l'humilité, mais le cœur inquiet de la jeune femme y voyait un mauvais présage. Elle noua un instant ses doigts froids dans la crinière de Morgane pour chercher un peu de chaleur, pour toucher quelque chose de vivant. Volontairement, elle détourna les yeux du puy de l'Arbre et de ses ruines noires, talonna sa jument et, tête baissée, fonça dans le sous-bois.

Au moment de quitter le couvert des arbres et de déboucher sur le plateau, Catherine retint Morgane instinctivement, et l'obligea à s'arrêter. D'où elle était, elle voyait parfaitement l'enceinte fortifiée de Montsalvy et sa porte nord grande ouverte. Elle voyait aussi des paysans qui arrivaient par les petits sentiers, se hâtant, fronts penchés et dos ronds, comme s'ils étaient poursuivis par quelque fléau. Mais nulle part il n'y avait trace d'Arnaud ni d'aucun de ses hommes. Perplexe, Catherine considéra un moment ce qui se passait devant elle. Les deux archers qui montaient la garde à la porte avaient mauvaise mine, des vêtements minables, mais des armes luisantes. L'arc tenu à deux mains, prêt à servir, ils regardaient entrer les paysans d'un air hargneux. Là-haut, dans le ciel, sur les tours du monastère, Catherine vit flotter l'étendard rouge frappé de barres et de croissants qu'elle avait déjà vu sur les murs de Ventadour : les armes de Villa-Andrado jointes à un pennon bariolé plus petit qui représentait le routier Valette, son lieutenant. Une brusque colère la gonfla : c'était bien sur les ordres de l'Espagnol que Valette avait brûlé Montsalvy et elle comprenait maintenant pourquoi Rodrigue avait refusé les remerciements d'Arnaud ; il savait déjà ce qui s'était passé dans le fief de son ennemi.

Prudemment, Catherine décida d'entrer à pied dans Montsalvy. Puisqu'elle ne voyait pas son époux, le mieux était de passer aussi inaperçue que possible et Morgane était bien trop voyante, outre le fait qu'elle pouvait largement exciter la convoitise d'un malandrin. Elle mit pied à terre, conduisit la petite jument par la bride assez profond dans le sous-bois, là où personne ne la verrait. Puis elle l'attacha à un arbre et, après lui avoir recommandé de l'attendre tranquillement, elle s'éloigna vers le village.

Sa robe de laine brune et la grande cape grise qui la recouvrait n'avaient rien qui pût attirer l'attention. C'étaient de modestes vêtements, assez fatigués d'ailleurs par le voyage. Mais, pour franchir la porte, Catherine tira son capuchon jusque sur ses yeux. Elle s'avança en s'efforçant de garder une allure naturelle bien que son cœur battît plus vite. En vain, d'ailleurs ; les hommes d'armes ne lui prêtèrent pas la moindre attention. Seul, l'un d'eux ricana :

« Allons, croquants, dépêchez ! Sinon vous allez manquer le spectacle... »

Le spectacle ? La jeune femme ne s'attarda pas à poser des question.

Elle pressa le pas, franchit la voûte ronde et se retrouva dans l'étroite et unique rue où, à l'ombre du couvent bénédictin, se tassaient les maisons basses de Montsalvy. A l'église, le glas sonnait toujours et les notes lugubres tombaient d'aplomb sur la tête de Catherine. D'autres gens, en guenilles pour la plupart et l'air accablé, suivaient le même chemin.

En débouchant sur la petite place où s'ouvrait l'église romane, elle vit qu'une foule silencieuse l'emplissait, grossie d'instant en instant par ceux qui venaient du dehors et ceux qui, marqués de cendre grise, sortaient de l'église. Ces derniers marchaient le front bas, évitant de regarder les hommes d'armes massés au portail et l'homme enchaîné qu'ils gardaient. C'était un petit bonhomme bossu et contrefait dont le visage gris avait la couleur même de cette cendre qui marquait les autres. Sa mine défaite, ses yeux hagards contrastaient violemment avec les oripeaux bariolés dont il était vêtu. Des chausses mi-partie rouges et vertes flottaient autour de ses jambes tordues. Une tunique jaune ornée de grelots, un grand manteau rouge et une couronne de carton doré lui composaient un costume grotesque qui eût été risible si l'homme qui le portait n'eût pas été si pitoyable. Mais personne n'avait envie de rire et Catherine pas plus que les autres. Elle ne voyait que des regards fichés en terre, des mains aux poings serrés, des joues creusées par les larmes et les privations. De temps en temps, un sanglot crevait le lourd silence qui planait entre chacun des lents battements de la cloche. Les trognes féroces, hilares et avinées des routiers formaient un effrayant contraste avec tous ces visages griffés par la peur et la douleur.

Dans l'église, maintenant, des chants funèbres se faisaient entendre et l'on voyait brasiller des cierges par le portail ouvert. Catherine tourna les yeux autour d'elle, incapable de comprendre ce qui se passait. Et où donc étaient Arnaud, Gauthier, Saturnin... et les autres ? Elle avait l'impression absurde de rêver et se pinça pour s'assurer qu'elle était bien éveillée.

La foule murmura soudain. Sous le tympan de pierre, sculptée de personnages naïfs aux gestes raides, un très vieil homme mitré, crosse en main, venait d'apparaître auprès d'un guerrier sauvage au visage osseux et rusé dont l'armure cabossée et la prétentieuse dalmatique de soie qui la recouvrait ne parvenaient pas à dissimuler l'effrayante maigreur. La peau tannée couvrait seulement la carcasse du visage qui avait l'aspect terrifiant d'une tête de mort. L'homme était si affreux que Catherine ferma les yeux un instant. Les plumes vertes dansant au cimier du nouveau venu ajoutaient encore à son côté spectral. L'abbé qui se tenait à ses côtés, si pâle sous les broderies d'or de la mitre, osait à peine tourner les yeux vers lui.

Avant qu'il parlât, Catherine avait compris que c'était là l'incendiaire de Montsalvy, le lieutenant du Castillan, le routier Valette. Il laissa peser un regard méchant sur les pauvres gens qui, instinctivement, se serraient les uns contre les autres, puis éclata d'un rire grinçant.

« Bande de lièvres peureux ! cria-t-il. Est-ce ainsi que vous entendez enterrer messire Carnaval ? Allons, il faut rire, et chanter... C'est le premier jour du Carême et vous allez pouvoir faire convenablement pénitence, mais aujourd'hui, j'entends qu'on soit gai ! Que l'on chante ! C'est un ordre ! »

Les cloches s'étaient tues, un écrasant silence s'abattit sur la place. Le vent qui se levait faisait voltiger les cheveux de toutes ces têtes courbées, obstinées dans leur mutisme. Quelque part, un volet claqua... La voix usée de l'abbé parvint à Catherine comme du fond des âges.

« Mes enfants », commença-t-il doucement...

Mais, grossièrement, Valette coupa :

« La paix, l'abbé ! Vous n'avez pas la parole ! Alors, vous autres, vous avez entendu ? J'ai dit : chantez !... C'est une belle chanson que l'on chante pour enterrer messire Carnaval, n'est-ce pas ?

« Adieu, pauvre Carnaval... » et qu'on y mette du cœur, je veux entendre tout le monde ! »

L'homme enchaîné s'était laissé tomber à terre, pleurant convulsivement. Autour de lui et sur les murs du couvent, les routiers de Valette bandaient leurs arcs, visant la foule terrifiée... Le cœur de Catherine manqua un battement. Une impuissante fureur montait en elle, contre cette brute et aussi contre Arnaud qui n'apparaissait pas. Où était-il ? Que lui était-il arrivé ? Vingt-cinq hommes ne s'évanouissent pas ainsi dans le brouillard...

Le gémissement de terreur qui s'était levé autour d'elle, orchestré par la plainte du vent, se muait peu à peu en un chant hésitant, grelottant et à peine audible, sorti de gorges contractées par la peur.

« Plus fort ! hurla Valette, sinon, je vous jure que vous allez vous taire définitivement ! »

Une flèche siffla, tirée en l'air, mais l'avertissement porta. Les voix se firent plus fortes. Une vague de fureur et de rage emporta Catherine. Elle allait se jeter, toutes griffes dehors, sur le féroce chef de bande, sans même réfléchir aux conséquences, parce qu'elle ne savait pas résister aux impulsions de sa nature généreuse, quand une main râpeuse saisit la sienne sous les plis de son manteau.

« Par pitié, dame Catherine, ne bougez ! Vous allez déclencher une catastrophe... »

Le vieux Saturnin se tenait auprès d'elle, ses cheveux gris rabattus dans sa figure, la tête bien droite. Il ouvrait beaucoup la bouche en parlant pour qu'on crût qu'il chantait.

« Que faites-vous là ? souffla-t-elle. Où est mon époux ?

— Ailleurs ! Il attend son heure ! C'est à vous, gracieuse dame, qu'il faudrait bien plutôt demander ce que vous faites là... Quand messire Arnaud saura... »

Les voix des autres, chantant sur le mode lugubre le joyeux chant carnavalesque, couvraient leurs paroles. Devant l'église, ses dents pourries découvertes par un sourire mauvais, Valette battait la mesure avec son épée. Ses hommes relevaient durement le malheureux Carnaval et l'obligeaient à se mettre en marche en tirant cruellement sur ses chaînes.

« Qui est cet homme ? murmura Catherine. Qu'a-t-il fait ?

— Rien ! Ou si peu ! C'est Etienne-la-Cabrette, notre rebouteux... un brave homme, un peu simple, et qu'on disait aussi un peu sorcier parce qu'il connaît les plantes. Son grand bonheur, c'était de souffler dans sa cabrette [1], les nuits de pleine lune... Valette l'a pris pour qu'il guérisse l'un de ses hommes d'une vilaine blessure. L'homme est mort. Alors le martyre du pauvre Etienne a commencé. C'était le jour où le château... »

Saturnin s'arrêta glissant un regard rapide vers Catherine, mais elle ne broncha pas.

« Continuez ! dit-elle seulement.

— Les hommes l'ont tourmenté de cent façons et se sont amusés de lui. Ils l'ont couronné roi du Carnaval à la place du mannequin qu'on construisait toujours... dans le bon temps ! Et maintenant, ils vont le brûler comme on fait toujours du mannequin. Pauvre ! »

A coups de bois de lance, les soldats poussaient la foule vers la porte sud de Montsalvy, celle qui ouvrait sur la profonde vallée du Lot. Etienne et

1. Instrument de musique auvergnat assez analogue à la cornemuse.

ses gardes étaient déjà sous la voûte. Les archers suivaient, leurs arcs toujours prêts à tirer. Valette venait ensuite, traînant après lui le pauvre vieil abbé et une file de moines qui chantaient, eux, le *Miserere*. Cela faisait une abominable cacophonie qui déchirait les oreilles de Catherine. L'impression de cauchemar s'accentuait. Dans cet univers misérable et tragique, Saturnin seul semblait vivant. Discrètement, respectueusement, il avait glissé son bras sous la main de Catherine, pour lui éviter de buter sur les pierres de la ruelle boueuse. Tout autour d'eux, les gens, malmenés, se bousculaient et Catherine avait la sensation grotesque d'être un mouton dans un troupeau.

Une bousculade plus violente sous la voûte, puis Catherine et Saturnin se trouvèrent propulsés hors de la ville, sur un champ en pente douce cerné de châtaigniers au centre duquel un bûcher avait été dressé. Le malheureux Carnaval, portant toujours sa couronne dérisoire, y était déjà enchaîné, pesant lourdement sur ses entraves parce que ses jambes malades ne le portaient plus. Sa tête aux longs cheveux emmêlés sous sa couronne pendait sur sa poitrine. Il pleurait toujours à gros sanglots convulsifs. Une immense pitié envahit Catherine. Malgré les hurlements démentiels de Valette, les paysans avaient cessé le chant insultant, étranglés par la vue de l'appareil de supplice.

Catherine se sentit faiblir... Depuis la tragédie de Rouen, ces abominables piles de fagots où des hommes osaient enchaîner d'autres hommes la poursuivaient de leur affreuse silhouette. Elle revit la forme blanche de Jehanne rivée à son madrier... ; et aussi, dans la cour de Champtocé, l'entassement funèbre qui avait attendu Sara vainement...

« Chantez, par les tripes du pape ! vociféra Valette en faisant des moulinets avec sa rapière. Et toi, bourreau, fais ton office ! »

Un homme en guenilles, dont les bras musculeux sortaient d'une casaque de cuir pleine de trous et dont l'énorme crâne était complètement rasé, apparut portant une torche. Il la secoua dans le vent pour en attiser la flamme et l'approchait déjà des fagots. Quelque chose siffla dans l'air et le bourreau s'abattit en arrière avec un hurlement rauque. Tirée d'un châtaignier, une flèche lui avait traversé la gorge.

Le chant qui avait repris s'arrêta net. Catherine vit les yeux de Valette s'arrondir de stupeur et elle voulut se tourner vers Saturnin, mais le bailli de Montsalvy avait disparu... Aussitôt, la foule eut un grondement où perçait la joie. Tout près de Catherine, un grand garçon dont le visage blond s'encadrait d'une barbe en collier murmura, presque extasié :

« Terre et Ciel ! Monseigneur Arnaud ! Dieu soit béni ! »

En effet, du rideau de châtaigniers qui, là-bas, plongeait vers la profonde vallée, Arnaud venait de sortir, l'écu au coude et tenant un fléau d'armes dans son autre main. Le cœur de Catherine explosa de joie et d'orgueil en le voyant paraître. Quel chevalier avait jamais eu plus noble allure ? Gauthier et Fortunat suivaient à trois pas, raides et dignes comme il convient à des écuyers de grande maison. Au pas lent de son cheval, Montsalvy s'avança jusqu'auprès du bûcher, releva la visière de son heaume et, sans élever la voix, désignant le malheureux Etienne de son arme :

« Martin, dit-il calmement, détache-le ! »

Le garçon qui était près de Catherine bondit sans s'occuper du hurlement furieux de Valette qui criait :

« Tuez-le ! »

Un archer leva son arme, mais n'eut pas le temps de tirer. Une nouvelle flèche le cloua sur place, tandis que Martin escaladait le bûcher, détachait le pauvre sorcier, évanoui cette fois, et l'emportait sur son épaule aux acclamations de la foule.

« Tiens-toi tranquille, Valette ! avertit Arnaud froidement. Ces arbres sont pleins de soldats et une flèche te guette si tu bouges. »

Sa voix fut étouffée par les cris des paysans. Les bonnets volaient en l'air et, déjà, des hommes s'élançaient pour entourer leur seigneur, mais il les retint à leur place.

« Ne bougez ! J'ai ici un compte à régler avec cet homme et, pour cela, il me faut de la place. »

Catherine, qui allait courir vers son époux, se figea sur place, puis, docilement, recula avec les autres, laissant un large espace entre eux et le bûcher. L'image d'Arnaud l'hypnotisait. Si hautain, si sûr de lui-même ! Son cheval dansait sur place, comme s'il se fût agi du plus courtois des tournois, mais, à son poing ganté d'acier, le fléau s'agitait de façon menaçante. L'affreux visage de Valette se convulsa de haine. Il tendit le bras vers son ennemi, cria :

« Emparez-vous de lui ! Il est recherché par ordre du roi !

— Par ordre du roi La Trémoille, lança Arnaud dédaigneux. Allons, Valette, fais au moins honneur à ton maître et viens te battre... ou bien préfères-tu qu'une flèche t'abatte sur place ? »

Comme pour lui donner raison, une troisième flèche vint transpercer l'un des hommes qui se tenaient le plus près du chef de bande. Valette devint vert et Arnaud éclata de rire.

« Tu ne ris plus, Valette ? Tu n'as donc plus envie de chanter ? Tu chantais si bien tout à l'heure. Allons, viens ! Tire cette longue épée dont tu te sers avec tant d'aisance... »

Soudain, Arnaud lança son cheval au galop, frôla Valette. Le fléau s'enroula autour du cimier empanaché de Valette, puis Arnaud, tirant brusquement, entraîna le routier qui, déséquilibré, roula à terre.

« J'ai dit viens ! » fit durement le jeune homme.

Valette se releva presque aussitôt. Son visage de spectre était tordu de haine et une légère écume moussait au coin de ses lèvres. Avec la vitesse d'un éclair, il tira son épée, se planta sur ses jambes, penché en avant, attendant le choc du cheval. Mais, dédaigneux de cet avantage, Arnaud mettait déjà pied à terre.

« Non ! cria Catherine épouvantée.

— Il est fou ! gronda Saturnin revenu près d'elle sans qu'elle l'ait vu revenir. On ne fait pas de chevalerie avec un charognard ! »

Terrifiée, la jeune femme s'accrocha au bras du vieil homme. L'aspect effrayant de Valette la glaçait jusqu'à l'âme. Il lui semblait voir Arnaud se battre avec la mort en personne. Il manquait au routier la fameuse faux pour représenter tout à fait la sinistre visiteuse... Mais Montsalvy ne se laissait pas impressionner par si peu. D'un coup de doigt sec, il avait fait retomber la ventaille de son casque et, l'écu en avant pour amortir les coups, il avançait pas à pas vers son ennemi. Au-dessus de sa tête, le fléau faisait tournoyer sa lourde masse hérissée de pointes d'acier. Les premiers coups retentirent sur les armures avec un bruit de cloche. Valette rompait pas à pas mais sans arrêt, cherchant sans doute à atteindre la porte de la cité. Ses hommes figés sur place n'osaient bouger par crainte des flèches qui atteignaient si bien leur but. Catherine, ses deux mains nouées l'une contre l'autre, suppliait le Ciel d'épargner son époux.

Soudain, derrière Arnaud, quelqu'un cria :

« Sus à l'épervier, capitaine ! Il nous a trompés. Il n'y a dans les arbres qu'une poignée de paysans armés de... »

Il n'en dit pas plus. Gauthier avait fait cabrer son cheval dont les sabots antérieurs s'abattirent sur le crâne de ce soldat trop curieux qui, sans doute, s'était glissé sous les arbres par l'autre bout du champ sans qu'on l'ait vu. Hélas, le mal était fait. Tandis que les paysans, découverts, dégringolaient des châtaigniers, que Gauthier, tirant son épée, fonçait sur une première vague de soldats, que Fortunat faisait de son mieux de son côté, Valette s'esquivait soudain derrière un mur d'hommes d'armes, laissant Arnaud seul en face de dix hommes. Catherine, défaillante, chercha l'appui de Saturnin, mais le vieillard, tirant la dague de sa ceinture, volait déjà, avec une agilité de jeune homme, au secours de son maître. La jeune femme, au milieu des autres femmes, des enfants et des vieillards, recula jusqu'à la muraille, repoussée par le combat désespéré qui se livrait. Car les paysans, tout à l'heure terrifiés, maintenant galvanisés par la vue d'Arnaud, s'étaient tous lancés dans la bagarre opposant leurs mains nues et ce qu'ils avaient pu trouver sur place de pierres et de morceaux de bois aux épées et aux lances des routiers.

Au fort de la mêlée, Arnaud, Gauthier, Fortunat et Saturnin, qui s'étaient groupés, accomplissaient des prodiges de valeur. Le grand Normand empoignait les hommes deux à deux, par le col, et les assommait l'un contre l'autre avant de les laisser choir. Le fléau d'armes tournoyait sans arrêt, faisant éclater les casques, et les crânes avec, comme de simples coquilles de noix, mais la troupe des routiers était nombreuse et semblait renaître sans cesse.

Bientôt, Arnaud et ses hommes eurent le dessous et l'issue du combat ne fit plus de doute pour Catherine : c'était la fin et, sans doute, la mort à brève échéance...

Dix hommes venaient d'isoler Arnaud de ses compagnons et l'ensevelissaient sous leur poids. Pour Gauthier, il en fallut vingt. Mais quelques instants plus tard, les deux hommes, plus Saturnin et Fortunat, solidement entravés et dépouillés de leurs armes, étaient traînés devant Valette réapparu tout à coup.

« Doux Jésus ! gémit une femme près de Catherine... C'en est fait de nous !

— Taisez-vous, coupa durement la jeune femme. Qu'importe ce qu'il peut advenir de nous s'ils meurent ! »

Le rire grinçant de Valette couvrit sa voix. Le bandit s'approchait d'Arnaud que deux hommes maintenaient encore malgré les liens dont on l'avait chargé. On lui avait arraché son casque et un filet de sang coulait le long de sa joue, depuis l'arcade sourcilière fendue. Mais les yeux noirs n'avaient rien perdu de leur arrogance. Dédaigneux, il toisa le routier qui se dandinait devant lui comme un héron boiteux, haussa ses larges épaules... C'en était trop pour la vanité de Valette ; à toute volée, par deux fois, il gifla son prisonnier.

« Voilà qui t'apprendra à respecter ton maître, chien ! »

Catherine, alors, vit rouge. En aveugle, elle se jeta en avant, toutes griffes dehors, et, avant que Valette l'ait seulement vue venir, elle lui avait sauté au visage comme une chatte sauvage. Le routier hurla, portant la main à sa joue où les ongles de la jeune femme avaient tracé cinq sillons sanglants, voulut reculer, mais elle s'accrochait à lui de toutes ses forces, cherchant à atteindre les yeux, poussée par un instinct de destruction aussi vieux que la terre, l'instinct animal de la femelle dont on attaque le mâle.

Quand deux hommes parvinrent enfin à l'arracher de sa proie, le visage de Valette était rouge vif et il beuglait comme un porc égorgé. Mais, aux mains des hommes d'armes, Catherine écumait encore de fureur, crachant le feu comme un petit fauve en colère et cherchant à griffer et à mordre. Epongeant le sang qui coulait sur sa dalmatique, le routier marcha sur elle.

« Bougre de charogne !... gronda-t-il... Qui es-tu ?

— Ma femme, fit Arnaud aimablement. Puis il ajouta, un demi-sourire étirant son visage blessé : Quand donc prendras-tu l'habitude de m'obéir, Catherine, et de rester à la maison quand je le désire...

— Quand tu cesseras de courir un danger quelconque !

— Il va cesser bientôt, vous n'avez besoin que d'un peu de patience ! grimaça Valette. Juste quelques instants encore et vous serez à jamais délivrés de vos soucis. Allons, vous autres, enchaînez-moi ces deux-là sur le bûcher ! J'ai horreur des choses qui ne servent à rien. »

La foule gronda de colère. Mais deux soldats levèrent leurs lances : deux hommes tombèrent, transpercés... Irrésistiblement, avec une effrayante brutalité, les autres entraînaient déjà Catherine et Arnaud vers le bûcher... Les yeux de la jeune femme étaient agrandis d'horreur devant cette mort affreuse qui les attendait. Elle cria :

« Vous n'allez pas... Non... Pas ça !

— Je t'en supplie, sois courageuse, mon amour, supplia Arnaud. Ne leur donne pas la joie de t'entendre les supplier... »

Déjà, on les hissait sur l'entassement de fagots. Catherine trébucha et tomba lourdement avec un gémissement. Alors, dans ses liens, Gauthier fit un effort terrible. Gonflant ses muscles et sa vaste poitrine, il fit éclater les cordes. Rugissant comme un lion furieux, il tomba de tout son poids, de tous ses muscles sur les hommes d'armes, assommant celui-ci, faisant éclater les dents de celui-là, se forçant un chemin irrésistible vers les captifs. Il semblait possédé de quelque fureur sacrée. Ses yeux lançaient des éclairs, sa bouche se tordait convulsivement et écumait. Sa force décuplée par la colère, irrésistible, abattait les ennemis autour de lui comme la faux dans un champ de blé. Les paysans, saisis d'une admiration superstitieuse, regardaient, bouche bée...

Le géant atteignait le bûcher quand une flèche le frappa à l'épaule. Il s'abattit sur les fagots avec un grognement qui trouva son écho dans le cri désespéré de Catherine, puis dans le hurlement féroce de Valette :

« Attachez-le avec les autres ! Et que ça flambe ! »

Catherine ferma les yeux. Contre le bois rugueux du poteau, la main d'Arnaud, enchaîné près d'elle, cherchait la sienne, la trouvait et l'enfermait.

« C'est la fin, murmura-t-elle d'une voix qui s'étranglait... Nous allons mourir. Mon pauvre petit !... Mon pauvre petit Michel ! »

Ses yeux brouillés de larmes voyaient, comme dans un cauchemar, la forme grimaçante d'un soldat qui, un peu plus loin, allumait une torche... Mais, malgré la mort si proche, tout cela continuait à lui paraître absurde, comme frappé d'irréalité. Cette chose stupide ne pouvait pas être vraie. Un miracle allait arriver...

Et le miracle arriva. Un son de trompe retentit, profond, impérieux, et, soudain, la route qui montait de la vallée se couvrit de chevaux, de bannières et d'armures. Une troupe nombreuse, solidement armée mais somptueuse, venait d'apparaître. Le sol tremblait sous le martèlement des sabots et, sur la prairie, chacun s'était figé sur place, regardant. Même l'homme à la torche, même Valette qui, sourcils froncés, fixait intensément les arrivants. Comme un vivant mur de fer, un escadron de gens d'armes s'avançaient quatre par quatre sur plusieurs rangs, lances à la cuisse, les flammes multicolores dansant au vent. Ils s'arrêtèrent au bord du plateau, se scindèrent en deux et se rangèrent de part et d'autre du chemin, livrant passage à un héraut rouge et blanc empanaché et rutilant qui portait d'un poing arrogant une grande bannière de toile d'argent sur laquelle grimpait un lion écarlate...

A peine Arnaud eut-il aperçu cet emblème qu'il hurla, à pleine voix :

« A moi, Armagnac ! »

L'effet fut magique. Le beau héraut n'eut que le

temps de se ranger. Un groupe de chevaliers aux armures étincelantes, portant huques brodées, rouges, blanches, bleues, or ou argent, les heaumes sommés d'emblèmes fantastiques, les caparaçons des chevaux volant autour des sabots qui martelaient le sol, fonça à travers la prairie qui, en un clin d'œil, fut envahie d'un flot guerrier tumultueux et bariolé. Ils entouraient un grand chevalier rouge et argent dont le casque était ceint d'une couronne comtale. D'autres chevaliers suivaient, puis la piétaille des archers, des piquiers aux chapeaux de fer, des écuyers et même des pages retenant à pleins poings de grands lévriers colletés d'or, héraldiques et superbes. Auprès de cette petite armée, les hommes de Valette faisaient piètre figure et amorçaient déjà un mouvement de repli vers la cité ! Mais les paysans, qu'ils maintenaient tout à l'heure, fermaient désormais la retraite. Le plateau ne cessait de s'emplir de soldats et Catherine, les yeux écarquillés, cherchait à savoir si ces arrivants étaient amis ou ennemis. Elle ne chercha pas longtemps.

Le comte rouge et argent avait galopé jusqu'au bûcher sur lequel, malgré le poids de ses armes, il sauta de son cheval. Ses poulaines de fer écrasaient les fagots et la paille, ses gantelets d'acier arrachaient les chaînes qui retenaient les prisonniers aussi aisément qu'une poignée de mauvaise herbe. Sous la ventaille relevée, Catherine put voir un visage mince, rouge de fureur, et croisa un regard vert aussi menaçant que possible. Mais Arnaud, avec un soupir de soulagement, s'écriait, une nuance de tendresse dans la voix :

« Cadet Bernard ! Par Notre-Dame ! C'est Mgr saint Michel qui t'envoie !

— Je lui bâtirai une chapelle, fit l'autre avec un

redoutable accent gascon. Frère Arnaud ! Que fais-tu sur ce tas de fagots, ficelé comme un quartier de bœuf ?

— Demande-le à Valette. »

Les deux hommes s'embrassèrent vigoureusement, le poing ganté de fer de Bernard frappant le dos de son ami. Mais Arnaud se dégagea juste à temps pour empoigner Catherine que ses angoisses avaient brisée et qui perdait connaissance. Il l'enleva dans ses bras tandis que le nouveau venu se penchait avec curiosité sur la jeune femme défaillante.

« Une beauté ! Qui est-ce ?

— Ma femme ! Mais aide-moi... Il faut emporter cet homme, ajouta-t-il en désignant Gauthier qui n'avait toujours pas repris connaissance et gisait à plat ventre sur le bois, il est blessé. »

Déjà, des hommes d'armes les rejoignaient, emportaient le géant. Un chevalier dont le casque s'ornait d'un dauphin de vermeil aux yeux de jade tendit les bras pour recevoir la jeune femme évanouie. Arnaud allait sauter à son tour du bûcher quand le comte le retint.

« Reste ! J'ai encore quelque chose à faire ! Et ce bûcher fait un excellent poste de commandement. »

Puis enflant sa voix au paroxysme, il clama :

« Gens d'Armagnac, en avant ! Epargnez vilains et bourgeois, mais égorgez-moi toute cette ribaudaille ! Et je veux le chef vivant ! »

Comme s'ils n'attendaient que cet ordre pour frapper, hommes d'armes et chevaliers se ruèrent sur les routiers. Fauchards, coutelas, épées, dagues et haches d'arme entrèrent en danse. En quelques instants, la prairie au-delà des châtaigniers fut transformée en abattoir. La terre buvait le sang dont les minces rigoles allaient se perdre sous les arbres.

L'air était plein de gémissements de douleur, de cris et de râles d'agonie. Près de la porte, la masse grise des paysans assistait, partagée entre la terreur et le soulagement, au massacre tandis que, debout sur le bûcher, poings aux hanches, jambes écartées et visage de pierre, Cadet Bernard regardait.

C'est seulement quand le dernier routier eut expiré et que Valette, chargé de chaînes, eut été traîné vers le monastère, que le comte au lion sanglant descendit enfin de son poste d'observation, une main posée sur l'épaule d'Arnaud.

UNE sensation de vive chaleur ranima Catherine. Elle ouvrit les yeux et se vit couchée sur un matelas, devant une immense cheminée de pierre où flambait un tronc d'arbre tout entier. Agenouillé auprès d'elle, Arnaud frictionnait ses mains pour les réchauffer et la regardait avec anxiété. La voyant ouvrir les yeux, il lui sourit.

« Tu te sens mieux ? Tu m'as fait peur, tu sais ? Nous n'arrivions pas à te ranimer.

— Quelle dame, enchaînée à un madrier sur une pile de bûches, n'aurait perdu les sens ? Je ne me serais jamais pardonné un instant de retard, madame... »

Le comte rouge et argent apparut derrière Arnaud, dans la lumière dansante des flammes. Il portait toujours ses huques somptueuses sur l'armure grise, mais sa tête, débarrassée du heaume, montrait un visage fin et gai aux traits irréguliers et agréables, des yeux couleur de mer et une courte calotte de cheveux noirs au-dessus de deux oreilles pointues qui accentuaient l'aspect faunesque de sa physionomie. Il regardait Catherine avec une gentillesse qui n'était pas exempte d'admiration, et la jeune femme, spontanément, lui tendit la main.

« Sire comte, dit-elle, je vous dois plus que la vie puisque je vous dois aussi celle de mon époux bien-aimé. Je ne l'oublierai pas et, pour ces bienfaits, je vous rends grâce. Puis-je ajouter, fit-elle avec un sourire, que j'aimerais savoir qui vous êtes ? »

Ce fut Arnaud qui se chargea de présenter à sa femme Bernard d'Armagnac, comte de Pardiac, dit « Cadet Bernard » et qui, pour lui, était avant tout un compagnon d'enfance, car ils avaient à peu près le même âge. Redressée sur son matelas de manière à être adossée au pilier de la cheminée, Catherine examinait curieusement ce garçon inconnu dont, cependant, le nom avait dominé toute sa jeunesse. C'était donc un de ces fameux chefs de la maison d'Armagnac qui, depuis tantôt vingt-cinq ans, depuis l'assassinat du duc d'Orléans par Jean sans Peur, avaient fait de la France un immense champ de bataille, à la mesure de leur haine pour les Bourguignons ? Catherine se dit que Cadet Bernard représentait sa famille de façon très convaincante.

Il était le second fils de ce connétable d'Armagnac qui avait jadis repris Paris à Caboche l'Ecorcheur, avant de tomber massacré par les Bourguignons en 1418, et son sang était l'un des meilleurs de France. Par sa mère Bonne de Berry, Cadet Bernard, comme son frère aîné le comte Jean IV, était le petit-fils du roi Charles V. Le sang royal se lisait dans toute sa personne élégante et racée, dans la finesse des attaches et la hauteur du regard. Mais à l'ancêtre Sanchez Mittara, fondateur du duché de Gascogne, il devait sa peau brune, ses cheveux d'encre et cette mobilité des traits, cette gouaille nonchalante nuancée de férocité qui formaient le fond de sa physionomie. Grands guerriers, grands chasseurs, les Armagnacs étaient célèbres à la fois pour leur cruauté et leurs talents de poètes. Mais ils méprisaient la mort et se montraient implacables dans la vengeance. Catherine se souvenait avoir entendu dire que le comte Jean IV portait, attaché à sa bannière, le ruban de peau que les gens de Bourgogne avaient levé sur le dos de son père lorsqu'il avait été massacré. Pourtant, ces mêmes féodaux redoutables tenaient cours d'amour et rimaient pour leurs belles et pour Notre-Dame les plus tendres vers...

C'est à ce dernier talent familial que Cadet Bernard choisit de se référer. Offrant son poing fermé à la jeune femme, il l'aida à se remettre sur pied, puis, la menant jusqu'à une haute chaise sculptée et garnie de coussins, il chuchota galamment :

« Belle comtesse, ce soir je composerai sur le luth un sirventés en l'honneur de votre grâce, mais, pour l'heure présente, il me faut vous quitter, et vous priver du même coup de votre époux.

— Où allez-vous donc ? »

Bernard d'Armagnac se redressa après avoir effleuré de ses lèvres les doigts de la jeune femme.

« Faire justice ! Dans un instant, Valette sera pendu aux fourches patibulaires de l'abbaye. Il l'a amplement mérité. Ce n'est qu'un bandit. Il se targue de servir le roi Charles VII, mais, comme Villa-Andrado lui-même, il ne sert que La Trémoille... Or, je hais La Trémoille ! Reposez-vous en nous attendant. Vous êtes ici dans l'hostellerie de l'abbaye où les vôtres vont venir vous rejoindre. »

Il s'éloignait vers la porte, raflant son heaume posé sur un coffre au passage. Arnaud se pencha vers sa femme pour l'embrasser, mais elle s'accrocha à lui.

« Gauthier ?... et le reste de la famille ?

— Le Normand est aux mains du frère-physicien, sa blessure n'est pas grave. Et j'ai fait envoyer chercher ma mère, l'enfant... et tout le reste de la famille. Le vénérable abbé nous offre l'hospitalité. Maintenant, reste ici tranquillement. Tu as eu ton compte d'émotions. »

Il allait s'éloigner quand elle le retint. Elle venait de se souvenir de Morgane qu'elle avait laissée attachée dans le bois, derrière le bourg, et qui devait trouver le temps long.

« Il faut aller la chercher, dit-elle, à moins qu'elle ne se soit sauvée.

— J'irai moi-même, promit Arnaud, aussitôt que... »

Une cloche qui s'ébranlait dans le clocher proche acheva sa phrase mieux qu'il ne l'eût fait lui-même. Catherine tendit l'oreille. C'était de nouveau le glas, comme tout à l'heure. D'un glas à l'autre, tant de choses avaient changé ! Il ne s'était pas écoulé beaucoup d'heures et pourtant la jeune femme avait l'impression que des mois avaient passé depuis qu'elle avait quitté la métairie de Saturnin. Fermant les yeux, elle se laissa aller contre le dossier de son siège, laissant le son des cloches funèbres qui appelaient un bandit à son dernier voyage couler sur elle, sur la sécurité revenue, sur ses nerfs apaisés. Et, sans rancune, elle tendit ses mains froides au feu dont, un instant, elle avait cru périr.

Ses longues jambes gainées de daim gris étendues devant lui, semelles posées sur les landiers et offertes au feu, Cadet Bernard sirotait son vin aux herbes avec un plaisir visible. Sous le rideau bistré des paupières, ses yeux verts, luisant de contentement, dénonçaient l'esprit en alerte. Penché en avant, les coudes aux genoux et les mains nouées, Arnaud le regardait sans rien dire. Quant à Catherine, tapie au fon de son haut fauteuil, elle attendait que s'achevât ce silence soudain qui menaçait de s'éterniser. Seul, l'éclatement d'une bûche, dans l'âtre, troublait de temps en temps le calme environnant l'hostellerie. Les moines de Montsalvy dormaient dans leurs cellules, attendant inconsciemment sous le poids de fatigue qui les écrasait, la cloche de matines qui, au cœur profond de la nuit, les jetterait, les paupières clignotantes et la tête vide, ivres de sommeil, à la chapelle glaciale.

Le souper avait été joyeux, copieux, car les réserves de l'abbaye étaient encore respectables, et s'était poursuivi tard dans la nuit. Isabelle de Montsalvy s'était retirée, depuis plus d'une heure, dans la cellule qu'on lui avait réservée, avec le petit Michel sur lequel elle veillait avec un soin jaloux, quasi maniaque, et qui faisait froncer les sourcils de Sara. Marie de Comborn s'était également retirée chez elle, sur un ordre bref d'Arnaud, suivie de près par Sara que Catherine avait chargée de surveiller discrètement la jeune fille. Maintenant, Catherine, Arnaud et leur sauveur étaient bien seuls, dans cette intimité que crée l'instant paisible suivant un souper pris dans la quiétude. Plus rien, désormais, ne pouvait les menacer. Tout autour du village, les gens d'Armagnac avaient dressé leurs tentes, installé leurs bivouacs. Parfois, l'écho d'un galoubet arrivait jusqu'au vieux couvent bénédictin, sur le vent venu des grands causses.

Catherine goûtait intensément cette paix si nouvelle, tellement inattendue. Elle n'avait pas sommeil, son évanouissement et le repos qui l'avait suivi ayant effacé sa fatigue. Pour la première fois, les choses avaient la couleur que, dans ses rêves, elle leur avait prêtée. Il n'y avait pas si longtemps que les chants et les danses des bonnes gens de Montsalvy avaient cessé car on avait célébré la fin des oiseaux de proie. Le pauvre Etienne, l'infortuné Carnaval de quelques heures, était venu, lui aussi, avec sa cabrette, pour dire merci à sa façon. La paix merveilleuse d'une nuit semée d'étoiles, une vraie nuit de printemps chargée d'espoir et gorgée de sève en travail, enveloppait le village sorti du cauchemar.

Soudain, Bernard d'Armagnac s'étira, bâillant à se décrocher la mâchoire. Son corps parut s'allonger démesurément. Puis il tourna vers Arnaud un regard languissant.

« Que vas-tu faire maintenant ?

— Que puis-je faire ? répliqua Arnaud maussade. Reconstruire ? Le pays est exsangue, les terres appellent tous les bras et il n'est que temps de s'en occuper, puisque la guerre ravage tout. Enfin, tu oublies que je suis un rebelle et que mes terres ne m'appartiennent plus ! Il faut que l'Auvergne renaisse, ensuite seulement les châteaux détruits pourront resurgir... mais seulement quand les tours domineront autre chose qu'un désert et quand au pied des courtines pousseront les blés.

— Alors ?

— Tu m'as dit que tu reprenais la guerre contre La Trémoille. Tu vas rejoindre le connétable de Richemont, Cadet Bernard. Richemont, comme le duc de Bourbon, mon suzerain, veut abattre la bête fauve. Le mieux, je pense, est de laisser les miens à la garde de l'abbé et de te suivre.

— J'y ai songé, coupa Bernard. Mais j'ai mieux à t'offrir. Les tiens ne seraient pas en sûreté ici. L'abbé est vieux, le couvent antique et mal fortifié, les paysans à bout de souffle. J'ai pendu Valette, mais Villa-Andrado n'est pas loin et la nouvelle de la mort de son lieutenant va l'amener par ici. J'ai trop peu de monde pour t'en laisser. D'autre part, ta présence mettrait peut-être Richemont dans une situation délicate. Pour le roi, tant que La Trémoille vit, tu es un rebelle, et Richemont le deviendrait en t'accueillant. La reine Yolande reviendra de Provence, sans doute, avec les beaux jours. Elle seule peut gagner ta partie. Je t'appellerai quand le moment sera venu...

— Attendre ! Toujours attendre ! gronda Arnaud qui s'était levé et arpentait nerveusement le sol dallé sous l'œil inquiet de Catherine. Je suis un guerrier, pas un homme de contemplation ! Que puis-je attendre ?

— Que je t'appelle !

— Je ne suis pas fait pour filer la quenouille en regardant l'horizon.

— Damné loup de montagne ! Je le sais bien ! Aussi vais-je t'offrir une quenouille en forme de fer de lance. Si je suis passé par ici, c'est que je me rendais à Carlat. Ma mère a, tu le sais, apporté cette vicomté dans notre famille lorsqu'elle a épousé mon père. Porte de la Haute-Auvergne et clef des vallées du sud, Carlat est gouvernée par un vieux soldat, Jean de Cabanes... trop vieux, hélas ! L'épée est lourde maintenant pour sa main affaiblie. Et l'évêque de Saint-Flour, qui est tout au duc de Bourgogne, regarde souvent du côté de Carlat en se léchant les babines. Nous ne pouvons laisser en danger le plus beau fleuron de la couronne de ma mère. Je voulais, en passant, nommer l'un de mes chevaliers gouverneur de Carlat, mais j'ai maintenant une meilleure idée : te confier la forteresse. »

Depuis qu'Arnaud avait commencé à réclamer sa part de combat, le sang de Catherine avait couru plus vite dans ses veines, sonnant l'alarme. Le mot « forteresse » la fit exploser.

« Encore des batailles ! Encore la guerre ! Ne pouvons-nous demeurer paisiblement ici, sur cette terre dont nous portons le nom, auprès de ces gens qui, tout à l'heure, voulaient mourir pour nous ? L'abbaye est assez grande pour nous contenir tous. Et je voudrais tant... tant avoir un peu de paix ! »

Sa voix se fêla sur le dernier mot et l'éclair moqueur qui s'était allumé dans les yeux de Cadet Bernard s'éteignit. Il vint à elle et, posant un genou sur le coussin qui supportait les pieds de la jeune femme :

« La paix, belle Catherine, est l'inaccessible désir de tous ceux de notre temps sans pitié. Comment souhaiter la paix quand l'Anglais est si près de nous, quand il tient encore Rochefort-en-Montagne, et Besse, et Tournoel, quand les léopards d'Angleterre flottent sur quelques terres d'Auvergne ? Vous ne seriez pas en sûreté ici. Bien plus, votre présence mettrait le village et l'abbaye en danger, en grand danger puisqu'ils n'ont plus le moyen de se défendre. Carlat est vétuste, mais son roc est imprenable. Il refermera ses murs sur vous comme les doigts d'un poing solide et saura vous garder... »

Il avait pris la main de Catherine et, doucement, y posait ses lèvres.

« C'est, je crois bien, le poète Bernard de Ventadour qui a écrit je ne sais plus où : « Celui-là est « bien mort qui ne sent au cœur quelque douce « saveur d'amour. » Vous serez cette saveur d'amour au cœur des vieilles montagnes qui ne vivaient plus, vous serez le trésor que gardera Carlat et vous ne saurez jamais combien je l'envie. »

Par-dessus le dos courbé de Bernard, Catherine rencontra le regard d'Arnaud et crut le voir s'assombrir. Mais ce ne fut qu'une impression. Déjà Montsalvy tournait les talons et, les mains nouées derrière le dos, s'en allait contempler les flammes. Les yeux de Catherine s'attardèrent rêveusement sur les larges épaules de son époux. Au fond de son imagination, elle voyait surgir un château de rêve, très lointain, très élevé, mais brillant d'une intense lumière intérieure, une demeure inondée de soleil qui serait enfin le foyer où s'abriterait leur amour.

« Peut-être avez-vous raison, sire Bernard, dit-elle rêveusement, peut-être serai-je heureuse à Carlat... »

Sans lâcher la main de la jeune femme, Bernard se relevait, se tournait vers son ami.

« Tu ne m'as pas répondu. Veux-tu défendre Carlat pour la maison d'Armagnac ? »

— Contre qui ? » demanda Montsalvy sèchement sans se retourner.

Cadet Bernard sourit et, entre ses paupières rapprochées, Catherine vit filtrer l'éclair moqueur de son regard.

« Contre tout assaillant, quel qu'il soit, d'où qu'il vienne, de Saint-Flour, de Ventadour... ou de Bourges ! »

Arnaud ne bougea pas. Il y eut un bref silence, puis il demanda :

« De Bourges ? Contre... le roi Charles VII ? »

La main brune de Bernard serra plus fort les

doigts de Catherine. Sur son visage, le sourire s'effaça, pour faire place à une implacable résolution.

« Même contre le roi ! articula-t-il durement. Tant que La Trémoille régnera, nous, les Armagnacs, ne reconnaîtrons d'autres seigneurs que nous-mêmes, d'autre volonté que la nôtre ! Si le roi en personne venait te demander Carlat, frère Arnaud, tu refuserais Carlat ! »

Arnaud, lentement, se retourna. Sa haute silhouette se découpait en noir sur le fond ardent des flammes qui lui prêtaient quelque chose de redoutable. Dans l'ombre, Catherine vit briller les dents blanches de son époux et la conscience aiguë de son amour pour lui l'envahit jusqu'à la douleur. Quel homme pourrait jamais prendre la place qu'il occupait dans son cœur ? Quel homme pourrait jamais lui inspirer amour plus grand, plus fort ? Elle aimait tout de lui, sa beauté virile bien sûr, mais aussi cette force ardente, cette vitalité indomptable qu'il portait, jusqu'à son caractère abrupt mais droit et fier... Il était le seul maître qu'elle accepterait jamais... et, doucement, elle retira sa main de celle de Bernard.

En trois pas rapides, Arnaud avait rejoint son ami.

« Je suis ton homme, Bernard ! Donne-moi Carlat et va en paix ! Mais à une condition.

— Laquelle ?

— Je veux être là quand le connétable de Richemont abattra La Trémoille !

— Tu as ma parole ! Tu participeras à la curée ! »

Bernard ouvrit les bras. Ses deux mains se posèrent lourdement sur les épaules de Montsalvy qu'elles étreignirent.

« Prends patience et fais bonne garde, frère Arnaud ! Tu recouvreras tes terres, tes biens et, un jour, le château de Montsalvy revivra de ses cendres. »

Les deux hommes s'embrassèrent avec une rude tendresse. Une vague jalousie se glissa dans l'âme de Catherine. Elle comprenait qu'à cette minute tous deux l'avaient oubliée, rejetant la femme hors de leur univers à eux, les hommes, cet univers incompréhensible où la violence et la guerre tenaient une place si grande. Doucement, elle se leva et quitta la salle. Pendant qu'Arnaud et Bernard ne pensaient qu'à eux-mêmes, Catherine sentait l'impérieux besoin d'aller embrasser son fils.

CHAPITRE VII

LE REFUGE

CARLAT ! Une falaise abrupte de basalte noir, barrant le val d'Embène de son long plateau étiré, fendu comme par un coup d'épée d'une profonde faille. Au pied, emmitouflé de murailles, un village frileux, des maisonnettes comme des cloques de granit autour d'une église rude au clocher en peigne. Là-haut, sur l'éperon orgueilleux couronné de murs vertigineux que ponctuent les tours énormes, c'est un hérissement de clochers, de toits, de poivrières et de créneaux. La forteresse qui, au fil des siècles, fut l'asile de tant de révoltés, avait l'air d'une ville close et muette, terrible dans son silence total, absolu au point que Catherine croyait, en approchant, entendre claquer l'oriflamme au sommet du donjon. A mesure qu'elle montait, au pas assagi de Morgane, la jeune femme voyait s'étaler à ses pieds le gigantesque paysage de prés, de forêts, de bruyères roussies, de hautes fougères, de rochers croulant jusqu'à l'écume blanche des torrents. Le chemin était si roide et le ciel si bleu, si pur que la haute porte crénelée, dorée par les derniers rayons du jour, semblait ne devoir s'ouvrir, tout là-haut, que sur le paradis. Et les deux hommes qui chevauchaient près d'elle, le comte noir à l'épervier d'argent, le comte gris au lion d'écarlate, n'étaient-ils pas les archanges dont les épées flamboyantes, dans un instant, feraient tourner sur leurs gonds d'azur les lumineux vantaux ? Ce monstrueux nid d'aigle dont les pierres noires paraissaient escalader le ciel, c'était lui pourtant qui allait être son foyer, c'était là qu'enfin elle pourrait vivre son amour, sa vie de femme, regarder grandir Michel. Les menaçantes courtines en prenaient une douceur rassurante. Quel mal pourrait les atteindre jamais, si loin, si haut ?...

L'appel strident des trompettes, à quelques pas devant elle, fit sursauter Catherine. La muraille était toute proche maintenant. L'ombre noire des hourds de bois engloutissait les cavaliers. Une silhouette de soldat s'érigea contre le ciel, prolongée d'une corne dont le mugissement emplit l'air. Puis, comme les premiers chevaux abordaient le plateau, le portail, lentement, s'ouvrit, lâchant un flot de soleil roux.

Une vaste esplanade apparut, cernée de bâtiments divers : une chapelle, une sorte de grand logis aux fenêtres lancéolées, une antique commanderie, des magasins d'armes, une forge, des écuries, un vieux puits verdi de mousse, un énorme donjon dominant de haut les quatre grosses tours d'angle, enfin, étendant ses branches tordues et dépouillées comme des serpents noirs, un grand fayard offrait ses fruits sinistres : les corps rigides de cinq pendus.

Catherine détourna les yeux en passant auprès de l'arbre. De partout accouraient des soldats traînant leurs arbalètes, ajustant leurs chapeaux de fer, les yeux inquiets en reconnaissant les couleurs du maître. Les cloches de la chapelle se mirent à sonner en même temps que trois hérauts, au seuil du logis, embouchaient de longues trompettes d'argent. Un vieil homme en armure apparut derrière eux, appuyant sur une canne sa marche difficile.

« Sire Jean de Cabanes, murmura Bernard d'Armagnac à l'adresse d'Arnaud. Il a encore vieilli. Tu vois qu'il était temps de venir à sa rescousse. »

En effet, l'immense cour donnait une impression de désordre et d'abandon. Les bâtiments étaient vétustes. Certains menaçaient ruine et, aux fenêtres du logis seigneurial, bien des carreaux manquaient. Cadet Bernard envoya la fin de son sourire à Catherine et l'acheva sur une grimace.

« Je crains que vous ne soyez pas fort satisfaite de votre palais, belle Catherine ! Il est vrai que votre grâce saura en faire un lieu de délices ! »

Le trait était galant, mais Catherine songea que le plus beau sourire de la terre ne saurait remplacer les carreaux manquants, boucher les fissures des murailles ni endiguer les courants d'air. Le printemps, heureusement, venait, mais la chaleur n'était pas encore là et l'œil perspicace de la jeune femme dénombrait déjà tout ce qu'il faudrait faire avant l'hiver pour que cette vieille bâtisse fût habitable pour des femmes et un enfant. Tandis qu'Arnaud et Bernard prenaient contact avec le vieux chef de la garnison, Isabelle de Montsalvy vint ranger sa mule contre le flanc de Morgane.

« J'ai peur que nous ne trouvions ici plus de rats

que de tapisseries, fit-elle. Si l'extérieur ressemble à l'intérieur... »

Ses yeux se tournèrent vers Sara qui portait Michel. L'enfant était l'unique sujet de conversation qu'elle acceptât avec sa belle-fille et leur commun souci de son bien-être les rapprochait un peu. En dehors du bébé, elles ne cherchaient à établir aucun lien nouveau. Isabelle ne parvenait pas à oublier l'origine de Catherine et Catherine ne pardonnait pas à Isabelle son orgueil de caste. De plus, elle lui en voulait d'avoir retenu Marie de Comborn auprès d'elle alors qu'Arnaud souhaitait la renvoyer à son frère.

« Marie m'a tenu lieu de fille durant les jours les plus noirs, avait-elle dit. Sa compagnie m'est bonne... »

Le regard qui accompagnait cette déclaration laissait sous-entendre qu'aucune autre compagnie ne pourrait remplacer celle-là et Arnaud, qui ouvrait déjà la bouche pour rappeler à sa mère qu'elle avait en Catherine une fille toute trouvée, l'avait refermée sans rien dire. A quoi bon aviver les antagonismes ? A force de vivre ensemble, les deux femmes finiraient peut-être par s'apprécier. Arnaud croyait au pouvoir lénifiant du temps et de l'habitude...

Malgré tout, Catherine eût volontiers accepté la cohabitation avec Isabelle, par respect pour son âge et par tendresse pour son époux, mais l'idée de vivre auprès de cette Marie de Comborn, toujours agressive, dont elle sentait continuellement sur elle le regard surveillant, lui causait un malaise presque physique. Elle supportait de plus en plus mal la vue de la jeune fille et celle-ci, avec une clairvoyance maligne, s'en rendait parfaitement compte. Elle jouait méchamment de ce sentiment, prenant un malin plaisir à s'imposer et suivant Arnaud comme son ombre dès qu'elle en avait la possibilité.

Quand les dames eurent franchi la porte basse et sculptée du logis seigneurial, Marie se glissa près de Catherine dont les yeux désenchantés allaient des voûtes noires de suie aux dalles cassées ou disjointes, tachées de graisse et truffées de traces boueuses qui reportaient assez loin dans le temps le dernier lavage.

« Comment la noble dame trouve-t-elle son palais ? ronronna la jeune fille. Magnifique sans doute ! Après la boutique puante d'un marchand, la pire tanière doit être éblouissante.

— Cela vous plaît ? répliqua la jeune femme avec un sourire angélique, feignant de prendre son ennemie au mot. Vous n'êtes guère difficile. Il est vrai que, dans la tour ruinée de votre frère, vous n'avez pas eu l'occasion de voir grand-chose. Ce logis est tout juste bon... pour un boucher ! C'est une tanière digne d'un Comborn.

— Vous vous trompez, siffla Marie en dardant sur la jeune femme le feu dangereux de son regard, ce n'est pas une tanière... c'est un tombeau !

— Un tombeau ? Quelle imagination morbide !

— Il n'y a là aucune imagination, seulement une certitude que j'espère vous faire partager. Un tombeau, je répète... votre tombeau ! Car, ma chère, vous n'en sortirez pas vivante ! »

Catherine sentit la colère l'envahir, mais se contint au prix d'un violent effort. Elle n'allait tout de même pas donner à cette chipie le plaisir de voir qu'elle l'avait atteinte ? Un sourire sarcastique retroussa ses lèvres sur ses petites dents parfaites.

« Et, bien entendu, c'est vous qui me ferez passer de vie à trépas ? Vous n'êtes pas un peu fatiguée des menaces, des grandes phrases tragiques ? Quel dommage que le destin vous ait fait naître dans un château ! Sur les tréteaux de la foire Saint-Laurent, à Paris, vous auriez un énorme succès. »

Marie s'assura d'un coup d'œil circulaire que personne ne les écoutait. Isabelle de Montsalvy et Sara se dirigeaient déjà vers l'étage supérieur, les hommes étaient ressortis dans la cour, elles étaient seules, apparemment, auprès de la rustique cheminée.

« Riez, grinça la jeune fille, riez, ma belle ! Vous ne rirez pas toujours ! Bientôt vous ne serez plus qu'une charogne pourrissante au fond de quelque trou et moi je serai dans le lit de votre époux.

— Le jour où dame Catherine sera au fond d'un trou, fit une voix profonde qui semblait venir de la cheminée même, le lit de messire Arnaud sera vide, car vous ne vivrez pas assez longtemps pour vous en approcher, demoiselle ! »

Gauthier apparut derrière le pilier de l'âtre, les mains en avant, si formidable et menaçant que Marie eut un mouvement de recul, vite réprimé d'ailleurs. Sa petite tête se redressa et, la lèvre dédaigneuse, vipérine, elle lança :

« Ah ! le chien de garde ! Il est toujours dans vos jupons, bien entendu, toujours prêt à voler à votre secours. Je me demande comment Arnaud supporte cela, puisque vous prétendez qu'il vous aime.

— Les sentiments de messire Arnaud ne sont pas en cause, ici, demoiselle, coupa rudement le Normand. Depuis longtemps, je veille sur dame Catherine, et il le sait. Aussi permettez qu'en chien de garde je parle : si vous touchez à Mme de Montsalvy, je vous tue, de ces mains-là ! »

Les énormes paumes du géant s'étalèrent sous les yeux de Marie, assez impressionnantes pour que la jeune fille pâlisse. Mais l'orgueil vint à son secours, la haine aussi.

« Et... si j'allais dire à mon cousin que vous m'avez menacée ? Croyez-vous qu'il vous garderait ici encore longtemps ?

— Aussi longtemps que je voudrai ! coupa Catherine en se glissant entre les deux adversaires. Retenez ceci et ne l'oubliez plus... ma chère ! Si Arnaud est votre cousin, il est mon époux. Et il m'aime, vous entendez, il m'aime, dussiez-vous en crever de rage et de jalousie ! Entre vous et moi il n'hésitera jamais ! Dites ce que vous voulez, faites ce que vous voulez, mais soyez en garde autant que j'y serai moi-même. Nous verrons bien qui gagnera. Viens, Gauthier, allons rejoindre les autres ! »

Catherine, avec un dédaigneux haussement d'épaules, se détourna de Marie et, la main appuyée sur le bras du Normand comme pour bien marquer sa solidarité avec lui, se dirigea à son tour vers l'escalier.

« Méfiez-vous, dame Catherine, murmura Gauthier le visage soucieux, cette fille vous hait. Elle est capable de tout, même du pire.

— Alors, veille, mon ami, veille sur moi ! Sous ta garde, je n'ai jamais rien eu à craindre. Pourquoi commencerais-je aujourd'hui ?

— Tout de même, prenez garde ! Je veillerai, mais il est des moments où je ne suis pas toujours auprès de vous. En attendant, je vais prévenir Sara. Face à cette vipère, nous ne serons pas trop de deux... »

Catherine ne répondit pas. Malgré la confiance qu'elle affichait, elle ne pouvait se défendre d'une secrète inquiétude. Comme l'avait dit Gauthier, Marie était de ces reptiles dont on ne peut jamais prévoir l'instant précis où ils vont relever la tête pour frapper. Mais la jeune femme avait l'impression que, si elle montrait la peur sournoise qui l'étreignait, elle perdrait la moitié de ses moyens de défense.

TARD dans la nuit, les soldats de Cadet Bernard travaillèrent à rendre plus habitable l'antique palais vieux de deux siècles. Les chariots qui suivaient Bernard étaient, heureusement, bien fournis en tentures, couvertures, draps et tous objets indispensables à une vie confortable. La grande salle du premier étage et les trois chambres du second reçurent un aménagement approximatif. Les énormes bois de lit, assez larges pour cinq personnes, reçurent des couettes, des matelas et des oreillers ; les chambres reçurent des tentures. Arnaud en prit une avec Catherine ; Isabelle de Montsalvy, Sara et le bébé prirent la seconde ; Marie et la vieille Donatienne qui n'avait pas voulu quitter ses maîtres, la troisième. Cadet Bernard et ses chevaliers dressèrent leurs trefs dans l'immense cour. Quant au vieux sire de Cabanes, il n'avait jamais habité le logis, préférant le donjon où il avait ses habitudes. De là l'invraisemblable saleté du lieu où, seule, la salle du rez-de-chaussée servait aux hommes d'armes. Tout le reste était à l'abandon. Mais quelques vigoureux hurlements de Bernard opérèrent des miracles, répondant en écho aux cris furieux d'Arnaud qui inspectait les défenses et le chemin de ronde. Heureusement, le bois ne manquait pas et, dans toutes les cheminées, on put allumer de grands feux.

Quand Catherine, enfin, rejoignit son époux dans la chambre, elle était rompue de fatigue et plutôt déprimée au moral. Elle alla s'asseoir sur l'étroite banquette de pierre, dans l'embrasure de la fenêtre, et laissa son regard errer sur la cour où brûlaient encore les feux de cuisine des soldats. Les dernières lueurs des brasiers éclairaient sinistrement les cadavres aux branches du chêne, tranchant durement avec l'élégance des grandes tentes de soie ou de toile brodée qui abritaient les seigneurs. La jeune femme frissonna et resserra autour d'elle la grande étole de laine dont elle s'était enveloppée.

« Que fais-tu, Catherine ? dit Arnaud du fond du lit. Pourquoi ne viens-tu pas ? »

Elle ne répondit pas tout de suite. Son esprit comme son regard étaient hypnotisés par le fayard aux pendus. Elle était si lasse de ces horreurs qui, continuellement, se levaient sur ses pas ! Du sang ! Toujours du sang ! La sauvagerie des hommes effaçait tout, jusqu'à la pure beauté de la nature. Pourquoi avait-il fallu qu'en arrivant dans ce lieu, où elle avait espéré trouver paix et bonheur, elle tombât d'abord sur ce rappel brutal de leur temps sans pitié ? Comment rêver d'amour et de vie paisible à l'ombre d'un gibet ?

« Ces pendus, dit-elle enfin, ne pourrait-on... »

Entre les rideaux à ramages du lit, la tête d'Arnaud surgit, puis son corps brun, aussi nu que la main, car il n'était pas d'usage de porter quoi que ce fût pour dormir. Avec décision, il marcha vers sa femme, l'enleva de terre et revint s'abattre avec elle sous les rideaux du lit.

« J'ai dit : viens, dame Catherine, et tu me dois obéissance ! Cesse de te tourmenter pour ces gens. Je les ferai mettre en terre demain pour te faire plaisir, encore qu'ils n'en vaillent guère la peine : un petit cadeau de l'évêque de Saint-Flour, quelques-uns de ces *tuchins*[1] dont il continue pieusement l'élevage dans un bas quartier de sa ville. De temps en temps, il en lâche une bande sur un château ou une cité qu'il convoite. Cela réussit rarement. On en prend toujours quelques-uns, on les branche et tout est dit jusqu'à la fois suivante. Heureusement, ces gens ne sont plus ce qu'ils étaient au temps de la grande révolte, encore qu'ils sachent faire bien du mal... »

Il se tut brusquement. Tout en parlant, il avait déshabillé Catherine et dénoué ses cheveux que, par jeu, il enroulait autour de son propre cou. Il faisait presque noir, derrière ce rempart de rideaux, et, d'un geste impatient, il écarta un peu d'étoffe avant d'enfoncer ses mains dans l'épaisse chevelure qui brillait doucement avec des reflets chauds. Il emprisonna étroitement la tête de Catherine, l'approcha de son visage.

« Je veux voir tes yeux, dit-il tendrement, ils pâlissent dans l'amour... ils deviennent alors presque clairs.

— Ecoute, murmura Catherine, je voudrais te dire...

— Chut ! Oublie tout cela ! N'y pense plus... Je t'aime ! Il n'y a plus rien que nous deux, toi et moi... Nous sommes seuls au milieu d'un monde vide. Bernard a raison quand il dit que tu es le plus précieux

1. Le tuchinat avait été, cinquante ans plus tôt, une terrible révolte paysanne, née de la misère affreuse qui dévastait le pays. Le nom venait de tue-chiens, parce que les rebelles tuaient jusqu'aux chiens pour les dévorer. L'évêque de Saint-Flour avait donné asile aux *tuchins* qui avaient tout un quartier de la ville. Sous une forme larvée, le tuchinat subsista de longues années en Auvergne.

des trésors et, pourtant, il ne connaît de ta beauté que ton visage, il ne sait rien des délices de ton corps. Je t'aime, Catherine, je t'aime à en mourir. »

Des larmes qu'elle ne put retenir perlèrent aux cils de la jeune femme.

« Mourir ? C'est moi qui suis condamnée à mourir. Marie m'a dit que je ne sortirais pas vivante d'ici, qu'elle me tuerait... »

Elle sentit les mains d'Arnaud se crisper sur sa tête, elle vit se froncer ses sourcils, mais, brusquement, il éclata de rire.

« Je me demande laquelle de vous deux est la plus folle, de cette malheureuse qui dirait n'importe quoi pour t'empoisonner la vie, ou de toi qui crois comme parole d'Evangile tout ce qu'elle dit. Marie me connaît trop bien pour rien tenter contre toi.

— Pourtant, si tu l'avais entendue...

— Allons, Catherine, cesse de déraisonner ! » La voix d'Arnaud s'était faite dure, mais ses bras se nouaient autour de la taille de la jeune femme. « Je t'ai déjà dit d'oublier tout cela ! Il n'y a qu'une réalité au monde, toi et moi, nous deux, tu entends, rien que nous deux... »

Catherine ne répondit pas. Tous les deux ? A côté, Isabelle dormait auprès du berceau de Michel. Sara partageait aussi cette chambre car elle refusait d'abandonner l'enfant à la grand-mère et défendait ses prérogatives de berceuse avec bec et ongles. Elle comprenait qu'Isabelle ferait tout pour détacher l'enfant de sa mère et entendait bien se mettre en travers. Dans l'autre chambre, il y avait Marie, et Catherine songeait amèrement que, dans l'une comme dans l'autre pièce, quelqu'un rêvait de la dépouiller : Isabelle de son fils, Marie de son époux... Où donc Arnaud prenait-il qu'ils n'étaient que deux ?

« Ne t'évade pas de moi, gronda Arnaud contre son oreille, tu ne dois songer qu'à notre amour quand nous sommes ensemble... »

Il l'embrassa, mais, sous la bouche d'Arnaud, ses lèvres demeuraient froides et tremblantes. Elle ferma les yeux pour tenter de retenir des larmes qui roulaient sur ses joues. Arnaud jura entre ses dents, puis soudain furieux :

« Eh bien, pleure ! J'arriverai bien à arracher ces idées stupides de ta tête folle ! »

Et, sans transition, il déchaîna sur Catherine un tel ouragan de caresses et de baisers que Catherine, brutalisée, meurtrie mais emportée par un plaisir qui semblait ne jamais devoir atteindre son point culminant, délirant d'une passion si violente qu'elle lui arrachait des cris, ne songea plus qu'à subir la loi d'Arnaud. Quand, enfin, il la soumit complètement, elle l'entendit murmurer, moqueur et tendre, sur le ton du triomphe :

« Je t'avais bien dit que tu oublierais ces sottises ! »

Il la quitta soudain pour courir jusqu'à un dressoir disposé près de la cheminée et qui supportait des gobelets et un flacon de vin. Anéantie, écrasée de bienheureuse fatigue, Catherine entrouvrit des paupières qui n'avaient jamais été aussi lourdes. Son total épuisement fit rire le jeune homme. Il leva le flacon d'argent.

« Tu veux un peu de vin ? J'ai une soif du diable ! »

Elle fit signe que non, de la main, n'ayant même pas le courage de parler. A travers ses cils rapprochés, elle le vit emplir la coupe, la vider d'un trait, s'essuyer les lèvres de son bras nu. Elle allait refermer les yeux quand un bruit métallique la fit sursauter. La coupe avait roulé à terre, mais Arnaud ne s'en souciait pas. Il s'était approché du feu et semblait regarder quelque chose sur la face interne de son bras. Son immobilité absolue frappa Catherine qui se redressa sur les oreillers en désordre, vaguement inquiète.

« Qu'y a-t-il ? Que regardes-tu ? »

Il ne répondit pas, ne bougea pas. Il y avait quelque chose de si effrayant dans cette inertie que Catherine cria.

« Arnaud ! Qu'est-ce que tu as ? »

Il se retourna, laissa retomber son bras, sourit, mais c'était un curieux sourire, un étirement machinal des lèvres qui était presque une grimace.

« Rien, ma mie ! Une bûche a éclaté et une brindille m'a brûlé au bras. Dors maintenant, tu en as besoin... »

Sa voix semblait venir de très loin. D'un geste mécanique, il prit sur un escabeau une longue robe de drap vert ourlée de taupe, l'enfila, serrant la ceinture autour de ses reins. Catherine le regardait faire avec stupeur.

« Mais enfin, où vas-tu maintenant ?

— Je veux m'assurer que tout va bien, que les sentinelles sont à leur place. Les hommes d'armes ont beaucoup bu, ce soir, et une surprise est toujours possible. »

Il s'approcha du lit, se pencha, prit une mèche de cheveux qui pendait hors du lit et y posa ses lèvres avec ferveur.

« Dors, mon ange, dors... je n'en ai pas pour longtemps. »

Cette ronde nocturne était normale, après tout, de la part du gouverneur de la forteresse. Et puis Catherine était trop lasse pour se poser beaucoup de questions. Arnaud était l'homme le plus imprévisible qui fût. Tandis qu'il s'éloignait sur la pointe des pieds après avoir soigneusement ramené les couvertures sur les épaules de sa femme, elle ferma les yeux, déjà envahie d'une délicieuse torpeur. Pourtant, avant de sombrer dans l'inconscience, elle éprouva encore une curieure impression. Dormait-elle déjà ou bien y avait-il, tout à l'heure, de l'angoisse et même de la peur dans le regard qu'Arnaud avait posé sur elle ? A cet instant, son visage avait l'air ciselé dans du granit, rien n'y vivait hormis ce regard, ce regard... Allons, c'était une fumée sortie de son esprit épuisé ! Catherine, un sourire aux lèvres, s'endormit profondément.

La voix de Sara fredonnant une vieille cantilène éveilla Catherine. Elle aurait juré qu'il n'y avait que cinq minutes qu'elle dormait ; pourtant, il faisait grand jour. Elle sourit en voyant que Sara, assise au pied de son lit, dans l'attitude où elle l'avait vue des centaines de fois quand elle était petite fille, tenait Michel dans ses bras. C'était pour le bébé qu'elle chantait, en souriant, et le bébé, ravi, agitait des menottes roses comme des coquillages.

« Est-il si tard ? demanda Catherine en se dressant sur son séant.

— Il est l'heure de nourrir ton fils ! Il a très faim. »

Catherine tendit les bras pour recevoir l'enfant avec ce profond sentiment d'amour et de plénitude que lui donnait ce moment où elle le nourrissait. La petite tête blonde se nicha contre elle et les petits doigts vinrent s'appuyer, bien écartés, sur la rondeur ferme du sein qu'on lui offrait. Michel se mit à téter avec ardeur. Catherine éclata de rire.

« Mais il dévore, ma parole ! Regarde, Sara... Est-il gourmand ! »

De l'enfant, sa pensée glissa au père et elle demanda à Sara où était Arnaud.

« Dehors. Le comte Bernard s'apprête à partir. Quand le petit aura fini, il faudra te dépêcher. »

Assise dans son lit, Catherine suivait Sara des yeux, s'étonnant de n'avoir pas encore remarqué ce bizarre affaissement des épaules. Sara se voûtait ? A cinquante ans à peine ? Et ce cerne violet autour des paupières ? De la fatigue, peut-être ? Sara se dépensait continuellement pour Michel, pour Catherine. Pour le moment, elle ouvrait un coffre de cuir, en tirait des vêtements divers et d'abord une dalmatique de velours violet doublée de satin gris.

« Le comte Bernard a laissé plusieurs coffres. Dans ces robes et ces manteaux d'homme, je pourrai te tailler quelques vêtements. Tu n'as pas grand-chose à te mettre.

— Les robes de Bruges et de Dijon sont loin, n'est-ce pas ? fit Catherine avec un mince sourire, et les parfums, et les bijoux...

— Tu ne regrettes rien ? Vraiment rien ? »

Le sourire ébloui de Catherine alla de la tête duveteuse du petit garçon à l'ogive bleue de la fenêtre au-delà de laquelle on entendait la voix d'Arnaud criant des ordres.

« Que veux-tu que je regrette ? J'ai tout puisque je les ai tous les deux. C'est tellement plus important qu'un palais, des robes de brocart et des diamants. Tu sais... »

La phrase demeura en suspens. Sara, d'un geste rageur, s'essuyait les yeux à sa manche. Les prunelles de Catherine s'agrandirent de stupeur.

« Tu pleures ?

— Mais non... je ne pleure pas, fit Sara avec impatience. Il y a de la poussière dans ces vêtements.

— Il y en a aussi dans ta voix... Tiens, il a fini ! Prends-le, je me lève ! » fit-elle en remettant Michel aux bras de la Bohémienne.

Tout en se passant la figure et les mains à l'eau, en enfilant ses vêtements, en nattant ses cheveux, Catherine observait Sara. La poussière ? Certainement pas... Elle pleurait, ou plutôt, elle avait pleuré et il en restait quelque chose. Mais il était aussi certain qu'elle ne voulait pas dire pourquoi. Au-dehors, le tintamarre d'une troupe nombreuse, prête à s'ébranler se faisait entendre : cliquetis d'armes, sabots des chevaux grattant la terre, roulement des chariots à bagages, ordres brefs hurlés à pleine voix, cris d'appel et rires. En s'approchant de la fenêtre, Catherine vit que les tentes de soie avaient été démontées et rangées dans les chars. Elle vit aussi qu'Arnaud avait tenu parole : les branches du vieux fayard ne portaient plus aucun fruit suspect. La cour était pleine d'hommes d'armes qui attendaient calmement, l'arme au pied, que l'on partît. Les cavaliers étaient déjà à cheval...

Comme Catherine se penchait au rebord de pierre pour mieux respirer l'air vif du matin, pour sentir la caresse de ce soleil encore timide qui mettait une douceur sur la campagne, Arnaud et Bernard sortaient de la chapelle. Les deux hommes étaient tout armés, à l'exception des heaumes qu'ils portaient sous le bras. Ils se dirigèrent vers leurs destriers que les écuyers tenaient par la bride, se hissèrent en selle. Arnaud, sans doute, voulait accompagner son ami un bout de chemin. Cadet Bernard allait enfoncer son casque sur sa tête quand il aperçut

Catherine à sa fenêtre et dirigea son cheval vers elle.

« Je ne voulais pas que l'on trouble votre sommeil, Catherine, cria-t-il, mais je suis heureux de vous revoir avant de partir. Ne m'oubliez pas tout à fait ! Je ferai tout pour que votre grâce revienne éclairer bientôt la cour de Charles VII.

— Je ne vous oublierai pas, messire ! Et je prierai pour le succès de vos armes. »

Sous ses caparaçons rouge et argent, le destrier dansait avec des grâces de demoiselle. Cadet Bernard s'inclina profondément sur sa selle, son regard souriant attaché à Catherine qui, de sa fenêtre, lui adressait une révérence. Puis le cheval volta et, au petit trot, Bernard d'Armagnac s'en alla prendre la tête de sa cavalerie. Arnaud le suivit, Fortunat qui désormais lui servait d'écuyer sur les talons. En passant devant sa femme, il leva sa main gantée de fer noir et sourit. Mais l'étrange inquiétude éprouvée la nuit précédente reprit Catherine. Le sourire d'Arnaud était d'une affreuse tristesse et ses traits tirés comme s'il n'avait pas fermé l'œil de la nuit.

Pourtant, l'attention de Catherine se détacha subitement de son époux. En face d'elle, presque à sa hauteur, un homme d'armes se tenait debout sur le chemin de ronde, appuyé des deux mains à un fauchard étincelant. Le camail d'acier enchâssait un large visage à la peau olivâtre, aux petits yeux porcins qui semblaient gros comme des têtes d'épingle. L'homme riait méchamment en la regardant et Catherine, stupéfaite, reconnut le sergent Escornebœuf, le chef de l'escorte que Xaintrailles leur avait donnée à Bourges et qui avait disparu si mystérieusement de l'abbaye d'Aurillac après avoir été corrigé par Arnaud.

Instinctivement, elle se rejeta en arrière, dans l'ombre de sa chambre, appelant Sara auprès d'elle d'un geste. Elle lui désigna l'homme qui n'avait pas bougé.

« Regarde, dit-elle. Tu le reconnais ? »

Sara fronça les sourcils mais haussa les épaules.

« Je sais depuis hier soir qu'il est ici. Je l'avais reconnu. Il paraît qu'il est venu à Carlat tout droit en quittant Aurillac, et c'est normal, à ce que l'on dit, puisque c'est à la fois tout près de la ville et la seule forteresse du maître d'Escornebœuf, le comte d'Armagnac. Il n'est donc pas étonnant de le voir ici.

— Arnaud le sait ?

— Oui. Il a un œil auquel rien n'échappe. Mais Escornebœuf lui a présenté des excuses après avoir demandé au comte Bernard de plaider pour lui. Oh ! j'ai bien vu que cela ne plaisait guère à messire Arnaud, mais il ne pouvait pas refuser.

— Des excuses ! murmura Catherine sans perdre de vue l'immense sergent. Je n'y crois guère. »

Il suffisait de voir le sourire menaçant du gros homme pour comprendre que ces excuses n'étaient qu'une ruse, cachant sans doute un profond désir de vengeance.

« Moi non plus, fit Sara. Et il y a plus inquiétant. Hier soir, j'ai vu Escornebœuf près de la chapelle. Il parlait avec ton amie Marie et la conversation était animée, je t'assure. Mais, lorsqu'ils m'ont vue, ils se sont séparés...

— Etrange ! fit Catherine en tordant le bout d'une de ses nattes entre ses doigts. Comment pourraient-ils se connaître ? »

Sara cracha par terre avec un dégoût non dissimulé.

« Cette fille est capable de tout, fit-elle. Tu sais, elle serait un peu sorcière que cela ne m'étonnerait pas. Elle aura deviné en Escornebœuf quelqu'un d'aussi malfaisant qu'elle-même. »

La porte s'ouvrit, sans que personne y eût frappé. Isabelle de Montsalvy apparut, vêtue de noir de la tête aux pieds. Un long manteau l'enveloppait du col aux talons et un escoffion de voile, noir aussi, donnait à son visage mince une hauteur impressionnante. Dans l'ombre de son manteau, on apercevait la figure de fouine de Marie. La mère d'Arnaud s'arrêta au seuil et, sans même un salut :

« Venez-vous ? dit-elle. La messe va commencer...

— Je viens », fit seulement Catherine.

Elle prit un manteau à capuchon, s'en enveloppa, rabattit la capuche sur sa tête nue et suivit sa belle-mère après avoir posé un baiser léger sur le front de Michel que Sara avait déposé au creux des oreillers du grand lit.

LE soleil était à son déclin lorsque Arnaud regagna le château. Avec Fortunat et la dizaine d'hommes qu'il avait emmenés, il avait battu les alentours pour s'assurer que rien de suspect ne s'y dissimulait. Ensuite, il s'était arrêté assez longuement au village de Carlat pour interroger les notables, examiner les réserves de vivres et aussi tenter d'insuffler un peu d'espoir à ces paysans découragés qui, depuis des années, vivaient en alertes perpétuelles, prêts à chaque instant à fuir ou à se battre.

Deux choses frappèrent Catherine quand Arnaud entra dans la grande salle, nettoyée à fond et jonchée de paille fraîche, où la famille l'attendait pour souper : l'expression soucieuse de son visage et le fait qu'il n'avait pas ôté son armure. Il lui parut plus pâle encore que le matin. Tout de suite alarmée, elle courut à sa rencontre, tendant déjà les bras pour l'étreindre, mais il la repoussa doucement.

« Non, ne m'embrasse pas, ma mie ! Je suis sale et je me sens fiévreux. Mes vieilles blessures me font souffrir. J'ai dû prendre quelque refroidissement et tu ne dois pas, toi, risquer d'être malade.

— Que m'importe ? » s'écria Catherine furieuse de deviner derrière son dos le sourire satisfait de Marie.

Arnaud sourit, leva la main pour la poser sur la tête de sa femme, mais retint son geste avant de l'achever.

« Pense à ton fils. Tu le nourris encore, il a besoin d'une mère en parfaite santé. »

C'était la logique, la sagesse même, mais Catherine ne put se défendre d'un serrement de cœur. Pourtant, elle constata qu'il présentait à sa mère des excuses analogues, s'inclinait seulement devant elle et devant Marie. Isabelle de Montsalvy examinait son fils avec une surprise nuancée d'inquiétude.

« Pourquoi encore armé ? Penses-tu souper avec cinquante livres de fer sur le dos ?

— Non, ma mère. Je ne souperai pas... pas ici tout au moins. Je suis inquiet. Les paysans signalent d'étranges allées et venues, la nuit. On a vu des hommes s'approcher des murs extérieurs, d'autres même tenter l'escalade du roc. Il faut que j'apprenne à fond les ressources de ce château, que je connaisse aussi mes hommes. Je vais vivre avec eux quelques jours. J'ai déjà ordonné qu'on me dresse un lit de camp dans la tour Saint-Jean, la plus avancée de l'éperon rocheux... »

Il se tourna vers Catherine. Pâle et le cœur gros, elle retenait par orgueil la plainte qui lui venait tout naturellement. Pourquoi voulait-il s'isoler d'elle, la priver de ce qui formait le plus clair de son bonheur : leurs merveilleuses heures d'intimité.

« Il nous faut être raisonnables, mon cœur. Nous sommes en guerre et j'ai de lourdes responsabilités.

— Si tu veux loger dans la tour Saint-Jean, pourquoi n'irais-je pas aussi ?

— Parce qu'une femme n'a rien à faire dans un corps de garde ! coupa sèchement la mère d'Arnaud. Il est temps que vous appreniez qu'une femme de guerrier doit, d'abord, apprendre à obéir !

— Une femme de guerrier doit-elle, nécessairement, avoir un cœur cuirassé de fer, doit-elle mettre une armure à son âme ? lança Catherine déjà révoltée.

— Pourquoi non ? Les femmes de notre maison n'ont jamais faibli, même quand c'était difficile, surtout quand c'était difficile ! Il est évident que vous n'avez pas été élevée dans ces sentiments. »

Le dédain était flagrant dans le ton de la vieille dame et Catherine, déjà sensibilisée par sa déception, l'éprouva cruellement. Blessée, elle allait répliquer, mais Arnaud s'interposa.

« Laissez-la, mère ! Si vous ne pouvez la comprendre, au moins ne le lui faites pas sentir ! Et toi, ma mie, tu seras courageuse parce qu'il le faut. Sara dormira près de toi. Je ne veux pas que tu soies seule. »

Il s'éloignait déjà avec un geste de la main et Catherine fit un effort sur elle-même pour garder contenance malgré l'envie de pleurer qui montait. Ce soir, les choses reprenaient cet aspect absurde et inquiétant qu'un instant elles avaient perdu. Cadet

Bernard avait-il emporté aux sabots de son cheval la sécurité, la joie de vivre et l'insouciance ? Et les fantômes de la peur et du doute, écartés pour un temps par son vigoureux bon sens, allaient-ils revenir ? Catherine éprouva une pénible sensation d'étouffement. Les murs semblaient s'incliner vers elle pour l'ensevelir. Que faisait-elle dans cette salle étrangère, entre ces deux femmes hostiles ? Pourquoi Arnaud la laissait-il seule ? Ne savait-il pas que, sans lui, rien n'avait de goût, ni de couleur ? Chacune de ses absences durait le temps d'un hiver... La voix sèche de sa belle-mère la rejoignit au fond de sa solitude.

« Eh bien, soupons donc ! Rien ne sert d'attendre davantage.

— Excusez-moi, fit Catherine, je n'ai pas faim. Je préfère rentrer chez moi. Mon absence ne vous sera certainement pas pénible. Recevez mes souhaits de bonne nuit. »

Une rapide révérence et elle avait quitté la salle. Dans l'escalier, l'impression d'étouffement s'envola. Décidément, elle respirait mieux quand elle était loin d'Isabelle et de Marie. Elle rassembla les plis lourds de sa robe pour monter plus vite, gravit presque en courant les dernières marches et tomba dans les bras de Sara qui venait d'installer Michel pour la nuit. Tremblant à la fois de chagrin et de froid, elle s'accrocha au cou de sa vieille amie, cherchant instinctivement la chaleur d'un réconfort.

« S'il me laisse continuellement avec ces deux femmes, je n'y tiendrai pas, Sara, je ne pourrai jamais ! Je sens leur haine et leur dédain comme si c'était quelque chose que l'on pût toucher. Dès demain, je verrai Arnaud, je lui dirai qu'il doit choisir, qu'il...

— Tu te tiendras tranquille ! coupa Sara fermement. Tu devrais avoir honte de te conduire comme une gamine. Et pourquoi donc ? Parce que ton époux a d'autres devoirs et ne peut passer son temps à roucouler auprès de toi ? Quel enfantillage ! C'est un homme, tu sais, et il doit mener sa vie d'homme. La tienne est de l'aider. Il y a des moments où c'est difficile, terriblement difficile. Il faut avoir du courage.

— Du courage, du courage ! maugréa Catherine. Est-ce qu'un jour viendra où l'on cessera de m'en demander ? Je n'en ai plus, moi, du courage.

— Mais si ! »

Maternellement, Sara fit asseoir la jeune femme désolée sur une banquette et passa son bras autour d'elle. La tête blonde vint se nicher tout naturellement contre son épaule.

« Du courage, mon petit, il t'en faudra encore beaucoup, plus peut-être que tu ne le crois, mais tu ne faibliras pas, parce que tu l'aimes... parce que tu es sa femme. »

Tandis que la main tendre de Sara caressait sa tête inclinée, Catherine ne vit pas que des larmes, de nouveau, emplissaient les yeux sombres de la zingara. Elle n'entendit pas la prière muette qui montait du cœur de sa vieille amie, une prière passionnée pour que s'éloignât sans la toucher l'amère coupe de souffrance qui se préparait.

« Noble dame, fit le soldat, essoufflé d'avoir couru, messire Arnaud vous demande ! Vite... c'est très urgent ! Il a besoin de vous... Il est malade !

— Malade ? »

Catherine jeta loin d'elle la quenouille de laine

qu'elle filait auprès du berceau de Michel, pour occuper ses mains, se leva d'un bond.

« Qu'a-t-il ? Où est-il ?

— Dans le donjon. Il inspectait les défenses du couronnement. Soudain, il s'est écroulé... Venez, dame, venez vite ! »

Catherine ne s'attarda pas à poser d'autres questions. Jetant un dernier regard à son fils qui dormait et sans même prendre le temps d'appeler Sara descendue aux cuisines, elle ramassa ses jupes et sortit en courant à la suite du soldat. En franchissant le seuil du logis, une rafale de vent la frappa de plein fouet, collant sa robe à ses jambes comme un drap mouillé. Là-bas, le donjon se dressait au centre de longues écharpes de brume que la tempête faisait tournoyer. Catherine se courba instinctivement pour lutter contre les bourrasques humides et, tête baissée, comme un petit taureau de combat, elle fonça à travers l'immense place d'armes. L'angoisse la portait en avant et, en même temps, elle éprouvait une joie curieuse. Enfin il l'appelait ! Enfin, il avait besoin d'elle !...

Depuis bientôt une semaine qu'il avait élu domicile dans la tour Saint-Jean, elle l'avait à peine vu. Chaque matin et chaque soir, il venait au logis saluer sa femme, sa mère, mais ne les embrassait pas. Il souffrait de la gorge, disait-il, et toussait. Pour la même raison, il refusait de toucher son fils. Inquiète, Catherine avait interrogé Fortunat et ce qu'elle avait appris ne l'avait guère rassurée. Arnaud ne mangeait pratiquement rien et passait ses nuits debout, arpentant sa chambre durant des heures.

« Ce pas régulier dans la nuit, c'est à devenir

fou !... confessait Fortunat. Il y a, en monseigneur, un souci qu'il ne veut pas avouer. »

Plusieurs fois, Catherine avait essayé de s'isoler avec son époux, mais elle avait constaté avec douleur qu'il semblait la fuir, elle plus encore que les autres. La sauvegarde de Carlat et de ses habitants paraissait devenue le seul intérêt de sa vie : il s'y consacrait entièrement, évitant, Catherine en avait une sorte de conscience, le logis où les trois femmes menaient leurs vies opposées autour du berceau de Michel. Elles s'observaient, s'épiaient, guettant les faux pas ou les moments de dépression pour s'en faire des armes. A cette escrime implacable, Marie était passée maîtresse tandis que Catherine s'y écorchait. Elle souhaitait désespérément comprendre, saisir cette chose peut-être infime qui lui échappait et qui éloignait d'elle son époux. Mais, tout en courant à travers la cour balayée par ce vent du sud qui affolait les moutons, elle se disait que le soudain malaise d'Arnaud allait le lui livrer. Elle s'accrocherait si bien à lui qu'il lui faudrait dire enfin la vérité !

Elle franchit la porte basse du donjon, puis se lança à l'aveuglette dans l'escalier. Aucune torche ne brûlait à l'intérieur, contrairement à l'habitude, mais un aigre courant d'air mugissait. Le vent avait dû éteindre les flammes en soufflant à travers les meurtrières. Catherine s'appuya d'une main aux pierres humides, tâtant du pied les marches usées. Peu à peu ses yeux s'habituaient à l'obscurité quasi totale de la vis de pierre, chichement éclairée de loin en loin par d'étroites fentes pratiquées dans l'épaisseur formidable des murs. Une étrange sensation de solitude étreignit Catherine. Il n'y avait aucun homme d'armes, aucun va-et-vient dans cet escalier, empli d'un vacarme terrible, tout en haut, comme si le tonnerre s'était déchaîné sur le couronnement même de l'énorme tour. Là-haut, quelque chose résonnait par à-coups, comme un gigantesque tambour.

Catherine s'aperçut que le soldat venu la prévenir avait disparu sans qu'elle sût où il était passé. Absorbée par ses inquiétudes, elle n'avait pas pris garde à lui, mais il était étrange que la maladie d'Arnaud ne déchaînât pas plus d'agitation. Et cet escalier qui n'en finissait pas !

Courant toujours, elle dépassa la porte de la première salle, continua de monter, mais le souffle lui manqua soudain. Le cœur battant la charge, elle s'adossa un instant au mur gluant pour reprendre haleine. Tandis qu'elle cherchait à retrouver son souffle, son regard plongea instinctivement par la meurtrière qui s'ouvrait près d'elle... Un sursaut la secoua. Elle colla son visage en sueur à la longue fente et poussa une exclamation de stupeur. Là, en bas, sortant de la vieille commanderie, elle apercevait Arnaud, vêtu et armé comme d'habitude. Il semblait en parfaite santé et soutenait, de la main, la marche hésitante du vieux sire de Cabanes. Catherine plissa les yeux pour mieux voir. Mais non, le doute n'était pas possible : c'était bien Arnaud !

Elle leva les yeux vers le sommet du donjon où le tintamarre de tout à l'heure avait fait trêve. Ce silence subit lui fit percevoir, nettement, la respiration lourde, bruyante de quelqu'un qui montait. Elle ne s'en inquiéta pas tout de suite, passa un bras par la fente du mur et appela :

« Arnaud ! Arnaud ! »

Elle était trop loin, trop haut ! Montsalvy ne l'entendit pas. Sans même tourner la tête, il s'éloigna vers la forge avec Cabanes.

Haussant les épaules, Catherine commença à redescendre, plongea dans une zone d'ombre. Dans sa hâte, elle manqua une marche, se tordit un pied et retint un gémissement. Il lui fallut s'arrêter un instant pour laisser à la douleur le temps de se calmer. C'est alors que, des ténèbres de l'escalier, elle vit surgir le visage empourpré d'Escornebœuf. Il montait lourdement, les mains en avant, les yeux fixes, secoué par un rire silencieux. Le sang de Catherine se glaça dans ses veines en même temps que l'envahissait la brutale conscience d'un danger. Mais elle voulut payer d'audace. L'immense carcasse du Gascon obstruait complètement l'étroit escalier et il ne semblait pas disposé à céder la place.

« Allons ! dit-elle durement, laissez-moi passer. »

Il ne répondit pas, continua de monter vers elle. Son souffle haletant faisait un bruit de forge qui emplissait les oreilles de la jeune femme. Ces yeux fixes, ce rire idiot et méchant ! Elle recula d'une marche. L'homme se pencha, tendit ses énormes mains pour la saisir... Une terreur folle l'envahit. Elle comprit soudain qu'elle était seule, dans cette tour, livrée à cette brute dont les intentions ne se lisaient que trop clairement. Avec un cri étranglé, elle se lança en courant vers les hauteurs... Elle voulait gagner l'étage supérieur, s'enfermer dans la grande pièce ronde où vivait Jean de Cabanes. Elle se souvenait de la porte massive, des verrous solides qu'elle y avait vus. Mais elle n'avait pas encore récupéré suffisamment son souffle. Le cœur cognait douloureusement contre ses côtes. Derrière elle, l'homme s'était mis aussi à courir. Et il faisait noir dans cet escalier, si noir ! N'atteindrait-elle jamais la porte salvatrice ? Des larmes d'angoisse avaient jailli de ses yeux.

Au-dessus de sa tête, la tour parut éclater. Il y eut un craquement énorme suivi d'un véritable hurlement. A quelques marches au-dessus de Catherine, la porte s'effondra dans un vacarme apocalyptique libérant un peu de jour. Et Catherine, qui allait se lancer dans la pièce miraculeusement ouverte, se rejeta en arrière si durement que son épaule alla heurter le mur. Entre elle et la porte arrachée sur le seuil de laquelle Gauthier, fumant de rage et couvert de poussière, venait de surgir, il y avait le vide... un vide noir, terrifiant... Une main criminelle avait ôté les marches de bois amovibles que comportait l'accès de chaque étage d'un donjon. Ces marches étaient autant de pièges tendus à l'assaillant, autant de retard apporté dans sa montée vers le sommet. Emporté dans son élan, il ne trouvait plus rien sous ses pas, que les ténèbres, et allait s'écraser au fond d'une oubliette.

Catherine comprit qu'en arrachant la porte, en faisant la lumière, Gauthier l'avait sauvée. Un pas de plus et elle disparaissait dans le gouffre. Personne ne l'aurait retrouvée. Il suffisait de remettre les marches... Etranglée par la peur, saisie de vertige, incapable d'émettre un son, elle tendit une main de noyée vers le Normand, se rendit à peine compte de son aspect terrifiant. Le large visage était convulsé par une de ces fureurs meurtrières qu'elle connaissait bien. Du sang coulait de son épaule sous le cuir arraché de sa tunique, et aussi de ses mains...

« Ne bougez pas, dame Catherine ! souffla-t-il haletant. Je commence à comprendre pourquoi on m'a enfermé là-dedans ! »

Juste à cet instant, Escorneboeuf apparut. Il était

tellement acharné à la poursuite de Catherine qu'il ne vit pas tout de suite le Normand. Avec un grognement de joie, il allait se jeter sur la jeune femme quand Gauthier tonna :

« Cette fois, tu ne m'échapperas pas, truand ! »

Catherine n'eut pas le temps de se plaquer contre la muraille. D'un bond, Gauthier avait franchi le vide, la heurtant au passage. Elle reçut un choc terrible, qui l'étourdit un moment, tandis que le géant tombait, de tout son poids, sur le Gascon qui chuta en arrière. Les deux hommes, emmêlés, dégringolèrent l'escalier jusqu'au prochain palier.

Le froid des pierres auxquelles elle s'agrippait ranima Catherine, au bord de l'évanouissement. Elle serra les dents, se redressa malgré la douleur qui courait le long de son dos. En se tenant au mur, les jambes flageolantes, elle descendit jusqu'à l'endroit où avaient roulé les deux hommes. Le combat continuait, sauvage, acharné. Escornebœuf et Gauthier étaient si étroitement enlacés qu'il était impossible de les distinguer nettement l'un de l'autre. C'était un amoncellement spasmodique de bras et jambes d'où s'échappaient des grondements de fauves. Sur l'étroit espace, ils roulaient et tantôt c'était le Normand, tantôt c'était le Gascon qui avait le dessus.

Du cœur haletant de Catherine montait une fervente prière. Elle souhaitait, éperdument, que Gauthier eût le dessus, bien sûr, car sa défaite signifierait la mort, pour lui comme pour elle. Mais le Gascon était de force sensiblement égale et la récente blessure à l'épaule du Normand le handicapait. D'autant plus qu'en arrachant, d'un effort surhumain, la massive porte de chêne, il avait dû rouvrir la plaie... Enfin, les combattants obstruaient le passage et Catherine n'avait aucun moyen d'aller chercher de l'aide. Elle songea soudain à appeler, cria :

« A l'aide ! A moi !

— Taisez-vous ! haleta Gauthier. Le diable sait ce que votre appel peut amener ici ! J'en viendrai... bien à bout tout seul ! »

Une brutale torsion de reins, il réussissait, en effet, à reprendre l'avantage. Il avait pu saisir son ennemi à la gorge et serrait malgré les coups de poing que l'autre faisait pleuvoir sur lui. Peu à peu, d'ailleurs, l'air manqua au Gascon. Sa bouche s'ouvrit, ses coups faiblirent et s'ajustèrent mal. Gauthier serra plus fort et, soulevant la tête du Gascon, la frappa contre le sol. L'autre, enfin, râla.

« Grâce... Ne me tuez pas !

— Réponds d'abord à mes questions, je verrai après. Qui m'a enfermé dans la salle du haut ?

— Moi ! On me l'avait demandé.

— Qui ?

— La demoiselle... Marie de Comborn !

— Tu la connaissais donc ? » demanda Catherine qui reprenait sa présence d'esprit.

Entre les mains de Gauthier, le visage d'Escornebœuf était couleur lie de vin. Il cherchait l'air comme un poisson hors de l'eau. Le Normand desserra ses pouces. Escornebœuf respira deux ou trois fois.

« Oui, dit-il enfin. J'ai servi, naguère, chez son frère, à Comborn, comme mercenaire. Elle m'a promis... un bijou de sa mère... et aussi de se donner à moi... si je vous tuais tous les deux !

— Alors, gronda Gauthier, les marches ôtées ?

— C'est moi aussi ! J'ai profité de ce que messire Arnaud et messire Jean inspectaient les défenses pour les enlever. Puis... j'ai envoyé un homme d'armes prévenir dame Catherine. Quand je l'ai vue courir vers le donjon, je suis entré derrière elle. Je voulais... Non ! Pitié ! »

Les derniers mots avaient été arrachés par la crainte. Le visage de Gauthier était devenu pourpre de fureur. Tous ses traits s'étaient convulsés et, sur sa gorge, le misérable sentait se resserrer la prise mortelle.

« Tu voulais la pousser, n'est-ce pas ? Au cas où, par miracle, elle aurait vu le trou... »

Escornebœuf sentit sa mort dans la voix passionnée de son adversaire et, dans un geste presque enfantin, joignit les mains. Il ne pouvait plus parler.

« Il a demandé grâce... » commença Catherine.

Les yeux gris de Gauthier se tournèrent vers elle avec une expression d'immense surprise.

« Par Odin ! Vous avez de la pitié de reste ! Que dois-je en faire alors ? »

Catherine allait répondre, mais l'étonnement avait relâché, sans qu'il s'en doutât, la prise du Normand. Escornebœuf, bien qu'au bord de la syncope, s'en rendit compte. Son réflexe fut un réflexe désespéré. Il donna un coup de reins où il mit toutes ses forces, fit basculer Gauthier qui, déséquilibré, roula de côté. En un clin d'œil, l'homme, à demi étranglé, sauta sur ses pieds et dévala l'escalier. Il y eut le claquement de ses semelles sur les marches de pierre, puis le battement de la porte derrière lui. Gauthier, cependant, se relevait en grommelant :

« Il m'a échappé ! Mais je vais le rattraper... »

Catherine le retint vivement.

« Non... je t'en prie ! Laisse-le... Ne... ne me laisse pas seule ! J'ai... j'ai eu si peur ! »

Dans le jour avare, son visage avait l'air d'une

fleur pâle. Elle tremblait et le Normand l'entendit claquer des dents. Elle s'appuyait à lui, cherchant un refuge instinctif. La peur qu'elle avait eue produisait maintenant une réaction nerveuse. Les doigts de la jeune femme rencontrèrent l'épaule blessée. Elle les retira vivement, poissés de sang, les regarda avec horreur.

« Ta blessure... dit-elle.

— Ce n'est rien ! Elle se refermera ! Laissez-moi vous porter ! Vous n'arriverez jamais à descendre ces maudites marches toute seule. »

Déjà il l'enlevait de terre. Comme un enfant peureux, elle se blottit contre la poitrine du géant.

« Tu m'as sauvée, soupira-t-elle. Cette fois encore, c'est à toi que je dois la vie. »

Il se mit à rire avec bonne humeur.

« Je suis là pour ça, fit-il. Vous savez bien ce qu'a dit la Marie. Je suis votre chien de garde ! »

Catherine ne répondit rien. Mais une impulsion, dont elle chercha longtemps l'explication, la poussa à un geste irréfléchi. Tandis qu'il commençait à descendre le dangereux escalier, elle noua soudain ses bras autour du cou solide et posa sa bouche contre celle du géant. Il s'arrêta net et, d'abord, sous les lèvres de Catherine, ses lèvres à lui demeurèrent inertes. Ce baiser inattendu le foudroyait. Mai ce ne fut qu'un très court instant. Comme la jeune femme allait s'écarter, il la ramena et lui rendit son baiser avec une passion qui la bouleversa. Ses lèvres charnues étaient chaudes et douces comme celles d'un enfant. Une émotion étrange s'empara de Catherine. Ce baiser avait une saveur inconnue pour elle. C'était quelque chose de tendre où l'ardeur de l'homme se tempérait d'une dévotion. Toute la fraîcheur d'un premier amour y était enclose et, dans les bras de Gauthier, Catherine évoqua soudain Landry, son ami d'enfance, qui s'était fait moine par désespoir. Landry l'aimait de cette façon-là. En Gauthier, elle reconnaissait un être de même essence, de même race qu'elle-même. Il l'aimait sans orgueil mais totalement. Son amour devait être aussi naturel que l'air des champs ou le vol d'un oiseau...

Brusquement, il la reposa à terre, s'éloignant d'elle de quelques marches. Par la porte ouverte du donjon, elle vit son visage convulsé d'une douleur qu'elle ne comprit pas. Il y avait de la souffrance dans les yeux gris du Normand, dans le son enroué de sa voix.

« Ne recommencez jamais cela... par pitié ! Ne recommencez jamais !

— J'ai seulement voulu te dire merci, que tu saches combien... »

Il secoua sa grosse tête aux cheveux raides, fit le dos rond sous le cuir déchiré de son justaucorps, se détourna.

« Vous avez le pouvoir de me rendre fou et vous le savez trop bien. »

Il s'éloigna sous la bourrasque du vent qui redoublait. La pluie s'en mêlait, giflant Catherine. Elle le regarda s'en aller vers les écuries, ses larges épaules voûtées, et elle eut conscience de l'avoir blessé. Il n'avait pas compris le geste instinctif de Catherine ; d'ailleurs comment l'aurait-il pu puisqu'elle ne l'avait pas compris elle-même ? Il avait dû croire à une aumône accordée à son silencieux amour. Une strophe de l'étrange chanson qu'il aimait à chanter lui revint en mémoire, cette ballade d'Harald le Vaillant venue du fond des siècles.

Mes vaisseaux sont l'effroi des peuples, j'ai creusé

de larges sillons dans les mers et, cependant, une fille de Russie me dédaigne.

Gauthier était bien proche d'elle, il appartenait, comme elle, à l'orgueilleux et patient peuple de France. Pourtant, parviendrait-elle un jour à le connaître vraiment, ce fils des forêts normandes ?

Catherine, tout en songeant, revenait lentement vers le logis. La tête vide, la pensée à la dérive, elle laissait la pluie mouiller son visage, s'abandonnant à sa violence comme pour se laver de ses doutes et de ses craintes. Qu'allait-elle faire, maintenant ? Trouver Arnaud, sans retard, l'obliger à l'entendre. Il fallait, s'il voulait vraiment la garder, que Marie de Comborn quittât Carlat avant le coucher du soleil.

« Je ne vivrai pas un jour de plus auprès d'elle, répétait-elle entre ses dents. Il faut qu'il choisisse ! »

Un frisson rétrospectif la prit en songeant à ce qui aurait pu être. Sans Gauthier, à cette heure, elle ne serait qu'un corps broyé, un amas de chair, de sang et d'os écrasés au fond d'un trou puant... Elle serra les poings, se mordit les lèvres. Ce qui avait manqué ce jour-là pouvait réussir une autre fois. Elle avait échappé à la mort par miracle, mais demain ? Sous quelle forme la mort s'approcherait-elle sournoisement, dans l'ombre ?

Une exclamation de colère franchit sa bouche humide. A quelques toises, devant elle, Marie sortait en courant du logis et, après s'être retournée pour voir si nul ne la suivait, se précipitait vers le coin de la cour où étaient les étuves. Catherine prit son élan pour la suivre, mais elle se rappela soudain que, pour voler au secours d'Arnaud, elle avait laissé seul son petit Michel. Sans doute Sara était-elle remontée près de lui à moins que la grand-mère ne fût rentrée du village où elle était allée distribuer des aumônes. Mais mieux valait jeter un coup d'œil avant de poursuivre Marie. Prisonnière, comme elle l'était elle-même des murs de la forteresse, la fille ne lui échapperait pas. Avec un sourire chargé de rancune, Catherine se dit qu'elle la retrouverait toujours...

Elle monta rapidement à sa chambre, poussée par une hâte soudaine de revoir l'enfant. Peut-être aussi d'ôter cette robe trempée de pluie qui plaquait désagréablement à son corps et gênait ses mouvements. Elle entra dans sa chambre, se dirigea vers le berceau de chêne et se figea soudain, le cœur arrêté. Le bébé n'était plus visible. Une main criminelle avait remonté les couvertures jusque par-dessus sa tête. Plus aucun son ne sortait du petit lit...

Le hurlement qui jaillit de la gorge de Catherine était celui d'une bête. C'était celui de la louve devant sa tanière désertée. Il résonna dans les grandes salles vides et alla secouer le vieux logis jusqu'en ses coins les plus reculés. Il fit sursauter Sara dans la profonde cuisine, tressaillir les sentinelles de garde aux murailles, se signer le paysan qui livrait de la paille dans son grossier chariot de bois. Là-haut dans la grande chambre, Catherine s'était ruée sur le berceau, arrachait les couvertures, enlevait Michel. La figure de l'enfant était bleue. La petite tête retomba en arrière, inerte... Catherine se laissa tomber à genoux.

« Mon Dieu... Non ! Pas ça !... Pas ça ! »

Elle hoquetait, étranglée de douleur, couvrant de baisers convulsifs son enfant... Cette fois, c'était la pire des choses ! L'atrocité de ce crime la submergeait sous l'horreur et sous une souffrance si abominable qu'elle ne pouvait la supporter... Elle cria encore, et encore... Sara entra en courant, vit la jeune femme écroulée, l'enfant entre les mains, et le lui arracha.

« Qu'est-il arrivé ?

— On l'a tué... On me l'a tué... mon tout-petit ! Quelqu'un l'a étouffé dans son lit !... Mon Dieu !... Oh ! mon Dieu ! »

Mais déjà Sara ne l'écoutait plus. Elle démaillotait le bébé, coupait les rubans qui attachaient les langes, dénudait le petit corps sans plus de réactions, entre ses mains, qu'une poupée de son. Plusieurs fois, elle claqua sèchement les fesses du bébé puis l'étendit sur le lit de sa mère, ouvrit la petite bouche et se mit à souffler dedans doucement, lentement... Catherine la regardait, les yeux écarquillés, changée en statue.

« Que... fais-tu ? articula-t-elle.

— J'essaie de le ranimer. Jadis, j'ai vu souvent dans notre tribu des enfants qui naissaient avec, au cou, le lien de chair et qui avaient le même aspect que ton fils. Les sages-femmes agissaient toujours ainsi... »

Elle se pencha de nouveau sur Michel. Les pieds de Catherine lui semblaient rivés au sol. Elle était incapable de faire un mouvement. Une seule chose vivait encore, en elle, hormis ce cœur douloureux, c'était son regard qui buvait chaque geste de Sara. Une masse noire s'interposa soudain devant ses yeux tandis que la voix coléreuse d'Isabelle de Montsalvy s'écriait :

« Que faites-vous, espèce de folle ! Que faites-vous à mon petit-fils ? »

Elle secouait Sara par l'épaule. Alors, brusquement, Catherine ressuscita. Soulevée d'une immense fureur, elle sauta sur sa belle-mère, l'empoigna aux épaules et l'écarta brutalement de Sara. Et, comme la vieille dame, la bouche ouverte, la considérait avec stupeur, elle cria, ses yeux violets fulgurant de rage.

« Elle essaie de le sauver ! Et je vous ordonne de la laisser en paix ! On a tué mon fils, vous entendez, on me l'a tué... Je l'ai trouvé étouffé sous ses couvertures qu'on avait ramenées sur sa tête ! Il est mort... tué par vous ! »

La grand-mère devint livide. Elle chancela, se retint au manteau de la cheminée. D'un seul coup, elle se courba, elle eut cent ans. En franchissant ses lèvres décolorées, sa voix n'était qu'à peine un souffle.

« Mort ?... Tué ? »

Elle répétait les mots terribles comme si elle ne les comprenait pas. Quand elle se tourna vers Catherine, tous les traits de son visage s'étaient effondrés, ses yeux regardaient comme s'ils ne voyaient plus.

« Qui l'a tué ? balbutia-t-elle. Pourquoi dites-vous que c'est moi... moi ? Tuer mon petit Michel. Mais vous êtes folle ! »

C'était dit sans colère, presque calmement, une simple constatation. Et il y avait tant de douleur vraie dans ces quelques mots que Catherine sentit, elle aussi, le chagrin l'emporter sur la colère. Elle était lasse, tout à coup, lasse à mourir.

« Pardonnez-moi, murmura-t-elle. Si vous n'aviez pas retenu ici votre maudite Marie, contre la volonté d'Arnaud et contre la mienne, nous n'en serions pas là. C'est elle, la criminelle... »

L'accusation était venue d'elle-même et la véracité de ses paroles frappait Catherine à mesure qu'elle les prononçait. Elle voyait encore Marie sortant, vivement, mais presque furtivement, du logis... Qui donc la haïssait assez pour oser s'attaquer à son petit enfant, sinon la vipère de Comborn ? Mais, sur le visage d'Isabelle de Montsalvy, la stupéfaction se mêlait à l'incrédulité.

« Ce n'est pas possible ! Elle ne ferait pas une chose pareille. Vous la détestez parce qu'elle aime mon fils. Mais elle l'a toujours aimé... et ce n'est pas de sa faute. Personne n'est maître de son cœur ! »

Catherine haussa les épaules. Courbée vers le lit, Sara continuait à frictionner le bébé et à lui souffler dans la bouche.

« Elle me hait au point de faire n'importe quoi. Elle a tenté de me tuer, moi, il n'y a pas une heure ! Sans Gauthier, je devrais être au fond de l'oubliette du donjon, les reins cassés. Elle ne ferait pas une chose pareille, dites-vous ? Elle ferait pire encore pour effacer jusqu'à mon souvenir de la surface de cette terre et de la mémoire de mon seigneur.

— Taisez-vous ! Je vous défends d'accuser Marie. Elle est de mon sang. Je l'ai presque élevée.

— Félicitations ! fit Catherine amèrement. Oh ! je n'ai jamais espéré être crue de vous ! Mais je vous jure que, ce soir, elle aura quitté cet endroit. Sinon ce sera moi ! Au fond, ajouta la jeune femme avec douleur, c'est ce que vous préféreriez, n'est-ce pas, maintenant que mon enfant... »

Le cri de Sara vint, comme une réponse.

« Il vit ! Il respire ! »

Un même mouvement jeta la mère et la grand-mère vers le grand lit. Entre les fortes mains de Sara, le bébé avait perdu sa tragique teinte bleutée. Sa bouche s'ouvrait comme celle d'un petit poisson tiré de l'eau. Les membres s'agitaient faiblement. Par-dessus son épaule, Sara lança vers Isabelle :

« Faites chauffer les langes devant le feu ! »

Et la grand-mère obéit avec empressement. Ses yeux étaient pleins de larmes mais aussi pleins de lumière.

« Il vit ! balbutia-t-elle. Mon Dieu ! Soyez béni ! »

A genoux près du lit, Catherine pleurait et riait tout à la fois. Michel reprenait conscience de plus en plus vite tandis que Sara continuait à lui administrer de petites tapes. Ce traitement finit sans doute par lui déplaire profondément car, brusquement, il devint rouge vif, ouvrit la bouche en grand et se mit à hurler avec conviction. Jamais musique ne parut plus belle à Catherine qui, assise sur ses talons, l'écoutait extasiée tandis que Sara prenait vivement les langes chauds des mains d'Isabelle pour en envelopper le petit corps gigotant. Mais Catherine, au vol, attrapa l'une des mains de sa vieille amie et, l'appuyant contre son visage inondé de larmes, la couvrit de baisers.

« Tu l'as sauvé ! hoqueta-t-elle. Tu me l'as rendu ! Merci ! Oh ! merci ! »

Sara enveloppa la jeune femme d'un regard chargé de tendresse. Se penchant vivement, elle l'embrassa sur le front et retira sa main.

« Allons ! Allons ! bougonna-t-elle. Ne pleurez plus ! C'est fini. »

Elle acheva rapidement d'emmailloter Michel puis l'offrit à sa mère. Catherine le prit dans ses bras avec un profond sentiment de bonheur. Il y avait une flamme chaude au milieu de son être. C'était comme si la vie s'était retirée d'elle et revenait maintenant à grands flots brûlants. Elle couvrit de baisers les soyeux cheveux blonds, mais, par-dessus la tête de l'enfant, son regard rencontra celui d'Isabelle. Elle se tenait debout de l'autre côté du lit, les bras ballants, et elle regardait la mère et l'enfant avec un air affamé qui fit mal à Catherine. Elle était trop heureuse pour n'être pas généreuse. Elle tendit l'enfant avec un beau sourire.

« Tenez ! dit-elle gentiment. A vous ! »

Quelque chose s'émut dans le visage figé de la vieille dame. Elle avança des mains chargées d'adoration et regarda Catherine bien en face. Sa bouche s'ouvrit mais aucun son ne vint. Elle eut un sourire tremblant puis, serrant le bébé sur son cœur comme un trésor, elle alla lentement s'asseoir auprès de la cheminée. Catherine contempla un moment cette sombre madone en voiles noirs penchée sur un bambin blond qui gazouillait. Puis se détourna avec décision et, sans plus s'occuper d'Isabelle, arracha sa robe trempée qu'elle remplaça par une autre. C'était la robe de lainage vert, aux rubans de velours noir, qu'elle avait portée le soir de son mariage. Quand elle l'eut ajustée, elle se recoiffa, lissa posément ses nattes, les roula en couronne autour de sa tête. Ensuite, elle prit un manteau, s'en enveloppa. Sara, sans mot dire, la regardait faire. Quand Catherine fut prête, la gitane demanda :

« Où vas-tu ?

— Régler mes comptes une bonne fois. Ce qui s'est passé aujourd'hui ne doit plus se reproduire. »

Sara laissa son regard glisser jusqu'à Isabelle, revint à Catherine et baissa la voix.

« Avec qui veux-tu régler tes comptes ? Avec cette fille ?

— Non. Il suffit de la chasser. C'est avec Arnaud que je veux m'expliquer. Il doit apprendre ce qui nous est arrivé, à Michel et à moi. Je pense que, cette fois, il acceptera de m'entendre. A moins qu'il ne fuie encore devant moi comme il l'a fait tous ces jours. »

L'angoisse qui vibrait dans la voix de Catherine remua Sara. Elle prit la jeune femme aux épaules, la tint un instant contre elle en serrant si fort que Catherine sentit battre, à grands coups réguliers, le cœur de sa fidèle amie. Un court moment, elle appuya son front au creux de l'accueillante épaule, s'abandonna.

« Je ne sais plus, Sara ! Que dois-je croire ? Que dois-je penser ? Il est devenu si bizarre, ces derniers temps. Que lui ai-je fait ? Pourquoi me fuit-il ?

— Tu n'es pas la seule, il me semble.

— Non. Mais c'est moi surtout qu'il fuit, je l'aime trop pour ne pas sentir cela au plus profond de ma chair. Et pourquoi, pourquoi ? »

Sara garda le silence quelques secondes. Par-dessus la tête de Catherine, son visage reflétait une immense compassion. Ses lèvres s'appuyèrent vivement sur la peau fine de la tempe. Puis elle soupira.

« Peut-être n'est-ce pas tellement toi qu'il fuit. Vois-tu, il arrive qu'un homme cherche à se fuir lui-même. C'est alors beaucoup plus grave ! »

CHAPITRE VIII

L'ENNEMIE

LES étuves de Carlat étaient antiques et rudimentaires. Elles n'avaient rien de comparable avec les vastes salles, peintes et tendues de toiles brodées où les habitants des palais de Bourgogne se baignaient dans ces cuves d'étain poli ou d'argent ciselé. C'était seulement une salle basse et voûtée au centre de laquelle s'ouvrait une cuve de pierre. Auprès de la cuve un grand chaudron contenait l'eau qui chauffait à un trépied de fer disposé sous un trou d'aération. Dans un autre coin, une simple planche de bois posée sur des tréteaux servait de table de massage. Une rigole, creusée dans le sol et communiquant par un trou avec l'extérieur de la muraille, assurait la vidange. L'endroit était très obscur. On y descendait par trois marches taillées à même le roc et seul un pot à feu enchâssé dans un grillage de fer éclairait la pièce.

Lorsque Catherine y parvint, la porte était entrouverte et la grosse fille, rouge et vigoureuse, qui remplissait les fonctions d'étuviste, se glissait tout juste au-dehors. Elle se trouva nez à nez avec la jeune femme, devint encore plus rouge.

« Où vas-tu ? demanda Catherine. On m'a dit que mon époux se baignait. A-t-il donc déjà fini ? »

La fille, avec un coup d'œil inquiet à la porte, devint encore plus rouge. Avant de répondre, elle s'éloigna de quelques pas.

« Non, noble dame ! Il est là, tout au contraire.

— Alors ? »

La baigneuse baissa le nez. Ses gros doigts tordaient nerveusement son tablier bleu trempé d'eau. Elle regarda Catherine en dessous, puis, très vite :

« La demoiselle m'a donné une pièce d'argent pour que je lui cède la place quand monseigneur se fait oindre d'huile. Elle... elle s'était cachée derrière le gros pilier du fond. »

Le beau visage de Catherine rougit à son tour, mais de fureur, et la fille, apeurée, leva un bras d'un geste instinctif pour protéger sa tête contre les gifles éventuelles. La jeune femme se contenta de la chasser du doigt.

« Va-t'en... et tiens ta langue ! »

Elle fila sans demander son reste. Demeurée seule, Catherine s'approcha de la porte entrebâillée. A l'intérieur, aucun bruit ne se faisait entendre, hormis celui de l'eau s'écoulant de la cuve. Catherine jeta un coup d'œil. Ce qu'elle vit lui fit serrer les poings, mais, au prix d'un violent effort, elle se contint, s'obligea au silence. Elle voulait voir ce qui allait se passer.

Arnaud était étendu, à plat ventre, la tête enfouie dans ses bras croisés. Debout auprès de lui, Marie versait sur son dos l'huile contenue dans une fiole de verre bleu, puis, lentement, commençait à enduire tout son corps. Il ne bougeait pas. Les mains étroites et brunes de la jeune fille suivaient dévotieusement le contour des muscles qui, à la lumière rougeâtre du quinquet, prenaient un relief étrange. La peau luisait comme du satin brun. Et Catherine, hypnotisée, ne pouvait en détacher ses yeux. Elle avait une conscience aiguë, presque douloureuse, de ces mains caressantes se promenant sur le corps d'Arnaud. Les flammes de la torche faisaient briller les gouttes de sueur sur le visage et le cou de Marie. La respiration de la jeune fille devenait courte, haletante. La passion sensuelle que lui inspirait l'homme étendu devant elle éclatait si crûment que Catherine, labourée par la jalousie, grinça des dents. Elle vit Marie humecter du bout de sa langue ses lèvres desséchées...

Soudain, la jeune fille perdit la tête. Se penchant davantage, elle colla ses lèvres à l'épaule gauche d'Arnaud... Une flambée de fureur aveugle explosa dans la tête de Catherine à ce spectacle, la jeta en avant toutes griffes dehors. Arnaud, surpris, avait bondi, mais déjà Catherine était sur Marie, l'avait arrachée d'Arnaud et jetée à terre. Marie hurla, voulut se relever, mais Catherine se laissa tomber sur elle de tout son poids. Emportée par une frénésie primitive, venue du fond des âges, la jeune femme avait perdu tout contrôle d'elle-même. Elle s'était mise à marteler de ses petits poings le visage de sa rivale, visant les yeux, ou la gorge, cherchant à tuer. Une idée fixe possédait son cerveau surchauffé : détruire cette face insolente, éteindre ces yeux verts, écraser la vipère une bonne fois. Mais Marie avait récupéré et se défendait maintenant. La maigreur de la jeune fille cachait une force nerveuse réelle et, relevant ses jambes, elle parvint à donner un coup de genou si violent dans la poitrine de Catherine que celle-ci, le souffle coupé, dut lâcher prise. D'un bond souple, Marie se releva, bondit à son tour sur elle...

Arnaud, en se redressant, avait d'abord observé avec stupéfaction les deux femmes engagées dans une lutte farouche. Il se ressaisit rapidement, attrapa une serviette de lin jetée sur la table, la noua autour de ses reins. Puis, empoignant d'abord Marie, qui avait pris le dessus, il la rejeta derrière lui sans la lâcher, releva assez rudement Catherine qu'il remit sur pied. La haine aveuglait tellement les deux furies qu'il dut employer toute sa force pour les maintenir éloignées l'une de l'autre de toute la longueur de ses bras.

« En voilà assez ! hurla-t-il. Qu'est-ce qui vous prend ? Et d'abord, Marie, que fais-tu ici ?

— Demande-le-lui ! écuma Catherine. Cette traînée a acheté le droit de te frotter d'huile à la baigneuse. Elle s'était cachée ici pendant que tu te baignais... »

L'idée parut si baroque à Montsalvy qu'il se mit à rire. C'était la première fois depuis deux semaines que Catherine l'entendait rire et cela accusait l'amaigrissement de son visage. Le rire, d'ailleurs, ne montait pas aux yeux qui demeuraient tristes et ternes. Malgré tout, cela fit à Catherine l'effet d'une injure.

« Tu trouves cela drôle ? Riras-tu encore quand tu sauras qu'aujourd'hui elle a tenté de nous tuer, moi d'abord, puis Michel... Sans Gauthier, j'étais morte. Sans Sara, tu n'avais plus de fils. »

Arnaud blêmit, mais, sans lui laisser le temps de répondre, Marie vociférait.

« Si tu doutes encore que ta femme soit folle,

voilà qui doit t'éclairer ! Moi, j'ai tenté de la tuer ? Je voudrais savoir comment ?

— Soyez tranquille, je vais le dire... »

S'efforçant de retrouver un peu de calme, Catherine fit le récit de ce qui s'était passé depuis que le soldat était venu la chercher dans sa chambre, sans rien oublier. Quand elle mentionna les aveux d'Escornebœuf, Marie haussa les épaules et ricana.

« Cet homme a menti. Il aurait dit n'importe quoi pour sauver sa vie. Quant à l'affaire du donjon, vous feriez mieux de dire la vérité.

— Quelle vérité ? cria Catherine.

— Mais la seule, rétorqua Marie avec un sourire plein de fiel : que vous aviez rendez-vous dans le donjon avec ce lourdaud. Tout le monde sait qu'il est votre amant ! »

Arnaud lâcha Catherine pour agripper Marie à deux mains. Son visage était devenu noir de fureur.

« Ne répète pas ça, Marie, grinça-t-il, si tu ne veux pas que je t'étrangle !

— Etrangle-moi, qu'est-ce que ça changera ! Je sais bien que la vérité n'a rien d'agréable.

— Laisse-la-moi, vociféra Catherine hors d'elle. Je jure de lui faire rentrer ses mensonges dans la gorge, de l'étouffer avec ! Je vais...

— Assez ! coupa Arnaud. J'entends qu'on m'obéisse ! Je saurai la vérité sur cette affaire. Il faudra bien que ce misérable Escornebœuf avoue la vérité, fût-ce sous la torture.

— Si tu veux la vérité, jeta Catherine, mets Escornebœuf à la question, mais n'oublie pas sa complice. Sur le chevalet, elle avouera !

— Et vous, glapit Marie, si l'on vous y mettait... rien que pour savoir ce qui se passe dans votre chambre depuis que votre époux délaisse votre lit ? »

La voix hystérique de la jeune fille avait monté, monté jusqu'à un éclat de rire tellement strident qu'il en était insoutenable. A toute volée, Arnaud la gifla par deux fois, si violemment qu'elle alla rouler contre la cuve de pierre, dans une flaque d'eau.

« Va-t'en ! gronda-t-il, les poings serrés. Va-t'en si tu ne veux pas que je te tue ! Mais l'affaire n'est pas terminée, ne l'oublie pas ! »

Elle se releva péniblement, couverte de boue grasse, et tendit vers lui une main qui cherchait encore à s'agripper. Il la prit par un bras, lui fit gravir les trois marches et la jeta dehors sans plus de cérémonie. La lourde porte retomba en grondant derrière elle... Lentement, Arnaud redescendit vers Catherine qui s'était assise sur le rebord de pierre de la cuve pour rajuster sa robe dérangée par la bataille. Le traitement qu'Arnaud avait fait subir à Marie l'avait rassérénée et elle leva vers son mari un lumineux sourire. Elle avait pris un linge et l'avait trempé dans un seau plein d'eau froide pour tamponner une estafilade saignante que les ongles de son ennemie avaient faite à sa joue droite. Debout à quelques pas, l'air sombre, Arnaud l'observait, bras croisés.

« Que s'est-il passé avec Michel ?

— Oh ! mon amour... j'ai cru devenir folle ! »

Retenant avec peine les larmes qui lui venaient au souvenir des minutes d'agonie qu'elle avait vécues, elle raconta comment elle avait trouvé l'enfant mourant et comment Sara l'avait sauvé. L'évocation en était si cruelle encore qu'avide d'un tendre refuge elle se leva, courut à son mari et voulut l'entourer de ses bras. Mais, la repoussant doucement d'une main, il s'écarta.

« Non ! Ne me touche pas ! »

Son élan brisé, Catherine s'arrêta comme foudroyée. Son visage pétrifié, ses prunelles agrandies avaient l'expression stupéfiée du soldat qu'une flèche fauche en pleine course et jette aux bras de la mort quand il pensait atteindre la gloire. Le recul d'Arnaud l'avait frappée au cœur et, dans le terrible silence qui tombait, elle écoutait mourir en elle l'écho des incroyables paroles. Pour s'en délivrer, elle répéta, incrédule :

« Tu as dit... « Ne me touche pas » ? »

De nouveau le silence ! Ecrasant, insoutenable ! Arnaud se détournait, reprenait ses vêtements posés sur un escabeau, s'en revêtait. Catherine suivait des yeux chacun de ses mouvements, attendant qu'il parlât, qu'il donnât une explication valable de son attitude... Mais il ne disait rien, pas un mot ! Il ne la regardait même pas ! Alors, elle demanda d'une toute petite voix :

« Pourquoi ? »

Il ne répondit pas tout de suite. Tête baissée, un pied posé sur les marches, les mains accrochées à la ceinture de cuir de son justaucorps, il semblait réfléchir. Enfin, il releva la tête.

« Je ne peux pas te le dire... pas maintenant ! Tout ce qui s'est passé aujourd'hui est tellement incroyable.

— Tu ne me crois pas ?

— Je n'ai pas dit cela ! Simplement, j'ai besoin d'y penser ! Il faut que je sois seul pour cela. »

Catherine se raidit, redressa la tête dans un sursaut d'orgueil. Où était leur douce intimité, cette confiance absolue, si merveilleuse qu'ils avaient l'un dans l'autre ? A cette heure, il y avait, entre eux, un abîme dont Catherine ne parvenait pas à sonder la profondeur, mais qu'elle pressentait terrifiant. Il lui parlait comme à une étrangère, il voulait réfléchir « à tout cela... », à cette double tentative de meurtre qu'il eût dû sanctionner aussitôt par la plus violente rigueur ! Une amère vague de déception emplit la bouche de la jeune femme, mais elle se refusa à le montrer.

« Et cette fille, Marie, que vas-tu en faire ?

— A cela aussi il faut que je songe !

— Il faut que tu songes ? articula Catherine dédaigneusement. Fort bien, mais auparavant, écoute-moi : cette fille partira ce soir même, sinon c'est moi qui m'en irai, avec mon enfant.

— Où irais-tu ?

— C'est mon affaire ! Ou tu la chasses ou je pars ! Je ne vivrai pas un jour de plus sous le même toit que cette meurtrière ! »

Arnaud fit un pas vers Catherine, vint au plein de la lumière et l'aspect ravagé de son visage, ses yeux de somnambule la frappèrent.

« Attends jusqu'à demain, je t'en supplie ! Demain seulement ! Demain, je parlerai, j'aurai pris ma décision. Rien qu'une seule nuit ! »

Il passait une main fiévreuse sur son front où perlait la sueur. Il semblait si égaré tout à coup que Catherine oublia son orgueil. Tout son amour lui remonta aux lèvres. Elle tendit vers lui des mains qui suppliaient.

« Je t'en prie, mon doux seigneur, reprends-toi ! Depuis des jours et des jours, tu n'es plus toi-même et moi il me semble vivre un mauvais rêve. As-tu donc tout oublié ? Je suis Catherine, je suis ta femme, et je t'aime plus que tout au monde ! As-tu oublié notre amour, nos baisers... nos nuits de passion ? Cette dernière nuit où je craignais pour ma vie et où, dans tes bras, j'ai crié de plaisir... »

Il lui tourna le dos brusquement, comme s'il ne pouvait plus endurer sa vue, se boucha les oreilles de ses deux mains qui tremblaient.

« Tais-toi, Catherine, tais-toi !... Et pour l'amour de Dieu, laisse-moi seul, toi aussi ! Demain, j'en jure mon honneur, je lèverai toutes tes incertitudes... je prendrai une décision ! Je te le promets ! Mais jusque-là, laisse-moi ! »

Les mains de Catherine retombèrent, inertes, le long de sa robe. Elle se détourna, remonta vers la porte, l'ouvrit, puis, la main sur la barre d'ouverture :

« Demain ? dit-elle d'une voix blanche. C'est bien, j'attendrai à demain. Tu me feras prévenir quand tu désireras me voir ! Mais pas plus tard, Arnaud ! Je n'attendrai pas un jour de plus ! »

TOUTE la nuit, Catherine, incapable de trouver même un instant de sommeil, écouta la tempête tournoyer autour des murs de la forteresse. Assise sur la pierre de l'âtre, une couverture sur le dos, elle demeura là des heures, les jambes repliées sous elle, les mains nouées aux genoux, les yeux vides, regardant sans les voir les flammes que le vent couchait. L'ouragan faisait rage sur tout le pays, mais semblait s'acharner sur le roc seigneurial comme les vagues déchaînées de l'océan sur un vaisseau de haut bord. Parfois, entre les hurlements du vent, on entendait claquer un volet, craquer des branches ou s'envoler les lauzes d'un toit. Tous les démons de la terre et du ciel étaient lâchés cette nuit, mais Catherine se complaisait au milieu de cette tourmente correspondant si bien à celle, intérieure, qui la ravageait.

Dans sa poitrine, son cœur criait d'angoisse et de chagrin. Elle se torturait à chercher une impossible réponse à toutes ces questions qu'elle se posait. De temps en temps, Sara, assise en face d'elle, l'entendait murmurer :

« Pourquoi... mais pourquoi ? »

De lourdes larmes coulaient alors, silencieusement, le long des joues de la jeune femme et jusque sur le drap vert de sa robe. Puis elle retombait dans son mutisme. Ce désespoir muet avait quelque chose de si poignant que Sara voulut tenter de l'alléger.

« Tu te martyrises en vain, Catherine, soupira-t-elle. Tu cherches en vain à comprendre l'incompréhensible. Pourquoi ne pas attendre calmement demain ?

— Demain ? Et que m'apportera demain, sinon un peu plus de douleur ? Si, si, je le sais !... Je le sens là ! fit-elle, un doigt appuyé sur son cœur. Ce que je cherche à savoir, c'est ce qui s'est passé, pourquoi, si soudainement, Arnaud a changé. Il m'aimait, j'en suis certaine. Oh ! Comme il m'aimait ! Et tout à coup il s'est détourné de moi comme si je lui étais devenue subitement étrangère. Nous n'étions qu'une seule chair, une seule âme... et maintenant ?

— Maintenant, fit Sara placidement, tu laisses trotter ton imagination sans grande raison. Ton époux t'a-t-il dit qu'il ne t'aimait plus ?

— Il me le montre, c'est pire !

— En manquant d'étrangler cette Marie parce qu'elle a insinué des horreurs sur Gauthier et toi ? En faisant rechercher partout pour le pendre cette maudite canaille d'Escornebœuf... qui, d'ailleurs, a encore trouvé le moyen de disparaître ? Si ce n'est pas de la jalousie...

— Il a le sens de la propriété, c'est tout différent ! »

Sara soupira, se leva et alla jusqu'à la fenêtre. Un peu avant le couvre-feu, elle avait vu la dame de Montsalvy se rendre à la chapelle, sans doute pour une dernière prière. Il y avait de cela au moins trois heures et voilà qu'elle apercevait la haute silhouette de la vieille dame.

« Ta belle-mère sort seulement de la chapelle, dit-elle. Je me demande ce qu'elle a pu y faire tout ce temps. Oh ! viens voir ! »

A contrecœur, car elle ne se sentait l'envie de s'intéresser à rien, Catherine vint rejoindre Sara, jeta un coup d'œil dans la cour. Le comportement d'Isabelle était étrange. Elle zigzaguait comme une femme ivre. Le vent faisait claquer son grand manteau. Son voile s'envola, mais elle ne s'en soucia pas. Catherine la vit porter la main à sa tête comme si elle était prise de vertige. En atteignant le mur du logis, le reflet du feu allumé dans la salle de garde frappa le visage ridé à travers les vitraux. Il était blême et les yeux étaient égarés. Isabelle s'agrippa au mur, s'y appuya un instant. Ses mouvements saccadés semblaient lui coûter un effort terrible.

« Tu devrais aller à son secours, dit Catherine. Elle doit être malade. »

Mais, déjà, la vieille dame avait disparu sous la porte. Un instant plus tard, dans la chambre voisine, on entendit craquer le lit. Puis il y eut l'écho de sanglots désespérés. Catherine et Sara, debout l'une en face de l'autre, écoutaient, interdites.

« Va voir ! ordonna Catherine. Il se passe quelque chose... »

Sara sortit sans mot dire, revint peu après. Sa

physionomie était sombre et des plis profonds se creusaient entre ses sourcils. Au regard interrogateur de Catherine, elle répondit en haussant les épaules :

« Elle ne veut rien dire ! Je suppose que c'est la réaction à la peur qu'elle a eue tantôt. Elle pensait trouver un apaisement quelconque à l'église, selon moi, et il n'en a rien été. »

Elle parlait bas, ce qui permettait de ne rien perdre des bruits au-delà du mur. Dans sa chambre, Isabelle de Montsalvy pleurait toujours... Mais, brusquement, Catherine s'en désintéressa. La raison qui motivait ses larmes, après tout, ne pouvait lui être qu'étrangère. Chacun pour soi et Dieu pour tous ! Elle avait elle-même bien assez de son propre chagrin. Lentement, elle retourna prendre sa place au coin de la cheminée. En passant, elle se pencha un instant sur le berceau de Michel. Le petit dormait comme un ange... Un peu de douceur pénétra au cœur de sa mère en même temps que se levait un projet dans son âme. Si Arnaud refusait de l'entendre, s'il refusait d'éloigner cette Marie, elle partirait comme elle l'en avait menacé. Elle retournerait chez elle, en Bourgogne !

En franchissant son esprit, le mot l'étonna. La Bourgogne ! Elle s'était si étroitement intégrée à son époux, elle avait si bien assimilé ses pensées et ses haines que la Bourgogne était devenue pour elle le pays ennemi... Pourtant, c'était là que vivaient sa mère, sa sœur, son oncle Mathieu. Elle ne les avait pas vus depuis trois ans et, tout à coup, ils lui manquaient cruellement. Dans ce château battu des vents, elle évoqua un instant la boutique de la rue du Griffon, à l'ombre des tours de Notre-Dame de Dijon, la maison des champs, blottie au creux des coteaux de Marsannay dans l'étalement fastueux des vignes, le ciel gris bleu de Dijon où les nuages fuyaient si vite vers la plaine de Saône, le ciel changeant de Bourgogne auquel Dijon lançait le hérissement fantastique, noir, bleu ou doré, de ses toits, de ses tours, de ses flèches d'églises. Catherine ferma les yeux, revit le doux visage blond de sa mère, la grosse figure rougeaude de l'oncle Mathieu sous son chaperon de travers, l'étroit profil pâle de sa sœur Loyse, la religieuse du couvent de Tart. Et sous ses paupières closes, les larmes vinrent avec une envie soudaine, si aiguë qu'elle était douloureuse, de les revoir, de retrouver le tendre refuge des bras maternels. Que pensait à cette heure Jacquette Legroix, sans nouvelles de sa fille depuis si longtemps ? Elle devait prier et pleurer souvent... Derrière son ombre si tendrement évoquée, Catherine en vit surgir une autre, mince, haute et dure, la forme inflexible du duc Philippe. C'était un homme juste, mais il avait tant d'orgueil ! Avait-il su empêcher sa rancune d'homme délaissé de peser sur des innocents ? La jeune femme l'espérait, mais brûlait tout à coup de le savoir... D'autres silhouettes encore apparaissaient, peuplant la nuit auvergnate, celles des amis chers : la grosse Ermengarde de Châteauvillain terrifiante et merveilleuse dans les robes pourpres qu'elle affectionnait, l'élégante tournure de Jacques de Roussay, le jeune capitaine des gardes qui avait aimé Catherine si tendrement, Jean Van Eyck, le peintre qui ne se lassait jamais de la peindre, puis la silhouette fantastique, empanachée, surdorée, éblouissante, de son ami Jean de Saint-Remy, devenu messire Toison d'Or, roi d'armes de Bourgogne. De l'ombre sortait maintenant une mince forme en robe de soie bleue, coiffée d'un énorme turban qui avait la grosseur et la couleur des belles citrouilles, deux yeux vifs au-dessus d'une barbe blanche comme neige, le plus cher ami de tous peut-être, le petit médecin arabe Abou-al-Khayr... Il avait toujours dans ses larges manches quelque formule philosophique, quelque pensée poétique pour souligner chaque moment de l'existence. Que lui avait-il dit, à l'auberge de la route de Flandres, alors qu'elle sortait, meurtrie et désolée, de cette première entrevue avec Arnaud ? Quelque chose qui l'avait frappée et qui devait encore être valable aujourd'hui... Ah oui ! Il avait dit : « Le chemin de l'amour est semé de chair et de sang. Vous qui passez par là, relevez le pan de vos robes... » Seigneur ! Quel chemin avait été plus difficile que celui de son amour ! Que de déchirures, que de sang ! Et aujourd'hui encore, quelle blessure nouvelle allait-elle recevoir des mains de cet homme pour lequel elle avait tout quitté, tout abandonné et qu'elle ne pouvait s'empêcher d'adorer ?

D'un geste las, Catherine écarta la masse lourde et chaude de sa chevelure retombante, leva vers Sara, qui l'observait, des yeux tout brillants de larmes.

« Sara, murmura-t-elle, je voudrais retourner chez nous ! Je voudrais revoir maman, et l'oncle Mathieu, et tous les autres...

— Même... le duc Philippe ? »

D'un élan, la jeune femme se laissa tomber à terre auprès de Sara, enfouit sa tête dans ses genoux et se mit à sangloter désespérément.

« Je ne sais pas ! Je ne sais plus !... Mais j'ai si mal, tu sais ! Je voudrais tant ne plus avoir mal, redevenir comme avant... comme avant ! »

Sara ne répondit pas. Elle écoutait, contre elle et

là-bas, au-delà de la porte de chêne, ces sanglots séparés qui, pourtant, semblaient se répondre : ceux de la mère, ceux de la femme. Toutes deux pleuraient pour le même homme et Sara savait pourquoi. Elle savait que les larmes d'Isabelle motivaient celles de Catherine, elle connaissait le secret qu'Arnaud, une nuit, lui avait confié, mais qu'il lui avait fait jurer, sur le salut éternel de son âme, de ne révéler à quiconque. Si elle avait pu, en parlant, calmer la douleur de Catherine, certes avec quelle sérénité se fût-elle parjurée, mais elle savait bien que cette douleur deviendrait désespoir. Mieux valait laisser les choses aller comme elles l'entendraient, en espérant qu'elles ne blesseraient pas trop cruellement son enfant chérie.

« Mon Dieu, pria-t-elle silencieusement, mon Dieu qui êtes toute justice et toute bonté, elle n'a jamais commis d'autre mal que d'aimer cet homme, de l'aimer par-dessus tout et tous, plus qu'elle-même... plus que vous-même ! Epargnez-la ! »

Le vent hurla, à cet instant précis, et s'engouffra dans la cheminée avec tant de violence que les flammes furent chassées presque jusqu'à Sara qui dut s'écarter légèrement. Son esprit superstitieux vit, dans cette fureur, une réponse à sa prière. Mauvais présage ! Elle se signa vivement, mais sans cesser de caresser, de l'autre main, la tête de la jeune femme prostrée.

QUAND le jour, pâle et frileux, éclaira l'immense paysage dévasté, Fortunat vint gratter à la porte de Catherine. Sara ouvrit. Son bonnet à la main, le petit Gascon se faufila dans la chambre et s'avança vers Catherine sur la pointe des pieds, comme s'il s'approchait d'un autel. Il n'avait pas dû beaucoup dormir, lui non plus. Sous le hâle, la peau de son visage avait des reflets gris, la bouche montrait un pli de lassitude et les paupières retombaient sans cesse comme s'il n'avait plus la force de les tenir ouvertes. Il plia péniblement le genou devant Catherine.

« Dame, fit-il, monseigneur m'envoie vous dire qu'il vous verra vers l'heure de tierce, après la messe, et vous prie de lui faire savoir si cette heure vous convient. »

Le côté solennel du procédé amena un sourire amer sur les lèvres de Catherine. Ainsi, ils en étaient là : à s'envoyer des messagers, à s'accorder des audiences ? Le faible espoir que les paroles de Sara avaient réveillé en elle s'assoupissait de nouveau.

« Pourquoi ne me conviendrait-elle pas ? Celle-là ou une autre... Où dois-je rencontrer mon époux ? Viendra-t-il jusqu'ici ? »

L'air gêné de l'écuyer n'échappa pas à la jeune femme. Il baissa le nez, tortilla son bonnet entre ses doigts.

« Non. Il m'enverra vous chercher. Il y a, depuis l'aube, des mouvements suspects dans la campagne. Monseigneur ne quittera pas les défenses. »

Ce dialogue courtois et officiel eut le don d'exaspérer Sara. Elle empoigna Fortunat par les épaules et le remit debout de force, puis elle le fit pivoter pour l'amener en face d'elle. Le visage crucifié de Catherine était pour beaucoup dans sa violence.

« Assez de cérémonies, mon garçon ! J'ai, moi, quelques questions à te poser. J'imagine que tu n'as guère quitté ton maître depuis hier ?

— En effet.

— Qu'a-t-il fait depuis le moment où il est sorti des étuves ?

— Il s'est rendu au corps de garde où il a donné les instructions pour la nuit. Puis il est rentré chez lui et je lui ai servi un peu de venaison froide. Ensuite, il s'est rendu à la chapelle. Sa mère est venue le rejoindre. J'ignore ce qu'ils se sont dit, mais cela a duré longtemps. »

Sara approuva d'un signe puis :

« Continue... Après ? A-t-il cherché à voir la demoiselle de Comborn ?

— Oui, répondit Fortunat qui, instinctivement baissa la voix, jetant autour de lui des regards inquiets. Il m'a envoyé la chercher, après la chapelle. Elle dormait, j'ai dû l'éveiller. Il s'est enfermé avec elle et là non plus je ne sais pas ce qu'ils se sont dit... mais j'ai entendu crier !

— Crier ? Qui criait ?

— La demoiselle ! Je ne comprenais pas, bien sûr, mais j'ai compris un moment plus tard quand la porte s'est ouverte et que monseigneur m'a appelé. Il... il tenait encore à la main un fouet à chiens dont il venait sans doute de se servir car la demoiselle était tassée dans un coin. Ses vêtements étaient déchirés et elle tremblait comme une feuille. Monseigneur me l'a désignée : « Enferme-la dans la tour Guillot, « m'a-t-il dit. Donne-lui ce qu'il lui faut, mais « qu'elle n'en sorte sous aucun prétexte. Tu mettras « deux hommes à sa porte. Personne ne doit l'approcher... »

Catherine et Sara échangèrent un regard perplexe. Qu'Arnaud eût frappé Marie après ce qui s'était passé s'expliquait aisément, mais pourquoi cet emprisonnement alors que le plus simple était encore de la hisser sur un cheval aux premiers feux de l'aurore et de la réexpédier sous escorte à Comborn ?

« Décidément, il tient à la garder ! commenta aigrement Catherine.

— Fortunat vient de dire qu'il y avait des mouvements suspects dans la vallée, se hâta d'interrompre Sara. Messire Arnaud ne peut sans doute pas la renvoyer aujourd'hui, ni surtout se démunir de quelques hommes pour elle.

— Il n'a qu'à la renvoyer seule, s'écria Catherine furieuse. Que de précautions pour une meurtrière ! Qu'elle s'en aille... à la grâce du Diable et s'il lui arrive quelque chose, ce ne sera, après tout, que justice ! »

L'écuyer écarta les bras en un geste d'impuissance. La colère de Catherine lui semblait légitime, mais il s'était pris pour son maître d'une admiration sans bornes et d'un dévouement quasi religieux qui lui interdisaient toute critique même légère. Il se contenta de s'incliner de nouveau, de répéter : « Après la messe, vers l'heure de tierce... » puis disparut. Catherine s'était mise à tourner en rond dans la pièce, comme une bête en cage, maîtrisant difficilement son irritation croissante. Elle eût aimé pouvoir se livrer à quelque geste de violence, pouvoir, comme un homme, crier, hurler, injurier la terre et le ciel, étouffer sous les gémissements des autres les plaintes de son propre cœur. Elle comprenait, brusquement, la volupté qu'il y a dans le mal quand la souffrance affole et se fait intolérable.

« Je sais ! fit Sara qui, depuis bien longtemps, avait appris à lire dans sa pensée, mais les femmes n'ont droit qu'aux larmes ou au silence. Il est temps de nous occuper de ton fils. Ensuite, je t'aiderai à te préparer pour la messe. »

Autour d'elle, le château s'éveillait. Sur les murailles, les cris des sentinelles se répondaient d'une tour à l'autre, les portes des étables et des écuries s'ouvraient en grinçant, les valets s'interpellaient à grands cris. On sortait les chevaux pour les soigner, la basse-cour retentissait des cris de la volaille et des grosses plaisanteries des servantes. Dans la forge, le maréchal-ferrant tapait déjà sur son enclume et la cloche de la chapelle sonnait l'office de l'aube. Catherine aimait, ordinairement, ce tintamarre matinal, mais, ce matin, il l'irrita. Elle eût préféré un grand silence pour mieux entendre battre son cœur. Après avoir soigné Michel et l'avoir allaité, elle se fit apporter un cuveau plein d'eau bien chaude et s'y trempa tout entière pour tenter de chasser la fatigue et la sensation de malaise qu'elle devait à sa nuit d'insomnie. Armée d'une brosse, Sara la frictionna jusqu'à ce que sa peau devînt d'un beau rouge clair. Après quelques instants de ce traitement, Catherine se sentit mieux, le corps plus détendu et l'esprit plus clair. Le courage aussi lui revenait avec l'instinct combatif, l'envie de sortir de ce marasme invraisemblable dans lequel elle s'enlisait. Avant d'en venir aux solutions extrêmes, avant de songer à tout abandonner pour rentrer chez elle, la jeune femme était décidée à se battre jusqu'au bout !

Ce changement, Sara s'en rendit compte à la manière dont Catherine redressa la tête pour y poser la coiffure de fine toile de lin blanche, brodée et tendue sur un petit hennin court et tronqué, fait de grosse toile raide et empesée. Il y avait de la détermination dans le mouvement du long cou flexible, dans l'éclair belliqueux des larges yeux sombres.

« Voilà qui est bien ! fit-elle avec un demi-sourire sans préciser s'il s'agissait des sentiments de Catherine ou de sa toilette. Va maintenant ! Moi, je reste ici avec le petit. »

Catherine saisit sa grande cape noire et s'en enveloppa comme la cloche de la chapelle sonnait le premier coup de la messe. Elle descendit l'escalier, traversa la salle des gardes où Fortunat était occupé à astiquer une longue épée tandis que deux archers s'évertuaient à ranimer un feu plus que languissant. Au seuil du logis, elle s'arrêta un instant pour humer l'air frais. La tempête avait cessé, laissant derrière elle un ciel bien net, d'un joli bleu doux. L'air avait des transparences de cristal et charriait des senteurs de bois mouillé et d'herbe neuve. La cour, le vieux fayard aux branches tordues et tout l'immense paysage étaient lavés de frais. Catherine s'imprégna durant quelques secondes de tout ce renouveau, puis se dirigea lentement vers la chapelle. Elle jeta un regard à la tour Saint-Jean, muette et silencieuse, puis à la tour Guillot. Mais, là non plus, aucun signe de vie. Des servantes qui se rendaient aussi à la messe s'écartèrent pour la laisser passer et firent la révérence sur son passage. Elle reconnut parmi elles la grosse fille des étuves, mais s'éloigna sans la regarder.

Dans la chapelle, il régnait une humidité et une odeur de cave. Les énormes moellons des murs suintaient l'eau qui rouillait les ferrures et laissait de longues traînées d'un noir verdâtre sur le bois antique du vieux crucifix. Catherine frissonna en gagnant le banc seigneurial où personne ne l'attendait. Le curé de Carlat, qui officiait ordinairement au château, commença la messe dès qu'elle fut arrivée. C'était un petit vieillard fragile et timide qui se tenait voûté le plus souvent et semblait toujours sous le coup de quelque terreur. Mais il avait de doux yeux compatissants et Catherine, qu'il avait déjà entendue en confession, savait que son âme avait quelque chose d'angélique et débordait de pitié pour les malheureux humains accrochés à leurs péchés.

Elle s'agenouilla, ouvrit le lourd missel aux ferrures d'argent posé devant elle et s'efforça de suivre le service divin. Mais son esprit était ailleurs. Il tournait autour d'Arnaud invisible, de Marie prisonnière et aussi de sa belle-mère. Qu'est-ce qui retenait cette femme, pieuse jusqu'au fanatisme, d'assister à la messe ? Catherine croyait encore entendre dans son oreille les sanglots de la vieille dame. Ce n'étaient pas, comme l'avait supposé un peu gratuitement Sara, des larmes de soulagement, ou de reconnaissance, mais bien des sanglots de désespoir et de souffrance... Pourquoi ?

L'impatience de se lancer dans le combat s'empara de la jeune femme et elle accueillit l'« ite missa est » avec un soupir de soulagement. Un dernier signe de croix, une dernière génuflexion, et Catherine tourna les talons. A pas rapides, elle sortit de la chapelle. Fortunat faisait les cent pas sous le porche. En apercevant la jeune femme, il vint à elle.

« Monseigneur vous attend, dame Catherine... commença-t-il, mais elle l'interrompit d'un geste sec.

— Va devant, je te suis... »

Elle lui emboîta le pas en silence. Il lui semblait qu'en parlant elle gaspillerait les forces accumulées depuis l'aube, depuis qu'elle savait devoir se préparer à cette entrevue. Tout en marchant, elle marmottait entre ses dents une prière, un peu incohérente peut-être, mais si Dieu ne s'y retrouvait pas dans le pauvre cœur humain, qui donc s'y retrouverait ?

A la suite de Fortunat, Catherine traversa la cour, s'engagea dans l'étroit escalier de pierre sans rampe qui menait au chemin de ronde. Bientôt l'on quitta le grand air de la cour pour le hourdis et l'interminable galerie couverte qui ourlait les courtines, suivait la courbe des tours et couronnait la forteresse d'un chemin de feu quand l'ennemi attaquait. C'est sur ce chemin qu'elle trouva Arnaud. Armé de toutes pièces, appuyé au créneau, l'air sombre, il scrutait la vallée sur laquelle se déchiraient les brouillards du matin, révélant les creux, ouatés de verdure tendre, les ruisseaux, les toits roussis où fumaient les cheminées, les bœufs roux foncé qui, deux par deux, s'en allaient au champ, unis sous le même joug.

Il était seul et, tourné vers l'horizon, il ne bougea pas quand les pas de son écuyer et ceux de la jeune femme firent résonner les planches épaisses du hourdage. Peut-être était-ce pour se donner un ultime instant de réflexion qu'il semblait ne rien entendre ? Peut-être ne se sentait-il pas prêt encore pour cette minute où il lui faudrait lutter face à face contre son amour.

Fortunat s'avança, seul, murmura quelque chose tout bas. Alors, la statue de fer vêtue se tourna lentement vers Catherine tandis que Fortunat s'esquivait. Sous la visière relevée du heaume d'acier noir, la jeune femme vit luire les yeux sombres de son mari. Il la regardait sans rien dire. Elle appela à elle tout son courage et, pour briser ce silence qui s'éternisait, l'étouffait, elle dit, très doucement :

« Tu m'as demandée ? Me voici... »

Il ne fit pas un geste vers elle. Un pied appuyé

au créneau, il laissait le soleil arracher des éclats sinistres à sa funèbre carapace et jouait avec une longue dague armoriée, timbrée de son épervier héraldique, qu'il avait prise à sa ceinture. Soudain, il parut prendre son parti de quelque chose, releva la tête, se redressa et fit face à sa femme.

« Je t'ai demandé de venir pour te dire adieu ! »

Elle n'avait pas prévu cela et recula d'un pas. Dans la douce lumière du voile blanc ses yeux se creusèrent, sa bouche trembla d'angoisse.

« Adieu ? Tu veux que je m'en aille ? »

Il eut un pâle sourire, aussitôt effacé.

« Non, Catherine. Tu dois rester ! C'est moi qui vais partir. Partir pour ne jamais plus revenir. J'ai voulu que tu le saches...

— Tu veux partir ? Tu veux partir ?... »

Elle répétait ces paroles sans parvenir à leur donner un sens clair. Une invincible fatigue envahit tous ses membres et, cherchant instinctivement un appui, elle se laissa glisser, assise entre les énormes merlons. Enfin la signification claire de cette étrange déclaration parvint à percer les brumes où s'enfonçait son esprit.

« Partir ! répéta-t-elle. Mais pourquoi ? Et pour aller où ? »

Il se détourna d'elle, reprit la contemplation du paysage, haussa les épaules.

« Où, je n'en sais encore rien... peut-être vers la Provence ! Il y a là-bas, au bord d'une mer plus bleue que le ciel d'été, des châteaux blancs entourés d'étranges fleurs où il doit faire bon vivre.

— Mais, si tu veux vivre là-bas, moi je veux bien ! Et si tu veux partir, partons. Je suis prête. »

De nouveau le douloureux sourire. Il baissa la tête, sa voix se fit plus sourde.

« Je sais que je vais te faire du mal, qu'il te faudra être courageuse, Catherine. Mais je sais aussi que tu n'as jamais manqué de courage et je pense que, lorsque deux êtres se sont trompés, il vaut mieux avoir le courage d'en finir avant qu'il soit trop tard. Je ne veux pas t'emmener là-bas. C'est Marie que j'emmènerai ! »

Assommée, Catherine se laissa aller contre la pierre. Le visage baissé d'Arnaud était crispé comme celui d'un martyr dans l'arène, mais il ne tournait pas les yeux et sa voix ne faiblissait pas. Il avait dit : « C'est Marie que j'emmènerai », calmement, froidement. C'était là une décision mûrement pesée.

« Marie ! articula Catherine. C'est Marie que tu veux emmener ? Mais pourquoi ? »

La réponse vint, immédiate, foudroyante.

« Je l'aime ! »

Et comme Catherine, écrasée sous l'énormité de ces mots, ne réagissait pas, il poursuivit, d'une voix sourde :

« Vois-tu, il arrive que l'on se trompe dans la vie. Marie et moi, nous nous connaissions depuis toujours et... je n'avais jamais pensé à elle autrement que comme à une très petite fille. Toi, tu m'as ébloui et je t'ai voulue, mais... quand nous sommes revenus, je l'ai revue et elle avait changé. Nous sommes de la même race, elle et moi, Catherine. C'est cela qu'il te faut comprendre. »

La furieuse poussée de colère qui s'enfla en elle ranima Catherine. Les mots affreux frappaient sa tête comme des coups de marteau. Ils n'étaient pas vrais, ils ne pouvaient pas être vrais ! D'ailleurs, ils sonnaient faux ! Elle se dressa, les poings serrés.

« Tu l'aimes, dis-tu ? Tu oses me dire cela à moi ?

As-tu oublié tout ce qui nous a liés depuis dix ans... dix ans ! Etais-tu fou, ou bien ne savais-tu pas ce que tu disais ? Si c'est elle que tu aimes, en vérité, tu as une étrange façon d'aimer. A coups de fouet ? »

Il devint blême et, sous la visière relevée, les ombres de son visage parurent se creuser davantage. Les narines se pincèrent et la bouche se serra au point de n'être plus qu'un mince trait rouge.

« On frappe un chien qui a commis une faute et pourtant on l'aime ! Je t'ai dit que nous étions de même race, elle et moi ! Elle pouvait comprendre ce châtiment. Elle l'avait mérité en me désobéissant. Je lui avais donné l'ordre de te laisser en paix. »

Catherine, alors, se mit à rire, à rire... Des éclats durs, secs et métalliques qui, sous la longue galerie de bois, résonnèrent étrangement. C'était un rire nerveux qui faisait plus mal que des sanglots.

« Ainsi, articula-t-elle au bout d'un instant, tenter de me tuer, essayer d'étouffer Michel, c'est seulement pour toi une désobéissance ? Si c'est cela, je pense en effet que vous êtes tous deux de la même race : vous n'avez pas de cœur ! Rien ! Les pierres de ce mur, les loups que l'on entend hurler la nuit dans ces bois sont plus humains que vous. Tu veux partir ? À merveille, monseigneur ! Pars ! Va-t-en cacher tes nouvelles amours... Moi, je retourne aux miennes ! »

Au prix de sa vie Catherine n'eût pu dire ce qui l'avait poussée à lancer cette affirmation, à moins que ce ne fût le désir de rendre coup pour coup, blessure pour blessure, souffrance pour souffrance. Avec une joie amère, elle constata que le coup avait porté : Arnaud avait chancelé et s'était adossé à la muraille.

« Que veux-tu dire ? fit-il avec fureur, quelles amours ?

— Celles que je n'aurais jamais dû quitter : le duc Philippe. Je vais partir, moi aussi, Arnaud de Montsalvy, je vais rentrer chez moi, en Bourgogne, retrouver mes terres, mes châteaux, mes joyaux...

— Et la réputation d'une femme perdue ?

— Perdue ? » Elle eut un petit rire bref, infiniment douloureux. « Ne suis-je pas déjà perdue ? Penses-tu que je vais demeurer ici, enfermée dans ce château croulant, à user ma jeunesse, ma beauté, à contempler le ciel, à prier auprès de ta mère, à m'occuper de bonnes œuvres, et à supplier le Ciel de te ramener à moi quand tu en auras assez de ton sac d'os ? Non ! Si tu l'as cru, tu t'es trompé, monseigneur ! Je vais repartir chez moi... et j'emmènerai mon fils.

— Non ! »

La voix d'Arnaud avait porté si loin qu'une des sentinelles arpentant lourdement la tour voisine s'arrêta, interdit, la lance en arrêt, cherchant d'où venait ce cri. Plus bas, alors, mais avec une farouche détermination, il reprit :

« Non, Catherine. Tu ne partiras pas... Tu resteras ici, de gré ou de force !

— Pendant que tu t'en vas avec l'autre ? Tu es fou, je pense ? Je ne resterai pas une heure de plus. Avant que le soir tombe, j'aurai quitté ce château de malheur avec mes gens, avec Sara et Gauthier... et avec mon enfant ! »

Sa voix se fêla sur le dernier mot. Elle imaginait déjà ce départ, le pas des chevaux résonnant sur le sol dur, s'éloignant, et le château disparaissant dans le brouillard, dans le lointain, s'effaçant comme un rêve... un rêve qui avait duré dix ans !

« Ainsi, ajouta-t-elle, tu n'auras pas à quitter ton poste, tu pourras demeurer ici, entre ta mère et cette... et tu ne seras pas obligé de forfaire à l'honneur !

— En quoi ? fit Arnaud sèchement.

— En abandonnant le château que t'a confié un ami. Tu devais garder Carlat... et il faut que tu l'aimes bien fort, cette fille, pour accepter à la fois de me traiter comme tu fais et de tout abandonner de ce qui fut ta vie de soldat. »

Si Catherine tremblait de tous ses membres en parlant, Arnaud, plus que jamais, semblait une statue d'acier. L'ombre du casque dissimulait suffisamment son visage pour que Catherine ne vît pas le désespoir qui habitait les yeux. Il recula de quelques pas pour être encore moins visible.

« Ecoute-moi, Catherine, dit-il, et sa voix semblait venir de très loin. Que tu le veuilles ou non, tu es dame de Montsalvy, tu es la mère de mon fils et jamais un Montsalvy ne passera en Bourgogne. La fidélité est un devoir sacré.

— Sauf envers sa propre femme ! ricana douloureusement Catherine. Tu me laisserais repartir, peut-être, s'il n'y avait que moi. Mais tu es assez lâche pour te servir de mon enfant, pour m'obliger à demeurer ta captive, ta captive malgré moi, malgré tout, malgré ta trahison... Et tu veux que je demeure ici, seule, abandonnée de tous, dans un pays inconnu, au milieu des dangers, pour t'en aller au loin vivre je ne sais quel amour stupide... »

Soudain, la douleur l'emporta sur la colère. Elle courut à son époux, entoura de ses bras le torse vêtu de fer, posant sa joue brillante de larmes contre la froide et lisse surface de l'armure.

« C'est un cauchemar, dis, c'est un mauvais rêve

dont je vais me réveiller ? Ou alors tu veux m'éprouver pour voir si je te suis réellement fidèle ? Oui, c'est sûrement cela ? Cette fille t'a exaspéré avec ses calomnies et tu as voulu savoir... Mais, tu sais, n'est-ce pas, tu sais que je t'aime ? Alors... par pitié, cesse de me torturer, cesse de me faire du mal... Tu vois bien que j'en meurs. Sans toi, ma vie n'a plus de sens, je suis plus perdue qu'un enfant au cœur de l'orage et de la nuit. Aie pitié de moi, reste avec moi !... nous nous sommes trop aimés pour qu'il n'en reste rien !... »

Sous sa tête, elle entendait battre le cœur, prisonnier de sa carapace d'acier. Il battait vite, à grands coups lourds et puissants, mais trop rapides sans doute. Se pouvait-il que ce cœur sur lequel, tant de fois, elle avait dormi, ne battît plus pour elle ?... La douleur déchirante de son cœur à elle lui fit peur. Catherine voulut resserrer son étreinte, mais Arnaud, doucement, détachait les bras noués autour de lui, s'éloignait de quelques pas.

« A quoi bon tenter de réveiller ce qui n'est plus, Catherine ? Je n'y peux rien, et toi non plus... Nous n'étions pas faits l'un pour l'autre. Maintenant, écoute mes paroles, ce sont les dernières. Je n'abandonne pas cette forteresse. J'ai fait prévenir Bernard en lui demandant de me faire relever de mon commandement, d'envoyer d'urgence un capitaine... Dès qu'il sera là... et il ne saurait tarder, je partirai. A toi, je te laisse mon fils, mon nom, ma mère.

— Tout ce qui te gêne ! cria Catherine en qui la colère revenue se mêlait à une atroce déception. Mais tu ne pourras rien pour me retenir, ni toi ni tes pareils. A peine auras-tu tourné les talons que je partirai... et le nom de Montsalvy brillera bientôt à l'armorial de Bourgogne, tu m'entends, de

Bourgogne ! J'apprendrai à Michel à haïr les Armagnacs, j'en ferai, plus tard, un page du duc Philippe, un soldat de Bourgogne qui ne connaîtra pas d'autre maître que le grand duc d'Occident !

— Je saurai bien t'en empêcher, même absent ! gronda Montsalvy.

— Personne ne m'a jamais empêchée de faire ce que j'avais envie de faire, pas même Philippe de Bourgogne... et il était plus fort que toi !

— Gardes ! »

Le mot claqua et soudain les deux époux, dressés l'un en face de l'autre, ne furent plus que deux ennemis. Les sentinelles n'étaient pas loin. Deux d'entre elles accoururent. Arnaud leur désigna la jeune femme qui, blême et les dents serrées pour maîtriser sa douleur et sa rage, se tenait adossée au créneau.

« Conduisez Mme de Montsalvy dans sa chambre. Elle ne devra en sortir sous aucun prétexte. Faites bonne garde, c'est un ordre et vous m'en répondrez sur votre tête. Mettez deux hommes à sa porte, un autre dans la chambre même. Si elle se rend chez ma mère, on devra la suivre, mais elle n'aura pas le droit d'aller ailleurs. Sa servante, Sara, aura libre accès auprès d'elle et aussi l'homme qui se nomme Gauthier. Allez maintenant ! Et priez messire de Cabanes de venir me parler. » Il se tourna vers Catherine. « Je suis navré, madame, d'user ainsi de rigueur avec vous, mais vous m'y obligez... à moins que vous ne me donniez votre parole de ne pas chercher à fuir !

— Cette parole, je ne la donnerai jamais. Enfermez-moi, messire, ce sera le digne couronnement de vos bienfaits envers moi. »

Très droite, la tête haute, elle fit demi-tour et,

sans ajouter un regard ou un mot, se dirigea vers l'escalier, ses gardes sur les talons. Tous ses mouvements étaient automatiques. Elle allait comme dans un songe, l'esprit enveloppé de brume, les yeux brûlants et la tête lourde. Elle avait la curieuse impression d'être un condamné à mort que l'on vient d'exécuter et qui, mort cependant, redescend les marches de son échafaud... L'immensité du désastre qui la frappait était telle qu'elle ne parvenait pas à le mesurer totalement. Elle était seulement accablée, hébétée... Plus tard, quand ce bienheureux engourdissement prendrait fin, la souffrance, elle le savait, se réveillerait plus brûlante. Pour l'instant, la colère, l'indignation, un vague dégoût s'y mêlaient et, en quelque sorte l'adoucissaient.

En franchissant le seuil de sa chambre, elle s'arrêta. Sara, debout auprès du berceau de Michel, se retourna et, la voyant si pâle dans le cadre de la porte, entre ces hommes d'armes assez embarrassés de leur personnage d'ailleurs, poussa un cri, courut à elle.

« Catherine ! Par le sang du Christ... »

La jeune femme ouvrit la bouche pour dire quelque chose, tendit les bras dans un geste d'appel pitoyable... Une vague de chaleur montait à son cerveau, l'enflammait... Elle avait chaud, tout à coup... Tout brûlait dans sa tête. Soudain, une douleur la vrilla et, avec un faible cri, elle s'écroula aux pieds de Sara, tordue par une terrible crise nerveuse. Les yeux révulsés, grinçant des dents, une mousse légère au coin des lèvres, les bras et les jambes s'agitant spasmodiquement, elle roula sur le dallage froid, à la grande terreur des hommes d'armes qui, oubliant leur mission, s'enfuirent en courant. Elle n'entendit pas le cri d'épouvante de

Sara, elle ne vit pas Gauthier entrer comme une bombe dans la chambre, ni accourir les autres serviteurs du château... Elle était aux prises avec une si terrible souffrance physique que la conscience s'en était allée et que, du moins, la notion de son amour détruit était pour le moment écartée. C'était peut-être une forme de la miséricorde divine, mais en tentant de porter secours à Catherine, Sara sentait que le calvaire ne faisait seulement que commencer.

CHAPITRE IX

LA DAGUE DES MONTSALVY

COMBIEN de temps Catherine flotta-t-elle dans le gouffre de l'inconscience, dans les eaux noires de l'angoisse et de la peur avec la folie guettant cette femme poussée aux dernières limites de la désespérance ? Même Sara, rivée au chevet de celle qui lui était plus chère que sa propre vie, n'aurait pu le dire. La gitane se rappelait le soir terrible, le soir d'émeute où Paris était fou et où Barnabé le coquillard était venu la chercher pour qu'elle vînt donner ses soins à une enfant inconsciente. Elle revoyait le corps inerte, encore maigre, la petite tête pâle sous la nappe fastueuse des cheveux fous, la tragique inconscience du regard... Elle avait lutté, pied à pied, nuit et jour, pour arracher l'enfant à la mort et à la folie. C'était le soir où Catherine avait tenté de sauver Michel de Montsalvy et où le père de l'enfant avait payé de sa vie la folle générosité de sa fille. Est-ce que tout allait recommencer et fallait-il que Catherine fût menée aux portes de la mort le jour où les Montsalvy entraient dans son existence comme le jour où les Montsalvy s'arrachaient d'elle ? Et, maintenant, la jeune femme blessée au plus sensible, au plus profond, résisterait-elle à l'effondrement de sa vie ?

Cependant, Catherine, du fond des brumes de sa fièvre, remontait parfois à la surface de la conscience. Elle reconnaissait Sara et aussi une haute forme noire, dressée contre la colonne de son lit, une forme noire qui ne disait jamais rien et qui pleurait en la regardant. Et c'était cela qui l'étonnait le plus. Pourquoi donc la dame de Montsalvy pleurait-elle près de son lit ? Etait-elle vraiment morte et allait-on la porter en terre ? L'idée lui en venait, apaisante et douce comme une gorgée d'eau fraîche. Et puis les démons reprenaient le dessus et Catherine sombrait de nouveau.

En réalité, cinq jours seulement coulèrent, entre la scène cruelle du chemin de ronde et le moment où Catherine reprit définitivement ses sens. Ses yeux s'ouvrirent sur une gloire de soleil et de ciel bleu qui à travers la fenêtre ouverte emplissait la chambre. Une main s'appuya sur son front et les choses se retrouvèrent comme elles étaient chaque fois qu'elle revenait à la vie : Isabelle de Montsalvy était debout au pied du lit, dans ses vêtements noirs.

« La fièvre est tombée, dit au chevet la voix de Sara où vibrait une joie.

— Dieu en soit loué ! » répondit la silhouette noire qui se pencha sur le lit à son tour.

Il se passa alors une chose invraisemblable, incompréhensible : Isabelle prit la main inerte de

Catherine, abandonnée sur le drap, et la pressa contre ses lèvres. Puis elle se détourna et s'éloigna comme si elle craignait que sa vue ne blessât la malade. Un moment, Catherine aspira avec délices l'air tiède de sa chambre, laissa ses yeux s'emplir des éclats dorés du soleil, ses oreilles du gazouillis de Michel qui, dans son berceau, saluait à sa manière la beauté du jour et agitait ses menottes comme de minuscules oiseaux roses... Comme tout était beau et doux !...

Et puis soudain, la notion des choses lui revint. Une vague amère de douleur emplit la jeune femme qui fit un effort désespéré pour se redresser. Sara, aussitôt, s'interposa :

« Reste tranquille, tu es trop faible...

— Arnaud !... balbutia-t-elle... Arnaud !... Où est-il ? Oh !... je me souviens, je me souviens de tout maintenant ! Il ne m'aime plus... il ne m'a jamais aimée... C'est l'autre qu'il aime... c'est l'autre ! »

Sa voix montait vers un diapason aigu et Isabelle de Montsalvy inquiète, craignant une rechute, se rapprocha. Elle prit la main diaphane qui maintenant battait l'air comme l'aile d'une colombe affolée.

« Mon enfant, calmez-vous... Il ne faut pas penser, il ne faut pas parler. Il faut songer à vous, à votre fils. »

Mais Catherine s'agrippait à sa main, en tirait assez de force pour se redresser à demi. Dans la masse rutilante de ses cheveux dénoués, son visage étroit se marquait de rouge fluide aux pommettes tandis que le regard prenait un éclat visionnaire.

« Il est parti, n'est-ce pas ? Dites-le-moi, je vous en supplie. Il est parti ? Oh !... et puis. » Elle lâcha prise tout à coup, se laissa aller de nouveau sur ses oreillers de lin. « Ne me répondez pas, ajouta-t-elle avec une poignante expression de douleur, je sais qu'il est parti ! Je le sens au vide qu'il y a là... Il est parti... avec elle !

— Oui, murmura Sara d'une voix lourde, il est parti hier. »

Catherine ne répondit pas. Elle s'efforçait de toutes ses faibles forces de retenir les sanglots qui montaient et qui, peut-être, achèveraient de l'épuiser. Elle ferma les yeux.

« Il y a trop de lumière, Sara, murmura-t-elle. Cela me fait mal. Pourquoi donc le soleil brille-t-il ? Il est mon ennemi, lui aussi... »

Derrière l'écran de ses paupières baissées, elle retrouvait pourtant ce soleil. Elle le voyait éclairer la course de deux cavaliers qui, côte à côte, suivaient un chemin vert, tout brillant de lumière, tout bruissant de chants d'oiseaux si nombreux que le pas des chevaux ne parvenait pas à les faire taire. Ce pas des chevaux, d'ailleurs, elle l'entendait... Il claquait sur le chemin, joyeusement, faisait voler les pierres dans la hâte de la fuite... Les deux cavaliers s'en allaient loin, fuyaient comme des malfaiteurs pour cacher un bonheur volé et maudit. Et le pas des chevaux, les pierres du chemin, tout cela venait cogner dans la tête encore douloureuse de la jeune femme. Sara la vit croiser ses mains, devenues transparentes en ces quelques jours, serrer l'endroit du cœur comme si elle voulait l'arracher de sa poitrine. Mais Sara ne pouvait pas savoir qu'un cœur brisé cela faisait si mal ! Le souffle de Catherine emplissait la chambre, fort et bruyant comme celui d'un coureur qui a fourni une longue étape à vive allure. Et Sara, désolée, l'entendit murmurer :

« Je voudrais tant le revoir... rien qu'une fois ! Entendre encore sa voix, sentir... encore une fois ses lèvres sur ma joue et puis mourir ! Rien qu'une fois... »

Elle était si faible, si misérable dans son humble prière, cette pauvre enfant aux prises avec une douleur trop forte pour elle que Sara se laissa tomber près d'elle, l'enveloppa de ses bras et pressa sa joue contre la sienne.

« Mon tout petit... Ne te torture plus ! Essaie de guérir, pour ton petit... pour moi aussi ! Qu'est-ce qu'elle deviendrait sans toi, ta vieille Sara ? Il y a encore tant de choses au monde, tant de joies possibles pour toi. La vie n'est pas finie.

— Ma vie, c'était lui... »

Jamais le respect de la parole donnée n'avait tant pesé à Sara. Elle mourait d'envie de dire ce qu'elle avait vu, durant ces cinq jours et ces cinq nuits : cet homme écrasé de douleur qui était demeuré sans bouger, des heures durant, dans l'embrasure d'une fenêtre, hors de vue de la malade, les yeux secs, les mains nouées, sans dormir, sans manger... tant que le danger n'était pas écarté. Et puis, quand enfin le mire venu d'Aurillac avait déclaré la jeune femme sauvée, Arnaud s'était levé et, sans se retourner, avait quitté la chambre. Une heure après, dans la gloire sanglante d'un crépuscule chargé de vents à venir, il quittait le château, menant en bride un autre cheval sur lequel Marie de Comborn, étroitement voilée, avait pris place. Confiant Catherine à sa belle-mère, Sara était allée sur la tour Noire pour les voir partir. Pas une seule fois, en descendant le raidillon, Arnaud ne s'était retourné vers celle qu'il emmenait et qui, tête baissée, ressemblait bien plus à une captive qu'à une femme heureuse... Mais tout cela, Sara ne pouvait pas le dire parce qu'il ne fallait pas que tant de souffrance fût inutile.

Longtemps, les deux femmes demeurèrent serrées l'une contre l'autre, mêlant leurs larmes. Catherine trouvait un apaisement à pleurer ainsi. L'amertume se dissolvait un peu dans les larmes et la blessure s'endormait. La tendresse maternelle de Sara, elle aussi, avait d'étranges vertus lénitives. La tête appuyée contre son vaste giron, Catherine se sentait momentanément à l'abri, comme une petite barque de pêche démâtée par la tempête, et qui, par miracle, trouve un havre.

« Sara, dit Catherine au bout d'un moment, lorsque j'irai tout à fait bien, nous retournerons chez nous, à Dijon ! »

La gitane ne répondit pas. D'ailleurs, un bruit bizarre venait d'éclater dans la cour du château. Une étrange musique, stridente, aigrelette et insistante, quelque chose qui sentait le brouillard et la pluie. Cela ne ressemblait à rien, en fait de ligne mélodique, de ce que Catherine avait entendu jusque-là. C'était nasillard, guerrier. Cela écorchait les nerfs et, pourtant, il y avait là-dedans une sorte de vitalité. Surprise, malgré elle, Catherine tendit l'oreille.

« Qu'est-ce que c'est ? demanda-t-elle. On dirait des cabrettes comme celle dont jouait le pauvre Etienne, à Montsalvy... »

Le nom passa difficilement. La voix de Catherine s'étrangla dessus. Sara, alors, devinant ce qu'elle éprouvait, se hâta de répondre :

« Ce ne sont pas des cabrettes, mais cela y ressemble en effet. Les Ecossais qui jouent de cet instrument l'appellent cornemuse. C'est une sorte de sac de peau d'où partent plusieurs tuyaux et les musiciens soufflent dedans. Leur musique est bizarre, mais l'on s'y fait plus qu'à leur aspect. Ils combattent jambes nues sous d'étranges jupes courtes et bariolées, et leur air sauvage est terrifiant.

— Des Ecossais ? fit Catherine stupéfaite. Il y a des Ecossais ici ?

— Depuis deux jours, reprit Sara, le nouveau capitaine envoyé par le comte Bernard est arrivé avec une petite troupe de ces hommes. Il est de là-bas, lui aussi. »

A la cour du roi Charles, Catherine avait vu souvent de ces Ecossais venus servir la France à la suite des Stuart et du connétable de Buchan, prédécesseur de Richemont... Arnaud les lui avait montrés et il y en avait dans la suite de Jehanne la Pucelle. Mais, soudain, Catherine se désintéressa de ces gens. Penser à eux, c'était encore penser à Arnaud, c'était se rappeler les doux souvenirs qui, maintenant, étaient d'autant plus cruels. Mais, comme Sara continuait à parler du nouveau maître de Carlat, elle demanda pour en finir :

« Comment s'appelle-t-il ?

— Kennedy, répondit Sara. Messire Hugh Kennedy. Il a l'air sauvage, lui aussi, mais c'est un vrai chevalier. »

En bas, l'aigre musique des cornemuses s'éloignait jusqu'à n'être plus qu'une légère plainte. Une plainte qui, bientôt, s'éteignit elle aussi.

LE mal quitta Catherine aussi subitement qu'il s'était emparé d'elle. L'extrême fatigue lui avait facilité la route, le repos le vainquit. Deux jours après avoir repris conscience claire, la malade put quitter son lit et prendre place au coin du feu, dans une vaste chaise abondamment garnie de coussins. Mais comme, pour la vêtir, Sara lui offrait une robe de couleur feuille morte, elle l'avait repoussée.

« Non ! Désormais, je ne porterai plus que du noir.

— Du noir ? Mais pourquoi ? »

Un pâle sourire crispa plus qu'il ne détendit le pâle visage de la jeune femme.

« Je suis toujours la dame de Montsalvy et, pourtant, je n'ai plus d'époux. Je ne puis donc être qu'en deuil. Donne-moi une robe noire. »

Sara ne répliqua pas. Elle alla chercher le vêtement demandé, songeant à part elle que la beauté de Catherine n'éclatait jamais autant que dans des atours noirs. Et ce fut, vêtue d'une robe de velours noir, coiffée de mousseline noire tombant d'un haut bourrelet du même velours que la jeune femme attendit le nouveau gouverneur de Carlat. Elle l'avait fait demander, non pour satisfaire une quelconque curiosité, mais simplement pour lui poser quelques questions concernant sa situation personnelle. Le chagrin, pendant un moment, devait faire trêve pour les réalités de l'existence et, celles-là, Catherine était trop habituée à les regarder en face pour les différer plus longtemps. D'ailleurs, il fallait, à tout prix, qu'elle fît quelque chose, qu'elle s'agitât d'une manière ou d'une autre. Si elle devait demeurer dans ce château, inactive, à regarder couler le temps, elle savait bien qu'elle deviendrait folle.

Lorsque Kennedy entra chez elle, elle se souvint de l'avoir déjà vu à la cour de Charles VII, car il était assez remarquable pour frapper une mémoire, même rétive. Il était presque aussi grand que Gauthier et roux comme lui, mais, alors que les cheveux du Normand étaient clairs avec des reflets de flamme, ceux de l'Ecossais avaient la couleur rouge foncé du bois de poirier. Le visage était presque de la même nuance, tanné comme une brique vieillie. Les traits étaient épais, mais leur expression habituelle était la gaieté. Un nez légèrement retroussé, une paire d'yeux d'un bleu de lin achevaient de prévenir en faveur du personnage. Pourtant, quand il souriait, montrant de belles dents blanches, les lèvres se retroussaient de façon suffisamment menaçante pour que l'on ne se fiât pas trop à sa bonne humeur. En fait, Hugh Kennedy, venu des hautes terres d'Ecosse avec James Stuart, comte de Buchan et connétable de France, était un assez redoutable aventurier. Il avait combattu loyalement l'Anglais pour lequel il éprouvait une insurmontable répulsion et il continuait. Mais, après la rudesse de ses montagnes, le pays de France, tout misérable qu'il fût, lui semblait une terre suffisamment délectable pour qu'il souhaitât s'y installer. Les Stuart possédaient, au nord de Bourges, le fief d'Aubigny, par don royal, et tous les autres Ecossais gravitaient autour. Ce qui valait aux bonnes gens des pays de Loire nombre d'incursions de Kennedy et de ses pareils, incursions dont ils se fussent aisément passés car cet ami de la France les malmenait aussi vigoureusement que l'envahisseur anglais.

Tout cela, Catherine le savait et se le remémorait tandis que le nouveau gouverneur, avec assez de grâce pour un homme aussi lourdement charpenté, s'inclinait devant elle en balayant le dallage des plumes de héron de son bonnet plat. Il portait l'étrange costume de son pays : chausses collantes dont le joyeux quadrillage vert, rouge et noir se répétait sur la grande écharpe de laine qui barrait la cuirasse cabossée et s'attachait à l'épaule par une lourde plaque d'argent ciselé. Un pourpoint de buffle supportait cette cuirasse et drapait des épaules de taille respectable. Le ceinturon supportait une dague longue comme un glaive romain et un curieux sac fait de peau de chèvre. En entrant chez Catherine, Kennedy avait déposé dans un coin son arme traditionnelle, la claymore, cette gigantesque épée à deux mains dont le nom, hurlé dans les batailles, servait de cri de ralliement. Malgré sa taille et son poids, Kennedy maniait sa claymore d'une seule main et avec une déconcertante aisance.

« Je n'espérais pas, madame, avoir, en venant ici, le bonheur de revoir la plus belle dame de France, sinon je serais venu beaucoup plus vite. »

Il parlait un français rapide, extraordinairement aisé et presque sans accent. Sans doute y avait-il longtemps qu'il s'occupait des paysans de France ! Catherine ébaucha un sourire qui n'atteignit pas ses yeux.

« Merci du compliment, seigneur. Pardonnez-moi de n'avoir pas réclamé plus tôt votre visite. Ma santé...

— Je sais, madame. Ne vous excusez pas. C'est moi qui suis heureux du privilège que vous voulez bien m'accorder. Doublement heureux puisque je constate que vous allez mieux. Mes hommes chanteront, ce soir, à la chapelle, un *Te Deum* en votre honneur. »

En l'écoutant, Catherine reprenait un peu d'espoir. Elle avait craint de voir surgir une sorte de geôlier implacable, mais les procédés de l'Ecossais semblaient annoncer qu'il n'userait pas de rigueur avec elle. Elle croisa ses doigts en les serrant très fort, du geste qui lui était familier, désigna un siège à son visiteur, puis :

« J'ignore, sire Kennedy, ce que vous ont dit le

comte Bernard en vous envoyant ici, et messire de Montsalvy en vous y accueillant, mais je voudrais savoir quelle doit être ma vie à l'avenir ; suis-je prisonnière ? »

Sous leurs sourcils circonflexes, les yeux de Kennedy s'arrondirent comme deux billes bleues.

« Prisonnière ? Pourquoi donc ? Votre époux, que je connais depuis longtemps, m'a confié cette forteresse et vous-même en me disant qu'il lui fallait s'absenter pour de longs mois. J'aurai donc, madame, l'honneur de défendre Carlat et le bonheur de veiller sur vous.

— Parfait ! dit Catherine. Puisque vous ne semblez, messire, avoir en seule vue que ma satisfaction, je pense donc faire prochainement un petit voyage. Vous chargerez-vous de mes équipages ? »

Elle avait trouvé, pour cette ultime question, un sourire charmant. Mais il n'eut pas sa contrepartie. Au contraire, Kennedy sembla perdre d'un seul coup toute sa joie de vivre. Les lignes de son visage tombèrent et un gros sillon se creusa dans son front.

« Gracieuse dame, dit-il avec un effort visible... C'est la seule chose que je ne puisse vous accorder. Sous aucun prétexte vous ne devez quitter Carlat... à moins que ce ne soit pour Montsalvy où, dans ce cas, je devrai vous remettre aux mains du vénérable père abbé, avec deux hommes de confiance pour veiller sur vous. »

Les mains de Catherine se crispèrent sur les accoudoirs sculptés de son fauteuil. Ses yeux lancèrent des éclairs.

« Savez-vous bien, messire, ce que vous dites... et à qui vous le dites ?

— A la femme d'un ami ! soupira l'Ecossais. Donc à quelqu'un qui, m'étant confié, m'est plus cher que ma propre famille. Même si je dois, en gémissant, déchaîner votre courroux, j'accomplirai le devoir que m'a imposé Montsalvy et ne faillirai point à la parole donnée. Voyez-vous, votre époux est mon frère d'armes... »

Encore ! L'irritation gonfla les minces narines de la jeune femme. Trouverait-elle toujours, devant elle, cette invraisemblable solidarité des hommes ? Ils se tenaient les uns les autres comme les doigts d'une seule main et rien, apparemment, ne pouvait rompre cette puissante magie. Une fois de plus, elle était prisonnière et, cette fois, dans sa propre demeure. Il faudrait, sans doute, user de ruse... à moins que la force pure ? L'Ecossais était vigoureux, mais de quel homme son fidèle Normand ne viendrait-il pas à bout ?

Avec infiniment de grâce, Catherine se tourna sur son siège, appela Sara d'un geste de la main.

« Va me chercher Gauthier, dit-elle avec une inquiétante douceur. J'ai à lui parler.

— Pardonnez-moi, madame, répondit la gitane, mais Gauthier est parti chasser ce matin à l'aube.

— Chasser ? Avec quelle permission ? »

Ce fut le gouverneur qui se chargea de la réponse.

« Avec la mienne, gracieuse dame. En arrivant, l'autre soir, mes gens ont tué un ours. La femelle, folle de colère, était lâchée sur le pays et, déjà, un homme a été tué. Votre serviteur... un homme extraordinaire entre nous, m'a demandé de le laisser mener seul la chasse. A l'entendre il sait comme personne tuer les ours. Et j'avoue que je le crois volontiers. »

Catherine soupira. La passion de Gauthier Malencontre pour la chasse, elle la connaissait. L'ancien forestier ne pouvait pas repérer, sous bois, la trace d'un animal quel qu'il fût sans se comporter comme un vieux cheval de bataille qui entend la trompette. Elle éprouva un peu d'humeur en songeant que, délivré des soucis de sa santé à elle, il n'avait rien trouvé de mieux que s'en aller courir les grands chemins.

« Eh bien, mais vous avez eu raison, messire. Mon écuyer est un homme des bois, il n'aime que le grand air, les grands espaces et c'est un remar quable chasseur. Souhaitons qu'il rencontre l'ourse... »

Elle tendit la main pour marquer que l'audience était finie. Kennedy ne s'y trompa pas, prit cette main et y posa ses lèvres.

« N'avez-vous plus rien à me demander ? Hormis vous laisser errer sur les routes sans surveillance, il n'est rien que je ne sois prêt à faire pour vous et... »

Il n'acheva pas. Poussée violemment de l'extérieur, la porte de la chambre venait de taper rudement contre le mur. Gauthier, sale à faire peur et rouge d'avoir trop couru, apparut au seuil, portant sur son épaule un étrange paquet. Catherine vit, pendant devant la poitrine du géant, de longs cheveux noirs, un visage verdâtre aux yeux clos.

Au seuil, le géant s'arrêta un instant, regarda tour à tour Kennedy encore courbé et Catherine, si droite et si pâle dans son fauteuil. Puis, remontant son fardeau sur son dos, il marcha droit à la jeune femme. Avant qu'elle ait pu seulement dire un mot, il avait fait glisser à terre, jusqu'à ses pieds, le cadavre de Marie de Comborn.

« J'ai trouvé ça près du lit de la rivière, dit-il rudement, dans un fourré où on aurait pu chercher longtemps. L'aurait fallu le plein été et l'odeur de charogne pour qu'on ait l'idée d'y aller voir. »

Pétrifiée, Catherine regardait les serpents de cheveux noirs qui se tordaient sur le dallage jusqu'à ses pantoufles de velours. Les yeux de Marie, fixés par la mort, étaient emplis à la fois d'horreur et de fureur. Elle était morte comme elle avait vécu, en pleine colère, haïssant le Ciel et la Terre sans doute. Sur son corsage, à l'endroit du cœur, une grande tache brune avait séché. Kennedy, éberlué, regardait tantôt le cadavre, tantôt Gauthier qui se tenait auprès, jambes écartées, bras croisés, mais son sang-froid britannique reprit le dessus.

« Euh ! fit-il pointant un doigt vers le corps. Il me semble que ce n'est pas l'ourse ?

— C'était une sorcière ! cracha le Normand. Que les Nornes infernales aient son esprit damné ! »

Mais Catherine se penchait sur son ennemie morte, examinait le visage où la décomposition mettait des taches violettes, relevait les lèvres bleues sur les gencives. La mort prêtait à Marie de Comborn un affreux visage devant lequel Catherine frissonna. Instinctivement, elle se signa et demeura là, à genoux, sans pouvoir ni se relever, ni faire un geste. Pourtant, elle regarda Gauthier.

« Qui l'a tuée ? En as-tu une idée ? »

Pour toute réponse, il tira de sa tunique de cuir une dague à lame longue, encore tachée de sang séché, qu'il jeta sur les genoux de la jeune femme.

« Elle avait ça dans la poitrine, dame Catherine. Celui qui a frappé savait qu'il faisait justice ! »

Sur le velours noir de sa robe, Catherine vit luire, à peine terni par trois nuits dans l'humidité des bois, l'épervier d'argent des Montsalvy. Ses yeux s'agrandirent. La dernière fois qu'elle avait vu cette arme, c'était entre les doigts d'Arnaud, sur le chemin de ronde... il jouait avec en lui disant qu'il aimait sa cousine et voulait partir avec elle. Pourtant, Marie était là, morte, et c'était la dague des Montsalvy qui l'avait tuée !

« Arnaud !... souffla-t-elle. Je rêve !... Cela ne peut pas être lui !

— Si ! affirma Sara qui s'était approchée. C'est lui qui l'a tuée, n'en doute pas.

— Mais pourquoi ? Il m'a dit lui-même qu'il l'aimait... »

Sara hocha la tête, prit des mains de Catherine la dague sanglante et la tourna un instant entre ses doigts bruns.

« Non, dit-elle doucement, il ne l'a jamais aimée ! Il a voulu que tu le croies ! Mais sans doute lui faisait-elle trop horreur pour qu'il pût longtemps supporter sa vue ! Il n'a pas eu le courage d'attendre plus longtemps ! Il a frappé. »

D'un bond, Catherine, ressuscitée, se redressa. Elle empoigna Sara aux épaules et, mue par une force secrète, se mit à la secouer avec violence.

« Que m'as-tu caché ? Que savais-tu ? Que taisais-tu pendant que je mourais de désespoir ? Pourquoi cette comédie atroce qui m'a rendue folle ? Mais parle, parle ! Je saurai bien t'arracher les paroles de la gorge, même si je dois... »

Malgré sa colère, elle s'arrêta, réalisant ce qu'elle avait failli dire et honteuse en proportion. Oui, elle avait failli menacer Sara, sa vieille Sara, sa plus fidèle amie, de la torture ! Quelle folie allumait donc dans son sang le seul nom d'Arnaud pour la conduire ainsi aux limites de la sauvagerie ! Sara avait baissé la tête, comme une coupable.

« Fais ce que tu veux, murmura-t-elle. Je n'ai pas le droit de parler... J'ai juré sur la Madone et sur le salut de mon âme.

— Et vous avez tenu parole, Sara... Merci ! »

Au son de cette voix nouvelle, Catherine poussa un cri et se retourna. Mais elle dut empoigner le dossier de son fauteuil pour ne pas s'écrouler de tout son long. Au seuil de la porte, pâle et mince dans ses vêtements de daim noir, Arnaud de Montsalvy venait d'apparaître... Le cri s'étrangla dans la gorge de sa femme. Elle croyait voir un spectre. Mais le spectre vivait... Il avançait lentement, vers elle et, dans ses yeux sombres, il y avait tout l'amour d'autrefois. Jamais il ne l'avait regardée avec cette tendresse désespérée.

« Toi ! souffla-t-elle. C'est toi ! Dieu m'a exaucée ! Il a permis que je te revoie ! »

Parce qu'il était là, plus rien ne comptait pour elle, tout avait disparu : le décor de cette chambre où elle avait agonisé d'amour, Gauthier, l'Ecossais, Sara et même la triste dépouille de son ennemie. Il n'y avait plus que lui seul... lui, l'homme qu'elle aimait par-dessus tout ! Qu'importaient les autres ?

Elle allait s'élancer vers lui, les bras tendus, folle de bonheur, comme elle avait failli devenir folle de chagrin, mais, cette fois encore, il l'arrêta.

« Non, mon amour... ne t'approche pas ! Tu ne dois plus me toucher, plus jamais. Messieurs, voulez-vous nous laisser ? Merci à vous de ce que vous avez fait. »

De nouveau, Kennedy balaya le sol de sa plume de héron, Gauthier mit un genou en terre, plantant son regard gris dans celui, si triste, de l'homme qu'en cette minute, enfin, il reconnaissait pour son seigneur.

« Messire Arnaud, dit-il, vous avez fait justice ? Pardonnez-moi d'avoir douté de vous. Désormais, je suis votre serviteur !

— Merci, fit Montsalvy mélancoliquement. Mais ton service sera bref. Et je regrette, mon camarade, de ne pouvoir, cette fois, te tendre la main. »

Kennedy et Gauthier sortirent. Sara quitta la pièce pour retrouver Michel confié à sa grand-mère. Catherine et Arnaud demeurèrent seuls face à face. La jeune femme dévorait des yeux son époux.

« Pourquoi, commença-t-elle d'une voix étranglée, pourquoi dis-tu que je ne dois... plus jamais te toucher ? Et cette abominable comédie ? Pourquoi m'avoir fait croire à ton amour pour une femme que tu haïssais, pourquoi m'avoir tant fait souffrir ?

— Il fallait que je le fasse. Il fallait qu'à tout prix je te détache de moi. Je n'ai plus le droit de t'aimer, Catherine... et pourtant jamais je ne t'ai autant aimée. »

Elle ferma les yeux pour mieux goûter la divine musique de ces mots qu'elle avait bien cru ne plus jamais entendre. Dieu tout-puissant ! Dieu de miséricorde ! Il l'aimait toujours ! Il brûlait toujours de cette passion qui la dévorait elle-même ! Mais pourquoi alors ces étranges paroles, pourquoi l'écarter de lui si obstinément ? Ce mystère qui les enveloppait tous deux depuis de si longs jours, Catherine sentait bien qu'elle allait le percer, mais, maintenant, il lui faisait peur et elle tremblait au seuil comme aux abords d'un gouffre.

« Tu n'as plus le droit de m'aimer ? répéta-t-elle péniblement. Mais qui pourrait t'en empêcher ?

— Le mal que je porte en moi, ma mie ! Le mal que j'aurais tant voulu te cacher parce que je craignais, par-dessus tout, de te faire horreur. Mais j'ai compris que je craignais plus encore ta haine, ton mépris. J'ai eu peur, si peur, que tu t'en ailles, que tu retournes vers l'autre ! Cela... te savoir dans ses mains, imaginer ton corps entre ses bras, ta bouche contre la sienne... cela, c'était l'enfer ! Je ne pouvais pas l'endurer. Mieux valait revenir... mieux valait tout te dire !

— Mais quoi ? Pour l'amour de Dieu, pour l'amour de notre amour, Arnaud, parle ! Je peux tout endurer... tout plutôt que de te perdre.

— Et pourtant, Catherine, tu m'as déjà perdu ! C'est la mort que je porte et, mort, je le suis déjà plus qu'à demi.

— Mais que dis-tu ? Es-tu fou ? As-tu perdu l'esprit ? Mort ? »

Brusquement, il lui tourna le dos comme s'il ne pouvait plus supporter l'angoisse du tendre visage.

« Mieux vaudrait pour moi l'être tout à fait et Dieu m'eût fait grande miséricorde s'il avait permis que je tombe, comme tant d'autres, dans la boue d'Azincourt ou sous les murs d'Orléans... »

Catherine, tendue comme une corde d'arc, cria : « Parle... par pitié ! »

Alors, il parla. Quatre mots, quatre mots terribles qui, durant des mois, allaient hanter les rêves de Catherine, l'éveiller en sursaut baignée d'une sueur d'agonie et s'enfler aux échos vides d'une chambre déserte.

« Je suis lépreux !... LÉPREUX ! »

Puis il se retourna, la regarda, étouffa une exclamation de douleur. Jamais il ne lui avait vu ce visage de crucifiée. Elle avait fermé les yeux et de lourdes larmes roulaient lentement sur les joues pâles. Debout, très droite, les mains devant sa bouche, elle semblait ne se soutenir que par quelque prodige. Elle était si fragile, si désarmée, qu'instinctivement il tendit les bras... les laissa retomber presque aussitôt. Même cette dernière joie, pleurer ensemble, l'un contre l'autre, leur était refusée... Elle haletait doucement, à petits coups, comme la biche forcée qui n'a plus d'espérance. Il l'entendit murmurer :

« Ce n'est... pas possible ! Pas possible ! »

Le cri d'un oiseau qui rayait le ciel d'un vol rapide vint meubler le silence, fit entrer dans cette chambre le souffle de la terre, l'appel de la réalité. Catherine ouvrit les yeux et Arnaud, qui, ravagé d'angoisse, avait guetté le moment où les douces prunelles violettes se poseraient de nouveau sur lui, sentit son cœur fondre. Il n'y avait, dans leur profondeur chaude, ni dégoût, ni horreur... rien qu'un amour sans plus de limites que le grand ciel bleu. Les belles lèvres rondes s'entrouvrirent pour un sourire lumineux de tendresse.

« Que m'importe ? dit-elle doucement. La mort nous a guettés, jour après jour, depuis des années, qu'importe la façon dont elle nous emportera ? Ton mal sera le mien ; si tu es lépreux, je serai lépreuse, là où tu iras, j'irai et quel que soit le destin qui nous attend, il sera le bienvenu s'il nous laisse ensemble ! Ensemble ! Arnaud, toi et moi, pour toujours... réprouvés, retranchés du monde, maudits et frappés d'anathème, mais ensemble ! »

Sa beauté, transfigurée par son amour, avait à cet instant pris un tel éclat qu'Arnaud, ébloui, ferma les yeux à son tour. Il ne la vit pas ouvrir les bras, courir à lui. C'est seulement quand elle fut tout contre lui, qu'elle glissa ses bras autour de son cou, qu'il revint sur terre, voulut la repousser, mais elle tenait bon, lui imposant le supplice délicieux et terrible d'avoir, si près des lèvres, le doux visage aimé.

« Ma douce, murmura-t-il d'une voix brisée, ce

n'est pas possible ! S'il n'y avait au monde que toi et moi j'ouvrirais mes bras et, n'écoutant que mon égoïste amour, je t'emporterais dans un lieu si écarté, si désert, que nul, jamais, ne nous y retrouverait. Mais il y a notre enfant. Michel ne peut demeurer seul au monde.

— Il a sa grand-mère !

— Elle est âgée, faible, solitaire elle aussi. Elle ne peut rien pour lui que pleurer sur son malheur. Catherine, c'est toi qui, maintenant, es la dernière des Montsalvy, leur unique espoir. Tu es brave, tu es forte... Tu sauras lutter pour ton fils, tu rebâtiras Montsalvy.

— Sans toi ? Je ne pourrai jamais ! Et toi, que deviendras-tu ?

— Moi ? »

Il se détourna, fit quelques pas, alla jusqu'à la fenêtre ouverte, regarda un instant la vallée où éclatait le printemps, tendit le bras vers le sud.

« Là-bas, dit-il, à mi-route entre ici et Montsalvy, les chanoines d'Aurillac ont élevé, jadis, une maladrerie où vivent ceux qui sont désormais mes frères. Ils étaient nombreux autrefois, ils ne sont plus que quelques-uns, gardés par un bénédictin. C'est là que je vais aller. »

Une lourde peine emplit le cœur de Catherine.

« Toi, dans une léproserie ? Toi, avec... »

Elle n'ajouta pas : avec ton orgueil, ta violence, ta fierté de race, toi la vie même, l'amant passionné de la guerre et des grands coups d'épée, condamné à la mort lente, la pire des morts ?... Mais la douleur de sa voix le disait. Arnaud le comprit et, tendrement, lui sourit.

« Oui ! Du moins je respirerai le même air que toi, je verrai, de loin et jusqu'au dernier souffle, les montagnes de mon pays, les arbres et le ciel que tu verras. Je serai mort pour toi, Catherine, mais peut-être n'auras-tu plus envie de t'en aller...

— Tu as pu croire que, maintenant...

— Non. Je sais que tu resteras. Promets-moi d'être pour Michel à la fois la mère et le père, de vivre pour lui comme tu aurais vécu pour moi, dis, le promets-tu ? »

Aveuglée par les larmes, elle cacha sa figure dans ses mains pour ne plus voir, dans l'ogive de la fenêtre, cette mince silhouette noire qui semblait, déjà, ne plus appartenir à la terre. Des sanglots déchiraient sa poitrine, mais elle les retenait de toutes ses forces.

« Je t'aime... balbutia-t-elle. Je t'aime, Arnaud.

— Je t'aime, Catherine. Quand je ne serai plus qu'un monstre, qu'un déchet humain trop affreux pour affronter le regard des autres, je t'aimerai encore et le souvenir de notre amour, de sa lumière, m'aidera. Je voulais m'en aller chercher la mort quelque part, en pays infidèle, les armes à la main, mais, si c'est la volonté de Dieu, mieux vaut mourir ici, sur cette terre qui est mienne et à laquelle, un jour, je retournerai... »

Sa voix semblait venir de loin, elle s'affaiblissait. Catherine laissa tomber ses mains, ouvrit les yeux et poussa un cri angoissé :

« Arnaud ! »

Mais il n'était plus là. Silencieusement, il avait quitté la pièce.

Ce soir-là, il fallut que Sara s'enfermât avec Catherine dans sa chambre, que Gauthier se couchât en travers de la porte. La jeune femme, oubliant la résignation qu'Arnaud l'avait suppliée de garder, voulait courir à la suite de son époux. Il était allé chercher refuge chez le bon curé de Carlat, car la nouvelle s'était répandue dans le village et dans le château comme une traînée de poudre, y semant la terreur. Le mal terrible avait frappé et chacun tremblait maintenant, des plus rudes soldats aux plus humbles bergers, cherchant à se rappeler quels contacts il avait pu avoir avec le réprouvé. Une rumeur était montée dans le soir, jusqu'aux murs du château. Les gens criaient, réclamant que le lépreux fût conduit sur l'heure à la maladrerie. Il avait fallu que le vieux curé se fâchât, jurât qu'il s'en irait avec Arnaud si l'on tentait quoi que ce soit contre lui. La peur était si grande que les paysans terrifiés eussent été capables de metre le feu à toute maison qui l'eût recueilli. Seul, le presbytère, lieu sacré, pouvait échapper.

Pour la première fois, le vieux Jean de Cabanes s'était présenté chez Catherine. Il s'était incliné avec respect devant la jeune femme en deuil et lui avait annoncé que, le lendemain, l'homme contaminé serait conduit, selon la loi, à la maladrerie de Calves après l'ultime messe que, dans l'église du village, on dirait pour lui. Il voulait savoir si Mme de Montsalvy souhaitait assister à la cruelle cérémonie.

« Vous n'en doutez pas, je pense ? » avait répondu Catherine durement.

Pour le revoir encore, pour être avec lui, fût-ce un instant encore, elle serait allée jusqu'en enfer.

Et maintenant, la nuit était revenue. Les gens de Carlat s'étaient barricadés chez eux après avoir marqué d'une croix jaune la porte du presbytère. Les gardes étaient entassés dans le corps de garde, osant à peine surveiller les créneaux, par peur, peut-être, de voir se lever dans les ténèbres la forme lugubre de la mort rouge. Les quelques sentinelles que les menaces de Kennedy avaient obligées de prendre leur garde grelottaient de peur aux créneaux. Debout à sa fenêtre, les bras croisés sur sa poitrine, Catherine regardait les ombres noires, cherchant à deviner, dans la seconde enceinte, la maison qui était le dernier refuge d'Arnaud. Ses yeux étaient secs, son front brûlait. Elle gardait maintenant un silence farouche.

Assise dans un fauteuil, à quelques pas d'elle, Isabelle de Montsalvy gardait le même silence. Les doigts pâles de la vieille dame égrenaient un chapelet. Catherine, elle, ne pouvait plus prier. Dieu était trop haut, trop loin pour que les misérables prières humaines pussent l'atteindre. Il avait accordé à Catherine le souhait né au plus fort de sa fièvre : revoir le bien-aimé, le toucher encore une fois. Mais de quel prix lui faisait-il payer cette faveur ?

Elle avait tout compris, maintenant, de l'inexplicable. Sara lui avait dit comment, une nuit, Arnaud était venu l'éveiller pour lui montrer, sur son bras nu, une large tache blanchâtre et grumeleuse qu'elle avait regardée avec terreur. C'était bien, comme il le craignait, une première trace de la maladie, le sceau maudit de la lèpre. Elle dit encore comment le jeune homme lui avait fait jurer de garder le silence. Il voulait tenter de détacher Catherine de lui pour qu'elle pût, plus tard, sans trop de regrets, s'en aller vers une autre vie. Mais il avait compté sans l'amour désespéré de la jeune femme, sans sa propre passion. Son plan généreux avait échoué et maintenant Catherine savait... comme Isabelle avait su, elle, une autre nuit, dans la chapelle !

Quand elle tournait la tête vers la vieille dame,

Catherine s'étonnait presque de trouver sur son visage ravagé une douleur égale à la sienne. Une autre femme pouvait-elle donc souffrir autant qu'elle ? Au fond de la nuit, une louve hurla. C'était le temps des amours et la bête appelait son mâle. Catherine frissonna. Pour elle, c'en était fini du temps des amours.. Il ne lui resterait plus que le devoir, austère, rigide, la seule occupation d'un cœur qui ne serait plus que cendres demain, quand...

Elle vieillirait, comme cette femme qui pleurait sans larmes auprès d'elle, seule, toute sa vie attachée à l'enfant qui, un jour, s'en irait, jusqu'à ce que vînt pour elle aussi le temps du repos.

Soudain, une immense pitié l'envahit pour cette vieille femme qui, marche après marche, avait gravi un affreux calvaire et n'en avait pas encore atteint la croix. Il y avait eu l'époux mourant quand elle était encore jeune, puis la mort atroce de Michel, le plus tendre et le plus doux de ses fils, son préféré. Et maintenant, cette chose abominable ! Les rides creusées dans ce visage las y inscrivaient chacune de ses souffrances. Un cœur de femme pouvait-il, sans se briser tout à fait, sans perdre le courage de battre encore, endurer tant de douleurs ?

Doucement, elle descendit vers Isabelle, posa une main timide sur son épaule. Les yeux décolorés, rougis de larmes se levèrent sur elle, pitoyables. Catherine avala sa salive, força sa voix, enrouée soudain, à sortir, mais ce ne fut qu'un murmure :

« Il vous reste Michel, fit-elle tout bas... et moi, si vous le voulez. Je ne sais pas dire ces choses et je n'ignore pas que vous ne m'avez jamais aimée. Pourtant... moi, je suis prête à vous donner tout le respect, toute la tendresse que je ne pourrai plus lui donner, à lui... »

Elle avait présumé de ses forces. Son chagrin éclata. S'agenouillant devant la vieille dame, elle enfouit sa tête dans ses genoux... crispant ses doigts sur la robe noire. Mais, déjà, Isabelle de Montsalvy l'avait enveloppée de ses bras, serrée contre elle.

Bouleversée, Catherine sentit des larmes, chaudes et pressées, couler sur son front.

« Ma fille ! balbutia la vieille dame. Tu seras ma fille ! »

Elles demeurèrent un long moment embrassées, rapprochées par leur commun malheur comme aucune joie, aucune vie de gloire et d'orgueil n'aurait su le faire. Ils étaient loin, cette nuit, les dédains d'Isabelle pour l'humble boutique de Gaucher Legoix ! La douleur de la mère, celle de la femme s'unissaient pour n'en plus former qu'une seule, déchirante, mais les larmes mises en commun emportaient toutes les barrières et trempaient déjà le ciment d'une tendresse profonde.

La louve, dans les lointains du bois, hurla encore. Les bras d'Isabelle se serrèrent plus étroitement autour des épaules de Catherine qui s'était mise à trembler.

« Les loups ! souffla Catherine douloureusement. N'y a-t-il au monde que les loups qui aient le droit d'aimer ? »

CHAPITRE X

LE CHEMIN VIDE

LES Ecossais de Kennedy et les quelques soldats de la garnison, rangés face à face le long de la pente qui menait du château au village, formaient une haie rigide. La brise légère agitait les plumes des bonnets, les plaids bariolés des étrangers. Le soleil, déjà haut, arrachait des éclairs aux cuirasses, aux armes. Et tout cela eût pu composer le décor d'une fête, mais les visages tendus étaient graves et, en bas, dans le clocher à peigne de granit gris, les cloches de Carlat sonnaient en glas.

En franchissant le seuil du château, à pied, soutenant d'un bras la mère d'Arnaud, Catherine se raidit. Pour ces ultimes instants où elle pourrait encore le voir, elle voulait être brave. Il fallait qu'il fût fier d'elle, celui qui, en quittant le monde, laissait à ses faibles épaules une charge si lourde. Courageusement, elle releva son petit menton, serra les dents pour qu'il ne tremblât pas. Isabelle, épuisée, à bout de forces, trébucha. Elle la retint d'une main ferme.

« Courage, ma mère, chuchota-t-elle... Il faut en avoir... pour lui ! »

La vieille dame fit un effort héroïque, serra plus fort le bras de Catherine et se redressa. Les deux silhouettes noires s'avancèrent dans le glorieux soleil du matin sous lequel fumaient les campagnes et chantaient les oiseaux, inconscients du drame qui se jouait.

Derrière les deux femmes, Kennedy, appuyé sur sa grande épée, le vieux Cabanes étayant sur une lance ses mauvaises jambes, venaient, puis Gauthier et Sara. Tous ces visages étaient de pierre. Pas un son ne se faisait entendre. On eût pu entendre cogner les cœurs entre les lugubres battements de la cloche. Seul, Fortunat était absent. Le pauvre garçon n'avait pu supporter l'idée d'assister à ce qui allait venir. Il s'était enfermé, pour y pleurer, dans une salle basse.

A mesure qu'elle approchait de l'église, Catherine distinguait la masse confuse des paysans. Ils se tenaient serrés peureusement les uns contre les autres, à distance respectueuse de la sainte maison qui, pour cette heure, était impure. Il faudrait, tout à l'heure, brûler de l'encens, répandre l'eau sainte pour laver le saint lieu de la présence du lépreux. Mais tous, les hommes comme les femmes, les enfants comme les vieillards, étaient à genoux dans la poussière, tête basse, chantant à voix contenue les cantiques de la mort. Cela faisait un bourdonnement lugubre, le contrepoint de cette cloche funèbre qui ne cessait pas.

« Mon Dieu ! murmura Isabelle. Mon Dieu, donnez-moi la force ! »

Sous le voile épais, semblable au sien, qui couvrait le visage de la pauvre mère, Catherine devina les larmes, lutta pour retenir les siennes. Elle hâta le pas pour franchir les dernières toises de la pente, contourna l'église, passa le vieux porche. Elle n'avait pas eu un regard pour les paysans agenouillés. Avec leur terreur, ils lui répugnaient et soulevaient en même temps sa colère. Elle ne voulait pas les voir et eux regardaient par en dessous cette femme, que l'on disait si belle, et qui semblait traîner, dans les plis de sa robe noire, toute la douleur du monde.

L'église n'était pas grande, mais elle parut à Catherine un long tunnel au fond duquel brillaient des lumières jaunes. Des chandelles brûlaient à l'autel où le vieux curé, sous la chasuble noire des funérailles, attendait debout, le dos tourné au tabernacle. Devant lui, au bas des marches, un homme vêtu de noir était agenouillé. Le cœur de Catherine manqua un battement, puis se mit à cogner comme un fou. Elle prit dans sa main les mains jointes d'Isabelle, les serra si fort que la vieille dame gémit. Lentement, elle la guida vers le banc des seigneurs, l'y fit asseoir, mais se redressa, s'obligeant à regarder l'homme à genoux.

Arnaud eut-il conscience du poids de ce regard accroché à lui ? Il se détourna légèrement. Catherine, les lèvres tremblantes, entrevit son profil fier. Allait-il se retourner complètement, la regarder ? Non... Il ramenait son regard vers l'autel. Sans doute refusait-il de laisser son courage s'amollir.

« Mon amour !... balbutia tout bas Catherine... Mon pauvre amour ! »

La voix cassée du prêtre s'élevait maintenant,

frêle et pitoyable, tandis que le sacristain, un paysan blême aux gestes maladroits, disposait deux cierges de chaque côté d'Arnaud.

« *Requiem aeternam dona eis, Domine, et lux perpetua luceat eis...* »

Comme dans un songe affreux, Catherine suivit sans voir, écouta sans entendre, se dérouler cette messe de funérailles d'un mort vivant. Tout à l'heure, Arnaud de Montsalvy aurait cessé d'exister aussi sûrement que si la main du bourreau avait tranché sa tête. Il ne serait plus qu'un inconnu cloîtré dans une ladrerie, un être encore vivant mais sans nom, sans humanité, un peu de chair souffrante derrière des portes qui ne s'ouvriraient plus pour lui. Et elle... elle serait veuve ! Un mouvement de révolte s'empara d'elle. Elle eut envie de se ruer, tout à coup, au milieu de cette messe sacrilège, d'arracher cet homme qu'elle adorait à toutes ces mains peureuses comme, jadis, elle avait tenté d'arracher Michel, son frère, à la populace parisienne. Oui, c'était cela... courir à lui, prendre sa main, fuir ! Mais il n'y avait plus l'astuce joyeuse de Landry, ni le solide bon sens de Barnabé. Personne ne l'aiderait, personne ne comprendrait... Gauthier peut-être ?... Mais le géant était resté au-dehors de l'église où il n'entrait jamais et ces paysans formaient une masse compacte. Jamais Arnaud et elle ne pourraient franchir ce mur vivant... D'ailleurs, accepterait-il de la suivre, lui qui avait mis tout son amour à la protéger de lui-même ?

La conscience de sa faiblesse faillit abattre le courage de Catherine. Des larmes brûlantes montèrent à ses yeux. D'un geste enfantin, elle étendit une de ses mains devant elle, la regarda avec horreur, comme pour lui reprocher sa faiblesse. Des mains qui n'avaient pas su retenir l'amour, qui n'avaient pas su deviner, sur le corps de l'homme aimé, les symptômes du mal terrible, contracté sans doute dans l'infecte geôle où l'avait tenu La Trémoille.

La Trémoille ! L'épaisse silhouette du gros chambellan évoquée dans cette église perdue alluma en Catherine la soif de vengeance. Elle ne savait pas combien de temps elle résisterait à sa douleur d'amour, mais cet homme, qui était cause de tous leurs malheurs, qui les avait poursuivis d'une haine implacable et stupide, celui-là, il faudrait qu'il paie, qu'il paie très cher pour que Montsalvy puisse revivre, pour qu'un avenir s'ouvrît devant Michel et pour qu'elle-même pût enfin mourir apaisée.

« Je te jure, fit-elle entre ses dents serrées, je jure de te venger ! Devant Dieu qui m'entend, j'en fais le serment solennel ! »

La messe était finie. Le prêtre, maintenant, disait l'absoute. Les nuages de l'encens entouraient l'homme agenouillé qui, déjà, pour tous, avait cessé de vivre. Puis l'eau sainte tomba sur lui et la dernière bénédiction. Et, soudain, le cœur de Catherine tressaillit de souffrance. La voix d'Arnaud s'élevait sous la voûte noircie. Il chantait et c'était le chant de sa propre mort.

« Aie pitié de moi, Seigneur, dans ta grande bonté ! En ta miséricorde immense, efface mon forfait. Lave-moi, lave-moi encore de mon iniquité, purifie-moi de mon péché, car je connais ma faute, et mon péché, toujours, est devant moi ! Détourne ta face de mes fautes et que tressaillent les os que tu as brisés... »

Jamais encore elle ne l'avait entendu chanter. Sa voix, grave et profonde, avait une beauté poignante qui bouleversait l'âme. C'était l'adieu désespéré à la vie d'un homme qui l'aimait passionnément... Les oreilles de Catherine s'emplirent d'un bourdonnement d'orage. Une nausée lui monta aux lèvres. Elle sentit qu'elle allait s'évanouir et se cramponna au banc de bois grossier, si mal équarri qu'une écharde pénétra dans son doigt. La douleur la ranima... Auprès d'elle, la mère sanglotait sans retenue, écroulée des deux genoux à même la pierre du sol.

Catherine ne voyait plus clair. Les larmes doublaient le voile noir, brouillant tout. Elle devina plus qu'elle ne la vit la silhouette d'Arnaud qui s'était levé et qui, chantant toujours, s'avançait maintenant, seul vers la sortie. Alors, elle arracha son voile, offrant à l'homme qui s'en allait son visage nu et ruisselant comme un dernier cadeau, un visage dont aucune mèche dorée n'adoucissait le masque douloureux. Seule, la flèche noire du hennin couronnait l'ovale mince et pur. Fasciné, malgré lui, par ces yeux trop grands, ce visage trop nu, Arnaud s'arrêta. Le chant mourut sur ses lèvres. Son regard ardent plongea une dernière fois dans les beaux yeux noyés, mais il ne dit rien. Il était si près d'elle que Catherine l'entendit respirer fortement... Il fit un pas, il allait passer devant elle. Alors, elle dénoua ce qu'elle avait apporté depuis le château, serré dans un voile. Sur le pauvre dallage disjoint de l'église, un flot d'or vivant se répandit, coula brillant, soyeux, jusqu'aux pieds d'Arnaud : la chevelure de Catherine, l'éblouissante parure dont elle avait été si fière, qu'un prince avait célébrée et que lui-même avait tant aimée... Quand l'aube de ce jour de malheur s'était levée, elle l'avait tranchée, impitoyablement, avec la dague même qui avait tué Marie de Comborn.

Arnaud blêmit et chancela. Une larme roula le

long de sa joue creusée, se perdit dans le daim noir de son pourpoint. Il ferma les yeux et Catherine crut qu'il allait tomber. Mais non !... Lentement, il mit un genou en terre, ramassa à pleines mains la masse de cheveux dorés, puis, la serrant comme un trésor, il se releva et marcha sans se retourner vers l'ogive lumineuse de la porte. Quand il apparut au jour, le soleil fit étinceler la moisson d'amour qu'il emportait. Saisis de terreur, les paysans reculèrent encore, mais il ne les voyait pas. Un sourire aux lèvres, les yeux levés vers le ciel bleu, il ne voyait même pas, au détour du chemin, le moine en robe brune qui l'attendait, portant le camail rouge et la robe grise marquée d'un cœur rouge et aussi la crécelle qui allaient être les vêtements du lépreux et tout son équipement guerrier. Plus d'épées scintillantes, plus d'habits somptueux, rien que cette livrée de misère et cette crécelle qui signalait, de loin, l'approche des réprouvés. Les cloches de l'église s'étaient remises à sonner le glas...

Oubliant Isabelle, Catherine s'était traînée plus qu'elle n'avait marché jusqu'au porche, s'y agrippait... Ses jambes tremblaient, elle les sentait fléchir, mais une main vigoureuse la remit debout.

« Tenez bon, dame Catherine ! fit la voix enrouée de Gauthier... Pas devant ces gens ! »

Mais elle non plus ne voyait rien que la silhouette noire de l'homme qui s'en allait, du soleil plein les mains. Sur le rempart, pour étouffer le son sinistre des cloches, une trompette sonna et, aussitôt, tout au long du rocher, les cornemuses entamèrent un chant triste et lent où, pourtant, résonnaient encore les rumeurs de la guerre. C'était le dernier adieu de Kennedy à son compagnon d'armes.

Là-bas, Arnaud avait rejoint le moine. L'appel des

cornemuses le fit se retourner une dernière fois. Il regarda le village, le château sur son éperon orgueilleux, puis le visage gris et pitoyable du bénédictin.

« Adieu la vie !... murmura-t-il, adieu l'amour !...

— Mon fils, dit doucement le moine, songez à Dieu !... »

Mais pour lui aussi, Dieu était trop loin. Une fureur désespérée s'empara d'Arnaud. Sa voix s'enfla, si fort que l'écho la renvoya aux quatre horizons de la vallée.

« Adieu, Catherine ! » cria-t-il.

Cette voix... la voix de son amour, pouvait-elle, l'épouse solitaire, la laisser sans réponse ? La même révolte suprême qui avait arraché cette plainte immense à la gorge d'Arnaud passa dans l'âme de Catherine. Elle s'arracha des mains de Gauthier, s'élança sur le chemin rocailleux, tendant follement les bras vers celui que le moine emmenait.

« Non ! hurla-t-elle. Pas adieu !... Pas adieu ! »

Elle buta contre une pierre, tomba à genoux dans la poussière, les bras toujours tendus. Mais le moine et le lépreux avaient franchi le tournant du sentier... Le chemin était vide.

TABLE DES MATIÈRES

PREMIÈRE PARTIE

LE SEIGNEUR A LA BARBE-BLEUE

DEUXIÈME PARTIE

LE SCEAU MAUDIT

DU MÊME AUTEUR

chez le même éditeur

Romans :

CATHERINE : IL SUFFIT D'UN AMOUR..., *Tome I.*
CATHERINE : IL SUFFIT D'UN AMOUR..., *Tome II.*
BELLE CATHERINE, *Tome III.*
CATHERINE DES GRANDS CHEMINS, *Tome IV.*
CATHERINE ET LE TEMPS D'AIMER, *Tome V.*
PIÈGE POUR CATHERINE, *Tome VI.*
MARIANNE, UNE ÉTOILE POUR NAPOLÉON, *Tome I.*
MARIANNE ET L'INCONNU DE TOSCANE, *Tome II.*
MARIANNE, JASON DES QUATRE MERS, *Tome III.*
TOI, MARIANNE..., *Tome IV.*

Récits historiques :

LES REINES TRAGIQUES.
AVENTURIERS DU PASSÉ.
PAR LE FER OU LE POISON.
LE SANG, LA GLOIRE ET L'AMOUR.

Les éditeurs étrangers ci-dessous ont publié dans leur langue, les romans de Juliette Benzoni.

GRANDE-BRETAGNE	:	HEINEMANN LTD.
		PAN BOOKS.
		FONTANA.
ALLEMAGNE	:	LOTHAR BLANVALET VERLAG.
		DEUTSCHEN BUCHERBUND.
ÉTATS-UNIS	:	G. P. PUTNAM'S SONS.
		BERKELEY.
		AVON BOOKS.
ITALIE	:	ALDO GARZANTI EDITORE.
SUÈDE	:	BO WAHLSTROMS BOKFORLAG.
NORVÈGE	:	CAPPELENS FORLAG.
		DREYERS FORLAG.
FINLANDE	:	TAMMI PUBLISHING C°.
DANEMARK	:	BRANNER OG KORCHS.
HOLLANDE	:	ZUID HOLLANDSCHE UIT.
ESPAGNE	:	EDITORA DELOS AYMA.
		EDITORIAL BRUGUERA.
TURQUIE	:	ATA SARAY HAN.
ISLANDE	:	HILMIR.
ARGENTINE	:	EDITORIAL BRUGUERA.
GRÈCE	:	GALAXIAS.
		VRADINI.
YOUGOSLAVIE	:	OTOKAR KERSOVANI (*serbo-croate*).
		PRIMORSKI TISK (*slovène*).
		PROMURSKA ZALOZBA (*slovène*).
ISRAËL	:	M. MIZRAHI.
PORTUGAL	:	LIVRARIA CLASSICA EDITORA.
TCHÉCOSLOVAQUIE	:	ÉDITIONS TATRAN.

IMPRIMÉ EN FRANCE PAR BRODARD ET TAUPIN
58, rue Jean Bleuzen - Vanves - Usine de La Flèche.
LIBRAIRIE GÉNÉRALE FRANÇAISE - 14, rue de l'Ancienne-Comédie - Paris.

ISBN : 2 - 253 - 00734 - X 30/4106/8